KB111153

퉁소로 듣는 생명 이야기

천년의 고백

흑설 지음

새로운 세상의 숲
신세림출판사

천년의 고백

—

흑설 지음

차례

흑설 장편소설 / 천년의 고백

천년의 고백

툭소로 듣는 생명 이야기

하얀 봄바람이 불어옵니다. 바야흐로 언덕의 천년 고목에 꽃이 피려 합니다. 봄은 화사한 얼굴과 산들거리는 속삭임으로 우리의 창가에 다가왔습니다. 반면 가증스러운 찬바람은 만취한 주정뱅이인양 분별없이 주먹을 휘두르며 여기저기 치고 박고 부딪치며 돌아다닙니다.

그래도 라일락꽃은 소담하고 아름답게 피어났습니다. 그 향기에 사람들은 행복하게 머리칼을 날리며 폐엽에 산소를 한껏 저축하며 햇살의 찬란함에 가세하여 즐거이 활보합니다. 아이들은 희망에 부풀어 참새처럼 재잘거리고 대자연은 가장 화려한 합창으로 녹색의 응원을 보냅니다. 오로지 나만이 무한하게 생명력으로 넘치는 이 아름다운 풍경의 한쪽 끝에 쭈크리고 앉아 가스를 마신 고양이처럼 졸고 있습니다.

지금 나는 지나치게 소모되어 있습니다. 해가 지면 종일 불어치다 지쳐버린 바람이 멈추듯 이제 나도 조용하고 은밀한 장소에서 안식을 취해야 할 때가 된 듯싶습니다. 그렇게 잠이 들어서 영영 깨어나지 못한다 할지라도 내 핏속에 고스란히 잠재해 있는 당신의 존재를 만끽하며 나는 언제나 행복할 것이라 믿습니다.

세월이 그토록 길게 흘렀어도 내 가슴은 여전히 당신으로 빈틈없이 채워져 있습니다. 허나 당신의 얼굴은 하나가 아닙니다. 1+1의 아름다운 화음 같은 내 아기 아빠의 얼굴입니다. 비록 당신의 얼굴을 기억하는 이는 생물도 사물도 그림자도 없다만, 그것은 결코 내 가슴에 머무는 당신의 형상을 희미하게 만드는 이유가 되지는 못합니다.

당신이 떠난 그 시각에 나의 시간은 소멸되었습니다. 그래서 나는 지금이 몇 년인지 몇 월인지 몇 세기인지조차 모릅니다. 아마 나는 선사시대로 되돌아가는 길만큼 아득하고 무거운 시간의 삶을 삐걱거리며 살아오는 동안 최소한 천년은 흘렀으리라 느끼고 있을 것입니다.

당신이 떠나던 그 시각에 내 가슴은 통소처럼 구멍이 뻥 뚫렸습니다. 그 뚫린 구멍으로 통소는 아름다운 빛깔의 높고 낮은 흐느낌을 연주합니다. 비록 우리가 함께 부르려던 노래는 지금까지도 불리지 못하고 있지만, 영원히 사라지지 않는 당신의 사랑에 젖어버린 내 가슴은 말로 표현할 수 없는 소리를 무시로 통소에 담아냅니다.

당신을 만나고 나서야 나는 자신이 이 세상에 태어난 이유를 알 것 같았습니다. 삶과 죽음이라는 쌍둥이가 손바닥 세상에서 널뛰기를 하고, 생명이 탄생과 멸망의 바다에 떠있는 쪽배 위에서 물결 따라 이리저리 흔들리고 있을 때, 당신의 깊고 두터운 사랑이 내 속에 깊숙이 스며들었습니다. 그리고 꺼지는 모닥불 같던 내 인생에 영원이라는 도장을 찍어주었습니다. 오늘 그 도장을 보았습니다. 그 속에는 격동의 시절 기쁨과 슬픔과 감동과 공포를 반죽한 가지가지 추억들이 천연필름으로 재생되어 있었습니다.

당신은 언제나 깊은 밤의 정적을 타고 살며시 도착하여 묵묵히 퉁소를 불었습니다. 그 아름다운 선율에 나의 꿈은 흘러가고 깊은 슬픔이 마무리에 다가옵니다. 그리고 눈을 떴을 때는 바다 쪽에서 불어오는 바람에 묻어나는 한 줄기 감미로운 향기에 취합니다. 그 어렴풋한 감미로움은 나의 가슴을 그리움으로 한없이 아프게 합니다. 그것은 나에게 대지의 침대로 가기 전 애처로운 음악이나마 소용돌이 그대로 완성하기를 재촉합니다. 하여 나는 오늘 우리의 이야기를 모두 이 애처로운 퉁소에 담으려 합니다. 소리도 없이 깃드는 내 심장의 소리는 이제 바다를 날아가는 즐거운 갈매기가 되어 날개를 활짝 펴고 저기 아득한 지평선을 넘어 당신에게 날아갈 것입니다.

벌써 어둠이 처마 밑에 매달리고 희미한 빛 속에서 제비들이 둥지를 찾아 날개를 치고 있습니다. 퉁소의 음악이 나직이 흐르는 어둠속에서 나의 기억은 끝없이 거꾸로만 내달립니다… 드디어 시작 같은 어딘가에 부딪쳤습니다… 그것은 1944년 어느 여름의 장막…

1 ~꽃꽃

　태양은 화살에 맞아 떨어진 듯 검은 구름 뒤에 자취를 감추고 시간
을 분별하기 어려운 회색 기운이 자오록이 주위를 함몰해갑니다.

　사람인지 귀신인지 모를 산발의 여체가 몸에서 물방울을 뚝뚝 떨구
며 맨발로 자갈 위를 달리고 있습니다… 그 뒤로 거대한 그림자가 유
령인양 소리 없이 뒤쫓습니다…

　심장이 튀어나올 듯 숨을 헐떡이며 생사결단 달리는 여체와 놓칠세
라 뒤를 바짝 쫓아오는 거대한 그림자의 거리는 갈수록 좁아집니다…
이제 앞에는 깎아지른 듯한 절벽이 가로 놓여있습니다. 여체는 주춤거
리다가 옆에 있는 잡초와 넝쿨로 빽빽한 관목림 속에 후닥닥 뛰어듭니
다. 그 다음 손으로 얽히고설킨 넝쿨들을 헤치며 죽어라 앞으로 나아
갑니다. 허나 등 뒤에서 스르륵 거리는 소리는 무서운 거머리처럼 달
라붙고, 그 소리에 사족이 얼어붙은 여체는 그만 넝쿨에 걸려 땅에 폴
싹 꼬꾸라집니다. 순간, 관목림이 양쪽으로 쫘악 갈라지며 거대한 그
림자가 면모를 드러내는 찰나, 땅에 쓰러져 있던 여체가 꽤액 고함칩
니다…

　꽤액——! 그렇게 고함지르며 나는 깨어났습니다. 뭐가 뭔지도 알지
못한 채 눈을 뜨는 순간 먼저 보인 것은 푸른 하늘입니다. 그 다음은
어머니가 빚어 놓은 면화 뭉치 같은 솜구름, 그 밑으로 가끔씩 날아 지
나는 검은 날개의 갈매기들, 조금 눈길을 내려 보니 하늘보다 더 푸르
른 바다가 끝 간 데 없이 펼쳐져 있습니다. 여기가 어딜까? 설마 천당
은 아니겠지? 혹은 지옥…? 그런데 나는 왜 이 찬란한 빛의 세계에서

이토록 깨어난 어둠에 떨고 있는 걸까?

갑자기 내부에서 울컥 치미는 것이 있습니다. 바로 엎드려 목구멍을 열고 나오는 대로 토해버렸습니다. 풍선 같이 둥둥 하던 배가 훌쭉하게 줄어들자 걸레처럼 지친 몸이 그대로 널브러져 버렸습니다. 비릿한 바닷바람이 내 긴 머리를 갈대처럼 세워 올리고, 철떡이며 가슴까지 올라온 파도 자락이 내 몸을 한번 또 한 번 때리고 씻고 지나갑니다…

다시 여체가 나타났습니다. 차가운 달그림자가 얼어붙은 듯 하늘에 비껴 있는 희뿌연 새벽입니다. 바다 같은 하늘에서 별이 노랗게 반짝이다가 하나 둘 꺼져 가는데, 하얗게 펼쳐진 모래톱 위에 여체가 퍼더버리고 앉아 뭔가를 먹고 있습니다. 뭘 먹냐 고 물었더니 그림자를 먹는다는 것입니다. 그림자를 먹지 않으면 이제 바로 굶어죽을 판이랍니다. 그리고 보니 배가 못 견디게 고파왔습니다. 그래서 눈이 번쩍 떠졌습니다.

태양은 머언 지평선위에 나지막이 걸려있고, 핏빛노을이 절반 하늘을 화려하게 물들인 이 광경은 뜨는 태양인지 지는 태양인지조차 분간하기 어렵습니다.

이것이 꿈이라고 해도 나는 일어서야 한다고 생각했습니다. 이를 악물고 겨우 상반신을 일으키다가 털썩 주저앉았습니다. 그제야 몸에 이상한 것(구명환)을 두르고 있다는 느낌이 들어 서둘러 벗어버렸습니다. 사위를 둘러보니 멀지 않은 곳에 해를 등지고 선 야자나무들이 바람에 설렁대고 그 뒤로는 울창한 수림에 덮인 산등성이가 눈길을 가로막고 있습니다. 맞은편은 망망한 바다, 그러니 내가 있는 곳은 바다와 육지가 잇닿은 곳이 틀림없는데 이런 곳에 왜 내가 홀로 와있단 말인가? 아무리 생각해도 그 이유를 알 수가 없습니다.

전신의 힘을 모아 버둥거리며 기어이 일어섰습니다. 모래위에 두 발을 컴퍼스같이 벌리고 서서 두 눈을 크게 뜨고 사위를 둘러보았습니다. 문뜩 앞쪽 저만큼의 모래톱에 사람 같은 것이 쓰러져 있는 것이 보입니다. 휘청거리며 그쪽으로 다가가 허리를 굽히고 들여다보니 맙소사! 이미 죽어 있는 사람이 아닙니까? 너무 놀랍고 무서워 엎어지고 뒹굴며 허둥지둥 앞으로 달리는데 가면서 보니 바닷물위에 죽은 사람의 시체 몇이 둥둥 떠서 파도와 함께 출렁이고 있는 것입니다. 아니, 이건… 꿈인 거야. 속으로 자기위로를 하다가 행여나 하여 손톱으로 팔목을 꽉 꼬집어보니 꺄악! 저도 모르게 비명이 흘러 나갑니다. 꿈이 아니구나. 이건 꿈이 아닌 생시가 틀림없어.

이제 두 눈을 크게 뜨고 주위를 누비듯 휘둘러봅니다. 여전히 보이는 것은 끝 간 데 없는 바다와 나무, 수림, 산언덕, 날아예는 갈매기… 도대체 여기가 어딜까? 나는 왜 이런 곳에 와있는 걸까? 눈을 지그시 감고 입술을 깨물며 기억을 떠올리려 애썼으나 망막 속은 시종 검은 장막일 뿐 아무것도 보이지 않습니다. 근데… 난 누구지? 어디서 왔지? 기억나지 않습니다. 머릿속은 여전히 깜깜할 뿐. 누군가 내 기억을 자물쇠로 잠가버린 듯 도저히 열려지지 않습니다. 부들부들 떨리는 손으로 머리칼을 꽉 움켜잡고 힘껏 잡아당겨보았으나 느껴지는 건 참을 수 없는 아픔뿐입니다.

태양을 쳐다보니 아까보다 지평선에 조금 더 가까워진 듯싶습니다. 그러니 저 방향은 틀림없이 서쪽일 것입니다. 현기증이 나도록 아름다운 황혼이 스릴영화 배경처럼 펼쳐져있어 한결 더 공포심을 자극해옵니다. 그래도 행여 주위에 누군가 없을까싶어 백사장을 따라 걸어가며 두 손으로 나팔을 만들어 수림 쪽에 대고 큰 소리로 불러보았습니다.

"여보세요——! 거기 누구 계셔요——? 사람 있으면 나와 보세요——! 나와 주세요——!"

거친 파도가 면화처럼 소리를 빨아들입니다. 반나절이나 죽을힘을 다해 소리쳤으나 이 무정한 곳은 메아리마저 돌려주지 않습니다. 지치고 기진맥진한 눈앞에 저승사자가 보이는 듯…

앞을 보니 멀지 않은 곳에 백사장이 끝나가고 높은 절벽아래 바닷물이 바로 이어져 있습니다. 배에서는 벌써 전부터 꼬르륵 소리가 나고 입술은 마르다 못해 갈라 터져 피가 흐르고 있는데, 물이나 실컷 마시고 죽었으면 싶어 바닷가로 내려가 첨벙첨벙 허벅지까지 적시며 안으로 들어갔습니다. 두 손으로 바닷물을 한가득 떠들고 막 마시려는 찰나, 바닷물 위에 둥둥 떠다니는 시체가 망막에 뛰어들어 손에 떠들었던 물을 활 놓아버리고 미친 듯이 뛰쳐나왔습니다.

모래톱에 벌렁 드러누워 하늘을 쳐다보았습니다. 태양은 쉼 없이 지평선 아래로 떨어져가고 하늘에 피었던 핏빛 노을은 서서히 부챗살을 거두어들이고 있습니다. 애타는 사유가 가물거리며 기억의 문을 노크합니다. 나는 몇 살이지? 모른다. 오늘은 며칠이지? 역시 모른다. 아는 건 단지 이 시각 견딜 수 없이 배가 고프고 갈증이 난다는 것뿐이다. 과연 날이 어둡기 전에 뭐든 찾아내어 먹지 않으면 내일 해뜨기 전에 죽어버릴지도 모른다는 무서운 생각에 발악하듯 사지를 허우적거리며 일어섰습니다. 그리고 비칠거리며 나무와 잡초들로 우거진 원시림을 향해 걸어갔습니다.

잎이 큰 나무와 식물들로 울창한 원시수림은 더부룩한 임관 아래 높고 낮은 키의 각종 덩굴식물과 거기에 더불어 사는 부착식물들에 공간을 할애하여 멀리서 보면 마치 두터운 성벽이라도 되는 듯 우중충하니 서있습니다. 그래도 가까이 다가가 보니 발 디딜 틈은 있겠다 싶어 두려운 대로 조심조심 발을 들여놓았습니다. 손으로 넝쿨을 헤치며 힘겹게 앞으로 나가다 보니 나무에 달려있는 과일이 눈에 뜨이는 것입니다. 이름은 몰라도 꽤 먹음직해 보이는 것이 대번에 위가 벌떡 일어서는 느낌, 엎어질 듯 나무 밑으로 달려가 팔을 한껏 뻗었으나 가지가 높아 손이 닿지 않습니다. 급한 김에 나무를 부둥켜안고 바라 오르려 하다가 그만 사정없이 굴러 떨어졌습니다. 다시 정신을 도사리고 뭐라도 주워 올려 뿌리면 떨어지지 않을까싶어 여기저기 살피는데 기절할 만큼 무서운 것이 시야에 펄쩍 뛰어듭니다 ——상상을 초월하는 거대한 도마뱀(공룡의 후예?)!

아-악! 외마디 소리를 내지르고 넋을 잃은 듯 방향을 돌려 잡풀들에 할퀴고 갈퀴며 죽기내기로 뛰어 겨우 숲을 빠져나왔습니다.

2 ⟶

밤의 어둠은 눈을 감고 있을 때의 어둠과 질이 다릅니다. 눈을 편이 뜨고 깜깜한 먹물의 바다 속을 헤엄친다고 상상하면 그 깊이를 감지할 수 있을 것입니다. 그런 망망한 밤의 공간에서 바람이 괴성을 지르고 파도가 태질하는데 코끼리 귀보다 더 큰 나뭇잎들이 미약한 달빛의 잔여마저 모두 삼켜버리고 있습니다. 달의 잔상이라도 마음에 스며있으면 세상이 이렇게는 어둡지 않으련만, 게다가 기억마저 없으니 머릿속은 먹물의 창고일 뿐입니다.

눈을 감고 모래톱에 누워있었으나 잠을 이룰지는 알 길이 없습니다. 사방이 깜깜한데 보다 더 깜깜한 것은 내 기억입니다. 늙어가는 것이 두렵다 해도 기억이 사라진 만큼 두려울까요? 너무 무서워 그냥 잠속에라도 빠져들고 싶은데 잠이 들면 그림자를 씹어 먹는 그 끔찍한 여체를 다시 만날까 두려워 신경이 팔딱이고 있습니다.

흐리멍덩한 검은 무(无)속에서 갑자기 귀청을 찢는 듯한 소리가 고막을 찔러옵니다. 번쩍 눈을 뜨고 보니 검푸른 이불 같은 밤의 상공에서 꼬리 쪽에 불이 달린 육중한 물체(비행기)가 어둠속을 가르며 급속도로 하강하고 있는 것입니다.

반사적으로 몸을 벌떡 일으킨 나는 그 육중한 물체(비행기)에 온 시선을 모았습니다. 깜깜한 밤의 하늘에서 와글와글 타 번지며 낙하하는 저 물체는 어쩌면 나를 구하러 오는 무엇일지도 모른다는 생각이 머릿속을 스치는 순간 심장이 후두둑.

그런데 다음 순간, 물체로부터 거대한 우산 같은 것이 거짓말같이 분리되어 나오는 동시에 꽃처럼 활짝 피어나 반공중에서 하늘하늘 춤추며 천천히 낙하하기 시작하는 것입니다.

"아 …저건?!…"

너무 놀랍고 신기하고 당황하여 나는 일시 어쩔 바를 모르고 멍하니 쳐다보기만 했습니다. 설령 꿈속이라 해도 지나치게 황홀하여 금시 까무러칠 것만 같습니다.

별안간 공중의 거대한 물체가 꽝! 요란한 굉음을 울리며 엄청난 불꽃으로 폭발합니다. 상상을 초월하는 지나친 화려함에 저도 모르게 몸이 부르르 떨려 정신을 못 차리고 있는데 그 충천하는 화광을 빌어 커다란 우산 같은 물체(낙하산)의 밑에 사람이 매달려 있는 것이 시야에 들어옵니다. 온다, 누군가가! 아니, 오고 있다는 것만으로도 흥분하여 미칠 것 같았습니다. 그런데 바로 다음 순간, 폭발한 비행기에서 떨어져 나온 한 조각이 미구하여 땅에 닿으려는 낙하산에 부딪치며 한 덩어리가 되어 모래톱에 사정없이 처박히는 것입니다.

앗! 나는 얼이 빠진 듯 몇 초간 그대로 멍하니 서 있다가 갑자기 혼신을 다해 그쪽으로 내달리기 시작했습니다. 귓전에서 윙윙 소리가 나고 자신이 이렇게 내달릴 수 있다는 것에 스스로도 놀랄 만큼 빠르게 뛰었습니다.

부근에 이르러 보니 폭발해 떨어진 비행기 잔여는 하늘이라도 태워버릴 듯 세차게 불타고 그 빛에 주위는 온통 대낮같이 밝아 있습니다.

저쪽 모래톱에서 무지개 같이 알락달락한 나일론천이 바람에 펄럭이는 것이 보여 나는 곧바로 그리로 뛰어갔습니다. 그런데 가까이 가 보니 망가진 낙하산과 비행기 잔해만 있을 뿐 사람은 보이지 않습니다. "여보세요!" 하고 불러봤으나 대답이 없고, 주위를 둘러봐도 도망친 흔적 같은 것도 보이지 않습니다. 분명 사람이었는데. 하며 얼결에 발밑을 내려다보니 망가진 낙하산의 나일론 천 밑으로 손가락 같은 것이 삐죽이 나와 있습니다. 와락 나일론 천을 잡아 제치자 땅에 쓰러져 있는 남자의 몸이 드러났습니다. 순간 저도 모르게 악 소리치며 뒤로 몇 걸음 물러났습니다. 이건 살아있는 사람이라기보다 피투성이로 죽어 있는 송장이라는 편이. 그래도 행여나 하여 후들후들 떨리는 손을 들어 송장의 코라고 짐작되는 곳에 대보니 미약하나마 호흡이 감지되는 느낌입니다.

"아, 살아있다. 고맙습니다 하느님!"

미친 듯이 혼자 중얼거리며 털썩 꿇어앉아 두 손으로 남자의 머리를 받쳐 들고 보니 얼굴은 백지장 같이 창백하고 갈라 터진 입술에서는 붉은 피가 줄줄 흐르고 있습니다. 아… 아, 물이라도 있어야 하는데. 몸을 벌떡 일으켰으나 동서남북 어디에도 물이 있는 곳을 알지 못합니다. 급한 김에 무작정 수림을 향해 뛰어가다가 다시 방향을 바꾸어 바위 쪽으로 냅다 뛰었습니다. 그러다가 아니 바닷물이라도… 하면서 바닷물 쪽으로 뛰어가다가 안 돼, 바닷물은 마실 수 없어 하고 소리치며 다시 돌아섰습니다.

아무 것도 얻지 못하고 빈손으로 돌아오는 자신이 너무 밉고 한스러워 "아이구, 이 못난 거!" 하면서 주먹으로 가슴을 마구 두드리는데 이상하게도 옷이 축축이 젖어 있는 느낌입니다. 얼른 손으로 만져보니 놀랍게도 젖꼭지에서 유액이 흐르고 있는 게 아니겠습니까. 내…내가 왜 젖을 분비하고 있는 거지? 이유를 알 수 없었으나 지금은 그걸 따지고 있을 때가 아닙니다. 눈앞에서 바야흐로 죽어가는 사람을 두고 무슨 생각을 더 할 수 있단 말입니까. 나는 엎어질 듯 바로 남자의 곁으로 뛰어 돌아와 재빨리 상태를 살펴보았습니다. 남자는 지금 막 죽음으로 치닫고 있는 중입니다. 심장이라고 짐작되는 곳에 손을 대보니 박동이 너무 미약하여 아무것도 알아낼 수 없습니다. 바야흐로 맞이할 죽음의 공포에 몸이 부르르 떨려왔습니다. 여지까지는 지금까지는 이미 죽어 있는 사람들만 보았으나 지금은 살아있는 사람이 내 눈앞에서 비참하게 죽어가는 모습을 지켜보아야 하다니, 그것이 얼마나 두렵고 끔찍하게 느껴지는지 나는 금시 기절이라도 할 것만 같아 그만 울음을 터뜨리고 말았습니다.

"아 아, 어떡해? 나더러 어떻게 하라구… 흑흑흑…"

꺼이꺼이 울다가 뭉클한 것이 느껴져 가슴에 손을 대보니 유액이 여전히 흐르고 있는 것입니다. 이상하다. 목구멍은 갈증에 말라 터질 지경인데 여긴 어찌… 갑자기 머릿속에 번개 같이 뛰어드는 생각--- 그래, 이것도 물이다, 영양분이다. 구명액(救命液)이다. 지나친 흥분에 몸이 붕— 뜨고 머리가 아찔해났습니다.

몇 초 동안 꼼짝 않고 그대로 앉아 있다가 드디어 입술을 터지게 깨물며 결단을 내렸습니다. 놓칠 수 없어, 해야 돼, 반드시! 수치심 같은 건 저 바다에 던져버리면 그만이다. 파도는 결코 나를 비웃지 않을 것이다…

잠시 호흡을 고르고 나서 남자의 옆에 몸을 낮추고 주저앉아 남자의 머리를 조심스레 들어 무릎위에 올려놓았습니다. 그런 다음 앞가슴을 풀어헤쳤습니다. 얼굴이 조금 달아올랐으나 눈을 감고 기도하듯 중얼거렸습니다.

"나무아미타불, 나무아미타불!…"

그리고는 두 손으로 부풀어 오른 유방을 잡아 쥐고 젖을 짜서 남자의 마른 입술 사이에 떨어뜨려 넣었습니다. 한 방을, 두 방울, 세 방울… 송장처럼 누워있는 남자의 입술 사이로 하얀 젖이 감로인양 조용히 흘러듭니다. 마침내 남자의 입술이 미약하게나마 움직이기 시작하더니 다음 본능적으로 받아들이고 삼키기에 바쁩니다.

저만치에서 비행기 잔해는 여전히 불타고 은빛의 백사장과 희뿌연 녹색의 밤바다는 여전히 하늘의 별들을 향해 노호하고 있습니다. 밤은 그리고 시간은 자기만의 소리를 내며 흘러가고 있습니다…

한쪽 젖을 다 먹이고 나서 다른 쪽 젖으로 바꿀 때 나는 아예 유두를 남자의 입 속에 밀어 넣었습니다. 무의식중에 남자는 젖꼭지를 받아 물고 빨아먹기 시작하는 것입니다. 그렇게 두통의 젖을 모두 남자에게 먹이고 나서 내가 젖꼭지를 살며시 빼내는 순간, 갑자기 남자가 지옥문에서 돌아온 듯 눈을 번쩍 뜨는 것입니다. 깜짝 놀란 나는 삽시에 얼굴이 홍당무가 되어 얼른 젖가슴을 여며 덮고 블라우스 단추를 서둘러 채웠습니다. 하지만 남자의 놀란 눈길——당혹과 의혹, 불가사의를 담은——은 여전히 박혀버린 듯 내 얼굴에서 떠나지 않습니다. 당황한 나머지 나는 얼른 고개를 돌려버리고 손으로 긴 치마의 아래 폭을 찢어 남자의 상처를 싸매주기 시작했습니다.

밤의 내음이 싱그럽게 흐르고 있습니다. 사람의 소생도 태양이라면 나는 지금 지평선 저쪽으로부터 서서히 떠오르는 태양의 냄새를 맡고 있는 중입니다. 그래서 내 몸속의 어디인가에서도 빛이 솟아오르는 기분입니다.

감격 어린 눈길로 한참이나 나를 쳐다보던 남자는 다시 맥없이 눈을 감고 혼수상태에 빠져듭니다. 나는 그 옆에 벌렁 드러누워 하늘의 별을 헤아리기 시작했습니다. 하나, 둘, 셋, 넷, 다섯, 여섯…

파도가 부풀어 올랐다가 서서히 주저앉는 소리에 더불어 해초와 소금 냄새를 머금은 해풍이 휘파람 소리를 내며 우리의 몸을 휘감고 지나갑니다. 머릿속에서 삶의 이유 같은 것이 되살아나는 느낌을 안고 나는 서서히 잠속으로 빠져들었습니다.

3 ·····

새벽은 소리 없이 밝아왔습니다. 희읍스름한 벽두의 허리를 잡고 만물이 소생하고 있습니다. 바닷물의 안개로 하얀 스카프를 어깨까지 걸친 산봉우리 밑으로 수림의 생령들은 새벽을 마시느라 여념이 없습니다.

안개가 서서히 걷히자 모래톱에 이슬이 촉촉이 내려앉는 느낌에 나는 잠에서 깨어났습니다. 허나 잠시 눈을 감은 채 그대로 있었습니다. 어젯밤에 있었던 모든 일이 머릿속에 생생히 떠올랐지만 그것이 꿈인지 생시인지 판단할 수 없어 만약 꿈이라면 눈을 뜨는 순간 모든 것이 사라져 버릴까 두려워 눈이 떠지지 않습니다.

끼르륵! 어디선가 바닷새의 울음소리가 자지러지게 들려와서야 나는 공기가 놀랄세라 살며시 아주 살며시 눈을 떠보았습니다. 아, 바로 눈앞에 머리와 이마를 천으로 동여매고 하늘을 향해 누워있는 남자의 얼굴이 맞혀오지 않겠습니까. 꿈이 아니구나! 어젯밤의 모든 일은 꿈이 아니고 생시였구나. 그제야 비로소 안도의 숨을 후—— 내쉬며 선뜻 상반신을 일으키고 앉아 주위를 둘러보았습니다.

다가오는 아침 기운이 온 공간을 가득 채우고 있습니다. 날이 하늘의 파랑에 녹아들고, 희미한 광휘가 공기층을 하얗게 비추며 투명하게 뻗어 나가고 있습니다.

어젯밤 들쑥날쑥 찢겨진 치마에 눈길이 닿자 얼른 손으로 가리며 그래도 내가 긴 치마를 입고 오기 다행이지 하면서 고개 돌려 남자의 얼굴을 들여다보니 여전히 백지장같이 창백한 얼굴에 핏자국이 군데군데 엉겨있고 꼭 감겨진 눈 주위에는 눈물자국이 남아있는 듯합니다. 나는 저도 몰래 손을 들어 남자의 얼굴을 만지려 하다가 그만두고 살며시 일어나 저쪽으로 몇 걸음 걸어 나갔습니다. 동쪽을 향해 큰 대자로 서서 기지개를 쭈욱 켜고 팔다리를 잠깐 놀리고 났더니 잠이 말끔히 가시어 뭐라도 먹을 걸 찾아 와야지 그 사람을 위해서라도 하며 나는 곧추 수림을 향해 걸어갔습니다.

아침 이슬을 듬뿍 머금은 수림은 어제보다 더 청청하고 빽빽해 보입니다. 하룻밤 새에 새 식물이 자란 듯, 벌레들도 더 커진 듯합니다. 지난밤, 나는 몸이 엄청 소모된 느낌이나 아침의 정기를 마셔서인지 어제보다는 발걸음이 가벼워진 느낌입니다. 더욱이 이제는 혼자가 아니라는 생각, 비록 아직은 움직이지도 못하고 또한 어느 때 다시 죽어갈지도 모르는 사람이지만 지금은 숨이라도 함께 쉬어줄 사람이 옆에 있다는 것이 이토록 힘이 되고 의지가 되는 줄 몰랐습니다.

덕분에 손으로 와락 와락 숲을 헤치고 가르며 용감하게 안으로 쳐들어갔으나 이런 환경에 접촉한 적이 전혀 없는 나로서는 도대체 어떤 과실이 먹을 수 있고 어떤 과실에 독이 있는지 알 수 없어 답답하기만 합니다. 생각하다 못해 보기 좋고 먹음직한 것들만 골라 따기로 했습니다. 보기 좋은 떡이 맛있다고 과실도 마찬가지겠지, 하면서 걷노라니 눈앞에 예쁘게 생긴 과실이 나무 가지에 하늘거리며 매달려 있는 것이 보입니다. 얼른 손을 내밀어 막 따려 하다가 아차! 숨은 가시에 호되게 찔려 불에 덴 듯 손을 움츠리지 않을 수 없었습니다. 난데없이 앞에서 통! 하고 두개골 깨지는 소리가 들려 나는 거의 반사적으로 소리쳤습니다.

"누구세요?… 거기 누구 계셔요?"

대답이 없습니다. 갑자기 두려움이 하얗게 머릿속을 밀고 들어와 사지를 꼼짝 못하게 묶어 놓았습니다. 나가야 하는데, 가야 하는데… 하고 입은 말했으나 다리가 도저히 움직여 주질 않습니다. 고개 들어 앞을 보니 바로 멀지 않은 저쪽에 새빨갛게 무르익은 먹음직한 과실이 가지에 대롱대롱 매달려 못 견디게 유혹해옵니다. 꿀꺽 군침을 삼키고 나서 모든 각오를 단단히 한 다음 조심조심 발을 옮겨 앞으로 나아갔습니다. 드디어 과일 밑에 이르러 막 손을 내밀려는 찰나, 또다시 통! 하는 육중한 소리와 함께 뭔가 뭉툭한 것이 내 어깨를 사정없이 내리치는 것입니다. "악!" 비명을 지르며 나는 땅에 폭 꼬꾸라졌습니다. 엎어져서도 정신을 도사리고 땅에서 뭐든 잡아 쥐고 대항해볼 생각에 옆을 마구 허우적거리자 땅땅하고 꺼칠꺼칠한 것이 손에 맞혀 오는 것입니다. 얼른 고개를 그쪽으로 돌려 보니 어머! 이건 애들 머리보다 더 큰 야자열매가 아니겠습니까? 방금 내 어깨에 떨어진 것이 바로 이 열매였던 것입니다. "야자다!" 환성을 지르며 펄떡 튀어 일어나 두 팔을 벌려 야자를 덥석 그러안았습니다.

바다위로부터 싱그러운 하늬바람이 태어나 대견하다는 듯 내 얼굴을 쓰다듬어 줍니다. 파도의 잔여를 실은 공기는 촉촉하게 맛이 있습니다.

이제 나는 아무것도 두렵지 않았습니다. 야자열매를 찾은 기쁨이 내 간담을 잔뜩 팽창시켰는지 그 뒤로는 어떤 소리가 들려도 상관하지 않고 나는 골똘히 열심히 과일만을 골라 따는데 열중했습니다. 가시에 긁혀도 덩굴에 나뒹굴어도 구덩이에 빠져도 다시 기어 일어나 달갑게 채집을 계속했습니다. 비록 힘든 과정이었으나 누군가를 위해 먹을 것을 마련한다는 즐거움이 얼마나 큰지를 기억을 상실한 후 나는 처음으로 머릿속에 새겨 넣었습니다.

동방의 지평선에서 빠알간 아침 해가 조금씩 얼굴을 내밀기 시작할 때, 나는 치마폭에 여러 가지 과일을 가득 담아들고 힘겹게 돌아오고 있었습니다. 어젯밤 반 이상을 찢어 남자의 상처를 싸매 주고 나니 남은 치마폭이 얼마 안 되어 어렵사리 따온 과일이 자꾸만 땅에 흘러 떨어집니다. 그래도 짜증 한번 내지 않고 떨어지면 주워 담고 주워 담은 다음 또 다시 흘리면서 마침내는 남자의 곁으로 돌아왔습니다. 갓 떠오른 아침 해도 나를 따라 돌아왔습니다.

내가 거의 도착할 무렵, 남자가 동정을 느꼈는지 눈을 가늘게 뜨고 총상 입은 숫사자의 초점 잃은 눈길로 나를 바라봅니다.

"아, 깼어요?"

내가 반갑게 물었으나 남자는 멀뚱멀뚱 바라만 볼 뿐 대답이 없습니다.

"몸은 좀 괜찮으세요?"

남자는 여전히 내 얼굴을 빤히 쳐다볼 뿐 묵묵부답입니다.

아직 말을 못하시나? 아님 청각이 잘못되셨나? 나는 혼자 중얼거리며 치마폭의 과일들을 남자의 앞에 와르르 쏟아 놓았습니다.

"많이 배고프죠. 우리 과일이나 먹읍시다."

그런데 남자는 눈을 뜨고 보는 것도 힘이 드는지 다시 눈을 스르르 감아버립니다. 그러거나 말거나 나는 남자의 옆에 털썩 주저앉아 과일 중에서 가장 먹음직한 놈을 골라 옷섶에 썩썩 문질렀습니다.

"혹시 독이 들어있는지 내가 먼저 검식할게요."

말하며 입가로 가져가는데 남자가 갑자기 눈을 번쩍 뜨고 다급히 소리치는 것입니다.

"안돼! 안-돼——!"

전신의 힘을 모아 소리치는 것 같았으나 내게는 아주 미약한 소리로밖에 들리지 않습니다. 그만큼 남자는 극도로 허약해져 있었고 그나마 내가 알아들을 수 없는 달나라의 자모 같은 말이었습니다. 그래도 남자가 너무 다급하게 소리치는 바람에 분위기를 깨닫고 나는 얼른 과일 쥔 손을 멈추며 물었습니다.

"네? 뭐라구요? 지금 뭐라 했어요?"

남자는 가능한 천천히 한마디 한 구절씩 똑똑히 말하려 애씁니다.

"…그 과일은, 독이 있어 못 먹는다구요… 못 먹어요."

했으나 나는 여전히 알아들을 수 없습니다. 손바닥에 땀이 나고 몸속에서 뭔가 재글재글 타들어가고 있는 느낌.

"아참, 통 모르겠네. 이보시오. 좀 알아듣게 말해보시오. 도대체 무슨 뜻이에요?"

그러자 남자도 애가 타는지 미간을 잔뜩 찌푸리고 한참이나 어쩔 줄 몰라 하다가 힘들게 손을 들어 내 앞에 내미는 것입니다.

오리무중에 나는 손에 들었던 과일을 넘겨주었습니다. 남자는 과일을 받아 이를 악물더니 안간힘을 다해 저쪽으로 내던져버리는 것입니다.

"아니, 저건…"하고 나는 일시 던져진 과일이 아까워 바라보다가 다시 남자의 얼굴을 보는 순간 드디어 알아차렸습니다.

"저건 못 먹는다는 말이죠? 독이 들어 있다는 거죠? 그렇죠?"

남자는 어렴풋이 고개를 끄덕입니다. 그리고는 다시 가냘픈 손을 힘들게 뻗어 따온 과일 중에서 먹을 수 있는 과일 하나를 골라 내 앞에 내밀었습니다. 나는 얼른 그 과일을 받아 치마에 싹싹 문질러 깨끗이 닦은 다음 남자의 입께로 가져갔습니다.

"어서 드세요. 맛있을 거예요."

그러자 남자가 손을 뻗어 또 다른 과일 하나를 가리키는 것입니다.

"저것도 먹을 수 있다구요? 알았어요."

나는 재빨리 그 과일을 주워 치마폭에 썩썩 문지른 다음 내 입가에 가져갔습니다.

남자가 빙그레 웃는 듯했습니다.

우리는 마주 보며 과일을 먹기 시작했습니다.

피 더덕이 그대로 남아있는 남자의 입술은 과일을 씹는 것이 무척 힘들어 보였으나 나는 왜 이토록 파랗게 즐거움을 느끼는지 알 수가 없습니다.

4 ᚔᚔᚔᚔ

노오란 아침의 태양이 애처로울 정도로 푸르른 하늘에서 빛나고 있습니다. 백사장은 숲의 그림자와 빛의 모래톱으로 나뉘어 제각기 잿빛과 금빛으로 경쟁하는 듯싶습니다.

과일을 다 먹고 나자 남자는 정신 상태가 좀 나아진 듯했으나, 기력은 여전히 가련할 정도로 미약해 보입니다. 어젯밤 남자의 몸에서 흘러나오던 피를 생각하면 나는 지금도 까무러칠 듯 두렵고 끔찍하기만 합니다. 사람이 저렇게 많은 피를 흘리고도 살아있다는 것이 참으로 기적이라는 생각이 듭니다.

나는 다시 숲으로 들어가 천 조각을 이슬에 적셔 가지고 돌아와 남자의 얼굴에 엉겨 붙은 핏자국을 닦아주기 시작했습니다. 그러면서 남자가 알아듣든 말든 혼자소리처럼 중얼거렸습니다.

"이제 나아질 거예요. 좋아질 거라구요. 희망을 버리시면 안돼요. 이를 악물고라도 견디셔야 합니다. 내가 지켜드릴게요. 꼭 지켜드릴테니 걱정하지 마세요…"

남자는 뭐라도 알아들은 듯 감고 있던 눈을 가늘게 뜨고 촉촉해진 눈으로 나를 빤히 쳐다봅니다. 말이 없는 만큼 표정의 깊이가 짜릿하게 전해와 심장으로 스며드는 것입니다.

정오가 지나고 오후가 되자 남자는 또다시 눈을 감고 혼수상태에 빠져들었습니다. 피를 많이 흘린 데다 머리와 다리의 깊은 상처에 아무약도 바르지 못한 채 저렇게 생으로만 버티고 있으니 결국 이 고비를 넘길지 못 넘길지는 아무도 알 길이 없습니다. 사람이란 외부의 힘에 굴하는 것이 아니라 자신의 내부에 굽히면 지는 것이라 했습니다. 도대체 저 몸속에 얼마만큼의 끈기와 에너지가 들어있는지는 하늘에서 굴러가는 저 태양만이 알고 있을 것입니다.

　망연히 고개 들어 하늘을 쳐다보니, 푸른 잉크로 세탁해 놓은 듯 청청한 하늘은 끝 간 데 없이 뻗어 있고 짜개 놓은 떡호박 같이 노오란 오후의 해가 감색의 볕을 쏟으며 서쪽 하늘에 높직이 걸려있습니다. 세상은 이렇게 아름다운데 인간에겐 왜 이토록 비릿한 일만 생기는 것일까? 갑자기 내력도 알지 못하는 그 비행기가 못 견디게 미워났습니다. 폭발은 왜 해가지고 사람을 이 지경으로 만들어 놓는단 말인가. 그런데 다시 생각해보니 그 비행기가 한없이 고맙게도 느껴지는 것입니다. 이렇게 같은 종류인 인간을 싣고 와서 나에게 던져주지 않았던가. 아픈 사람이든 성한 사람이든 지금 내게는 사람이 필요하다. 이 고독한 무인도에 기억마저 깜깜하게 사라진 내 눈앞에 같은 팔다리를 가지고 비슷한 사유를 하며 같이 숨을 쉴 수 있는 인간이 생겼다는 것이 어쩌면 지금 내게는 최고의 행운일지도 모른다.

　마른 나무 가지를 꺾어 남자가 누워있는 모래톱 주위에 빙 둘러 꽂아 놓고 그 위에 낙하산 나일론 천을 씌워 임시로 햇빛을 가려 주었습니다. 그런 다음 저녁에 먹을 과일을 채집하러 나는 다시 숲속으로 들어갔습니다.

　사방이 바다로 둘러싸인 무인도의 날씨는 무당의 미간처럼 변덕이 심하기도 합니다. 낮에는 줄곧 청청하던 하늘이 해가 수평선으로 기울어지면서 갑자기 시커먼 무소 떼 같은 먹장구름을 몰아오기 시작합니다. 비구름은 예고도 없이 다가오는 악마처럼 으르렁거리며 육박해오고 있습니다. 날은 황혼의 어스름을 뛰어넘어 눈 깜짝할 새에 어둠으로 직행하고, 바닷새들이 깃을 치는 소리는 어두운 동굴 속에서 부산하게 날아다니는 박쥐들의 아우성을 방불케 합니다.

희미하게 물러가는 낮의 마지막 잔광을 붙잡아 나는 부랴부랴 따서 모아 놓았던 과일들을 치마폭에 담아 들고 허둥지둥 숲속을 빠져나왔습니다. 머리위에서 무시무시한 검은 구름이 금시 무너져 내릴 듯 나직이 흐르고 세상은 이렇게 통째로 악몽 속에 빠져드는가 싶을 만큼 위태롭게 느껴지는 것입니다.

누워 있는 남자가 저쯤 보이는 곳까지 왔을 때입니다. 불시에 수억의 야수들이 동시에 울부짖듯 광풍이 몰아치더니 콰르릉! 천둥이 울고 번갯불이 번뜩이며 이어 강낭콩 같은 빗방울이 후둑후둑 떨어지기 시작합니다.

번갯불에 얼핏 보니 내가 임시로 고정시켜 놓았던 낙하산 나일론천이 바람에 휘말려가고 있는 것입니다. 치마폭의 과일을 생각할 새도 없이 나는 후닥닥 손을 놓고 날려가는 나일론천을 따라 죽기내기로 쫓아갔습니다. 이것마저 없어진다면 우리의 생존에는 커다란 구멍이 뚫리기 때문입니다. 다행히도 모래사장에서는 엄청 빠른 속도로 바람에 휘말려가던 나일론천이 드디어 숲속 나무에 걸려 더는 가지 못하고 애처로운 괴성만 내지르고 있습니다. 숨을 헐떡이며 겨우 뒤쫓아간 나는 급기야 나일론 천을 와락 잡아당겨 둘둘 말아가지고 힘겹게 바람을 맞받으며 모래톱으로 돌아왔습니다.

비는 이미 억수로 쏟아 퍼붓고, 그 속에 방치된 남자는 벌써 물에 담가놓은 빨래모양 비바람에 후줄근히 젖어 몸을 덜덜 떨고 있습니다.

하지만 눈도 뜨지 못하는 걸로 봐선 의식이 있는지 없는지조차 분간하기 어려운 상태입니다. 나는 무작정 달려가 남자의 몸을 덥석 그러안으며 목이 메어 불렀습니다.

"여보세요, 정신 차리세요. 정신 좀 차려보세요…"

하지만 남자는 아무런 대답도 반응도 보여주지 않습니다. 짙은 불안과 초조감이 돌덩이처럼 무겁게 가슴을 눌러옵니다. 손을 내밀어 남자의 얼굴을 만져보니 달아오른 가마인양 뜨거운 열기가 팔을 통해 전해옵니다. 생명을 벌레처럼 파먹는 고열이 찾아온 것입니다. 허나 나는 이렇게 속수무책이고, 아무것도 할 수가 없으니, 타들어가는 애간장을 어찌해야 좋을지, 더욱이 생명의 다리에 들어붙어 거머리처럼 빨아대는 저 분초의 시간은 또 어찌해야 할는지, 도저히 알 도리가 없고 대책 없는 자신이 너무도 밉고 슬퍼서 견딜 수가 없습니다.

하늘은 여전히 장대 같은 비를 주룩주룩 퍼부어대고, 바람에 노한 바닷물은 먹이를 덮치는 사자인양 한번 또한번 모래톱에 덮쳐 닥칩니다.

우선 높은 데로 옮겨가지 않으면 모두가 위험에 빠질 우려가 있습니다.

"여보세요. 눈 좀 뜨세요. 자리를 옮겨야 해요. 아니면 우리는 저 바다에 먹혀버릴 거예요. 그러니 눈 좀 떠보세요…"

소용없습니다. 내가 아무리 용을 쓰며 울부짖어도 남자의 귀에는 전혀 닿지 않는 듯 눈초리조차 까딱하지 않습니다. 와당탕! 저쪽에서 커다란 나뭇가지 부러지는 소리가 신경을 갉으며 들려옵니다. 반사적인 동작으로 그쪽을 휙 돌아보다가 머리에 반짝 떠오르는 생각이 있어 얼른 그리로 달려가 부러진 나뭇가지를 잡아끌고 돌아왔습니다. 이를 악물고 안간 힘을 다해 남자를 나뭇가지위에 올려 눕히고 나일론 천으로 가려준 다음 전신의 힘을 다해 조금씩 조금씩 끌어서 높은 곳으로 올라갔습니다. 그러면서 스스로 자신의 몸에서 고약처럼 짜내면 끊임없이 나오는 힘에 다소 놀라기까지 했습니다.

숲의 가장자리에 조금 불룩하게 솟아 있는 바위 앞에 이르자 큰 아버지라도 만난 듯 의지가 되어 바로 그 밑에 자리를 잡고 남자를 눕혀 놓았습니다. 바람이 조금씩 잦아들면서 큰비가 작은 비로 바뀌어 구질구질 내리기 시작합니다. 돌멩이를 찾아 나일론천의 한쪽 끝을 바위에 고정시키고 다른 한쪽 끝은 땅에 고정시켜 삼각의 임시 도피처를 만들었습니다. 그리고 나는 남자의 옆에 나직이 앉아 그의 얼굴을 들여다보았습니다.

그의 몸은 아까나 지금이나 줄곧 불덩이처럼 타오르고 있고 가끔 헛소리 같은 말이 의식 없는 입에서 흘러나오기도 합니다. 하지만 나는 한마디도 알아들을 수가 없고 도대체 혼수상태에서의 헛소리인지 아니면 진짜 나에게 말하는 것인지조차 분간하기 어렵습니다.

밤은 고무줄처럼 길게 늘어져 끝이 없고 비는 멍청하게도 오랫동안 쏟아지더니 드디어 그치고 하늘이 파랗게 밝아오기 시작합니다.

잠에서 깨어 눈을 뜨고 보니 어느새 앉은 그대로 남자의 가슴위에 엎드려 자고 있는 것입니다. 미안한 생각이 들어 얼른 몸을 일으키며 손으로 그의 이마를 짚어보니 열이 얼마간 내려 있는 듯합니다. 해가 뜨면 열이 모두 내릴 거야 하고 스스로 위로하며 나는 얼른 몸을 일으켜 숲속으로 들어갔습니다.

스치는 바람에 하늘이 흔들리고, 밤새 비에 씻긴 나무들이 요란하게 빛을 발하고 있습니다. 발걸음처럼 리듬 있게 다가오는 파도소리에 더불어 맑은 하루가 무대배경이양 서서히 막을 열고 있습니다.

이 날은 하루 종일 날씨가 상상을 초월할 만큼 창창하게 개여 있었습니다. 하지만 남자는 오후가 되자 또다시 고열이 나기 시작하더니 옹근 하루 밤을 허우적거리며 생사의 문을 오락가락 하고 있습니다. 남자의 옆에 앉아 뜬눈으로 밤을 새운 나는 숨이 멎는가 싶을 만큼 아프고 고통스러워 견딜 수가 없었습니다. 죽어가는 사람을 눈앞에서 지켜보며 아무것도 할 수 없다는 것, 그것에 나는 피가 말라 들고 신경이 오리오리 찢겨 머리카락이 되는 듯했습니다.

그 이튿날도 남자의 상황은 다를 바 없었습니다. 허나 그날 밤은 가슴이 오리오리 찢기던 나머지 내가 그만 악몽 속에 빠져들어 버렸습니다. 하늘에서 두둥실 떠가던 구름덩이가 갑자기 바다로 쏟아져 내립니다. 바다에 떠있던 한 점의 쪽배가 쏟아지는 구름을 모두 받아 마시고 거대한 배로 둔갑합니다. 둔갑한 거대한 배는 눈 깜짝할 새에 고래보다 더 큰 괴물로 변해 바닷물을 사정없이 들이켜기 시작합니다. 드디어 바다는 바닥이 드러나고 죽은 물고기들의 주검 위에 까마귀 떼들이 춤을 추고 있습니다…

5 ~~~~~

사람이 잠에서 깨어난다는 것은 또 한 번의 소생이 아닐까 싶습니다. 잔다는 건 잠간 죽어 있는 것이고 죽는다는 건 영원히 잠든 것이며 혼수상태에 있다는 건 그 중간이 아니겠습니까.

그날 아침엔 남자가 먼저 깨어난 것 같습니다. 내가 눈을 떴을 때 태양은 이미 동쪽 하늘가에 높직이 걸려 하얗게 빛을 발하고 있었습니다. 고개를 돌려 보니 남자가 나를 보며 희미하게 미소 짓는 듯합니다. 그런데 머리에 동여맸던 천들이 온데 간데 보이지 않는 것입니다. 깜짝 놀라 나는 몸을 벌떡 일으키고 그의 머리를 가리키며 큰 소리로 물었습니다.

"그 머리는 왜요? 싸맸던 천들은 모두 어디가고, 피가 안 나요?"

이번에는 남자가 해바라기처럼 미소를 지어 보입니다. 남자도 저처럼 찬란하게 웃을 수 있다는 것에 나는 처음으로 놀라움을 금치 못했습니다. 그 다음 남자는 상반신을 일으켜 나를 향해 마주앉는 것입니다.

나는 더욱 놀라 눈이 휘둥그레져 저도 몰래 고개를 가로 저었습니다.

"…아니, 어쩜… 이거… 진짜예요?… 꿈이 아니구?… 꿈이 아닌 거죠?… 꿈이 아니라구 말해줘요."

내 말을 알아듣기라도 한 듯 남자는 천천히 그러나 확실하게 고개를 끄덕여주는 것입니다. 그런 다음 머리에서 풀어낸 천을 땅에서 찾아들고 내 눈앞에 흔들며 알아듣지 못할 말이지만 또렷하게 소리를 만들어 내보냅니다.

"이제 많이 나았어요. 내 머리는 더 싸매지 않아도 돼요. 오히려 당신이 걱정스러웠어요. 이틀 동안이나 정신을 못 차렸으니까."

찌르르 전기가 흐르듯 온몸을 관통하는 것은 어두운 지하 감방에 날아든 작은 반딧불처럼 비록 미소하나 깜빡이는 빛으로 희망을 부여해 주는 끈입니다. 말의 뜻은 알아듣지 못해도 이것으로 내 마음속에서 저 사람이 이제는 다시 죽어가는 일이 없으리라는 확신이 철탑처럼 일어선 것입니다. 갑자기 세상이 열배 아니 백배로 환해진 느낌입니다. 출렁이는 바닷물도 두터운 숲의 그림자도 들쑥날쑥한 바위와 그 밑에 깔린 자갈까지도 나름대로 빛을 뿌리며 살아 움직이듯 안겨옵니다.

신이 나서 옆에 있는 과일을 집어 들고 꽈닥 꽈닥 깨물어 먹으며 고개 들어 하늘을 올려다보니 흰 구름이 유유히 흐르는 아래로 하얀 배를 가진 갈매기들이 분주히 날아다니고 있습니다. 갈매기는 원래 하얀색이였구나!

그날 먹은 과일은 내 일생에서 가장 맛있는 음식이었다고 기억됩니다. 다름 아닌 살아있는 자의 희열이 햇빛처럼 느껴지는 맛이었으니까요. 남자가 집어 주는 모든 과일을 마다 않고 하나하나 받아서 싸각싸각 씹어 모두 뱃속에 집어넣었습니다. 그런 다음 한잠 늘어지게 자고 일어나니 제비라도 따라잡을 듯 몸이 가벼워진 느낌입니다. 막 노래라도 부르고 싶은 기분이었는데 옆에 누운 남자의 얼굴을 보는 순간, 흥분이 그만 가뭇없이 사라지고 말았습니다. 남자의 얼굴은 너무너무 보기 힘들게 야위고 엉망이 되어 아침 햇빛에 양측의 광대뼈가 푸른빛을 띤 주석같이 반짝거리고 있습니다. 만약 이런 환경이 아니고 어느 길거리에서 만났다면 필시 먹던 빵조각이나 던져주고 운수 사납다며 쫓아버렸을 거지의 얼굴인 것입니다. 깊이 생각해보지 않아도 이유는 명백한 바, 남자는 결코 과일만 먹고 살 수 있는 동물이 아닌 거죠. 더욱이 몸에 상처가 있는 이 사람에게는 지금 무엇보다 단백질이 필요한 것입니다. 그런데 요 며칠 우리가 먹었다는 것은 기껏해야 과일 몇 개뿐이니 죽지 않고 목숨이 붙어 있는 것만 해도 기적이 아니겠습니까.

오랜만에 바닷물가로 내려갔습니다. 바람이 자고 있는 바다는 잠든 아기처럼 고요하고 사랑스럽게 느껴집니다. 맑고 푸른 물결이 노래하듯 살랑대며 백사장을 부드럽게 애무한 나머지로 하얀 물거품을 모래 위에 남겨놓고 살며시 물러갔다가 다시 돌아오곤 합니다.

참방참방 얕은 물에 들어서서 물속을 빤히 들여다보니 크고 작은 물고기들이 조깅이라도 하듯 팔딱거리며 오가는데 손만 뻗으면 금방 잡아낼 수 있을 것 같습니다. 나는 두 손을 내밀어 열 손가락을 쫙 펴서 갈고리 모양을 만들어 가지고 물밑의 고기를 노리다가 확 집어넣어 고기를 잡아 쥐려 했습니다. 생각밖에 허탕입니다. 한번, 두 번, 세 번… 무수히 해보았으나 고 깜찍한 것들은 요리조리 피하며 결코 한 놈도 잡혀 들지 않습니다. 애가 바싹바싹 타 들어가고 이발에 물린 입술이 터져버릴 즈음입니다.

저쪽에서 애타게 지켜보고 있던 남자가 소리치는 것입니다.

"안돼요. 그렇게 하면 안된다구요."

"네? 뭐라구요?"

나는 허리를 펴며 화풀이하듯 퉁명스레 물었습니다.

"물고기는 그렇게 잡는 게 아녜요. 어서 그만두고 돌아오세요."

말을 알아들을 수 없는 우리는 강아지와 고양이가 소통하는 격, 그래도 짐작으로나마 맞춰보려고 이리저리 궁리하던 나는 문득 가슴속에서 짜증 같은 것이 욱 밀고 올라오는 걸 어쩔 수 없었습니다.

"자기를 몸보신 시키려고 그러는데 삐치긴 왜 삐쳐? 귀신 경 읽는 소리 집어치구 그만 잠이나 자셔."

게두덜거리며 또다시 허리를 굽히고 고기잡이를 계속했습니다. 그런데 아무리 해도 결과는 마찬가지입니다. 애매한 손가락만 암석에 긁히고 결국 쥐에게 물린 고양이 신세가 되어 후줄근해 돌아서는데 문득 발아래 암석 사이를 기어 다니는 작은 게들이 시야에 들어왔습니다. 좋아라 손뼉을 치며 급히 다가갔으나 불도저의 기다란 팔처럼 마구 휘두르는 게 집게가 너무 무서워 일시 손을 쓸 수가 없습니다. 요 쪼끄만 놈이, 날 어쩌겠다구! 하고 스스로 사기를 올리며 이를 악물고 한 놈의 다리를 꾹 잡았으나 어찌나 세차게 반응하는지 화들짝 놀라며 놓아버리고 말았습니다. 더는 별수 없게 된 나는 고양이 낙태상이 되어 죽은 게 두 마리를 겨우 찾아 들고 터벅터벅 맥없이 돌아왔습니다.

걸어오는 나를 보며 남자가 입을 막고 웃는 것입니다. 그게 괘씸해서 나는 저도 모르게 꽥 소리 질렀습니다.

"웃긴 왜 웃어요? 재간 있으면 한번 해 보시든지."

남자가 달래듯이 손을 내밀었습니다. 헌데 그 손에 번뜩이는 비수(군도)가 쥐어 있어 나는 너무 놀랍고 무서운 김에 발걸음을 뚝 멈췄습니다.

그러자 남자가 부드럽게 손짓하며 말하는 것입니다.

"어서 오라니까. 괜찮아요. 어서요."

"...?..."

그래도 다가갈 엄두를 못 내고 주춤거리고 있으려니, 남자가 금시 알아챘는지 비수를 돌려서 자루를 내 쪽으로 내밀며 부드럽게 설명하는 것입니다.

"무서워 말구 어서 와 받아요. 이 칼로 나무를 찍어오라는 뜻이에요."

"...?..."

원숭이 말을 알아듣지 못하는 개구리처럼 나는 그래도 선뜻 다가서지 못합니다.

남자는 일시 어떻게 설명했으면 좋을지 몰라 머리를 벅벅 긁다가 갑자기 수림 쪽을 가리키며 손으로 나무를 형용하느라 애쓰는 것입니다.

"나무, 나무 말이요. 저런 나무!"

조금 전달이 되는 듯싶습니다.

"아, 저 나무를 말하는 거죠? 나무?"

나도 손으로 가리키며 형용했습니다.

"아, 그래그래, 나무. 저 나무를 이 칼로 찍어 오라는 말이요. 찍어서 날라 오라구요."

칼로 찍는 형용이 너무 생동해서 나는 그만 킥 웃어버렸습니다.

"알았어요. 저 나무를 칼로 찍어오라는 말이죠?"

"그래그래, 맞아요. 오케이!"

긍정의 뜻으로 고개를 너무 힘 있게 끄덕이다가 남자는 그만 다쳤던 목뼈가 아파 신음을 내뱉으며 손으로 움켜잡습니다.

나는 어이없이 허허 웃고 나서 미안해요 하며 재빨리 다가가 남자의 손에서 칼을 받아 쥐고 수림을 향해 걸어갔습니다. 가면서 생각해보니 좀 웃기긴 했으나 처음으로 뜻을 통했다는 것이 너무 기쁘고 조금은 황홀하기까지 한 것입니다.

6 ⁓⪻

나무는 내가 생각한 것보다 잘 찍혀지지 않았습니다. 아침에 과일을 많이 먹었다지만 이틀 동안이나 혼수에 빠졌던 나는 햇빛으로 꽉 찬 완벽한 공기 속에서도 아직 텅 빈 물병처럼 공허한 자신의 내부를 느끼고 있었습니다. 다행히 수림 속은 서늘한 그림자로 흔들림 없어 좋았습니다. 휘청거리는 다리를 애써 가누며 쓸 만하리라 판단되는 나무를 골라잡았으나 어설프게 칼을 거머쥐고 내리 찍다가 도리어 칼이 윙 날아가 버렸습니다. 수풀을 파헤치며 어렵게 칼을 찾아 잠간 쉬었다 다시 찍기 시작했습니다. 허나 번마다 정확하게 같은 곳을 찍어야 하는데 여기저기 드티어 찍으니 나무는 온통 상처만 입을 뿐 쉽게 끊어지지 않습니다.

잠간 손을 놓고 서있자니 나는 왜 이렇게 무능하냐 싶어 눈물이 왈칵 치미는 것입니다. 생각해보니 엄마는 내게 아무 기능도 가르쳐주지 않은 것 같습니다. 그래서 나는 이 나이가 되도록 이렇게 아무것도 할 줄 모르는 것이겠죠. 근데 가만, 이 나이란 도대체 몇 살일까 난? 도대체 내 엄마는 누구지? 아빠는 또 누구…? 몰라 몰라 아무것도 몰라! 내가 누구인지조차 모르는 판에 엄마 아빠가 누구인지를 어떻게 아냐구! 눈물이 줄줄 볼을 타고 흘러내립니다. 하느님, 제발 말씀 좀 해보세요. 내가 도대체 무슨 죄를 지었기에 이런 곳에 홀로 내던져졌단 말입니까?

대답 없는 하늘은 가증스러울 정도로 파랗게 개있고 두터운 숲은 투명한 대기 속에 녹색을 한껏 발하며 내가 알아듣지 못할 언어로 수군거릴 뿐입니다. 누군가 애간장이 탈 때 흘리는 눈물은 바닷물보다 더 짠 것이라 했습니다. 만약 지금 내가 흘리는 눈물이 바다로 흘러든다면 아마도 천 길 만 길의 밑바닥에 가라앉을 것이라고 나는 확신합니다.

해가 중천에 높이 걸렸다가 서쪽 하늘로 방향을 바꿀 때에야 나는 서툴게 찍은 크고 작은 나무를 한 아름 끌고 와서 남자의 앞에 부려 놓았습니다.

"오케이, 오케이!" 하면서 그는 기다렸던 지루함을 전혀 나타내지 않고 흥분되어 소리칩니다.

"오케이"라? 저건 두 번째로 듣는 말인데. 아까도 내가 자기의 말뜻을 알아차렸을 때 "오케이"라 했다. 그러니 저건 "맞다"는 말일 것이다. 그래서 나는 "오케이"라는 한마디를 머릿속에 새겨 넣었습니다.

점심때도 훌쩍 지나 배가 많이 고플 것이건만 남자는 아무 내색 없이 밝은 얼굴로 내 손에서 칼을 받아 쥐고 찍어온 나무 중 가장 곧고 단단하고 끝이 꽤 균일하게 두 가닥으로 생긴 나무를 골라잡았습니다. 그리고는 서둘러 칼을 빙글빙글 돌리며 기타 가지는 모두 잘라버리고 거친 곳을 반들반들하게 다듬은 다음 끝에 남은 두 가닥을 뾰족하게 깎아서 창날 같이 예리하게 만드는 것입니다. 마지막으로 그것을 높이 쳐들었다가 두 가닥 쪽을 아래로 힘주어 뿌려서 모래톱에 꽂히게 했습니다. 그런 다음 말똥한 두 눈이 또렷하게 나를 쳐다봅니다.

그 빛이 하도 강하게 전해와 나는 바로 그 뜻을 알아차렸습니다.

"아, 그렇게 물고기를 잡으라는 말이죠? 저 바다에 가서 헤엄쳐 다

40

니는 물고기를 바로 이렇게 찍어 잡으라고, 그렇죠?"

"오케이, 오케이!" 하고 남자는 소리치며 엄지손가락을 막 내흔듭니다.

나도 덩달아 흥분되어 "오케이, 오케이!" 하며 나무 작살을 집어 들고 바로 몸을 돌려 곧추 바다를 향해 뛰어갔습니다.

그런데 작살로 물고기를 찍어 잡는다는 것도 생각처럼 쉬운 일이 아니었습니다. 작살을 들고 물이 조금 깊은 곳에 들어가 헤엄치는 물고기를 노렸다가 꽉 내리 찍으면 작살 끝이 미처 닿기도 전에 고 영리한 것들은 홀짝 비켜버리곤 하는 것입니다. 내 동작이 서툴고 느린데다 물고기들이 너무 날렵해서 귀신에게 놀리듯 흐물흐물 하다가 내리 찍는다는 것이 하마터면 내 발등을 찍을 번 하기도 했습니다. 실패감이 돌덩이같이 압박해왔으나 결코 이렇게는 그만둘 수가 없었습니다. 이번까지 해내지 못한다면 나는 그 자리에 폴싹 꼬꾸라져 죽어버릴지도 모르는 일입니다. 잠간 손을 멈추고 숨을 고르게 쉬며 눈을 감고 정력을 한껏 모았다가 다시 눈을 크게 뜨고 제법 큰놈이 다가오기를 기다렸다가 전신의 힘을 다해 죽어라 내리찍었습니다. 과연 큰놈이 찍혀 들었습니다. 기쁨에 몸을 부르르 떨며 급히 물고기를 꿴 채로 작살 끝을 허공에 높이 쳐들어 흔들며 소리쳤습니다.

"아――, 잡았다! 잡았다! 내가 해냈다! 해냈어――!"

줄곧 나를 지켜보던 남자의 입에서도 환성이 터져 나왔습니다. 뭐라는지 내용은 알아들을 수 없으나 공기의 입자를 타고 투명하게 전해오는 목소리의 질감은 미풍에 일렁이는 바닷소리와 닮아 있습니다. 나는 밀려오는 만족감에 몸이 붕 떠오르는 듯하고 오랜만에 피부 밑에서 말초신경들이 해드득 웃는 듯했습니다.

그런데 바로 이때였습니다. 남자가 갑자기 허둥거리며 급히 소리칩니다.

"엎드려요! 어서 엎드려…!"

허나 말을 알아듣지 못하는 나는 뭐라구요? 하면서 멍하니 서 있다가 얼결에 고개 들어보니 시퍼런 공중에서 커다란 바다 독수리가 날개를 활짝 펴고 나를 향해 꽂히듯 날아오고 있는 것입니다. 너무 놀라 깜짝 얼어붙은 사이 탁! 하고 바다 독수리의 날개깃이 내 볼을 스치는가 싶더니 작살 끝에 꿰어있던 물고기가 온데간데없이 사라졌습니다. 퍼뜩 시선을 올려 보니 그 염치없는 바다 독수리가 불도저의 포크 같은 두발로 내게서 채어간 물고기를 꽉 끼어들고 훨훨 날아가고 있는 게 아니겠습니까.

"아, 내꺼, 내거야. 돌아와! 이 나쁜 놈아…"

나는 발을 동동 구르며 소리쳤으나 그 놈의 독수리는 나를 놀리기라도 하듯 상공에서 내 머리 위를 한 고패 빙 배회하고는 창창한 하늘로 높이높이 날아올라 까만 점으로 아득히 사라져가는 것입니다.

이렇게 내 첫 노획물은 바다 독수리의 횟감으로 바쳐지고 말았습니다. 그래도 내게는 이제 경험이라는 것이 생겼고 용기도 얻었는지라 별로 낙심하지는 않고 다시 혼신의 정력을 모아 열심히 노력했습니다. 과연 얼마 지나지 않아 두 번째 놈을 찍어 올렸습니다. 그리고 세 번째 놈은 크지는 않으나 제법 살찐 것으로 찍어 잡는데 성공했습니다.

저녁 빛이 잿빛잉크를 물에 풀어놓은 듯 서서히 공기 속에 퍼져가고 바닷새들은 깃을 축소하며 포드득 포드득 보금자리로 날아듭니다. 미구하여 군청색의 밤하늘에 호화로운 별들이 하나 둘 나타나기 시작하고 바다는 파도소리를 조금씩 죽여 작은 소리로 속살거리고 있습니다.

크고 살찐 두 마리 물고기를 깨끗이 손질하여 거죽을 벗긴 다음 각자 한 마리씩 손에 들고 살을 뜯어 입에 넣었습니다. 살아있기 잘했다 싶을 정도로 기막히게 당기는 맛이었습니다. 우리는 거의 동시에 와…! 소리치며 서로를 마주보았습니다.

나는 손에 든 물고기에서 가장 살집 좋은 부분을 갈라내어 남자에게 주었습니다. 남자는 말없이 받아 쥐더니 칼로 정성스레 뼈를 추려버리고 살코기만 모아 다시 내 앞에 내미는 것입니다. 나는 딱 잡아 거절했습니다.

"나한테 주면 안 되죠. 지금 이걸 많이 먹어야 할 사람은 당신이에요. 상처가 빨리 아물어야 하니까요. 그러니 어서 드세요." 말하며 나는 상처 입은 남자의 다리를 강하게 가리켰습니다.

뭔가를 알아들은 듯 남자는 고개를 끄덕거리고 나서 자기 앞 치의 물고기와 내가 준 부분 모두를 게 눈 감추듯 먹어 치웠습니다. 나도 내 앞 치를 남김없이 깨끗이 먹어 치웠습니다. 그런 다음 우리는 팔베개를 하고 나란히 누워 끝없이 하늘을 쳐다보았습니다. 검은 하늘에 투명한 갈고리 반달이 물음표인양 비스듬히 걸려있고 대기는 청명하게 골고루 퍼져 있습니다.

이 남자는 도대체 누굴까? 어디서 왔을까? 엄청 궁금했지만 자조하듯 피식 웃어버렸습니다. 스스로 자신이 누구인지도 모르는 주제에 남을 캐묻다니, 오히려 모르는 게 상책일지도 모른다고 그러니 아예 궁금해 하지도 말자고, 단 이 남자도 나처럼 이곳에 오기 전의 일은 기억하지 못하는지 그것만은 알고 싶었지만 말도 뜻도 통하지 못하는 상황에서 단념해버리는 수밖에 없었습니다.

7 ~<<<

사람의 기억이라는 것은 참으로 웃기는 무엇인가 봅니다. 자신의 이름도 모르고 부모의 성씨도 모르고 자신이 살던 곳도 모르고 어디로 가는지도 모르는 내가 어떻게 비행기를 아는지 모르겠습니다. 비행기라면 하늘에서 날아다니는 커다란 물체로 사람이 운전한다는 상식 같은 것이 내 기억의 밑바닥에 조용히 깔려 있었습니다. 그러고 보니 어떤 개념 같은 것, 상식 같은 것, 기본 지식 같은 것은 아직 내 머릿속에 고스란히 남아있다는 발견에 스스로도 놀라웠습니다. 덕분에 나는 지금 이만큼이라도 살아있는 것이 아닐까 고 생각하니 어딘가 조금은 다행이라는 생각까지 드는 것입니다.

숲과 모래톱에 흩어져 있는 비행기의 잔해에서 뭔가 유용한 것이라도 찾아내려고 나는 눈에 해를 담고 이 잡듯이 부근을 헤집으며 돌아다녔습니다. 허나 공중에서 이미 산산 분해되어 떨어진 비행기 잔해는 하늘에서 쓰레기 한 트럭을 쏟아 부은 듯 쓸만한 것이란 별로 없고(최소한 내 눈에는) 다만 모래톱과 바닷물이 잇닿은 곳에 절반 이상 묻혀 있는 두랄루민 조각 두어 개가 보일 뿐입니다. 그 조각을 뽑아내는데 나는 기억도 하지 못하는 엄마를 얼마나 애타게 불렀는지 모릅니다. 동화속의 무 뽑기라면 강아지도 고양이도 힘을 합쳐주련만 지금 옆에는 내 그림자마저 한낮의 태양에 쪼그라져 거의 보이지 않습니다. 한 조각을 뽑아내는데 에너지를 깡그리 탕진하고 나니, 마지막 조각을 뽑아낼 때는 태아 시절 뱃속에서 탯줄에 매달려 있던 힘까지 모두 합쳐 생사결판을 하지 않으면 안 되었습니다. 시달릴 대로 시달린 두랄루민 조각은 드디어 뽑혀 나오면서 복수라도 하듯 나를 사정없이 모래톱에 메쳐 놓았습니다. 탈진 상태에 빠져 숨을 헐떡이며 잠간 넘어진 그대로 누워 있으려는데 재수 없이 넘어지는 내 몸 밑에 깔려버린 꽃게 한 놈이 죽어라 발버둥치는 통에 결국 나는 혼비백산하며 기어 일어나 도망치지 않으면 안 되었습니다.

온몸이 땀투성이가 되어 두랄루민 조각 두개를 질질 끌고 오는 나를 보고 남자는 혀를 끌끌 차는 것입니다. 그런 모호한 표시 대신 알아듣지 못할 말이라도 한마디 칭찬해주기를 은근히 바랐으나 남자의 입은 결코 언어 같은 것을 내보내지 않습니다.

남자의 눈앞까지 걸어와서 나는 끌고 오던 두랄루민 조각을 내려놓으며 그가 알아듣든 말든 혼자소리처럼 중얼거렸습니다.

"그 비행기에서 떨어진 거예요. 불에 타다 남은 조각이라구요. 이걸 세워놓고 낙하산 천을 덮씌워 막을 치면 좋지 않을까 싶어 가져왔어요. 어때요? 내가 잘한 거죠?"

헌데 놀랍게도 남자는 내 말이 아직 채 끝나기도 전에 재빨리 손을 길게 뻗어 낙하산 천을 끌어당겨서는 구겨진 부분을 펴기 시작하는 것입니다.

"어? … 알아듣는 거야? 도대체…?"

헷갈림 비슷한 것이 머릿속에 뛰어드는 순간, 나는 금시 진위라도 가려내려는 듯 당돌하게 얼굴을 앞으로 쑥 내밀고 그의 얼굴을 빤히 쳐다보았습니다. 그 바람에 반사적으로 움츠렸다가 다시 원상태로 돌아온 남자의 얼굴에 옅은 미소가 안개속의 나뭇잎처럼 연연히 떠오릅니다.

가까이에서 본 남자의 얼굴은 많이 축소된 듯한 느낌. 며칠 전 핏자국을 닦아줄 때만 해도 떡판같이 커 보이던 얼굴이 오늘은 찻잔만큼이나 작아 보이는 것이 이상하게 느껴질 정도입니다. 그래도 턱밑에 더부룩이 자란 쐐기풀 같은 수염이 나이가 이십대는 되었음을 보여주고 있습니다.

"이름이 뭐예요?"

내가 불쑥 물었습니다.

남자는 대답대신 기다란 눈초리만 오르락내리락 하고 있습니다.

"저, 당신 진짜 내 말 못 알아듣는 거예요? 단 한마디두요?"

올가미를 던지는 듯한 내 말에 눈을 둥그렇게 뜨고 곤혹이 가득한 얼굴로 멀뚱멀뚱 쳐다보기만 하는 남자의 모습은 어쩌면 잘생긴 시베리언 허스키 같다는 생각.

그 맑은 갈색의 눈동자를 빤히 들여다보다가 문득 그 속에 아련히 비쳐 있는 자신의 얼굴을 발견하는 순간 나는 죄라도 지은 듯 몸을 흠칫했습니다. 내가 왜 이러는 거지. 죽어가는 사람을 살려 놓고 지금 뭐하자는 거냐? 기억은 없어도 마음은 뒤틀리지 말랬다 고 자신을 훈계하며 고개를 가로 저어 홀홀 털어버리듯 자리에서 일어섰습니다.

서쪽 하늘가에 부챗살처럼 피었던 핑크빛 노을이 다가오는 잿빛 안으로 희미하게 잦아들고 이름 모를 각종 바닷새들이 깃을 치며 보금자리로 날아들 무렵, 우리의 보금자리——천막도 완성되었습니다. 두랄루민 조각 두개를 A자 모양으로 마주 세우고 그 위에 낙하산 천을 덮어씌워 고정시켜 놓았더니 제법 그럴듯한 천막이 되었습니다.

이렇게나마 드디어 둥지가 있게 되었다는 것이 우리를 흥분 속에 몰아넣었습니다.

남자는 아이처럼 환성을 지르며 서둘러 천막 안에 들어가 누웠다 앉았다 를 거듭하다가 "오케이, 오케이!" 하며 나를 향해 엄지를 내흔드는 것입니다.

나도 흥분에 빨갛게 달아올라 "오케이, 오케이!" 하고 여기저기를 뛰어다니며 더 완벽하게 하려고 애썼습니다. 우선 마른 풀잎들을 가득 모아서 천막 바닥에 골고루 깔아 폭신한 자리를 만들었습니다. 그런 다음 천막 밖에 나가 몇 발작 떨어진 곳의 모래톱에다 작은 구덩이를 파고 구명대 플라스틱을 안에 깔아 비가 내리면 깨끗한 물이 고이도록 만들었습니다.

"됐다. 이젠 마실 물 걱정을 하지 않아도 된다. 한번 받으면 며칠 동안 마실 수 있으니까."

혼자 중얼거리며 천막 앞에 이르니 남자가 불쑥 내 앞에 이상한 물건을 내미는 것입니다. 놀라서 주춤거리다가 시야를 꽉 메우며 들어오는 그 물체에 대뜸 정신이 빨려 들어갔습니다.

"아, 망원경?… 이, 이거 어디서 났어요?"

남자는 조금 신비스럽게 어딘가 장난기 어린 듯한 웃음을 지어 보입니다.

나는 불시에 손을 길게 뻗어 독수리처럼 확 낚아챈 다음 재빨리 눈 앞에 들고 초점을 맞추었습니다. 멀리 출렁이는 파도가 영사막처럼 눈 앞으로 끌려오고 그 위를 날아다니는 갈매기들이 손에 잡힐 듯 생생 하게 시야를 메워옵니다. 각도를 조금 돌려 저쪽을 보니 역시 매한가 지 풍경이 들어옵니다. 가없이 펼쳐진 검푸른 바다, 그 위를 무시로 날 아다니는 갈매기. 다시 돌려 다른 방향을 봐도 별반 차이가 없습니다. 그게 그거네 뭐. 급기야 흥분이 가라앉아 김빠진 풍선처럼 후줄근해서 돌아서는데 남자의 신심 가득 찬 목소리가 울려오는 것입니다.

"그걸로 불을 지피는 겁니다. 불!"

"네?" 하고 돌아보았으나 아무것도 알아듣지 못한 채 멍하니 바라보 기만 합니다.

"불이라고, 이렇게 지피면 확 일어나는 불." 하면서 남자는 손으로 불이 붙으면서 일어나는 형용을 해 보입니다.

헌데 공기의 입자를 타고 내 머리 속까지 전해왔을 때 그 신호는 안 타깝게도 물로 바뀌어 버렸습니다. 그래서 나는 하릴없이 침을 꿀꺽 삼키고 말했습니다.

"물이란 말이죠? … 물이 막 이렇게 불어 난다구요?"

남자가 힘 있게 고개를 끄덕였습니다. 나는 도리어 김이 푹 빠져버 렸습니다.

"체, 물이 불어나는걸 뭐 이걸로 봐야 아나? 모래톱만 봐도 알지."

나는 심드렁하니 망원경을 남자에게 훌쩍 넘겨주고 모래위에 벌렁 누워 버렸습니다.

남자는 이해할 수 없다는 듯 도리머리를 마구 흔드는 것입니다.

그날 밤은 이상하게 잠을 이루기 힘든 날이었습니다. 삼면이 바람을 막아주는 천막안의 고요 속에 누웠으나 온몸의 신경은 도리어 말초에 곤두서 있는 것입니다. 어디선가 몸을 뒤척이는 밤새의 꾹꾹 소리가 밤의 고요에 구멍을 뚫자 더불어 잔잔한 파도가 백사장을 가볍게 애무하는 소리, 미풍에 나뭇잎들이 소곤거리는 소리가 고요의 구멍을 확대해가며 고막 안으로 또렷이 흘러듭니다.

눈을 감고 그 희미한 소리를 듣고 있노라니 문득 고향이 그리워졌습니다. 어딘지 알지도 못하는 고향이 그립다는 말 엄청 웃기는 개그 같지만 이 시각 나는 심장으로 절실히 고향을 느끼고 있었습니다. 그 곳은 아주 따뜻하고 아늑하고 향기로울 것 같습니다. 엄마는 손이 크지만 무한정 부드러울 것 같았고, 아빠는 덩치는 크지 않아도 펭귄아빠처럼 부지런히 가족을 잘 돌볼 것만 같았습니다. 그리고 이웃들은 모두 내 아빠와 엄마를 엄청 사랑할 것 같았습니다…

갑자기 내 머리위로 마구 기어오르는 것이 있었습니다. "아악!" 하고 무서운 소리를 지르며 벌떡 일어나 보니 커다란 왕새우가 내 머리를 풀밭이라고 마구 기어 다니고 있습니다. 남자가 얼른 일어나 손으로 왕새우를 덥석 잡아서 천막 밖으로 내던져버렸습니다.

마음을 조금 진정시키고 나서 다시 누웠을 때, 남자가 조용히 손을 뻗어왔습니다. 그리고 살며시 내 손을 감싸 쥐었습니다. 손이 생각보다 부드러웠습니다.

밤은 우리의 몸 밑에서 소리 없이 흘러갔습니다.

8 ~~~~

아침에 눈을 떠보니 남자가 보이지 않습니다. 어젯밤 그가 누웠던 옆자리는 조금 옴폭하게 들어가 있고 아직 체취가 남아있는 듯한데.

찬란한 햇살은 고요한 천막 안으로 뚫고 들어와 눈부시게 투영을 자랑하고, 은은한 바닷바람은 파도소리와 더불어 갈매기들이 식사를 준비하는 참방소리를 날라 오고 있습니다…

이 사람이 다리도 못쓰면서 어디 갔담? 중얼거리며 천막을 나서니 바로 저쪽에 앉아있는 남자의 등이 보입니다.

내가 다가가며 "잘 잤어요?" 라고 인사를 건네자

"햇빛이 좋아요." 하고 남자가 왕청 같은 대답을 하는 것입니다.

태양은 벌써 중천에 높직이 걸려 하얗게 빛을 발사하고 있습니다. 세상은 이렇게 화사하고 투명한데 나만 갈 곳이 없구나. 그래도 오늘은 기분이 나쁘지 않습니다. 어젯밤 우리는 처음으로 손과 손을 마주 잡고 잠을 잤습니다. 말이 통하지 않아 서로 별처럼 머얼리 보이던 존재가 갑자기 별똥으로 뚝 떨어져 지척에 다가온 느낌이라 할까요, 아무튼 그렇게 잡은 손을 놓지 않기 위해 우리는 아무도 몸을 뒤척이지 않고 근 반나절을 그대로 누워서 잤습니다.

손에 망원경을 들고 태양을 조준해 보던 남자가 방향을 바꾸어 내 얼굴을 조준해 보며 소리치는 것입니다.

"마른 덤불을 가져와요. 얼른 불 지피게."

"…네?"

또 다시 어리둥절 속에 빠졌습니다. 남자가 말하는 속도와 기세로 봐선 엄청 급박한 일 같은데 나는 이렇게 깨치지 못하고 있으니 안타까워 미칠 지경입니다.

"어제 말하지 않았어요? 불을 지핀다구, 불. 이 망원경으로 지피는 거에요." 말하며 남자는 어제처럼 손으로 막 형용하려다가 문득 뭔가 깨닫고 손가락으로 천막 안을 강하게 가리키는 것입니다.

그 뜻을 대충 알아차리고 얼른 천막 안으로 들어가면서 돌아보니 남자가 가리키는 것은 천막이 아니라 천막바닥에 깔린 마른 덤불인 듯싶습니다. 내가 바로 그 덤불을 한 아름 잘되게 안고 나와 남자의 앞에 놓아주었더니 그는 얼굴이 환해져서 "오케이, 오케이!" 하며 엄지를 흔들어 보이고는 곧바로 작업에 들어가는 것입니다.

내가 안아온 마른 덤불에서 바싹 마르고 보드라운 부분을 선택해 갈라놓은 다음 나머지로 불룩하게 무더기를 만들고 그 위의 한가운데에 갈라놓았던 보드라운 덤불을 올려놓는 것입니다. 그리고는 망원경의 볼록렌즈 쪽이 덤불 한가운데를 향하게 하고 태양과 일직선이 되게 조준을 합니다. 삽시에 하얗고 노르스름한 태양빛이 망원경의 볼록렌즈를 경과하여 빨강과 노랑의 합침──주황으로 변하여 덤불 무더기의 가운데다 동그랗게 빛다발을 만들며 타오르듯 비춥니다. 멋진 요술이라도 구경하듯 나는 넋을 잃고 빨려 들어가듯 빛다발만 응시합니다.

이윽고 주황의 빛다발에서 기적처럼 연회색 연기가 가늘게 피어나기 시작합니다. 남자가 얼른 입을 대고 바람을 후후 불어넣자 연기발이 급기야 잿빛으로 짙어지더니 그 밑에서 노란 불꽃이 요술처럼 훅 일어나는 것입니다.

"우-와아!" 저도 모르게 환성이 터져 나오고 박수가 짝짝 쳐졌습니다.

눈 깜짝할 새에 불은 더 크게 타올랐습니다. 나는 어서 나뭇가지를 얹어 주어야지 하면서 부리나케 달려가 어제 꺾어왔던 나뭇가지들을 모두 안아다 불 위에 얹어 주었습니다. 그런 다음 다시 숲으로 달려가 굵은 나무토막들을 줍기 시작했습니다.

불이 있게 되자 희망이 불길처럼 밝게 타오르는 듯하여 가슴이 벅차올랐습니다. 이제는 익힌 음식을 먹을 수 있다는 흥분감에 힘든 줄도 모르고 땀을 벌벌 흘리며 나무토막을 한가득 해서 낑낑 날라다 푸짐하게 쌓아 놓고는 땀을 들일 사이도 없이 또 나무 작살을 집어 들고 일어섰습니다.

"큰 놈 잡아 올테니 오늘저녁에는 맛있는 생선구이 해먹어요."

남자가 웃으며 "잠깐 쉬고 해요. 난 아직 배고프지 않아요." 했으나 나는 이미 흥이 도도해서 금시 구름이라도 잡아당겨올 기세로 바닷물을 향해 엎어질 듯 달려갔습니다.

과연 물고기들은 내 기분을 알아차린 듯 큰 놈 두 마리가 순순히 찍혀주었습니다. 돌아오는 길에 바위틈을 기어 다니는 꽃게와 왕새우도 몇 마리 수확했습니다. 모닥불을 향해 걸어오면서 휘파람을 불려고 입술을 동그랗게 모았는데 아무리 입김을 내보내도 소리가 형성되지 않습니다. 휘파람도 일종의 기술일까요?

남자는 아는 것 빼고는 모르는 것이 없는 듯합니다. 물고기도 꽃게도 왕새우도 칼끝에 꿰어 들고 모닥불에 살살 번지며 굽는데 저걸 먹어보지 않으면 죽어도 눈을 감지 못할 만큼 맛있게 구워 내고 있습니다. 살이 익는 소리와 함께 사방으로 풍기는 구수한 냄새는 까무러칠 듯 미감을 자극하고 색상 또한 노르스름에 밤색을 더하여 걸쭉한 군침을 끌어내기에 충분합니다.

"너무 맛있게 굽지 마요. 어둠속에서 도깨비들이 튀어나오겠어요."

남자의 얼굴에 흘러내리는 땀을 손으로 닦아주며 내가 말하자 그는 빙긋이 웃어 보입니다. 이가 가쭌하고 얼굴이 갸름한 것이 어찌 보면 귀여운 사슴 같다는 생각이 들었습니다. 그래서 나는 그를 "사슴남자(鹿男)"라 부르기로 했습니다.

바닷가의 생선 파티는 이렇게 시작되었습니다. 서쪽 하늘가에서 빠알갛게 수줍음 타던 저녁 해가 수평선 아래로 조금씩 조금씩 미끄럼 치는 광경을 감상하며 우리는 마주앉아 구운 생선을 찢어 먹기 시작했습니다. 입안의 혀가 이곳에 오길 잘했다고 속삭이는 듯, 뱃속의 위장에서는 징과 북소리가 요란한 듯싶습니다. 살며시 사슴남자의 얼굴을 일별하니 모닥불에 비친 그의 얼굴은 떠오르는 아침 해와 닮아 있는 듯. 가없이 펼쳐진 군청색 하늘에는 은색의 고기잡이 쪽배 같은 반달이 고요히 떠있고, 반짝이는 별무리 속에 하얀 띠 모양의 은하수가 가로질러 있습니다. 은은하게 아름다운 멜로디를 연주하는 싱그러운 밤, 타오르는 모닥불, 구수한 생선 냄새, 달아오른 얼굴, 벌렁거리는 심장, 그리고… 벌떡 일어선 나!

나는 저도 몰래 입을 크게 벌려 노래를 부르기 시작했습니다. 모닥불 주위를 빙글빙글 돌며 춤을 추는 것도 잊지 않았습니다. 사슴남자도 흥분한 듯 두 팔을 높직이 쳐들고 리듬에 맞추어 힘차게 박수를 쳐주는 것입니다.

이즈음 내 머릿속에 떠오르는 노래란 단 하나—— "큰칼 행진곡"(大

刀进行曲) 뿐입니다.

  큰 칼 들어 왜놈 머리 까부시자
  전국의 애국자 동포들
  항전의 날이 왔다, 항전의 날이 왔다
  앞에는 동북의 의용군
  뒤에는 전국의 백성들
  우리 군대 용감히 나간다
  적들을 향해
  소멸하자, 소멸하자, 돌격!
  큰 칼 들어 왜놈 머리 까부시자
  ──죽여라!

  마지막 "죽여라!"를 외칠 때, 나는 끓어오르는 열정에 힘을 합쳐 목청을 한껏 터뜨리며 옆에 있던 작살까지 잡아 모래톱에 꾹 꽂아 넣었습니다.

  가사를 알아듣지 못하는 사슴남자는 그저 좋다고 껄껄 웃으며 손바닥이 터져라 박수를 쳐주는 것입니다.

  그 다음은 사슴남자가 낮은 소리로 자장가 비슷한 노래를 조용히 부르기 시작했습니다. 가사를 알아들을 수 없어 별로인데다 박자까지 너무 약해서 별로 흥이 나지 않았습니다. 하루 종일 사냥 벌처럼 설쳤던 나는 못 견디게 내려오는 눈꺼풀을 이길 수 없어 눈을 지그시 감고 노래를 들어준다는 것이 그만 모닥불 옆에 그대로 꼬꾸라져 잠속에 빠져

54

들었습니다.

헌데 내 소뇌는 좀 이상한 데가 있나 봅니다. 극도로 흥분한 상태에서 꿈나라로 직행했는데 꿈속의 광경은 너무도 슬프고 삭막했습니다. 모든 것이 죽어 있었습니다. 도처에 시체가 둥둥 떠다니고 풀과 나무, 벌레까지도 모두 죽어서 비참하게 말라 비틀어져 있었습니다. 커다란 바위가 썩어가고 땅이 썩어가고 모래톱이 썩어가고 심지어 하늘까지 해가 뜨는 동쪽으로부터 거무죽죽하니 썩어 들어가고…

거대한 두려움에 숨이 꺽 막혀 소리마저 지르지 못한 채 눈만 번쩍 떴습니다. 잠을 깬 뒤에도 기막히게 삭막한 분위기가 계속되며 토할 듯 눈물이 울컥 솟는 것입니다. 저도 몰래 그만 소리 내어 엉엉 울어버렸습니다.

사슴남자가 옆에 와 앉았습니다. 아무 말도 하지 않고 묵묵히 내 옆을 지키고만 있습니다.

나는 조금 더 울다가 나직이 흐느끼며 고개를 떨어뜨렸습니다. 코를 풀쩍거리다가 옆에 있는 사슴남자를 일별하고는 누구에게 하는 말인지도 모를 말을 힘들게 내뱉었습니다.

"내가 지금 우는 건 집 생각이 나서가 아니야. 나는 집이 어디 있는지도 몰라. 내가 어디서 왔고 어디로 가는지, 이 재수 없는 무인도에는 왜 나타났는지… 아무 것도 아무 것도 모른단 말이야. 더구나 난 지금 내 이름조차 기억나지 않아. 그러니 차라리… 죽기보다, 아예 죽어 버리기보다 나은 게 뭐가 있겠어?"

말하면서 또다시 엉엉 슬피 울었습니다.

사슴남자가 팔을 뻗어 내 어깨를 감싸 안았습니다. 나는 그 널찍한 가슴에 머리를 기대고 서럽게 흐느껴 울었습니다.

"당신이 얼마나 무서운지 잘 알아요. 나도 이렇게 무서우니까. 하지만 희망을 버려서는 안돼요. 우리가 살아있기만 하면 언제든 여길 떠날 수 있는 날이 올 거예요. 그러니 이제 울지 마세요."

사슴남자의 커다란 손이 내 머리를 부드럽게 어루만지는데, 고개를 숙인 내 시야에 그의 다친 다리가 들어오자 가슴이 아련히 아파왔습니다. 나는 살며시 그의 품에서 빠져나와 몸을 드티어 마주 앉으며 말했습니다.

"지금 나를 위로하고 있지만 더 비참한 건 당신이에요. 이 다친 다리가 도대체 나아질지 아니면 영영 앉은뱅이가 될지 누가 알겠어요. 약한 방울도 없는 이곳에 당신은 뭐 하러 왔어요? 미련하게!"

내 말을 알아듣지 못한 사슴남자는 또 다시 자기 말만 이어가는 것입니다.

"당신은 참 좋은 사람이야. (내 가슴을 가리키며) 마음씨 착하구 얼굴도 많이 예뻐서, (자기 얼굴을 가리키며) 내 마음에 쏙 들어요. 그래서 나는 당신이 좋아요."

갑자기 내 신경이 칼날같이 날카롭게 일어섰습니다. 아니, 이 자식이 방금 내 가슴을 가리키고 자기 입을 가리키지 않았는가? 순간 그날 그에게 젖을 먹이던 광경이 머릿속에 악몽처럼 뛰어들었습니다. 이게 뭐야? 또 다시 내 젖을 먹겠다구? 아아, 이 비루한 놈! 어느새 내 손이 번개같이 올라가 남자의 뺨을 찰싹 후려갈겼습니다.

"…?!…"

어머, 저건…?!

주인의 채찍에 얻어맞은 강아지의 젖어드는 눈…
모닥불은 소리 없이 꺼져버렸습니다.

9 ⟶≪≪≪

그 일이 있은 뒤로 우리는 별로 말을 섞지 않았습니다.

아침이 되면 내가 먼저 일어나서 천막을 뛰쳐나와 기지개를 켜고 사지를 간단히 놀린 다음 움푹하게 파먹어서 제법 그릇 같이 된 야자 껍질을 들고 바닷물가로 내려갑니다. 내가 게와 조개, 왕새우 따위를 수확해 오는 동안 사슴남자는 불을 지피고 취사(炊事)할 준비를 합니다.

아침에는 주로 게와 조개를 구워 먹습니다. 노오란 좁쌀 밥 같은 게 알은 맛도 좋거니와 영양이 풍부해서 아침에 한 마리 어치만 먹으면 저녁때가 되어도 배가 별로 고프지 않습니다. 물론 게 알이 없는 수컷도 있었는데 그런 것은 내가 먹고 가능한 게 알이 있는 암놈을 골라 사슴남자에게 주었습니다. 그때마다 남자는 고맙다고 물음표처럼 머리를 숙여 보였으나 말은 하지 않았습니다.

아침식사가 끝나면 나는 바로 숲속으로 들어가 땔 나무며 과일들을 채집해옵니다. 그 시간 동한 사슴남자는 뭘 하고 있는지 나는 알지 못했고 알려고도 하지 않았습니다. 점심때가 되면 나는 나뭇짐과 과일을 가지고 숲에서 나와 천막으로 돌아옵니다. 그리고 우리는 나란히 앉아 과일을 먹으면서 멀리 가까이 파도 사이를 누비는 바닷새들을 오래도록 바라보았습니다.

하늘의 해가 중천을 지나 서쪽으로 기울어지면 나는 나무 작살을 집어 들고 바닷물로 향합니다. 하루하루 늘어나는 자신의 물고기 찍는 솜씨에 싱거운 감탄을 던지기도 하고 잡아 놓은 물고기를 탐내는 각종 바닷새들과 겨루기도 하면서 일말의 즐거움이나마 찾으려 애썼습니다.

해가 서쪽 하늘의 수평선으로 떨어질 무렵이면 우리는 모닥불 주위에 앉아 잡아온 물고기를 구워 먹었는데 언제부터인가 사슴남자와 나는 약속이라도 한 듯 지는 해를 등지고 앉아 먹었습니다. 한 것은 차마 천 길의 바다 속으로 떨어져서 영영 올라오지 않을 듯한 석양을 바라보는 슬픔이 너무 컸기 때문일 것입니다.

밤이 되면 우리는 각기 잠자리에 들었습니다. 작은 천막 안에 가지런히 누웠으나 도둑과 도둑 맞힌 주인인양 서로 등을 돌리고 반쪽으로 누워서 쪽잠을 자군 했습니다.

모래를 씹는 듯한 시간이 재깍거리며 흐르는 속에서도 해와 달은 여러 번 바뀌고 또 바뀌었습니다.

바람이 고요하고 햇빛이 찬란한 어느 날, 나는 수영을 하고 싶어 천막과 거리가 좀 떨어진 곳까지 왔습니다. 어제 물고기를 잡을 때 발이 미끄러져 물에 풍덩 빠졌었는데 바로 헤엄쳐서 돌아온 걸 보면 수영기능이 꽤 괜찮을 거라는 느낌이 들어 작정하고 사슴남자가 앉은키로는 보이지 않을 거리까지 왔습니다.

겉옷을 훌훌 벗고 브래지어와 팬티까지 벗어 바닷물에 깨끗이 빨아 볕에 마르도록 잘 널어놓았습니다. 그런 다음 알몸으로 물이 얕은 구역에 뛰어들어 몸을 씻기 시작했습니다. 시원하고 홀가분한 쾌감에 입속에서 절로 노래가 흘러나왔습니다. 여전히 "큰칼 행진곡"(大刀进行曲)이었습니다.

> 큰 칼 들어 왜놈 머리 까부시자
> 전국의 애국자 동포들
> 항전의 날이 왔다, 항전의 날이 왔다
> 앞에는 동북의 의용군
> 뒤에는 전국의 백성들
> ······

문득 이상한 느낌이 드는 것입니다. 마치 등을 돌리고 있는 저기 모래톱에 웬 그림자가 어른거리는 듯.

노래를 뚝 멈추고 잠간 숨을 죽이고 있다가 갑자기 몸을 홱 돌렸습니다. 순간, 자신이 미치지 않았나 의심할 정도로 놀라지 않을 수 없었습니다. 목구멍에서 외침이 막 터져 나오는 걸 억지로 참았습니다.

사슴남자가, 바로 다름 아닌 그 남자가 모래톱에 우뚝 서있는 것이 아니겠습니까. 저, 저 앉은뱅이가 어떻게 여기까지…? 눈을 감았다 다시 떠보았으나 역시 틀림없는 그 남자입니다. 그런데 남자의 다리를 보니 상처를 동여맸던 천이 모두 풀려나가고 대신 그곳에 도깨비도 얼굴을 찡그릴 만큼 보기 흉한 상처자국이 끔찍하게 남아있는 것입니다.

일시 나는 어찌했으면 좋을지 몰라 천둥에 놀란 올빼미 눈이 되어 의문의 홍수만 마구 퍼부었습니다.

그런데 다음 순간 더 놀라운 일이 벌어졌습니다. 사슴남자가 옷을 홀홀 벗어버리고 알몸으로 나를 향해 돌진해오는 것입니다. 벌써 잔뜩 부풀어 오른 페니스가 정면으로 내 가슴을 겨냥하고 있는 듯. 그제야 정신이 펄쩍 들어 나는 재빨리 몸을 물밑에 움츠려 넣으며 소리 질렀습니다.

"아, 안 돼. 오지 마! 거기 서! 서란 말이야!.. 서---"

하지만 사슴남자의 몸은 마치 돌격나팔 소리를 들은 용사인양 더 빨리 더 씩씩하게 앞으로 직진해오며 무한히 확대되어 오는 것입니다.

도망쳐! 하고 머리가 강하게 명령을 내리는데 웬일인지 몸뚱이가 얼어붙은 듯 움직여주질 않습니다. 안간힘을 다해 발버둥 치듯 하여 겨우 사지를 움직일 수 있을 때 사슴남자의 손이 벌써 내 어깨에 뻗어왔습니다.

물속의 메기 잡듯 두 손으로 내 어깨를 꽉 잡아 쥐고 사슴남자는 서서히 나를 자기 앞으로 끌어당기기 시작합니다. 물에 붕 떠있는 내 몸은 추호의 저항도 없이 지푸라기 같이 끌려가고 있습니다. 남자의 활활 타는 눈길이 내 얼굴을 태워버릴 듯 가까운 거리에 있고, 무성한 수염 속에 도톰하게 피어난 나팔꽃 같은 입술이 환영처럼 앞으로 육박해 옵니다. 아아, 이러지 마 했으나 말이 채 나가기도 전에 내 입술은 그 나팔꽃 속에 함몰되고 말았습니다. 더부룩한 수염이 너무 아프게 찔러와 눈을 크게 뜨고 숨을 톺으려는 순간, 저만큼 앞쪽에 둥둥 떠 있는 시커먼 무엇이 시야에 불쑥 뛰어듭니다. 어어, 저거! 하고 소리쳤으나 나팔꽃 안에서 버둥거리는 모기소리에 지나지 않을 뿐. 별수 없이 버둥거리며 겨우 손을 올려 남자의 두 귀를 꽉 잡아 힘껏 뒤로 제쳤습니다. 그렇게 입술에서 입술이 조금 떨어지자 나는 불이야! 를 외치듯 소리쳤습니다.

"저기, 뭐가 있어요…. 무서운 거…!"

그제야 사슴남자가 뒤를 돌아보았습니다. 과연 저쪽의 물가에 커다란 물체가 파도에 밀리고 밀리며 출렁이고 있는 것이 보입니다. 사슴남자는 아쉽다는 듯 입을 쩝쩝 다시다가 나를 놓아주고 재빨리 몸을 돌려 그쪽으로 헤엄쳐 갑니다. 나도 뒤를 따라 헤엄쳤지만 생각보다 수영재간이 별로여서 뒤떨어지지 않을 수 없었습니다.

내가 거의 도착할 무렵 사슴남자가 손으로 그 물체를 훌쩍 뒤집는 것이 보였습니다. 그것은 원래 널판자에 묶여 있는 죽은 사람이었던 것입니다. 코가 크고 다리가 늘씬한 서양인이었고 군복을 입고 있었습니다. 나는 몸이 오싹하여 바싹 다가가지 못하고 조금 떨어진 곳에서 목을 타조같이 빼 들고 건너다보았습니다.

사슴남자가 시체의 옷 주머니를 들추더니 어떤 증서 같은 것을 꺼내 펼쳐 보고 중얼거리는 것입니다.

"미국비행사? 내게 격추당한 놈일지도 모르지."

얼굴에 긍지감 같은 것이 김처럼 피어올랐다 사라집니다.

말을 알아듣지 못하는 나는 멀거니 바라보고만 있었습니다.

사슴남자는 또 시체의 몸에서 옷과 신발 같은 것을 벗겨내기 시작합니다.

나는 급히 손으로 코를 막으며 소리쳤습니다.

"그만둬요! 그까짓 거 뭐 할라구."

하지만 사슴남자는 기어코 벗겨내면서 말하는 것입니다.

"필요할지도 몰라요. 비축하는 거니까 겁내지 마요."

마지막으로 사슴남자는 시체의 목에서 금목걸이인지를 벗겨내어 내게 흔들며 물어옵니다.

"이걸 가져요?"

"아니!" 하고 나는 강하게 고개를 가로 젓고 재빨리 그곳을 떠나버렸습니다.

10

"생명은 어디서 오는가, 어디로 가는가?" 이런 물음은 고금동서의 수많은 학자나 연구자들이 양이라면 당연히 풀을 뜯는 식으로 의례히 한번쯤은 제기해보는 질문입니다. 하지만 "성(性)은 어디서 오는가, 어디로 가는가?"는 물음을 제기하는 사람은 아무도 없습니다. 그런데 생명과 성은 계란이 먼저냐 닭이 먼저냐 와 같이 선후를 판가름할 수 없는 불가분리의 순환관계라는 것을 어쩌면 사람들은 망각하고 사는지도 모릅니다. 그래서 생명은 시종 사람들에게 천하 없이 깨끗하고 고귀하고 신성한 것으로 간주되지만, 성이라고 하면 무조건 더럽고 추하고 하찮은 것으로 취급되어 성 관련 언어를 떠나면 욕하는 말조차 거의 이루어지지 않습니다. 예를 들자면 "×같은 새끼" "×할 년" "니 에미 ×" 등등. 도대체 왜 인간세상에서는 신성한 생명의 창조 조건인 성이 이토록 무참히 짓밟혀야 하는 걸까요?

물론 당시의 나로서는 만분의 일이라도 이런 생각을 해볼 마음의 여유가 있었던 것은 아닙니다. 하지만 이 무인도에서의 성을 빼 버리면 내 일생은 흡사 물고기 없는 양어장과 같다는 것을 자인하지 않을 수 없습니다.

현숙한 노자들은 이런 말을 합니다. "뭐나 보려면 똑똑히 봐야 해. 죽은 사람도 마찬가지야. 대충 봐 버리면 마귀가 되어 평생 따라다니거든."

과연 그날 나는 마귀를 붙여왔던 것입니다. 자리에 누워 눈만 감으면 아직 정신이 멀뚱해 있는데도 망막을 꽈악 메우며 메스껍게 나타나는 환영이 있었습니다. 낮에 조금 떨어진 거리에서 두려움에 덜덜 떨며 대충 보았던 그 덩치 큰 서양인 시체인 것입니다. 부유생물인양 물 위에 둥둥 떠다니던 그 시체는 어느 시점부터 코가 조금씩 늘어나다가 점차 얼굴 전체가 영사막처럼 확대되고 그 다음 별안간 두 눈이 번쩍 뜨입니다. 악! 고함치는데 소리가 나가주질 않습니다. 안간힘을 다해 힘들게 눈을 삐걱 뜨고 보니 천막 안은 고요한 그대로입니다. 저만치에 누워있는 사슴남자는 아마 지지리도 오랫동안 다리에 감고 있던 천을 속 시원히 풀어 버린 까닭인지 돌보다 더 깊이 잠들어 있는 듯합니다. 그 잠을 방해하지 않으려고 나는 살며시 돌아누워 다시 눈을 감고 잠을 청해보려 애썼습니다. 그런데 눈을 아직 채 감기도 전에 또다시 그 마귀 같은 시체가 나타나는 것입니다. 마치 무대 위의 연속극인양 차림새도 바꾸지 않고 등장하여 시놉은 좀 전의 계속으로, 무섭게 부릅떠진 시체의 눈이 이제는 도깨비불처럼 번쩍번쩍 빛이 나는 것입니다. 하더니 그 큰 몸뚱이 전체가 업데이트를 마친 거대한 로봇인양 서서히 일어나기 시작합니다. 집채같이 커다랗게 그림자를 만들며 우뚝 일어선 로봇은 두려움에 벌벌 떠는 나를 한입에 집어삼킬 듯 노려보다가 급기야 와락 덮쳐들어 숨이 막히도록 내 몸을 지지눌러 옵니다… 아잇! 나는 그만 새된 소리를 지르며 채찍에 얻어맞기라도 한듯 몸을 부르르 떨었습니다.

사슴남자가 깨어나서 다가왔습니다. 고슴도치처럼 몸을 옹크리고 달달 떨고 있는 나를 등 뒤로부터 손을 넣어 꼭 껴안아줍니다. 붉게 타오르는 심장 고동이 피부를 타고 재빨리 내 심장으로 흘러들어 놀란 토끼처럼 높뛰고 있던 내 심장을 서서히 가라앉혀줍니다. 잠시 뒤 남자의 따뜻한 혀가 내 목덜미 부근부터 아래로 내려가며 부드럽게 애무하기 시작합니다. 겨울동안 꽁꽁 얼어있던 벌레들이 봄날의 따스함에 기지개를 살포시 켜는 느낌. 애무가 꼬리뼈 근처까지 이르렀을 때 나는 몸을 돌려 남자와 마주 누웠습니다. 이제 떨림은 멎고 두려움도 간데없이 사라진 듯합니다. 희미한 어둠속에서 우리는 서로를 마주 보았습니다. 마침내 네 동공이 마주친 곳에서 애틋한 무엇이 타오르기 시작합니다… 머리와 머리가 마주 이동하고… 부드러운 입술이 닿고, 뜨거운 입술이 난무하고, 미쳐버린 입술이 요동치고… 망각이 눈뜨고… 요란한 돌격나팔 소리… 기적같이 참았던, 갈망했던 화산이 폭발하는 시각, 바로 그 시각… 아아, 시커먼 총구멍이 사슴남자의 뒤통수를 겨누었습니다. 그리고 바로 뒤에 거대한 그림자가 괴물같이 버티고 서있었습니다.

희미한 어둠속에서 내 눈에 비친 권총을 든 그림자는 침팬지 같이 덩치가 크고 냉혹한 눈매를 가진 괴물의 사나이가 틀림없었습니다.

시간은 그대로 짤깍 멈추고 우리는 아연해진 채 움직일 염을 못하고 있습니다.

앞발을 치켜들고 비약하는 순간 그대로 굳어진 말 조각인양 엉거주춤 정지해 있는 사슴남자에게 내려지는 괴물의 첫 명령---

"냉큼 바지 입지 못해!"

역시 내가 알아듣지 못하는 언어입니다. 그것이 안타까워 죽을 지경인데 나와는 반대로 사슴남자는 그 말을 듣고 오히려 안심이라는 듯 안도의 숨을 후 내쉬고는 내 몸에서 떨어져 나가 바지를 주워 입으며 게두덜거리는 것입니다.

"같은 일본사람끼리 왜 이러나? 창피스럽게…"

"미친놈, 누가 일본사람이야?" 괴물이 꽥 소리치며 총구멍을 바싹 들이댑니다.

다음, 말을 알아듣지 못해 어쩔 바를 모르는 내 머리위로 괴물의 호통이 벼락처럼 날아 사슴남자에게 떨어집니다.

"나는 조선군인이다. 투항하라, 이 왜놈아!"

순간 사슴남자의 얼굴 표정이 확 바뀌더니 눈알이 뱅글뱅글 돌아가기 시작합니다. 천천히 두 손을 들어 투항하는 자세를 취하는 척하다가 번개같이 오른 발을 들어 힘껏 뒤로 걷어차는 것입니다. 불의의 습격을 받은 괴물사내는 방비할 틈도 없이 무릎을 강타당해 휘청거리며 뒤로 물러나고, 그사이 몸을 돌린 사슴남자가 성난 코뿔소인양 상대에게 덮쳐듭니다. 수컷들의 엄청난 판가름은 서툴게 세워진 천막을 한방에 무너뜨리며 서로 맞붙어 데굴데굴 밖으로 굴러 나갔습니다. 나도 엎어질 듯 따라 나갔으나 도저히 어찌할 수가 없어 발만 동동 구르며 소리쳤습니다.

"아이참, 그만해. 그만해요!… 모두 사람이잖아… 사람끼리 왜 싸워요, 짐승같이…"

소용없습니다. 오히려 더 사납게 으르렁거리며 격투를 벌이는데 죽음의 냄새가 확확 풍겨옵니다. 중상을 입고 누워있을 때는 가련한 새끼 사슴 같던 사슴남자가 눈 깜짝할 새에 날카로운 갈기를 세운 수사자로 변하여 추호의 양보도 없이 길길이 날뛰는 모습이 더욱 나를 놀라게 했습니다.

드디어 사슴남자가 아슬아슬하게 권총을 빼앗아 쥐었습니다. 그가 괴물사내를 겨누는 찰나, 괴물사내가 튀기는 옥수수 같이 펄쩍 뛰며 태권도 발길로 권총을 드세게 차버렸습니다. 권총은 내 왼쪽 어깨를 슬쩍 때리며 날아지나 몸 뒤의 모래톱에 툴렁 떨어졌습니다. 어깨의 아픔을 참고 나는 우선 부리나케 달려가 권총을 집어 들었습니다. 허나 다음 순간 머릿속이 하얗게 되어 어찌할 바를 몰랐습니다. 후둘 후둘 떨리는 두 손을 겨우 모아 권총자루를 서툴게나마 틀어쥐고 총부리로 괴물사내를 겨누었습니다. 그러다가 돌려서 사슴남자를 겨누었습니다. 또 다시 괴물사내를 겨누었습니다…

그대로 짤깍 멈추어 버린 두 남자는 부엉이 같이 눈을 부릅뜨고 내 동정만 살피고 있습니다. 팽팽한 공기, 그에 따라 뙤록거리는 눈망울들, 미풍에 머리칼 스치는 소리마저 폭발을 초래할지 모르는 긴장과 긴장이 입자로 소리 없이 부딪칩니다. 오늘 따라 섬뜩할 정도로 투명한 만월이 남빛 하늘에 휘영청 걸려 공포에 휩싸인 모래톱을 휑하니 내려다보고 있습니다.

이윽고 사슴남자가 천천히 손을 내밉니다. 권총을 자기에게 넘겨 달라는 뜻입니다. 나는 저도 모르게 "움직이지 마!"하고 소리치며 총부리를 그에게로 돌렸습니다. 남자가 멈칫 멈추었습니다. 이번에는 괴물 사내가 입을 열었습니다. 놀랍게도 내가 알아들을 수 있는, 내가 하는 말과 똑 같은 언어로 말하는 것입니다.

"중국 사람으로 어찌 왜놈 편에 선단 말이오? 어서 총을 내게 주시오!"

나는 그만 깜짝 놀라 눈이 무한대로 확대되었습니다. 저, 저 괴물이 지금 뭐라구…? 그런데도 이상하게 가슴이 후두둑 뛰는 것입니다. 너무너무 오랜만에 듣는 소통 가능한 언어에 울고 싶도록 가슴이 벅차오르고 흥분으로 신경의 마디마디가 떨려오는 느낌입니다. 하지만 이 권총은 누구에게도 주어서는 안 된다고 그건 아니라고 대뇌가 벼락같이 명령하고 있습니다. 인간이 희박한 지금의 이 무인도에서 그 어떤 이유로도 사람이 사람을 죽이는 일이 발생해서는 안 된다고 목이 끊어질 듯 도리머리를 흔들며 부인이 되는 것입니다. 결정이 굴뚝같이 일어서는 순간, 나는 주저 없이 몸을 홱 돌려 바닷물가로 뛰어갔습니다. 뛰어가면서 손에 쥔 권총을 높이 쳐들었다가 이를 악물고 밤의 파도를 향해 힘껏 내던졌습니다.

철렁!

밤의 파도가 날름 권총을 받아 삼켜버렸습니다. 이제 총은 없어졌습니다. 두 남자의 싸움도 끝난 듯합니다. 시간도 정지한 듯, 파도마저 숨을 죽이고…

스톱… 스톱… 스톱… 정지된 세상이야말로 가장 안전한 공간이 아닐까요? 허나 다가올 시간들과의 심플한 도박은 이제부터 시작인 것입니다.

이윽고 괴물 사내가 손에 묻은 모래를 툭툭 털고 일어섰습니다. 그리고는 나를 향해 하얗게 웃어 보입니다. 그것은 비난이 자갈처럼 깔린 비수 같은 웃음으로 결코 생식기가 잘린 사냥꾼의 허장성세 같은 사이비는 아닌 듯싶습니다.

"그럼, 원수 놈 하구 잘해 보소. 나는 갑니다."

말을 마치자 돌아서서 성큼성큼 걸어가는 그의 뒷모습을 나는 못 박힌 듯 선 자리에 굳어져 오래오래 지켜보았습니다. 머릿속은 온통 모순투성이에 모순투성이, 그런데 도대체 모순의 주체가 무엇인지도 모르고 그 속에서 비 모순을 찾으려 애쓰는 나를 보고 모순이 비웃음을 날렸을지도.

그날 밤은 내게 있어서 가장 깊이 모대기던 기나긴 밤이었습니다.

11 ~《《《

아침은 어제와 다름없이 공평한 시간에 밝아왔습니다. 잔잔한 바람에 실려 오는 파도소리에 바닷새들이 깃을 치는 소리가 간간이 들려옵니다.

간밤에 두 남자가 싸우느라 내가 어렵사리 세워놓은 천막을 망가뜨리는 바람에 우리는 모래톱에 그대로 누워 하룻밤을 보내는 수밖에 없었습니다.

햇빛이 쟁글쟁글 엉덩이에 비칠 때 즈음, 사슴남자가 먼저 잠을 깨어 내 쪽을 돌아보는 것입니다. 나는 아직 깊은 잠에 빠져 있는 듯 눈을 감고 숨을 고르게 쉬며 꼼짝 않고 누워있었습니다. 그는 살며시 일어나 무너진 천막 밑에서 나무작살을 찾아 들고 바닷물 쪽으로 걸어가는 것입니다. 갓 떠오른 아침 해가 걸어가는 남자의 몸 그림자를 고무줄처럼 기일게 늘려놓습니다.

눈을 슬며시 뜨고 걸어가는 사슴남자의 뒷모습을 바라보다가 다시 스르르 감았습니다. 간밤 있었던 모든 일들이 또다시 머릿속에서 영화필름인양 되풀이되는 것입니다. 해도 그건 어디까지나 꿈이겠지, 이제 아침이 되면 나는 이왕과 마찬가지로 그 모든 꿈에서 깨어나 간밤의 허황했던 일들을 깨끗이 머리 뒤로 날려 보내며 사슴남자와의 하루를 시작할 것이다. 라고 밤새동안 생각했는데, 그런데 고개를 돌리는 순간 바로 눈앞에 맞혀오는 무참히 쓰러진 천막의 잔상에 현실이 번쩍 살아났습니다. 그리고 주위에 어수선하게 널려 있는 저 수컷들의 발자국과 자오록한 격투의 냄새…

나는 몸을 벌떡 일으켰습니다. 이건 꿈이 아니다. 그는 실존하는 인간임이 틀림없다. 나와 똑 같은 언어로 말을 하지만 나에게 비수 같은 조소를 던지던 그 괴물 같은 사내는 지금 이 주위의 어딘가에 살아있을 것이다.

손으로 머리카락을 간단히 정돈하고 얼굴의 피부를 가볍게 문지른 다음 나는 모래톱에 길게 서서 간밤 괴물사내가 사라졌던 백사장 쪽을 멍하니 바라보았습니다. 그러자 조금은 쇳소리를 잉태한 듯한 그의 목소리가 종소리처럼 귓전에 되살아나는 것입니다.

"중국 사람으로 어찌 왜놈 편에 선단 말이오? …"

"그럼, 원수 놈 하구 잘해 보소. 나는 갑니다."

그 사람은 분명 나를 "중국사람"이라 했습니다. 그리고 사슴남자를 "왜놈"이라 했습니다. 또한 "원수 놈 하구 잘해보라"면서 비수보다 더 날카로운 눈길을 내게 던졌습니다. 이 모든 것, 내가 아직은 깨칠 수 없는 이 모든 것에 대해 나는 못 견디게 갈구하며 알고 싶은 것입니다. 지금 만약 알아내지 못한다면 내일의 해가 뜨기도 전에 미쳐버릴 것만 같습니다. 아니, 그날 밤 상공에서 산산 조각으로 폭발해버리던 그 비행기처럼 어느 시간 무섭게 폭발해 버릴지도 모른다는 두려움이 머리칼을 끔찍하게 옥죄어옵니다.

고개를 돌려 바닷가를 바라보니 사슴남자는 한창 고기잡이에 찰떡처럼 들어붙어 내 기분 따위에는 전혀 관심이 없는 듯합니다. 입술을 꽉 깨물어 결단을 내린 나는 드디어 발자국을 크게 내디디며 비린내를 추적하는 하이에나같이 괴물남자의 행적을 추적하기 시작했습니다.

백사장을 따라 주위를 살펴보며 꽤 오랫동안 걸었는데도 사람의 그림자 같은 건 나타나지 않습니다. 그제야 나는 이 섬의 둘레를 내가 한 번도 돌아 본적이 없다는 것을 상기했습니다. 이곳에 온지 벌써 손가락으로 헤아릴 수 없을 만큼 긴 나날이 흘러갔으나 처음엔 사람을 구하는 일에, 다음은 하루 세끼 먹을 것을 구하는 일에, 또 다음은 곤혹과 절망과 두려움에 떨다 보니 지금 내가 생존하고 있는 이곳이 어디인지, 이 섬은 도대체 얼마나 큰지, 우리가 사는 저쪽 해변에는 뭐가 있는지 등등 아무것도 알지 못하고 있은 것입니다. 또 한 번 자신의 무능함을 실감하자 콧마루가 찡 해나며 눈물이 날 것 같아 강하게 머리를 흔들어 쫓아버리고 부지런히 다리를 놀렸습니다. 작은 굽이를 돌아섰을 때 저 멀리 연황색 모래톱에 짙은 빛깔의 옷 같은 것이 시야에 뛰어들었습니다. 나는 재빨리 그리로 달려갔습니다.

　가까이 다가가보니 모래톱에 누워있는 것은 짙은 밤색의 셔츠뿐이고 사람은 온데 간데 보이지 않았습니다. 서둘러 주위를 둘러보는데 멀지 않은 숲속에서 동정이 들리는 듯. 발소리를 죽여 가며 살금살금 그쪽으로 움직이는데 과연 멀지 않은 저 앞에서 쿵쾅거리며 나무를 찍고 있는 사내가 보였습니다. 웃통을 훌떡 벗어재낀 채 땀을 뚝뚝 흘리며 굵다란 나무의 허리를 단 두세 번에 정확히 찍어 넘기는 그 솜씨에 나는 그만 아연해져 넋을 잃은 듯 황홀히 바라보았습니다. 헌데 바라볼수록 머릿속에 이상한 느낌이 뛰어드는 것입니다. 저 널따란 어깨, 근육질이 울뚝불뚝한 두 팔과 검은 털벌레가 붙어있는 듯한 눈썹, 더욱이 한 가지 일을 마치고는 습관처럼 코를 훌쩍거리는 저 미세한 동작은 내가 너무 익숙히 알고 있는… 갑자기 머릿속에 놀라운 영상이 떠올랐습니다. 용모가 근사한 또 다른 한 남자가 내 시 망막을 꽉 메우며 번뜩 나타났다가 사라지는 것입니다. 그림을 그려 겹쳐 놓으면 틀림없이 하나가 될 듯한 두 사람, 이 황당한 발견에 나는 스스로도 깜짝 놀라 몸을 흠칫했습니다. 바로 이 순간, 재수 없게도 발밑을 기어 지나던 독사 한 마리가 위협을 느꼈는지 앙칼지게 내 발목을 꽉 물어놓고 잽싸게 도망쳐 버렸습니다. "아악!" 내 비명소리는 더 앙칼지게 터져 나갔습니다.

　비명소리를 들은 괴물사내가 힐끔 돌아보더니 즉시 일손을 멈추고 치타의 속도로 달려왔습니다. 내 앞에 거의 이를 무렵 아직 발을 멈추기도 전에, 본능적으로 물린 상처를 두 손으로 꽉 움켜쥐고 있는 나를 향해 명령하듯 소리치는 것입니다.

"손 떼시오! 손을 떼란 말이오!"

너무 놀랍고 아프고 당황하여 나는 일시 어쩔 바를 몰랐습니다. 눈앞에 도착하자 그는 다짜고짜 상처를 감싸고 있는 내 손을 와락 쥐어 드세게 밀쳐버리고는 털썩 땅에 주저앉으며 몸을 낮추어 물린 자리를 자세히 들여다보는 것입니다.

"독사군요. 그 지독한 놈이…"

머릿속에 구멍이 뻥 뚫리고 눈앞이 캄캄해지는 순간, 하늘이 빙글빙글 돌기 시작합니다. 독사에게 물리면 열에 아홉은 죽는다는 상식이 내 기억 속에 고스란히 남아 있었던 것입니다. 어쩌면 이 세상의 하늘을 보는 것도 지금 순간 혹은 다음의 순간으로 마지막이 될지도 모른다는 공포감에 전신의 피가 바짝바짝 마르는 느낌입니다. 만약 피가 모두 말라버려 독이 더 퍼져갈 길이 없다면… 그때가 되면 내 시체는 이미 햇빛에 팍삭해져 새들이 쪼아 먹기 제격이겠지…

이렇게 내가 공포의 늪 속을 허우적거리고 있을 때, 사내의 커다란 손이 집게처럼 상처 입은 내 발목을 덥석 집어 자기의 무릎위에 올려놓는 것입니다.

"난 의사예요. 그러니 믿고 맡기세요."

이 시간에 하얗게 바래진 내 머리는 아무 생각도 할 여유가 없습니다. 다만 지금 죽는 것이 숙명이라면 누가 아무렇게 해봐도 상관없다는 묵인으로 고개를 끄덕여 보였을 뿐입니다.

그는 재빨리 비수 끝으로 내 발목의 물린 자국에 작은 십자를 그어 피가 흘러나오게 했습니다. 그런 다음, 힘 있고 두툼한, 살아있는 조개 살처럼 부착성 강한 자기의 입술을 내 발목의 상처에 들이댔습니다

다. 한번, 두 번, 세 번… 전력을 다해 내 상처에서 독을 빨아내어 머리를 돌리고 뱉어버립니다. 저러다가 독이 입안의 어딘가를 뚫고 들어가 버린다면, 그렇게 되면 어떤 결과가 초래될지는 심장이 벌렁거리며 대답하고 있었으나 결코 멈추라는 말을 하지 못하는 내 안의 내가 미웠습니다. 그만큼 죽음의 공포는 내 영혼마저 무섭게 틀어쥐고 놓아주지 않았던 것입니다.

튀튀… 마지막 빨아낸 피 독을 모두 깨끗이 뱉어 버리고나서 그는 입술을 연거푸 닦으며 내게 말합니다.

"이제 여길 나갑시다. 내게 업히세요. 자!" 하고 몸을 돌려 자기의 넙적한 등을 내 앞에 들이미는 것입니다.

그 등에 손이 닿는 순간, 나는 갑자기 눈물이 울컥 치솟는 걸 억제할 수 없었습니다. 왜 나는지 이유도 모를 찝찔한 눈물이 그의 등에 업혀 숲을 나오는 내내 끊임없이 줄줄 흘러내렸습니다. 그는 아무 말도 하지 않고 묵묵히 나를 업고 잡초를 헤치며 앞으로 걸어 나갔습니다. 그렇게 숲속을 빠져나와 모래톱까지 당도했을 때, 내 눈물과 콧물에 범벅이 되고 점철된 그의 뒤통수와 어깨는 마치 은색의 페인트칠을 해놓은 듯 반짝반짝 빛을 뿜었습니다.

12 〜≪≪≪

하늘에는 은색의 구름이 수평선 끝까지 뻗어 있고, 갈매기들은 은빛 날개로 파아란 파도사이를 누비며 생명력을 마음껏 자랑합니다. 정오에 다가서는 햇빛은 직각으로 내려와 애처로울 정도로 백사장을 찬란하게 비추고 있습니다.

등에 업었던 나를 모래톱에 내려놓고 나서 얼굴의 땀을 훔치며 그가 말하는 것입니다.

"이제 꼼짝 말고 누워있어요. 다리를 쓰면 안 됩니다."

나는 흐리멍덩한 가운데 고개를 끄덕였습니다.

옆에 있는 셔츠를 들어 차곡차곡 접어서 내 머리 밑에 받쳐주고 그는 몸을 일으켰습니다. 아마 찍어 놓은 나무를 가지러 가나 봅니다. 나는 얼른 손을 쳐들어 그를 불러 세웠습니다.

"저 잠깐만요."

그가 멈춰 서자 나는 정신을 바짝 차리며 물었습니다.

"어제 나 보고 중국 사람이라 했죠?"

영문 모를 때 슴벅거리는 코끼리 눈 같은 그의 눈에 의문이 가득 되실려 왔습니다.

"…그럼…아니에요?"

나는 일시 뭐라 대답했으면 좋을지 몰라 낑낑거리다가 "글쎄요… 잘은 모르겠지만…" 하고 얼버무려 버렸습니다.

"아니, 어떻게…" 부엉이만큼 커진 눈이 내 진의를 꿰뚫듯 직각으로 맞혀옵니다. "어떻게 자기 뿌리도 모른다는 거예요? 중국말을 잘하시잖아요. 지금 이렇게, 아주 유창하게…"

"이게… 중국말이에요? 그럼…당신도 같은 중국사람?"

"아니오." 하고 그는 고개를 마구 젓고 나서 말을 잇습니다. "나는 고려인이에요. 바로 조선 사람이란 말입니다. 조선 땅에서 건너왔거든요. 중국의 동쪽에 위치해 있는 반도나라 조선, 몰라요?"

나는 소낙비 속에 서 있는 버드나무처럼 풀이 죽어 천천히 머리를 흔들었습니다. 머릿속에서 수천마리 바퀴벌레들이 불시에 튀어나와 버글거리고 있는 느낌입니다. 이 사람이 나와 같은 곳에서 왔기를 얼마나 간절히 바랐던가. 그런데, 그게 아니랍니다. 그래도 트집삼아 마지막 지푸라기라도 잡아보고 싶어 뭔가 못마땅한 듯 들이댔습니다.

"그럼 왜 나하고 똑 같은 말을 하는 거에요? 사람 헷갈리게!"

웃는 듯 마는 듯한 표정이 사내의 얼굴에 가볍게 떠올랐습니다. 마치 참 웃기는 여자 다 있네 라고 하는 것처럼. 그런 다음 천천히 설명하는 것입니다.

"그건요, 내가 중국에서 오래 살았기 때문입니다. 문자가 서로 통하니 말은 배우기가 어렵지 않았죠."

"…어…"

마지막 지푸라기마저 무참히 가라앉아버렸습니다. 세상은 나에게 잔인하리만치 잔인합니다. 아니 그 이상으로 잔인할지도 모릅니다. 나는 잠시 입을 다물고 있다가 나직이 혼자소리처럼 중얼거렸습니다.

"그럼… 그 사람두 당신과 같은 고려인이에요?"

생각밖에 그가 어지간히 놀라며 반응하는 것입니다.

"그 사람이라니, 누구 말이요?…"

"아니, 누구겠어요. 어젯밤 둘이 맞붙어 싸우던…"

당연하다고 생각했는데 상대는 펄쩍 뛰는 것입니다.

"그 놈이?!" 부엉이 눈이 되어 따지고 듭니다. "그 작자… 당신 남자 아네요?"

"뭐요?" 더 펄쩍 놀란 건 나입니다. "내 남자라니, 말도 안 되는 소리"

사내의 커다란 눈이 의문의 파도를 밀어옵니다. 다급해진 나는 앞뒤도 가릴 새 없이 마구 주워섬겼습니다.

"그게 어떻게… 우린 서로 말도 안 통해요. 누가 뭐라고 아무리 말해도 알아듣지 못해요. 더구나 얼굴도 모르고, 어디서 왔는지도 모르고 또한… 근데 왜 같이 있냐구요? 그건…저, 그냥 어찌 되다 보니…아 참… 그게…" 애가 타서 머리를 썩썩 긁다가 우욱 설움이 북받쳐 올랐습니다. 얼른 손으로 얼굴을 가리고 나직이 흐느껴 울기 시작했습니다.

잠시 묵묵히 있던 사내가 천천히 입을 여는 것입니다.

"…그렇군요. 미안해요. 암, 그렇다면, 그 자가 누군지 내가 지금 알려드릴게요. 그자는 일본 사람이에요. 바로 왜놈이란 말입니다. 왜놈!"

오라, 이 사람은 어젯밤에도 그 남자를 "왜놈"이라 했다. 그러자 얼마 전에 처음으로 모닥불을 피워 놓고 생선을 구워 먹으며 흥에 겨워 노래를 부르던 일이 떠올랐습니다. "큰칼 들어 왜놈머리 까부시자…" 그 가사속의 "왜놈"일 것이다. 그런데 왜놈이란 단어는 도대체 뭘까? 사람의 이름일까 아니면… 참으로 아리송했습니다. 그래서 어정쩡하니 물었습니다.

"근데 왜놈이란 말은 무슨 뜻이에요? 좀 알아듣게 설명해주시면…"

내 말에 그만 입을 떡 벌리고 몇 초 동안이나 호흡마저 멎은 듯 그대로 굳어 있던 그가 갑자기 몸을 휙 돌려 수풀 쪽으로 쩰쩰 걸어가는 것입니다.

어…? 저건 왜지? 이상하게 화를 내는데?

숲속으로 사라지는 그의 뒷모습에 의문의 갈고리를 던지며 하염없이 바라보다가 그 그림자가 나뭇잎에 가려 더는 보이지 않을 때 나는 비로소 눈을 스르르 감았습니다. 그리고 머릿속에 남은 잔상을 떠올리며 그와 놀랍게 근사한 얼굴이지만 같은 사람은 아닌 그 다른 한 남자의 영상이 시 망막에 다시 나타나 주기를 기다렸습니다. 가끔 손으로 이마를 두드리기도 하고 두피를 살살 자극하기도 하며 영상을 잡아오려 무진 애를 썼습니다. 드디어 노오란 햇빛에 발갛게 비쳐진 사람의 얼굴이 시 망막에 희미하게 나타나기 시작합니다. 전신의 신경이 화살 속도로 시 망막에 모여들고 긴장해진 손바닥에 땀이 흥건히 배이며… 영상이 점점 더 가까이 다가옵니다. 그런데 다음 순간, 크고 유력한 손이 뻗어와 내 어깨를 잡아 흔드는 동시에 귀에 익은 목소리가 파고드는 것입니다.

"이봐, 당신 왜 여기서 자는 거야? 일어나 봐요, 어서. 일어나."

눈을 뜨지 않고도 사슴남자라는 것을 알 수 있습니다. 그 카랑카랑한 목소리는 이미 내 기억의 문 안에 저장되어 있었던 것입니다. 그러고 보니 방금 눈앞에 다가오던 영상은 결코 괴물사내와 닮은 내 기억 속의 남자가 아니라 바로 현실의 이 남자인 것입니다. 보나마나 물고기를 잔뜩 잡아 가지고 돌아와 보니 내가 없어져 힘들게 이곳까지 찾아왔을 것입니다.

그런데 어쩐지 나는 눈을 뜨고 싶지 않았습니다. 사슴남자를 따라 돌아가고 싶은 마음도 없고 더욱이 그로부터 뭔가를 강요받을까 두려운 생각이 슬며시 앞서는 것입니다. 그래서 나는 모르는 척 꼼짝 않고 그대로 누워있었습니다.

카랑카랑한 목소리가 다시 울려옵니다.

"일어나지 않으면 내가 안아서라도 데려갈 거야. 그러니 눈 좀 떠봐요. 어서!"

바로 이때, 찍은 나무며 가지들을 집채 같이 묶어서 끌고 오던 사내가 멀리서부터 알아보고 급히 소리치는 것입니다.

"건드리지 말아요. 그 사람은 지금 걷지도 못해. 다리를 쓰면 안 된다구."

그러자 호르몬 주사라도 맞은 듯 사슴남자가 펄떡 뛰어 일어납니다. 그리고 수컷 대 수컷으로 대들기 시작합니다.

"내 여자 내가 챙기는데 웬 참견이여? 괜히 힘 빼지 말구 조용히 꺼져있어!" 하면서 내 몸 밑에 손을 넣어 당장 안아 일으킬 잡도리입니다.

순간, 괴물사내의 손이 번개같이 날아와 사슴남자의 팔목을 부러뜨릴 듯 잡아 뿌리쳐버립니다. 그런 다음 서리같이 매섭게 호통치는 것입니다.

"허튼 수작 집어치워. 당신이 저 사람 알기나 해? 입이 있으면 말해봐, 저 사람 어디서 왔어? 어디로 가는 거야? 이름은 뭐고 성은 뭐야?…"

그 말에 대답하는 사슴남자의 말은 내가 알아듣지 못하기를 천만 다행인 내용이었습니다.

"여자는 그 따위 걸 알 필요 없어. 치마길이만 알면 돼… 그게 여자잖아."

찰싹! 사내가 남자의 뺨을 호되게 후려갈겼습니다. 급기야 남자의 입가에 피가 벌겋게 번져납니다.

남자가 돌아서며 더 잔인하게 한 대 갚아줍니다. 사내가 쓰러질 듯 휘청거리더니 다시 중심을 잡고 후닥닥 반격태세를 취합니다. 이제 쌍방은 두 마리 캥거루가 되어 주먹에 독기를 잔뜩 움켜쥐고 서로 삼킬 듯이 노려봅니다. 생사의 판가리가 마악 시작될 이 순간, 내가 벌떡 일어나 두 사람 사이에 끼어 섰습니다.

"꼼짝 말아요, 아무도! 손만 쓰면, 내가… 바다에 뛰어들어 죽어버릴 거에요."

이렇게 수컷의 판가름은 또 한 번 무산되었습니다. 허나 나는 진짜 죽어버리고 싶도록 다리의 통증이 느껴졌습니다. 아! 하고 쩔뚝거리다가 그대로 땅에 푹 꼬꾸라져버렸습니다. 그리고 몽롱하게 의식을 잃어갔습니다.

13 ⟶

오랜만에, 아주 오랜만에 춤을 추고 싶도록 신나는 휘파람 소리가 고막을 애무해 옵니다. 저걸 어디서 많이 들어온 듯한데 하며 슬며시 눈을 뜨고 보니, 여전히 웃통을 벗어재낀 채 저쪽에서 헌걸찬 몸을 잽싸게 놀리며 나무를 이리저리 맞춰 초막을 세우고 있는 사내가 보입니다. 휘파람 소리는 바로 그의 입에서 흘러나오고 있었는데 마치 여름날 해변의 음악회 같은 분위기입니다.

태양은 어느덧 서쪽 하늘로 기울어져 나직이 빛을 뿌리고 새들은 저마다 깃을 퍼덕이며 오후의 평화를 만끽하고 있습니다.

나는 눈을 가늘게 뜨고 시험문제를 읽듯 사내를 읽어보려 애썼습니다. 아무리 두꺼워도 투명하게 들여다보이는 유리판 같은 분위기, 어쩐지 나쁜 역을 해도 좋은 사람같이 보이고 지어 살인을 저질렀다 해도 뭐 죽이지 않으면 안 될 이유가 있었겠지 로 판정될 법한 그런 유형의 남자. 문득 다른 한 그런 유형의 남자가 떠올랐습니다. 판에 박은 듯 서로 닮은 얼굴이나 짧은 머리에 긴 도포를 입은 조금 애티 나는 남자의 얼굴, 아까 좀 전에도 번개같이 나타났다 사라졌던 바로 그 모습인 것입니다. 무의식중에 팔을 기일게 뻗어 그 모습을 잡아보려 버둥거렸으나 또다시 영사막의 페이드아웃처럼 눈 깜짝할 새에 사라져버렸습니다. 대신 땀방울이 송골송골 내돋은 현실 속 사내의 얼굴이 크게 확대되며 오버랩 되어 옵니다.

한숨을 후 내쉬고 상반신을 일으키며 나는 사내를 향해 손을 흔들었습니다.

"저기요…!"

사내가 돌아보더니 내 칭호가 못마땅한 듯 정정합니다.

"태호입니다. 태호라 불러주세요."

"아, 네. 태호씨! 잠간 나 좀 볼까요? 물어볼 말이 있어서요."

머뭇거리나 싶더니 사내는 마침내 일손을 멈추고 내게로 다가왔습니다. 나는 옆에 놓여있던 야자껍데기에 담긴 물을 들어 그에게 내밀었습니다.

"고마워요. 근데 이름이 뭐요?" 물을 받아 들며 그가 물어왔습니다.

"이름?…" 하고 나는 미간을 찌푸리다가 저도 몰래 누구에게 화풀이라도 하듯 "몰라요." 하고 불평처럼 쏘아버렸습니다.

손에 들었던 물을 꿀꺽꿀꺽 들이켜고 나서 입술을 쓱 문지른 다음 그는 마치 숙제 책 검사하듯 내 얼굴을 찬찬히 들여다보는 것입니다.

"자기 이름도 모른다? 괴짜군…?"

나는 속이 부질부질 괴어올라 견딜 수 없었습니다.

"그게 바로 내가 묻자는 거에요. 태호씨는 의사라고 하셨죠. 그럼 지금 나처럼 이렇게 자기가 누군지도 모르고 아무 기억도 없는 사람, 무슨 병이에요?"

"네?… 전혀 아무것도 기억나지 않는다구요?"

눈동자에서 의사의 진지함이 반짝 빛납니다.

"그래요. 부모님의 성함마저 기억나지 않아요… 자신의 이름도 나이도 고향도… 그리고 지금이 몇 년도인지 오늘이 며칠인지 등 아무것도 모르겠단 말입니다…"

말하다가 그만 울어버릴 것 같아 얼른 고개를 숙이고 입술을 깨물었습니다.

"언제부터 그렇게 됐어요?"

"글쎄요, 아마 이 곳에 온 후부터겠죠. 그 전의 일은 모두 깜깜 모르니까."

반사적인 동작처럼 그는 손에 쥐었던 야자 껍질을 또 들어서 마십니다. 그런데 물은 한 방울도 없습니다. 안타까운 듯 입술을 힘주어 다물었다가 고개를 들어 내 눈을 지그시 바라보며 입을 엽니다.

"기억상실증인가 봐요. 머리에 타박상을 입었거나 몸에 중한 상처를 입었을 때 오는 일종 병이죠."

"아… 그럼… 그렇다면, 치료는 가능하나요? 기억을 회복할 가망은 있나요?"

희망과 절망의 차이는 단 한치 거리라고 했습니다. 법정에서 판결을 기다리는 죄수라 해도 지금의 나만큼은 심장이 높뛰지 않을 것입니다.

"혹 몸에 다른 이상은 없나요?"

그의 물음에 "네, 없어요. 지금은 모두 정상인걸요." 하고 나는 재빨리 대답하고 나서 갈구하듯 그의 얼굴을 빤히 쳐다보았습니다.

"그렇다면" 하고 그는 입술을 다물었다가 다시 여는 것입니다. "회복 가망이 없는 건 아닙니다. 단지 시간이 필요하고 더욱이 익숙한 사람이나 사물이 필요한데, 이런 곳에서 어디…"

"있어요." 부지불식간에 나는 그의 말을 자르고 톤을 높여버렸습니다. 그 다음 아직 얼떨떨해 있는 그의 이마를 가리키며 흥분에 들떠 소리쳤습니다.

"바로 당신이에요, 태호씨!"

"…네?!…".

놀라 눈이 휘둥그레진 그는 잠시 쇼크 상태에 빠진 듯 꼼짝 않고 있다가 갑자기 풋하하 웃음을 터뜨리는 것입니다.

"꽤 재밌는 농담 같은데요, 아쉽게도 가짜는 통하지 않습니다…"

"아니요." 하고 내가 도리어 화난 듯 말을 받았습니다. "이전에 우린 서로 만난 적이 없다는 거 잘 알아요. 하지만 너무 똑 같은 얼굴이 있어요. 아침에 태호씨를 처음 봤을 때 그 얼굴이 나타났어요. 내 머릿속에 번개같이 나타났다 사라지고는 방금 전에 또다시 나타났다 사라졌어요. 어쩌면 그것이 내가 태호씨를 쫓아 여기까지 온 진짜 이유일지도 몰라요."

말을 하면서도 이건 어디까지나 얼토당토않은 소리로 들릴 거라는 자비심에 목소리가 점점 여위어가는 걸 어쩔 수 없었습니다. 헌데 내 말을 듣고 있던 그의 눈이 순식간에 별처럼 반짝 빛나는 것입니다. 그 다음 멈추지 않고 끊임없이 반짝이는 그 빛은 마치 무수한 희망의 꼬리별로 되어 내 마음을 사로잡으며 심장 깊이에 스며드는 듯, 그래서 가느다란 불씨도 요원의 불길로 타오를 수 있지 않을까 는 망상 같은 바람이 나를 함몰해가는 것입니다.

마침내 상대가 입을 열었습니다.

"아아, 뜻을 알겠어요. 바로 나를 닮았다는 그 얼굴이 당신에게는 엄청 소중한 기억이란 말이죠? 다행입니다. 그것이 당신의 기억을 여는 좋은 열쇠가 될 수 있어요. 내가 노력하여 그 열쇠를 찾아 드릴게요. 우리 같이 애써 봅시다. 어쩌면 생각보다 더 빠를 수도 있어요."

저처럼 아름다운 눈동자가 사람의 눈확에 들어있다는 사실을 이 시각 나는 세포 세포로 실감하고 있었습니다. 희망에 반짝이는 눈동자보다 더 아름다운 것이 또 어디 있겠습니까? 흥분에 빨갛게 달아오른 얼굴과 얼굴이 마주치며 신심을 교차하는 그 순간의 불꽃은 빛으로도 다 나타낼 수 없는 것입니다. 그동안 참담하게 흑백이었던 나를 다시 무지개처럼 아름답게 채색해주는 구명의 물감, 무너진 탄갱 속 같이 깜깜하던 내속에 화려한 촛불을 밝혀주는 신성한 요술 같은 그 갈망에 나는 벌써부터 몸이 떨리고 숨이 가빠왔습니다.

"지금부터 내가 시키는 대로 해야 합니다." 하고 그가 자애로운 의사답게 두 손으로 내 어깨를 잡아 신심을 더해주는 것입니다.

나는 눈물이 고인 눈을 껌벅거리며 힘차게 고개를 끄덕여 보였습니다.

"자, 이제 나를 향해 똑바로 앉으세요."

심장이 너무 세차게 뛰어 호흡이 딸리는 듯. 그래도 몸을 조금 돌려 그를 향해 정면으로 마주 앉았습니다. 파르르 떨리는 내 두 손을 그가 꼭 잡아 줬었습니다.

"지금부터 내 얼굴을 똑바로 보세요. 그러다가 조금 어지러운 느낌이 들 때 눈을 조용히 감으세요. 그리고 애써 지난 기억을 떠올려봅니다."

이제 나는 그의 설정대로 움직이는 로봇입니다. 눈을 크게 뜨고 태호 라는 남자의 얼굴을 열심히 쳐다보기 시작했습니다. 그의 머리부터 이마, 눈, 코, 입, 귀, 심지어 작은 기미나 땀구멍까지 미세한 하나하나를 놓칠세라 그림을 그려가듯 보고 또 보았습니다. 그런데 이상한 것은 이렇게 가까이에서 보니 아무리 쳐다보아도 오히려 어지러운 느낌 같은 것이 전혀 생기지 않는 것입니다. 더욱이 조금 전 두 번이나 나타났던 그 기억속의 얼굴은 삽시간에 구름 속으로 숨어버린 듯 다시는 나타날 기미조차 없습니다. 오히려 지척에서 땀구멍의 직경까지 재일 만큼 상대의 얼굴을 빤히 들여다보고 있노라니 내 머릿속에 느닷없이 잘생긴 호랑이 한 마리가 떠올랐습니다. 이어 백두산의 깊고 신비한 여울소리가 배경음악 같이 메아리치고… 어디선가 이름 모를 작은 새가 포르롱 날아와 호랑이 머리 위 王자 무늬에 살포시 내려앉습니다… 멀리서 컹컹 개 짖는 소리가 은은히 들려오고, 그러면서 저건 아마도 아주 잘생긴 개일 거라는 느낌이 뒤따르는 것입니다…

"왜 아직도 눈을 감지 않아요?"

그제야 불에 덴 듯 후닥닥 눈길을 거두며 물에 빠진 원숭이처럼 허우적거렸습니다.

"아, 그, 글쎄요. 내가… 눈이 좀 피로한가… 봐요…"

소리 없이 웃는 그의 가즈런한 이가 꿈속처럼 황홀하게 비쳐옵니다. 심장이 후두둑 뛰는 순간 얼른 고개를 숙여버렸습니다.

"그럼, 먼저 잠간 쉬고 있어요. 내가 초막을 다 지어 놓고 안에 들어가 편안히 계속해봅시다."

말을 마치고 돌아서서 걸어가는 그의 뒷모습을 멍하니 바라보다가 나는 맥없이 눈을 감아버렸습니다. 어쩌면 헛수고일지도 모른다는 두려움이 배꼽을 아프게 자극해왔습니다. 그래도 내가 희망을 버리지 않는 한 희망이 나를 버리고 가는 일은 없을 것이라고 애써 자기위안을 해봅니다.

희망이란 있다고도 할 수 있고 없다고도 할 수 있다 ----로신의 말

14 ~~~~

태호란 이름을 알고 난 뒤부터 어쩐지 자꾸 되풀이해 불러보고 싶었습니다. 태호씨, 태호씨, 태호씨, 태호씨…

이 황량한 무인도 못지않게 황폐하고 쓸쓸한 내 기억 속에 불러볼 수 있는 이름이 생겼다는 것이 눈물이 나도록 감격스러웠습니다. 그래

도 소리 내어 부르면 그의 일에 방해되지 않을까싶어 가능한 소리를 죽이고 입속으로 가만히 수십 번이나 되풀이하여 불러보았습니다.

드디어 초막이 지어졌습니다. 거쿨진 체구에 비해 자상한 성격도 겸비한 듯 그는 일을 아주 깔끔하게 마무리했습니다. 나무로 만든 초막이지만 제법 집의 형태를 갖추어 높직한 천정에 삼면은 꽤 튼튼해 보이는 나무 벽이고, 다만 바다를 향한 쪽은 벽도 문도 없는 오픈 그대로인 것입니다.

마지막으로 보드라운 풀을 뜯어 돗자리처럼 엮어서 바닥에 깔아 놓고 그제야 만족한 듯 허리를 주욱 펴며 나를 향해 빙긋 웃어 보이는 것입니다.

"어때요? 집이 꽤 그럴듯해 보입니까?"

나는 손뼉을 짝짝 치고 엄지를 내 들어 찬동을 표시했습니다.

그가 미소하며 성큼성큼 내 앞으로 다가왔습니다.

"자, 이제 안으로 들어갑시다."

그 말에 내가 몸을 일으키려 하자 그가 손으로 내 어깨를 꾹 눌러왔습니다. "가만 있어봐요." 하더니 두 손을 내 몸 밑에 쑥 넣어 순식간에 나를 번쩍 안아 듭니다.

"어머!"하며 나는 얼결에 두 손으로 그의 목을 꼬옥 감아 잡았습니다. 따뜻한 입김이 간지럽게 맞혀오고 토닥거리는 심장소리가 그대로 전해오는 듯, 온 몸이 봄눈처럼 사르르 녹아내리는 느낌에 저도 모르게 눈이 스르르 감겨졌습니다.

바로 이 시각 그가 나타났습니다. 태호씨와 꼭 닮은 다른 한 남자가 하얗게 웃으며 걸어와 지금의 사내처럼 내 몸을 번쩍 안아들고 어느 방안엔가 들어가고 있는 것입니다. 황홀의 늪 속에 퐁당 빠져버린 나는 자오록한 안개에 포위된 노랑과 파랑의 사이를 오가고 있었습니다. 암, 이제 손만 내밀면 남자의 얼굴을 잡을 수 있겠지. 그러면 다시는 도망가지 못하게 될 것이다. 하지만, 바로 다음 순간 또다시 거짓말처럼 모든 것이 눈앞에서 깡그리 사라져버렸습니다.

눈을 떴을 때 내 몸은 이미 초막 안의 풀 돗자리 위에 누워있었습니다. 했으나 나는 태호씨의 목을 휘감은 손을 풀어주지 않았습니다.

태호씨가 이상하게 여기며 물어왔습니다.

"왜요?"

달아오른 흥분을 억제할 수 없어 내 목소리는 심하게 떨려 나갔습니다.

"봤어요. 봤다구요. 그 사람이 나타났어요! 바로 태호씨처럼 나를 안고 들어갔어요. 어떤 방안 같은 데로."

"그 다음은요?"

"그 다음 사라졌어요. 또다시!"

너무 안타까워 나는 일시 어쩔 바를 몰랐습니다.

"알았어요. 그럼 우리 계속합시다. 지금부터 눈을 꼭 감고 있어요. 눈앞에 내가 있다 생각지 말고 그 사람이 있다 생각하세요. 모든 것은 보려 하지 말고 감각으로만 느끼세요. 억지로가 아니라 자연스럽게."

말을 하면서 그는 내 머리를 부드럽게 어루만지기 시작했습니다. 다음 손을 내려 눈썹과 눈을 만지고 양 볼을 만지고… 턱을 만지다가 목으로 내려갑니다… 드디어는 후끈하고 짭짤한 입술이 내 입술에 닿아옵니다… 그 남자다. 긴 도포를 입은 피부색이 조금 거무스름한 그 남자가 내 입술에 뜨거운 키스를 퍼붓는다. 내 몸은 벌써 흥분에 젖어 있고 신경마다는 황홀의 바다에 빠져들어간다…

이때 갑자기 우레처럼 빠르고 무서운 것이 우리의 귀 옆을 쌩 스쳐 지나 머리위의 모래톱에 깊숙이 꽂혀듭니다. 물고기를 찍어 잡는 날카로운 작살이었습니다. 너무 갑작스러운 일이라 우리가 미처 정신을 차리기도 전에 초막 밖에서 작살보다 더 무서운 욕지거리가 퍼부어집니다.

"이 더러운 자식, 당장 죽여 버리고 말테다!"

이어 백사장 쪽으로부터 수사자같이 살기등등한 사슴남자가 격노의 갈기를 잔뜩 치켜세우고 덮치듯 삼킬 듯 뛰어오는 것이 보입니다.

위기일발의 순간, 태호씨가 어느새 호랑이 속도로 뛰어나가 사슴남자의 앞을 꾹 막아섰습니다.

"난 의사야. 지금 저 여자의 기억 상실증을 치료하고 있으니 끼어들지 말어."

사슴남자가 멈칫하나 싶더니 다시 떠나갈 듯 호통치는 것입니다.

"허튼 수작 집어치워. 죠센징 따위가 뭘 안다고, 빠가야로!"

욕질하며 손을 들어 뺨을 때리려는 찰나, 태호씨가 번개 같이 손을 뻗어 그 팔목을 허공에서 꽈악 잡아 줍니다.

황소처럼 씩씩거리는 두 쌍의 눈이 금시라도 잡아 삼킬 듯 무섭게 상대를 노려봅니다. 팽팽한 공기가 터질 듯 주위에 자오록합니다.

이때에야 겨우 사태를 파악한 나는 황급히 밖으로 몸을 옮기며 소리쳤습니다.

"그만해요 좀! 왜 만나기만 하면 으르렁거리고 그래요? 짐승들처럼!"

내 말에 두 사람의 기세는 다소 누그러진 듯하나 아무도 굽어들 태세는 아닙니다.

그래도 태호씨가 먼저 손을 내리고 가능한 평온한 목소리를 회복하려 애쓰며 말합니다.

"우선 격동만 하지 말고 내 말 좀 들어보시오. 저 여잔 지금 기억상실증으로 엄청 힘들어하고 있소. 회복이 필요하단 말이오. 그래서 내가 돕고 있는 중인데…" 상대의 복장을 응시하다가 갑자기 뭐가 생각난 듯 "…아 참, 당신이 더 잘 도울 수 있겠다. 따라와 봐요." 하며 무작정 사슴남자의 팔을 잡아끌고 내 앞으로 다가옵니다. 그리고 나를 향해 말합니다.

"저기요, 눈 한번 크게 뜨고 이 사람을 살펴보세요. 이 옷이 눈에 익지 않아요? 이 복장을 위부터 아래까지 깐깐히 빠짐없이 훑어보면서 과거를 떠올려보세요. 어디서 본 적이 없는지, 남겨진 인상은 없는지…"

나는 벌써부터 눈을 한껏 찌푸리고 남자의 옷에 구멍이 뚫리도록 쳐다보고 있었습니다.

그동안 날마다 시각마다 보아온 옷이건만 왜 이 순간 이토록 새삼스레 느껴지는지 알 수가 없습니다. 햇볕에 색이 날아 누르께해진 바탕에 아래위 호주머니가 네 개 달리고 손가락 두개 너비만큼 세워진 옷깃의 양쪽에 붙어있는 시뻘건 군복 휘장…

머릿속이 이상하게 와글와글 끓어 번지다가 삽시간에 까무러칠 듯 어지럼증이 밀려옵니다. 얼른 눈을 감아버리자 시 망막 속에 무서운 화면이 나타나는 것입니다. 하나가 아니라 여러 얼굴이 서로 엇갈리며, 총 같은 것, 군도 같은 것도 함께 뒤엉키다가 사라집니다. 마치 캄캄한 어둠속에서 은밀히 진행되다가 지나가는 번갯불에 활짝 드러난 군상인양 모든 것은 그렇게 순식간에 나타났다가 순식간에 사라지는 것입니다.

다시 눈을 가늘게 뜨고 남자의 복장을 쳐다보는데 옆 시야에 태호씨의 얼굴이 함께 들어와 있습니다. 순간 세상이 비잉 거꾸로 돌아가는 심한 어지러움에 나는 더는 눈을 뜨고 있을 수 없었습니다. 눈을 감는 순간, 눈꺼풀이 미처 내려지기도 전에 완전한 한 토막의 기억이 밀물같이 들어옵니다.

어슴푸레한 장면이나, 무수한 학생들이 거리에 몰려 있습니다.

태호씨와 닮은 키 큰 남학생이 큰 소리로 구호를 외칩니다.

"일본제국주의를 타도하자!"

학생들이 따라 외칩니다.

"타도하자! 타도하자!"

"일본은 물러가라!"

"물러가라! 물러가라!"

"단합하여 항일하자!"

"항일하자! 항일하자!"

……

나도 학생들 속에 끼어 있습니다. 아니 키 큰 남학생의 바로 옆에 딱 붙어 서서 누구보다 더 높이 구호를 외치고 있습니다.

갑자기 호각소리가 휘몰아치듯 들려오더니 누우런 군용트럭이 질풍같이 달려옵니다. 한 무리 군인들이 트럭에서 뛰어내려 독수리 병아리 덮치듯 학생들을 향해 덮칩니다. 총소리가 자지러지고 시퍼런 군도가 번뜩이는 가운데 피를 토하며 쓰러지는 사람, 목이 베이어 날려가는 사람, 포승줄에 묶여 도살장에 끌려가는 돼지 모양 트럭위에 마구 던져지는 사람…

키 큰 남학생이 내 손목을 잡아끌고 잽싸게 도망칩니다. 그런데 저 앞에, 바로 앞에 일군의 총구멍이 동그랗게 겨누어져 있습니다. 총을 든 자의 군복은…

갑자기 눈을 번쩍 떴습니다. 바로 눈앞에 보이는 사슴남자가 입고 있는 저 군복과 똑같은 것입니다. 저 누르께하고 호주머니가 네 개 달린 옷, 손가락 두개 너비만큼 세워진 옷깃의 양쪽에 붙어있는 시뻘건 군복 휘장…

다시 하늘땅이 바뀌는 어지럼증이 오고, 이어 또다시 떠오르는 한 토막의 기억…

누르께한 군복은 도처에 욱실거립니다. 아우성소리, 비명소리, 핏방울 튕기는 소리…

누군가의 핏물을 뒤집어쓴 채 키 큰 남학생과 나는 옥상의 귀퉁이에 숨어 거리를 내려다보고 있습니다. 건물과 건물이 서로 닿을 듯 좁다란 뒷골목에 누런 군복들이 벌떼처럼 모여들어 부녀자들을 강간하고 있습니다. 엄마들, 아가씨들, 심지어 내 이웃에 사는 열두 살 나는 어린 소녀까지 그 속에 포함되어 야수들의 유린을 당하고 있습니다. 저

벼락 맞을 놈들! 무의식 중 퍼붓는 저주에 옆의 남학생이 다급히 내 입을 틀어막습니다…

다시 눈을 번쩍 떴을 때, 나는 무서운 독기로 사슴남자를 노려보았습니다. 지금 내 양 볼에 홍조가 찬란한 것은 사랑이 아니라 극도의 증오입니다. 가슴속에서 불기둥 같은 회오리가 치솟아 오르고 머리카락 하나하나가 수직으로 일어서는 느낌. 입을 한껏 벌려 세상에서 가장 나쁜 욕을 골라 퍼붓고 싶은데, 그런데 이상하게도 소리가 형성되지 않습니다. 허나 심장은, 내 심장은 외칩니다… 이제 알겠다, 네가 누구인지를, 왜 너를 왜놈이라 했는지를. 너의 비행기가 왜 공중에서 격추당했는지를. 또한 너희 두 남자가 왜 끊임없이 죽기내기로 싸우는지를…

그런데도 나는 저 원수 놈을 살려주었다. 아니, 내 피 같은 젖을 먹여 죽음의 문안에서 끌어내 주었다. 더욱이, 나는 다름 아닌 내 나라를 유린하고 내 부모형제를 죽이고 내 가옥에 불을 지르고 내 엄마들을 자매들을 강간한 저 간악한 무리 속의 한 분자와 사랑을 나누었다… 아아! 이걸 어쩐단 말인가? 어쩌면 좋단 말인가… 눈에서 흐르는 것은 눈물이 아니라 핏물입니다. 두 손으로 가슴을 마구 쥐어뜯으며 이 몸을 이 더럽혀진 몸을 통째로 내동댕이치고 싶어 몸부림칩니다. 이대로 갈기갈기 찢어 바다에 처넣고 싶습니다. 아니, 먼지보다 더 작은 가루로 빻아 흔적도 없이 바람에 날려 보내고 싶습니다.

그래서 가슴이 잘려 나갈 듯 슬피 울고 있는데 사슴남자가 오히려 위안이라도 하겠다는 듯 내게로 다가오는 것입니다. 부지불식간에 내 손가락이 그의 콧등을 가리키며 막혔던 분노가 걷잡을 수 없이 터져나갔습니다.

"다가들지 마, 이 나쁜 놈아! 그 더러운 손으로 나를 능욕한 네놈을 용서할 수 없다. 네가 누구인지 모를 때는 바보같이 당했다만 이제는 아니야. 다시 내 몸에 손을 댔다간 내 즉시 네놈을 갈가리 찢어 죽여 버릴 것이다. 그러니 내 눈앞에서 썩 꺼져! 영영 나타나지 말란 말이야… 이 천하에 나쁜 왜놈아!… 원수 놈아!…"

나는 미쳐버린 강아지처럼 마구 소리 질렀습니다. 몸이 덜덜 떨려 도저히 진정할 수가 없었습니다.

말뜻은 알아듣지 못하나 내 눈길의 섬뜩함을 느꼈는지 사슴남자는 다가오던 발걸음을 뚝 멈추었습니다. 그리고 태호씨의 얼굴을 빤히 쳐다봅니다.

태호씨가 그에게 일어로 설명합니다.

"여자의 기억이 살아났소. 이제는 당신이 누군지 너무 똑똑히 알아. 그러니 추적거리지 말고 조용히 물러가시오! 이 여잔 내가 지킬 테니 염려 말구."

짤깍 찍힌 듯 꼼짝 않고 한동안 서있던 남자가 드디어 두 손으로 얼굴을 가리고 천천히 돌아섭니다. 그리고는 모래톱에 빨려드는 다리를 겨우 빼서 옮기듯 힘겹게 발바닥을 질질 끌며 터벅터벅 걸어갑니다.

15 ～<<<<

기억이 돌아오기 시작하자 며칠 새에 나는 거의 모든 기억을 회복할 수 있었습니다. 물고기를 잡아다 구워 먹고 과일을 따서 먹는 등 일상 외에 태호씨와 나는 많은 이야기를 나누었습니다. 그러면서 나는 언어가 없으면 인간은 엄격한 의미에서 인간이 아닐지도 모른다는 생각을 하게 되었습니다. 또한 모든 기억을 상실하고 심지어 자신이 누구인지조차 알지 못하던 때의 그 밑창 없는 공포를 영원히 기억의 밑바닥에 깊숙이 새겨 두었습니다.

매일 아침, 태호씨는 끝을 바늘같이 뾰족하게 깎아 만든 참나무 침으로 내 부어 오른 오른 다리를 침질하여 독을 빼고 자작한 초약 즙을 발라 주었습니다. 덕분에 상처가 하루 다르게 나아가고 기분 또한 전에 없이 좋아졌습니다. 무엇보다 말을 거침없이 할 수 있다는 것, 내가 한 말을 누군가가 빠짐없이 알아듣는다는 것, 이 당연하다 못해 더는 당연할 수 없는 일에 처음으로 살아있는 자의 넘치는 감동을 느꼈습니다. 그리고 자신이 누구인지를 알게 된 그날, 나는 목소리를 한껏 높여 선언하듯 온 세상을 향해 소리쳤습니다.

"내 이름은 유정(幽靜)이라 합니다. 나이는 18살입니다." 그러면서 샘처럼 하얗게 솟아오르는 눈물을 억제하지 못해 끝내는 펑펑 쏟고야 말았습니다. 나도 이제는 내 이름을 알게 되었다 하고 이 세상에 아니 저 바다와 저 하늘의 끝자락까지 모두 들리도록 목이 터지게 고함치고 싶었습니다.

내 기억속의 나는 부잣집 여식이었습니다. 아버지는 방직회사를 운영하셨고 어머니는 상하 삼대 식솔에 여러 하인들을 거느리는 풍채 늠름한 대갓집 부인이셨습니다. 영유아 시절에는 유모가 돌봐 주었고 소녀시절부터는 시녀가 따라다니며 시중을 들었으나 나는 이름과는 달리 성격이 자유분방하고 모험을 즐겨 기회만 생기면 묘하게 시녀를 따돌리고 사내애들과 어울려 엉뚱한 짓을 하곤 했습니다.

"그런데 열여섯 살 나던 해에 나는 그만 자유를 잃고 말았어요."

사연 많은 달이 연회색 구름 사이를 조용히 헤엄치는 밤입니다. 저녁식사가 끝난 지도 이슥히 되었으나 태호씨와 나는 모닥불 옆에 그대로 앉아 이야기를 나누고 있었습니다.

"그건 왜요?"

태호씨는 내 기억속의 모든 것에 빨려 들어가듯 관심을 보이는 것입니다.

"겉으로 행복해 보이는 부잣집 아가씨들이 대개 모두 그러하듯 내 머리위에도 정략혼인이 마른하늘에 우박처럼 떨어졌던 거예요."

꼬챙이로 꺼져가는 모닥불을 괜히 들쑤시고 나서 나는 말을 이었습니다.

"상대는 아버지 사업 맴버의 아들이었는데 영국 유학을 마치고 돌아와 서양물이나 먹었다고 거들먹거리는 꼴이 아주 밉상인데다 사실 그즈음 내 마음속에는 이미 다른 남자가 자리 잡고 있었어요. 바로 태호씨와 닮았다는 그 남자…장호(張浩)오빠. 어머, 이름도 비슷하네요. 장호, 태호."

우리는 마주보며 씽긋 웃었습니다. 태호씨의 하얀 이발이 밤의 어둠 속에서 유난히 빛을 뿜었습니다.

"누가 알아요? 그 사람과 나 전생에 쌍둥이였는지도."

"글쎄요."

"그래서 둘이 동시에 유정씨를 사랑하구…"

"아이참…" 하고 나는 달아오르는 얼굴을 감추려는 듯 얼른 말머리를 돌려 과거 이야기를 계속했습니다.

"당시 장호오빠는 반일운동의 수령이었고 나는 그림자 같은 옹호자였지요. 우리는 거의 매일 붙어 다니다시피 하며 학생운동을 조직하고 반일 사상을 선전하고 그러다가 같이 엎어지고 두드려 맞고 손잡고 도망치고 피 흘리고 간혹 다리 밑에서 밤을 지새우기도 하면서 생사고락을 같이 했어요… 그러던 어느 날, 장호오빠가 갑자기 잡혀갔어요. 거의 때를 같이하여 나도 감방에 갇혀버렸어요. 물론 내가 갇힌 감방은 부모님이 만들어준 감방으로 매일 자유로이 드나들 수 있는 사람은 단하나 바로 그 징글징글한 서양물 남자였어요."

모닥불은 마지막 불씨로 가련하게 가물거리고 있습니다. 어디선가 바닷새의 울음소리가 끼르륵 들려옵니다. 고개를 들자 군청색 하늘의 뭇별들 속에서 유난히 반짝이는 별이 보입니다. 저건 장호오빠의 별이 아닐까?

"몇 달 후 장호오빠가 옥사했다는 소식이 전해왔어요. 나는 믿고 싶지 않았으나 부모님은 이제 됐다면서 바로 서양물 남자와의 결혼준비를 서두르기 시작했어요. 내가 열일곱 살을 먹는 생일날 약혼식도 생략하고 직접 결혼식을 올린다는 것입니다. 식사를 거절하는 것으로 항의하다가 그것도 통하지 않으니 나는 부모님 몰래 밥을 날라 오는 시녀를 시켜 장호오빠네 집에 쪽지를 전해달라고 보냈어요. 어찌됐든 가족들은 생사를 알거라고 생각했던 거죠. 허나 시녀가 돌아와서 하는 말이 내가 주는 주소대로 찾아가보았더니 집이 말짱 불에 타버리고 잿더미만 까맣게 남아 있더라는 것입니다.

희망이 없다는 말은 때로 아무렇게나 살아도 된다는 말과 통하지 않을까요? 그래서 나는 그 서양물 남자와의 혼인을 받아들이기로 하고 자신을 그냥 운명 속에 던져 버리기로 했어요. 누군가 '팔자는 아무리 발버둥질 쳐도 피할 수 없다. 만약 당신이 팔자를 피해 도망간다면 팔자가 앞서가서 기다리고 있다'라고 한 말처럼 나는 그저 밀랍 사람이 되어 다가오는 결혼식에 순응하는 수밖에 별 도리가 없다고 생각했어요.

결혼식 날, 커다란 교회당은 초만원을 이루었고 양가의 친지들이 구름같이 모여들어 법석을 떠는 가운데 드디어 예식이 시작되었어요. 신부 화장을 하고 머리에 너울을 쓰고 아버지의 손에 이끌려 입장을 했으나 텅 빈 껍데기로 부서질 듯 바싹 말라버린 내 안은 기쁘다거나 슬프다거나 또는 허황하다는 느낌마저 만들어내지 않았어요. 그래도 주례는 내 앞에 정중하게 서있었고 신랑차림의 서양물 남자는 내 옆에서 끊임없이 징글징글 웃고 있었어요.

어느새 신랑신부의 승낙절차에 이르렀어요. 내용과는 상관없이 나는 그저 '예'로 대답해버리려 작심하고 있는데, 주례의 말이 떨어지기 바쁘게 나를 대신해 '아니오!' 하고 대답하는 사람이 있었어요. 깜짝 놀라 고개를 들어보니 글쎄 환상 같이 꿈속 같이 장호오빠가 눈앞에 나타나 있는 게 아니겠어요. 자신이 미쳤다고 생각할 만큼 비현실적이었으나 너무너무 익숙한 그 목소리와 의젓하고 당당한 자세는 현실이 아니라고 하기에는 지나치게 비현실적이었어요.

다음 순간, 당당한 걸음걸이로 우리의 앞까지 다가온 장호오빠는 손을 들어 신랑의 코를 가리키며 날카롭게 질타하는 것이었어요. '이자는 비루한 놈입니다. 나를 고발하여 투옥시키고 내 연인을 빼앗아 결혼식을 올리고 있습니다. 신부 유정씨!' 하고 이번엔 내 쪽으로 돌아서는 것이었어요. '그래도 저자와 결혼하기를 원하십니까?' 그러자 나는 바로 '아니오!' 하고 장내가 떠나갈 듯 큰 소리로 대답하고 냉큼 다가가 장호오빠의 팔짱을 척 끼었어요. 그 다음 우리는 함께 시위행진이라도 하듯 당당하고 의젓한 발걸음으로 사람들 속을 헤치며 교회당을 걸어 나갔어요."

딱딱딱… 두 손을 높이 쳐들고 손바닥이 터져버릴 듯 열렬하게 쳐대는 태호씨의 박수소리는 조용한 밤하늘에 메아리처럼 울려 퍼졌습니다.

"그때 장내에도 나처럼 뜨겁게 박수치는 사람이 있었겠죠?"

"글쎄요. 하지만 그 시각 아무리 큰 소리라 해도 우리의 귀에는 들려올 리가 없었어요. 한 것은 그 시각 오로지 상대의 심장박동소리만이 우리의 귓구멍을 꽈악 메우고 있었으니까요."

태호씨는 멈추고 있던 호흡을 길게 내쉬었습니다. 잠시 말없는 속에서 바다의 향연이 깊숙이 폐로 스며들고 있었습니다. 밤바람이 조금 쌀쌀하게 불어와 내 어깨를 스치고 머리칼을 높직이 날리는 걸 보고 태호씨가 먼저 몸을 일으켰습니다.

"자, 이제 안에 들어갑니다. 편히 누워서 얘기 계속하죠."

태호씨가 내미는 손을 잡고 나는 몸을 일으켜 초막 안으로 들어 갔습니다. 독사에게 물린 다리도 이젠 부기가 거의 빠지고 제법 놀릴 수 있게 되어 다행이었습니다.

초막의 안쪽에 내가 눕고 바깥쪽에 태호씨가 누웠습니다. 농담 삼아 자기가 문지기라고 하면서 그는 밤마다 기어코 자리를 이렇게 배정했던 것입니다. 하늘이 보이지 않는 초막 안은 한결 포근하고 아늑하게 느껴왔습니다.

자리에 눕기 바쁘게 이야기를 계속하라는 뜻으로 그가 나직이 기침을 하는 것입니다.

"기인 이야기 지루하지 않아요?" 내가 묻자

"아니요. 그 뒤에는요?" 하고 그가 재촉했습니다.

나는 또다시 밀려오는 추억의 파도에 시간을 던져 넣었습니다.

"시외의 어느 버려진 초가에서 우리는 옹근 사흘 낮 사흘 밤을 먹지도 자지도 나가지도 않고 오로지 뜨거운 몸과 몸을 밀착한 대로 심장과 심장의 고동소리를 들으며 확인하며 있었어요. 벅차오르는 그리움과 기쁨과 놀라움과 흥분과 정열의 바다 속에서 '유정아, 난 지금 너에게 잡아먹혀도 아프지 않을 것 같다 수사마귀처럼' 하던 장호오빠가 사흘째 되는 날 아침이 오자 내게 말했어요. '미안하다, 유정아, 난 지금 가야 돼. 언제든 이 땅에서 저 침략자들을 모두 몰아내고 우리가 승리하는 날 다시 돌아올게. 그때까지 기다려줘!' 하며 으스러지게 내 어깨를 껴안아주었어요."

태호씨가 손을 길게 내밀어 내 어깨를 꼬옥 그러안습니다. 말없는 속에서 수많은 말들이 오가고 있었습니다.

"그 뒤에는요?"

"그 뒤 석 달이 지나서 그가 돌아왔어요."

"아, 잘됐네요."

"그런데 사람이 아니라 골회였어요."

"어, 미안!"

"누군가 사랑하는 사람이 죽은 시각에는 시간이 정지해 버린다고 했어요. 과연 그 후부터 나는 시간을 알지 못했습니다. 해가 떠도 바람이 불어도 비가 내려도 해가 지고 밤이 되어도… 모든 것이 나와는 상관없는 아득히 머언 별나라의 일이라고. 아니, 세상은 모두 앞으로 나아가는데 나만은 뒤로 후퇴하는지도 모른다고."

어깨와 어깨를 나란히 하고 반듯하게 누워있는 태호씨와 나는 아무도 까딱 움직이지 않고 있었습니다. 이 시각 저 하늘의 어느 끝에서 이름 모를 꼬리별이 떨어졌을지도 모릅니다.

잠시 후 태호씨가 손을 내밀어 내 손을 살며시 잡아 왔습니다. 따뜻한 느낌이 피부를 타고 전해옵니다.

나는 다시 입을 열었습니다.

"당시 나는 임신 3개월이었어요. 부모님은 물론 태아를 유산시키려고 갖은 설복을 다 했으나 나는 죽어라 항의하며 기어코 아기를 낳겠다고 고집을 부렸어요. 밥을 먹고 잠을 자는 외에 나는 아기 옷을 짓고 아기 신발을 만드는 등 아기와 관련한 일을 하는 데만 매달려 있었고, 그럴 때야만 비로소 자신이 살아있음을 느끼게 되었어요. 허나 부모님의 눈에는 물론 모든 주위 사람들의 눈에도 내가 미친 여자로 밖에 보이지 않나 봐요. 결국 어머니가 주방 아줌마를 시켜 내 음식에 낙태약을 넣어서 서서히 태아를 죽여 버리고 말았어요. 화가 머리카락 끝까지 치밀어 오른 나는 병원에서 나오자 바람으로 집을 뛰쳐나와 버렸어요…"

그때의 분노를 상기하며 나는 두 손으로 머리를 부둥켜안고 거친 숨을 씩씩 몰아쉬었습니다.

이때 놀랍게도 태호씨가 입을 열어 내 말의 뒤를 잇는 것입니다.

"그런 다음 홧김에 국외로 가버리려고 남양 여객선에 몸을 실었던 거죠. 헌데 도중에 여객선이 그만 의외 사고로 파선되고 유정씨는 구명환 덕분에 구사일생으로 파도에 떠밀려 여기까지 오게 된 거죠."

나는 저도 모르게 후닥닥 몸을 일으키고 두 눈을 커다랗게 떠서 뚫어지게 그를 보았습니다. 그러자 태호씨도 몸을 일으켜 내 앞에 마주 앉는 것입니다.

"왜요? 내 추측이 틀렸나요?"

참으로 귀신이 곡할 노릇입니다. 이 사람이 어찌…

"어떻게 그런 생각을 했어요?… 추측으로 모르는 일을 이토록 빈틈없이 맞추다니, 혹 특수 기능이라도 있는 게 아녜요?"

어둠속에서 그의 눈이 반짝 빛났습니다. 그런 다음 기막힌 대답을 해오는 것입니다.

"그게 아니라, 유정씨의 머리를 떠난 기억이 잠시 내 머리로 여행 왔던 거예요. 혹 우리 두 사람 머리 사이에 뱃길 같은 게 있지 않을까요?"

나는 그만 푸하하 웃어버렸습니다. 호랑이 같이 생겼으나 판다 같이 귀여운 남자. 그 매력에 나는 지구의 흡인력인양 항거할 수 없이 빨려들어가는 자신을 스스로도 어찌할 수가 없었습니다.

밤의 먹물 같은 망각 속에 우리는 꿈도 없이 돌처럼 깊이 잠들었습니다.

16 ~~~

후에 들어 안 일이지만 바로 그 며칠사이 배 한 척이 지나갔다는 것입니다.

그 날 아침 벌써 며칠 밤이나 뜬눈으로 지새운 사슴 남자는 싸움에서 지고 난 수탉처럼 풀이 죽고 기진맥진하여 물고기 잡을 염도 않고 아스라한 절벽의 꼭대기에 올라 앉아 바다를 내려다보고 있었습니다. 시릴 듯이 청량하게 빛나는 아침 태양 아래 잔잔한 파도가 요술처럼 밀려갔다 밀려오는 바다는 슬픔에 기름을 부어주고 있었습니다.

"어머니, 어디 계셔요…? 보고 싶어요…!" 처음으로 어머니를 불러보았습니다. 마음속으로 한껏 소리쳐 불렀습니다. 고독의 파도는 바다의 파도보다 더 한산하게 그의 가슴을 파고들었습니다. 처음으로 아련히 아파오는 전쟁 가해자의 따돌림을 느끼면서 그에 따르는 끝없는 비애를 실감했습니다. 홀로 밑창 없는 우물에 빠진 듯 둥글지만 끝이 보이지 않는 슬픔에 몸을 떨었습니다. 도대체 누구를 죽이려고 여기까지 왔단 말인가? 하지만 죽였는지도 죽었는지도 알기 전에 자신이 먼저 이렇게 죽어 없어질지도 모른다는 생각에 심장이 오그라드는 듯했습니다. 세상이 이토록 허무하고 자신이 이토록 초라하게 느껴진 적은 처음입니다. 눈물이 흐를 것 같아 두 손으로 얼굴을 가리고 그대로 꼼짝 않고 앉아 있었습니다…

시간이 얼마나 흘렀는지 다시 머리를 들고 하릴없이 망원경을 꺼내 각도를 돌리며 멀리를 바라보았습니다. 이쪽은 끝없는 바다… 저쪽도 끝없는 바다… 다시 저쪽도 끝없는 바다… 그 다음 남은 방향을 보았을 때, 갑자기 커다란 실루엣이 망원경 렌즈 속으로 들어오는 것입니다. 저게 뭘까 생각하고 있는데 그것이 움직이는 것처럼 느껴왔습니다. 벌떡 일어서서 눈을 가시고 다시 동공을 모아 찬찬히 여겨보니, 어쩜 확대되는 같기도 한 실루엣은 놀랍게도 다가오는 배가 아니겠습니까?!

"여보세요!" 하고 그는 거의 반사적으로 팔을 들어 미친 듯이 휘저으며 소리치기 시작했습니다.

"여기 보세요——! 여기 사람이 있어요——! 사람이 있다구요——! 이쪽으로 오세요——! 이쪽으로요——! …"

배가 서서히 다가오고 있는 듯했습니다. 급히 군복 셔츠를 벗어 머리위로 높이 쳐들고 세차게 흔들며 소리쳤습니다.

"여보시오——! 여기요——! 여기 보시오——! 사람이 여기 있어요——! 여기라구요——! 여기요——! …"

배꼽의 힘까지 다하여 결사적으로 소리치고 또 소리쳤으나 그 애꿎은 배는 어쩐지 그대로 있는 듯합니다.

다시 망원경을 들고 초점을 맞추어 지켜보니 가까워지는 듯이 보이던 그 배는 반대로 조금씩 멀어져가고 있는 것이었습니다.

"아, 저걸 어떡해? 저 미련한 놈들, 귓구멍이 막혔나? 이렇게 고함치는데도 못 듣다니…"

문득 저쪽 백사장에 두 사람이 있다는 걸 떠올리고 화가 치밀어 욕설을 퍼붓기 시작했습니다.

"저것들은 뭐하고 있는 거야? 같이 고함이라도 쳐주지 않고, 저렇게 배가 지나가는 데도 보지 못하고, 도대체…" 하다가 무슨 생각이 퍼뜩 떠올라 얼른 망원경을 들어 저쪽 초막에 초점을 맞추었습니다. 망원경 렌즈 속에서 초막이 확대되어오자 그의 눈이 갑자기 무한대로 커졌습니다. 급기야 "아아, 저 괘씸한 놈들! …" 하고 소리치며 서둘러 절벽을 내려온다는 것이 그만 발을 헛디디어 "앗!" 중심을 잃고 데굴데굴 밑으로 굴러 떨어져버렸습니다…

마로 그 시각 태호씨와 나는 하나로 되어있었던 것입니다. 기찻길처럼 평행으로만 연장되던 두 선이 드디어 마음의 초점을 찾아 교차하고 있었습니다.

그날 아침 다리가 깨끗이 나아 기분이 좋아진 나는 처음으로 태호씨를 따라 고기잡이를 갔고 둘이서 엄청 많은 양의 물고기와 게 종류와 새우를 수확했습니다.

"어릴 적 나는 고기잡이를 기막히게 좋아했어요."하고 태호씨는 바짓가랑이를 높직이 걷어 올리고 물에 들어서면서 말을 시작합니다.

"아무리 언짢은 일이 있어 마구 떼를 쓰다가도 어른들이 고기잡이 가자고만 하면 금방 눈물을 닦고 히히 웃으며 앞장섰던 것입니다. 그게 재미있어서 삼촌들은 고기잡이 갈 때마다 일부러 나를 울려 놓고는 고기잡이 가자하고 달래는 것입니다. 그래서 후에 내게는 '물고기장군'이라는 별명까지 떡하니 붙여졌어요."

"어머, 진짜 괴짜네요, 태호씨는!" 하고 옆에서 지켜보는 나도 너무 흥분되어 마구 소리 질렀습니다.

말 그대로 태호씨는 물고기를 잡기 위해 태어난 사람 같았습니다. 사슴남자처럼 작살을 만들어서 찍어 잡는 것이 아니라 맨손 그대로 물 밑에 넣기만 하면 허탕 한번 없이 푸드득거리는 발랄한 놈을 꾹 잡아서 번쩍 들어 올리곤 했습니다. 그게 너무 신기해서 나는 박수를 짝짝 치며 웃느라 이미 잡아 놓은 물고기들이 도망치는 줄도 몰랐습니다. 개울물에서 손으로 물고기를 잡는다는 말은 들었어도 바다에서 손으로 물고기를 잡는다는 말은 그야말로 듣도 보도 못한 거짓말 같은 일이 아닐 수 없었습니다.

"물속에서 물고기보다 더 빠른 남자!" 하고 내가 구경하며 감탄하자

"네?"하며 그가 허리를 펴고 보다가 "그러니까 물고기장군이죠." 하고 대답해서 우리는 오랜만에 세상이 떠나갈 듯 폭소를 터뜨렸습니다.

잡아온 물고기를 한꺼번에 다 먹을 수 없어 게 종류와 새우는 오늘내로 구워 먹기로 하고 물고기는 손질하여 말리기로 했습니다. 둘이 물고기를 같이 손질하여 꼬챙이에 주렁주렁 꿰어 나무 가지에 걸어 놓는 동안 나는 그에게 궁금했던 일들을 하나하나 물어보았습니다. 오늘은 몇 년 몇 월 며칠이냐 부터 시작하여 대륙의 일기에 관한 일, 국내 정세와 국제 정세에 관한 일, 이번 전쟁은 앞으로 어떻게 될 것이냐는 추세까지 포함하여 자세히 물어보았습니다. 그는 오래지 않아 전쟁이 끝날 것이라고 하면서 지금 미국과 일본의 전쟁이 백열화에 이르렀다고 하는 것입니다. 나는 얼마 전 바닷물 위에 떠다니던 미국 비행사의 시체를 떠올리고 몸을 오싹 떨었습니다.

마지막으로 태호씨는 어떻게 되어 여기까지 왔냐고 묻자 그가 빙긋 웃고 나서 대답하는 것입니다.

"처음부터 묻고 싶은 건 이거였죠?"

그래서 나도 방긋 웃어주었습니다.

이즈음 우리는 이미 물고기를 모두 널어놓고 모닥불 주위에 앉아 게

와 새우를 굽고 있었습니다. 와글와글 발악하던 꽃게 놈이 꼬챙이에 꿰어 꼼짝 못하고 불에 불그스름하게 구워지는 것을 구경하며 나는 그가 들려주는 이야기를 열심히 듣고 있었습니다.

"거짓말 같이 나는 바로 대한민국 임시정부가 성립된 1919년 4월 11일에 태어났어요. 아버지는 3,1운동때 체포되었다가 내가 태어나기 삼일 전에 총살당했고, 그래서 어머니가 혼자 나를 낳아 키우셨는데 열다섯 살이 되자 큰삼촌이 나를 데리고 상해로 갔어요. 머리가 좋으니 아버지처럼 의학을 배워 동지들을 구하는데 공헌해야 한다면서. 안 그래도 왜놈의 통치 밑에 열혈이 끓어 번지던 나는 삼촌의 제의를 달갑게 받아들이고 열심히 공부를 시작했죠. 결국 열아홉 살에 의대를 마치고 삼촌의 진료소에서 일을 보기 시작했어요. 말이 진료소지 실은 임시정부 요원들의 거처나 다름없었어요. 그동안 죽을 고비를 수없이 넘기며 동지들의 생명을 구하는 일에 전념했으나 속수무책으로 죽어가는 동지들을 통탄하며 보내는 일도 적지 않게 있었습니다."

괴로운 듯 고개를 숙이고 몇 초간 가만히 있다가 다시 말을 이었습니다.

"저 번은 한국 본토에 가서 고려삼(高麗參)을 운반해오는 길이었어요. 동지들의 몸이 너무 허약해져 말이 아닌데다 활동경비까지 바닥나 빠른 시일 내에 마련하지 않으면 안 될 상황이었죠. 부산항에서 본토의 동지들이 목숨으로 마련해준 고려삼을 위장소지하고 아슬아슬한 고비를 수없이 넘기며 겨우 밀항선에 올랐는데 항해하는 도중 그만 재수 없게도 해적들을 만났어요. 해적들은 이상하게도 내 고려삼을 빼앗은 다음 나까지 저들 배에 옮겨 싣고 떠나는 것이었어요.

끝없이 남쪽으로 항해하는 배 위에서, 해적 우두머리가 나에게 저들과 합세할 것을 강요해왔어요. 자기네 해적무리에도 의사가 필요하다면서. 그 말에 나는 만약 당신이 나를 이 배에 계속 남긴다면, 그 어느 날 반드시 바닷물에 떠있는 내 시체를 보게 될 것이라고, 그게 당신이 바라는 거냐고 물었지요. 내 말을 듣고 우두머리는 한참 침묵하더니 급기야 손을 홰홰 내젓는 것이었어요.

그날 해질 무렵, 해적 배는 바로 이 섬의 부근에 이르렀어요. 여기서는 반대쪽 뭍이었는데 그들은 백사장과 몇 십 미터 떨어진 곳에서 배를 멈추고 나를 배에서 밀어 내렸어요.

물에 내리자 나는 바로 돌아서며 소리쳤어요. '물건은요? 내 고려삼 돌려주시오!'

하자 그자들이 코웃음을 치는 거에요.

'이 개놈자식아, 목숨이 붙어있는 것만도 다행이지, 물건은 무슨 물건. 냉큼 꺼지지 못해?'

그래도 나는 악을 쓰며 소리쳤어요.

'안돼, 그건 내거야. 여러 사람의 생사가 달린 목숨줄이란 말이야. 어서 돌려줘…!…"

철컥 하고 그들이 일제히 총을 들어 내 머리를 겨누었어요.

'한마디만 더 지껄여 봐!'

나는 꼼짝달싹할 수가 없게 되었어요.

배는 재빨리 방향을 돌렸어요. 떠나기 전 놈들이 내게 던져주는 물건이 있어 잽싸게 받아보았더니 내 권총이었어요. 물론 안에 탄알은 모두 빼 버리고 없었죠."

여기까지 들었을 때 나는 놀라 눈이 휘둥그레졌습니다.

"아, 그럼 그때 그 권총은 탄알이 없는 빈 껍데기였다는 거예요?"

태호씨가 고개를 끄덕였습니다.

"아이참, 그런 줄도 모르고…"

자신이 죽을 만큼 놀랐던 그때를 떠올리며 나는 손을 들어 태호씨의 어깨를 슬쩍 갈겨주었습니다.

그런데 태호씨가 그 손을 휘딱 잡아 쥐고 내 눈을 빤히 들여다보며 천천히 자기의 가슴으로 당기기 시작하는 것입니다. 심장이 후두둑 뛰었습니다. 얼굴이 화끈 달아오르는 순간 얼른 고개 숙여 눈길을 피해버렸습니다. 허나 내 손은 이미 그의 가슴위에 놓아졌고, 이어 세차게 들뛰는 그의 심장소리가 내 손과 팔을 거쳐 심장으로 직행해오는 것입니다. 드디어 두 심장이 이어지는 순간, 모든 것이 희미해지고 망각되고 소실되어 갔습니다. 아침의 햇살, 타오르는 모닥불, 구워진 꽃게, 낮의 파도소리, 바닷새의 날갯짓… 그리고 저쪽의 모래톱에서 거세게 숨 쉬고 있을 다른 한 인간까지도.

우리의 머리는 서서히 마주 향해 다가갔습니다. 그리고 두 입술이 불길처럼 타오르며 포개졌습니다. 이건 며칠 전 내 기억의 회복을 위해 닿아오던 그 입술이 아닙니다. 바다는 파랗게 자리를 깔아주었고 하늘은 하얗게 이불을 덮어주었습니다. 그 사이에서 우리는 흥분에 몸을 떨며 세상을 함몰해갔습니다…

17 ~

그날 오후, 폭풍우가 이 불쌍한 섬을 삼켜버릴 듯 휩쓸었습니다. 하늘은 먹이 싸움을 하는 야수들로 뒤덮인 듯 무리로 으르렁거리고 바다는 빌딩의 높이로 파도를 일구며 백사장에 덮쳐듭니다. 숲속에서 나무들이 태질하는 소리, 가지가 우두둑 부러지는 소리, 그리고 무서운 우렛소리를 동반해 순간순간 허공을 가르며 내리 꽂히는 번갯불, 허나 이 모든 것보다 더 강한 것은 빗줄기였습니다.

태호씨가 지붕을 삿갓 형으로 두텁게 만들어 얹어 웬만한 비는 모두 막아낼 수 있으련만 이 창살 같은 비바람에는 결코 견딜 수 없는 모양입니다. 네 귀퉁이에 기둥을 세웠으나 우리는 행여 초막이 쓰러질까 두려워 둘이서 바람맞이 쪽의 기둥을 죽어라 부여잡아 지탱하고 있었습니다. 천정으로 새어 들어온 빗물은 쉴 새 없이 머리위에 뚝뚝 떨어지고 대낮인데도 밤처럼 어두컴컴한 시간은 공포에 양념을 치며 느리게도 흘러가고 있었습니다.

저녁때가 되어서야 폭풍우는 올 때처럼 예고도 없이 뚝 멎어버렸습니다. 바람이 검고 두터운 구름을 한 쪽으로 밀어버리자 저녁노을이 황홀하게 비낀 서쪽 하늘이 나타나 세상은 다시 감빛으로 밝아졌습니다.

초막은 지붕 이엉이 볼꼴 없이 헝클어졌으나 그래도 손을 좀 보면 문제없을 듯한데, 단 아침나절에 말린다고 애써 손질해 나뭇가지에 걸어 놓았던 물고기들은 모두 온데간데없이 사라져 흔적마저 보이지 않습니다.

초막 안에 들어가 젖은 옷을 벗어 손으로 꾹 쥐어짜 입고 밖으로 나오는데 태호씨가 떠날 차비를 하며 내게 말하는 것입니다.

"잠시 나갔다 올게요."

"어딜 가요?"

태호씨의 얼굴에 은근한 근심이 구름처럼 흐르고 있는 것을 나는 벌써 알아보고 있었습니다.

"예감이 좋지 않아요. 아무래도 가봐야겠어요."

누구를 말하는지 알면서도 나는 짐짓 소리쳤습니다.

"혼자 어련히 잘 있지 않을라구, 그 왜놈은."

"왜놈도 사람이요. 그리고 난 의삽니다."

말을 마치자 태호씨는 몸을 돌려 뚜렷한 지시를 받아들인 로봇인양 추호의 흔들림도 없이 뚜벅뚜벅 걸어가는 것입니다.

혼자 피식 웃고 나서 나도 말없이 그의 뒤를 따라 나섰습니다.

천막이 있던 곳에 이르렀을 때 우리는 발걸음을 뚝 멈추지 않으면 안 되었습니다. 눈앞의 그 곳은 거짓말 같이 텅텅 비어 있었던 것입니다. 내가 목숨 걸고 주워 온 두랄루민 조각 두개와 낙하산 나일론 천으로 세워놓았던 천막은 하늘에 잡혀 먹힌 듯 오간데 없이 사라지고 비가 오면 물을 받아 마신다고 파 놓았던 물웅덩이만이 빗물을 넘치게 받아 머금은 채 고스란히 입을 벌리고 있는 것입니다.

"아이구… 어쩌면…"

그 자리에 풀썩 주저앉으려는 나를 태호씨가 얼른 잡아주고 어깨를 어루만집니다.

"그런데 사람은 어디 갔죠? 하루 종일 그림자도 안 보이더니?"

나도 생각해보니 좀 이상한 느낌이 들었습니다.

"참, 그러네요. 아침에 고기잡이도 안 나온 것 같던데."

태호씨가 걱정스레 미간을 찌푸립니다.

"이 사람이 진짜… 어디 갔을까? 바람에 날려가지는 않았을 거구."

불길한 예감이 스멀스멀 기어오릅니다.

"글쎄요, 요 며칠은 소외감 때문에 마음도 힘들었을 텐데…"

"한번 큰소리로 불러봅시다."

우리는 각기 다른 방향으로 서서 입에 손나팔을 만들어 대고 외치기
시작했습니다.

"여보세요——! 어디 있어요——?"

태호씨는 "여보시오" 하다가 "아참, 이름이 뭐지? 그 사람?" 하고 나
에게 물어 옵니다.

"몰라요. 나도."

그러자 태호씨는 입에 손나팔을 해대고 커다란 소리로 부르기 시작
합니다.

"여보시오——! 이름 없는 사람, 나오시오——! 이 소리 들리면 대답
하시오——! 어디 있는 거요——? 이름 없는 사람!…"

나는 조금 우습긴 했으나 그런대로 꾹 참고 저쪽 방향에 대고 불렀
습니다.

"저기요——! 어디 있어요——? 대답 좀 해주세요——! 우리가 이렇
게 찾고 있잖아요——! …"

대답하는 사람이 없습니다. 사방 1킬로 범위 안에서는 모두 들릴 것

같은데, 아무리 귀를 기울이고 들어도 저녁 바람소리에 잔잔한 파도소리와 바닷새들이 깃을 치는 소리가 심심찮게 들려올 뿐 사람의 기척이라곤 느껴지지 않습니다.

이윽고 서쪽 수평선에 희미하게 남아있던 저녁노을마저 자취를 감추고 회색 잉크를 풀어놓은 듯 어둠이 모든 빛을 삼키며 육박해왔습니다. 주변의 바닷가며 모래톱이며 수풀 속을 모두 헤매고 다니며 큰 소리로 부르고 찾던 우리는 이제 목소리마저 가라앉아 거의 소리가 나가주질 않습니다.

"저기 절벽 있는 데로 가봅시다."

우리는 재빨리 절벽 밑에 이르러 목을 한껏 젖히고 아스라한 꼭대기를 쳐다보았습니다.

"내가 올라가볼 테니 유정씨는 여기서 잠간 쉬고 있어요."

태호씨의 말에 나는 바로 반응했습니다.

"같이 올라가요."

"안됩니다. 그냥 기다려요."

말속에는 거역할 수 없는 명령이 배어 순응하는 수밖에 없습니다.

지친 다리었으나 태호씨는 가능한 잽싸게 놀리며 위로 기어 올라가기 시작했습니다.

나는 그윽이 쳐다보다가 목이 아파와 시선을 내려버렸습니다. 어디 잠간 앉아 다리쉼이라도 할까싶어 주위를 둘러보니 저만치에 나무 그루터기가 보이는 것 같아 그리로 다가갔습니다. 그런데 도중에 발길에 뭔가 뭉클 하는 것이 느껴져 허리를 굽히고 보니 아이구머니나 사람이 아니겠습니까? 어머 하고 소스라치게 놀라며 주춤했다가 얼른 다가들

어 얼굴을 자세히 보자 어둠속에서도 사슴남자의 느낌이 찡하니 전해
옵니다.

"여보세요! 여보세요!" 하고 어깨를 마구 흔들었으나 의식이 없는
듯, 죽었는지 살았는지조차 알 수 없습니다. 나는 황급히 절벽 위를 올
려다보며 고함쳐 불렀습니다.

"태호씨――, 여기 있어요――! 그 왜놈이 여기 있다구요――! 올라
가지 말고 어서 내려오세요――!"

그러자 대답이 들려왔습니다. 그리고 다급히 내려오는 소리가 들렸
습니다.

그날 밤에는 달이 뜨지 않았습니다. 어슴푸레한 잔 별 몇 개만이 먹
물 같은 밤하늘에 구슬프게 떠서 가련한 무인도를 피곤하게 내려다볼
뿐입니다.

태호씨가 쓰러진 남자를 업고 내가 앞에서 어둠을 더듬으며 우리는
힘들게 초막으로 돌아왔습니다. 태호씨의 진맥에 따르면 남자는 연 며
칠 기분이 엉망인데다 침식을 제대로 못해 쇼크 상태에 빠진 것이라
고, 내일 아침 해가 뜨면 괜찮아질 거라고 합니다. 나를 위안하는 말인
지 아닌지는 알 수 없으나 그런대로 밤을 지내는 수밖에 없었습니다.

사슴남자의 벌려진 입술에 물을 떠 넣어 주고 얼굴을 깨끗이 닦아준
다음 초막의 맨 안쪽에 눕혀놓았습니다. 그 옆에 태호씨가 눕고 내가
문 어구에 누워 그날 밤의 문지기 노릇을 맡아 했습니다.

후에 남자는 내게 그날 밤 자기가 꾼 꿈의 내용을 들려주었습니다.
현실보다 더 투명한 꿈이라고 하면서.

꿈에 기모노 차림의 어머니가 나타났습니다.

단칸짜리 다다미방에 앉아있었는데, 군복을 입은 아들이 들어와 무릎을 꿇고 마주 앉았습니다.

"어머니, 다녀왔습니다. 적기를 격추하고 이렇게 살아 돌아왔습니다."

어머니는 떨리는 손으로 아들의 얼굴을 매만지며 격동의 눈물을 쏟았습니다.

"장하다, 내 아들!… 참으로 장하구나!"

아들도 격동의 눈물을 금치 못합니다.

"어머니, …그리고 내가, 어머니의 며느리를 데려왔습니다." 말하며 문 쪽에 대고 손짓합니다. "들어와요, 어서."

유정이가 사뿐사뿐 걸어 들어와 남자의 옆에 살며시 앉습니다.

우아하고 예쁘장한 며느릿감을 보고 너무 기뻐서 입을 다물지 못하고 눈물만 줄줄 흘리는 어머니.

"…며느리… 이젠 내게도 며느리가 있게 되었구나… 반갑다. 너무 반가워… 아가, 어서, 어머니라 불러 보렴…"

유정 말을 알아듣지 못해 눈만 껌벅껌벅.

"어머니, 저 사람은 외국인이에요. 일본말은 할줄 모른답니다."

"뭐라구? 외국인?"

"네, 바로 중국 아가씨에요. 중국."

"뭐야?" 너무 놀라 눈이 휘둥그레진 어머니.

"너… 너 중국을 치러 간 거 아니었어?"

"어머니!"

당황하여 소리치는 남자.

거의 동시에 몸을 일으켜 방안을 뛰쳐나가는 유정.

"어, 유정씨, 어딜 가요? 가지 말아요!── 가면 안 돼요! 가지 말아요! 가지 마! …"

그렇게 두 손을 허우적거리며 꿈에서 깨어났다고 합니다.

18 ──

엄마의 얼굴같이 생생한 아침이 찾아왔습니다. 밝게 웃든 찡그리든 화를 내든 아침은 반드시 찾아와서 우리의 일상을 독촉합니다.

이 날은 티 없이 활짝 웃는 아침이었습니다. 손을 내밀면 파랗게 물감이 들어버릴 듯 푸르른 하늘, 얼굴에 귤빛 분장을 하고 동쪽 하늘가에서 노오랗게 웃는 태양, 투명하다 못해 지구의 저쪽까지 꿰뚫어 보일 듯 청량한 공기…

사슴남자가 눈을 떴습니다. 첫눈에 보이는 것은 군데군데 구멍이 뚫려 하늘이 파랗게 내다보이는 초막 천장입니다. 고개를 돌려 옆을 보니 호랑이 같은 사내가 코를 쿨쿨 골며 자고 있었습니다. 신경질이 나서 못 참겠다는 듯 그는 후닥닥 자리를 차고 일어나 초막 밖으로 씽하니 나가버렸습니다.

바닷가 모래톱에 묵묵히 앉아 하늘을 쳐다보았습니다. 멀리 가까이 갈매기들이 끼룩거리며 아침먹이를 준비하느라 분주합니다.

이윽고 커다란 사내의 발이 뚜벅뚜벅 다가왔습니다. 옆의 모래톱에 엉덩이를 털썩 묻고 앉아 그렇게 둘은 함께 하늘을 쳐다보고 있습니다. 햇살은 공정하게 두 사람을 비추고 파도는 공평하게 두 남자의 눈앞에서 출렁거립니다. 그리고 두 사람 주위의 자갈 사이를 고루하게 기어 다니는 게와 새우들…

"이름이 뭔가?"

태호씨가 물었습니다.

"에이(英), 에이상이라 부르오."

"난 태호라 하오."

"…!"

에이상은 대답이 없습니다.

"몇 살이오?"

"스물 셋."

"나보다 두 살 어리군."

에이상이 물음표 같이 고개 숙여 예의를 표하는 듯합니다. 우수로 찡그러진 그의 이마엔 알 수 없는 근심이 무겁게 눈썹 주위를 누르고 있습니다.

잠간 침묵이 흐른 뒤

"아픈 데는 더 없나?"

에이상이 고개를 가로젓고 몇 초간 입술을 지그시 깨물고 있다가 문득 고개를 돌리며 질문합니다.

"…왜 나를 구해준 거요?"

"그게 이상해?"

태호씨가 반문하자 에이상은 눈길을 거두고 잠시 있다가

"글쎄, 고맙다구 해야 하나?" 하고 얼굴에 애매모호한 표정을 짓습니다.

"하지만" 하고 태호씨가 날카로운 목소리로 말을 잇습니다. "만약 전쟁터라면 난 가차 없이 당신을 죽여 버렸을 거야. 왜냐하면 당신들은 벌써 너무 많은 사람을 죽였거든."

에이상도 지지 않고 대듭니다.

"살인이라면 모든 군인이 피할 수 없는 거 아냐? 감히 당신은 한사람도 죽이지 않았다고 말할 수 있어?"

"그래, 나도 죽였다. 하지만 그건 전쟁터에서의 자위였어. 허면 이번 전쟁을 일으킨 건 누군데? 바로 너희 일본이 아니냔 말이야."

"다를 게 뭐 있어? 지금 니들도 미국을 충동질해 현대무기로 우리 일본 사람을 수없이 죽이고 있잖아. 제기랄! 입만 놀리면 뭐해? 차라리 결투하자! 군인답게!"

말하며 에이상이 후닥닥 튀어 일어나 싸울 태세를 취합니다.

그러자 태호씨도 날렵하게 몸을 일으키며 "왜? 무사처럼 죽기를 원해? 그럼 이루어 주지." 하고 응전준비를 하는데.

에이상이 표범을 박치기하는 멧돼지처럼 갑자기 속도를 내어 머리로 태호씨의 복부를 호되게 강타합니다. 격투 상태에 미처 들어가기도 전에 불의의 강 타격을 받은 태호씨는 그만 에이상의 어깨를 움켜쥔 채 벌렁 뒤로 나가 넘어집니다. 그 기세를 밀어 넘어진 태호씨의 몸을 가로타고 앉은 에이상은 우세를 빌어 깨끗이 끝내줄 양으로 악귀같이 몸에서 비수를 뽑아 듭니다.

"그래, 죽여주마, 이 비열한 여자 도둑놈아!"

밑에 깔렸으나 유력한 팔을 뻗어 힘껏 방어하며 뒤집을 기회를 노리던 태호씨는 이 말을 듣자 그만 손을 놓고 눈을 감아버리는 것입니다.

"그게 이유라면 맘대로 해! 구걸하지 않을 게!"

바로 이때 에이상의 머리위에 몽둥이가 호되게 내리쳐집니다. 내가 이를 악물고 죽어라 때린 것입니다. 이어 맹 타격을 받고 옆으로 나가 떨어진 에이상의 머리를 손으로 가리키며 나는 놀랄 만큼 큰 소리로 꾸짖었습니다.

"이 악마 같은 놈아! 넌 아는 게 살인밖에 없어? 그래, 좋다, 모두 죽여라. 이 황량한 무인도에서 사람을 다 죽이고 너 혼자 살아 보란 말이다. 이 비열한 자식! 어젯밤 네가 어떻게 살아났는지를 벌써 잊은 거야? 은혜를 원수로 갚는 짐승보다 못한 놈!"

입술을 덜덜 떨며 미친 듯이 소리치는 나는 아마 사나운 암범 이상의 모습이었을 것입니다.

내가 말하는 동안 몸을 일으켜 세운 태호씨가 내 말의 내용을 일본어로 에이상에게 통역해 주었습니다.

그러자 기진했는지 아니면 늦게나마 자신이 지나쳤다는 생각이 들었는지 모래톱에 얼굴을 묻은 채 에이상은 오랫동안 움직이지 않습니다.

밸대로 하거라 방치해두고 태호씨와 나는 초막으로 돌아와 아침거리를 장만하기 시작했습니다. 폭풍우가 지나간 뒤라 물가의 바위틈에 게와 새우들이 장터에 몰려든 사람머리처럼 바글거려 덕분에 힘들여 물고기를 잡지 않고도 충분한 아침식사 거리를 마련할 수 있었습니다.

모닥불을 피우고 게와 새우를 굽기 시작했을 때 에이상이 멀리서부터 휘적휘적 걸어오는 것이 시야에 들어옵니다. 그래도 우리는 아예 못 본 척 각자 자기 일만 열심히 했습니다.

가까이 다가온 에이상의 손에 물고기 세 마리가 들려 있었습니다. 자세히 보니 그것은 어제 우리가 깨끗이 손질한 다음 딱 짜개 납작하게 만들어서 머리 부분을 꼬챙이에 꿰어 나뭇가지에 걸어 놓았던 바로 그 생선들이었습니다. 바람에 날려갔던 그것들을 어디서 어떻게 주워 왔는지는 모르겠으나 그래도 뭔가를 가지고 왔다는 것이 나쁘지는 않은 듯싶습니다. 태호씨를 흘끔 건너다보니 그는 아무 내색도 않고 자기 앞 치의 꽃게만 굽고 있습니다. 나도 따라서 눈을 내리뜨고 새우를 굽는 일에만 열중했습니다. 에이상은 멋 적은 듯 머리를 긁적이다가 우리의 맞은쪽에 쭈크리고 앉아 주워 온 생선을 굽기 시작하는 것입니다.

힐끔 곁눈질해보니 에이상의 생선 굽는 솜씨는 진짜 일급 요리사도 울고 갈 정도입니다. 활활 타오르는 불길에도 요리조리 돌리고 뒤집고 번지고 가끔씩 탁탁 털기도 하며 어느 부분이든 고루 익되 타지는 않게 살살살 슬슬슬 하는 것이 과연 일종의 예술이라 해도 과언이 아닐 듯싶습니다. 후에 들어 안 일이지만 그는 예전에 생선 굽는 아르바이트를 한 경력이 있다고 합니다.

생선 한 마리가 다 구워지자 에이상은 그것을 손에 쥐고 훅훅 불고 툭툭 털어서는 나에게 휙 뿌려줍니다. 얼결에 손을 내밀었으나 제대로 받아 쥐지 못해 그만 무릎 위에 툭 떨어졌습니다. 허리를 굽혀 주우며 태호씨의 눈치를 슬며시 보니 그는 고개도 들지 않고 눈만 끔벅 하는 것입니다.

두 번째 생선이 다 구워지자 여전히 훅훅 불고 툭툭 털어서는 이번에 태호씨에게 휙 뿌려줍니다. 손이 잽싼 태호씨는 날아오는 비수를 받아 쥐듯 생선의 꼬리 쪽을 정확하게 받아 쥐었습니다. 그리고는 구운 게를 집어 더 빠른 속도로 휙 뿌려줍니다. 에이상 역시 비수를 받듯 게를 잽싸게 받아 쥐었습니다. 나는 놀란 사슴처럼 눈이 휘둥그레 이쪽저쪽 번갈아 보다가 얼른 내가 구운 새우를 에이상에게 나누어주었습니다.

아침 식사를 하는 동안 아무도 말을 하지 않았습니다. 음식 씹는 소리마저 안으로 빨아 삼키며 재빨리 자기 앞 치를 먹어 치웠습니다. 긴장한 공기 입자들이 분주히 세 사람 사이를 오락가락 합니다.

식사 후 셋은 약속이나 한 듯 천막이 있던 곳으로 발길을 옮겼습니다.

가다가 보니 멀리 수림의 나뭇가지에 노란 낙하산천이 걸려있는 것이 보입니다.

"저기, 낙하산천이 걸려있어요."

내가 소리치자 에이상이 고개를 들어 보고는 흥분되어 환호하는 것입니다.

"아, 내 거! 내 낙하산!"

에이상이 소리치며 앞에서 달려가고 우리도 그 뒤를 따라 달려갔습니다.

나무 밑에 이른 에이상은 무작정 손을 뻗어 낙하산 천을 잡으려 하나 높이가 모자라자 몸을 훌쩍 솟구치며 한쪽 귀를 잡아 억지로 당깁니다. 그러자 태반이 나뭇가지에 걸린 낙하산천이 찌지직 아픈 소리를 냅니다.

"안 돼. 그럼 찢어지잖아. 내가 올라갈게."

말하며 태호씨가 나무에 오르려 하자 에이상이 막아 나섭니다.

"내 몫이야. 그리고 난 나무 타기 능수거든."

과연 에이상은 능숙하게 나무에 기어 올라가 낙하산천을 조심스레 벗겨서 밑으로 내려 보내는 것입니다. 태호씨와 나는 그것을 받아 잘 정리하여 어깨에 메고 셋은 함께 천막이 있던 곳으로 돌아왔습니다.

두 남자가 손을 맞추어 일을 하는 모습은 참으로 보기 좋았습니다. 두랄루민 조각 두 개 중 하나가 바람에 날려가고 없어서 나무를 찍어 기둥을 세우고 천막을 세우는 수밖에 없었습니다. 에이상을 위해 지어 주는 천막이었으나 태호씨는 자기 일 이상으로 얼굴에 땀을 벌벌 흘리며 열심히 하는 것입니다. 나는 슬며시 사라졌다가 야자껍데기에 마실 물을 듬뿍 떠들고 돌아왔습니다.

"신사 분들, 물 마시는 시간입니다."

내가 소리치자 두 남자 모두 고개를 들고 나를 쳐다보았습니다. 태호씨의 얼굴에는 반가움과 고마움이 일렁이고, 에이상의 얼굴에는 조금 어색함과 고마움이 엇갈려 있습니다.

그런데 누구에게 먼저 줘야 할지 몰라 망설이다가 나는 먼저 태호씨 앞에 내밀었습니다.

"에이상에게 먼저 주시오." 하고 태호씨가 손을 내젓는 것입니다.

그래서 에이상 앞으로 물을 가져가자 그가 또 손을 내젓습니다.

"아니, 저 군 먼저 주시오. 난 괜찮으니까."

두개에 나눠 담아올 걸 그랬다는 후회가 들었으나 지금 상황에선 물을 담을 야자껍데기도 더 없거니와 두 사람이 서로 양보하는 모습이 나쁘지 않았습니다. 나는 다시 태호씨 앞에 쑥 내밀면서 조금 강하게 말했습니다.

"마시고 넘겨주면 되잖아요. 아이참, 팔 떨어지겠어요. 어서 받아 요."

태호씨가 "谢谢!(고마워)" 하며 받아서 몇 모금 마시고 에이상에게 넘겨주자 에이상도 "谢谢!(고마워)" 하며 고개를 까딱한 다음 물을 받아 마시는 것입니다.

태호씨와 나는 마주보며 씽긋 웃었습니다.

천막이 완성되자 우리는 모닥불을 피워 놓고 주위에 둘러앉아 에이상이 잡아온 물고기를 구워 먹었습니다.

달이 뜨고 별이 촘촘히 보일 때 셋은 모래톱에 벌렁 누워 하늘을 쳐다보았습니다.

에이상이 먼저 입을 열었습니다.

"참 멋있다. 별이 보이는 밤하늘이."

말을 알아듣지 못하는 나는 태호씨에게 물었습니다.

"뭐라는 거에요?"

태호씨가 통역을 해주었습니다.

"에이상이 감탄해요 '참 멋있다. 별이 보이는 밤하늘이' 라고."

그러자 내 머릿속에 묵직한 추억이 떠올랐습니다. 그래서 느낌표를 내뱉듯 이야기를 하기 시작했습니다.

"지리 수업 시간에 선생님이 이런 말씀을 하셨어요. '우리가 이렇게 서서 바라보면 하늘의 별들은 아주 작아 보입니다. 바꾸어 별나라에

서서 지구를 바라본다면 맨 똑같이 먼지알 만큼이나 작아 보일 것입니다. 헌데 이 먼지알 만큼 작아 보이는 지구에 이토록 많은 나라와 민족이 있고 또한 무서운 침략과 전쟁과 원한과 학살이 존재하는 것입니다.'"

태호씨가 내 말을 곧바로 에이상에게 통역해주었습니다.

에이상은 듣고 나서 사색에 잠긴 듯 눈을 지그시 감고 있더니 다시 천천히 뜨며 아득히 머언 하늘 저쪽의 무엇을 끌어오듯 말을 시작합니다.

"살인을 원하는 사람은 아무도 없어요. 부득이한 경우를 제외하고는. 그래서 나는 공군이 된 거에요. 공군은 직접 손에 피를 묻히지 않아도 된다고 생각했거든요." 잠시 침묵하다가 "에이! 이런 말이 무슨 소용 있지" 하며 그는 갑자기 상반신을 벌떡 일으켜 태호씨를 향해 고개를 깊숙이 숙이는 것입니다.

"아침엔 미안했수. 그냥 짧은 충동이었으니 용서해 주시우. 단 하나… 나도 남자라는 걸 잊지 마시우."

나는 눈을 커다랗게 뜨고 말의 내용을 알고 싶어 껌벅거렸으나 태호씨는 이 말의 내용만은 통역해주지 않았습니다.

19 ~⟨⟨⟨

기원전 몇 만 년을 거슬러 올라간 신석기시대 아니, 구석기시대라고 하는 편이 더 정확할 것입니다. 우리는 지금 그 시기를 경험하고 있습니다. 납작하게 생긴 돌을 주워 ㄱ자형으로 된 나뭇가지에 새끼줄로 꽁꽁 동여서 도끼처럼 나무를 찍는데 쓰니 제격입니다. 모양이 둥그스름하고 중간부분이 움푹하게 패인 돌의 안쪽을 잘 다듬어서 솥처럼 모닥불위에 올려놓고 물고기를 듬뿍 넣어 생선탕을 끓여 먹으니 너무 좋습니다. 야자껍데기 같이 단단한 과일 껍데기로 물을 떠 마시거나 음식을 먹는 외에 제법 사발 같이 생긴 대형 꽃게의 등을 뒤집어 놓고 뜨거운 생선탕을 떠서 조개껍질을 숟가락 삼아 조금씩 떠먹으니 숨이 넘어가도 모를 정도로 맛있습니다.

맛있는 음식이 생기니 저도 모르게 에이상의 얼굴이 떠올랐습니다. 이게 뭐야? 내가 지금… 사랑보다 깊고 무서운 것이 정이라더니 그동안 내가 저 원수 놈에게 정이 들었단 말인가? 암튼 태호씨에게는 조금도 내색하지 않고, 아침을 든든히 먹은 다음 우리는 길을 떠났습니다. 오늘 함께 이 섬을 돌아보기로 약속했던 것입니다.

태호씨는 오던 날 저녁에 주위를 대충 돌아보았다고 했으나 나는 아직 절반도 보지 못한 터라 일단 백사장을 따라 걷기로 했습니다.

"북쪽은 절벽이에요. 그러니 남쪽으로 가면서 살펴봅시다."

태양은 회색의 구름 뒤에서 달빛처럼 아련히 웃고 바람은 적당히 땀을 식혀주는 천사인양 살살 솔솔 불어오고 있습니다.

백사장을 따라 약 1.5킬로미터 정도 걸었을 때 굽이가 완만하게 나타나고 따라서 백사장이 좁아지다가 차츰 없어져버리는 것입니다. 대신 크고 작은 바윗돌이 울퉁불퉁 삐죽삐죽 불규칙적으로 널려 있는 위에 바닷물이 철떡이며 들어왔다가 조금 높은 바위벽에 부딪쳐서 다시 나가곤 합니다.

여기서 우리는 발걸음을 멈추고 백사장의 끝점에 앉아 잠간 다리쉼을 하면서 주위를 둘러보았습니다. 그러니 여기는 이 섬의 맨 남단인 셈입니다. 만약 우리가 다시 북단으로 가려 한다면 바다와 바위벽이 붙어있는 서쪽으로는 걸을 수 없고 반드시 섬의 중심을 종단하여 산언덕을 올라 숲 속을 꿰질러야 할 것입니다.

"길도 없는 숲 속을 뚫고 가야 해요. 괜찮겠어요?"

걱정스레 묻는 태호씨의 말에

"나요?" 하고 반문했더니

"그럼. 여기 누가 또 있어요?" 라고 되물어오는 것입니다.

"참, 내가 지금도 그렇게 연약한 아가씨로만 보여요?"

내가 짐짓 뾰로통한 척하자

"어허, 그럼 도대체 누구시지?" 하고 안아주는 듯한 눈길을 보내옵니다.

"나요" 하며 나는 열손가락을 쫙 펴서 얼굴에 대고 무서운 표정을 지어 보였습니다. "지금은 세상의 희로애락을 모두 삼켜버린 악마란 말이요. 이렇게 아앙! 잡아먹을 수도 있는."

"와, 꽤 무서운데? 그럼 어디 한번 잡아 먹혀 볼까?"

가즈런한 이를 하얗게 드러내고 활짝 웃는 그의 얼굴을 보는 순간, 내 몸속에서 이상할 정도로 강렬한 무엇이 우욱 솟구쳐 올랐습니다. 이게 뭘까 가늠하기도 전에 스스로도 걷잡을 수 없는 폭풍에 휘말리며 저도 몰래 후닥닥 덮쳐들어 그의 커다란 몸을 사정없이 쓰러뜨리고 내 뜨거운 입술로 그의 입술을 덮어버렸습니다. 그러자 다음 순간 엄청 더 강렬하고 뜨거운 화산이 그의 몸에서 분출하기 시작. 12급 태풍에도 꺼지지 않고 거세게 타오를 듯한 불길, 핑크빛 진달래꽃이 흐드러지게 피어난 산마루로 천군만마가 질풍같이 휩쓸어오는 느낌…

이렇게 우리는 하얗게 밝은 대낮에 하얗게 빛나는 백사장 위에서 하얗게 흘러가는 구름을 배경으로 하얗게 들려오는 바다의 환호소리를 들으며 노오란 정사를 파랗게 치렀습니다. 그 동안 나는 아마 자신이 아프리카 암사자보다 더 격렬했을 거라고. 그도 그럴 것이 내 출생 별자리는 사자자리였으니까!

폭풍이 지나간 뒤 우리는 가볍게 서로를 그러안고 부드럽게 애무하며 사랑의 뒷맛을 조용히 음미하고 있었습니다. 이 시각 누군가 세상이 인간에게 준 가장 큰 선물이 무엇이냐고 묻는다면 우리는 서슴없이 정감으로 나누는 사랑이라 대답할 것입니다. 그래서 만약 조물주가 있다면 그 앞에 납작 엎드려 절이라도 올리고 싶은 심정이라 해도 과언이 아닙니다.

잠시 후 우리는 언덕 같은 작은 산을 오르내리며 북쪽을 향해 걷고 있었습니다. 정오가 가까워오자 구름이 한결 엷어진 하늘에서 태양이 더 강하게 웃고, 조그맣게 발밑으로 축소된 그림자는 땅딸보 아이같이 우리의 행보를 바싹 따르고 있습니다.

평지를 걷는다면 2킬로 정도는 어느 사이였지 싶을 것이나 별로 높지는 않아도 산비탈을 오르내리며 더욱이 길이라곤 전혀 없는 꽉 우거진 생 숲을 헤치며 걷는다는 것은 말처럼 쉬운 일이 아니었습니다. 게다가 우리는 사전에 거의 에너지 이상의 힘을 빼 버렸으니 아직 절반 길도 가기 전에 배가 고파 견딜 수가 없었습니다. 내가 막 앞에서 걷고 있는 태호씨에게 배고픔을 하소연 하려는데 갑자기 커다란 폭탄 같은 무엇이 날아와 태호씨의 머리를 호되게 때리며 둥! 땅에 떨어지는 것입니다. 손에 비수를 쥐고 앞에서 길을 열던 그가 반사적인 동작으로 비수를 번쩍 추켜들었으나 폭탄은 이미 땅에 떨어진 뒤였습니다.

"다가오지 마!" 하고 그가 바짝 긴장하며 나를 향해 소리쳤습니다.

헌데 나는 오히려 풋하하 웃음을 터뜨려버렸습니다. 숲속에서 그 놈에게 얻어맞은 적이 어디 한두 번이겠습니까? 내가 웃는 것을 멍하니 바라보던 그가 발밑에 떨어진 것을 다시 내려다보고는 그만 어이없는 웃음보를 터뜨리는 것입니다. 참으로 기이한 일이 아닐 수 없습니다. 우리의 배가 고파오자 그 놈이 저절로 홀랑 나타나서는 날 잡아 잡수십사 청을 드는 것이니까요.

"당신 뱃속이 저 놈한테 빤히 보였군."

"네?…"

"안 그럼 저놈이 우리가 배고픈 줄 어떻게 알고 떨어져줘?"

나는 깔깔 웃고 나서 말했습니다.

"그게 아니라 재수 좋은 놈은 엎어져도 떡 함지에 코를 묻는대요."

"허허, 그렇다면 내 덕이란 말이지."

그가 웃으며 다가가 땅에 떨어진 잭푸르트를 주워들려 합니다. 헌데 그놈이 너무 무거워서 낑 들었다가 금시 발등을 깨버릴 듯 활 놓아버립니다.

"와, 떡돌보다 더 무겁다. 안에 금이라도 들었나?"

나는 캐드득 웃으며 이때라고 놀려댔습니다.

"금덩이도 들지 못하는 사람 어디다 쓸까?"

그러자 시치미를 뚝 따고 하는 대답.

"쳇, 그래도 나 좋다고 따라다니는 사람 누군데."

우리는 마주보며 즐겁게 웃었습니다.

과연 이 잭푸르트는 유별나게 컸습니다. 전에 내 머리위에 떨어진 것들은 그냥 사람의 머리 하나 상하였는데 이건 전혀 과장하지 않고도 사람의 머리 셋을 합친 것보다 더 크니 아마 저놈들도 가치 판단을 분별 있게 따지고 행동하나봅니다.

너무 무거워 더 옮길 염을 않고 우리는 아예 그 놈의 주위에 둘러앉아 비수로 놈을 썩둑 잡아 껍질을 벗기고 햇빛같이 노라발간 속살을 꺼내어 맛있게 먹기 시작했습니다. 우리가 앉은 곳은 지붕 같은 산언덕 꼭대기 즘이어서 주위에 둘러선 나무들 사이로 멀리 바다가 내려다보이기도 합니다.

"여기가 어디죠?"

과일을 한가득 입에 물고 씹으면서 내가 묻자

"무인도지 어디겠어요." 심드렁하니 대답하는 태호씨.

"내 말은 위치가 어디쯤이냐는 거예요. 지도에서."

"아, 그건." 하고 그는 씹던 과일을 꿀꺽 삼켰습니다.

"나도 정확히는 모르나 아마 상해에서 동남쪽, 오키나와 섬에서 서북쪽, 댜오위 섬에서는 정 북쪽 방향일 거라 짐작됩니다."

"그럼 중국 영해? 아님 일본 영해?"

"그것까지는 잘 모르겠고. 위치는 동해 바다의 중간 즘음 같은데."

"그럼 세 나라의 중심에 있다는 거에요?"

"글쎄요. 일본은 워낙 긴 나라여서 남단만 말한다면 그렇다고 봐야겠죠."

우리는 잠시 입을 다물고 묵묵히 과일만 씹고 있었습니다. 이 큰 바다의 중간에 이처럼 고독하게 떨어져 있다는 두려움이 새삼스레 실감되는 시간입니다.

오후 나절의 허리에 우리는 드디어 북쪽 끝에 있는 절벽 꼭대기에 이르렀습니다. 여기는 이 섬에서 해발이 가장 높은 곳으로 암벽 끝에 올라서서 아래를 내려다보니 전반 섬이 한눈에 들어오는 것입니다. 여기서 본 옹근 섬의 모양은 마치 다리 없는 말을 확대시키고 위로부터 납작하게 내리누르며 보는 듯한 느낌입니다. 물론 우리가 서있는 곳은 말의 머리 부분으로 몸뚱이보다는 훨씬 높았고 그만큼 떨어지면 박살이 날 듯 위험한 곳입니다. 전반 섬에서 이 바위에만은 나무도 풀도 자라지 않고 민둥이 그대로였습니다.

"섬의 면적이 대충 얼마나 될까요?"

"글쎄, 한 3천평방즘 될까?"

"나무와 풀이 이렇게 무성한 걸 보면 땅이 아주 비옥해 보이는데 왜 사람이 살지 않을까?" 내가 혼자소리처럼 중얼거리는데

"왜 살지 않아요? 지금 이렇게 살고 있잖아요." 하고 태호씨가 능청스레 대답하며 눈을 끔뻑 하는 것입니다.

나는 그만 킥 웃어버렸습니다.

절벽 밑을 내려다보니 딛고 서있는 발아래의 바위 밑에서 흉흉한 파도가 바위 섶을 물어뜯을 듯 핥으며 지나가고 지나옵니다. 눈앞이 아찔해 났습니다. 신음처럼 길게 한숨을 토해내고 나서 또다시 혼자소리처럼 중얼거렸습니다.

"도대체 언제면 이 무서운 곳을 떠날 수 있을까."

"왜요? 난 여기가 좋은데? 신혼여행 같잖아요, 우리."

웃는 듯 마는듯한 그의 얼굴은 마치 지금 막 꺼지고 있는 얼음위에서도 한껏 뛰놀기를 즐기는 아기 북극곰 같다고나 할까.

나는 손을 들어 그의 손목을 살짝 꼬집어주고 재빨리 몸을 돌렸습니다.

"어딜 가요?"

"소피보러."

"부근에서 봐요. 멀리 가지 말구."

저쪽으로 10여보 걸어가서 조금 후미진 곳을 찾아 치마를 들고 팬티를 내렸을 때 바로 뒤쪽에서 갑자기 푸드득 소리가 나며 커다란 무엇이 활짝 날아오르는 것입니다. 너무 놀란 김에 악! 소리치며 앞으로 폭 꼬꾸라져 히프를 하늘로 훌쩍 향하고 일어날 염도 못하는데 태호씨가 어느새 달려와 팬티를 올려줍니다.

"갈매기예요. 아마 알을 까고 있었나 봐요. 아, 여기, 알이 있다. 하나, 둘, 셋..."

그가 환성을 올리며 쭈크리고 앉았다가 계란 보다 조금 큰 알 세 개를 두 손에 갈라 쥐고 일어섭니다.

"갈매기 알, 와… 크다!"

맛있는 거리가 생겼다고 기뻐하며 알을 호주머니에 집어넣고 우리는 서로 잡아주고 부축하며 절벽을 내려왔습니다. 그런데 방금 모래톱에 이르러 아직 발걸음도 옮겨 딛기 전에 커다란 갈색 날개를 가진 갈매기 한마리가 괴성을 지르며 태호씨를 향해 곧추 날아오는 것입니다. 반사적으로 머리위에 손을 올려 공격을 막은 태호씨는 날아가는 갈매기의 뒷모습에 대고 소리칩니다.

"맙소사! …왜 날 공격하는 거유? 난 당신 팬이라구, 사랑한다구. 허니 다신 그러지 마슈! 알았쥬?"

나는 그만 배를 그러안고 웃었습니다. 이 남자와 같이 있으면 왠지 나쁜 일도 좋은 일처럼 느껴지는 것이 신기할 정도입니다. 최악의 경우 같이 죽는다고 해도 얼굴 한번 찡그리지 않고 웃으며 갈 자신이 있을 듯합니다.

이때 갈매기의 공격이 다시 시작되었습니다. 이번에는 반드시 찍고야 말겠다는 듯 아니, 좀 더 정확히 말하면 네 죽든 내 죽든 판가름을 해보자는 듯 그 큰 날개를 결사적으로 퍼덕이며 직각으로 우리를 향해 박혀오는 것입니다.

"아앗, 또 오네. 저놈이…"

내 소리가 끝나기도 전에 태호씨가 와락 나를 덮쳐 안고 둘은 함께 땅 위에 납작 엎드렸습니다.

이번에도 갈매기는 허탕을 치고 날개로 우리의 몸 위를 스치며 지나갔습니다.

우리는 부스스 땅에서 기어 일어나 옷에 묻는 모래를 툭툭 털며 마주 보았습니다.

"저놈이 목숨까지 건다? 이상한데…?"

"아, 알았어요. 태호씨 호주머니에 알이 들어 있잖아요. 바로 저놈 건가 봐요."

"엉…?"

"자기 아기라고 그래요. 어서 돌려주세요."

태호씨는 손을 호주머니에 넣어 만지작거리며 아쉬운 듯 입을 쩝쩝 다십니다.

"어떻게 주은 알인데… 그냥 돌려줘요?"

문득 내 눈앞에 잃어버린 태아가 떠올랐습니다. 그러자 저도 몰래 소리가 꽥 나갔습니다.

"아기예요. 냉큼 돌려주지 못해요?!"

"…? …!"

깜짝 놀라 입을 딱 벌리고 쳐다보는 태호씨가 조금 불쌍하게까지 느껴졌지만 말을 거둬들일 뜻은 없습니다.

정녕 자기 몸으로 새끼를 낳지 않는 수컷들이 어찌 새끼를 자신보다 더 아끼는 모성애의 깊이를 알겠습니까? 어느 아프리카 초원에서 새끼를 잃은 암사자가 무리로 달려드는 포식자들을 물리치고 어미를 잃어버린 갓 태어난 아기 뿔말을 구해 그 핏덩이가 스스로 일어서서 엄마를 찾아갈 때까지 지켜주었다는 이야기는 동화가 아니라 실화라고 나는 믿습니다.

20 ~~~~

하루하루 아침이 밝아오고 검은 장막이 드리우고 다시 아침이 밝아오고 다시 검은 장막이 드리우는 일상이 이어지고 있습니다. 에이상과 우리는 약 백 미터 정도 떨어져서 따로 살았지만 아침마다 거의 같은 시간에 바닷가에 나가 물고기를 잡고 게와 새우를 주웠기에 멀리서 윤곽이나마 서로 바라보며 죽지 않고 살아있음을 확인할 수 있었습니다.

이날 아침도 태호씨와 나는 바닷가에서 장난치며 물고기를 잡고 있었습니다. 저쪽의 바닷가에서 에이상도 혼자 물고기를 잡으며 가끔 이쪽을 흘끔거리고 있습니다.

헌데 물고기가 오늘은 이상하게 작은 놈만 있고 큰 것은 보이지 않아 태호씨는 조금 깊은데 들어가 큰 걸 잡아오겠다면서 나를 두고 혼자 깊은 물속에 들어가 잠수를 했습니다.

혼자 남은 나는 작은 물고기들이 꼬리를 살랑살랑 흔들며 다니는 물밑을 재미있게 들여다보다가 한번 시험해보고 싶은 충동이 일어 치마와 블라우스를 훌쩍 벗어버리고 첨벙첨벙 허리를 치는 곳까지 들어가 물고기를 잡기 시작했습니다. 한참이나 벌렁거리며 애쓰다가 얼결에 고개를 들어 보니 저쪽에서 에이상이 망원경으로 나를 보고 있는 것입니다. 나는 얼른 물속에 몸을 숨기며 입속으로 투덜거렸습니다.

"뭐야, 징그럽게 숨어서 사람을 훔쳐봐? 나쁜 놈 같으니!"

그런데 바로 이 시간에 깐깐한 에이상은 무서운 위험을 발견한 것입니다. 저쪽의 물위에 떠있던 커다란 고목(악어)이 슬슬 움직이는 것을 보고 망원경을 들어 초점을 맞추려는데 갑자기 그것이 속도를 가해 쾌속정처럼 육박해오는 것입니다. 깜짝 놀란 에이상은 불에 데기라도 한 듯 후닥닥 물에서 뛰쳐나왔습니다. 모래톱에 이르러 다시 고개를 돌려 보니 에이상을 놓쳐버린 그 놈은 이제 목표를 바꾸어 남쪽으로 재빨리 이동하는 것입니다. 바로 그 곳의 물속에 있는 내가 새로운 목표물이 된 것입니다.

그런 줄도 모르고 나는 갑자기 저쪽으로부터 뭐라 소리치며 달려오는 에이상을 보며 이상한 생각을 했습니다. 저놈이 왜 저러는 거지? 태호씨가 없는 기회에 날 어떻게 해보려고? 그래서 나는 두 손을 높이 들어 다가오지 말라고 크게 가위질을 해 보였습니다. 그런데도 에이상은 멈추기는커녕 오히려 속도를 더 내어 엎어질 듯 달려오며 소리치는 것입니다.

"유정씨, 나와요…! 어서 물에서 나오라구…! 악어요…! 악어가 와요…! 무서운 악어…!…"

허나 말을 알아듣지 못하는 나는 오히려 희롱하는 말로 알아듣고 "안 돼! 오지 마! 다가오지 마… 거기 서…!" 하고 소리치며 도리어 물이 더 깊은 쪽으로 헤엄쳐 들어갔습니다.

급해 난 에이상이 이번에는 태호씨를 애타게 부릅니다.

"태호군…! 어디 있는 거요…? 유정씨가 위험해요…! 빨리 나와 봐…! 저기 악어가 오고 있어…! 빨리 나오지 못해…? …"

이때에야 나는 비로소 이상한 분위기를 느꼈습니다. 에이상이 저렇게 목이 터지도록 외치는 걸 봐선 무슨 급한 일이 있을 성 싶은데 도무지 말을 알아들을 수 없으니 미치고 환장할 노릇입니다. 게다가 진짜 위험이 닥친다면 물속에 들어간 태호씨를 그냥 내버려두고 혼자 도망칠 수도 없는 일… 그래서 태호씨를 부르려고 막 고개를 돌리는 찰나, 문득 그 놈이, 바로 나를 향해 질풍같이 육박해 오고 있는 그 거대한 고목 같은 덩어리가 눈에 띄었습니다. 순간 나는 발악하듯 "아악!" 소리쳤으나 결국 물리적 소리는 한 가닥도 나가지 않고 내 몸은 도리어 뿌리를 내린 듯 그 자리에 짤깍 굳어져버렸습니다. 시커먼 죽음의 아가리가 초를 헤아릴 새도 없이 무시로 다가드는 이 아슬아슬한 순간,

손에 커다란 물고기를 잡아든 태호씨가 돌고래처럼 물위로 머리를 불쑥 내밀고 푸푸 물을 털며 나를 향해 잡은 물고기를 내흔듭니다.

"잡았어! 잡았다구!"

허나 다음 순간 내가 새까맣게 죽은 얼굴이 되어 숨이 넘어갈 듯 가리키는 쪽을 돌아보더니 금시 손의 물고기를 휙 버리고 잽싸게 몸을 돌려 악어를 향해 결사적으로 고함치며 덮쳐가는 것입니다.

이제 악어와 나 사이는 불과 몇 미터밖에 남지 않았습니다. 눈 한번 깜짝할 새면 내 몸은 곧바로 저 무시무시한 아가리의 진수성찬이 될 판입니다. 죽음을 이토록 가까이에서 실감한 적은 없습니다, 얼어붙은 눈동자는 터질 듯 공포만을 재우고 그 밑에 짓눌린 코는 숨 쉴 구멍조차 남지 않았는데, 머릿속에서 세포가 찡-울고… 심장이 태질하며 막 터지려는 찰나…

태호씨의 근 초인간적인 공세에 위험을 느낀 악어가 기적 같이 나를 포기하고 후닥닥 머리를 돌려 태호씨를 향해 돌진해 가는 것입니다. 대로한 악어는 지금 마치 거대한 공룡이라도 된 듯 몸뚱이를 마구 흔들어대며 세상을 통째로 삼켜버릴 기세로 태호씨에게 덮쳐듭니다. 스릴영화보다도 더 참혹한 거대한 악어와 한 사람의 결투, 파도는 노호하고 태양은 불비를 퍼붓습니다. 바다는 악어의 세상이고 태호씨는 어쩔 수 없이 끌려간 불청객이나 다름없습니다. 시간은 태호씨 편이 아니고 공간은 더욱 태호씨를 돕지 않습니다. 말이나 도리가 통하는 인간의 싸움과는 달리 이 막무가내 피 비린 결투 끝에는 생명의 소실이 필연으로 다가올지도 모릅니다…

악어가 어느새 태호씨의 넙적 다리를 덥석 물었습니다. 새빨간 피가 물위로 물씬 피여 오르는 것이 보이자 나는 거의 기절직전에 이르렀습니다. 숨 막힐 듯한 공포에 온몸을 벌벌 떨다가 죽어라 발악해서 겨우 모기만한 소리를 냈습니다.

"사람 살려요⋯! 사람 살려요⋯! ⋯"

이건 진짜 죽느냐 사느냐의 생사 판가름입니다. 허나 아무리 미친 듯이 사위를 둘러봐도 원조의 길은 티끌만큼도 보이지 않습니다. 그래서 단지 땀을 벌벌 흘리며 뛰어오는 에이상을 향해 죽어라 소리치는 수밖에 없었습니다.

"빨리 와! 이 왜놈아! 빨리 오란 말이야!⋯어서, 빨리----"

드디어 물가까지 뛰어온 에이상이 아무것도 헤아리지 않고 풍덩 물속에 뛰어들어 번개같이 헤엄쳐가면서 손에 들었던 작살로 악어의 눈을 겨냥해 힘껏 찌릅니다. 한번, 두 번, 세 번⋯ 몇 번이나 찔렀을까 마침내 명중된 듯. 끼쫵! 작살에 눈을 찔린 악어가 괴성을 지르며 무섭게 태질치더니 드디어는 물었던 태호씨의 다리를 놓고 황급히 물속으로 도망쳐버립니다.

태호씨의 상처를 싸매 주는 내내 눈물이 장맛비처럼 쏟아져 내렸습니다. 50킬로도 채 안 되는 이 작은 몸뚱이에 그토록 많은 양의 눈물이 담겨 있으리라고는 상상치도 못한 일입니다. 나 때문에 영영 잃을 뻔했던 태호씨를 생각하면, 악어라는 그 사악한 놈의 아가리에 생선같이 잡아 먹혀버릴 뻔했다는 그 몸서리치는 순간을 떠올리면 언제까지도, 언제까지도 이 뜨거운 눈물이 그칠 것 같지를 않습니다. 세상은 우리만을 위해 존재하는 것이 아니라 하더라도 최저한 이 불행한 사람들에게 공평만은 돌려줘야지 않겠습니까.

그런데도 태호씨는 여전히 빛을 잃지 않은 눈동자로 여기저기 휘휘 둘러보다가 다시 내 얼굴로 돌아와 시선을 멈추며 마치 내 마음을 빤히 들여다본 듯 진지하게 위로하는 것입니다.

"세상은 나 하나만을 위해 존재하는 것이 아니에요. 그러니 누구에게나 나쁜 일이 생길 가능성은 모두 있는 겁니다. 다만 어떻게 대처하느냐가 각자 자기 운명을 좌우할 수 있는 열쇠죠. 그 열쇠를 우리는 이제부터 만들어야 합니다."

나는 그 소리를 가슴속의 울림으로 받아들이며 천천히 눈물을 닦았습니다.

지는 해가 남긴 핏빛 노을에 뺨이라도 얻어맞은 듯 얼굴이 지지벌개져서 우리 세 사람은 모닥불 주위에 둘러앉아 있었습니다.

악어에게 물린 왼쪽 허벅지를 헝겊으로 싸매고 기타 팔다리에도 몇 군데 긁힌 상처가 있었으나 별일 아니라는 듯 그대로 방치하고 앉아서 태호씨는 천연덕스레 게를 굽고 있습니다.

"그래도 다행이네. 뼈를 다쳤더라면 큰일 아닌가."

생선을 구우며 하는 에이상의 말을 태호씨가 진지하게 받습니다.

"그렇게 큰 놈이 있을 줄은 몰랐지. 근데 왜 이전에는 보지 못했을까?"

"어쩌면 섬의 저쪽에서 살다가 우리 냄새를 맡고 쫓아왔는지도 몰라. 암튼 일후엔 많이 조심해야겠어."

태호씨는 고개를 끄덕이고 나서 이번엔 나에게로 얼굴을 돌립니다.

"유정씨, 이제부턴 물가에 가지 마세요. 피 맛을 알았으니 그 놈이 언제든 다시 올 겁니다. 모래톱에서도 조심하구. 악어란 놈은 양서동물로 육지서도 공격 속도가 엄청난 괴물입니다."

압박감이 테러같이 포위해옵니다. 보이지 않는 올가미에 목이 걸려 있고 그것은 언제든 조여올수 있다는 위태감에 앉지도 서지도 못하는 기막힌 기분입니다.

"그럼 밤에는 어떡하죠? 잠들면 아무것도 모르는데."

태호씨가 잠시 뜸을 들였다가 한숨같이 내뱉습니다.

"오늘부터 셋이 여기서 같이 자는 수밖에 없어요. 악어는 노란색을 두려워하니까 마침 이 낙하산천이 황색이라 우리가 안에 있기만 하면 그 놈이 감히 덮쳐들지는 못할 거예요."

올가미가 조금 느슨해지는 느낌이나 언제든 소리 없이 서서히 조여 올수 있다는 위태감은 여전히 엄존해 있습니다. 막연하게 눈을 감았다 다시 뜨니 문득 눈앞에 혀를 날름거리며 타오르는 불길이 보이는 것입니다.

"그럼 이 모닥불도 노란색 아녜요?"

태호씨가 대견한 눈빛으로 나를 바라보며 미소를 짓습니다.

"잘 생각했어요. 모닥불은 아주 유효한 방어무기가 될 것입니다. 그러니 평소에 마른 나뭇가지 따위를 넉넉히 주워 놓았다가 끊임없이 모닥불을 지펴야 해요."

잠시 나는 생각에 잠겼다가 다시 입을 열었습니다.

"천막을 아예 남단의 모래톱으로 옮겨가면 어떨까요?"

태호씨가 고개를 가로저었습니다.

"소용없을 거예요. 고작 1킬로밖에 안 되는 거리를 악어가 멀어서 못 찾아가겠어요?"

그래요. 양서동물인 그 놈은 육지든 바다든 가리지 않고 아무데고 마구 쏘다닐 수 있는 기능을 가지고 있으니 이 손바닥 크기의 바다 섬에서 어디 간들 피할 수 있겠습니까. 또다시 두려움에 등골이 오싹해났습니다. 무심히 한쪽에서 말을 알아듣지 못해 눈만 껌벅거리는 에이상을 쳐다보다가 그의 황군 복장에 시선이 닿는 순간, 저도 몰래 흥분하여 소리쳤습니다.

"저 에이상의 황군 복장도 황색 아네요?"

태호씨가 보더니 고개를 가로젓는 것입니다.

"아니오. 반드시 밝은 노란색이어야 악어의 시 망막을 자극해 접근을 막을 수 있습니다. 저렇게 어두운 누런색은 아무 쓸모없어요."

여기저기 눈치를 살피던 에이상이 우리가 자기를 두고 말하는 것임을 눈치 채고 넌지시 물어옵니다. "지금 내 흉을 보는 거요?"

태호씨가 웃으며 일어로 대답해 주었습니다.

"자넬 잘했다구 칭찬하는 거야, 아까 되게 용감했다구 말이네."

그러자 에이상은 버릇처럼 차렷 자세를 취하고 "황군의…" 하다가 흠칫하며 입을 다물어버립니다. 아마도 "황군의 영광"이라거나 "황군의 사명"이라는 말을 하려다 그만둔 듯합니다.

태호씨의 얼굴에 쓴웃음이 가볍게 피여 올랐습니다. 그리고 나를 힐끗 돌아보며 한쪽 눈을 끔벅해 보이는 것입니다.

21 ~~~

밤은 오늘도 세상 모두에게 공평하게 찾아왔습니다. 허나 우리에게는 결코 공평하지 않은 갈등의 밤이 시작된 것입니다.

햇볕에 검게 탄 우리의 육체위로 소금냄새를 잔뜩 실은 밤바람이 스칠 무렵, 아마 도시의 거리에서는 사람들의 발걸음이 뜸해지고 집을 찾아가는 고양이들이 길을 가로 건너는 시간일 것입니다.

태호씨가 먼저 일어나 기지개를 쭉 켜고 나서 천막 안에 들어가 중간 자리를 차지하고 누웠습니다. 그런 다음 손으로 자기의 오른쪽 자리를 툭툭 치며 나보고 누우라는 것입니다.

얼핏 보니 에이상은 밖에서 소변을 보는지 아직 들어오지 않고 있습니다.

나는 태호씨가 시키는 대로 그의 오른쪽 자리에 벌렁 드러누웠습니다. 이 천막은 저쪽의 초막보다 안이 널찍하여 셋이 눕기가 좋았고 태풍 뒤에 다시 지은 것이어서 기둥도 벽도 천장도 튼튼하게 되어있어 안전도가 훨씬 높아 보입니다.

누워서 쳐다보니 짙은 청자색 하늘에 하얗게 떠있는 달이 노란 낙하산 천을 투과하여 맛있는 오렌지처럼 나뭇가지에 대롱 걸려 어렴풋이 안을 들여다보고 있습니다.

에이상이 문어귀에 나타나며 볼 부은 소리를 꽥액 지릅니다.

"엇, 잘들 한다! 누가 함부로 누우라 했어?"

분명 잠자리를 두고 하는 말이었으나 태호씨는 모르는 척 상반신을 벌떡 일으키며 따지고 듭니다.

"왜? 불만 있어? 천막이 네 거라 이거지?"

"꼭 그런 건 아니지만…" 하고 에이상은 옥타브를 조금 낮추었으나 결코 꺾일 기세는 아닙니다. "암튼 그 가운데 자린 내 거야. 내놔!"

"짜식이, 잠자리가 뭐 엄마라두 돼? 사내놈이 야비하긴."

태호씨가 반격하자 에이상은 기괴한 벌레 보듯 태호씨를 쓸어보고는 두 다리를 컴퍼스처럼 쩍 벌리고 서서 공공연히 멸시를 퍼붓습니다.

"여기서 엄마는 왜 나오는 거야? 죠센징이니 별수 없군!"

"죠센징"이라는 말에 후닥닥 일어서려던 태호씨는 그만 상처 입은 다리가 아파서 끙 심음하며 도로 주저앉습니다.

깜짝 놀란 내가 벌떡 일어나며 소리쳤습니다.

"왜들 그래요? 또 싸우고 싶은 거예요?"

일어를 모르는 나는 그들의 대화 내용은 알아들을 수 없으나 한낱 동물 수컷들처럼 서로 만나기만 하면 싸우려 드는 그들의 으르렁거림이 내심 못마땅하게 느껴졌던 것입니다.

태호씨가 고개도 돌리지 않고 에이상을 노려보며 내게 대답해 줍니다.

"별것도 아닌데. 저 자식이 지금 잠자리 때문에 트집 걸고 있잖아요. 우리 차라리 제비뽑기해서 결정하는 게 어때요?"

아, 그럼 가위바위보를 해요 하고 내가 제안하자 의외로 두 남자 모두 선뜻 찬성하는 것입니다. 그래서 우리는 가위바위보를 하기로 했습니다. 매일 저녁 가위바위보를 해서 이기는 사람이 잠자리 배정 권리를 가지도록 규정을 세웠습니다. 셋이서 규정 따위를 세워놓고 보니 여기도 사회구나 싶어 조금 우습긴 했으나 그래도 삼각형으로 둘러앉아 모두 진지하게 오른손을 내어 들고 자신에 넘쳐 응전을 했습니다. 시⋯작!

"가위 바위 보!"

동시에 내민 세 손은 모두 바위입니다. 암, 바위가 최고로 드세 보이나 봐요. 다시

"가위 바위 보!"

두 사람 가위, 한 사람 보입니다.

물론 보를 낸 내가 아웃 되고, 가위를 낸 두 남자가 다시

"가위 바위 보!"

둘 모두 보입니다. 다시

"가위 바위 보!"

둘 모두 바위입니다. 질투 때문에 싸우긴 해도 필경은 같은 문화권에 속하는 인간인 것임을. 다시

"가위 바위 보!"

이번에 에이상은 가위였습니다. 가위를 이기려면 바위를 내야 하는데, 태호씨가 방금 냈던 바위를 또 냈을까요? 과연 그랬습니다. 태호씨는 연속 바위를 냈던 것입니다. 에이상이 이번에 가위를 내리란 판단을 그토록 정확히 했으니 태호씨는 심리 전술로 이긴 셈입니다.

에이상은 눈이 뒤집힐 지경이 되었습니다. 나만 없다면 바로 맞다들어 이발이라도 분질러버릴 기세였으나 울며 겨자 먹기로 참는 수밖에 없는 듯 보입니다.

게다가 태호씨가 곰이라도 잡아 넘긴 기세로 "승리는 언제나 정의의

것이오--!" 하고 길게 뽑자, 에이상은 완연 죽상이 되어 마치 눈물을 흘리며 모기에게 잔등을 내주는 표정으로 중간 자리를 내주는 것입니다. 그리고 나서 서서히 돌아서는 모습이 사뭇 누군가에게 다리 하나를 집어 뜯기고 절룩거리며 돌아 기어가는 수거미의 등 같이 애처롭게 보입니다. 그래도 규정은 규정이니만큼 지키지 않으면 안 되었습니다. 결국 우리는 우승자 태호씨의 배정대로 중간에 태호씨, 안쪽에 나, 바깥쪽에 에이상이 누웠습니다.

밤은 어둡고 무겁게 지지누르고 있습니다. 어깨를 나란히 하고 누웠으나 어쩐지 나눌게 하나도 없어 제멋대로 꿀꿀거리는 돼지머리 같습니다. 왜 사람은 셋이 모이면 화목하지 못한지 그 이유를 알 것 같기도 합니다. 이상하게 몸은 자고 있는데 머리만은 "각성" 같은 또렷한 느낌으로 깨어 있는 느낌입니다. 누군가의 가벼운 방귀소리에도 총소리가 울린 듯 후닥닥 놀라 깨어 벌떡 일어설 것 같은 예민함이 신경말초마다에 초소군인같이 배치되어 있습니다.

바람도 없는 밤의 어둠은 무수한 가능성을 잉태하고 있는 듯합니다. 다른 한 남자의 몸뚱이를 넘어 사랑하는 여자가 누워있다는 것이 에이상에게는 악몽 같은 괴로움인지 이따금 끙끙 이상한 신음소리를 내기도 합니다. 그럴 때마다 태호씨는 화답이라도 하듯 컹컹 마른 기침소리를 내곤 합니다. 나는 아무 기척도 없이 죽은 사람 보려면 나 보소로 꼼짝 않고 누워있었습니다. 한 것은 이 시각, 내가 미동만 해도 뭔가 재워있던 화약이 거대한 굉음으로 폭발해버리고 말 것 같은 위태로움이 잠복해 있기 때문입니다.

밤이 흐르는 가운데 태호씨의 숨소리가 드디어 꿈의 문에 닿은 듯 째각 째각 고르게 들려오고 있습니다. 이윽고 어둠속에서 죽어 있던 송장이 일어나듯 에이상이 소리 없이 상반신을 부스스 일으킵니다. 그리고 로봇인양 고개를 삐그시 돌려 내가 누운 쪽에 낚시를 던지듯 넌지시 건너다봅니다. 아마 내가 잠들었는지 아니면 자기처럼 모대기고 있는지를 확인하려는 동작일 것입니다. 나는 여전히 반듯하게 누운 채 추호의 움직임도 없이 눈만 가느다랗게 뜨고 에이상의 일거일동을 살피고 있었습니다.

태호씨는 여전히 째각 째각 고르게 숨을 쉬고 있는 것이 늘어지게 포식한 호랑이가 깊은 잠속에 빠져 있는 잔상이라 해도 과언이 아닙니다.

에이상이 살며시 기어 일어나 허리를 쭉 폅니다. 키가 큰 편이 아닌데도 밤의 어두운 천막 안에 꼿꼿이 선 그의 그림자는 장승보다 더 크고 웅장해 보입니다. 나는 얼결에 눈을 크게 뜨고 놀란 듯이 그를 쳐다보았습니다. 아마 그것이 에이상에게는 내 눈이 일종 갈구 같은 반짝임으로 빛난다고 보였을지도 모릅니다. 순간 북받치는 용기를 얻은 에이상이 한쪽 다리를 한껏 높이 들어 자고 있는 태호씨의 몸을 가로타 건너려고 막 몸을 솟구치는 찰나. 꿈속에 있을 듯한 태호씨가 잠꼬대를 하듯 뭐라 중얼거리며 돌아눕는 김에 다리를 번쩍 들어 올린 것이 그만 이 순간에 바로 그를 타고 넘으려 다리를 쩍 벌린 에이상의 사타구니를 걷어찼습니다. "아이쿠!" 비명을 지르며 쓰러지는 에이상은 급기야 숨이 넘어갈 듯 면상이 오그라듭니다.

나는 그만 아연해져 함께 숨이 넘어가는 기분으로 호흡마저 멈추고 에이상을 지켜보았습니다. 에이상이 두 손으로 사타구니를 움켜잡고 비참하게 신음하며 나뒹구는 것을 보고 태호씨도 금방 깨어나 바람에 놀란 올빼미 눈이 되어 한동안 어쩔 바를 모르는 것입니다. 아마 태호씨 자신도 그렇게까지 재수 없는 일이 생길 것까진 생각지 못한 듯 많이 놀라고 미안한 얼굴입니다.

아픔은 분초를 먹어가며 차츰 진정되어갔습니다. 하지만 이제 우리는 아무도 잠을 잘 생각이 없습니다. 그래서 셋은 다시 삼각형으로 둘러 앉아 가위바위보를 했습니다. 그리고 승부에 따라 자리정돈을 했습니다. 이번에는 에이상이 우승을 했습니다. 그가 애처로워서 태호씨가 일부러 져주었는지는 모르겠으나 암튼 에이상이 여러 번 우승을 했습니다. 결과 에이상이 가운데 눕고 나와 태호씨가 양쪽에 누웠습니다.

내가 옆에 눕자 에이상은 마치 어린애가 오랫동안 빼앗겼던 인형을 그러안듯 나를 덥석 그러안고 얼굴을 마구 밀착해오는 것입니다. 숨막힐 듯한 얼굴과 얼굴 사이로 바닷물처럼 짭짤한 눈물이 흘러내립니다. 그 짠 맛의 함의를 나는 가슴으로 깊숙이 알 것 같았습니다. 얼마나 사람의 냄새가 그리웠으면, 얼마나 버려진 새끼오리 같은 고독에 슬픈 떨림을 계속했으면 저 당당한 공군소위가 이러고 있으랴.

그런데 울고 있는 에이상의 가슴에 안겨 입술에 닿은 그의 목 주변의 들큼하고 찝찔한 피부냄새를 맡으며 나는 오히려 태호씨 생각을 하고 있는 것입니다. 우리가 이러고 있는 걸 보면서 태호씨는 지금 어쩌고 있을까? 어떤 시선을 하고 어떤 동작을 하며 머릿속에선 무슨 생각을 떠올리고 있는 것일까? 나에게 있어서 아는 것 같으면서도 알지 못하는 사람이 태호씨입니다. 눈앞에 있는데도 그립고 눈앞에 없으면 미칠 듯이 그리운 사람이 태호씨입니다. 살아가는 날들을 내던지고 싶도록 슬픔과 암울에 잠겼다가도 반짝이는 불빛처럼 슬며시 나타나 희망과 용기를 주는 사람이 태호씨입니다. 그래서 어느새 내가 다름 아닌 태호씨를 만나기 위해 이곳에 온 것이 아닐까 싶을 정도로 내 마음속에 소중한 존재로 자리 잡은 남자입니다. 그런 태호씨를 옆에 두고 내가 지금 무슨 짓을 하고 있는 거야, 이런 생각을 하자 죽고 싶을 만큼 가슴이 아파왔습니다. 하지만 여전히 내 이마에 껌처럼 들러붙어 눈물을 퐁퐁 쏟고 있는 이 얼굴을 차마 물리칠 수가 없습니다. 그 또한 사신과 결사적으로 잡아당기기를 하며 내 젖을 먹여 어린애처럼 소중히 구해낸 내 분신 같은 생명이 아니겠습니까.

말없이 조용히 에이상의 눈물이 멈추기를 기다려서 나는 그의 등을 몇 번 쓸어주고 나서 몸을 일으켜 앉았습니다. 그러자 저쪽으로 돌아누워 있던 태호씨가 빛의 반사처럼 후닥닥 튀어 일어나는 것입니다. 연쇄반응처럼 에이상도 화닥닥 일어나 앉았습니다. 그래서 셋은 또다시 가위바위보를 하기 시작했습니다.

이번에는 내가 우승을 했습니다. 결국 두 남자를 양쪽에 눕히고 가운데 자리에 내가 누웠습니다. 나는 반듯하게 누워서 한 손에 하나씩 두 남자의 손을 거의 같은 시간에 잡아 쥐었습니다. 에이상의 손은 아직도 눈물에 젖은 듯 촉촉했고, 태호씨의 손은 여전히 부드럽고 따뜻했습니다. 어둠속에서 우리는 눈을 펀히 뜨고 막의 천장을 바라보았습니다. 낙하산천의 저쪽에서 노랗게 웃는 달이 어느새 서쪽 하늘로 기울고 있습니다. 내가 기침을 하자 그것이 암호라도 된 듯 두 남자가 양쪽에서 일제히 나를 향해 돌아누우며 내 어깨를 그러안는 것입니다. 셋은 이렇게 한 덩어리가 되어 잠을 청했습니다…

새벽의 투명한 공기와 더불어 하늘이 파랗게 밝아오자 나는 자고 있는 두 남자의 품을 살며시 빠져나와 과일을 뜯으러 숲속으로 들어갔습니다. 얼마 후 이름 모를 과일들을 한 치마폭 안고 돌아왔을 때, 두 남자는 여전히 코를 골며 자고 있었는데, 길게 뻗은 네 팔은 서로를 얼싸그러안고 호모처럼 코를 맞대고 있는 것입니다.

22 ~~~

아득히 멀어 보이는 하늘에서 엷은 구름이 냇물처럼 흘러가는 아침입니다. 태양은 얼굴을 가리며 흘러가는 구름들 사이로 강한 빛줄기를 뻗었다 거두었다 를 반복하며 동쪽 하늘에 황홀하게 걸려있습니다.

비릿한 바닷바람이 불어와 코를 솔솔 자극했으나 아무도 아침 식사 준비하러 물가에 내려갈 엄두를 못 내고 있습니다. 어제의 아슬아슬한 생사 박두가 무서운 잔상으로 머릿속에 남아 마치 사자의 포위권에서 구사일생으로 도망친 얼룩말인양 그쪽에서 불어오는 바람의 냄새마저 공포를 잉태한 듯 으스스하게 느껴지기 때문입니다.

다리를 다친 태호씨는 당연 내려갈 수가 없고 에이상과 내가 으레 가야 했으나, 고개만 들면 어제와 마찬가지로 저만큼의 물위에 고목 덩어리처럼 둥둥 떠서 수시로 이쪽을 노리고 있는 악어의 그 소름 끼치는 머리를 보고는 다리가 덜덜 떨려 도저히 발길이 내디뎌지지 않습니다.

이럴 줄 알았더라면 어제 많이 비축해둘 걸 그랬다고 후회했으나 이미 늦은 뒤입니다. 하루 단 두 끼밖에 먹지 않는데다가 아침과 점심을 합쳐 먹는 아침의 이 한 끼 식사는 하루 중 가장 중요한 식사였고 더욱이 상처 입은 태호씨에게는 지금 과일 같은 허술한 식사가 아니라 단백질이 풍부한 고기와 게 알 따위를 포함한 고칼로리 아침 식사가 필요한 것입니다. 하지만 그렇다고 지금도 머릿속이 두려움에 축축한 에이상을 그 위험한 곳에 억지로 내몰 수는 없는 일입니다.

너무 안타깝고 답답하여 머리를 아프게 마구 긁적이고 있는데 갑자기 "수가 있다" 하고 태호씨가 깜깜한 바다에서 등대를 발견한 듯 소리치는 것입니다. 우리는 모두 수호신의 얼굴이라도 우러르듯 그의 입을 쳐다보았습니다.

"저 낙하산천 귀퉁이를 조금 잘라내 등거리 같은 걸 만들어 걸치면 되지. 그 놈은 노란색 공포증이 있으니까."

아아, 맞다, 난 왜 그 생각을 못했을까 하면서 나는 마치 신대륙이라도 발견한 아이처럼 좋아라 손뼉을 치고 펄떡 튀어 일어나 낙하산천 귀퉁이를 찾느라 설치기 시작했습니다.

태호씨가 일어로 에이상에게 뜻을 설명해주자 에이상도 아주 찬성이라는 듯 엄지를 내보이고는 바로 내 옆으로 다가와 비수로 낙하산천 조각을 잘라내는데 협조하는 것입니다. 과연 잘라낸 낙하산천 조각을 등거리 모형으로 베어서 팔이 들어갈 곳에 둥그렇게 구멍을 두개 냈더니 제법 등거리처럼 걸쳐 입게 되었습니다.

에이상이 그 노란 등거리를 몸에 걸쳐 입고서 나무 작살을 들고 서둘러 바닷물가로 내려갔습니다. 그에게 망을 봐주는 파수꾼으로 나도 따라 내려갔습니다.

거대한 악어는 여전히 고목처럼 저쪽의 물위에 둥둥 떠서 이쪽을 노려보고 있었습니다. 헌데 과연 에이상이 걸쳐 입은 노란 등거리가 그놈의 눈을 자극하는지 그 공포덩어리는 별로 다가올 기미를 보이지 않고 멀리서 군침만 질질 흘리는 듯.

그래도 설마 하여 나는 눈을 깜박이는 차수마저 줄이며 그 놈의 일거일동을 빠짐없이 지켜보았습니다. 그동안 에이상은 물고기를 부지런히 찍어 올리고 게와 새우까지 듬뿍 수확하여 우리는 저녁 먹거리까지 충분히 마련해 가져왔습니다.

이렇게 날마다 한 번씩 내가 그 거대한 악어 놈을 지키고 에이상이 물고기를 수확하는 일이 반복되면서 다람쥐 쳇바퀴 도는 일상이 염주처럼 이어졌습니다. 그러는 동안 나는 저도 몰래 자신이 그 도깨비 같은 악어 놈을 닮아가고 있는 것처럼 느껴지기까지 하는 것입니다. 꼼짝 않고 그 놈을 지키기 위해서는 그 놈보다 더 꼼짝 않고 있어야 했고, 그 놈이 움직이기만 하면 훨씬 더 크게 움직이며 소리쳐야 했으니 말입니다. 헌데 그 놈도 차츰 나를 닮아가는 듯했습니다. 내가 그곳에 나타나기만 하면 언제든지 그 놈도 거기에 나타나서는 내가 그 놈을 지켜보듯 까딱 않고 나를 지켜보는 것입니다.

"이 나쁜 놈아! 니들 무리에 가지 않고 왜 짓궂게 남아서 우리 생활을 방해하는 거야?" 하고 욕설을 퍼붓고 나니 조금 이상한 생각이 들었습니다. 여긴 원래 저놈들 동네가 아닙니까? 불청객인 우리들이 오히려 허락 없이 들이닥쳐 집 짓고 불 피고 고기 잡아먹고 야단이면서 지금 누가 누구에게 욕을 퍼붓는 거냐? 이렇게 생각하니 조금 미안한 생각까지 들어 나는 정중하게 사죄하듯 두 손을 읍해 보이고는 평화

협정 담판을 하듯 부드럽게 노근노근 말해보았습니다. 이보시오, 그럼 우리 아예 불가침범 협정 같은 거 맺어보지 않겠어요? 당신이 우리를 공격하지 않으면 우리도 당신을 괴롭히지 않는다는 조건으로. 이건 공평한 조약 아네요… 뭐? 우리가 당신을 어떻게 괴롭힐 수 있냐구요? 우리에게 칼이 있어요. 당신의 눈을 찔러 눈이 멀게 할 수도 있고 또한 당신의 배를 갈라 영영 죽게 할 수도 있다는 걸, 기억하세요! 진짜!

그러자 놈은 마치 내 말을 알아듣기라도 한 듯 불루루룩 몸을 물밑으로 낮추며 시허연 물거품 한 무더기를 물위로 내보내는 것입니다…

음식을 먹고 잠을 자는 외에 아무것도 할 일이 없었습니다. 그래서 우리는 서로 언어를 배우고 가르치기로 했습니다. 문자로 태반의 뜻이 통하는 중국어와 일본어는 흡사 반 이상이 서로 겹쳐진 두 동그라미처럼 기초가 공유되어 있는데다 양쪽 말을 모두 잘하는 태호씨가 옆에 있으니 금상첨화라 해도 과언이 아닙니다. 게다가 지금은 머릿속이 물을 찌워버린 수영장 같이 텅 비어있으니 비가 내리는 만큼 모두 담아넣기에 넉넉한 것입니다.

태호씨는 엄격한 서당 훈장인 듯 우리에게 단어를 한가득 내주고는 우리가 그날로 외지 못하면 짐짓 꼬챙이를 들고 엉덩이를 때리는 것으로 벌을 주는가 하면 공부를 넘쳐나게 잘하는 사람에겐 그날 밤 잠자리 배정권리를 주는 등 장려를 해주는 것도 잊지 않았습니다. 에이상과 나는 저도 모르게 몰입의 즐거움에 빠져들어 배우지 못한 언어들이 마치 마라톤 경주나 되는 것처럼 마지막 숨까지 톺아 올리며 모조리 정복하려 애썼습니다. 덕분에 우리는 초 현실적일만큼 빠른 속도로 언어를 배워나갔습니다. 그러는 가운데 태호씨의 다리 상처도 점차 완쾌되어 커다란 이빨자국 몇 개가 흉터로 남은 외에는 별 지장이 없게 되었습니다.

이날은 태호씨가 처음으로 에이상의 노란 등거리를 받아 입고 나와 함께 바닷물가로 내려갔습니다. 거대한 악어는 여전히 저쪽 물위에 고목같이 둥둥 떠서 머리만 삐죽이 내밀고 이쪽을 노려보고 있습니다. 나는 태호씨와 십여 미터 떨어진 모래톱에 서서 저쪽에 떠있는 악어의 불룩 튀어나온 눈과 그 머리 저쪽으로 진득진득한 진창길 양쪽에 박힌 말뚝과도 같은 갈기를 꼼짝 않고 지켜보기 시작했습니다. "내가 감시하고 있는 한 네놈은 움직일 염을 하지 말랬다!" 하고 나는 혼자서 놈을 향해 으름장을 놓았습니다. 저쪽에서 태호씨가 철렁 덤벙 하며 요란하게 물고기를 잡고 있었으나 나는 눈동자 한번 돌리지 않고 악어 놈의 몸에만 시선을 쏟고 있었습니다…

갑자기 태호씨가 "상어다!" 하고 소리치는 것입니다. 그 무서운 상어라는 말에 나는 가슴이 철렁 내려앉고 그래서 저도 모르게 꽤액 고함치며 그쪽으로 달려갔습니다. 내가 첨벙거리며 옆에까지 갔을 때 태호씨는 벌써 끔찍하게 큰 놈을 잡아서 칼로 아가미를 꿰어 물위로 치켜들고 있습니다.

"와, 어떻게 잡았어요? 그 무서운 식인종을…"

나는 기가 막혀 말이 잘 나가지 않습니다.

헌데 태호씨는 오히려 권투장에서 막 결승전을 마친 챔피언이 피투성이 패배자를 내려다보듯 잡은 놈을 슬렁슬렁 흔들어 보이기까지 하는 것입니다.

"잡든지 잡아먹히든지 두 가지 중 하나였어요. 그런데 이놈이 상어 와는 촌수가 머나봅니다. 생각보다 재미없게 허물어지던데요."

나는 그만 킥 웃어버렸습니다. 가까이서 보니 과연 상어는 아니고 상어 비슷한 어류였는데 먹다 지쳐죽을 만큼 큰 놈인 것입니다.

"이렇게 큰 걸 어떻게 운반해 가려고 그래요? 저쪽에서 악어 놈도 막 벼르고 있는데…" 하며 고개를 들어 보니, 아차, 그 놈이 없어졌습 니다. 눈을 힘껏 감았다 다시 둥그렇게 뜨고 봐도 그 밭고랑 같이 시커 먼 등은 여전히 보이지 않습니다. 눈앞이 아찔해 났으나 기절하면 안 된다고 스스로 일깨우며 황급히 외쳤습니다.

"악어가 없어졌어요. 내가 보지 않는 틈에 사라진 거에요."

"아, 그 놈이 피 냄새를 맡았나? 어서 여길 떠납시다."

우리는 헐레벌떡 물가를 벗어나 황급히 모래톱으로 돌아왔습니다. 헌데 이상한 것은 악어가 우리 주위에 나타나지 않는 것입니다. 보이 지 않는 만큼 더 불안하고 무시무시해서 말초신경들이 호로로 떨며 모 두 밖으로 나와 있었습니다. 게다가 잡은 물고기는 덩치가 너무 커서 운반이 문제가 아닐 수 없었습니다.

"이놈은 여기 버리고 갑시다."

내가 말하자 태호씨가 고개를 가로젓습니다.

"아니요. 이놈이 있어야 최악의 경우 악어에게 던져줄 거리라도 있 죠. 그러니 힘들더라도 끌어갑시다."

우리는 물고기의 두 가닥으로 쩍 벌어진 꼬리를 한사람이 하나씩 미 친년 머리채 잡듯 드세게 잡아 쥐고 모래위에서 질질 끌며 힘들게 천 막으로 돌아왔습니다. 오는 동안 악어는 여전히 그림자도 보이지 않았습니다.

천막 앞에 거의 이르렀을 무렵 내가 서툰 일어로 크게 소리쳤습니다.

"에이상! 나와 보세요. 어서 나오세요. 우리가 뭘 잡아왔는지 빨리 나와 보란 말이요."

와, 이게 뭐야! 하면서 놀라움과 기쁨으로 꽉 채워질 에이상의 얼굴을 떠올리며 나는 흥에 겨워 떠들어댔습니다. 헌데 예상 밖에도 아무 대답이 없습니다. 우리가 지척에 이르렀는데도 천막 안은 쥐죽은 듯 고요하고 사람의 기척마저 느껴지지 않습니다. 그래, 또 몰입의 즐거움에 빠진 거지! 하면서 막의 문으로 쓰는 거적을 훌쩍 열어 제치니 안에 있어야 할 에이상은 없고 천막 안은 텅텅 비어 있는 것입니다.

"아, 에이상?… 어디 갔지? 에이상!"

나의 다급한 소리에 태호씨가 다가오며 묻습니다.

"왜? 안에 없어?"

"없어요! 이게… 어찌된 일이에요?"

불길한 예감이 땅 머릿속을 울려옵니다. 내가 태호씨를 따라가 물고기를 잡아오는 사이 열심히 공부를 해서 나를 초월하겠노라 입이 하얗게 말하던 사람이 소리도 없이 사라지다니? 급히 수풀 방향에 대고 "에이상---! 어디 있어요---?" 하고 소리 높이 불러봤으나 아무 응답이 없습니다.

섬찟하게 무서운 판단이 머릿속에 뛰어드는 순간 나는 벌레를 떨어버리듯 고개를 마구 저었습니다. 아니, 그럴 수 없어, 아닐 거야! 헌데 그 부정이 강해질수록 정비례하듯 긍정이 더 강하게 뇌리를 때려오는 바람에 정신이 아찔해 났습니다. 악어는 노란색을 두려워한다… "하지만"로 반대쪽 긍정이 거머리처럼 붙어오니, 아아, 나는 몸을 부르르 떨며 울음을 터뜨리고야 말았습니다.

"…그 놈 짓이에요. 악어 그 놈이 우리가 없는 사이 …에이상을… 흑흑…"

태호씨도 많이 걱정되는 듯했으나 우선 다가와 내 어깨를 감싸 안으며 부드럽게 달래보려 애씁니다.

"너무 나쁜 쪽으로만 생각하지 마세요. 에이상이 조금 멀리 가서 우리가 부르는 소릴 못 들었을 수도. 우선 진정하고 생각 좀 해봅시다."

"무슨 수가 있겠어요? 그 놈이 먹어 치웠으면 벌써 배 안에 들어가…" 차마 소화됐을 거란 말은 못하고 흑흑흑… 숨이 막히게 흐느껴 울기만 했습니다. 그렇게 싱싱하고 발랄하던 에이상의 육체가 저 거무죽죽한 악어 놈의 그 거대한 톱날 같은, 하나하나의 대못 같은, 아니, 무수한 창날을 꽂아 놓은 듯 앙칼지고 날카로운 이빨에 갈기갈기 찢겨 형체도 못 가리게 되였을 거라 생각하니 너무나도 섬뜩하고 끔찍하여 심장이 덜덜 떨리고 금시 미쳐버릴 것만 같았습니다. 저도 모르게 그 자리에 폴싹 꼬꾸라져 창자를 뱉어내듯 토악질하기 시작했습니다…

바로 이때, 바다의 저쪽으로부터 한 가닥 파도 바람이 웬 서투른 중국말을 실어오는 것입니다.

"누가 누굴 먹어 치웠다구?"

반사적으로 머리를 휙 돌려보니 아이구머니나! 에이상이, 바로 에이상이 양손에 흑갈색의 해삼을 잔뜩 움켜쥐고 어딘가 득의양양하고 중세기 개선장군 같은 얼굴로 우리를 향해 걸어오고 있는 게 아니겠습니까.

아, 이 무슨 관속에 들어갔던 서방님이 벌떡 일어나 밥 달라는 사태란 말입니까?

너무도 놀랍고 당황하고 비현실적인 느낌의 중간에 빠져 정신없이 허우적거리고 있는데, 태호씨가 재빨리 마중 나가며 에이상의 어깨를 한 주먹 갈겨줍니다.

"이 나쁜 놈아, 어딜 가면 간다고 해야지. 악어 놈 뱃속에 들어간 줄 알고 얼마나 기절초풍했는데!"

그러자 에이상이 잠간 어리둥절해 있더니 갑자기 "하하하!" 가마우지 집이 날려갈 듯 웃음을 터뜨리는 것입니다.

어이없이 쳐다보던 태호씨도 그만 하하하! 세상이 떠나가게 웃어댑니다. 얼굴에 눈물을 주렁주렁 단 채 나도 참지 못하고 그만 따라 웃어버렸습니다.

셋은 오랜만에, 과연 오랜만에 서로 서로 마주보며 하늘을 쳐다보고 땅을 내려다보며 세상이 망가져라 별이 부딪쳐라 한바탕 웃어댔습니다…

그리고 나서 각자 갈색에 녹색을 반주한 싱싱한 해삼을 손에 움켜쥐고 앞 사람이 악어에게 잡혀가도 모를 만큼 정신없이 뜯어먹었습니다.

23 ~<<<

시간은 손가락 사이로 빠지는 모래알처럼 잡을 수 없이 흘러갑니다.

허나 이곳에서 우리는 아직 세월을 잡아 두는 방법을 배우지 못했나봅니다. 시간은 흐르지도 않은 듯한데 어느덧 계절이 바뀌어 가뭄이 비를 목 비틀어 죽이고 구름을 지구의 저쪽으로 추방 보내 버렸습니다.

햇살은 억만 개의 바늘로 사정없이 모래 위에 내리 꽂혀 바다에 반사하는 그 빛은 마치 무수한 칼날이 번뜩이며 섬광으로 날아다니는 듯합니다. 도살장 같은 열기는 숨이 막힐 듯 옥죄어오고, 구름 한 점 없이 활짝 갠 하늘은 불의 소나기를 연속 퍼붓고 있습니다.

우선 마실 물이 떨어져 생존에 큰 문제가 되었습니다. 비가 내리지 않으니 담수를 비축할 수가 없고, 공기처럼 흔한 바닷물은 더욱 마실 수가 없는 것입니다. 당연 무인도에서 바닷물을 마신다는 것은 죽음의 지름길이라고 모두 알고 있기 때문입니다. 그러니 이제 손바닥 크기의 이 작은 땅덩이에서 만약 담수를 찾아내지 못한다면 머지않아 우리는 가을 논밭에 말라비틀어진 메기 꼴이 되고 말 것입니다.

이른 아침 잎새에 내린 가련한 이슬로 겨우 입술을 적셔 연명하며 담수원(淡水源)을 찾아 헤맨 지도 벌써 며칠 째인지 모릅니다. 하지만 아무도 찾을 수 없는 답인지 아니면 원래부터 존재하지 않는 답인지 결과는 시종 하나---제로인 것입니다. 날에 날마다 우리는 햇볕에 쪼이고 바람에 시달려 마치 꼬챙이에 꿰어 달린 붕어처럼 초들초들 말라가는데, 그러기를 바라는 양 저쪽 바닷물 위에 변함없이 둥둥 떠 있는 검은 악어는 드팀없이 잘 먹고 잘 부풀어 각일각 공포의 비늘만 더해가고 있습니다.

게다가 에이상은 어제 절벽을 내려오다가 발목을 삐어 천막 안에 박혀버리고, 오늘은 내가 태호씨를 따라 담수 찾기에 나섰습니다. 이제 우리는 바닷가를 따라가며 마지막으로 이 잡듯 빠짐없이 뒤져볼 예정입니다. 흐르는 물이든 고여 있는 물이든 지금 우리에겐 오직 담수이기만 하면 맹수의 발자국에 고인 물이라도 생명수가 될 것입니다.

아침부터 태양은 기어가는 개미 한 마리 놓치지 않을 기세로 빈틈없이 내리 쪼고 있습니다. 백사장에 덮인 모래알들이 내뿜는 열기로 피부가 익어가듯 따가운데다 늘 푸른빛을 자랑하던 바다마저 햇빛에 반사되어 무쇠 빛으로 번뜩이며 건조실 공기같이 후텁지근한 바람만 잔뜩 낳으니 그야말로 숨쉬기조차 어려운 상황입니다.

그래도 우리는 앞으로 나아가야 했습니다. 중간 위치의 숲속은 이미 모두 뒤져보았기에 이제 남은 곳은 변두리일 뿐입니다. 이제 우리의 삶과 죽음은 오늘의 이 미스터리 운에 달려 있다고 해도 과언이 아닙니다. 허나 사물들은 결코 인간의 생사 따위에는 관심이 없는 듯합니다. 실낱같은 요행을 바라고 떠나 칼날 같은 빛을 역행하며 하루 종일 돌아다녔는데 결국 요행이란 누구의 것도 아닌가봅니다. 드디어 우리는 죽음 같은 절망에 빠져 사지를 뻗고 풀숲에 큰 대자로 누워 버렸습니다. 그렇게도 도처에 흔하던 물-담수가 이렇게 귀한 보배로 되어 인간의 생사를 좌우할 줄이야.

저물어가는 해에 비껴 길게 그림자를 드리고 있는 나무들 사이에는 불안한 분위기가 마치 상처받은 박쥐의 퍼덕임처럼 대기 속에 녹아있습니다. 그리고 그 불안감은 삭막한 명징으로 술렁이며 살아있는 우리의 가슴에 죽음의 그림자로 스며듭니다. 하룻날이 흘러가도 하늘에서 퍼붓는 불의 잿가루에 덮여 늘어나는 것은 내부에서 일어나는 버림받은 느낌과 전신을 태워버릴 듯한 갈증뿐입니다.

"아아, 바닷물이라도 실컷 마시다 죽었으면…"

말은 이렇게 했으나 아직 죽음을 생각하기에는 우리의 육체 속을 채우고 있는 젊음이 너무나 생생합니다.

"바닷물 100그램을 마시면 150그램 이상을 배출해야 된다는 걸 모르시나."

"……"

눈물이라도 펑펑 쏟고 싶었으나 지금은 눈물을 이루는 수분마저 몸 속에 존재하지 않습니다. 세상이 금이 갈만큼 한숨만 크게 내쉬고 두 팔을 뻗치는데 문득 섬뜩한 느낌이 전해와 고개를 돌려보니 저쪽에서 잿빛무늬의 커다란 구렁이 한 마리가 얼룩열차처럼 기어가는 게 아니겠습니까? 내가 막 소리 지르려는 찰나 태호씨의 커다란 손이 내 입을 꾹 막아왔습니다.

"쉿---! 꼼짝 말아요!"

우리는 호흡마저 정지한 채 굳어진 조각인양 그대로 까딱 않고 누워 있었습니다. 기다란 열차가 죽어있는 공동묘지를 통과하듯 잿빛무늬 큰 구렁이는 우리의 옆을 서서히 기어지나 앞으로 나아갔습니다. 그 마지막 꼬리가 숲속으로 막 사라져갈 무렵, 우리는 막혔던 숨을 겨우 토해낼 수 있었고, 그 순간 태호씨가 반짝하듯 몸을 일으키며 말합니다.

"저놈을 따라가 봅시다. 물이 있을지도 몰라요."

그 말에 나는 마치 죽은 벌레가 되살아나듯 몸을 벌떡 일으켰습니다. 그런 다음 태호씨를 따라 구렁이 뒤를 부지런히 쫓아가며 입속으로 빌고 또 빌었습니다.

"제발 우리에게 물을 주시오! 담수를 주시오!---"

구렁이가 기어가는 속도는 지쳐버린 인간의 다리로 좇아가기에는 무척 부치는 일이었으나 생명의 기로에 이른 우리로서는 설령 바로 저 앞에 마른번개가 떨어진다 해도 모체의 탯줄을 물고 늘어진 태아처럼 혼신을 다해 구렁이의 꼬리를 붙잡고 늘어지는 수밖에 없었습니다. 달리고 뒹굴고 잡아끌고 가쁜 숨을 톺아 삼키며, 간신히 구렁이를 따라 숲의 깊숙한 곳까지 갔을 때. 갑자기 구렁이가 사라졌습니다. 방향을 잃어버린 우리는 금시 미궁에 갇힌 새가 되어 갈팡질팡 어찌할 바를 모르는 꼴이 되었습니다.

"그 놈이 감쪽같이 우릴 따돌렸군."

"…혹 매복 같은 게 있는 건 아닐까요?"

"글쎄, 놈이 지금…"

"쉿---!" 내가 동정을 듣고 소리쳤습니다. "저쪽이에요. 소리가 나요."

태호씨도 느꼈는지 내가 가리키는 쪽을 잠시 노려보더니 바로 몸을 움직여 그리로 육박해 갑니다. 그런데 다음 순간, 내가 미처 말릴 새도 없이 썩 앞으로 나가던 태호씨의 몸이 툴렁! 하고 어딘가에 사정없이 빠져드는 것입니다. 앗! 외마디 소리를 지르며 내가 급히 손을 내밀었으나 이미 빠져버린 뒤입니다. 다행히도 허리까지만 빠져서 허공에서 마구 허우적거리던 두 손이 갑자기 손가락을 쫙 펴고 놀란 듯 발밑을 굽어보다가 그만 별똥에 놀란 부엉이 눈이 되어 와락 소리치는 것입니다.

"아…물이오…물---!" 이어 엎어지듯 몸을 굽혀 손으로 물을 텀벙 떠서 맛을 보고는 미친 듯이 두 팔을 내흔들며 환호하는 것입니다.

"담수다! 와, 찾았다--, 담수---! 마실 물-----!"

광희(狂喜)는 빛의 속도로 나에게 전염되어 왔습니다. 먹이를 덮치는 치타인양 나도 번개같이 몸을 날려 풍덩 물에 뛰어들어서는 두 손으로 담수를 한껏 움켜쥐고 꿀꺽꿀꺽 들이켰습니다. 아아, 세상에 이렇게도 감미로운 물이 또 어디 있단 말입니까? 너무 좋아서 너무 격동되어서 죽을 수도 있다는 말의 참뜻을 알 것 같습니다. 저도 몰래 두 팔이 하늘로 쳐들어지고 미친 듯한 환호가 목이 터져라 튀어나갔습니다.

"물---! 물이다-----! 물---! 무---울----!…"

오랜만에 아주 오랜만에 우리는 심신의 피로도 깡그리 잊고 기가 발하는 대로 호르몬이 흐르는 대로 미치고 들떠서 열광을 불태우기 시작했습니다…

노루를 삼킨 구렁이처럼 배가 극도로 불룩해져 더는 움직이기 힘들 때까지 잔뜩 물을 퍼 마시고 난 뒤, 우리는 마치 방해 없이 식사를 잘 마친 야수인양 자기만족에 취해 풀숲에 아무렇게나 드러누워 눈을 지그시 감고 지는 해를 감상했습니다. 서쪽 하늘에 깔린 와인빛 잔광에 우리의 하루가 흥분으로 마무리되고 바다는 장막을 바꾸어 파도와 바람의 잿빛 이인창을 시작합니다…

그런데 뒷맛을 자세히 음미해보니 이 물줄기는 완전한 담수가 아닙니다. 원 줄기는 지하 담수가 틀림없겠으나 흐르면서 어디선가 바닷물이 스며들어 짠맛을 조금 동반한 담염수(淡盐水)로 국을 끓이기는 안성맞춤이나 마시는 물로는 알아서 사용해야만 했습니다. 또한 이 물줄

기는 아주 좁은 폭으로 단단하게 지층(地層)처럼 얽힌 풀뿌리 층의 밑
으로 흐르는 까닭에 쉽게 발견할 수 없었던 것입니다. 그래도 지금의
우리에게는 이렇게라도 무난히 마실 수 있는 물줄기가 발견된 것은 생
명을 연장할 수 있는 최저한도의 빛줄기를 움켜쥔 흥분이 아닐 수 없
었습니다.

오, 하느님, 감사합니다! 감사합니다!!…

그날 밤 우리 세 사람은 죽음이 비실비실 뒷걸음치는 소리를 들으며
오래오래 밤하늘의 뭇별들을 세고 또 세었습니다.

24 ⟿

비행기가 아득한 상공을 날아가고 있습니다. 계절을 맞이한 기러기
떼처럼 열을 지어 날아가고 있으나 굽어보아도 한낮 작은 화분 가운데
를 기어 다니는 개미에 불과한 우리에게는 전혀 관심이 없는 듯합니
다. 더욱이 그들은 지금 눈에 쌍불을 켜고 누군가를 죽이러 가거나 누
군가에게 죽으러 가는 길인지도 모를 전투기인 까닭일 것입니다. 전쟁
이란 어찌 보면 피가 터지거나 피를 터지우며 상대가 죽을 때까지 항
복할 때까지 목숨 걸고 싸우는 동물 수컷들의 겨룸과 비슷하지 않을까
요? 백열화에 이른 이 싸움에 세상은 마치 통째로 죽어버린 듯, 이토
록 긴 시일동안 생계를 지탱하는 어민들의 고깃배도 물건을 나르는 각
종 화물선도 심지어 바다를 누비며 노략질을 일삼는 해적선조차 감감
종적을 감추고 나타나지 않습니다. 하여 우리의 가슴속에 희미하게나

마 남아있던 희망의 불꽃은 저 윙윙거리며 날아가는 전투기의 꼬리에 더불어 아득히 사라져버리고, 대신 밑창 없는 공포와 괴로움이 가슴에 도사리고 앉아 무시로 바람에 찢긴 깃발인양 애처롭게 펄럭이고 있습니다.

아침이 되면 어제의 황혼녘에 울어주던 갈매기도 내 곁을 떠나지 않았을까, 희망이 날아가듯 아득히 먼 하늘 끝으로 날아가 버린 건 아닐까, 심지어 그렇게 두려운 공포덩어리로 보이던 저 악어의 머리마저 멀리서라도 바라보이지 않으면 이상하게 가슴속에서 부글부글 괴어오르는 무엇이 있는 것입니다.

미래도 과거도 희망도 꿈도 없는 정지된 시간 속에서 보람 없는 세월은 강판위의 썰매처럼 미끄러져 나가고, 밝아오는 다음날도 분위기는 아무런 색도, 냄새도, 온도도 바뀜 없이 한낮 그전 날의 복제품에 지나지 않습니다.

이렇게 날이 갈수록 사랑의 정열도 삶의 욕망도 가슴에서 소리 없이 스러져가고 있을 때, 갑자기, 너무나도 갑자기 운명이 우리에게 소스라치도록 놀라운, 그러나 흐느끼도록 아름다운 농지거리 같은, 무한이 두텁고 황홀하기까지 한 극치의 선물을 내려주었습니다.

그날 아침 나는 기상하지 않고 천막 안에 누운 대로 있었습니다. 밖에서 두 남자가 모닥불을 피워놓고 두런거리며 생선 굽는 소리가 들려왔으나 어쩐지 머리가 어지럽고 몸이 지층에 달라붙은 듯 잘 움직여지지 않습니다. 눈만 감으면 무참히 찢어진 희망의 누더기들이 망막 속에서 너덜거리고, 눈을 뜨면 찬란한 빛의 세계에서도 수천 마리의 까마귀들이 생명을 쪼아 먹으러 날아드는 환영이 보이기도 합니다. 하긴 요즘 들어 나는 자신의 몸이 마치 물이 새는 수영장처럼 아무도 몰래 소모되어가고 있음을 느끼고 있었으나 모두가 고역 같은 나날을 보내는 이 환경에서 그들의 마음에 어두운 그림자를 던지고 싶지 않았습니다.

"유정씨, 어서 나오세요. 맛있는 생선이 구워졌어요. 엄청 맛있게요!"

태호씨의 다정한 부름소리가 들려왔으나 나는 몸을 일으키기가 주춧돌처럼 무겁고 힘든 느낌이어서 선뜻 일어설 엄두가 나지 않았습니다. 그러자 어느새 문어귀에 나타난 에이상이 서툰 중국말로 물어오는 것입니다.

"왜요? 어디 아프세요?"

"…아니, 그냥 조금 피곤해서…" 말하며 나는 천근이나 되는 듯한 몸을 힘들게 일으켜 세우고 손으로 얼굴을 썩썩 문지른 다음 에이상의 뒤를 따라 밖으로 나갔습니다.

막을 나서자 저쪽의 모닥불 옆에서 태호씨가 밤색에 갈색을 살짝 겸하도록 잘 구워진 향긋하고 껍질을 바르면 바로 속살이 발랑 뒤집힐 듯한 생선구이를 들고 나를 바라보며 유혹하듯 손짓하는 것입니다.

헌데 그걸 보는 순간 나는 왠지 저도 모르게 반사적인 동작처럼 손으로 코를 꾹 막게 되는 걸 어쩔 수 없었습니다. 그게 미안해서 다음 순간 얼른 손을 떼고 애써 별일 아니라는 듯 예전과 다름없이 방긋 미소 지으며 태호씨의 옆에 가 털썩 앉았습니다. 하지만 어느새 창백해진 내 얼굴색을 보아낸 태호씨가 아프게 미간을 찌푸리며 혀를 끌끌 차는 것입니다.

"얼굴이 그게 뭐에요? 좀 많이 먹고 기운 부쩍 차립시다."

그는 안아주듯 내 쪽으로 몸을 기울이고 정성스레 생선의 껍질을 벗겨 속살을 꺼내어 내 입 가까이 내밀어줍니다.

순간, 생선을 받아 들기도 전에 그만 뱃속에서 용암이 올려 밀듯 엄청난 것이 치솟는 느낌에 우욱 하고 두 손으로 입을 감싸 쥐고 엎어질 듯 저쪽으로 달려가 왝왝 토하기 시작했습니다.

태호씨가 달려와 부드럽게 손으로 잔등을 두드려줍니다.

"먹은 것도 없는데 뭘 토한다구 그래요…"

깜짝 놀란 에이상도 올빼미 눈이 되어 내 앞에 다가와 걱정스레 묻습니다.

"위가 아파요? 그럼 마시는 물에 문제 있는 거 아냐? 이거 큰 일 났는데…"

말하면서도 손에 구운 생선을 그대로 들고 서있는 것입니다. 생선의 비린내가 직행해오자 내 구역질은 한결 더 심해졌습니다. 전에는 그토록 향기롭고 맛있던 생선 구이가 왜 갑자기 10년 썩은 돼지우리 속의 구더기처럼 이렇게도 역겹고 싫게 느껴지는지 스스로도 자신의 위장을 이해할 수가 없습니다.

이때 태호씨가 알아채고 급히 에이상을 향해 손을 내저으며 소리칩니다.

"저리 가. 비린내 피지 말고. 이제 맥을 짚어보면 알 거 아냐."

태호씨의 묵직한 목소리에 내 마음도 조금 가라앉는 듯싶습니다. 결국 나는 먹은 음식물을 토해낸 것이 아니라 헛구역질로 애매한 위액과 타액만 뱉어내고 그 자리에 털썩 주저앉아 버렸습니다.

태호씨가 내 맞은편에 책상다리를 하고 앉아 내 팔목을 끌어서 자기 무릎위에 올려놓고 맥을 짚기 시작합니다.

에이상도 옆에 와서 걱정스런 눈빛으로 마른 침만 꼴딱꼴딱 삼키며 애타게 지켜봅니다.

침묵의 아침 바다는 새소리로 잔물결을 이루고 있습니다. 하늘을 도막내듯 날아가던 가마우지들이 바닷가 얕은 물속을 지나가는 물고기 떼를 보았는지 둔탁한 소리를 지르며 돌멩이처럼 물속으로 내리꽂힙니다. 멀리 수평선 위에 백묵처럼 하얗게 떠있는 바다 섬들이 전설속의 풍경처럼 안개 속에서 흐늘거립니다.

내 팔을 바꿔가며 맥을 짚어보던 태호씨가 별안간 가로등처럼 눈을 커다랗게 뜨고 내게 질문을 해옵니다.

"마지막 달거리가 언제였어요?"

나는 놀라서 눈을 더 휘둥그렇게 뜨고 되물었습니다.

"그… 그, 건 왜요?"

"어서 대답하시오. 언제였냐구?"

"아…그거…"하고 나는 그만 남의 굴에 잘못 들어간 새끼돼지처럼 얼떨떨해 있었습니다. 이곳에서는 날짜를 헤아릴 수도 해와 달이 바뀌는 차수도 정확히 기억할 수가 없으니 도대체 며칠이 지났는지 몇 주가 지났는지 몇 달이 지났는지를 무엇으로 어떻게 안다는 말입니까? 그런데 자세히 생각해보니 이곳에 온 뒤 달거리를 치른 기억이 전혀 없는 듯합니다. 그래서 저도 모르게 고개를 가로저었더니 바로 이 순간, 갑자기 거대한 용수철이 튕기듯 태호씨가 그 큰 몸을 벌떡 일으켜 세우는 바람에 하마터면 내 이마가 부딪혀 박살날 뻔 했습니다. 헌데 보다 더 놀라운 것은 태호씨의 입에서 튀어나온 우레 같은 단어입니다. 그것은 메아리란 있을 수 없는 이 광막한 해변에서도 거대한 메아리같이 울려 퍼지는 것입니다.

"…아기가 있어요, 아기! …우리 아깁니다!…"

"……???"

순간 내 머리가 깜박 닫혀버렸습니다. 일순 뭐가 뭔지 도무지 알 수가 없고 온갖 소리들이 윙윙 날아다니며 서로 합성을 이루어 꽹과리 치듯 내 고막을 때려옵니다.

아아, 뭐가…무엇이…어찌되었다고? 내, 내가…아기를 가졌다니…???... 이게… 어떻게…

헌데 눈앞에 보이는 이 한 쌍의 커다란 눈동자에는 거짓이나 농담 따위는 티끌만큼도 포함되어 있지 않습니다. 오히려 지나치게 투명한 진실을 두텁게 깔고 빨아들이듯 투영해오는 그 항거할 수 없는 빛에 나는 벌써부터 몸이 떨려오는 느낌입니다. 몸속에서 순서를 잃은 눈물과 웃음이 동시에 마구 휘저으며 사품치기 시작합니다. 나는 울고 싶었는데 결국 터져 나온 것은 웃음입니다. 아니, 웃음이 아니라 웃음을 업은 눈물의 강이었습니다.

태호씨가 소중한 인형을 그러안듯 나를 덥석 그러안았습니다. 그리고는 떨리는 손으로 내 배를 만지작거리며 꿈속에서 헛소리하듯 중얼거립니다.

"…이게 꿈이 아니란 말이지 …당신과 내가 아기를 만들었다구 …내 핏줄이 당신 배속에 들어있다구…그래서, 머지않아 난 아빠가 된다구… 허 참, 이런 일이…이런 일이……"

격동된 그의 얼굴에서 촉루같이 진한 눈물이 볼을 타고 줄줄 흘러내려 내 눈물과 합세해 창창한 아침햇살을 적시고 있습니다. 끼루룩! 뜨겁고도 차가운 기류 속에서 한 쌍의 잘생긴 갈매기가 유유자적 미끄러지듯 상공을 날아예며 노래를 부릅니다.

눈물과 눈물이 나누는 파아란 침묵 속에서 몇 초간 우리는 지구를 만끽한 아니, 우주를 만끽한 충족감에 사로잡혀 맑고 빨간 피만이 심장에 모여들어 고동치고 있음을 느꼈습니다. 이 순간만은 대뇌에 피가 흐르지 않습니다. 소뇌에도 피가 흐르지 않습니다. 여기가 어디인지, 살아서 이 무인도를 빠져나갈 가망은 있는지, 정녕 태아를 공급할 먹이는 있는지, 이런 곳에서 무사히 아기를 낳아 건강하게 키울 수는 있는지 등등 아무 것도 아무 것도 생각하지 않은 채 우리는 오로지 잿더미위에 알을 깐 개구리처럼 심장의 팔딱거림만 느끼고 있을 뿐입니다.

바로 이때, 돌연 말 잔등에 떨어지는 성난 채찍 같은 손이 벼락 치듯 날아와 내 배를 만지는 태호씨의 손을 탁 쳐버리고 주먹으로 그의 가슴을 사정없이 들이박아 뒤로 넘어뜨립니다. 이어 자기 암탉을 건드린 나그네 수탉에게 복수하는 종자 수탉인양 얼굴에 도깨비 인상을 잔뜩 쓰고 두 주먹을 터져라 부르쥐고 섰는 에이상의 입에서 창자의 기생충이 목구멍으로 올라오는 듯한 고함소리가 터져 나왔습니다.

"누구 아기라구? 다시 한 번 말해봐, 이 뻔뻔한 놈아! 네가 감히 내 핏줄을 탐내? 네 따위가? 쵸센징 따위가?" 그리고는 그 뭉툭하고 튼튼한 다리로 바닥에 넘어진 태호씨를 향해 삶은 고구마 짓뭉개 버리겠다는 기세로 무섭게 달려듭니다.

순간 누운 채로 몸을 휙 뒹굴어 에이상의 발길질을 피한 태호씨가 빛의 속도로 후닥닥 튀어 일어섭니다. 급기야 눈에서 산불이 활활 타오르고 수억의 세포가 주먹으로 사지로 진군합니다. 심장에서 심장으로 곧추 일어서는 맹수의 갈기, 또다시, 또다시 수컷들의 대전이 시작되었습니다. 한동안 잠잠해있던 그들의 싸움은 어쩌면 이 시각의 폭발을 위해 지하에서 오랫동안 부글거리던 거대한 용암이었는지도 모릅니다.

"뭐야? 또 싸우는 거에요? 짐승들처럼 또 싸워요?!..."

내가 벌떡 일어서며 고래고래 소리쳤으나 전쟁은 이미 포고도 없이 개시된 뒤입니다. 성난 두 마리 수사자는 서로가 상대를 철저히 굴복시키기 위해 목숨까지 불사를 작정 같습니다. 아니, 아예 깨끗이 적수를 죽이고 나도 죽어버리겠다는 결사대의 최후 판가름으로 보이기도 합니다. 그 기세에 놀라 내가 발을 동동 구르며 무슨 말인가를 죽기내기로 지껄였으나 그들의 귀는 이미 듣기 기능을 잃어버리기라도 한듯 티끌만한 반응도 없습니다.

치고 박고 쓰러지고 다시 일어서고, 또다시 치고 박고 쓰러지고 또다시 일어서고… 이제 두 얼굴 모두 피투성이가 되었습니다. 에이상은 코피를 줄줄 쏟고 있고, 태호씨는 입귀가 터져 짓밟힌 장미꽃 모양 온통 벌겋게 번져 있습니다. 허나 아무도 결코 물러설 생각은 먼지알 만큼도 없는 듯합니다. 정녕 남자에게 있어 핏줄이란 이토록 대단한 것일까요 목숨을 걸만큼? 만약 오늘날처럼 가벼운 머리카락 하나로 핏줄을 판단해내는 과학이 당시에 있었더라면(그 무인도에서는 검사가 불가능하다 할지라도) 그것으로 길길이 날뛰는 두 남자를 제지시킬 수 있었으련만.

그런데 이 시각, 격투하는 자들보다 더 견딜 수 없는 것은 나입니다. 심장이 와당와당 고동치며 목 언저리까지 튀어 올랐다가 갑자기 영하 백도에 이른 듯 짤깍 얼어붙어 꼼짝도 않습니다. 그럴 때면, 내 몸과 죽은 시체의 구별 점은 단 하나 내가 서 있다는 것뿐입니다. 머릿속에서 세포가 바르르 떨리며 무쇠 같은 절규가 혀끝까지 나왔다가도 결국 입술을 통과하지 못하고 다시 안으로 도망쳐버리는 걸 어쩔 수 없었습니다.

역사와 세기가 헤아릴 수 없이 거듭되어도 사건은 오로지 현재에서만 발생하며, 이 세상에 생명이 기수부지여도 나를 포함한 일들은 내 눈앞에서만 일어나는 것이니, 벌써 죽음의 그림자가 저만치에서 서성대며 끼어들 틈새를 노리고 있습니다… 너무 괴로워서 너무 숨이 막혀와서 나는 입을 커다랗게 벌리고 한껏 공기를 들이마셨으나 가슴으로 들어오는 공기에는 산소가 없는 듯합니다.

피투성이가 되어 싸우는 그들을 죽기보다 힘들게 바라보며 이렇게도 속수무책인 자신이 너무 미워 어쩔 바를 모르는데, 불현듯 터널같이 깜깜하던 머릿속에 놀랄 만큼 기발한 생각이 떠오르는 것입니다. 즉시 쏜살같이 달려가 모닥불 옆에 놓여있던 비수를 집어 들고 금시 찌를 듯 자신의 배를 겨누며 그들을 향해 소리쳤습니다.

"모두 여길 보시오. 날 보란 말이요. 지금 이 비수로 내 배를 가르고 아기를 꺼내 둘로 쪼갭시다. 한 사람이 한쪽씩 가지면 공평하잖아요? 그러면 싸울 이유가 없잖아요? 어때요? 지금 찔러요?"

순간, 사진이라도 찍은 듯 짤깍 멈췄습니다. 하늘도 땅도 숲도 모래 불도, 시시각각 기록 없는 페이지를 넘기며 끓임 없이 출렁이던 바다도… 모두 정지해버린 그림 속 풍경이 되었습니다. 그 순간, 그 찰나(刹那)를 설명하는 것은 영원(永遠)을 설명하는 것보다 훨씬 더 어렵고 복잡한 일입니다. 헌데 보다 더 놀라운 것은 이토록 참혹한 감각들의 당혹스러운 혼돈 속에서도 이상하게 내 심장의 그릇된 박동을 꿰뚫으며 스스로도 걷잡을 수 없는 자모들이 속사포인양 거침없이 터져나가는 것입니다.

"에이상! 태호씨!" 그들을 손가락질하며 나는 신들린 무당인양 말을 퍼부었습니다. "당신들은 도대체 뭘 위해 싸우는 거에요? 나라가 다르기 때문에? 그렇다면, 인간이 만들어낸 국경이 얼마나 부실한지 좀 보세요. 저 많은 구름들이 이 나라에서 저 나라로 마음대로 떠다니고 있잖아요. 수천 갈래 강물은 어느 나라의 허락도 없이 여기저기 흘러서 바다로 들어가요. 미세하기 짝이 없는 이 모래알들까지도 제멋대로 바람을 타고 국경을 씽씽 넘나들어요… 하물며 우리가, 지금 딛고 있는 땅이 어딘지도 모르고, 이 손바닥 크기 섬에서 내일 죽을지 모레 죽을지도 모르는 신세에 무엇 때문에 이토록 피터지게 싸우는 거에요?"

아무도 움직이지 않고 있습니다. 지구마저 자전을 멈춘 듯 그림자들이 위치를 옮기지 않고 있습니다. 밤 말은 쥐가 듣고 낮말은 새가 듣는다는데 이 시각만은 쥐도 새도 모두 죽어버렸는지 아무 소리도 들리지 않습니다.

"또한 혈통 때문이라면" 하고 나는 힘을 주어 말을 이었습니다. "더 미련하기 짝이 없어요. 생각해보세요. 우린 모두 인간으로 태어났어요. 206개의 뼈와 22개의 기관, 43갈래의 신경에 639개의 근육덩어리를 가진 동일한 인간이란 말이요. (생물 시간에 배워 넣은 숫자가 이

170

토록 또렷하게 살아있을 줄은) 혈통을 거슬러 봐도 그래 누구의 조상이 원숭이가 아니고 개나 돼지란 말입니까? 한데도 그 무슨 개떡 같은 핏줄을 가르겠다고 하나밖에 없는 목숨까지 내걸고 싸운단 말입니까?"

한낮의 뜨거운 태양빛에 숨이 찬 하늘이 헐떡거리고, 불타는 모래가 갈증의 자락을 서서히 펼쳐옵니다. 잠시 나는 내 몸속에 숨은 작은 폭포, 피 돌아가는 소리를 듣고 있다가 다시 입을 열어 숨을 기일게 들이쉬고 나서 입술에 힘을 모아 또박또박 내뱉기 시작했습니다.

"두 사람 모두 똑똑히 들으세요. 내 뱃속의 태아는 어느 누구의 핏줄도 아닙니다. 우리 세 사람이 함께 만든 하나의 생명일 뿐입니다. 그러니 절대 아무도 혼자 가질 망상은 하지 마세요. 만약 우리가 살아서 이곳을 빠져나가고 우리의 아기가 무사히 태어난다면 아기 이름은 다름아닌 '영태'일 거예요. 바로 에이상의 '영(英えい)' 자와 태호씨의 '태' 자를 합친 두 글자---'영태'!"

......

시간이 정지되었습니다. 우리는 함께 지구에서 뛰어내려 항성(恒星)으로 가고 있었습니다. 광석더미 같은 시커먼 우주에서 샛별같이 빛나는 "영원"을 주워 들고 다시 지구로 돌아오기 시작했습니다.

......

마침내 시간 밖의 시간이 끝나고, 출렁이는 파도소리가 냇물처럼 귓속 터널을 따라 흘러들기 시작합니다. 두 심장이 각자 영문 모를 그림으로 뛰면서 혀끝도 아니고 목청도 아닌 곳에서 내보내는 침묵의 함성에 귀를 기울이며 나는 그들의 싸구려상처를 처치하는데 반나절이나 보냈습니다.

　저녁의 붉은 노을 위로 밤이 내려앉을 때 우리는 묵묵히 잠자리에 들었습니다. 멀리 반딧불처럼 반짝이는 노란 별 하늘 아래, 초막 밖에 선 크고 작은 바람들이 가지런히 모여 자고, 초막 안에선 세 심장의 설렘이 서로 엇갈리며 꿈을 그리고 있었습니다.

25 ⤙⤙⤙

　비는 여전히 사라져버린 기러기 떼처럼 아무리 부르고 애원해도 돌아오지 않습니다. 이제 가뭄도 충분히 끝날 때가 된 듯싶은데 하늘은 날마다 얄밉도록 푸르기만 하니, 이건 우리의 시간일 뿐 자연의 시간은 아닌가봅니다. 대자연에게 있어서 혹여 우리 세 사람은 전혀 관심이 가지 않는 의붓자식인지도 모릅니다.

　에이상과 태호씨가 또다시 맞붙었습니다. 하지만 이번엔 싸우는 것이 아니라 죽도록 경쟁을 하는 것입니다. 어느 날부터인가 그들은 약속이라도 한 듯 사방으로 뛰어다니며 더 좋은 음식을 구해오느라 위험이 도사리고 있는지도 살피지 못합니다. 어느 한번 에이상은 특별하게 보이는 열매를 따러 나무 꼭대기에 기어올랐다가 하마터면 독사의 먹잇감이 될 뻔했습니다. 태호씨는 가능한 바다 깊이로 잠수하여 보다 영양가 높은 물고기를 잡아오느라 자칫 상어의 간식감이 될 뻔했습니다. 물론 이 모든 것은 죄다 태아와 임신부인 나를 위한 초 한도의 노력이 아닐 수 없습니다.

"아가야, 배고프지? 아빠가 맛있는 거 해줄게."

"요놈, 먹고 싶은 게 있음 말해. 아빠가 다 구해줄테니."

"아가야, 어쨌든 잘 먹고 탈 없이 잘 커야 한다."

"이놈, 아무리 힘들어도 엄마를 괴롭히진 말아, 지금 엄마가 아프니까 그냥 얌전히 있어."

"유정씨, 뭐든 필요하면 언제든지 말해요. 우리가 구해올 게요. 목숨이 붙어있는 한."

"씨앗이 땅속에서 태동하는 소리는 가장 추운 엄동에 시작된다고 합니다. 그러니 유정씨, 정신 부쩍 차리고 힘 좀 냅시다!"

……

입덧이 너무 심해 아무것도 먹지 못하고 자는 듯 죽은 듯 쓰러져 있다가도 그들의 이런 말소리가 들려오면 나는 마치 도망쳤던 영혼이 다시 돌아온 듯 두부같이 물렁해진 몸을 애써 추스르며 일어나곤 했습니다. 하지만 나는 결코 그들이 나와 내 뱃속의 태아를 위해 자신을 희생하거나 위험에 빠뜨리는 일을 하는 건 조금도 묵과할 수가 없었습니다. 그래서 매번 유사한 일이 생길 때마다 나는 무섭게 화를 내며 그들을 험하게 꾸짖고는 다시는 안 그러리라는 철석같은 다짐을 받아내고야 풀어주곤 했습니다. 차츰 그들은 슬며시 나를 속이고 몰래 빠져나가 저들끼리 모험을 저지르기 시작하는 것입니다.

강한 태양빛에 취한 세상이 실신한 듯 오수를 맞는 어느 날 오후였습니다. 반쯤 깨어 있는 낮잠에 빠져 있다가 문득 눈을 뜨고 보니 두 사람 모두 어디론가 사라지고 보이지 않습니다. 바다는 후덥지근한 바람을 몰고 와 모래톱에 파도를 훌뿌리며 우거진 관목들의 수군거림을 음울한 선율로 실어오고 있습니다.

"에이상------! 태호씨------!" 불러보았으나 아무런 대답이 없습니다. 망원경을 들고 해면을 두루 살펴보니 미지근한 바닷물이 게으른 듯 나직이 출렁이는 수면위에 역시 게으른 듯 이따금씩 날갯짓을 하는 바닷새 한 마리가 동그라미를 그리며 날고 있고, 고요한 주위에서는 가끔씩 사람을 비웃는 듯한 작은 새의 울음소리가 짹짹 들려올 뿐입니다.

망원경을 내리고 고개를 돌리는데 이상하게도 찜찜한 무엇이 형체 없는 돌처럼 가슴을 지지눌러오는 것입니다. 뭐지? 이 찜찜한 느낌은?… 문득 깨달았습니다. 바로 고목이 보이지 않는 것입니다. 수시로 물위에 둥둥 떠 있던 그 고목같이 거대한 악어가 어디로 갔는지 눈에 띄지 않습니다. 숨이 꺽 막혀오고 다리가 휘청 하는 순간, 불길한 적자색의 무수한 예감들이 마치 작열하는 분화구에서 뿜어나오 듯 사정없이 튀어나와 머릿속을 꽉 메워옵니다. 그러자 사지가 단 가마 속의 살아있는 게처럼 허둥거리다가 드디어는 커다란 몽둥이를 찾아 들고 무작정 막을 나서기에 이르렀습니다.

태양은 어느새 서쪽 하늘가에 나직이 걸려있고 바다는 황혼의 느긋한 미소를 지으며 파도를 일으키기 시작합니다. 헌데 내 귀에는 저 파도소리가 마치 죽음을 몰고 어슬렁거리며 다가오는 저승사자의 발걸음소리 같이 들리는 것입니다.

막을 나섰으나 도대체 어느 방향으로 가야 할지 몰라 광풍에 길 잃은 나그네 오소리 같이 이리저리 헤매다가 아무 결정도 내리지 못한 채 수풀 쪽으로 발걸음을 옮겼습니다. 바닷바람에 머리를 내맡긴 수풀들은 국적 없는 밀어로 수군거리고 게다가 이름 모를 벌레들이 드높은 아우성까지 합세하여 가뜩이나 산란한 내 머릿속을 닭장 속같이 헤집어 놓는 것입니다.

"에이상------! 태호씨------!" 힘주어 불렀으나 이상하게도 소리는 나갈 수 없는 기관에서만 맴돌다가 사라져버리곤 합니다. 이 맑은 날 황혼의 불길한 분위기가 어느새 내 소리기능을 모두 먹어치웠나 봅니다. 핏빛 저녁노을의 삭막한 찬란함 속에서 나는 정신을 도난당한 원숭이처럼 속절없이 숲속을 헤매고 다닙니다.

어느덧 담수물가에 이르렀습니다. 목에 불이라도 일어날 듯 갈증에 시달리던 나는 주위를 살필 겨를도 없이 털썩 무릎을 꿇고 앉아 두 손을 길게 뻗어 담수를 가득 떠서 단숨에 꿀꺽꿀꺽 들이켰습니다. 또다시 넘쳐나게 떠서 꿀꺽꿀꺽 들이켰습니다. 아, 이제야 숨이 확 트이며 정신이 기지개를 켜고 오그라들었던 허리가 쭉 펴지는 듯. 오랜만에 눈을 크게 뜨고 정력을 북돋우어 사위를 둘러보며 판단을 정리했습니다. 만약 그들이 여기까지 오지 않았다면 필경은 바다로 나갔을 터인데 왜 아까는 망원경으로 아무리 살펴봐도 나타나지 않았던 것일까? 역시 보이지 않던 그 무서운 악어에게… 머리칼이 쭈삣 일어서고 두려움에 몸이 덜덜 떨리는데, 아앗, 발밑으로부터 나를 칭칭 휘감는 놈이 있습니다. 후닥닥 놀라 발을 빼려 했을 때는 이미 늦은 뒤였습니다. 내 두 다리는 벌써 거대한 힘에 공제되어 옴짝달싹 못하게 되었고 나는 그 무서운 힘에서 빠져나오려고 버둥질치다가 몸을 가누지 못해 그만 땅에 풀썩 쓰러지고 말았습니다. 그러자 이 흉측한 큰 구렁이는 더 바짝 조이면서 노루를 잡아먹던 기세로 내 엉덩이를 지나 허리로 올라가며 볏단 조이듯 단단히 조여 감는 것입니다. 어쩌면 내 심장이 있는 자리를 너무 잘 알고 있는 듯 자기 몸뚱이 길이를 남겼다가 내 가슴을 죽어라 조여 심장을 멈추게 하고 머리부터 서서히 음미하며 삼켜버릴 예정입니다. 어쩌면 이놈은 내 뱃속에 태아가 들어있는 기미를 알아채고 더 죽을둥살둥 나를 먹고 싶었는지 모릅니다. 그래서 벌써 전부터 스토커인양 나를 미행하며 노리고 있었는지도.

거대한 하마의 입에 머리를 들이민 여인처럼 나는 혼비백산하여 버둥거림을 빼고는 아무것도 할 수 없는데다 더 무서운 것은 여전히 입에서 소리가 나가주지 않는 것입니다. 죽음이 닥쳐오는 이 최후의 순간 도살장에 잡혀가는 돼지처럼 소리라도 한껏 지를 수 있다면 이렇게까지 공포스럽진 않을 수도 있으련만, 이토록 터질 듯한 침묵을 간직한 채 죽음에 몸을 맡기고 유령과 같이 최후를 숨 쉬어야 하는 그 무게가 너무 끔찍하여 도저히 감당할 수가 없습니다. 그런데도 아름다운 저녁노을은 사방에서 미칠 듯 황홀하게 타오르고 있습니다. 하늘이 진홍색으로 물들고, 바람에 살랑살랑 흔들리는 나뭇잎들은 금덩이처럼 빛을 뿌립니다. 멀리 해면의 파도는 불이 붙은 수백 마리 용체(龙体)인양 다투어 구불거리고 있습니다.

사람은 태어나자부터 끊임없이 죽음을 향해 가며 그 길에서 죽음과 만나고 스치고 싸우면서 운명을 만드는 거라고 합니다. 하지만, 아직 앳되고 생생한 보랏빛 피가 흐르는 이 여린 몸에 저 무서운 검은 죽음이 깃들기는 지나치게 억울하고 한스러운 일이 아니겠습니까? 더욱이 아직 세상에 태어나지도 못한 내 아기, 아니, 이 천하에 둘도 없는 세 사람이 함께 만든 기이한 생명---영태가 이 세상의 빛 한 가닥도 보지 못한 채 내 뱃속에서 사라질 것이라는 그 기막힌 슬픔에 여태껏 느끼던 공포와 고통은 간데없이 자취를 감추고 9차승으로 불어나는 분노와 구토감 만이 가슴을 메워올 뿐입니다. 나는 두 손으로 하나뿐인 심장을 꽉 움켜쥐었습니다. 그러자 통나무 같은 구렁이의 유력한 몸뚱이가 내 가슴을 더욱 억세게 감아오는 것입니다.

문득 내 배가 철렁 움직이는 듯했습니다. 다음 연거푸 두 번이나 배 안에서 유력한 발로 차는 듯 강한 울림이 전해왔습니다. 놀랍게도 바로 이 순간, 뱃속에서 내 아기가 발길질을 시작한 것입니다. 헌데 더 놀라운 것은 그 발길질에 힘을 입었는지 죽어 있던 내 목소리가 드세게 되살아난 것입니다. 나는 입을 한껏 벌리고 젖 먹던 힘까지 다해 "아─────" 고함을 질렀습니다. 다시 공기를 들이마시고 힘을 모아 더 크게 소리쳤습니다. 안타깝게도 세 번째 소리는 혀끝을 나갔으나 입술의 자기마당마저 벗어나지 못하고 사라져버렸습니다. 한 것은 구렁이가 내 목을 칭칭 감아 자루 아가리 졸라매 듯 단단히 조여 버린 까닭입니다.

이제 결과를 아는 자는 오로지 시간뿐입니다. 곧 바람이 떨어지고, 해가 떨어지고, 내 목숨은 순간과 함께 끊어질 것입니다. 그럼에도 하늘은 지나치게 찬란한 대로입니다. 노을의 가운을 걸치고 자애로운 신부가 강단에 서서 미소하듯… 아아, 이제 깜깜해옵니다. 깜깜합니다… 깜깜……

여긴 천당입니다. 아니 지옥일지도 모릅니다. 그냥 깜깜한 공기 속에 그을림 비슷한 냄새가 섞여 있고, 짙은 밤은 반딧불 같이 반짝이는 별들에게 끝없이 검은 바다를 펼쳐주고 있습니다. 아마 천당이나 지옥에도 밤과 바다와 별은 똑같이 존재하나 봅니다. 그렇다면 낮은? 낮이 되면 마찬가지로 밝은 빛이 환하게 비쳐올까요? 이곳에도 눈부신 태양은 존재하는 걸까요? 천당은 몰라도 지옥은 그렇지 않을 거란 생각이 들었습니다. 아무튼 기다려 보기로 하고 나는 잠시 눈을 지그시 감고 있었습니다. 시냇물처럼 귀의 수로를 따라 흘러드는 이따금 나무가 흔들리는 듯한 저 아련한 소음은 어쩌면 바람소리가 아닌 밤의 한숨소리일지도.

다시 눈을 떴을 때 놀랍게도 저기 검은 하늘을 헤가르며 유달리 노오란 별똥이 어둠을 타고 거침없이 미끄러져 떨어지는 것이 보여 옵니다. 즉석반응으로 내 입에서 "아, 별똥!" 하는 소리가 새나갔습니다. 그러자 이런 일이---양쪽 옆에서 기적같이 동시에 기다란 무엇이 후닥닥 튀어 일어나며 동시에 내 이름을 부르는 것입니다.

"유정씨!"

"유정씨!"

아아, 나는 원래 죽어 있는 것이 아니었나 봅니다. 이곳은 여전히 이승이고, 발밑은 여전히 고래도 코끼리도 먹지 않는 그 무인도입니다. 내가 누워있는 곳은 여전히 게와 새우들이 기어 다니는 모래톱이고 내 양측에 누웠던 두 남자는 여전히 내 뱃속 태아의 공동 아기아빠--- 에이상과 태호씨인 것입니다. 살아있음이 확인되자 죽음에 발이 붙잡혀 도저히 빼낼 수 없었던 자신이 구경 어떻게 죽어지지 않고 여기까지 와서 이렇게 다시 소생했는지 비행접시에 대한 궁금증만큼이나 미스터리로 다가옵니다. 그래서 막 입을 열려는데 흥분한 에이상이 먼저 고백처럼 쏟아 붓습니다.

"저놈의 입에서 우리가 유정씨를 빼내 왔어요. 저 고약한 놈이 글쎄 유정씨의 머리를…"

"에이상!" 하고 태호씨가 엄숙하게 부릅니다. "아직 날이 밝지 않았네. 밝은 날 말해도 되지 않는가."

잘못된 시간에 잘못된 이야기를 해버린 듯 에이상은 얼른 입을 다물고 미안쩍게 머리를 긁적이다가 훌쩍 일어나 저쪽으로 가버립니다.

사고로 갱 속에 묻혀 죽어가다가 구사일생으로 살아남은 광부를 보듯 태호씨는 내 얼굴을 측은히 바라보다가 손을 뻗어 내 손목을 가볍게 들어 올리고 맥을 짚기 시작합니다.

새벽녘의 잿빛 하늘에 별 하나가 빠끔히 내려다봅니다. 그 별이 나를 보는 한 나도 하염없이 그 별을 쳐다봅니다. 그 밑으로는 가끔씩 묘한 빛을 내뿜는 밤바다가 나지막이 출렁이고 있습니다.

"기적이군." 하고 태호씨가 입을 열었습니다. "아까도 지금도 태아는 무사합니다. 우리 영태 고놈이 아마 천하 없는 인물인가 봅니다."

말하는 그의 얼굴에 벌써부터 아들을 향한 자랑스러움과 미래에 대한 희망이 모래에 스민 소낙비같이 배어 있습니다.

"무사히 태어만 난다면…" 하고 에이상이 야자껍데기에 마실 물을 떠 가지고 오며 끼어듭니다. "우리 영태는 세상에 둘도 없는 최고의 무사가 될 거야."

"무사만으론 안 되지. 미래는 칼로 싸우는 시대가 아니거든."

그 밤부터 우리는 세 사람이 아니라 네 사람이 되어 끝없이 바람에 날아가는 연처럼 미래를 동경하기 시작했습니다.

26 ～←←←

　그 이후로 나는 아주 천막 속에 갇혀버렸습니다. 태아의 두 아빠가 사자처럼 으르렁거리며 위협하듯 내게 금지령을 내린 것입니다. 절대로 혼자서 천막을 떠나서는 아니 된다, 부득이한 경우 천막을 나가더라도 반드시 누군가와 동행해야 하며 가령 어떤 위험이 닥치더라도 유정씨 만은 상관하지 말고 천막으로 뛰어 들어와 뱃속의 태아를 보호해야 한다, 최악의 경우 밖에서 두 남자가 죽는 한이 있더라도 영태 엄마로서 유정씨는 절대로 뛰쳐나가지 말고 잔인하더라도 천막 안에서 혀를 깨물며 버티어야 한다 등등 내용으로 모래에 각서를 쓰고 내게서 사인까지 받아냈습니다. 이 일을 하는 과정에 에이상과 태호씨는 엄청나게 서로 죽이 맞아 마치 내가 공동의 원수라도 되는 듯 몰래 모의하고 합심하여 기어코 이 성냥갑만큼 작고 갑갑한 천막 속에 나를 가두는데 성공했습니다. 그들의 말을 빈다면 하루라도 나를 가두어 놓지 않고서는 내 뱃속의 영태가 결코 무사할 수 없다는 것입니다. 이렇게 되어 나는 출입 권리부터 일을 할 권리, 먹지 않을 권리, 자지 않을 권리, 슬퍼할 권리, 화를 낼 권리, 심지어 죽을 권리까지 합쳐 모두 깨끗이 박탈당하고 말았습니다.

　이제 태아는 정식 영태라는 이름으로 불리게 되었고, 두 아빠는 시간만 나면 아기가 들어있는 밀실을 손으로 어루만지며 각기 자기 나라 언어로 태아와 대화를 나누는 것입니다. 대화라 해봤자 실은 일방적으로 혼자 하는 말이었으나 기이한 것은 뱃속의 태아가 마치 알아듣기라도 하듯 이따금 팔딱거리며 반응을 보이는 것입니다. 이럴 때면 우리는 폭풍 같은 행복에 휘말려 아름찬 만족과 위안이 배인 지고의 기쁨을 숨 쉬었습니다. 모두가 새로운 희망에 부풀어 올라 한마음 한 뜻으로 오로지 아기라는 이 미지의 환영 같은 존재를 위해 심신의 노고를 아끼지 않았습니다.

날은 끊임없이 직선으로 흘러가고 태양은 끊임없이 곡선으로 굴러가며 우리의 마음은 끊임없이 동그라미로 팽창되어 가고 있었습니다.

헌데 이상한 것은 그날 죽었던 내가 도대체 어떻게 살아 돌아왔는지 그 과정에 대해 말해주는 사람이 없는 것입니다. 먼저 화제를 꺼내지도 않거니와 일부러 내가 화제를 꺼내고 물음을 던져도 그 끔찍한 악몽을 다시 꾸고 싶냐 며 문고리도 쥐기 전에 문을 꽝 닫아버리는 것입니다. 첫 며칠은 그래도 내 놀란 심장을 달래주기 위한 것이겠지 라고 생각했는데 사흘이 지나고 닷새가 지나고 일주일이 넘어가도 그들은 여전히 나를 미궁에 처박아 놓은 채 돌아볼 염도 하지 않는 것입니다. 대신 두 남자는 매일 아침 사냥을 간다고 천막을 나가서는 오후가 되어서야 꼬챙이에 가지런하게 꿰어 익힌 살코기와 돌솥에 넘치게 끓인 뜨거운 고깃국을 들고 와서는 내가 전부 먹어 치울 때까지 꼼짝 않고 지키는 것입니다.

"이게 무슨 고기에요?" 내가 묻자

"에, 그건 토끼고기입니다."라고 에이상이 대답하는데 그 마침표가 이상하게도 탁구공처럼 속이 텅 비어있는 느낌입니다.

그래서 내가 "요렇게 작은 섬에도 토끼가 있나요?"하고 물음표같이 눈을 크게 뜨고 반문했더니 이번에는 태호씨가 느낌표 같이 짙은 눈썹을 우쩍 치켜세우며 대답해오는 것입니다.

"당연하죠. 땅이 있고 풀이 있는 곳에 토끼가 살지 말란 법 있을까."
그러다 얼른 말머리를 돌리는 것입니다. "암튼 우리 영태가 복이 많아
요. 그래서 먹거리가 막 저절로 생기는 겁니다." 말하면서 슬쩍 손을
내밀어 내 배를 슬슬 어루만집니다. "아가야, 토끼고기 많이 먹고 무럭
무럭 크거라."

토끼고기는 맛은 별로였으나 그래도 불에 구운 것이어서 쫑긋하게
씹는 재미가 좋았고 생선처럼 비린내가 풍기지 않아 무난하게 먹을 수
있었습니다. 그런데 그 말라붙은 젤리같이 찐득찐득한 고기국은 보기
만 해도 기절할 듯 느끼한데다가 먹어보니 세상에 이렇게 맛없는 고기
국도 있나 싶을 정도로 맛이 이상하여 벌레를 씹기보다 더 힘든 것입
니다. 하지만 바로 앞에 마주앉아 헤드라이트 같이 내 얼굴을 빤히 비
추며 일거일동을 감시하고 있는 저 두 쌍의 눈 때문에 울며 겨자 먹기
로 마시지 않으면 안 되었습니다. 매번 고깃국을 마신 다음에는 행여
토할까 싶어 입을 꽉 다물고 엄지와 식지로 코를 납작하게 닫아 쥐고
마치 깊은 바다에 잠수라도 하듯 한동안씩 호흡을 정지하곤 했습니다.
그렇게라도 이 국은 반드시 마셔야 한다고 왜냐면 우리 영태에게 꼭
필요한 것이니 어떤 한이 있더라도 마시고 소화시키는 것이 엄마 된
도리라고 저 퉁방울 같은 네 눈이 목을 조이듯 다져오기 때문입니다.

그런데 날이 가면서 차츰 이상한 생각이 갈마드는 걸 어쩔 수 없었
습니다. 그 놈의 토끼국은 왜 먹을수록 줄어드는 것이 아니라 도리어
많아만 지는 건지? 새로 잡았다 손치더라도 요렇게 손바닥 크기의 무
인도에 웬 놈의 토끼가 그리도 많은지? 또한 두 남자는 왜 똑 같은 시
간에 반드시 같이 나갔다가 같이 돌아오는 건지? 더욱이, 그날 내가

겪었던 생사의 사건에 한해서는 왜 일언반구도 못하게 하는 건지 등 등… 너무 궁금하고 알고 싶어서 더는 견딜 수가 없었습니다. 하지만 내가 아무리 따지고 물어도 이들이 바로 대주지 않을 것은 불 보듯 뻔한 일, 하여 미칠 듯이 알고 싶은 이 궁금증은 나 스스로 푸는 수밖에 없다고 결단을 내렸습니다.

그날 아침은 운이 좋게도 회색 안개가 얄브스름하게 피어올라 대지가 흐르는지 빛이 흐르는지 아늘아늘한 가운데 시각과 감각들이 스스로 익사되는 시간이었습니다. 고맙게도 자연이 내게 더도 아니고 덜도 아닌 마침맞은 기회를 마련해준 것입니다.

그들이 떠나는 시간이 되자 나는 일부러 천막 안에 누워 자고 있는 듯 쌕쌕 깊은 숨을 연출하고 있었습니다. 에이상이 천막 안을 들여다보며 "또 자고 있군." 하고 중얼거리더니 두 사람은 서둘러 물통이며 돌솥, 망원경, 비수 등 필요한 도구들을 챙겨 가지고 천막을 나서는 것입니다.

온몸이 귀가 되어 멀어져가는 그들의 발자국소리를 듣고 있다가 나는 후닥닥 일어나 어제 몰래 갖춰 두었던 잎이 무성한 나무 한포기를 들고 그들의 뒤를 따르기 시작했습니다. 과연 내 추측과 같이 그들은 바다 쪽이 아닌 숲속으로 들어가는 것입니다. 얼마간 간격을 두고 나도 따라 숲속으로 들어갔습니다.

크고 작은 무수한 잎사귀들이 수수께끼 같이 속삭이는 수풀의 바다에서 모습이 나타났다 사라졌다 하는 그들을 뒤쫓아 가노라니 어느새 궁금증이 조급증으로 바뀌어 저도 몰래 간격이 좁혀졌나 봅니다. 갑자기 태호씨가 발걸음을 뚝 멈추고 몸을 홱 돌립니다. 순간 나는 들고 가던 나무를 얼른 앞에 세워 그 무성한 잎으로 몸을 가렸습니다. 태호씨의 날카로운 눈길이 갈퀴처럼 숲속을 훑어보더니 내가 숨은 나무까지 와서는 저 나무는 언제 있었지 하는 식으로 고개를 갸우뚱합니다. 숨도 바로 쉬지 못하고 고무로 만든 미라인양 죽은 듯 꼼짝 않고 굳어져 있는 내 안에서는 심장이 있는 만큼 높뛰는 순간이었습니다. 몇 초가 흐른 뒤 지나치게 긴장하고 숨이 막혀 산소의 결핍을 느꼈는지 뱃속의 태아가 발길질을 하는 바람에 내가 바야흐로 막 폭발하려는 찰나

"뭘 보고 있나? 빨리 오지 않고." 하고 저만큼 앞서갔던 에이상이 소리칩니다.

그 소리를 듣고 눈길을 돌리던 태호씨가 여전히 뭐가 찜찜한지 다시 눈길을 돌려 잠깐 노려보다가 마침내 눈길을 거두고 돌아서서 가던 길을 계속하는 것입니다.

아슬아슬하게 겨우 발각될 위험을 넘긴 나는 숨을 길게 내쉬고 정신을 바짝 차려 이제부터는 좀 멀찍하게 떨어져서 목표가 시야 밖으로 나가면 느낌으로 판단하여 뒤를 밟아야겠다고 작심했습니다.

무르익은 숲의 냄새를 마시며 안개의 미세한 알갱이를 들이켜며 그들을 좇아 담수 있는 곳까지 갔을 때 갑자기 그들이 발길을 뚝 멈추었습니다. 가슴이 철렁하여 얼른 몸을 숨기고 지켜보니 내 동정을 느끼고 그러는 건 아닌 듯합니다. 그들은 뒤도 돌아보지 않고 에이상이 메고 가던 나무 물통(통나무의 양쪽을 자르고 한끝의 가운데를 움푹하게 파서 물을 담게 만든 물통)을 내려놓자 두 사람이 양쪽에서 야자껍데기 바가지로 담수를 퍼 담는 것입니다. 물을 넘치게 꼴딱 채운 다음 둘은 서로 물통을 엇바꾸어 들면서 수림을 가로질러 저쪽 모래톱을 향해

걸어가는 것입니다.

　두 남자의 촉각을 다시 건드리지 않기 위해 나는 천천히 아주 느리게 살금살금 뒤를 좇아갔습니다. 드디어 저쪽 모래톱에 당도했습니다. 나도 멈추어 섰습니다. 멀리서 보니 그들은 모래톱에 나무토막 같은 것을 모아 놓고 모닥불을 지피려 준비하는 듯했습니다. 좀 더 확실하게 살펴보기 위해 나는 둘이 뭔가 쟁론하는 기회를 타서 사냥물을 노리는 치타 같이 몸을 낮추고 발소리를 최소로 움츠리며 근처의 숲속까지 다가간 다음 실팍한 나무통 뒤에 몸을 슬쩍 숨겼습니다. 다행히 아무도 눈치 채지 못한 듯합니다.

　안개가 조금씩 옅어지면서 태양의 노랑치마가 폭을 펼치기 시작합니다. 하늘은 부지런히 푸르러지고 세상은 금방 샤워를 마친 소녀처럼 말쑥하게 모습을 드러내고 있습니다.

　에이상이 불을 지피고, 태호씨는 뭔가 가지러 가는 양 풀로 짠 망태를 들고 내가 있는 오른쪽 방향의 수림으로 걸어가는 것입니다. 내 눈길도 자연 태호씨를 따라 오른쪽 수림으로 돌려졌습니다. 바로 이때, 문득 엄청난 것이 내 시야에 뛰어들었습니다. 다름 아닌 껍질을 벗겨도 알아볼 그 놈인 것입니다. 그 거대한 잿빛무늬 큰 구렁이가 다른 곳도 아닌 지금 태호씨가 걸어가고 있는 바로 앞 퉁퉁한 고목 위에 타래처럼 칭칭 감겨 있는 게 아니겠습니까?

　"아--앗!" 내 입에서 자동 스프링이 튕기듯 소리가 튀어나갔습니다. 순간 모든 것이 짤깍 정지했습니다. 길을 가던 태호씨도, 불을 지피던 에이상도, 끊임없이 뭔가를 속삭이던 수풀도 나뭇잎도 그 설렘을 멈춰버린 듯. 몇 초 후 에이상도 태호씨도 스타트 신호를 받은 육상선수인양 총알 같이 움직이는데 그 무서운 구렁이를 향해 반응하는 것이 아니라 일제히 내가 있는 쪽으로 뛰어오는 것입니다. 날개가 있어 날수도 없고 은신술(隱身術)이 있어 몸을 숨기지도 못하는 나는 그만 선 자리에 못 박힌 채 빛의 속도로 달려오는 두 사람을 멍하니 바라보고만 있었습니다.

나를 발견한 두 남자가 거의 동시에 소리쳐옵니다.

"유정씨, 뭐하는 거요?"

"유정씨, 어디 다쳤어요?"

그들의 말꼬리와 거의 같은 시간에 나도 소리쳤습니다.

"저기 그 놈이 있어요. 그 큰 구렁이가… 구렁이가…!"

그래도 한 발 앞서 도착한 태호씨가 한 품에 나를 덥석 그러안고 커다란 손으로 내 등을 어루만지며 위로하는 것입니다.

"괜찮아요, 놀라지 마세요. 그 놈은 이제 아무것도 할 수 없어요. 죽었거든요."

목구멍까지 올라왔던 심장이 일단 되돌아가는 느낌이었으나 그래도 도저히 믿기지 않아 나는 저도 몰래 몸을 부르르 떨며 되물었습니다.

"주… 죽은 놈이 어떻게 나무에 올라가 있어요? 게다가 입까지 짝 벌리고…" 말하면서 다시 흘끔 그쪽을 건너다봐도 그 거대한 구렁이는 여전히 공기보다 더 생생하게 살아있는 듯, 눈 한번 깜짝할 새면 번개같이 나무에서 내려와 그 유력한 몸뚱이로 또 다시 내 몸을 칭칭 감고 죽어라 조여 올 듯, 온몸에 공포가 찌르르 흐르는 시간입니다. 태호씨가 얼른 알아채고 자기 몸을 한껏 확대하여 내 시선을 차단한 다음 내 어깨를 반쯤 감싸 안고 저쪽으로 잡아끌면서 말하는 것입니다.

"그래그래 얘기할게요. 모든 걸 다 실토할 테니 우선 저기 모닥불 있는 데로 가 숨이라도 돌립시다."

태호씨에게 떠밀리다시피 하며 걷는 내가 곁눈질로 따라오는 에이상을 힐끔 보았더니 에이상이 당황한 듯 허둥거리며 변명하는 것입니다.

"유정씨를 속이고 싶었던 건 아네요. 그냥… 우리 영태한테 해로울까 두려워서…"

아니, 이 사람들이 둘이 짜고 도대체 얼마만큼 엄청난 걸 속여 왔기에 저렇게 허둥거리는 걸까? 이런 생각을 하니 그야말로 오늘 내가 이 모험을 하기 얼마나 잘했냐 싶었습니다.

모래톱에서 갓 피어난 모닥불이 빨간 혀를 날름거리며 타오르고 있습니다. 바람이 중얼거리는 소리와 휘어진 해변의 파도 소리가 내 지친 신경에 음울한 걱정을 더해주는 듯합니다.

셋이 모닥불 주의에 둘러앉자 서로의 얼굴을 쳐다보았습니다. 그제야 태호씨가 나를 향해 천천히 입을 여는 것입니다.

"자, 이제 됐어요. 유정씨, 고개를 들고 한번 정면으로 눈 박아 저놈을 자세히 살펴보세요."

태호씨의 말에 용기를 얻은 나는 마음을 가다듬고 고개를 들어 나무 위의 구렁이를 똑바로 쳐다보기 시작했습니다. 잿빛무늬 큰 구렁이는 여전히 바둑판같은 등을 밖으로 하고 나무 원줄기에 칭칭 감겨 세상의 모든 생명을 다 잡아먹을 듯 흉악하게 입을 짝 벌리고 있습니다. 헌데 이상한 것은 한동안 지켜봐도 전혀 움직이지 않는 것입니다. 과연 저놈이 진짜 죽어 있는 것일까?

태호씨가 알릴락 말락 미소를 지으며 잠간 나를 지켜보다가 자초지종을 얘기하기 시작합니다.

그날 나를 잡아먹으려던 잿빛 구렁이는 때마침 나를 찾아 근처까지 왔다가 내가 고함치는 소리를 듣고 바람처럼 달려온 두 영태 아빠에게 아쉽게도 입안 사냥물인 나와 영태를 빼앗겼을 뿐만 아니라 자기의 목숨까지 바쳤다는 것입니다.

"아니, 저렇게 흉악한 놈을 어떻게 죽였단 말예요? 두 사람 키를 합쳐도 저놈만 크지 못하고 두 사람 체중을 합쳐도 저놈만 못할 건데…" 나는 눈이 무한대로 커져 두 남자를 번갈아 보았습니다.

"우리는 인간이고 저 놈은 미물이잖아요." 하고 에이상이 정복자의 눈빛을 번뜩이며 자랑스러운 듯 말을 잇습니다. "더구나 우리에겐 아기를 지켜야 할 사명감이 있고요." 이 말을 할 때의 그의 얼굴은 벌써 아빠 된 긍지감에 무르익은 사과알 같이 향기롭게 빛나고 있는 것입니다.

"게다가 저놈은 더없이 훌륭한 보태(補胎) 식품이니 우리가 놓아 보낼 리 없죠."

태호씨의 말에 "네에…?" 하며 내가 돼지에게 날개를 밟힌 수탁처럼 펄쩍 튀어 일어났습니다. 무서운 추측의 뒤에 느낌표가 열을 지어 모여들었던 것입니다. "…그… 그렇다면… 그 토끼고기가…???"

두 남자 모두 힘주어 고개를 끄덕입니다. 아아, 어쩌면 나는 저 징그러운 놈의 고기와 뼈로 배를 채우며 여지까지 살아왔단 말인가? 금시막 구토라도 하여 전부다 토해버리고 싶건만 맙소사, 벌써 필요한 건 바람처럼 분해되어 영태에게 흡수되고 나머지는 밖으로 배설된 지가 오래니, 이제는 아무리 아우성을 쳐도 덫에 걸린 짐승의 몸부림밖에 되지 못합니다. 이럴 바엔 차라리 조개 같이 입술을 꼭 깨물고 빨간 침묵을 하얗게 지키며 자초지종을 끝까지 들어보는 것이 낫다고 판단했습니다.

내 반응이 예측보다 담담하다고 생각되었는지 태호씨가 눈치를 힐끔거리며 말을 잇습니다.

"사실 그날 우리는 바로 저놈을 찾아 헤매고 돌아다녔던 겁니다. 왜냐면 그 전날까지 이 섬 위에 있는 모든 단백질을 전부 잡아먹었으니까요. 우리 영태가 생선 비린내를 강하게 거부한 그날부터 물고기가 아닌 육지고기로 단백질을 공급해야 하는데 이 손바닥 크기의 무인도에 뭐가 더 있겠어요? 뱀과 벌레밖에는…"

참다못해 내 입에서 질문이 튀어나갔습니다.

"그럼 전에 갈매기고기라고 나한테 먹인 것도 모두 저 징그러운 것들의 사체란 말입니까?"

에이상이 얼결에 "ok" 하고 대답해주는 것입니다.

기가 막힌다는 말이 어떻게 나왔는지를 알 것 같지만 인간의 선의(善意)에는 결코 침을 뱉을 수 없는 것입니다. 그리고 이해란 인간만이 누릴 수 있는 고급 감정의 하나로 따뜻한 투명함이 있는 곳에 언제나 병존하는 것이라고 지금 이 셋 밖에 없는 인간 사회가 내게 가르치고 있습니다. 나는 마음을 좀 진정시키고 나서 궁금하던 바를 바로 찍어 물었습니다.

"그런데 죽은 구렁이는 왜 저렇게 나무위에 칭칭 감아 놓고 입까지 벌려 놓은 거예요?"

그러자 에이상이 서툰 중국말로 손짓 발짓을 해가며 애써 설명을 합니다.

"저놈의 고기와 뼈를 오래 먹기 위해서는 말려 두어야 하지 않겠어요. 저놈을 저렇게 나무 위에다 살아있는 것처럼 흉악하게 해놓으니 그 밑에 고기를 가득 널어 말려도 새들이 무서워서 얼씬도 못하는 거죠."

아, 인간의 지혜에는 저 무서운 흉물도 이용당하지 않을 수 없구나. 나는 내심 감탄하며 에이상에게 엄지를 내들어 보였습니다.

27

차츰 배가 불러오자 나는 더는 내 옷을 입을 수가 없어 품이 너른 태호씨의 셔츠를 걸치고 아랫도리는 풀잎으로 치마를 만들어 입었습니다.

육지 상의 고기가 전부 없어지자 신기하게도 영태와 내 위가 다시 물고기를 즐기는 쪽으로 되돌아왔습니다. 날마다 우리는 엄청난 양의 게와 새우를 발라 먹고 생선구이며 생선탕이며를 가리지 않고 닥치는 대로 모두 뱃속에 집어넣었습니다. 어느 날 내가 발라 먹고 무더기로 쌓아놓은 게 껍데기를 보고 에이상이 입을 딱 벌리며 "우리 영태가 게를 닮아 물에서 살겠다면 어떡해요?"라고 하여 모두 입이 째지게 웃던 기억이 생생합니다.

대 공정이 시작되었습니다. 다름 아니라 대형 뗏목 제조 작업인 것입니다.

"문이 없는 벽 앞에 서서 문이 열리기를 기다리지 말고 우리 손으로 문을 만들어 열고 나가야 한다." ----태호씨의 말.

"우리 아기 영태가 태어나기 전에 어떤 수단을 써서라도 이곳을 떠나 육지로 돌아가야 한다." ----에이상의 말.

그래서 두 사람은 거의 밤낮을 가리지 않고 일에 달라붙었습니다. 우선 그 어떤 풍랑도 이겨낼 수 있는 천하 없이 튼튼한 뗏목을 만들기 위해 그들은 온 수림을 뒤지고 다니며 굵고 튼튼한 통나무를 골라 돌도끼로 찍어서 가지를 치고 일정한 길이로 잘라놓았습니다. 다음 이 통나무들을 단단하게 동여맬 줄이 필요한 것입니다. 또다시 수림을 빗질하며 쐐기풀 종류의 견인성 좋은 풀을 골라 베어서 굵고 딴딴하게 새끼를 꼬아 얼룩 뱀 같은 밧줄을 만들었습니다. 또한 여러 나무에서 송진을 채집하여 접착제로 준비해 놓고 죽은 구렁이의 가죽으로 닻줄을 만든 다음 허리가 잘록한 돌을 주워 닻으로 예비해 놓았습니다…

"우리가 살아있다는 것은 농담이 아니다. 살아서 이곳을 떠난다는 것은 더욱 농담이 아니다." ----나, 유정의 말.

드디어 재료가 완비되었습니다. 이제 세상에서 가장 완고한 뗏목을 만드는 작업이 시작된 것입니다. 먼저 준비한 통나무를 가지런히 놓아 얼기설기 동여맨 다음 그 위에 나무 몇 대를 가로 놓고 단단히 동여 맸습니다. 이렇게 몇 층을 더 만들어 겹쳐 놓고 층 사이를 단단히 고정시켜 놓으니 과연 태풍이 불어도 끔쩍하지 않을 성싶은 든든하고 멋진 뗏목이 탄생했습니다. 또한 미끈하고 키가 큰 나무를 뗏목에 직각으로 세워 단단히 고정시켜서 돛대로 하고 떠나기 직전 천막을 덮었던 나일론 천을 벗겨내어 돛으로 쓰며, 천막을 만들었던 두랄루민 조각은 변함없이 그대로 뗏목 위에 옮겨 비바람을 막는 도피처로 사용하기로 했습니다. 그리고 필요한 부분은 나무에서 채집한 송진으로 단단히 접착시켜 놓았습니다.

저녁이 붉은 노을 위로 밤을 실어오는 어느 황혼, 드디어 뗏목 제조 작업이 끝났습니다. 걸레같이 지친 우리는 모래톱에 쓰러진 채 별이 하나 둘 떠올라 잔나비 눈처럼 껌벅거리는 저녁 하늘을 묵묵히 바라보고 있었습니다.

"내일 바로 출발하는 거예요?"

내 물음에 태호씨가 눈을 껌벅거리더니 대답합니다.

"동풍이 불면 떠날 겁니다."

"왜 꼭 동풍이요?" 하고 에이상이 대들 듯 물어옵니다.

"동풍이 불어야 서쪽으로 가지."

"왜 꼭 서쪽으로 가야 해?".

찌르는 듯한 반문에 태호씨가 벌떡 일어나 앉습니다. 그리고는 낮으나 위엄 있는 목소리로 빠르지도 느리지도 않게 반문합니다.

"그래 서쪽에 있는 유정씨의 고향으로 가지 않고 동쪽에 있는 자네 고향으로 가야 한단 말인가?"

에이상이 벌떡 일어나며 소리치듯 내뱉습니다.

"나더러 당신들을 따라가 포로가 되라구?"

그러자 태호씨가 더 크게 폭탄이 터지듯 소리칩니다.

"그럼 나와 유정씨가 일본에 따라가 황군의 과녁이 되란 말인가?"

밤의 장막을 폭발해버릴 듯 팽팽한 분위기가 공기 속을 떠돌고 있습니다. 누구든 까딱 움직이기만 하면 오랫동안 쉬고 있던 주먹이 걷잡을 수 없이 터져나가 상대방을 산산이 부셔버릴 것 같은 두려움에 이를 악물고 죽어라 신경을 잡아 쥐고 있는 듯합니다.

이럴 때는 내가 어떤 말을 해도 자칫 도화선이 될 우려가 있기에 나는 조개처럼 입을 꽉 다물고 있었습니다. 시계도 없는 시간 속에서 움직이지 않으려 말을 하지 않으려 애쓰는 세 심장은 부득이한 침묵 속으로 미끄러져 오랫동안 입술만 지키고 있습니다. 하지만 그 침묵은 흡사 앞발을 쳐든 거대한 맹수인양 으르렁거리며 수시로 덮쳐들 기세입니다.

쨱---! 어디선가 어린 새의 놀란 호소 비슷한 울림이 아픔처럼 전해옵니다. 그것은 보통 울음소리가 아니라 숨이 끊어지는 단말마의 애처로운 마지막 절규입니다. 아연해진 우리는 일제히 그쪽으로 시선을 돌렸으나 아무도 입을 열지 못하고 있습니다. 이윽고 어두컴컴한 잿빛 속에서 거대한 그림자가 지층을 울리듯 수풀을 기어 나와 어슬렁거리며 모래톱을 가로 건너 바닷물 속으로 사라져갑니다.

충격이 바위덩이처럼 굴러와 무섭게 가슴을 짓누르는 바람에 입은 벌렸으나 숨마저 바로 쉴 수가 없습니다.

태호씨가 무겁게 입을 열었습니다.

"저놈이 갈매기 집을 습격했군."

"우리가 땅 위의 모든 걸 잡아먹었으니 저놈이 미치지 않을 리 없지."

에이상의 한숨 섞인 대답입니다.

태호씨가 벌떡 일어섰습니다.

"어서 안으로 들어갑시다. 악어의 밤 시력은 사람처럼 캄캄한 것이 아닙니다. 낮에 보는 것과 똑 같은 거예요."

온몸은 물론 입술까지 소름이 돋아 있는 나를 두 남자가 안아 일으켜 부축하고 우리는 재빨리 천막 안으로 들어갔습니다.

밤이 밀물처럼 차올라 오고 있습니다. 하얀 달이 노란 나일론 천에 투과되어 오렌지처럼 비쳐오는 천막 안에 우리 셋은 베어 눕힌 해바라기같이 가지런히 누웠으나 각기 나름대로의 생각에 잠겨 있습니다. 출발을 해야 하는데 하나의 뗏목을 가지고 가야할 목표는 각기 다른 방향이고, 게다가 이것은 피 터지게 싸워서 자웅을 가르면 되는 일도 아닙니다. 이토록 힘들고 아픈 환경에서도 셋이 합심하여 저릴 만큼 벅찬 기대를 가지고 온갖 애를 다 써가며 만들어낸 뗏목이나 세 사람 모두를 태우고는 도대체 어디로 가야 할지? 그렇다고 누군가를 떼어 놓고 갈수도 없는 일.

아무것도 모르는 아기는 여전히 배안에서 신나게 뛰놀고 있습니다. 얼결에 손으로 배를 만지다가 문득 머릿속에 좋은 생각이 떠올랐습니다. 나는 동시에 양 옆에 누운 두 남자의 손을 살며시 쥐어 내 배위에 얹으며 속삭이듯 말했습니다.

"우리 영태가 지금 두 아빠에게 부탁하고 있어요. 어떤 일이 있어도 싸우면 안 된다고, 싸움 거는 사람은 누구든 아빠로 인정하지 않을 거라고요."

그러자 태호씨가 참지 못하고 씩 웃었습니다. 에이상도 이제야 알아 들었는지 하얗게 미소를 지어 보이는 것입니다. 이때라고 나는 두 남자의 손을 꼭 잡아 쥐며 부드럽게 달랬습니다.

"우선 내일 떠나는 것이 좋지 않을까요? 이제 여긴 먹을 것도 별로 없고 또 저 무서운 악어 놈이 언제 덮쳐올지도 모르는 일이니, 뗏목을 타고 가다가 다른 섬에 오를 수도 있고 혹 누군가를 만나 구원받을 수도 있잖아요…"

"그렇게 합시다." 하고 태호씨가 먼저 대답을 해오고 이어 에이상도 "그래요. 좌우간 여길 떠나고 봅시다." 라고 찬성표를 던져 우리는 마침내 내일 아침 먹을거리를 충분히 준비해 가지고 출발하는 것으로 합의를 보았습니다.

이제는 눈을 감고 잠을 자야 하는데 고요의 저쪽에서 잠이 손짓하고 막 부르는데도 우리는 마치 우물 아가리에 가로 걸린 막대기처럼 도무지 빠져 들어갈 수가 없었습니다. 불안한 꿈에 안절부절 못하는 팔다리처럼 휘적거리며 밤의 기나긴 터널을 눈을 펀 히 뜬 채 기어가고 있는 것입니다.

이제는 희망의 기운이 심장 가까이 스며들어 넓고 평평한 떡돌처럼 가슴 전체에 떡하니 자리 잡은 느낌인데 어찌하여 기쁨과 설렘만 있어야 할 이 자리에 기쁨과 슬픔이 쌍둥이처럼 떠오르는지 그 이유를 알 수가 없습니다. 고양이 털 같이 얼룩덜룩하고 수없이 많았던 지난날의 절망과 공포, 슬픔과 기쁨, 사랑과 미움, 분노와 격정… 등이 먹이를 찾은 개미떼인양 한꺼번에 머릿속에 밀려들어 야단법석을 떨고 있는 까닭일 것입니다. 천막 밖의 어둠속에 무거운 밤을 떠이고 서있는 저 나무들은 무슨 비밀을 지키려고 저렇게 침묵하고 있는지, 우수수 바람에 흔들리는 저 풀잎들은 무엇을 설명하려 저렇게 체머리를 떨고 있는지 알길 없는 우리는 얼떨떨한 혼돈 위에 부유생물처럼 둥둥 떠 있을 뿐입니다.

별이 없는 밤이라 하여 밤이 아닌 것은 아니 듯이 잠 못 이루는 밤이
라 하여 밤이 아닌 것은 아닙니다. 입으로 말은 하지 않고 있으나 가지
런히 누운 세 심장은 서로의 침묵을 들으며 보이지 않는 갈망을 읽으
려 애쓰고 있었습니다.

태호씨가 살며시 내 손을 잡아옵니다. 그리고 혼잣말처럼 중얼거리
는 것입니다.

"내일이면 이곳을 떠나게 되겠군."

"이 빌어먹을 무인도를 기억에서 영영 지워버릴 거요." 에이상이 지
겨운 듯 내뱉습니다.

"너무 욕하지 말게. 이 섬이 있었기에 우리 아기가 있는 게 아닌가."

"......"

둘은 묵묵히 내 배에 손을 얹고 아기를 어루만집니다. 허나 자궁속
의 작은 태아는 달빛이 깊어짐과 동시에 어느새 균형 있게 몸을 움츠
리고 계획된 잠속으로 빠져 들어간 듯싶습니다. 당연 지금 우리가 하
고 있는 일이, 우리가 짠 계획이, 우리가 거의 완벽하다고 판단하는 이
탈출이 결국 우리의 아기--- 영태에게 얼마나 큰 희망이 될지, 얼마나
확실한 반전이 될지, 얼마나 큰 미래를 확보할 수 있을지는 아무도 딱
히 알지 못합니다. 희망이란 가끔은 시작일수도 있고 또 가끔은 끝일
수도 있다는 것을 우리는 모두 알고 있습니다. 그래서, 바로 그래서 지
금 이 최후의 꿈이 방해받지 않을까 걱정되어 필사적으로 도망치는 잠
을 죽어라 끌어당기고 있는 것입니다.

밤은 희망을 잃지 않는 사람들의 영혼을 움직여 세상을 흔들어 놓지

만 아무리 똑똑한 사람이라도 정작 그 밤이 무슨 일을 예비하고 있는지는 알지 못합니다.

자시에 한 덩이 얼룩구름이 평화로운 달을 가려버렸습니다. 그래서 밤은 완벽한 검은 나락으로 떨어졌습니다.

아직 잠도 채 들지 않은듯한데 꿈인지 생시인지 고막이 미약하게 바르르 떨려오는 느낌입니다. 이어 천리 밖에서 도깨비가 부르는 듯한 이상한 소리가 들려오고… 왼쪽에 누웠던 에이상이 유령처럼 슬며시 일어나 밖으로 나가버립니다. 조금 뒤 오른쪽에 누웠던 태호씨도 슬그머니 일어나 밖으로 사라지는 것입니다. 이게 꿈이라면 빨리 깨야 하는데 하면서 팔을 허우적거려 옆자리를 만져보니 과연 양쪽 자리 모두 텅텅 비어 있습니다. 내가 눈을 번쩍 뜨고 황급히 몸을 일으켜 그들을 따라 밖으로 나갔을 때 초막 밖에서 두 사람이 두런거리는 말소리가 들려왔습니다.

"자네 여기서 뭐하고 있나?" 태호씨의 섹시한 목소리입니다.

"쉬----, 저 소리 안 들려?" 에이상의 카랑카랑한 목소리입니다.

"글쎄, 나도 좀 이상한 소리라고… 엔진 소리?"

"아, 맞어. 바로 엔진 소리군!"

두 사람은 다시 귀를 모아 자세히 듣는 듯합니다.

"와, 엄청 큰 화물선 같은데, 왜 불빛이 보이지 않을까?"

"아마 섬의 저쪽에 있는 것 같군. 어서 가보세."

"유정씨는 어떡하고?"

"깨워서 같이 가야지. 이대로 떠나게 될지도 모르니까."

그러자 내가 기다렸다는 듯 다급히 소리쳤습니다.

"나 여기 있어요. 영태가 깨워줬거든요."

운명이 두드리는 문의 저쪽에 무엇이 있을지 생각할 겨를도 없이 우리는 셋이 함께 곧추 수림을 꿰질러 산불을 끄러 가듯 다급히 저쪽 모래톱을 향해 달려갔습니다.

급한 와중에도 태호씨가 불씨를 잊지 않고 가져왔기에 길에서 나무로 횃불을 만들어 들고 저쪽 모래톱에 당도할 수 있었습니다.

엔진 소리가 많이 가까워졌으나 해면은 여전히 캄캄하여 아무것도 보이지 않습니다. 우리는 바닷가를 따라 소리 나는 쪽으로 달려가며 횃불을 높이 들어 한껏 휘저었습니다.

"여보시오------! 여기 사람이 있어요------! 여기 보시오-------! 여기요--------! ……"

섬의 남쪽 기슭에 이를 무렵에야, 멀지 않은 해면 위에 집채 같이 크고 시커먼 덩어리가 떠있는 것이 어렴풋이 보였습니다. 그런데 불빛이 전혀 없으니 마치 밤의 어둠속에 움츠리고 있는 거대한 괴물과도 같이 무시무시하게만 느껴지는 것입니다.

그래도 우리 셋은 행여나 하여 각자 자기 언어로 목청껏 소리쳐 불러보았습니다.

英秀 : (日语) "もしもしー! もしもし──! もしもし───!…"

泰浩 : (韩语) "여보시오ー! 여보시오──! 여보시오───!…"

幽静 : (汉语) "喂ー! 喂──! 看这儿──! 这有人───! …"

이렇게 횃불로 동그라미를 크게 그리며 목이 터지게 부르고 또 불렀으나 그 거대한 화물선은 종내 다가오지 않고 그 자리에 못 박힌 듯하더니 어느 순간 엔진 소리마저 뚝 끊어져버리는 것입니다.

너무 급하고 애가 타서 우리는 발을 동동 구르며 일시 어쩔 바를 몰랐습니다.

"헤엄쳐 건너가 볼까?" 에이상의 다급한 제안에

"안 돼." 하고 태호씨가 딱 잘라 말합니다. "화물선이 고장 나서 폭발할지도 몰라."

"그렇긴 하다만 매양 이렇게 기다리고 있을 수는 없잖아. 내 느낌에 틀림없이 일본 배요."

에이상은 당금 헤엄쳐 가볼 기세로 팔다리를 펴서 이리저리 놀립니다.

"감정으로 분별없이 굴지 말게. 더구나 그 놈이 따라붙었는지도 모르니까."

"그놈이라니? 누구?"

"악어 놈이지 누구겠나."

아, 그제야 우리는 급한 김에 노랑 등거리를 잊고 걸치지 않았다는 걸 알아차리게 되었습니다. 신경을 바짝 도사리고 주위를 둘러보는데, 시야에 들어온 그 검은 화물선이 어둠 속에서도 아까보다 형태가 변하고 있는 것이 느껴집니다. 반듯하게 수면에 떠있던 커다란 선체가 어느새 머리 부분이 태반 물밑으로 들어가고 엉덩이부분이 높이 쳐들리어 마치 하강하는 비행기처럼 거꾸로 사선이 되어가는 것입니다.

"앗, 저기 화물선이 침몰하고 있어요!"

내가 소리치자 모두 일제히 그쪽으로 시선을 돌렸습니다. 순간, 가슴속에서 뭔가 사정없이 툭 끊어져 나가는 느낌에 셋은 동시에 몸을 부르르 떨었습니다. 과연 거대한 화물선은 지금 시각마다 다르게 물밑을 행해 가라앉고 있는 것입니다. 한데도 그걸 보고 있는 우리에겐 추호의 대책도 없습니다. 아니, 있을 수가 없는 것입니다.

에이상이 더는 참지 못하고 돼지 멱따는 소리를 꽥 지릅니다.

"방법이 없어? 대책이 없냐구---?!"

태호씨도 두 주먹을 불끈 쥐고 한참이나 노려보다가 어둠이 구멍 나듯 한숨을 후 내쉽니다.

"무슨 대책이 있겠나, 저렇게 큰 배를. 우리 힘으론 아무것도 할 수 없지."

이젠 횃불이 모두 타 들어가 얼마 남지 않았습니다. 창자가 끊어지듯 아프고 시린 절망을 독약처럼 삼키며 우리는 천막으로 다시 돌아오는 수밖에 없었습니다.

하늘은 무덤같이 슬프게 신음하고 유성들은 마치 뺨을 타고 흘러내리는 눈물처럼 수없이 땅으로 떨어져 내리고 있었습니다…

28 ~~~

그날 새벽은 이 무인도의 구석구석마다 어둠의 팽창과 응결된 죽음의 경련과 끈질긴 운명과 말없는 대지의 외침이 있었습니다. 단지 천막 안에 있는 우리 셋만이 아무것도 모른 채 자고 있었을 뿐입니다.

아침에 태호씨가 먼저 일어나 기지개를 켜며 천막을 나서 보니 저만큼 내려다보이는 해면이 온통 희뿌연 색깔로 변해 있습니다. 한달음에 모래톱을 건너 물가로 내려가 보니 바닷물 위에 온통 죽은 물고기들의 사체가 쫙 덮여 있는 것입니다. 이게 어찌된 영문일까? 소스라치게 놀라며 주위를 둘러보니 이른 아침이면 언제나 썰물에 미처 나가지 못해 돌 바위 사이를 부지런히 기어 다니던 게와 새우들도 시허연 배를 위로 향하고 벌렁 나자빠져 죽어 있거나 죽어가고 있는 것입니다. 태호 씨가 꼬챙이로 뒤집어진 게들을 바르게 엎어 놓았으나 게들은 한 치도 움직이지 못하고 그대로 죽어가는 것입니다.

에이상이 다가오며 묻습니다.

"무슨 일이 있는 거요?"

"바다가 오염되었네."

약 일 초간 멈추었던 에이상이 피씩 웃으며 "농담 한번 잘하시는군. 이 큰 바다를 누가 오염시킨다는 말인가?" 하며 믿으려 하지 않습니다.

그러자 태호씨가 손을 들어 진지하게 바다를 가리켜 보입니다.

"저 물고기 사체들이 보이지 않는가?"

그제야 머리 들어 해면을 바라보던 에이상의 얼굴에 급기야 먹장구름이 모여듭니다.

바로 이 때 아무것도 모르는 내가 그쪽으로 걸어가고 있었습니다. 기척을 느끼고 태호씨가 얼른 마주 걸어오며 소리칩니다.

"오지 마세요, 유정씨. 바닷물이 오염되었어요. 게도 새우도 물고기도 모두 죽었어요.…"

단어는 하나하나 똑똑히 알아들었으나 내용은 도저히 믿을 수가 없었습니다. 바닷물이 오염되다니, 정녕 이 손바닥만 한 무인도에서 그 무엇이 저토록 큰 바다를 오염시킬 수 있단 말입니까?

"…그게 무슨 말이예요? 난 도무지…"

태호씨가 급히 내 말을 잘라버립니다.

"천막 안에 돌아가 있어요. 아무데도 가지 말고. 이유는 내가 밝혀낼테니." 그런 다음 에이상을 돌아보며 명령조로 말합니다. "자넨 유정씨를 지켜주게. 어서!"

에이상이 내키지 않는 듯 돌아서서 내 팔을 잡고 발을 옮기려는 순간, 내가 반항하듯 팔을 홱 뿌리치고 돌아섰습니다.

"안돼요. 같이 가요. 태호씨 혼자 보낼 수는 없어요. 우린 죽어도 같이 죽고 살아도 같이 살아야 해요."

내 말속에 들어있는 너무 강한 의미를 느꼈는지 두 남자는 아무 말도 하지 않았습니다.

푸드득! 몇 마리 바닷새들이 재난을 피해가듯 가족을 데리고 아득한 멀리로 날아가 버립니다. 새들의 그림자가 깨알 같은 점으로 변하여 보이지 않을 때까지 우리는 아득히 지켜보다가 셋이 함께 묵묵히 돌아서서 서로의 짙푸른 그림자를 밟으며 앞으로 걸어갔습니다.

셋이서 모래톱을 따라 남쪽으로 내려가면서 살펴보니 해면 위에 마찬가지로 물고기 죽은 사체들이 부유생물같이 둥둥 떠다니고 있습니다. 중독된 바다는 태양의 핏빛 줄기에 잠겨 아픔에 시달리며 괴로운 신음을 토하고 있는 듯합니다.

굽이를 돌아 바위언덕을 넘어서니 어젯밤 우리가 모여 서서 횃불을 마구 흔들며 소리치고 부르던 모래톱이 나타났습니다. 허나 어젯밤 그 거대한 화물선이 웅장하게 떠있던 자리의 해면에는 지금 아무것도 보이지 않고 단지 죽은 물고기들의 무수한 사체를 떠이고 출렁거리는 바닷물만이 있을 뿐입니다.

아무도 입을 열지 않았습니다. 수의(壽衣) 색깔의 하늘아래 죽어버린 공기가 가슴을 무겁게 지지눌러 빛에 취한 새들의 지저귐도 나무들의 구슬픈 노랫소리도 풀들의 우수에 찬 합창도 모두 지구의 저쪽 소리인양 귀에 닿아오지 않습니다.

망연히 바라보던 내 시야에 문득 저쪽 바위 밑에 사람의 형체 같은 것이 보여 옵니다.

"저기, 사람 아네요?"

에이상도 발견하고 뚫어지게 바라보다가 소리칩니다.

"아, 맞군. 황군 복장 같은데, 내가 가볼게요."

말하면서 바로 그쪽으로 뛰어가려는 것을 태호씨가 꾹 막아 나섭니다.

"잠깐, 내가 가볼게. 난 의사니까 어떻게 할지 알아." 그리고는 나를 돌아보며 엄숙하게 지시합니다. "두 사람 모두 여기서 기다리세요. 아무데도 가지 말고. 가령 내게 무슨 일이 생긴다 해도 헤덤비며 건너오지 말고 반드시 여기서 기다려야 합니다. 알겠어요?"

나는 저도 몰래 고개를 흔들었다가 다시 끄덕였습니다. 어떤 말이 파란 싹처럼 몸의 심지 속에 들어있지만 입 밖으로 흘러 나가는 데는 모종 장애가 있는 듯합니다.

태호씨는 재빨리 몸을 돌려 아슬아슬하게 크고 작은 돌들 사이를 훌쩍 훌쩍 건너뛰며 용케도 바닷물에 발을 잠그지 않고 그곳까지 이르렀습니다. 바위를 사이 두고 저쪽에서 그가 허리를 굽히자 갑자기 함정에라도 빠져버린 듯 더는 모습이 보이지 않습니다.

시간은 때로는 갈매기처럼 날아가고 때로는 거북이처럼 기어가나 봅니다. 심장이 있는 대로 말라드는 이 몇 분 동안은 그야말로 세기를 보내는 만큼이나 길고 지루하여 견딜 수가 없었습니다. 온갖 불길한 예감과 추측들이 수천 마리의 벌떼인양 머리 위를 윙윙거리며 날아다닙니다. 그런데 나보다 더 안절부절 못하는 사람이 있었으니 다름 아닌 에이상인 것입니다. 그의 얼굴과 목 언저리와 손과 팔뚝의 드러난 곳마다에 수백 마리 지렁이가 살아있는 듯 핏줄이 펄떡거리고, 그의 심장 뛰는 소리는 마치 내 귀에 청진기를 이어 놓은 듯 쿵쾅거리며 전해옵니다. 더욱 수시로 주먹을 쥐었다 폈다 하는 그 반복적인 동작은 막대한 초조감의 전파로 금시 나를 울려버릴 것만 같습니다.

드디어 태호씨의 그림자가 나타났습니다. 굽혔던 허리를 펴고 몸을 돌려 오던 길로 되돌아오는 그의 얼굴에 끔찍한 실망과 슬픔과 공포가 모래에 내린 빗방울같이 스며있습니다. 그것은 곧 무수한 예감으로 재빨리 번식되며 날아오는 메뚜기 떼 같이 우리의 머리위에 덮쳐옵니다.

태호씨는 눈앞까지 다가와서도 좀처럼 입을 열지 않았습니다. 땋아 내린 양태머리처럼 힘없이 축 늘어진 두 팔과 기다랗게 내쉬는 한숨소리만이 한 가닥의 가느다란 희망의 실오리마저 무참하게 끊어졌음을 알리고 있을 뿐입니다.

"…죽어 있었어." 드디어 소리가 울렸습니다.

우리는 그의 입을 쳐다볼 용기마저 잃고 각자 고개를 떨어뜨린 채 귓구멍만 간신이 열고 있었습니다.

"피부의 태반이 썩어있었는데 숨이 지기 전에 부식된 거였어." 괴롭게 숨을 들이쉬고 잠간 입술을 깨물고 있다가 후 한숨을 내쉬고는 힘들게 입술을 움직입니다. "이로 보아 그 화물선은 독물을 운반하는 군함이고 어젯밤 그것이 가라앉으면서 바다를 오염시킨 것이 틀림없어."

태양은 직각으로 내리쬐고 우리는 그림자도 없이 서있습니다. 머릿속에서 수만 마리 개미들이 와글와글 끓어 번지는 듯하고 가끔씩 정신이 혼미해 오는 듯…

이윽고 낮으나 명령을 잉태한 듯한 태호씨의 목소리가 다시 울렸습니다.

"지금부터 물속의 모든 것에 손을 대지 마시오. 그 담수도 마찬가집니다. 바닷물이 배어 있으니 오염됐을 건 뻔한 일이죠."

"그럼… 뗏목도 출발하지 못해요?" 겨우 용기 내어 물은 내 말에

"당연하죠. 지금 바닷물은 극독 함정이나 다름없어요. 그 어떤 생명도 결코 살아남지 못할 겁니다."

가슴에 커다란 구멍이 뻥 뚫린 채 잃어버린 무언가를 찾는 사람처럼 우리는 섬의 변두리를 반나절이나 돌아다니며 행여 기적이 있을까 헤맸지만 "행여"와 "기적"은 자결이라도 했는지 털끝도 내비치지 않습니다. 배가 고프고 못 견디게 갈증이 나서야 지금 여긴 먹을 것 하나 마실 것 한 방울 없다는 암울한 현실에 도망갔던 정신이 퍼뜩 돌아온 느낌입니다. 하지만 정신으로는 밥을 지어먹을 수도 없고 국을 만들어 마실 수도 없습니다. 기다란 한숨들이 모여 구름을 이루고 희망은 지푸라기처럼 흩날리며 우리의 가슴에 고통의 심지를 박아 넣었습니다. 하루가 십년 맞잡이로 길고 지루하여 해가 저주스럽고 달이 그리웠습

니다. 허나 정작 달이 떠오르면 부질없이 밝은 눈으로 내 겨드랑이 밑의 아픔을 들춰내는 것 같아 고배로 아프고 힘들게 느껴지는 것입니다.

그래도 내 뱃속의 태아에게는 최저한의 영양이라도 공급해주어야 한다며 두 아빠는 날마다 정신 나간 두더지처럼 땅을 파헤칩니다. 그러다가 지렁이 한 마리라도 얻으면 바로 불에 구워 내 입에 밀어 넣는 것입니다. 이제 나도 벌레를 먹는데 익숙해졌나 봅니다. 겉만 슬쩍 구워 거무스레한 기다란 것을 눈을 딱 감고 입에 훌쩍 집어넣어 한번 꾹 씹으면 비릿하고 들큼한 물이 툭 터져 나와 온 입안을 그득 채웁니다. 이상한 것은 요즈음 그 비릿한 맛이 꿀처럼 달게 느껴지는 것은 왜일까요? 아마 내가 저 오염된 바닷바람을 맞고 짐승으로 변한 것은 아닌지, 아니라면 잠자는 사이 내 신경계통이 다른 생물에 이어진 것은 아닌지, 너무너무 무섭고 궁금하여 견딜 수가 없지만 거울도 유리도 없는 이곳에서는 자기모습을 비추어볼 길조차 없습니다.

태양은 수평선을 분해하여 안개를 만들지만 바람을 만들지는 않습니다. 큰 바람이 일면 파도가 세차게 출렁거려 한시라도 빨리 오염을 가실 수 있으련만, 우리에게 의붓아비인 하늘은 근심걱정만 더해주는 풀잎의 술렁거림만 더도 덜도 아니게 만들어내고, 죽은 바다는 납빛의 흔들림 없는 상보처럼 섬의 사면을 소리 없이 덮고 있을 뿐입니다.

황소의 반추처럼 끝없는 기다림 속에서 덫에 치인 짐승 같이 갑갑한 시간이 하루하루 이어지며 막연한 희망은 차츰 지평선 저쪽으로 멀어지고 우리의 몸은 표본처럼 말라가고 있었습니다. 물 한 모금도 마시지 못한지가 벌써 며칠인지 모릅니다. 말라 터진 입술을 혀로 감빨아도 이제는 입안의 침마저 찐득찐득한 메주콩같이 말라붙어 소태를 머금은 듯 쓴맛이 더해질 뿐입니다.

"저 화물선이 애초에 차라리 폭발해 버렸더라면 바닷물이 한꺼번에 오염되었다가 며칠만 지나면 오염이 가실 텐데, 저렇게 통째로 물밑에 가라앉아 있으니 독이 지루하게 전파될밖에…"

아무리 한탄해도 애원해도 시간은 거꾸로 흐르지 않습니다. 비에 젖어 날개를 늘어뜨리고 걸어가는 새처럼 우리의 삶은 서로의 눈동자 속으로만 축소되어가고 있었습니다. 그리고 시간이 절뚝거리며 그 뒤를 따랐습니다.

29 ⤙⤙⤙

바다가 오염되어서부터 에이상은 말을 하지 않습니다. 꾹 다문 입술 안에 침묵의 함성을 잔뜩 간직하고 가슴의 저기압은 빠져나갈 구멍을 찾는 듯 씩씩 숨소리만 부풀어갈 뿐입니다. 우수로 찡그려진 이마엔 알 수 없는 근심이 무겁게 눈썹을 덮어 누르고 갈색의 눈동자 속에는 이따금 칼날의 번쩍임 같은 빛이 배어 있습니다.

반대로 태호씨는 이 삼각의 사회에서 스스로의 역할을 잘 아는 듯 갖은 유머와 우스개로 우리를 즐겁게 하려 애씁니다. 하지만 가련하게도 그것은 칠흑의 밤 어둠을 밝히려고 부질없이 날아다니는 개똥벌레의 노력과 비슷한 것을.

나는 잠을 빼고도 잠입니다. 태아가 잠을 엄청 필요로 하거니와 잠이 오지 않아도 눈을 감고 누워있는 편이 목전 상황에서 태아와 나를 위해 에너지를 아낄 수 있는 유일한 길이라는 것을 무엇보다 잘 알고 있기 때문입니다.

---봄이 왔습니다. 먼 산의 천둥이 고개를 넘어옵니다. 아이들로 가득 찬 봄의 하늘에서는 커다란 연과 더불어 태양의 웃음소리를 날개에 담은 제비들이 꿈보다 더 높이 날아다닙니다. 창문을 열어 제치자 미풍이 즐거운 듯 속살거리며 불어 들어와 방안을 자연의 향기로 가득 채웁니다. 유모가 맛있는 음식을 푸짐히 챙겨 들고 들어와 내 앞에 하나하나 탐스럽게 차려 놓습니다. 눈물이 나올 만큼 행복한 전율에 나는 몸을 부르르 떨다가 내가 평소에 가장 즐겨먹는 쟁반짜장을 앞으로 당겨왔습니다. 젓가락으로 한가득 집어 막 입에 넣으려 하는데 국수 오리가 어쩐지 구불거리는 듯한 느낌이 들어 눈을 크게 뜨고 다시 보니 아, 국수의 오리오리 모두에 가느다란 살모사의 머리가 달려 있는 게 아닙니까? 급기야 나는 젓가락을 휙 내던지고 날카롭게 비명을 지르며 문께로 달려갔습니다. 마침 "왜 그러냐 아가야?" 하면서 어머니가 문을 열고 들어오시는 것입니다. 나는 와락 어머니의 품에 뛰어들어 황소 영각하듯 길게 울부짖었습니다. "살모사요! 살모사!----" 어머니가 커다란 어미성성이처럼 나를 품에 꼬옥 그러안아줍니다. 어머니의 품에서는 모든 두려움이 남김없이 소실되고 모든 공포가 깨끗이 잠재워집니다. 어머니의 살 냄새는 아무도 대신할 수 없는 싱그럽기 그지없는 대지(大地)의 냄새입니다…

갑자기 누군가 내 어깨를 흔듭니다. 처음엔 아주 작게 흔들더니 다음엔 마구 세차게 흔들어 대는 것입니다. 어쩔 수 없이 눈꺼풀을 아래

208

위로 힘써 벌렸더니 눈이 고무로 만든 것처럼 쩌억 벌어지는 것입니다. 에이상의 얼굴이 눈앞에 나타났습니다. 말은 하지 않지만 엄청 놀란 표정으로 내 얼굴을 다시 빚을 듯이 지켜보고 있습니다. 아마도 내가 힘들게 꿈을 꾸는 모양을 보고 걱정되어 깨웠나 본데 나는 도저히 반갑지가 않습니다. 아니, 반갑지 않은 것이 아니라 아주 아주 미치게 원망스럽기까지 합니다. 그토록 따뜻하고 행복하게 어머니를 만나고 있는 내 아름다운 꿈을 어찌하여 이토록 무참하게 깨버린단 말입니까? 너무너무 그리웠습니다. 어머니가 그립고 아버지가 그립고 내 방이 그립고 강아지와 아이들이 뛰노는 거리가 그립고, 황혼 무렵이면 어디선가 들려오는 손풍금소리, 고저음이 분명한 자동차의 경적소리, 밤새 휘몰아친 폭풍우와 아침의 고요, 종달새의 비행과 바람에 취한 비둘기들의 휘파람 소리… 그것들이 너무너무 그리워서 지금 이 현실이 악몽이고 그 꿈속이 현실이라면 얼마나 좋을까, 만약 그렇지 않다면 그 꿈속에 영원히 머물고 싶다고, 그러니 제발 나를 깨우지 말아 달라고 고래고래 고함치고 싶은데, 차마 살을 말끔히 발라내고 뼈다귀만 다시 맞추어 놓은 듯한 저 얼굴에 대고는 퍼부을 수는 없는 노릇입니다. 그리하여 나는 저도 몰래 두 손으로 얼굴을 감싸 쥐고 슬프게 흐느껴 울기 시작했습니다.

태호씨가 달려왔습니다. 나는 태호씨를 얼싸안고 주먹으로 그의 어깨를 마구 두드리며 소리 내어 엉엉 울었습니다. 눈물이 강물처럼 하염없이 흘러내린다고 생각했는데 결국 깡깡 마른 몸속에서는 눈물커녕 콧물도 생산하지 못하는 것입니다. 맑은 하늘에 우레가 울 듯 한동안 마른 울음을 꺼이꺼이 울다가 보니 언제나 떡돌같이 묵직하고 타이

어처럼 탄력 있던 태호씨의 어깨가 칼날같이 여위어 있는 것이 느껴졌습니다. 그도 그럴 것이 벌써 오랫동안 두 남자는 모든 먹을 수 있는 것과 수분이 포함된 것을 내게 양보하고 자신은 나뭇잎사귀와 풀뿌리로 연명하고 있으니 지금까지 목숨이 붙어있는 것만도 기적이 아닐 수 없습니다. 그것이 너무너무 불쌍해서 나는 또다시 울음을 터뜨렸습니다.

핏빛노을이 온 하늘을 현란하게 물들이고 있으나 그것이 아침노을인지 저녁노을인지조차 분간하기 어렵습니다. 모든 것이 죽어 있는 이곳에서 쩔룩거리며 뒤를 따르던 시간도 이제 그만 죽어버렸나 봅니다.

우리는 여전히 세 개의 막대기처럼 가지런히 누워있었습니다.

"유정씨에겐 그래도 고향에서 기다리시는 어머님이 계시잖아요."

하고 태호씨가 나를 위로하기 위해 말을 시작했는데 도리어 자신이 걷잡을 수 없이 슬퍼졌나 봅니다. "내게는 어머니라는 단어조차 생소하게 느껴진지 오랩니다."

중얼거리듯 나직이 말하고 나서 긴 한숨을 몰아쉰 다음 태호씨는 기억을 길게 뻗어 18년 전의 시간을 휘휘 끄잡아 왔습니다.

"내가 여덟 살 나던 해의 일입니다. 어느 날, 한밤중에 밖에서 개들이 미친 듯이 짖어대자 어머니가 일어나 문께로 다가서서 귀를 기울이는데 웬 발걸음 소리가 다급히 가까워지는 것입니다. 어머니가 문을 활짝 열자 온몸이 피투성이인 남자가 문의 안쪽으로 쿵 넘어져 들어왔습니다. 내가 막 달려가 보니 피투성이 남자는 평소에 우리 집에 자주 드나들던 털보아저씨였습니다. '아, 아저씨!' 하고 얼결에 소리치는데 어머니가 내 입을 꾹 막으며 '쉬---!' 하고는 나는 듯이 달려가 솥 세

개 중에서 맨 안쪽의 솥을 들어냈습니다. 그러자 안에 암실 문이 나타났습니다. 어머니는 다시 숨 가쁘게 달려와 털보아저씨를 부축해 암실에 넣고 나도 함께 안으로 밀어 넣으며 말했습니다. '어떤 일이 있어도 소리 내면 안 돼, 알았지?' 나는 고개를 끄덕이고 물었습니다. '그럼 엄마는?' 어머니가 흘러내린 머리카락을 쓸어 올리며 미소를 짓는 듯 말했습니다. '엄만 괜찮아, 아무 일도 없을 거야.' 그런 다음 시커먼 솥이 마치 이승과 저승을 갈라놓듯 나와 어머니를 갈라놓았습니다."

말을 끊고 멍하니 하늘을 쳐다보는 태호씨의 얼굴에서 슬픔이 숯불처럼 타 번지고 있었습니다. 그 여운의 자락을 바람이 날라다가 끝없는 상공으로 전파시킵니다.

"그 다음에는요?" 참다못해 내가 물었습니다.

"솥을 제자리에 돌려놓기 바쁘게 한 무리 악한들이 들이닥쳤습니다. 그리고 이튿날 …어머니의 시체가 강물에 떠내려 왔습니다."

새파란 침묵이 날개 떨어진 박쥐처럼 세 사람의 입술에 묵직이 내려앉았습니다. 충격은 시간과 공간에 상관없이 뾰족한 여운이 되어 살을 뚫고 뼛속으로 스며들고 있습니다. 나는 잠시 입을 꽉 다물고 있다가 갑자기 그 악한들의 정체가 궁금해서 캐물었습니다.

"그 악한들은 누구예요? 후에 복수는 했나요?"

태호씨는 아무 대답도 하지 않았습니다.

입안에서 침묵을 발효시켜 먹고 사는지 에이상은 여전히 입술을 꽉 봉한 채 말이 없습니다. 하지만 내 귀에는 그의 내부에서 쿵쾅거리는 심장소리가 공기의 전파를 타고 그대로 전해오고 있었습니다. 부자연스레 몸을 휙 돌려 눕는 그의 여윈 어깨에 울음이 가득 쌓인 듯 보였습니다.

어느새 저기 불그스름하게 물들기 시작한 저녁 하늘에 하얀 초승달이 어슴푸레 떠오르고 있습니다. 오랜 가뭄에 말라버린 나뭇잎들은 그림자처럼 덮쳐오는 저녁 빛을 입고 할머니 치맛자락 같이 흔들거립니다.

내 왼쪽에 누웠던 에이상이 소리 없이 일어나 비칠거리며 저쪽으로 걸어갑니다.

"어디 가나? 에이상!"

태호씨가 불렀으나 에이상은 고개도 돌리지 않고 시간을 도는 분침인양 앞으로만 나아갑니다.

태호씨가 몸을 일으키려는 것을 내가 덥석 잡았습니다.

"그냥 두세요. 혼자 있고 싶나 봐요."

내 말에 수긍이 가는지 태호씨도 잠시 그대로 있었습니다. 그러더니 갑자기 몸을 벌떡 일으키는 것입니다.

"내가 가보고 올게요. 유정씨는 그냥 누워 있어요."

기력이 진한 몸을 힘들게 일으켜 세워 휘청거리며 걸어가는 그의 뒷모습을 멍하니 바라보던 내 머릿속에 문득 이상한 예감이 뛰어드는 것입니다. 하여 나도 천근같은 몸을 무겁게 일으켜 저만큼 가버린 태호씨의 뒤를 뛰뚱뛰뚱 따라갔습니다.

과연 그들이 가는 방향은 담수 개울 쪽이었습니다. 내가 아직 절반 거리도 가지 못했는데 저 앞에서 태호씨가 천리를 뛰어온 사슴처럼 헐떡거리며 고함치는 소리가 들려왔습니다.

"에이상, 거기 서! 서란 말이야! …그 담수는 아직 마시면 안 돼. …

마시지 마! …마시지 말라구----! …"

하지만, 그러나, 그런데도… 일은 끝내 벌어지고야 말았습니다.

태호씨가 미처 따라잡지 못해 죽을힘을 다해 소리치는데도 에이상은 담수가에 이르기 바쁘게 개울에 풍덩 뛰어들어 손으로 담수를 떠서 꿀꺽꿀꺽 마셔버렸던 것입니다. 삽시에 온몸의 기운이 몽땅 빠져버린 태호씨는 무엇에 호되게 걸채기라도 한듯 사정없이 비칠거리다가 앞으로 푹 꼬꾸라졌습니다.

나도 김이 빠긴 고무풍선처럼 풍덩 선 자리에 물러앉아 손으로 애매한 풀뿌리만 사정없이 쥐어뜯었습니다.

30 ~~~~

그날 저녁 에이상은 막혔던 봇물이 터지듯 우리에게 말의 홍수를 쏟아 부었습니다.

태호씨가 체력을 아껴야 한다고 그러니 지금은 잠을 자고 내일 날이 밝으면 다시 얘기하라고 아무리 말려도 에이상은 오늘밤이 지나면 영영 말할 기회를 잃을지도 모른다며 거친 숨소리와 함께 기어이 말을 토해내는 것입니다.

"…사쿠라가 끔찍이도 흐드러지게 피어 있는 봄날이었어요. 긴 병으로 오래 고생하시던 아버지가 먼저 세상을 뜨셨습니다. 그리고 아버지의 장례식이 끝나기도 전에 여동생이 강간을 당해 자살을 했습니다. 그 뒤 열흘도 채 못 되어 형이 전사했다는 부고가 날아들었어요. 그런 다음 한 달도 넘기 전에 내가 전방으로 나가게 되었어요."

시간의 심연에서 흘러나오는 에이상의 목소리에는 앙금처럼 가라앉아 굳어진 하얀 슬픔이 성에 같이 매달려 있었습니다.

내가 살며시 손을 내밀어 에이상의 손을 잡아주려 하자 불에 데기라도 한듯 화들짝 놀라며 힘껏 손을 뿌리칩니다. 그리고는 다치지 말라고 자기 몸에 독이 있으니 아무도 가까이 오지 말라고 엄포를 놓는 것입니다. 어쩔 수 없이 태호씨와 나는 그와 조금 떨어진 거리에 누워서 숨을 죽이고 그의 이야기를 들어주는 수밖에 없었습니다.

밤은 한숨같이 무거운 숨결을 토해내고, 헤프게 기억을 빗질하는 어둠은 에이상을 도와 썩어가는 내장의 아픔을 눌러 주고 있었습니다. 말라 터진 그의 입술 사이로 세월에 젖은 축축한 소리가 다시 울리기 시작합니다.

"…어머니가 계속 숨을 쉬고 있다는 것이 내게는 존경스럽기까지 했어요. 그런데 내가 전방으로 떠나기 전날 밤, 갑자기 방문이 활짝 열리더니 어머니가 웬 처녀의 손목을 이끌고 들어오시는 거예요. '네가 효자라면 손주나 하나 남기고 가렴.'…"

잠간 말을 끊고 에이상은 괴롭게 숨을 톺다가 다음의 말은 내뱉기가 엄청 어려운 듯 고개를 숙이고 입술을 꽉 깨물고 겨우 소리를 뱉어내는 것입니다.

"…그런데 되지 않았습니다. 섹스는 사랑이 아니라 하지만 아마 사랑의 사촌 즘은 되나 봅니다. 장밤을 지새우며 온갖 애를 다 썼으나 끝내는 아무것도 이루지 못하고 눈에 핏발만 벌겋게 선채 전방으로 떠나고 말았습니다. 그 후부터 나는 어떤 일에도 자신이 없고 스스로 병신이라 자학하며 이럴 바엔 하루 빨리 싸움터에서 영광스럽게 죽기만을 기다렸어요."

괴로움은 못에 돌을 던졌을 때의 물의 파문과도 같이 한 겹 한 겹 동그라미를 그리며 빠르게 전파해옵니다. 인간이 자기 스스로에게 버림받았을 때보다 더 비참한 상태가 또 어디 있겠습니까? 그 아픔의 깊이를 그 잔인함의 너비를 폐부의 세포 세포로 감지하며, 저 밴질밴질해 보이는 에이상의 가슴속에도 저토록 커다란 상처가 잠재해 있을 줄은 진정 몰랐습니다.

"그러던 나를"하고 에이상이 중요한 선언이라도 하듯 입술에 힘을 모아 소리를 만들어냅니다. "유정씨가 남자로 만들어 주었어요. 그래서 내게는, 이곳에서 보낸 하루하루가 가장 행복한 기억으로 남아있게 되었습니다."

소스라치게 놀란다는 말을 생생하게 실감하는 순간입니다. 하품을 하는 하마처럼 입만 잔뜩 벌렸을 뿐 아무 소리도 내지 못하는 내 모습은 아마 엄청 웃기는 병신 탈 같았을 것입니다. 그도 그럴 것이 지금 이 순간에는 어떤 말을 해도 물에 기름을 탄 듯 도무지 어울리지 않음을 아는 까닭에 멀리 푸른 별들이 오돌 오돌 떠는 밤하늘만 하염없이 쳐다보고 있었습니다.

한식경이나 지나서야 태호씨가 겨우 입을 열었습니다.

"그렇다면 행복을 좀 더 누려야지, 왜 아직 독이 가시지 않은 물은 마시고 그러나?"

그러자 높지는 않으나 메아리치는 듯한 목소리로 대답하는 에이상의 그 단어들의 음향은 지금도 내 기억 속에 깊숙이 각인되어 있습니다.

"누군가는 마셔보아야 독이 있는지 없는지 알지 않겠소. 그게 운명이라면 당연히 내가 해야지. 우리 영태를 위해서라도!"

영혼이 옷을 벗는 소리가 조용히 들립니다. 저물어가는 가을의 황혼처럼 폐부를 찌르는 짜릿한 감동이 세포세포에 배어듭니다. 에이상의 말속에 조용히 흐르는 강물의 밑바닥에 깔려 반짝이는 금싸라기 같은 잠재의 뜻을 숙연하게 가슴속에 새기며 우리는 그림자처럼 안타깝게 말을 잃어가고 있었습니다.

아침은 여전히 푸른 공기에 노란 치마를 펄럭이며 다가옵니다. 이제 무한하게 깊은 하늘이 짜증스러워지고 그의 청명함이 내 허약한 간을 말립니다. 우리의 고통 앞에 냉담한 바다, 부질없이 종일 머리만 흔들어 대는 저 멍청한 수풀, 이 요지부동의 광경에 나는 분노마저 느끼고 있었습니다.

아침마다 바다와 하늘을 이어주며 날아예던 갈매기들도 어디론가 사라져버리고 바다물가에 자는지 깨어 있는지 아니면 우리를 노리고 있는지 모를 시커먼 악어만이 거대한 고목처럼 까딱 않고 엎드려 있을 뿐입니다.

이제 에이상은 온몸이 썩어들기 시작합니다. 나는 차마 눈을 뜨고 볼 수가 없어 가능한 시선을 피하고 소리로만 느끼려 애쓰고 있었습니다. 그런데 에이상은 도리어 아무 소리도 내지 않고 있는 것입니다. 마치 어린 아이가 장난감을 놀다가 그대로 쓰러져 잠이 들어버린 듯 쌔근거리는 숨소리만 고르지는 않으나 간간이 들려올 뿐입니다. 차라리 황소처럼 둔중한 소리로 신음하거나 가련한 새처럼 작은 소리로 울고 있었더라도 내 가슴이 이토록 산산 조각이 나지는 않을 것을.

태호씨는 헛된 짓인 줄 알면서도 익사 전 마지막 지푸라기라도 잡는 심정으로 수풀 속에 들어가 약초를 찾아 헤매다가 해가 서쪽으로 기울어질 무렵에야 먹이를 찾아 헤매다 공복으로 돌아온 두더지처럼 비참하고 초라한 모습으로 다리를 질질 끌며 돌아왔습니다.

그때 나는 에이상의 눈귀에 맺힌 작은 눈물방울이 보석처럼 빛나는 것을 보았습니다. 그의 그늘진 눈확에는, 상처를 입고 바야흐로 죽어가는 새의 고통스러운 떨림이 배어 있었습니다. 그 가냘픈 눈동자에서 한 점의 순백의 구름덩이가 태호씨의 눈으로 옮겨 흐르고 그것이 다시 내 눈을 흘러지나 망망한 바다로 흘러갑니다.

또다시 핏빛의 시간이 되었습니다. 황혼이 우리들의 떨리는 눈썹에 걸려오고, 태양은 덮쳐오는 저녁 빛 속에 잔뜩 찌그러진 빨간 실뭉치같이 바다위에 둥둥 뜨다가 난파당한 화물선이 가라앉듯 조용히 자취를 감추어 버립니다. 이어 어둠이 연기처럼 내려앉고 독을 밴 바다가 괴로운 한숨을 기일게 토하기 시작합니다.

그날 저녁 에이상은 아무 말도 하지 않았습니다. 이제는 입술도 썩어들기 시작하여 위아래입술이 고무풀을 발라 단단히 붙여놓은 듯 서로 엉겨붙어버린 모양입니다.

낮에 너무 지치고 힘들었던 태호씨는 몸을 가누는 것조차 어려운 상태임에도 불구하고 에이상을 돌본다고 그의 곁에 드러누웠으나 결국 아무것도 지켜보지 못한 채 자신이 먼저 혼수상태에 빠지고 말았습니다.

에이상은 여전히 신음소리를 내지 않고 있습니다. 앙다문 이빨 속에 고통의 함성을 지그시 간직하고 움푹하게 패인 두 눈에 이름 모를 분노를 번뜩이며 갈색의 어둠속에 개똥벌레 같이 떠다니는 유령의 눈을 지켜보듯, 겨드랑이로부터 풍기는 죽음의 냄새를 맡고 그 끔찍한 무게를 가늠하듯 힘들게 눈꺼풀을 열었다 닫았다 를 반복하고 있습니다.

나는 눈을 감고 조용히 누워 있었으나 내 심장의 부정맥은 내 몸뚱이를 마구 두드리며 이쪽저쪽으로 뛰어다닙니다. 그제 날, 내가 가슴으로 구해주었던 저 소중한 생명이 이토록 끔찍한 공포와 침묵 사이에서 아무 희망도 없는 죽음을 의식하고 이제 곧 날개를 퍼덕이며 뛰어내려오는 사신을 맞아야 하다니, 아직은 온몸에 젊은 홍색의 피가 콸콸 흐르고 있는데, 아직은 젊은 갈색의 눈동자가 거침없이 돌아가고 있는데 어찌하여 이런 끔찍한 일이 우리의 머리위에 떨어져야 한단 말입니까? 그럼에도 불구하고 저 처참한 죽음을 넌지시 건너다보며 아무 말도 할 수 없고 아무 일도 할 수 없는 나 자신이 너무도 밉고 가증스러워 견딜 수가 없습니다. 마음이 시키는 대로라면 저토록 죽음의 고통을 혼자 안고 신음을 가슴으로 삼키며 외로이 몸부림치는 저 영혼을 따뜻한 팔로라도 안아주고 위로해주어 이 세상의 마지막 전송이 이렇게 차갑고 처참하지는 않게 해주고 싶은데, 허나 내 몸속에는 또 다른 하나의 심장이 존재해 있습니다. 그 심장은 내일도 멎지 않고 끊임없이 뛰기 위해서는 슬픈 노래는 잠시 잊고 졸음에 빠져들어야 한다고 수시로 몸뚱이를 채찍질하고 있습니다. 드디어 내 정신은 극도로 피곤한 육체를 놓아주고 말았습니다.

무거운 밤은 노오랗게 타오르는 별들의 주위를 에워싸고 검은 춤을

춥니다. 희뿌연 하늘에 슬픈 얼굴의 달이 슬며시 나타나 슬픈 밤의 장막에 슬프게 빛을 붓습니다.

아침은 또다시 하얗게 밝아왔습니다. 눈을 뜨고 보니 내 옆자리에 누웠던 태호씨가 없어졌습니다. 다시 저쪽을 건너다보니 저만큼 멀찍이 누웠던 에이상도 보이지 않습니다. 나는 급히 무거운 몸을 일으켜 엎어질 듯 천막을 나섰습니다.

바닷가 모래톱에 사람의 그림자가 멀찍이 보이는 듯합니다. 그쪽으로 다가가면서 자세히 보니 태호씨가 모래톱에 퍼더버리고 앉아 울고 있는 것이 시야에 들어옵니다. 심장이 뚝 멎고 다리가 거꾸로 쳐들리는 듯한 느낌, 얼결에 태호씨를 소리쳐 부르려다가 그만두고 천천히 묵묵히 다가갔습니다.

두 손으로 모래를 잡아 파며 꺼이꺼이 통곡하는 태호씨의 울음소리는 금시 창자가 끊어져 나가고 간이 부서지는 소리만큼 애통하고 처절하게 들립니다.

"…바보 같은 자식, 같이 가자고 했잖아… 어떻게 이런 식으로 혼자 간단 말인가… 어허허허! …어허허허! …"

에이상이 가다니? 어디로 가?… 혹 죽었다는 말? 그런데 왜 시체는 보이지 않지? 나는 이상하게 생각하며 나직이 물었습니다.

"그게 무슨 말이에요? 에이상이 가다니… 어디로요?"

태호씨가 나를 느끼고 벌떡 몸을 일으켜 급히 마주 걸어오며 두 팔로 나를 감싸 안는 것입니다.

"바다 쪽을 보지 마세요." 하고는 울대뼈를 힘들게 움직이며 말을 잇습니다.

"놀라지 말고 들으세요. 에이상은, 그 바보 같은 자식은 저 물고기들 속으로 가버렸습니다."

"……?!"

몇 초간 얼떨떨해 있던 내 머릿속에 갑자기 번개 같은 것이 뛰어듭니다.

"저, 바닷물 속으로 갔다는 거에요?"

"……" 침묵은 대답입니다.

"아아, 에이상, 에이상! …에이상------! …"

소나기가 퍼붓듯 가슴속에서는 비가 쫙쫙 내리는데 깡깡 말라 사막이 된 눈에서는 핏방울 같은 작은 방울 하나가 나왔을 뿐입니다. 하지만 내 심장은 내 가슴의 울림을 그대로 날라 온몸에 전파시키고 있습니다…

이윽고 태호씨가 나를 그러안으며 달랩니다.

"그만하고 저길 보세요. 에이상이 남긴 유언이 모래 위에 씌어 있어요."

나는 태호씨가 이끄는 대로 돌아서서 저쪽으로 몇 걸음 걸어갔습니다. 과연 반듯한 모래 위에 꼬챙이로 물결치는 안개같이 써놓은 커다란 글씨가 눈에 들어왔습니다.

"영태야, 한번쯤은 일본 할머니 보러 가거라."

목구멍이 꽉 막혀 아무 말도 나오지 않습니다. 혈관 속에서는 젤리 같이 걸쭉해진 피가 암초에 부딪치며 사품쳐 흐릅니다. 사람은 태어나는 순간부터 묘지를 향해 걷는 행자라지만, 전쟁의 사나운 풍운에 말려 생물의 몫으로 희생을 치른 에이상은 불꽃에 날아드는 날벌레처럼 섬광 같은 죽음을 맞이한 것입니다.

나는 영혼을 가다듬고 에이상이 남긴 소중한 유언을 가슴에 남은 슬픈 향기와 더불어 폐부에 깊숙이 간직했습니다.

31 ~«««

잠은 깰 수 있어서 좋습니다. 만일 깨지 못하는 잠이 있다면 그것은 죽음이겠지요. 그래서 죽음은 영원한 것이고, 삶은 무수한 잠을 깨는 순간들로 이어지는 것이 아닐까요.

모든 것이 죽어버리고 무거운 침묵만이 남았습니다. 에이상은 죽으면서 우리의 눈물과 웃음 모두를 가져가버렸습니다. 이로써 모순과 조화로 묘하게 아름답던 우리의 3각형 사회는 이제 둘로 축소되어 각을 이루지도 못하고, 에이상의 빈자리는 우리의 가슴에 커다란 터널을 만들어 놓아 그 터널로 고통과 슬픔이 수시로 드나들고 있습니다. 허나 오는 고통이 아무리 크다 해도 모자를 벗어버리듯 그것을 벗어버리지 않으면 공기만 마시고는 살아갈 수 없는 현실이 살아있는 자의 더 큰 고통인 것입니다.

아침이 되면 눈꺼풀이 떨어지기 바쁘게 태호씨는 지치고 허기져 벗겨 놓은 양가죽같이 축 늘어진 몸을 질질 끌고 바다물가로 나가봅니다. 그때마다 나는 "와, 오염이 가셨다! 바닷물에 산 물고기가 있다!"라는 외침소리가 들려오기를 또는 그런 내용이 내 가슴에 전해지기를 그 얼마나 애타게 고대하고 갈망하는지 모릅니다. 하여 태호씨가 일어나는 기척만 나면 아무리 피곤하고 잠이 모자라더라도 떠지지 않는 눈을 애써 비벼 뜨고는 서둘러 천막 밖으로 나가 쫓기는 오리같이 목을 길게 빼들고 기다리곤 합니다. 하지만 바다는 여전히 처참하게 죽은 대로였고, 죽은 물고기들의 사체는 여전히 층을 이룰 지경으로 물위에 둥둥 떠다니고 있습니다.

희망의 환영은 아득히 날아가 버리고 하루하루 절망의 억센 손아귀가 우리의 목을 아프게 조여 옵니다. 그런데도 저 멀리서는 여전히 희망 비슷한 무엇이 갈린 목소리로 노래 부르는 까닭은 아마도 어두운 밤은 지나가기 마련이고 아침은 또 다시 떠오를 것이라는 막연한 믿음 때문일 것입니다.

이제는 씹어볼 만한 풀뿌리도 없습니다. 우리의 지구는 이제 우리에게 그 어떤 먹을 것도 마실 것도 내주지 않습니다. 오랜 가뭄에 말라버린 풀들은 손만 대면 가루처럼 바스러지고 누렇게 시들어 땅에 떨어진 나뭇잎들은 불을 살리기 마침한 땔거리밖에 되지 못합니다. 하늘이 빈혈 같은 빗방울이라도 날려주면 입술이나마 촉촉이 적셔볼 수 있으련만 무심한 구름은 역병이라도 걸린 듯 어딘가에 널브러져 있고 날에 날마다 불타는 태양의 거대한 고리만이 우리의 눈앞에서 힘차게 굴러갈 뿐입니다. 빗방울이 후드득거리는 소리가 너무 그립고 집채같이 파도를 일으키는 바람이 애타게 그리워 차라리 지진이라도 확 일어나 세상이 뒤집혀졌으면 역사가 흐른 뒤 어느 고고학자에게 가치 있는 해골로 발굴되지 않을까, 아니면 수증기처럼 하늘로 증발되어 구름을 이루고 그 구름이 다시 비가 되어 내려올 수도… 이런 허튼 생각을 하다가 저도 모르게 혼수상태에 빠져들기도 합니다.

　지금 내 몸은 지나치게 마르고 수척해져 해골이 보면 나를 해골이라고 묻어버릴 지경입니다. 그런데도 기적중의 기적은 뱃속의 태아가 여전히 내 골반 안에서 숨을 쉬고 태동을 하며 자라나고 있다는 것입니다. 매일 아침 내 손목을 잡고 맥을 짚어본 태호씨의 여윈 얼굴에는 놀람을 동반한 만족이 안개처럼 자오록이 피여 오릅니다. 그럴 때마다 우리는 일말의 흐뭇함과 행복감에 겨워 잠시나마 모든 고통과 슬픔을 잊을 수 있었습니다.

　이제 이 무인도에 남아있는 생명은 단지 셋, 태호씨와 나 그리고 저 고목 같은 악어 놈뿐입니다. 미물인 저 악어 놈이 도대체 어떻게 오염된 바닷물로부터 자기를 보호해 왔는지, 아니면 벌써 전에 중독되었으나 공룡이었던 조상의 끈기와 집채 같이 큰 신체의 우둔함으로 여태껏 버티고 있는지는 알 도리가 없습니다. 단지 보이는 것은 놈의 피부가 전보다 더 울퉁불퉁해지고 늘 거목처럼 물속에 불루루룩 잠겨 있던 몸이 지금은 그대로 밖에 드러나 마치 좌초된 고래인양 바닷가에 덩그러니 엎드려 있는 것입니다. 하여 처음으로 놈의 옹근 몸뚱이를 본 우리는 그 엄청난 크기에 그만 까무러칠 듯 놀라 밤에 잠마저 이루기 어렵습니다. 눈만 감으면 집채 같은 파도가 덮쳐오듯 놈의 거대한 몸뚱이가 덮쳐오는 환영이 나타나고, 눈을 뜨면 보이지 않는 주위에서 어슬렁거리는 놈의 꼬리가 그물같이 공기 속에 분포되어 있는 듯합니다. 하여 우리는 하루 종일 천막 안에 들어박혀 서로를 의지하고 위로하며 생명의 시간을 보내는 수밖에 없었습니다.

　이처럼 공포의 구더기들은 시시각각 우리의 정신을 갉아먹고 있는데도 희망의 별들은 어두운 먼지 속에 처박혀 털끝만큼도 얼굴을 내비치지 않고 있습니다.

이제 나는 목소리마저 사라져버린 듯합니다. 하여 한동안 눈으로 소리를 대신했으나 지금은 눈마저 바로 뜰 수가 없게 되었습니다. 죽음이 우리의 텅 빈 뼈 속으로 슬금슬금 기어들고, 시간은 우리의 떨어지는 핏방울로 채워져 가고 있었습니다.

그날의 황혼은 참으로 유별나다 할까요. 아침이 된 듯 자오록한 안개가 바다와 육지, 사물의 경계를 삼켜버리고 태양은 잔뜩 찌푸린 빨간 반점처럼 서쪽 하늘가에 걸려 있다가 이름 모를 원한을 잉태한 자줏빛 입술처럼 끊임없이 실룩거리며 바다의 저쪽으로 사라지는 것입니다. 해질 녘에 드팀없이 현란하던 바위들도 그 찬란한 빛을 잃은 채 우중충한 저녁빛 속에 서서히 함몰되어갑니다.

별 없는 밤이 해 없는 낮을 집어삼킬 즈음, 나는 생의 필름이 모두 돌아가 자신의 생명이 한계에 이르렀음을 직감하게 되었습니다. 죽음을 의식하는 순간 하고 싶은 말들이 일제히 목구멍으로 치달아 올라 저도 몰래 입을 쩍 벌렸으나 미라의 입이 벌어지듯 천천히 조금만 움직여졌을 뿐. 다행히 꼼짝 않고 내 얼굴을 지켜보던 태호씨가 금방 알아차리고 자기의 귀를 내 입술에 바싹 들이댔습니다. 그런데 내게는 모음이 남아있지 않습니다. 자음도 남아있지 않습니다. 오로지 영원한 비밀을 머금은 침묵의 여운과 검은 잉크 같은 망각만이 남아있을 뿐입니다.

"유정씨, 정신 차려. 혹 내일 비가 내릴지도 몰라요. 그러니 조금만 버텨요. 유정씨!"

태호씨가 내 어깨를 흔들며 울부짖었지만 나는 이미 그 소리를 듣지 못합니다. 나는 잠간씩 의식을 잃어갔고, 태호씨가 인중을 누르는 등 구급으로 깨워 놓아도 거의 사지를 움직일 기력이 남아있지 않습니다.

"유정씨, 제발 맥을 놓지 말아요… 오늘밤만 지나면 내일은 비가 내리고 바람이 불고… 그래서 바닷물이 정화될 것이니… 오늘밤만… 오늘밤만 버텨주세요… 제발, 유정씨!…"

태호씨의 울음 섞인 목소리가 먼 산의 메아리처럼 멀어졌다 가까워졌다 를 반복하며 가물거리다가 어느 순간 뚝 끊어져버립니다. 그런 다음 내 눈꺼풀이 막 내려오려는 찰나, 마르고 갈라 터져 파인애플 껍질 같은 그의 입술이 내 입술 위에 포개집니다. 그러자 불현듯 날아가던 영혼이 다시 돌아오는 듯, 느낌이 신경의 줄기를 타고 온몸에 퍼지며 일종의 행복감 비슷한 난류가 혈관을 적셔줍니다. 아, 죽음도 지배하지 못하는 정감, 그것이 정녕 이 세상에 존재하고 있는 것일까?

"나는 당신 안에서 나를 찾았고, 당신의 그림자 속에서 사라져가니 행복합니다."

이것이 내가 가슴으로 하고 싶은 말이었습니다.

그런데 내가 아직 입을 벌리기도 전에 천막 밖에서 별안간 다친 짐승의 발악적인 울부짖음 소리가 들려왔습니다. 다음 우리가 미처 반응을 하기도 전에 거대한 힘의 충격으로 천막이 와당탕 부서져 나가고 우리의 몸은 달빛아래 죽은 물고기처럼 드러나 버렸습니다. 드디어 미친 악어 놈의 최후 발악이 시작된 것입니다. 이어 악어 놈의 솥뚜껑 같은 발이 우리를 향해 덮쳐오는 찰나, 태호씨가 온몸의 기운을 다해 나를 저쪽으로 확 밀어 제치고 자기 몸은 미처 피하지 못해 그만 악어의 발에 허리를 사정없이 밟혀버렸습니다. 바스러지는 듯한 비명소리에 내가 펄쩍 정신을 차리고 보니 어스름한 달빛 속에서 거대한 공룡 같은 악어가 그 커다란 입을 짝 벌리고 방금 허리뼈가 끊어져 꼼짝달싹 못하는 태호씨에게 막 덮쳐들고 있는 것입니다. 죽음은 이렇게 눈 깜빡할 새에 속수무책으로 닥쳐왔습니다. 떡돌처럼 무거운 눈빛의 남자, 바위같이 흔들림 없고 바다같이 너른 가슴에 담요같이 부드러운 심성을 가진 남자---- 태호씨는 이제 곧 악어의 입안에 들어가 악어의 뼈와 살로 변해버릴 것입니다. 그 광경을 차마, 차마 내 눈으로 지켜볼 수가 없어 두 눈을 질끈 감아버렸습니다. 허나 다시 눈을 떴을 때, 내가 눈을 뜨고 다시 보았을 때, 죽은 것은 놀랍게도 태호씨가 아니라 거대한 악어 놈이었습니다. 어떻게… 어떻게…이런 일이……

사실 악어는 벌써 며칠 전에 이미 중독된 물고기를 먹고 심하게 중독되어 있었으나 놀라운 끈기로 미련하게 버티다가 죽기 전에 최후발악으로 평소에 가장 두려워하던 노란 색상도 구분하지 못하고 마구 덮쳐들었던 것입니다. 그 미친 듯한 완력으로 천막을 들부쉈을 때 놈은 이미 남아있는 기력을 다 써버렸고 우리에게 덮치고 입을 벌려 태호씨를 먹으려는 순간에 꼴깍 목숨이 다한 것입니다. 그래서 놈은 벌렸던 입속에 공연히 모여들었던 밤의 공기만 서서히 내보내며 쿵! 옆으로 나가 뻗어버린 것입니다.

자는 줄 안다면 자는 것이 아니 듯, 죽은 줄 안다면 죽은 것이 아닙니다. 그래서 나는 내가 아직 죽지 않고 있음을 알고 있습니다. 영혼이 얼음 위의 물방울처럼 바닥도 없는 심연 속에 하염없이 미끄러져 가다가 가끔 무엇엔가 걸려 깜짝 놀라며 다시 돌아오곤 합니다.

허리뼈가 끊어져 꼼짝도 할 수 없는 태호씨가 어떻게 내 옆에까지 기어왔는지 알 수가 없고, 단지 그의 손이 내 손목을 잡고 맥을 짚고 있는 듯한 느낌이 전해오고 있습니다. 밤의 장막에서 죽음의 별이 우리를 내려다보며 구슬픈 은빛의 눈물을 쏟고 있습니다.

"엄마, 나는 지금 이렇게 죽어가고 있는데 엄마는 어디 있는 거야?"

내 영혼이 말합니다. 그리고 내 눈은 다시 스르르 감겨졌습니다…

"…엄마가 여기 있어. 엄마가 여기 있다구." 하면서 보이지 않는 어딘가에서 누군가 손짓하는 것입니다. 그런데 또렷이 들려오는 소리와는 달리 아무리 목을 빼들고 보아도 희뿌연 장막 속에는 아무도 보이지 않습니다.

"누구세요? 내 엄마라면 빨리 나와 주세요."하고 소리쳤더니 희뿌연 장막이 서서히 위로 걷히면서 멀지 않은 저쪽에 하얀 치마저고리를 입은 여인이 나타나는데 내 어머니는 아닙니다. 그래서 "내 엄마가 아니잖아요."라고 말했더니 여인이 알릴락 말락 미소를 지으며 "나는 태호의 어머니다. 아가야, 이리 오너라!" 하시며 두 팔을 쫙 펴드는 것입니다.

"아, 어머님!…" 나는 목이 메어 부르며 무릎을 꿇고 공손하게 큰절을 올렸습니다. 그러자 여인이 나를 향해 한 발짝 두 발짝 다가오는 것입니다. 나도 여인을 향해 한 발짝 두 발짝 세 발짝 다가갔습니다… 이제 서로의 거리는 지척을 다투게 되었습니다. 바로 이때 별안간 서서히 걷히던 장막이 멈칫 하더니 이번에는 방향을 바꾸어 서서히 내리기 시작하는 것입니다. 여인과 나는 놀란 듯 걸음을 멈추고 마주 서서 우리의 사이를 갈라놓으며 서서히 닫히는 장막을 망연히 바라보고만 있습니다. 드디어 희뿌연 장막의 끝이 덜커덩 소리를 내며 닫혀버렸습니다. 그 소리와 함께 날개를 활짝 펴고 날아가던 내 영혼이 휭 하니 방향을 돌려 다시 나를 향해 날아와 내 육체 속으로 조용히 들어옵니다. 그런 다음 닫힌 장막이 서서히 머얼리로 이동하더니 마침내는 아무것도 보이지 않게 사라져버립니다. 이윽고 내 눈이 천천히 떠졌습니다.

희읍스름한 새벽빛이 감도는 하늘에 차가운 달그림자가 희미하게 어려 있고 푸르스름한 안개가 흐르는 공기는 회색으로 방치되어 있습니다.

내 의식의 일부는 아직 깨지 않아 시간의 혼돈 속에서 최면에 걸린 듯 다시 눈을 감고 조용히 누워있었습니다. 그런데 이상한 느낌이 드는 것입니다. 맛있는 생선을 실컷 먹고 난 뒤의 조금 비릿하면서도 향긋한, 갈색의 잘 익은 포도주를 마신 뒤의 감미로우면서도 조금 떫떫한 그 형언하기 어려운 맛이 내 입안에 감돌고 있는 것입니다. 그래서 입이라도 한번 다셔보려고 입술을 움직여봤더니 입안에 뭔가 딴딴한 것이 물려 있는 느낌입니다. 정신을 바짝 차리며 눈을 크게 떠서 눈동자를 아래로 굴려보니 내 입안에 엄연 손가락이 들어와 물려 있는 것이 아니겠습니까. 소스라치게 놀라며 고개를 옆으로 돌리자 내 몸에 붙어 모로 누웠던 태호씨의 몸이 툴렁 떨어져 나갑니다.

"아, 태호씨!" 이제야 기억이 돌아온 듯 나는 태호씨를 부르며 몸을 일으켰습니다. 예상외로 몸이 선뜻 일으켜지고 목소리도 입술 밖으로 잘 울려 나가는 느낌입니다. 아, 내가 죽지 않고 살아난 것이구나. 그런데 태호씨의 얼굴을 보는 순간, 나는 기절 초풍할 듯 놀라지 않을 수 없었습니다. 백지장 같이 창백한 얼굴에 핏기 한 점 찾을 수 없고 오관은 고무로 빚어 놓은 듯 실감이 나지 않는데다 꾹 감겨진 두 눈은 마치 영원을 말하듯 단단히 잠겨 다시는 떠질 것 같지 않습니다.

"태호씨, 태호씨, 눈 좀 떠보세요. 태호씨!"

애절하게 부르며 어깨를 마구 흔들었으나 태호씨의 몸은 미동도 하지 않습니다. 불현듯 그의 왼손이 피로 물든 것을 발견하고 재빨리 살펴보니 칼에 베인 깊은 상처가 식지에 남아 있는 것입니다. 순간 소스라치도록 놀라는 동시에 엄청난 사실이 뇌리를 울리며 다가옵니다. 그의 이 왼손 식지는 바로 조금 전까지도 내 입에 물려있던 그 손가락임이 틀림없습니다. 그러니 이 남자는 내가 사선을 넘는 순간에 자기 손가락의 정맥을 베어 내 입에 피를 흘려 넣는 것으로 나와 뱃속의 아이를 구하고 자신은… 영영 돌아오지 못할 죽음의 길을 선택했던 것입니다.

"아아, 태호씨, 가지 마요! 이렇게 가면 안돼요, 안 된다구요. 태호씨-- 태호씨------! …"

이 일을 어쩌면 좋아, 어쩌면 좋냐구… 아아, 사신이여, 이 남자만은 데려가지 말아주세요. 이 남자는 결코 자기 운명을 가는 것이 아닙니다. 내가 가야 할 길을, 내가 맞아야 할 운명을 이 애매한 생명이 대신하고 있는 것입니다…

아니, 행여 이것이 꿈일지도 모른다. 어쩌면 이곳은 내 꿈속이거나 태호씨의 꿈속일수도 있다. 그러니 어서 빨리 이 끔찍한 꿈을 깨야지! 하느님, 내게 힘을 주세요. 이 꿈을 깨게 해주세요. 내 생시를 돌려주세요. 이 처참한 꿈속에 나는 일초도 더 머물고 싶지 않습니다. 하느님, 제발 나를 불쌍히 여겨주세요…

그렇게 땅에 엎드려 피가 터지게 머리를 조아렸으나 사신도 하느님도 대답이 없습니다. 바람도 먼지도 공기도 알은체하지 않습니다. 죽음은 생물에서 무생물로 되어 땅과 하나가 되는 과정이라고 하지만 만약 나에게 장벽이 있다면 그대가 떠나는 길을 철성같이 막아 나설 것입니다. 설령 내가 교미를 마친 후 생식을 위해 수컷을 잡아먹는 암거미(혹은 사마귀)의 섬뜩한 숙명을 타고났다 할지라도 이 가슴에 깊숙이 박혀있는 사랑의 심지로 그 숙명을 모조리 태워버리고 싶습니다. 그래서 지금 이 가슴은 이토록 빠지직 빠지직 아프게 타들어가고 있는데, 무엇 때문에, 어찌하여???…

두 팔을 벌려 그의 몸을 으스러지게 껴안았습니다. 그리고 나의 몸속에 깃들여 있는 당신의 분신을 그의 몸에 바싹 밀착시켰습니다. 과연 그동안 멈춰 있던 태동이 기적같이 다시 뛰기 시작하는 것입니다.

"들었어요? 태호씨, 우리 아기가 뛰고 있는 소리를. 우리 영태가 지금 아빠에게 말을 하고 있는 거에요…"

그러자 기적의 기적이 나타났습니다. 내 품에 안겨 있는 숨이 끊어진 태호씨의 얼굴에 안개 같은 아련한 미소가 거짓말처럼 피어오르는 것입니다.

아, 태호씨, 태호씨, 잠간만 눈 떠보세요. 우리 아기가, 우리 영태가…

하지만 그 멋지고 부드러운 최후의 미소는 아름다운 영혼으로 그의 얼굴에 새겨져 육체와 더불어 조용히 자기가 태어났던 대지(大地)의 침대로 돌아가고 말았습니다.

아, 태호씨, 내 영원한 사랑이여, 우리는 지금 서로 껴안은 채 헤어지고 있습니다. 완벽한 사랑은 만남과 이별 모두를 사랑하는 것이라 했습니다. 죽음도 나누어 가질 수 있다면 그래서 나눈 만큼 작아질 수만 있다면 기꺼이 당신과 죽음을 나누어 가지고 싶건만, 당신은 그렇게 혼자 죽음을 독차지하며 나를 떠나 버렸습니다. 허나 내 몸의 세포 세포를 무섭게 울리는 당신의 이 마지막 임종의 향기는 내가 숨을 쉬고 있는 동안 영원히 내 가슴속에 남아있을 것입니다. 지금 아직 당신의 슬픈 영혼이 내 곁을 떠나기 전에 나는 눈물이라는 다리를 거쳐 내 발효된 영혼을 당신의 가슴에 맡기려 합니다. 한 것은 당신이 떠나버린 뒤에 내게는 영혼이 필요 없기 때문입니다. 내 영혼은 영원히 당신의 곁에 머물러 있을 것입니다…

32 ⤳

세상에서 가장 아픈 슬픔의 맛을 나는 압니다. 세상에서 가장 큰 고독의 깊이를 나는 압니다. 내 심장은 화석이 된 것 같기도 하고, 가슴 속에서 아주 사라져 버린 것 같기도 합니다.

그러는 사이에도 세상은 여전히 돌아갑니다. 어디에서 누군가는 깔깔거리며 웃고 있을 것이고 어디에서 누군가는 기름이 번지르르한 고기를 뜯고 있을 것이며 또 어디에서 누군가는 세상의 평등이니 뭐니 잡담하고 있을 것입니다.

그러는 사이에도 태양은 여전히 떠오르고 여전히 곡선을 그리며 하늘에서 한가로이 떠가고 있습니다. 오로지 나만이 모래로 대충 매장한 태호씨의 무덤 앞에 쓰러져 떠난 이의 슬픔보다 더 강한 살아있는 자의 슬픔을 마시며 널브러진 시간 속에서 장작개비처럼 말라가고 있습니다.

하얀 흐느낌 속에 눈을 감아도 보이는 것들--- 피를 찢는 백지 같은 손, 밖으로 튀어나와 살아있는 지렁이가 꿈틀거리는 듯하던 정맥이 툭 끊어지는 순간 기다리고 있었다는 듯 쏟아져 나오는 갈색의 피, 혼수 상태의 안개 속에 홀로 깃들어 있는 파란 얼굴, 피와 기력과 의식을 잃어가면서도 내 소생과 영태의 태동을 끈질기게 기다리는 짙은 갈망의 긴 터널, 각일각 가까워지는 죽음에 위축되지 않고 반대로 찬란하게 맞이하는 저 황홀한 미소…

지금 나는 이지러진 달 아래의 총에 맞은 이리처럼 나 자신이 무엇을 해야 할지 모르고 있습니다. 당신이 옆에 있을 때는 기쁨도 슬픔도 괴로움도 모두 다 희망을 쌓는 한 장의 벽돌이었으나 지금은 말없는 모래밭에 애처롭게 남아 있는 무형의 흔적밖에는 아무것도 보이지 않습니다. 이제 찌는 듯한 여기 모래 속에 내 찢어진 마음이 잠들거든 저 푸른 하늘 아래 한 자락의 바람으로 풀어져 당신을 따라가고자 합니다. 하지만 지금 내게는 죽음의 문이 열려 있지 않습니다. 바로 당신--- 태호씨가 자기의 피로 내 죽음의 문을 모두 닫아버린 까닭입니다.

또다시 황혼이 찾아왔습니다. 청아한 저녁의 평온 속에 차분히 가라앉은 바다, 고요하고 맑은 저녁하늘이 저토록 아름다운데, 당신의 눈에는 이제 아무것도 보이지 않겠지요. 하지만 당신의 현란한 한은 핏빛의 저녁노을이 되어 바다와 잇닿은 저 서쪽 하늘을 찬란하게 물들이고 있습니다. 이제 내게는 표현할 언어가 더 남아있지 않습니다. 그래서 하늘을 쳐다보며 말을 잃었고 입술이 돌이 되어 다시는 열리지 않습니다.

숨 쉬는 시간 속에 숲들은 바람이라는 유희상대를 잃고 잠자리 준비에 서둡니다. 나는 눈을 감고 모래톱에 누웠으나 밤의 슬픔들이 내 상념들 위로 짓누르며 가슴이 뛰는 소리를 파헤칩니다. 고요한 암흑이 나와 맞서 팽팽한 침묵을 지키고 있는데, 머릿속에는 내 안에 닻을 내린 당신의 마지막 키스가 아련히 떠오릅니다. 그러자 태양을 수놓은 초록빛 어둠의 안식이 조금씩 나의 가슴을 덮어옵니다. 이제 나는 무엇을 해야 할지를 알 것 같습니다. 아니, 자신도 모를 그 어떤 불가사의한 힘이 내 몸을 지배하고 있는 듯합니다.

"체력을 보존해야 돼. 어떤 일이 있어도 잠을 잘 자고 먹을 수 있는 모든 것을 잘 먹고 그리고 기회를 보아 반드시 이곳을 떠나야 한다."

갑자기 내 몸에 세 사람의 생명이 들어있다는, 아니, 네 사람의 소중한 목숨이 젤리처럼 응축되어 있다는 느낌이 집념같이 우뚝 일어섰습니다. 삶이 내게 선물로 기한을 늘려준다면, 아니 늘려주지 않는다 해도 나는 혼신을 다해 쟁취할 것이며 그 어떤 한이 있더라도 내 필생의 노력을 다해 뱃속의 아이를 무사히 낳아 잘 키울 것이라고 피터지게 입술을 깨물며 두 영태 아빠 앞에 맹세했습니다.

자정이 되기 전에 바람이 불기 시작했습니다. 분노에 찬 젊은 바람은 산 자와 죽은 자의 언어를 섞어가며 알아듣기 힘든 목소리로 떠들어댑니다. 그 바람소리를 나는 귀로 듣는 것이 아니라 세포세포로 빨아들이고 있었습니다. 자유로운 바람은 바다를 이리저리 일으켜서 물방울을 뿌리치고 포말을 날리며 멋진 가락인양 철썩거립니다. 과연 오늘내로 비가 내릴 거라는 태호씨의 예언은 일기관측기보다 더 영검하여 바람에 실려 오는 굵다란 빗방울이 후드득거리며 떨어지는 소리가 아름다운 음악인양 내 고막을 토닥여 줍니다. 아, 드디어 하늘이 내게, 우리의 아기 영태에게 삶의 길을 열어주나 봅니다. 감사합니다, 하늘이여!

아침이 왔습니다. 오랜만에 아주 오랜만에 유유자적 미끄러지듯 날아예는 갈매기의 울음소리가 들려옵니다. 아마도 저기 물고기 떼들이 모여드는 모양입니다. 나는 엎어질 듯 바닷물가로 뛰어갔습니다.

파아란 하늘과 바다는 경계를 잊은 양 서로 맞붙어있고 멀리 바라보이는 바다 섬들은 아침 햇살을 받아 황금의 옷을 입기 시작합니다. 바다는 거대한 눈표범처럼 묵직하면서도 유연한 동작으로 서서히 몸을 일으켜 파도를 만들고 깨끗이 정화된 바닷물 속에서는 산 물고기들이 춤을 추듯 자유로이 헤엄쳐 다닙니다. 밀물에 올라왔던 크고 작은 게들도 들쑥날쑥 바위들 사이에서 서로 경쟁이라도 하듯 신나게 기어 다니고 있습니다.

이 환희로운 광경에 나는 잠시 아연해져 있었습니다. 시간의 바퀴를 조금만 거꾸로 돌릴 수 있다면, 그래서 단 일분일초라도 태호씨와 에이상이 함께 이 광경을 볼 수만 있다면 나는 그 어떤 대가도 달갑게 치르고 싶었습니다. 비록 이 두렵고 쓸쓸한 무인도에서 서로 만나 갖은 고통과 쓰라림과 시리고 아픈 과정을 거쳤으나 이곳에서 우리는 형언할 수 없이 미묘하고 독특한 지고의 행복을 숨 쉬었던 것입니다. 죽은 자들의 약전에도 없는 이 씌워지지 않은 페이지를 내가 숨을 쉬고 있는 한 마음의 가장 깊은 곳에 고이고이 간직할 것입니다.

물고기를 잡아 생선을 끊여 태호씨와 에이상의 몫까지 합쳐 모두 뱃속에 넣었습니다. 담수를 실컷 마시고 잠을 푹 자고 났더니 기력이 모두 회복된 듯싶습니다. 이제 떠날 준비에 매달리기 시작했습니다.

우선 모래톱 막으로 쓰던 두랄루민 조각을 U자형으로 구부려서 뗏목 위에 거꾸로 놓고 양쪽 끝을 일정한 간격으로 뗏목의 통나무 사이에 끼워 넣어 고정시킨 다음 아교로 단단히 접착시켜 놓으니 제법 비바람을 막을 수 있는 미니 막이 되었습니다. 다음 태호씨가 서까래처럼 정교하게 만들어 쓰던 풀로 짠 깔개를 접어서 막 안에 깔고, 노란 낙하산 천은 용도가 많을 것 같아 그대로 뗏목에 실었습니다.

"영태야, 우리 이제 준비하여 여길 떠나야지." 하고 뱃속의 아기와 말하면서 나는 에이상과 태호씨에게서 배운 재간으로 물고기를 잡아서 말리기 시작했습니다. 또한 어느새 내 손으로 전염되었는지 모를 에이상의 생선 굽는 솜씨를 본받아 생선을 탁탁 털고 뒤집고 눕히며 어물쩍하게 구워서 착착 준비해 두었습니다.

"아가야, 이제 동풍만 불면 우린 떠나는 거다."

그러자 뱃속에서 영태가 대답하듯 툭툭 뛰노는 것입니다.

먹을 것이 다 비축되자 담수를 나무 물통에 넘치게 담아 뗏목에 싣고 떠날 준비를 마쳤습니다. 드디어 어느 동풍이 부는 날, 뗏목에 올라

썰물을 타고 바다로 흘러 나갔습니다.

내 영혼의 애 아빠 에이상이여, 잘 있어요!

내 심장의 애 아빠 태호씨여, 잘 있어요!

그리고 이름 없는 섬이여, 잘 있거라!

……

드디어 우리의 생명을 훔쳐 먹던 이곳, 지도에서는 바늘구멍 크기로도 찾아보기 힘든 이 무명무인도(无名无人岛)는 내 시야에서 무한대로 축소되었다가 하나의 작은 점으로 되어 마침내는 사라져버렸습니다.

33 ~《《《

망망대해의 거세찬 파도 속에서 사투를 벌이는 뗏목 하나, 그 위에 홀로 타고 있는 바다바람에 긴 머리카락을 날리는 반나체의 여인, 그 여인의 뱃속에서 오관과 오장육부와 사지가 모두 생겨 투닥투닥 뛰놀고 있는 아기…

이 장면은 아마 옛날 사람들이 꿈으로 지어낸 전설일 거라고, 아니면 어떤 화가의 상상 끝에 그려진 형이상학적 화폭일 거라고, 혹은 어느 영화 속에 펼쳐진 하나의 로맨틱한 화면에 불과할 것이라고, 그저 그럴 뿐이라고 모든 사람이 단정할 것입니다. 허나 현실은 때로 현실 자체도 이해할 수 없을 초 현실을 빚어내며 심지어 그 초 현실 속의 주인공마저 믿기 어려울 정도로 기적을 만들어내는 수가 있습니다.

"여자는 약하다. 허나 어머니는 강하다." 이 말의 함의를 나는 본의 아니게 체험하는 가운데 흐느끼듯 깨달았습니다. 아니, 지금에도 도대체 그것이 내가 직접 겪었던 진실이 맞는지, 혹여 심신이 너무 지친 어느 날, 밤에 낮을 이어 죽은 듯 자는 가운데 기일게 꾸었던 꿈은 아닌지, 또 행여 누군가 너무 진실하게 들려주는 전설을 깊은 감동에 빠져 들어 울며불며 듣다가 저도 몰래 혼돈이 생겨 그것을 자신이 겪은 일로 착각한 것은 아닌지 지금까지도 확실한 답안은 없습니다.

하지만 정녕 어느 쪽이든, 쟁기로 갈아엎고 흙에 덮인 세월의 밑바닥에서도 내 머릿속에 언제나 소중히 각인되어 있었던 만큼 기억 속에 펼쳐진 이 놀라운 세계를 한번쯤 돌아보지 않을 수 없습니다.

그날 아침, 무인도를 떠난 뗏목은 산들산들 불어오는 동풍을 타고 유유히 서쪽 방향을 향해 흘러가고 있었습니다. 충성스러운 유모 같이 고분고분한 바다는 가늘게 일렁이며 하늘까지 넘실대고 그 고요한 음악에 맞추어 역시 같은 방향으로 흐르는 불그스름한 구름이 춤을 추듯 따르고 있었습니다. 계속 이대로만 거침없이 흘러가준다면 뗏목이 안전하게 육지에 닿을 것은 물론이고 더욱이 그곳은 내 고향과 멀지 않은 대륙일 것입니다. 그러니 이 뗏목 위에서 조용히 하룻밤만 버텨낸다면 내일은 어머니 품에 안기게 될지도 모른다는 전에 없이 달콤하고 행복한 희망이 내 가슴속에서 불꽃처럼 탄생하여 온몸에 알 수 없는 전율을 전파시키며 하늘 높이 날아오르는 것입니다.

내 속마음이 전달이라도 된 듯 파도를 따라 황홀하게 날아예던 갈매기 한 마리가 뗏목 근처 수면에 사뿐 내려앉아 흔들리는 물결에 그네를 뛰며 내 얼굴을 빤히 쳐다봅니다. 그 눈을 똑바로 들여다보던 나는 처음으로 기막히게 아름다운 갈매기의 눈에 깜짝 놀랐습니다. 다이아몬드 같이 까만 동공을 둘러싸고 밝은 대리석 색상의 눈자위가 반짝이는가 하면 오렌지 껍질을 정교하게 베어 붙인 듯한 눈의 테두리는 주위의 하얀 깃털과 선명한 대조를 이루어 마치 어느 명문가에 수장된 비취 조각인 듯 항거할 수 없는 매력을 발사하는 것입니다. 나는 저도 몰래 감탄하며 갈매기에게 말을 걸었습니다.

"참말로 예쁘다! 갈매기 요정아, 넌 그렇게 예쁜 눈으로 내 갈 길을 환히 꿰뚫어보고 있으면서도 침묵하는 거지?"

순간 정보가 공유된 듯 어디선가 뭇 갈매기들이 하얗게 모여들어 눈꽃처럼 파도 위에 빼곡히 내려앉는 것입니다.

"와, 니들은 또 어디서 왔지? 털빛은 달라도 모두 요정이라구? 그럼 어디 말해봐, 내 앞길이 어떤지. 이 뗏목은 어디로 흘러가 어디에 닿을 건지…?"

흑진주 같은 눈동자들이 수학 답안을 찾는 아이들 눈처럼 또르르 구르다가 다시 딱 멈추는 것이 너무 재미있어서 나는 마치 선생님이나 된듯 힘주어 지껄이다가 점심때가 되자 배가 고파와 구운 물고기를 꺼내 자근자근 씹어 먹었습니다. 그러자 갈매기들은 마치 "나도 먹고 싶어." 하듯 그 매력적인 눈을 동그랗게 뜨고 내 입만 뚫어지게 쳐다보는 것입니다. 가련한 거지 아이가 맛있는 음식을 먹는 어른의 입을 쳐다보며 군침을 꼴깍 삼키듯 그 눈길이 하도 애처로워 물고기 한 조각을 뜯어 던져주려다가 멈칫했습니다. 그리고 바로 고개를 가로저었습니다. 아니다, 아직은. 미래를 판단할 수 없는 이 여정이 대관절 얼마나 걸릴지, 얼마나 험난할지, 얼마나 위험할지 그 누가 알랴. 뱃속의 아기를 생각해서라도 낭비는 금물이라는 생각이 머릿속에 번개같이 뛰어든 것입니다. 나는 마치 잘못을 저지르고 용서를 비는 어린애처럼 갈매기의 눈을 애처롭게 바라보며 용서를 빌었습니다.

"미안해. 지금은 나눠줄 수가 없어. 나도 새끼 가진 어미야. 뱃속의 새끼를 먹여 살려야 하니까, 미안하지만 니들은 더 바라지 말고 저리 좀 가 줄래?"

그런데 갈매기들은 멀리 갈 염은 않고 오히려 내게 핍박이라도 하듯 밀려오는 파도를 타고 자박자박 더 가까이 다가오는 것입니다. 별안간 그 아름다운 눈동자들이 이상하게 어떤 불길한 징조를 몰아오는 듯 느껴져 나는 그만 꽥 소리 질러버렸습니다.

"저리 가란 말이야! 날아가라구! 가---!"

그러자 기이한 일이 일어났습니다. 내 말을 알아듣기라도 한 듯 눈을 깜빡이던 갈매기 한 마리가 바람을 뚫고 상공을 향해 쌩하니 날아올랐습니다. 뒤를 이어 다른 갈매기들도 마치 출전 명령을 받은 전투기인양 일제히 날개를 활짝 펴더니 수면을 걷어차며 상공으로 날아오르는 것입니다.

와, 진짜 요정들이구나! 나는 저도 몰래 혀를 끌끌 차며 고개를 한껏 들어 갈매기들이 날아간 상공을 아득히 바라보았습니다.

다시 고개를 숙이고 생선을 뜯어 입에 넣는데 갑자기 이상한 느낌이 드는 것입니다. 유유히 흘러가던 뗏목이 별안간 어디에 걸린 것처럼 빙그르르 돌며 정지하는가 싶더니 놀랍게도 서서히 방향을 틀어 다른 쪽으로 흐르기 시작하는 것입니다. 이게 웬 일? 갑자기 바람이 왜? 다시 고개를 들어 하늘을 쳐다보니 머리위에서 하얗게 빛나던 태양이 어느새 밀려오는 먹구름에 통째로 가려지고 남쪽 하늘로부터 산불이 내뿜는 무더기 연기 같은 거무칙칙하고 테두리에 붉은 색을 동반한 구름장들이 떼를 지어 밀려오면서 거대한 질풍을 몰아오기 시작하는 것입니다. 파도가 비틀거리며 제멋대로 방향을 바꾸는 바다 바람에 만취한 주정뱅이 같이 춤을 추고 그에 맞춰 이리저리 시달리는 뗏목은 심하게 몸체를 뒤흔들고 있습니다.

드디어 아름다운 전설은 사라지고 참혹한 현실이 눈앞에 닥쳐오는 순간이었습니다. 희망이란 높이 올라갈수록 그만큼 끔찍한 절망을 불러오는 법이니 이 무정한 대자연의 잔인한 배반 앞에 인간이 무엇을 할 수 있겠습니까.

오른쪽으로 방향을 돌린 뗏목은 이제는 북쪽을 향해 흘러가기 시작합니다. 뗏목이 계속 정 북쪽으로만 흘러간다면 내게는 살아 닿을 수 있는 육지가 거의 없고, 행여 조금씩 방향을 틀어 간다고 해도 내 고향이 아닌 타국의 낯선 땅에 닿게 될 것이며 더욱이 그때까지 나와 뱃속의 아기가 살아 있으리라는 보장은 없는 것입니다. 하지만 희망을 버린다는 것은 곧 죽음을 부른다는 말과 다름없으니 비록 바람에 찢겨 너덜너덜해진 희망일지라도 홍수에 짚단 그러안는 심정으로 소중히 부둥켜안고 공포와 근심에 가슴을 두근거리며 하회를 기다리는 수밖에 없었습니다.

수면을 따라 바람이 야단치며 건너오는 소리가 갈수록 높아지고, 그 리듬에 맞추어 집채 같은 파도가 백설을 머리에 인 지붕처럼 서서히 일어서기 시작합니다. 파도의 움직임에는 오히려 끔찍하도록 우아한 구석이 있어 꼭대기에서 포말이 이를 가는 소리를 제외하고는 들고양이 무리처럼 자취 없이 들이닥치곤 하는 것입니다.

이런 시간에는 지친 바다가 잠간만이라도 쉬었으면 좋으련만, 출렁이는 사명을 타고난 바다는 평생 동안 휴식을 배우지 않습니다. 바람은 연애도 없이 바다와 결혼하여 잉태도 진통도 거치지 않은 채 거대한 파도를 낳아 눈 깜짝할 새에 엄청난 야생말로 키워 놓았습니다. 굉장한 보폭으로 전진하며 부서져 내리는 파도, 탐욕스럽게 문란하고 험상궂은 아가리를 쩍 벌리는 파도, 짓궂고 야만스럽게 느닷없이 들이닥치는 파도, 그 가운데서 한낱 작은 뗏목이 사정없이 치이고 들부수이며 살아남는다는 것은 그 얼마나 위태롭고 공포스럽고 또한 기적과도 같은 일이겠습니까?

하지만 용케도 뗏목은 매번 파도가 들이닥칠 때마다 경사진 파도를 타고 정상에 올라 공중으로 슬쩍 떴다가는 다시 파도의 반대편 경사를 타고 줄달음질쳐 내리는 것입니다. 그때마다 나는 채찍에 얻어맞듯 날카로운 비명을 내지르곤 했으나 다행히도 뗏목 위에 두랄루민 조각으로 만든 작은 막이 있어 그 안에 들어가 양손으로 테두리의 튼튼한 곳을 부여잡고 있었기에 물벼락을 직접 들쓸 우려는 없었습니다. 또한 나는 어릴 적부터 그네뛰기를 엄청 좋아해서 웬만한 공중 흔들림은 많이 익숙해져 있는 고로 끔찍한 파도에 시달려 속이 울렁거리기는 했으나 아직 구토는 하지 않고 있는 상태였습니다.

"아가야, 너도 참아야 해. 반드시 견뎌내야 하는 거야. 절대 약해지면 안 돼. 알았지?"

말하면서 나는 가능한 몸을 잘 고정시켜 적게 흔들리려 무진 애를 쓰고 있었습니다. 이제 와서는 바람이 어느 쪽으로 불든 뗏목이 어느 방향으로 흘러가든 내 앞날이 어떻게 되든 모두 상관할 바가 아닙니다. 우선은 눈앞의 이 불어 닥치는 광풍과 미쳐 날뛰는 파도와의 대결에서 죽지 않고 다치지 않고 옹근 몸으로 살아남아야만 더욱이 뱃속의 태아를 별고 없이 보존해야만 슬픈 페이지든 잔인한 페이지든 다음을 번질 수 있는 게 아니겠습니까.

바다가 낳은 야생말은 계속 날뛰고 있습니다. 갑자기 엄청난 굉음과 함께 살쾡이처럼 덮치는 커다란 파도가 뗏목에 부서지며 그 비말(飛沫)이 물벼락으로 내가 있는 두랄루민 막을 부셔버릴 듯 덮어오는 것입니다. 나는 무서운 비명을 지르며 그 짧은 순간에도 달팽이처럼 몸을 옹송그리고 두 손으로 배를 꽉 부둥켜안고 아기를 보호하려 모질음 썼습니다.

"아가야, 영태야, 탯줄을 꽉 물고 놓지 말아야 해. 엄마 배에 거머리처럼 찰싹 붙어있어야 해. 미친바람은 곧 지나갈 거야. 지나가구 말구. 이제 멀지 않았어. 멀지 않았으니 이를 악물어…"

실은 자신에게 하는 말입니다. 너무도 강한 힘에 무너져버릴까 두려운 자신의 몸뚱이가 두려운 것입니다. 그래서 가련한 소리에나마 기대고 싶은 것이 내 진심인 것입니다.

조물주는 어쩌면 연약한 여자더러 아기를 낳게 만들었을까요? 암컷보다 훨씬 크고 강한 수컷이 새끼를 낳는 해마의 자연섭리는 보다 더 위대하고 합리적으로 보이건만 잔인하게도 인간은 이 무거운 짐을 암컷인 여인이 떠메고 가야 하니. 허나 바꾸어 가령 내가 바라는 대로 태호씨의 몸에 이 아기가 잉태되어 있다면, 과연 나는 아기를 살리기 위해 내 몸속에 있는 모든 피를 바치고 홀연히 미소 지으며 이 세상을 떠날 수 있을까? …저도 모르게 고개가 가로 저어집니다.

"허튼 생각은 집어치우고 힘 내!"

태호씨의 목소리가 지척에서 들려오는 듯합니다. 소스라치듯 정신을 추스르고 다시 보았을 때, 드디어 바다의 성난 숨결이 조금씩 가라앉기 시작하는 것입니다. 이제 파도는 보다 고른 절주와 박력으로 죄지은 듯 얼굴을 붉히며 구름 뒤에 숨어 수평선 저쪽으로 도망치는 태양을 전송하고 있습니다.

우주를 잠재우는 어둠이 검은 잉크를 풀어놓은 듯 공기 속에 퍼지며 파도의 하얀 포말을 덮어감에 따라 바다는 서서히 밤의 늪 속에 잠겨들고 있습니다. 이제 바다는 충격 받은 전율처럼 조용히 물결치고 있을 뿐입니다.

막 밖으로 나와 주위를 둘러보니 칠흑 같이 어두운 밤의 장막에는 불빛 하나 별 하나 보이지 않고 사위는 거대한 괴물이 도사리고 있는 듯 끝도 없이 무시무시하고 공포스럽기만 합니다. 망망 우주에 혼자뿐이라는 고독감이 겨울 새벽의 추위 같이 뼛속으로 스며들어 저도 몰래 몸을 부르르 떨고는 도망치듯 막 안으로 기어들어가 죽은 듯이 잠속으로 빠져들었습니다.

34 ~~~

플랫폼에는 고급 비단원피스를 우아하게 차려 입고 손에 화려한 핸드백을 멋지게 든 어머니가 그림처럼 서계십니다. 특별히 반가운 손님을 맞거나 가문에 어떤 희사(喜事)가 있을 때면 어머니는 늘 이런 차림새로 나타나곤 하셨습니다. 어머니가 이런 차림새를 하시면 나는 이유 없이 흥분에 들떠 공연히 여기저기 들쑤시고 다니며 말썽을 일으키고 때로는 작은 사고 같은 것을 치기도 했습니다. 그러면 어쩔 수 없이 나 대신 유모나 시녀가 엄청난 벌을 받는 것입니다. 내가 저지른 일인데 나를 벌할 것이지 왜 죄 없는 그들을 벌하는 거냐고 울며불며 대들어도 우리 문씨네 가풍은 대대로 이런 것이라며 항의하고 싶으면 조상의 묘지에 가보라는 것입니다. 지금도 어머니의 이런 차림새를 보는 순간 나는 또다시 이유 없는 흥분 속에 빠져들어 자제할 수가 없습니다. 하여 검표가 채 끝나기도 전에 놀란 왜가리 같은 소리로 어머니를 크게 부르며 총알같이 그리로 달려갔습니다. 헌데 이상한 것은 어머니가 달려오는 나를 빤히 보고서도 별다른 반응이 없이 오히려 목을 길게 빼들고 내 뒤를 살펴보는 것입니다.

"왜요? 엄마! 나 여기 있잖아요. 여기요." 하며 그의 시선을 손으로 막아 나서는데도 어머니는 오히려 내가 더 이상하다는 듯 눈을 슴벅이며 여기 저기 살펴보더니 "왜? 같이 온 거 아냐?" 하고 물어오는 것입니다.

이번에 얼떨떨해진 쪽은 나입니다.

"…같이라니? … 누구하고요? …"

그러자 어머니가 기 막힌다는 듯 손짓까지 하시며 반문하는 것입니다.

"아니, 그 사람하구 같이 온다 했잖아? 근데 어떻게 혼자 온 거여?"

참으로 이상한 일입니다. 뭐가 어디서 어떻게 잘못되었는지는 몰라도 어머니가 크게 잘못 알고 있는 것입니다. 그래서 나는 목소리를 잔뜩 높여 "엄마, 그게 아니구…" 라고 하는데 별안간 내 뒤에 커다란 그림자가 훌쩍 나타났습니다. 대뜸 어머니의 눈이 헤드라이트 같이 환해지고 온 얼굴에 웃음이 활짝 피어나는 동시에 목이 메도록 반가운 소리가 메아리처럼 울려 나갑니다.

"자네 왔나? 반갑네, 반가워!"

내가 몸을 홱 돌려 보니 바로 눈앞에 느낌표처럼 우뚝 서있는 남자는 거짓말속의 거짓말 같이 신사 옷을 멋지게 차려 입은 태호씨가 아니겠습니까? 아아, 태호씨! 태호씨-! 하고 막 소리쳐 부르려는데 다음 순간 더 놀라운 것은 그 얼굴이 눈 깜짝할 새에 에이상으로 바뀌어버리는 것입니다. 아, 에이상! 에이상-! …

두 팔을 마구 허우적거리며 목이 터져라 외치다가 갑자기 어딘가에 땅 맞히는 바람에 깨갱 비명을 지르며 눈을 번쩍 떴습니다. 여기가 어디? 새벽빛이 희미한 두랄루민 막 안에는 아무도 없고 밖으로부터 간간히 들려오는 파도소리만이 고막을 때려올 뿐입니다.

깨어남은 꿈으로부터 낙하하는 것이라 했습니다. 그래서 떨어진 뒤에야 허공을 떠돌던 영혼이 육체로 돌아오는 것이라 합니다. 돌아온 영혼을 머리에 다시 담아 넣고 눈을 감으며 조용히 음미해보니 꿈 치고는 너무 황홀한 꿈이었습니다. 한 번의 꿈에 그리운 세 얼굴이 모두 나타나고 또한 일상에 존재했던 인상 깊은 추억들이 시들은 가슴속에서 파란 싹처럼 되살아나는 순간이었으니. 그런데 뭔가 형언하기 어려운 어딘가 슬프고 조금 찜찜하기까지 한 기분이 가슴 한구석에 도사리고 있는 것은 도대체 왜인지 아무리 생각해도 까닭을 알 수가 없습니다.

검은 공기가 쌀쌀하게 기운을 뻗치며 회색으로 털갈이하는 입자 속에서 새벽이 살아나고 있습니다. 막 밖을 내다보니 현기증이 날 정도로 푸르게 갠 하늘에 마지막 남은 별 하나가 고독하게 눈을 슴벅이고 무수한 활이 이어진 듯한 해면의 파도 위로 갈매기 한 마리가 유유자적 날아예고 있습니다.

상반신을 일으켜 팔다리를 조금 놀리다가 손으로 얼굴을 가볍게 문지른 다음 조심스레 허리를 굽히고 막을 빠져나왔습니다. 박하차를 뿌려 놓은 듯 싸-한 바닷바람이 폐로 직행하는 일출 전의 파르스름한 새벽입니다. 뗏목의 중심위치로 짐작되는 곳에 우뚝 서서 사위를 둘러보니, 회색의 망망한 바다는 아직 동서남북이 가려지지 않고 어느 방향이든 균일하게 에메랄드빛을 조금씩 동반하며 끝없이 뻗어가다가 푸른 하늘에 그대로 잇닿아 있습니다. 그러니 현재 도대체 내가 어디에 있고 어디까지 왔는지 지금은 어느 방향의 바람이 불고 뗏목은 어느 쪽으로 흘러가고 있는지 아직은 짐작하기 어려운 것입니다. 이렇게 철두철미하게 망망대해의 중간에 서있는 고독은 작은 육지나마 무인도의 모래 위에 서있을 때의 고독보다 엄청난 거듭제곱으로 뼈저리게 사무친다는 것을 나는 세포세포로 실감하고 있었습니다.

이윽고 진홍빛 아침노을이 바다와 하늘이 껴안은 사이에서 부채형으로 서서히 펴지며 조금씩 떠오르자 드디어 그것이 동쪽임을 판단하게 되었습니다. 동서남북을 가릴 수 있게 되자 머리카락이 날리는 방향으로 추정해 서남풍이 불고 있음을 바로 추정할 수 있고, 그러니 당연 뗏목은 서남풍에 떠밀려 동북쪽으로 흘러가고 있음이 분명합니다.

만약 바람이 머리를 돌리지 않아 뗏목이 계속 이 방향으로만 흘러간다면 아마 나는 한반도에도 일본 땅에도 닿지 못하고 그 사이로 훌쩍 빠져나가 망망한 일본해로 흘러들게 될지도 모릅니다. 또다시 잔인한 희망이 나를 희롱하기 시작하고 가련한 내 상상력은 가지가지 슬픈 억측 속에서 길을 잃고 말았습니다. 가령 나 혼자 몸이라면 그냥 이대로 어디로든 정처 없이 흘러가다가 뗏목위에서 말린 가지가 되든 썩은 해골이 되든, 갈매기의 혼이 되어 날아가든 거북이의 몸이 되어 바다에 잠수하든 상관 않고 쿨하게 생을 방치한대로 조용히 누워 바람 가는대로 따를 것이건만, 지금 내 몸의 배안에는 1+1+1의 세상에 둘도 없는 특수한 생명이 들어있는 것입니다. 이 특수한 생명을 나는 이 한 몸이 갈기갈기 찢어져 가루가 되는 한이 있더라도, 넋은 떠나가고 텅 빈 육체만 남아있더라도, 그 어떤 저급적인 수단을 써서라도, 또한 내가 알고 있는 모든 수단과 모르고 있는 모든 수단을 동원해서라도 반드시 지켜내야 한다고 아니 반드시 지켜내고 말 것이라고 이 몸은 곱씹어 맹세하고 맹세했습니다.

다가오는 아침기운이 입자 속에 녹아내리고, 널따란 바다는 내 검은 머리칼을 제멋대로 휘날리며 하늘과 파도밖에 없는 아득한 세상을 눈앞에 부려 놓았습니다. 하여 찬란한 바다의 끝없는 아침 햇살을 바라보며 나는 한 순간이나마 이 세상이 철저히 낯설지는 않음을 느끼게 되었습니다.

말린 생선으로 아침 요기를 대충 하고 있는데 아기가 뱃속에서 또닥또닥 발길질을 합니다. 별안간 어젯밤 꿈이 머릿속에 떠올랐습니다. 명절 차림의 엄마, 신사차림의 태호씨, 거기에 오버랩 되는 에이상…

그런데 아기는 없었습니다. 홀쭉한 내 배는 밋밋하게 아래로 내려가며 예쁜 치맛주름으로 흘러내렸고 허릿단 크기는 예전과 똑같이 60센치도 될 듯 말듯… 아, 바로 그래서 꿈을 깨고 난 기분이 그토록 찜찜하고 이상하게 슬픈 느낌이었나봅니다.

"괜찮아 아가, 네가 등장하지 않은 건 널 잊어서가 아니라 널 지키기 위해서거든. 그러니 걱정하지 않아도 돼. 걱정하지 마."

손으로 열심히 아기가 들어있는 밀실을 어루만지며 나는 사죄하듯 중얼거렸습니다.

태양이 꾸준히 중천을 향해 올라가고 호박색 줄무늬가 섞인 초록빛으로 변한 바다는 하얗게 거품이 흩어지는 파도의 거듭되는 무늬를 자랑하며 잠시도 쉬지 않고 일렁거리고 있습니다. 나는 할일 없이 망원경을 눈앞에 대고 사위를 둘러보았습니다.

바람이 불어오는 서남쪽은 가없이 펼쳐진 망망대해로 잔잔한 바람에 고기비늘 같은 파도가 일렁이는 외에 아무것도 보이지 않습니다. 태양이 중천으로 가고 있는 동남쪽도 황금빛을 살짝 동반한 짙푸른 파도 외에는 아무것도 보이지 않습니다. 방향을 돌려 바람이 가고 있는 동북쪽을 바라보니 조금 둥근 느낌을 주는 듯한 수면을 따라 아득히 바라보이는 곳에 검은 점 비슷한 실루엣이 움직이듯 정지하듯 아물아물 시야에 뛰어드는 것입니다. 갑자기 가슴이 후두둑 뛰며 터져버릴 듯 심장이 쿵쾅거리기 시작합니다. 저게 뭘까? 돛배일까, 기선일까? 아니면 등대일까? 뭐든 좋다. 다가오기만 하면 또는 다가가기만 하면 된다. 이 뗏목이 눈에 띄기만 하면 나는 바로 여기서 구원될 것이다.

희망이란 사람을 허망하게 무너뜨리기도 하고 비행기 같이 날아오르게도 하나 봅니다. 벌써부터 달콤한 희망에 가슴을 졸이며 나는 아직 거리가 너무 멀어 눈에 띄기 어려울 것이라 판단하면서도 다급한 마음에 서둘러 막 안으로 들어가 노란 낙하산천을 찾아내어 두 손으로 머리위에 높이 쳐들고 마구 흔들며 소리쳤습니다.

"여기요---! 여기 사람이 있어요----! 이쪽으로 오세요-----!…"

그러다가 멈추고 다시 자세히 보니 실루엣은 별로 움직이는 것 같지 않은데 내 눈앞으로 조금씩 확대되어오는 느낌입니다. 아마도 내가 타고 있는 뗏목이 그쪽으로 흘러가고 있음이 분명합니다. 이제 소리치기를 그만두고 분초마다 확대되어오는 실루엣에 눈의 초점을 맞추어서 까딱 않고 지켜보기 시작했습니다.

한동안 눈길을 떼지 않고 살펴보고 있으려니 점차 확대되어오는 실루엣의 진면모가 마침내 파악되어 오는 것입니다. 그것은 돛배도 아니요 기선도 아니며 결코 등대도 아닌 하나의 작은 섬임이 틀림없습니다. 거리가 가까워지면서 망원경 속에 잡히는 바위와 벼랑, 그 위에 자라있는 크고 작은 나무들이 어렴풋이 보이기 시작합니다. 또 하나의 무인도, 아니 사람이 있는지 없는지는 아직 알 길 없으나 다만 망망 대해중의 외딴 섬이라는 것만은 확실한 듯. 문득 저 섬에 올라가 잠시라도 쉬었다 갔으면 하는 욕망이 머릿속에 뛰어들었습니다. 태호씨와 에이상이 구렁이 껍질로 닻줄을 만들고 그 끝에 닻 모양의 돌을 달아주었으니 그것을 내리면 가능할 수도 있겠으나 다음 순간 바로 고개를 저어버렸습니다. 섬은 육지라 하여 튼튼한 느낌일지도 모르나 아직 그곳의 상황을 티끌만큼도 알지 못하는 지금으로선 저 낯선 곳에 그 어떤 위험과 불편함이 도사리고 있을지 어찌 알겠습니까? 이상한 사람이 있을지도 이상한 동물이 있을지도 더욱이 그 무서운 악어 같은 괴물이 나타날지도 모른다는 공포감에 벌써부터 전신이 부르르 떨려오는 것입니다. 이런 와중에도 하나의 바람만은 나무에 수액이 들 듯 마음에 흘러드는 걸 어쩔 수 없었습니다. 행여 나처럼 난파 사고로 무인도에 버려졌거나 에이상과 태호씨처럼 전쟁의 피해로 이곳에 갇히게 된 사람이 있다면, 그렇다면 주저 없이 이 뗏목에 싣고 서로 의지하며 함께 육지로 돌아가고 싶은 심정입니다. 그래서 누군가 저쪽 무인도에 있을 때의 우리들처럼 지나가는 뗏목을 보고 손을 흔들며 소리쳐 주기를 바라면서 그러면 나는 바로 닻을 내리고 그 사람을 뗏목에 올려 주리라 다짐하며 서서히 섬 가까이로 접근해갔습니다.

정오가 가까워지자 바람이 조금씩 자라나고 따라서 뗏목이 흘러가는 속도가 빨라져 섬의 실루엣이 이제는 망원경을 쓰지 않고도 육안으로 볼만한 실물로 다가왔습니다. 알지 못할 미지의 희망에 가슴이 한껏 부풀어서 나는 마치 적정을 파악할 임무를 맡은 고급 탐정인양 두 눈을 올빼미 같이 확대하여 초점은 물론 분초도 섬 위를 떠나지 않고 뚫어지게 지켜보았습니다.

뗏목이 섬과의 거리를 좁혀감에 따라 내 심장은 금시 목구멍으로 튀어 오르듯, 혈관에서 피 흐르는 소리가 과락과락 귓전을 때려옵니다. 이제 뗏목은 다가갈 수 있는 가장 가까운 거리까지 접근한 듯, 낭떠러지에 부딪치는 파도의 둔한 숨결이 뚜렷이 들려옵니다. 바로 이 때, 드디어 나를 향해 손을 젓는 자가 나타났습니다. 키는 1.5미터 정도이고 얼굴은 누런빛을 띤 흑색에 넓적하게 얼굴 중간에 들러붙은 코 밑으로 터널 같이 뻥 뚫린 콧구멍, 귀는 작다 못해 바퀴가 거의 없고 양쪽으로 찢어진 개울물 같은 입이 볼을 횡단하는, 특별히 기다란 팔을 휘휘 내저으며 인사를 보내는… 저 반가운 님은 우리의 조상 성성이 아저씨입니다. 이어 성성이 아줌마도 다가와서 부유(腐乳)즙 같은 윗입술을 벌렁 뒤집으며 화장지 같이 헤픈 웃음을 보내오고 있습니다.

아아, 조상님들 안녕!… 그런데 촌수가 너무 멀어서 이 뗏목에는 실어주지 못할 듯… 미안! 미안! 미안!

35 ~~~

사흘째 되는 날 새벽, 푸른 안개의 냄새를 마시며 나는 잠에서 깨어났습니다. 밖을 내다보니 파르스름한 안개 속에 진홍의 아침노을이 풀어져 있고 파도는 은신한 여백같이 조용히 침묵하고 있습니다.

다시 눈을 감고 자는 듯 있으려니 머릿속에 온갖 상념이 갈마드는 것입니다. 아침마다 눈을 뜨면 새소리보다 더 빨리 "아침 안녕!"하고 문안하던 태호씨의 부드러운 목소리, 팔이 닿기만 하면 잠을 깨자 살며시 손을 잡아주는 에이상의 침묵의 문안… 너무도 사무치게 그리워서 너무도 생생하게 떠올라서 가슴이 미어지는 느낌입니다. 날에 날마다 아편처럼 팽창하는 그리움, 그래서 그리움도 살인할 수 있다는 말이 광언이 아니라는 생각.

미구하여 사춘기같이 반항적인 바람이 안개를 모두 실어다 파도 속에 매장해버리고, 짙은 황금빛이 바다를 수놓으며 아침이 서서히 떠오르기 시작합니다. 유리빛 하늘에는 조그만 얼룩 구름이 드문드문 희부

연 양떼처럼 떠다니고 그 아래 하얗게 부서지는 파도의 포말은 햇빛을 받아 반짝반짝 빛나고 있습니다. 이렇게 활짝 갠 날에는 으레 기분이 상쾌하고 좋은 예감이 들어야 할 터인데 어쩐지 내게는 형언할 수 없이 침울하게 다가오는 기운이 마치 모든 것이 어떤 거짓을 숨기고 있는 듯 음산하고 재수 없게만 느껴지는 까닭을 알 수가 없습니다.

태양의 위치로 바람의 방향을 추정해보니 동남풍인 듯싶습니다. 그러니 뗏목은 서북쪽으로 흘러가고 있음이 분명합니다. 운명은 도대체 나를 어디까지 데려가려고 이러는지, 계속 서북쪽으로 끌고 가서 황해에 처넣을 심산인지, 아니면 방향을 바꾸어 어디로 끌고 갈 예정인지 도무지 알 수가 없고 추정할 수도 없어 답답하고 허무할 따름입니다.

이 미쳐버릴 듯한 갑갑함 속에서 내가 할 수 있는 일이란 오로지 망원경을 들고 멀리든 가까이든 바다든 허공이든 갈매기든 태양이든 가리지 않고 닥치는 대로 바라보는 것이 유일한 소일거리입니다. 지금 이 시각도 망원경에 매달려 벌써 반나절이나 흘려내고 있었습니다. 안경원숭이의 눈을 빼서 만든 듯한 이 망원경의 렌즈 속 세계는 일단 들어온 모든 것을 현미경처럼 분해하여 당신의 눈앞에 펼쳐주는 것입니다.

갈매기 한 마리가 들어왔습니다. 입에 물고기를 잡아 물고 기쁘게 둥지로 돌아가는 아빠 갈매기인 듯합니다. 크지 않은 체구에 입에 문 물고기가 너무 커서 힘에 부치듯 조금 비틀거리며 날아가고 있는데 커다란 물수리가 쫓아오며 물고기를 빼앗으려 덮쳐듭니다. 앗, 저놈이 절로 잡을 것이지, 못되게 남의 걸 빼앗아! 저도 몰래 소리치며 망원경을 조절하여 따라가면서 보니 갈매기는 빼앗기지 않으려고 악을 쓰며 도망치고 물수리는 무섭게 먹이를 물고 늘어지는 하이에나인양 덮치고 덮치고 또 덮치는 것입니다. 상공에서 더는 견딜 수 없게 된 갈매기가 드디어 익사하듯 급 하강으로 수면에 철렁 내려앉습니다. 그러자 물수리는 번개가 꽂히듯 갈매기를 향해 거의 수직선으로 꽂혀내려 갈매기 부리의 물고기를 덥석 물어 채서는 다시 하늘로 휘잉! 날아올라가 버립니다. 먹이를 빼앗기고 상처까지 입은 불쌍한 갈매기는 이제 아무 욕망도 없는 듯 낡은 솜뭉치처럼 그대로 물위에 둥둥 떠있을 뿐입니다.

망할 놈의 물수리, 먹다가 뒈져라! 욕지거리 하며 망원경을 내리려 하는데 문득 또 하나의 갈매기가 렌즈 속에 뛰어듭니다. 방금 상처 입은 갈매기보다 좀 멀리서 둥둥 떠가는, 아니 찬찬히 살펴보니 맙소사 저건 갈매기가 아니라 커다란 화물선이 아닙니까? 망원경을 내리면 육안에는 보이지 않는 거리에 있음에도 무시로 망원경의 각도를 조절해야 볼 수 있을 만큼 빨리 움직이고 있으니 아마 최고의 속도로 내달리고 있음이 분명합니다. 무슨 이유로 저렇게 빨리 달리는지는 몰라도 가는 방향이 나와 다르니 이쪽으로 올 가능성도 없고 또 거리가 너무 멀어 소리쳐도 손짓해도 아무 소용이 없을 줄 압니다. 강 건너 먹잇감을 바라보는 성성이인양 속수무책으로 그냥 보고만 있는데, 갑자기 공중에서 시커먼 덩어리가 화물선을 향해 날아 떨어지는 것입니다. 곧이어 우레 같은 굉음(이렇게 먼 거리에도 전해옴)이 일어나는 동시에 폭죽이 터지듯 거대한 불꽃이 사방으로 튕기며 화물선이 폭발해버리는 것입니다. 때를 거의 같이하여 폭탄을 던진 비행기가 새처럼 경쾌하게 하늘로 날아오르는 모습이 렌즈 속에 언뜻 나타났다 사라집니다.

아아, 신은 어쩌면 인간을 살라고 만들어 놓고는 저토록 처참하게 죽인단 말입니까? 저 거대한 화물선 안에 사람이 적어도 수십 명은 있을 듯싶은데, 눈 깜짝할 새에 모두다 갈가리 찢겨 물고기 밥이 되었을 터이니, 이 참담한 현실을 어쩌면 좋단 말입니까? 도대체 화물선 안에 무엇이 실려 있기에 저토록 처참한 결과를 맞아야 한단 말입니까? 보아하니 전쟁은 아직 끝나지 않은 것 같습니다. 사람들은 여전히 서로를 죽이고 찢고 부셔버리고 있습니다.

바다는 흐느끼며 다시 침묵으로 돌아왔습니다. 이따금 정상의 작은 파도가 나직이 으르렁대는 소리를 제외하고는 불길한 침묵 속에 소리 없이 나는 바닷새 한둘이 시야에 들어올 뿐입니다. 지친 한낮은 쉴 곳을 향하여 주인에게 쫓긴 개처럼 주저주저하며 가고 있습니다.

주린 창자를 달래기 위해 먹을 것을 찾아 들었으나 도저히 입에 넣을 수가 없습니다. 저 맑은 하늘 아래, 저 성스럽고 순수한 빛이 춤추는 가운데 저토록 처참하고 어두운 일이 발생하다니, 세상에 까닭 없는 아픔은 없다는데 왜 나는 이토록 아파오는지, 죽은 자들의 뼈까지 잃어버린 듯한 고통이 가슴을 짓누르고 애인의 무덤 위에 피어난 이름 모를 꽃을 보는 슬픔이 전류처럼 온몸에 흐르는 시간입니다. 허나 일진의 비운은 결코 여기서 끝나지 않았습니다.

정오가 지나자 갑자기 아득한 해면으로부터 험준한 산맥처럼 커다란 먹구름이 피여 오르더니 그 꼭대기에서 떨어져 나온 조각구름이 엄청난 크기로 확장되며 태양을 삼켜버리는 것입니다. 빛의 세계를 뒤덮는 거대한 날개처럼 암록색(暗綠色)의 비구름이 묵직한 덩어리로 바람에 밀려오며 하늘을 온통 새카맣게 덮어버리고 있습니다. 무자비한 비의 리듬으로 인해 오후에 들어선지 얼마 되는 시간임에도 벌써 밤중같이 새카맣게 어두워오고 있습니다.

놀란 두더지처럼 서둘러 막 안에 숨어 들어간 나는 거친 숨을 몰아쉬며 이 무서운 재난의 조짐을 어떻게 맞아야 할지 고민하고 있었습니다.

드디어 천둥이 하늘에서 우르릉거리며 폭풍우의 머리칼을 드리우자 번개가 정신 나간 사진사처럼 여기저기 번쩍거리기 시작합니다. 바람은 하소연하며 울부짖으며 바다를 곤두세우고 파도는 애인을 빼앗긴 사내인양 결투를 걸었습니다.

뗏목은 파도를 타고 하늘 길로 높이 치솟았다가 다시 파도의 미끄럼대를 타고 골짜기에 처박히듯 떨어지곤 합니다. 게다가 미친 듯이 불어치는 바람을 타고 장대같이 쏟아지는 빗줄기가 이 작은 막을 이루고 있는 두랄루민 조각에 무수한 구멍이라도 뚫겠다는 듯 맹렬히 못질하고 있어 그 안에 들어있는 나는 마치 지옥의 꿈속에 갇혀있는 기분입니다. 시간의 박자가 아프게 몸부림치는 이 함정에 나는 이미 깊숙이 빠져 있었고 탈출구는 어디에도 보이지 않습니다.

억수로 쏟아지는 빗줄기와 파도를 넘을 때의 물벼락은 마치 공모라도 한듯 서로 합쳐 막 안에 숨어있는 나를 물에 빠진 병아리 같이 적셔버렸습니다. 그러나 몸이 젖은 것보다 더 중요한 것은 밑에 깔고 있는 깔개가 물에 흠뻑 젖어 미끄러지니 파도에 뗏목이 시달릴 때마다 몸을 고정시킬 수 없어 이리저리 사정없이 흔들리는 것입니다. 아무리 피터지게 이를 악물고 두 손으로 두 발로 온갖 모질음을 다 써도 결과는 매한가지이니 몸뚱이 속에 꼿꼿이 도사리고 있는 심장은 분초마다 튀어나올 준비가 되어 있는 듯…

한바탕 퍼붓고 난 하늘이 스트레스를 풀었는지 드디어 구름이 쏟아 붓기를 그만두고 따라서 바람도 유희 상대인 바다를 놓아주며 서서히 휴식에 빠져들기 시작합니다. 바람이 방향을 바꾸어 서풍으로 변하자 구름이 동쪽으로 점차 밀리며 하늘이 다시 훤해져오고 어둠에 먹혔던 낮이 얼굴을 되찾아옵니다. 바다의 광란은 이제 성폭행 뒤의 나그네처럼 후줄근히 지쳐있고 밀리는 파도소리도 전처럼 무섭게 이를 갈지는 않습니다.

그런데 나만은 다시 일어설 수가 없게 되었습니다. 폭풍우가 멎을 즈음에야 겨우 제정신이 돌아온 나는 배가 못 견디게 아파와 손으로 배 아래를 만져보았더니 진홍색의 피가 묻어나는 것입니다. 맙소사, 이게 무슨 징조란 말입니까? 정신이 아찔하고 눈앞이 캄캄해 오는 순간, 입술을 꽉 깨물며 심장을 힘껏 움켜쥐었습니다. 그리고 큰소리로 외쳤습니다.

"태호씨, 구해주세요. 아기가 떠나려 해요. 영태가 가려 한다구요. 난… 난 어쩌면 좋아요? 태호씨…"

한없이 구슬프게 흐느껴 울다가 문득 이러고 있을 때가 아니라는 생각이 들었습니다. 상황이 급한 만큼 한가하게 눈물이나 흘리고 있어서는 안 되며 이렇게 계속 방치하고 있다가는 물에 흘러 든 피 냄새를 맡고 무서운 어류들이 모여들지도 모른다고. 그래서 누운 채 우선 손으로 낙하산 천을 끌어당겨 엉덩이 쪽을 조금 높게 받쳐 놓고, 다음 옷깃을 찢어 피가 흐르는 통로를 막아 더는 밑으로 흘러내리지 못하게 했습니다.

"아가야, 참아야 해. 반드시 참아야 하는 거야. 움직이지 말고 절대 탯줄을 놓아서는 안 돼. 호흡은 천천히 하고, 자, 엄마를 따라 해봐. 이렇게 천천히… 들이쉬고, 내쉬고……"

그러면서 나는 느리고 균일하게 심호흡을 하기 시작했습니다. 급할 때일수록 침착해야 한다는 말을 되새기며 나의 목소리로 나의 호흡으로 나의 도닥임으로 상처 입은 아기를 잠재우려 애썼습니다.

시간은 어느새 황혼으로 내달려 하늘을 가로 건너던 일륜이 낙조의 자락을 물고 핏빛의 바다에 서서히 잠기고 있습니다. 바다란 소란스럽고 횡포하면서도 때로는 고요한 광막함으로 고분고분 다가와 상처를 핥아주고 체념을 부추기는 닿을 수 있는 무한이기도 합니다. 노을의 빛살에 뚜렷하게 보이는 바다의 혈맥을 가슴으로 느끼며 몰려오는 피곤에 못 이겨 눈을 감으려는 순간, 갑자기 뗏목의 뒤쪽에서 물을 길게 가르는 엄청난 소리가 귀청을 때려옵니다.

이게 뭐지? 벌떡 일어나 살펴보고 싶은 마음이 굴뚝같았으나 내가 몸을 일으키고 배를 움직이는 순간, 뱃속의 태아 우리의 영태가 아주 잘못되어 영영 사라져버릴지도 모른다는 무서운 생각이 집게처럼 몸을 꽉 잡아 바닥에 붙인 채 옴짝달싹 못하게 하는 것입니다. 물론 눈으로 보지 않고도 십중팔구 피 냄새를 맡고 쫓아온 상어 종류의 대형 어류일거라는 짐작은 가지만 도대체 몇 놈인지 얼마나 큰 놈인지 알 수가 없어 마음이 조급하기만 합니다.

"견뎌야 해. 참아내야 해. 놈을 이겨내야 해. 내 차가운 침묵으로."

입은 이렇게 말해도 가슴속에서는 너무 큰 충격에 오래된 낡은 공포까지 합쳐 엄청난 굉음으로 무너져 내리고 있는 것입니다.

드디어 놈의 공격이 시작되었습니다. 뗏목이 무섭게 흔들리기 시작하고 그 위에 안치된 작은 막은 물론 뗏목과 함께 좌우로 세차게 흔들거립니다.

나는 두 손으로 막의 모퉁이를 꽉 부여잡고 두 다리로 막의 끝 벽을 단단히 버티어 몸을 가능한 바닥에 고정시키는 한편 입으로는 전에 태호씨에게서 배워두었던 자장가를 가느다란 목소리로 흥얼거리기 시작했습니다.

자장 자장 우리 아기 자장 자장 우리 아기
꼬꼬 닭아 우지 마라 우리 아기 잠을 깰라
멍멍 개야 짖지 마라 우리 아기 잠을 깰라
자장 자장 우리 아기 자장 자장 잘도 잔다

그 놈의 속력과 힘은 진짜 감탄할 만하다고 해야 할 것입니다. 이 커다란 뗏목을 아예 뒤집어엎을 작정으로 놈은 폭탄이라도 터지듯 밑으로부터 한쪽 옆을 향해 무서운 힘으로 떠받는 것입니다. 뗏목은 45도 각으로 기울었다가 다시 출렁 내려앉았습니다. 그 다음엔 더 큰 힘이 더 무서운 속도로 떠받는 것입니다. 뗏목이 근 60도의 각도로 일어섰을 때 내 몸의 근력은 극한에 이르렀습니다. 몸이 한쪽으로 사정없이 쏟아지며 벽을 버티고 있던 한쪽 발이 견디지 못하고 그만 훌렁 떨어져 나와 전신이 모로 굴러버렸습니다. 다음 내가 미처 정신을 수습하기도 전에 내려앉았던 뗏목이 또다시 더 큰 각도로 올라가는 것입니다. 이번에는 거의 90도 각으로 곧추 일어서 바람이 극히 미세한 합세만 해도 금방 뒤집혀버릴 상황입니다. 이제 나는 뗏목과 함께 뒤집혀 치 떨리게 무서운 저 대형 상어의 입안으로 들어갈 판입니다. 바로 이 위기일발의 순간, 나의 속수무책에 바람이 동정을 보내왔습니다. 그 고마운 바람이 내 편에 서서 크지는 않으나 작은 힘이나마 보태어 뗏목을 90도의 안쪽으로 밀어주었던 것입니다. 막 뒤집히려던 뗏목은 상상할 수 없이 어마어마한 힘에도 기어코 뒤집히지 않으려고 아득바득 최후의 거품까지 밀어내는 거북이같이 애처롭게 버둥거리다가 마침내는 정면으로 내려앉기 시작했습니다. 그리고 나는 희미하게 의식을 잃어가고 있었습니다.

36 ～

사람이 혼미 속에서 깨어난다는 것은 잠을 깬다는 말과는 달리 휴식을 마친다는 것이 아니라 죽음으로 가다 돌아온다는 말이 아닐까요? 지각을 잃은 채로 혼미 속에서 영영 깨어나지 못하면 그것은 바로 죽음일 것입니다. 그런데 혼미상태는 여러 번을 거쳐도 결코 적응이 되거나 경험이 생기지 않습니다. 아마도 매번 혼미에 들어갈 때마다 덮쳐오는 느낌은 검은 공포에 휩싸인 죽음인 까닭에 그 결과는 밑창 없는 터널같이 아무도 예측할 수 없는 이유일테지요.

투명하고 싸늘한 새벽공기가 나를 깨운 듯합니다. 아니, 내가 새벽을 듣기 위해, 새벽의 비밀스러운 속삭임을 판독하기 위해 의식이 깨어난 것인지도 모릅니다. 아무튼 다시 눈을 떠서 어둠과 빛의 신비로운 교대가 이루어지는 새벽을 마실 수 있고 보랏빛으로 출렁이는 바다를 바라볼 수 있으며 조용히 파도에 세수하며 불어가는 바람소리를 들을 수 있다는 것, 더욱 내게 중요한 것은 이제는 지각이 깨어 내 손으로 아기를 만져보고 내 목소리로 대화를 나눌 수 있으며 뭔가를 씹어 삼켜 아기에게 필요한 영양분을 공급해줄 수 있다는 것… 이 모든 것에 나는 너무도 기쁘고 감격하여 눈물이 하염없이 흘러내렸습니다.

그러다가 손으로 배를 만져보았을 때 솟구치는 놀라움에 금시 사지가 굳어버린 듯. 아기가 움직이지 않는 것입니다. 애타게 부르며 말을 걸며 아무리 손으로 만지고 갖은 애를 다 써보아도 추호의 동정도 느껴지지 않습니다. 혹여 유산된 것은 아닐까 싶어 두루 살펴보았으나 아무런 흔적도 보이지 않으니 아기가 아직 내 복부에 있는 것만은 확실한데 안타깝게도 생명의 소식이 티끌만큼도 느껴지지 않습니다. 맙소사! 도대체 이 잔인하고 생경한 세상에서 우리가 얼마나 더 몸부림을 치고 얼마나 더 큰 대가를 치러야 목숨을 유지할 수 있단 말입니까?

태어날 수도 없고 살아갈 수도 없어 엄마의 뱃속에서 돌이 되었다는 아기, 엄마의 뱃속에서 씩씩하게 자라고 싶은데 엄마가 목숨이 다하여 죽은 엄마의 뱃속에서 혼자 사흘이나 살아 있다가 구원되었다는 아기… 후자라면 좋았을 텐데, 후자여서 가령 내가 죽었다 해도 내 뱃속에서 며칠씩 더 살다가 구원되는 아기라면 얼마나 좋을까만, 혹여 만에 하나 전자라면, 그렇다면… 심장이 오그라들어 말을 이을 수가 없습니다. 가슴이 산산이 부서져내려 서리처럼 하얗고 차가운 침묵의 가루가 되어갑니다.

한동안 무서운 비비에게 새끼를 빼앗긴 어미 원숭이처럼 넋을 놓고 앉아있던 나는 별안간 고개를 번쩍 쳐들었습니다. 포기할 수 없다, 포기해서는 안 된다, 더구나 아직은 최후 판단을 내릴 수 없지 않은가. 애써 정신을 추스르며 생각을 굴려보았습니다. 하지만 내가 무의식 상태에 있은 시간이 얼마나 되는지, 깨어난 새벽은 의식을 잃은 저녁의 이튿날인지 사흘날인지도 알 수가 없습니다. 그러니 아기가 엄마를 따라 잠깐 지각을 잃었을 수도 있고 잠깐 죽은 듯 자고있을지도 모르는 일 아닙니까? 지금은 오로지 희망과 인내만이 나의 유일한 숨결입니다. 가령 그것이 물위에 떠있는 한 오리 머리카락이라 해도 나는 이대로 움켜잡고 늘어져 기다리는 수밖에 없다고 또한 반드시 그래야 한다고 몸뚱이에 명령을 내렸습니다.

이제 내게는 관심사가 없습니다. 바람이 어느 쪽으로 불든 뗏목이 어디로 흘러가든 광풍이 불든 우레가 울든 폭우가 쏟아지든… 모두 다 아득한 우주 밖의 일인 듯싶고 오로지 내 아기의 동태만이 아직 가련하게나마 살아있는 내 신경세포를 자극할 뿐입니다.

"아가야, 해가 떠올랐어. 우리 심호흡을 해야지. 자, 엄마를 따라 해봐. 먼저 천천히 들이쉬고 다음 천천히 내쉬고…"

"아가야, 이제 밥 먹자. 네가 좋아하는 조개구이, 껍질은 이렇게 발라 먹는 거야, 이렇게 딱 쪼개서…"

"아가야, 비가 오려나 봐, 구름이 너무 많이 끼었어. 저건 우레 소리야. 하늘에서 호령만 했지 아무것도 못해…"

"아가야, 밤이 무섭지? 기실은 무서운 게 아니야. 어두울 뿐이지. 자, 이럴 때는 두 눈을 꼭 감고 속으로 숫자를 세는 거야. 하나, 둘, 셋, 넷, 다섯, 여섯…"

......

시간은 때론 제비처럼 날렵하고 때론 펭귄같이 기우뚱거리나 봅니다. 나는 어쩔 수 없이 이 시간 속에 갇혀 있고 탈출구는 어디에도 없습니다. 시간은 덫이고, 나는 거기에 치어 옴짝달싹 못하는 한 마리 비참한 짐승에 불과합니다.

밤이 되면 달이 뜹니다. 거대하고, 둥글고, 무거운 달이 어떤 징조인 양 솟아오릅니다. 그 달빛 속에서 기근처럼 다가오는 절망을 묵묵히 바라보며, 자신의 몸에서 핵이 빠져나가고 있음을, 다시, 또다시 되풀이해 느껴야만 합니다.

또 하나의 밤이 흘러가고 새로운 아침이 떠올랐습니다. 태양은 갈수록 일찍 솟아오르고 정오를 넘어서면 얄브스름한 미련을 남긴 채 점점 서둘러 바다 속으로 사멸되어가고 있습니다.

나는 이제 먹을 것마저 떨어져버렸습니다. 담수는 벌써 다 마셔버렸고 빗물과 이슬로 겨우 연명하고 있은 지 오랩니다.

지금까지 꼼짝 않고 있는 아기가 말 그대로 돌이 되었다면 나도 같은 돌이 되고 싶습니다. 만약 아기가 배안에서 이대로 썩어간다면 나도 같이 썩어서 공기가 되고 바람에 흩어져 하염없이 저 쪽빛의 바다 위를 떠돌고 싶습니다.

이제는 뿔처럼 딱딱해진 내 혀가 자음도 만들어내지 못합니다. 그래서 얼어붙은 자음들은 돌로 변해 바닷물에 익사되어가고 있습니다. 이따금 파도가 야단치는 소리, 갈매기들이 수면에 깃을 부딪치는 소리가 고막을 때려오면 내가 아직 죽지 않고 살아 있음을 감지할 뿐입니다.

오늘의 황혼은 비현실적인 보랏빛으로 구름 뒤에 숨어들어 번쩍이고 있습니다. 바람은 붉은 바다를 가로 질러 세상의 끝보다 더 슬픈 소리를 내며 불어치고 나는 다색인 바다의 혈맥을 바라보며 비참한 고독으로 샤워하고 있습니다. 미구하여 칠흑 같은 어둠이 내려앉을 것이고 그때면 나는 빛의 세상을 다시는 볼 수 없게 될지도 모릅니다. 이미 죽은 거나 다름없는 인간으로서 나의 두 눈은 어쩌면 마지막일지도 모르는 이 저녁의 어둠이 깔리는 광경을 유심히 새기고 있었습니다.

앞에는 밤의 불안이 죽음과 함께 다가오는 소리가 들리고 있습니다. 나는 눈을 지그시 감고 내 지나온 생에 가장 즐거웠던 나날을 떠올리려 애썼습니다. 그런데 눈앞에 떠오르는 것은 도리어 "살아 있던 당신은 그날 죽었고 살아 있던 나는 오늘 죽어갑니다." 라는 한마디뿐이고 다른 모든 것들은 의식의 저 어두운 뒤편으로 멀찍이 밀려나 있습니다. 하여 막을 수 없는 공포감이 마약처럼 온몸에 펴지며 나는 서서히 침묵의 다리를 건너 혼수상태로 빠져들어 갑니다… 이제 나는 곧 태호 씨와 만나게 될 것이고 에이상과 대화하게 될 것입니다… 세상이 깊은 나락으로 검은 수렁으로 떨어져 들어가고 있습니다……

토닥 토닥 토닥 들려옵니다. 아기 목공이 아기 망치로 아기 요람을 두드리듯 앳되면서도 또렷한 소리입니다. 행여 내 귀가 잘못된 것은 아닌지 싶어 손으로 귀를 막아보았습니다. 과연 소리가 나지 않는 듯합니다. 그렇겠지. 죽는 순간 들리는 마지막 환청이겠지. 세상은 이토록 비참한 죽음도 놓아주지 않고 멋대로 희롱하고 있구나. 돌아오는 듯하던 의식이 다시 방향을 돌려 희미함 속으로 날아가기 시작합니다. 이렇게 나는 곧 죽음의 문을 넘을 것입니다.

그런데, 또다시 들려오는 소리가 있습니다. 토닥 토닥 토닥… 아니, 이번엔 소리가 아니라 작고 또렷한 느낌인 듯싶습니다. 어디서 오는 거지? 이건…?! 아, 뭐야?… 소스라치듯 정신을 번쩍 차리며 날아가던 의식의 머리채를 휘휘 잡아왔습니다. 이건, 태동이다 틀림없는 태동! 뱃속의 태아가, 우리의 영태가 발길질하는 것이다?!

두 눈을 올빼미 같이 크게 뜨려 애썼습니다. 두 팔을 길게 뻗어 배를 만지려 애썼습니다. 그리고 안간힘을 다해, 죽을힘을 다해 소리를 내보내려 애썼습니다.

"…아가야, 영태야, 네가 살아 돌아온 거지? 네가 발길질을 한 거지? …엄마가 죽는 게 싫어서 엄마를 살리려구…네가 악을 쓰고 살아 돌아온 거지? 그렇다고 대답해봐. 어서…"

아아아… 과연, 과연 태동이 느껴집니다. 환상이 아니라 진짜로 내 아기가 발길질을 하고 있는 것입니다. 영태가 지금 막 깨어난 것입니다! 다시 소생한 것입니다!

정녕 이것이 사실이란 말입니까? 꿈이 아니고 생시로 죽었던 내 아기가 다시 살아 돌아왔단 말입니까? 내 물음에 대답이라도 하듯 아기가 다시 발길질을 합니다. 또렷하고 다정하게 토닥 토닥 토닥! 아아아… 세상에 이런 기적이… 감사합니다 하느님! 감사합니다! 감사합니다! 감사합니다!

아기는 이렇게 나를 깜짝 놀래우고 감동시켰습니다. 아니, 우리 영태가 나를 죽음에서 구해낸 것입니다. 이제 내게는 살아갈 이유가 생겼습니다. 살아갈 용기가 생겼습니다. 살아갈 힘이 생겼습니다…

눈물이 돌이라도 녹여버릴 듯 끝없이 흘러내립니다. 수분이 결핍한 내 몸에서 이토록 많은 눈물이 어떻게 나오는지 도무지 알 수가 없습니다. 조금 뒤 살며시 일어나 몸을 놀려보니 너무 여위어 뼈다귀가 마주치는 느낌 외에 아직 사지를 놀릴만한 여력이 조금 남아 있는 듯합니다. 우선 뭐든 먹어서 아기에게 영양분을 공급해야 하는데 여긴 아무것도 먹을 것이 없으니 가슴이 답답하고 마음이 조급하여 심장이 오그라드는 듯싶습니다.

날아가는 갈매기야, 이 뗏목위에 알이라도 하나 떨구어 주렴. 날치라도 한 마리 뗏목위에 뛰어올라주면 내가 평생 날치의 팬이 되어주련만… 허나 눈앞의 이 짙푸른 바다와 하늘은 한없이 찬란하기만 할 뿐 내게는 아무런 답도 주지 않습니다. 새삼스레 망망한 대해의 한가운데 혼자뿐이라는 고독감이 죽음보다 더한 절망으로 가슴을 눌러오는 것입니다.

갑자기 눈이 반짝 빛났습니다. 시야에 하나의 구명 먹거리가 발견되었기 때문입니다. 닻줄을 만든 구렁이 가죽, 비록 햇빛과 바람에 마를 대로 마르고 새끼처럼 꼬여져 삼바 같이 질기고 딴딴하게 되었으나 어디까지나 동물의 몸에 달렸던 단백질이 아니겠습니까? 나는 옆에 있는 비수를 잡아 쥐고 무거운 몸을 힘겹게 옮겨 한 치 두 치 기어가 닻줄의 한 토막을 끊어내어 입에 넣고 씹기 시작했습니다. 아, 이건 음식이 아니라 완연 돌입니다. 돌을 이발로 깨물어 먹는 여자, 아마 스릴러 영화에 나오는 귀신이나 무서운 이야기 속에 나오는 도깨비 형상이지 결코 살아있는 인간의 형상은 아닐 것입니다. 하지만 나는 마치 허구한 날 뼈다귀를 물어뜯는 들개무리와 내기라도 하는 양 미친 듯이 악을 쓰며 그것을 씹고 씹고 또 씹었습니다…

37 ᐸᐸᐸ

또 다시 맑게 개인 하루입니다. 파아란 하늘에는 비누거품을 연상시키는 조각구름이 몇 점 떠있고 바람은 소리 없이 파도를 밀어 나직이 출렁이며 북쪽으로 불어갑니다. 뗏목은 바람을 타고 파도를 따라 북행하는 듯한데 여기가 도대체 어느 위치인지는 가늠하기조차 어렵습니다.

아기가 살아 돌아온 후부터 나는 아무것도 원망하지 않기로 했습니다. 이상하게 꼬이는 운명도 희망을 배반한 나날들도 심지어 그토록 무섭게 달려들던 공포의 악마와 죽음의 사자까지도 결코 미워하거나 슬퍼하지 않고 이것이 내게 할당된 삶이다, 내 숙명이다, 내가 가야 할 길이다 라고 그림자를 향해 소리쳐 말했습니다. 그런 다음 빙하처럼 냉랭한 참을성으로 불안이 깔린 용기를 내어 죽음을 업은 공포에 도전하기 시작했습니다. 하지만 일어서기만 하면 바람에 우지끈거리는 돛대처럼 어느 순간에 산산이 부서져버릴지도 모르는 육체를 채찍질하여 한순간도 죽음이 침투하지 못하도록 살아남는다는 것은 그야말로 개미가 태산을 삼키는 일만큼 힘에 부치는 것이었습니다.

이제는 구렁이 가죽으로 만든 닻줄도 반 이상을 씹어 먹고 나머지는 가장 딴딴한 부분인데다 필경은 개 이발도 쥐 이발도 아닌 내 어금니는 지나치게 닳고 힘에 부쳐 잇몸이 빵처럼 발효되고 볼이 풍선같이 부어올라 입을 다물지도 벌리지도 못하게 되었습니다. 그런데도 뱃속의 아기만 생각하면 결코 멈출 수가 없어 숨이 떨어지는 순간까지 우물거려야 한다고 생각했습니다. 그러던 어느 날 아침, 잠에서 깨어났을 때 더는 몸을 움직일 수 없게 되었고, 그래서 누운 채로 막의 천정만 물끄러미 쳐다보는 신세가 되었습니다. 잔인한 갈매기들의 노랫소리에 후줄근히 젖어 새로운 날을 위한 무기와 용기를 모두 빼앗긴 채, 자신을 가다듬으려고 눈을 감으면 살아온 모든 순간과 함께 허탈의 경지로 하염없이 떠내려가는 것입니다.

"태호씨--- 에이상--- 미안해… 더는……"

두 눈이 스르르 감기고 마지막 눈물 한줄기가 주르륵 흘러내리는 순간, 이상한 소리가 고막을 때려오는 것입니다. 바람소리는 아닌 듯싶고, 파도소리는 더욱 아닌 듯한데, 이상한 바닷새들의 울음소리를 닮은 듯한 저 소리는 도대체 내 머릿속에서 핏줄이 끊어지는 소리인지 아니면 저승사자가 부르는 소리인지 분간되지 않습니다. 장기간 바다 폭풍우에 시달려 만들어진 형체 없는 혼돈은 이미 내 머릿속에서 바퀴벌레 같이 번식하여 시각과 청각과 감각 모두를 뒤죽박죽으로 만들어 놓았습니다. 그래서 나는 지금 저것이 도대체 소리인지 환각인지 꿈인지조차 분간하기 어렵게 되었습니다…

그런데 저 이상한 소리가 내 죽음을 지연시키는 듯합니다. 가물거리며 금시 꺼질 듯하던 생명이 거미줄 같이 가느다란 희망에 거짓말처럼 매달려 있는 것은 어떤 기적이겠습니까? 더 놀라운 것은 그 이상한 소리가 점차 확대되면서 이제는 또렷한 인간의 목소리로 변해오는 것입니다. 순간 죽어가던 내 눈이 가로등같이 번쩍 떠졌습니다. 힘들게 몸부림치며 고개를 모로 돌려 바깥을 내다보니 파아란 하늘과 짙푸른 바다의 사이로 커다란 종이배 같은 어선 한 척이 서서히 다가오고 있는 것입니다. 바람을 타고 경쾌하게 나부끼는 깃발아래 흰 돛은 백조의 가슴처럼 잔뜩 부풀어 있습니다.

아마 꿈일 거야, 그냥 죽기 전의 마지막 환상이겠지 하고 나는 잠간 눈을 지그시 감고 있다가 다시 천천히 떠보았습니다. 그런데 돛배는, 그 종이배를 닮은 어선은 여전히 변함없이 나를 향해 다가오고 있는 것입니다. 이제는 거리가 제법 가까워져 배에 타고 있는 사람들의 윤곽마저 뚜렷이 보이기 시작합니다. 불행 중 다행으로 배위에 타고 있는 생물은 지난번 보았던 지나가던 섬 위에서 손짓하던 아득히 촌수가 먼 성성이들이 아니고 횡적으로 같은 부류에 속하는 현대인간 임이 틀림없습니다.

즉석반응으로 나는 소리치려고 입을 하마같이 크게 벌렸으나 목소리는 내 몸의 가죽 안에서만 맴돌 뿐 밖으로 나가주지 않습니다. 하여 나는 다시 눈을 지그시 감고 이것이 천만 꿈이 아니기를, 내 환각이 아니기를, 더욱이 천당이나 지옥이 아니기를 간절히 빌고 또 빌었습니다…

드디어 배가 돛을 내리고 뗏목에 닿았습니다. 나는 사람들에게 잡아들려 돛배로 건너갔습니다. 선장인 듯한 텁석부리 아저씨가 지휘하고 있었는데 내가 알아듣지 못할 언어로 말하고 있는 것입니다. 미구하여 시끌벅적한 가운데 나는 배터리 나간 카메라 같이 두 눈을 꼭 닫고 나만의 혼수상태 여행에 빠져들고 말았습니다…

내가 눈을 떴을 때, 처음 보인 것은 초가집의 나지막한 천장이고 그다음 오른 쪽으로 전선줄에 앉은 새들처럼 줄느런히 앉아 내 얼굴을 빤히 들여다보고 있는 여섯 쌍의 눈입니다. 내가 눈을 뜨자 올빼미 같은 여섯 쌍의 눈이 일제히 내 얼굴을 겨누고 무슨 신기한 곤충이라도 연구하듯 분해의 눈길을 던져오는 것입니다. 그러다가 어느 한 쌍의 눈이 전선줄의 제비가 날아가듯 포르르 날아가며 아마 누군가를 막 부르는 모양인데 역시 내가 알아듣지 못하는 언어입니다. 이윽고 저쪽에서 대답하는 소리가 들리고 미구하여 긴 치마의 허리를 질끈 졸라맨 동그란 얼굴의 여인이 온몸에 물고기 비린내를 잔뜩 풍기며 엎어질 듯 달려왔습니다.

"깼어요? 이제 정신이 들어요?"

안아주는 듯 부드러운 목소리긴 하나 뜻을 알아듣지 못하는 나는 아무 대답도 할 수가 없어 멀거니 쳐다보고만 있었습니다. 까아만 눈동자가 구슬 같이 되룩거리다가 문득 뭔가 생각난 듯 고개를 약간 갸웃하고는 어딘가 조심스러운 표정이 되어 이번에는 서툰 일본말로 똑 같은 내용을 물어오는 것입니다.

"깼어요? 정신이 들어요?"

그 내용을 간신히 알아듣고 나는 미약하게 고개를 끄덕여 보였습니다.

그러자 갑자기 오구구 모여 있던 아이들이 별안간 무서운 총소리에 놀란 토끼가족인양 다리야 날 살려라 고 뿔뿔이 도망치는 것입니다. 저건 왜일까 하고 도망가는 애들이 뒷모습에 물음표를 던지고 있는데

"…아, 그럼 일본에서 오셨나요?" 하고 여자가 다시 조심스레 묻는 것입니다.

"아니요." 하고 나는 고개를 가로 젓고 나서 더 서툰 일본어로 겨우 대답했습니다. "일본에서 오지도 않았고 일본 사람도 아니에요."

내 말을 듣자 별안간 흩어져가던 아이들이 이번에는 집합 나팔소리를 들은 사병들인양 바로 방향을 바꾸어 오글오글 다시 모여드는 것입니다. 그리고는 또다시 전선대에 모여 앉은 제비들처럼 나란히 열을 지어 나를 향해 다가앉아서는 눈도 깜박 않고 내 얼굴을 찬찬히 들여다봅니다.

그런 애들을 어이없이 둘러보던 여인이 민망스러운 듯 피식 웃고 나서 변명처럼 나에게 소개합니다.

"내 새끼들이에요. 저쪽에 방금 젖을 먹고 잠 든 아기까지 합치면 모두 일곱이에요. 기가 막힌 숫자죠."

여인의 얼굴을 바라보니 아직 삼십대 중반도 되나마나한 나이 같은데 벌써 아기를 일곱이나 낳았다니 그야말로 고성능 산아기계라 해도 과언이 아닐 듯싶습니다. 그런데 내가 관심이 가는 것은 보다 요긴한 일이였습니다.

"혹 여기가… 일본 땅이에요?"

여인이 고개를 가로 저으며 급히 대답합니다.

"아니요. 여긴 조선 땅이에요. 부산이에요. 혹 아세요?"

부산! 별안간 심장이 튀어나올 듯 목구멍으로 튀어 오르는 느낌입니다. 여기가 다름 아닌 태호씨의 고향이라니… 전에 태호씨는 늘 내게 자기 고향은 세상에 둘도 없이 아름다운 고장이라고, 언제든 우리가 육지로 돌아간다면 반드시 나를 데리고 고향에 돌아가 내 머리에 꽃너울을 씌우겠노라고, 그런 날은 멀지 않아 반드시 올 것이라고, 지도(地図) 같이 믿음직하고 진지한 얼굴로 말했던 것입니다. 그러던 그 사람은 지금 어디로 가버리고 나 혼자만 이렇게…

가슴이 울렁거려 소리는 나가지 않으나 심장이 들뛰며 말하고 있습니다.

---태호씨, 어디 있어요? 난 지금 당신 고향에 와있어요. 바로 당신이 태어나서 자란 곳--- 당신이 나를 데리고 돌아와 결혼해 살겠다던 부산. …그런데 당신은 지금 어디 가고 없는 거에요? 태호씨---

눈물이 저도 모르게 줄줄줄 흘러내려 베개를 흥건히 적셨습니다. 놀란 아이들이 눈이 휘둥그레져 서로서로를 마주 보며 물음표를 가득 쏟아내고 있을 때 여인이 다급히 팔을 휘둘러 아이들을 쫓아버리고 자기의 치마 자락을 들어 내 눈물을 닦아줍니다.

"눈물이 나면 속 시원히 우세요. 어쩌다 그리 되었는지, 쯔!쯔!쯔!…"

나는 와락 여인의 무릎에 얼굴을 묻고 백 년 동안 참았던 눈물을 한꺼번에 쏟아 붓듯 엉-엉- 소리 내어 슬프게 슬프게 울었습니다…

38 ~ؼؼؼؼ

은혜(恩惠)라는 이름을 가진 이 여인은 나를 바다에서 구해온 어선의 텁석부리 선장의 아내라고 합니다. 부부에 애들 일곱을 합쳐 아홉 식구가 벅적거리는 집안에 나까지 얹히어 도합 열 식구가 바닷가의 성냥갑만 한 오막살이에서 와글거리는 모습은 아마 누가 봐도 안쓰러운 풍경이었을 것입니다. 그런데도 이 집 식구들은 어른 아이 할 것 없이 마음씨가 너무 착하여 반반한 음식이 나지면 내 입에 먼저 밀어 넣고 행여 잠자리가 불편하지는 않을까 몸이 고달프지는 않을까 등등 여러 모로 관심과 보살핌을 아끼지 않는 것입니다. 언어가 잘 통하지 않아서 서툰 일본말로 겨우 한두 마디씩 주고받지만 이상하게도 우리는 마치 전생에 무슨 인연이라도 쌓았던 듯 한 번의 눈짓도 한 번의 손짓도 엄마의 일기처럼 단번에 읽어낼 수 있었습니다.

건강이 얼마쯤 회복되자 나는 은혜언니를 따라 생선을 손질해 말리는 일에 나섰습니다. 몸이 만삭이 되어오는데 어떻게 일을 하냐며 온 집 식구가 극구 말렸으나 내게는 배를 타고 고향으로 돌아갈 여비가 필요했던 것입니다. 품삯은 얼마 되지 않지만 그런대로 일을 하면서 말을 배우고 당지의 상황을 두루 익히는 것도 나쁘지 않다고 생각되어 열심히 적응하며 일에 매달리노라니 시간이 거북이같이 기어가지는 않고 최소한 펭귄처럼 걸어가는 느낌이어서 좋았습니다.

어느 날, 내가 아이들에게 생선을 구워 주게 되었습니다. 그날은 아마 쌍둥이의 생일이었다고 기억됩니다. 일곱 아이 중에서 셋째와 넷째는 똑 같이 팔꿈치 주위에 별모양의 기미를 달고 태어난 오누이 쌍둥이로 각기 "별남", "별녀"라는 이름을 가지고 있었습니다. 한 시간이라도 세상을 먼저 보았노라고 별남은 별녀에게 제법 오빠 노릇을 하는가 하면 가끔씩 억울하게 울려놓기도 하는 것입니다. 이 날도 그들의 생일이라고 은혜언니가 두 아이에게 고무신을 한 켤레씩 사주었더니, 별남이가 별녀의 고무신을 빼앗아 개울물에 동동 띄워놓고는 "떠내려간다, 떠내려간다" 하고 별녀를 애태워 울리고 있는 중이었습니다. 마침 휴일이어서 집에 있던 나는 눈에 띄는 즉시 별남을 좇아버리고 물에 떠내려가는 고무신을 건져 별녀에게 돌려주며 아이를 달래기 위해 생선을 구워주겠다고 약속했습니다,

무인도에서 그랬듯이 장작불을 피워놓고 활활 타오르는 불에 펄떡거리는 생선을 뒤집고 번지고 탁탁 털고 하며 노르스름한 밤색으로 구워 주었더니 아이들이 금방 숨이 넘어가기 직전으로 맛있게 먹는 것입니다. 그 모습을 물끄러미 바라보고 있노라니 어쩐지 가슴이 저려오는 느낌이 들었습니다. 얼마나 가난에 쪼들렸으면 어선을 경영하는 선장의 자식들이 그 흔한 생선 한번 배불리 먹어보지 못했을까? 전쟁 전에 은혜언니는 꽤 넉넉한 집에서 의식주 걱정 없이 살았다는데 지금에 와서 자기 자식들은 이토록 배불리 먹이지도 입히지도 못하고 있으니 어미 된 가슴이 얼마나 아프고 서운하랴. 이런 생각을 하며 나는 더 열심히 정성을 쏟아 고기를 맛있게 구워주었습니다.

별남은 일을 저지르고 무서워서 처음에는 가까이 오지도 못하더니 내가 짐짓 아무 일 없었던 듯 그를 향해 손짓하자 금시 해바라기 같이 활짝 웃으며 엎어질 듯 달려와서는 구운 생선을 냉큼 집어 들고 냠냠 맛있게 뜯어먹는 것입니다. 또한 먹으면서 생선의 뼈를 골라버리고 맛있는 살만 갈라내어 별녀에게 주는 것입니다.

제법 오빠다운 그의 행동에 내가 말없이 엄지를 내들어 보였더니 고작은 입이 계면쩍게 피식 웃고 나서 "다음부턴 안 그럴게요, 아줌마, 미안해요!"하고 제법 어른같이 사과까지 해오는 것입니다.

아마도 가난이 아이들을 앞당겨 어른으로 만들고 다시 가난이란 함정이 어른을 재빨리 주름투성이로 만드나 봅니다. 다행히도 나는 이제 그들의 말을 조금씩 알아듣고 서로 간단한 대화도 나눌 수 있었기에 뜻을 알아듣고 손으로 별남의 잔등을 톡톡 두드리는데 별안간 등 뒤에서 "미안하지만…" 하는 일본말이 들려옵니다. 고개를 홱 돌려보니 콧수염을 고양이 같이 기르고 얼굴은 염소처럼 길쭉하게 생긴 남자가 성큼 성큼 이쪽으로 걸어오는 것입니다.

내가 무거운 몸을 힘들게 일으켜 세우려는데 어느새 코앞까지 다가온 남자가 바삐 손을 내저으며 말합니다.

"그냥 앉아 계셔요. 실은 구운 생선 냄새가 너무 구수해서 따라오다 보니… 한입 먹어봐도 괜찮을까요?"

내가 고개를 끄덕이자 콧수염 남자는 그 기다란 체구를 엎어놓은 U형으로 구부리고 애들의 머리에 콧수염이 닿을 듯 들여다보며 코를 실룩거리다가 어느 아이 손에 들린 생선의 살을 조금 떼어 입에 넣는 것입니다. 자근자근 씹다가 급기야 올빼미 눈이 되어 감탄을 내뱉습니다.

"와, 냄새만 좋은 줄 알았더니 맛은 더 죽이네요. 색상도 좋고… 이런 재간 어디서 배웠어요?" 말하면서 다소 놀라운 시선으로 내 얼굴을 핥아 옵니다.

어디서 배웠더라? 순간 콧마루가 찡 해 나며 가슴이 놀란 토끼 같이 토닥거려 얼른 두 손으로 얼굴을 가려버렸습니다. 생선 굽는 재간의 유래, 그것을 설명하려면 당연 에이상과의 이야기를 해야 하는데 그건 너무도 소중하고 아픈 추억이어서 쉽사리 입 밖에 꺼낼 수 없는 것입니다. 그래서 나는 대답대신 "뭐, 별 재간도 아닌데요. 살다 보니 그렇게 되었죠." 하고 얼버무리며 마침 굽던 생선이 다 되었는지라 얼른 집어 남자의 앞에 내밀었습니다.

"칭찬 값으로 드리는 거예요. 맛있게 드세요."

남자는 내 얼굴에서 시선을 거두고 구운 생선을 받아 이리 저리 살펴보더니 "모양도 좋고 색상도 좋고." 하다가 오른쪽 엄지와 식지로 열심히 살을 뜯어 입에 넣고 씹으며 두 눈을 가늘게 뜨고 생선의 맛을 깊이 음미하는가 싶더니 급기야 동그래진 입술에서 감탄이 뿜어 나옵니다.

"과연 맛이 깊고 구수한데. 진짜 천하 일미(天下一味)라 해도 과언이 아니겠어요. 내가 평생 바닷가에 살았는데도 이런 생선 맛은 처음입니다. 참 놀라운 솜씨네요!"

"……"

나는 일시 뭐라 대답했으면 좋을지 몰라 갑자기 황소 잔등에 태워진 원숭이처럼 애매하고 희미한 미소만 짓고 있는데, 남자가 놀랍게도 엉뚱한 제안을 해오는 것입니다.

"부인, 이 멋진 솜씨 한번 자랑해보지 않겠습니까? 내가 경영하는 레스토랑에 와서 일하시면 품삯을 넉넉히 드리겠습니다. 숙식도 제공하구요. 어떻습니까?"

나는 잠시 얼떨떨해 있다가 구구한 설명을 하기가 싫어 대답 대신 손으로 만삭이 된 배를 어루만져 보였습니다.

그가 얼른 알아채고 고개를 끄덕이며 "예, 압니다. 몸 상태 잘 압니다. 그러나 친히 일하실 필요는 없습니다. 그냥 입을 놀려 기술 지도만 하면 되는 겁니다. 한 달만 가르치면 우리 애들도 잘할 수 있을 거에요."

이어 그가 제시하는 한달의 비용은 더도 덜도 아닌 바로 내가 고향으로 돌아가는 배표 값에 해당했으므로 결국 나는 그의 요구에 응하고 말았습니다.

남자는 내게 명함을 건네면서 내일 아침 준비하고 기다리면 차가 모시러 올 거라고, 또한 그곳에 도착하기만 하면 약속한 품삯의 반을 선불하겠다고 말한 다음 구운 생선 한 마리를 더 집어 품속에 넣고는 깍듯하게 작별인사를 하고 떠나가는 것이었습니다.

어딘가 실감이 들지 않아 멍하니 남자의 뒷모습을 바라보다가 받은 명함을 들여다보니 "다루 맛집 사장--나카노(中野)"라고 씌어 있었습니다. "나카노상" 하고 나는 발음을 해보고 나서 명함을 호주머니에 간직했습니다.

그날 저녁, 아이들은 또다시 전선줄에 모여 앉아 회의를 하는 제비들처럼 내 주위에 오구구 모여들어 까만 흑진주 같은 눈자위를 돌돌 구리며 나를 빤히 쳐다보고 있었습니다.

"아줌마, 진짜 가는 거예요? 여긴 다시 오지 않아요? …우리 또 구운 생선이 먹고 싶으면 어쩌지? …"

말하는 별남의 콧구멍에서 살찐 굼벵이 같은 콧물이 주르륵 흘러내리다가 맏이가 툭 치는 바람에 후루룩 되들어가 버립니다.

나는 어쩐지 목구멍이 꽉 막혀오며 소리가 나가지 않았습니다. 바다로부터 버러지처럼 연명하며 살아온 나에게 처음으로 육지의 따뜻함을 인간의 친절함을 안겨준 아이들입니다. 피는 한 방울도 섞이지 않았고 언어도 잘 통하지 않지만 마치 어떤 보이지 않는 줄에 서로 얽혀 있는 듯 슬픔도 기쁨도 아픔도 전류 흐르듯 전달이 되는 생명들입니다. 더욱이 이 시각 이상한 것은 사실과는 정 반대로 마치 내가 이 집의 주인이 되어 의지가지없는 아이들을 거리로 내쫓는 듯 조금 저리고 아릿한 느낌이 돌덩이처럼 가슴을 눌러오는 것입니다. 길 잃은 어린 강아지들이 애원하는 듯한 저 여섯 쌍의 천진하고 맑은 눈을 보면서 내가 할 수 있는 일이 구경 무엇인지 갈피를 잡을 수가 없습니다.

오늘따라 은혜언니는 퇴근이 많이 늦어지고 있습니다. 나는 아이들을 데리고 바다가로 나가 그믐달이 갈고리 같이 걸려있는 밤하늘을 하염없이 바라보았습니다. 파도가 산언덕 같이 부풀어 올랐다가 다시 서서히 주저앉으며 그 위로 기름을 바른 듯 반사가 일어나 야윈 달빛에 일말의 보탬을 주고 있습니다. 갈색의 밤은 우리 앞에 가로놓여 입에 물음표를 잔뜩 물고 있는 아이들의 얼굴을 희미하게 비추고 까만 머루알 같은 여섯 쌍의 눈동자를 아기별처럼 반짝이게 합니다.

"아줌마 집은 저 바다의 건너에 있단다. 아득히 먼 곳이지."

바다의 무한에 감탄하듯 내가 혼잣말처럼 중얼거리자 성미 급한 별남이 냉큼 받아 말하는 것입니다.

"그럼 울 아빠 배 타고 가면 되잖아요. 올 때도 울 아빠 배 타고 왔으니까."

저으기 놀라웠습니다. 애들은 내가 멀리 바다 건너에 갈지언정 가까이 일하러 가는 것이 어딘가 못마땅한 눈치입니다. 물속의 그림자 보듯 애매하고 궁금하여 막 물으려는데 항시 입을 조개같이 꽉 다물고 있던 별녀가 분명한 소리로 맞장구를 치는 것입니다.

"맞아요. 이번에 아빠 돌아오시면 실어다 달라고 하세요. 아빤 아줌마 일이라면 뭐든 다 허락할 거예요."

내가 눈이 휘둥그레져 아이들의 얼굴에 물음표를 던지며 여기저기 번갈아 보자 이번엔 시종 침묵으로 권위를 행사하던 맏이가 입을 열어

한 음절 한 글자씩 또박또박 내뱉는 것입니다.

"그러니까 아줌만 왜 자기 집에 가지 않고 그 콧수염 아저씨한테 가냐 말예요. 머지않아 아기까지 낳는다면서요. 그 아저씨 우린… 싫어요."

아하, 요놈들이 콧수염 아저씨가 저들의 생선을 축냈다고 미워하는구나. 나는 피식 웃고 나서 아이들을 둘러보며 넌지시 물었습니다.

"그 아저씨 니들 생선 가로채 먹어서 미워진 거지?"

끄덕일 줄로 알았습니다. 그런데 아이들은 모두 시계추인양 일제히 고개를 가로젓는 것입니다. 동시에 "아뇨." 하는 소리가 밤의 고요를 할퀴며 고막에 전해왔습니다.

나는 그만 안개속의 노을을 구경하듯 아리송해졌습니다. 낮에 왔던 콧수염 아저씨 나카노상은 광대뼈가 조금 튀어나오고 콧수염을 기른 외엔 아이들에게 나쁜 인상을 줄 생김새도 언행도 없는데 애들이 왜 한번 보고 저토록 미워하는지 그 이유를 알 수가 없습니다.

"그럼 왜 콧수염 아저씨가 싫은 거지? 혹 이전부터 아는 사이였어?"

"아뇨. 처음 봤어요. 근데 저런 콧수염 아저씨들이 전에 우리 집에 몰려와서 고깃배를 부수고 아빠를 피나게 때렸어요."

"왜? 무슨 이유로?" 나는 깜짝 놀라 진지하게 물었습니다.

"고기를 많이 잡지 못했다고, 전방에서 싸우는 병사들이 먹을 것이 없어 굶어 죽는다고, 그게 우리 아빠 탓이라고 막 고래고래 소리치며 무섭게 때리고 발로 차고 했어요."

"오, 그래서 일본 사람이 미운 거구나." 조금 안개 속을 헤어 나온 느낌입니다.

"맞아요. 다 미워요. 그러니까 아줌마도 거기 가지 마세요. 다 나쁜 사람들이에요."

아이들의 조그만 가슴에 심어진 전쟁의 매듭과 한이 짜릿하게 전신에 느껴왔습니다. 얼마나 무섭게 야단치고 얼마나 참혹하게 때렸으면 저 어리고 연약한 골수에 저토록 사무치게 원한이 맺혔을까? 잔인한 어둠속에서도 저 모래의 찢어진 매듭은 거품 바다가 무시로 기워주고 있는데, 전쟁이 빚어낸 이 무수한 인간의 매듭과 아픔은 그 누가 기워준단 말입니까.

밤의 불안이 어둠속을 헤엄치는 동안, 은혜언니는 내 손을 꼭 잡고 놓아주지 않았습니다. 뭔가 말할 듯하면서도 말하지 않고 자리에 누운 채 대합처럼 입을 꼭 다물고 있습니다. 드디어 새벽 공기가 방안으로 들어와 기다림의 고요한 중심을 향해 움직일 때 거미줄같이 가느다란 조용하고 마치 갈대 잎이 바람에 나부끼는 듯한 소리가 울려 나왔습니다.

"내가 돌아올 때까지 떠나지 말고 있어요."

그리고는 내 대답도 기다리지 않고 추풍에 낙엽 날려가듯 문밖으로 사라져버리는 것입니다.

뱃속 태아의 수요로 나는 잠간 눈을 부치긴 했으나 아직 꿈의 문턱에도 이르기 전에 바나나 색의 아침빛이 눈꺼풀을 뚫고 들어와 깨어나지 않을 수 없었습니다. 어느새 여섯 아이가 모두 기상하여 아침의 찬란함을 닮은 여섯 쌍의 눈동자를 뙤룩거리며 또다시 희귀한 벌레 연구하듯 내 얼굴을 들여다보고 있는 것입니다.

아이들과 아침 인사를 나누고 옷을 갈아입고 집안을 둘러보니 은혜 언니의 그림자는 집안에도 집밖에도 보이지 않습니다. 이른 아침에 뭐 하러 어디 갔는지는 모르겠으나 막상 떠나려 하니 할 말도 많은데 얼굴마저 보이지 않으니 가슴 한구석이 뻥 뚫린 듯 서운함을 금할 수 없었습니다.

드디어 밖에서 자동차 엔진 소리가 들려왔습니다. 아이들이 호기심에 우루루 몰려나가고 나도 자그마한 보따리를 손목에 걸고 문을 나섰습니다.

막 떠오른 태양이 노을빛을 동반한 불색으로 푸른 수풀에 쏟아져 내리는데 그 사이에 난 오솔길로 쐐기벌레 색깔의 지프차가 퉁퉁거리며 들어오고 있었습니다.

나는 급히 주위를 둘러보았습니다. 은혜언니는 여전히 보이지 않고 병아리 같은 아이들만이 정오의 해바라기인양 작은 얼굴을 해뜩 떠이고 내 결정이 무척 궁금하다는 듯 빤히 쳐다보고 있습니다. 하지만 나는 결코 아이들의 의지에 따를 수는 없는 상황입니다. 지금 내게는 무엇보다 돈이 필요했으므로 가령 저 앞길에 호랑이가 앉아 기다린다 해도 반드시 가야 하는 절박함 그 자체인 것입니다. 하여 온 얼굴에 억지 웃음을 떠올리며 죄송한 대로 작별 인사나 하려고 손을 내밀었더니 아이들이 약속이나 한 듯 모두 거절하고 바람같이 집안으로 달려 들어가는 것입니다.

돈 때문에 정든 주인을 떠나 낯선 고장에 팔려가는 암소인양 나는 움메 소리 한번 지르지 못한 채 지프차 위에 짐짝처럼 실렸습니다. 고개 돌려 뒤를 돌아보니 손바닥 크기의 아이들 얼굴이 우리 속에 갇힌 잔나비 모양 창유리에 납작 매달려 죽어라 창밖을 내다보고 있는 것입니다.

드디어 차가 움직이기 시작했습니다. 그러자 아이들이 맨발바람으로 총알같이 집안에서 뛰쳐나와 달리는 지프차 뒤를 마구 쫓아옵니다. 그러다가 막내가 엎어져 울고 다섯째 넷째 모두 엎어져 울고 있습니다. 순간 수천 마리 산벌무리가 내 가슴을 일제히 쏘아오는 듯, 그만 "차 세워요." 하고 �꽤-액 고함질렀습니다. 헌데 젊은 기사는 못들은 척 마치 똥덩이를 굴리는 풍뎅이인양 차바퀴를 앞으로만 돌리고 있었습니다.

바로 이때 차의 앞쪽 저만큼에 은혜언니가 나타났습니다. 얼굴에 땀을 비 오듯 흘리며 주먹을 부르쥐고 달려오는 그녀의 모습은 마치 불난 집 불 끄러 달려오는 집주인 같았습니다. 마주 달려오는 지프차를 알아본 그녀는 급기야 두 팔을 짝 벌려 장승같이 그 앞을 막아 나섭니다. 그만 당황한 기사가 브레이크를 꽉 밟았으나 차체는 관성에 따라 여전히 앞으로 육박해 갑니다. 그런데도 은혜언니는 두 눈을 뚝 부릅뜨고 마치 밀랍으로 굳어진 코끼리인양 꼼짝도 않고 그 자리에 서있는 것입니다. 지프차는 피해보려고 이리저리 비틀거리다가 차바퀴가 은혜언니의 발등을 막 깔아뭉개기 1초 직전에 치익! 멈춰 섰습니다.

가슴속에 곤두서 있던 심장이 쿵 떨어지는 순간, 나는 벼락같이 차문을 열고 뛰어내려 바닥에 쓰러져 있는 은혜언니를 부축하며 소리쳤습니다.

"언니, 은혜언니, 왜 이래요? 다친 덴 없어요?"

내 물음에는 대답도 않고 그녀는 도리어 손에 쥐었던 종이쪼박을 내 손에 마구 쥐어주며 쫓기듯 소리치는 것입니다.

"어서 가세요. 배가 출발할 시간이 다 돼가요. 늦으면 못 타요. 여긴 아무 상관 말고 그냥 떠나세요. 어서요!" 말하는 한편 길 쪽으로 나를 힘껏 밀어내는 것입니다.

이제야 그녀가 새벽에 사라진 이유를 알 것 같았습니다. 날이 밝기 바쁘게 그녀는 이웃 마을 여기 저기 다니며 배표 살 돈을 어렵게 구해 가지고 부두로 달려가 오늘 떠나는 배표를 사왔던 것입니다. 당시 상해로 운항하는 여객선은 일주일 일회밖에 없었으므로 오늘 배편을 놓치면 장장 한 주일을 기다려야 했기 때문입니다.

"…언니……"

목이 메어 말을 이을 수가 없었습니다. 흐르는 눈물이 너무도 뜨거워 가슴이 데일 듯 심장에 파고듭니다. 빈궁이 먹어버리다 가련하게 남겨둔 아름다움이 아직은 조금 남아있는 그녀의 얼굴을 마주보며 마음속에서 일어나는 감동의 파도에 몸이 휘청거리고 있었습니다.

그녀의 눈시울도 홍시같이 붉어졌습니다. 허나 재빨리 용솟음치는 눈물을 눈꺼풀 속으로 모질게 감추면서 짐짓 큰 소리로 꾸짖다시피 소리치는 것입니다.

"네 마음 알아. 하지만 이러고 있을 때 아냐. 꾸물거리다간 다 놓치고 말아. 뱃속 아길 생각해서두 어서 떠나야지! 어서---!"

소리치며 억센 두 팔로 나를 돌려세우고는 드세게 잔등을 밀어버립니다. 그녀에게 마구 밀려가면서 나는 황소 영각하듯 엉엉 울어버렸습니다. 울음소리는 머리 부분에 달린 목구멍을 통해 나가고 있었으나 내 머리는 내가 울고 있는 까닭을 알지 못합니다. 오로지 세차게 높뛰는 이 심장만이 알고 있을 뿐입니다. 그래서 인간은 죽을 때 심장이 머리보다 먼저 죽는다고 말하나 봅니다.

칼끝에 잘려 나간 젤리처럼 슬프게 떨어져서 몇 걸음 앞으로 옮기다가 거의 본능적으로 뒤돌아보았을 때 눈앞에 벌어진 정경에 너무 놀라 손에 들었던 보따리가 다친 개처럼 발치에 굴러 떨어졌습니다. 암녹색의 거대한 코끼리 같은 지프차 앞에 작고 여윈 은혜언니의 몸뚱이가 사죄하는 청개구리 같이 납작 엎드려 꼼짝 않고 있는게 아닙니까? 아마 "저 사람 놓아주세요, 제발 빌어요! 가령 놓아주지 않고 뒤를 쫓으려면 내 몸뚱이 위로 차를 몰아가세요." 라는 뜻의 퍼포먼스 같았습니다. 나는 그만 한달음에 달려가 집게같이 은혜언니를 안아 일으키며 지프차를 향해 선언하듯 소리쳤습니다.

"난 귀사에 가지 않을 거예요. 지금 배를 타고 고향으로 떠날 것이니 방해 말고 돌아가 나카노 사장께 전하시오."

말을 마친 다음 몸을 돌려 들강아지 같이 야윈 은혜언니의 어깨를 잠간 그러안고 높지는 않으나 단단하고 쫀쫀한 목소리로 말했습니다.

"다시 돌아올게요. 머지않아 반드시 찾아올 것이니 그때까지… 무사히 계셔요…"

조금만 더 지체하다간 내 눈물 속에 모두를 함몰시킬 것 같아 번개같이 몸을 돌려 뛰어가다시피 걸어갔습니다.

"아줌마---!"라고 외치는 애들의 부름소리가 기러기소리같이 귓바퀴에 맞혀왔으나 이를 악물고 돌아보지 않기로 했습니다. 함께 있는 공간은 잠시 끝났지만 마침표 자리에 생략부호를 찍었다가 언제든 다시 이을 날이 있으리라 믿으면서 부지런히 다리를 놀렸습니다.

눈물에 콧물에 땀에 범벅 되어 흐르는 시간을 거머쥐고 부지런히 다리를 놀리고 있는데 치-익 속도를 늦추며 옆을 스치는 차가 있어 돌아보니 바로 그 쐐기벌레 색깔의 지프차였습니다. 차는 나를 앞질러 조금 나간 다음 별안간 머리를 돌려 내 앞길을 가로 막으며 꾹 멈춰서는 것입니다.

저 나쁜 인간이 방해 말라고 분명히 말했는데… 하고 금시 뚫어버릴 듯 쏘아보는데 차창유리가 스르르 내려지고 젊은 기사의 머리가 밖으로 나오며 나를 향해 소리치는 것입니다.

"타세요. 부두까지 실어다 드릴게요. 걸어서는 시간이 안돼요."

"어…?"

우주의 어느 한 우물에서 지구라는 공을 둘러쌓고 사는 인간은 아마 제각기 아무리 몸부림친다 해도 결국은 다 함께 하늘을 떠이고 생물에서 무생물로 가는 길동무인가 봅니다.

39 ~~~~

또다시 망망대해의 한 가운데로 왔습니다. 그런데 예전 같은 혼자가 아니라 수백 명이 한데 모여 개미같이 와글거리는 하나의 작은 동굴에 지나지 않는 곳입니다. 3층으로 된 객실에 맨 위층은 1등 선실, 중간층은 2등 선실, 다음 지하로 된 밑층은 3등 선실로 봉당에 거적 하나씩 깔고 버려진 벽돌장 같이 아무렇게나 이리저리 드러누워 먹고 자는 공간입니다.

당시 가난보다 더 가난했던 나는 당연 3등 선실의 마지막 벽돌장이 되어 가장 구석진 곳의 곰팡이 파티장에 배당되었습니다. 가능한 자리에 있는 시간을 줄이기 위해 나는 태반의 시간을 갑판에서 보내고 식사 시간이 되어도 일평생 바다구경을 못한 시골 아낙인양 바다만 바라보며 떠날 염을 하지 않았습니다. 배가 떠나기 전의 촉박하다 못해 1분도 지체할 수 없는 시간에 쫓기며 도망치는 수탉같이 훌쩍 상선하다 보니 건량 같은 것은 마련할 기회도 없었고 그 흔한 물 한 방울마저 가지고 오지 않아 전부 배 안에서 사 마셔야 하니 주머니에 들어있는 푼돈으로는 어림도 없는 것입니다. 하는 수 없이 하루에 한 끼만 먹기로 하고 배속의 아기에게 빌었습니다.

"아가야, 배가 고파도 참고 있어야 해. 이제 세 밤만 자면 나흗날에는 틀림없이 도착하게 될 거야. 그러니 힘들어도 꾹 참아야 돼."

아기는 토닥토닥 뛰노는 것으로 내 말에 대답을 주는 듯했습니다. 그래서 또다시 나는 혼자가 아니라는 가느다란 줄에 매달려 희망이라는 미끼를 물고 견뎌보려 애썼습니다. 허나 하루에 한 끼만 먹고 두 끼는 이를 악물고 굶는다는 내 작전은 아직 입문도 하기 전에 실패로 돌아가고 말았습니다. 이미 내 몸뚱이의 배고픔은 나만의 의지로 견뎌낼 수 있는 것이 아니었습니다. 첫 날은 배의 식당에서 점심을 사 먹었는데도 태양이 열기가 아직 한창인 신시부터 배가 고파오기 시작하는 것입니다.

하늘에서는 하얗게 부푼 비게 구름이 그림자를 너울거리며 지나가고 물위에서는 갈매기들이 거친 파도를 타고 나래치며 부지런히 물고기를 잡아 나르고 있습니다. 바람은 바다에게 말을 하고 바다는 갈매기에게 말을 하며 나는 갈매기에게 애걸하고 있었습니다. 갈매기야, 그 입에 문 것을 하나만 내려놓아 다오.

3박 4일의 여정에 내 주머니 사정은 아무리 절약해 먹고 마셔도 네 끼를 넘지 못하게 되어 있습니다. 오늘 점심에 이미 한 끼를 먹었으니 저녁은 당연 참고 견뎌야 하는데 머리 들어 하늘을 쳐다보아도 태양은 마치 배반을 거절하는 전사인양 서천에 높다랗게 걸린 채 끄떡도 않고 있으니 이 나머지 뱀장어같이 늘어진 시간을 어떻게 보내야 할지 막연하고 답답할 뿐입니다.

그제 날, 자신이 무인도에서 엄청난 배고픔을 견뎌냈으니 이제는 기아에 특수한 끈기가 생겨 몇 끼쯤 굶는 것은 아무 일도 아닐 거라고 생각했는데 철저히 오산이었습니다. 내 몸에는 지금 다른 하나의 아직은 앙증스러우나 또렷하기 그지없는 신경계통이 생겨나 전류가 흐르듯 침질을 하듯 온 신경을 시시각각 못 견디게 자극해오는 것입니다. 그 신경을 잠재우기 위해 나는 입술을 깨물고 있다가 나직이 노래를 부르기 시작했습니다.

자장자장 우리아기 자장자장 우리아기
꼬꼬닭아 우지마라 우리아기 잠을 깰라
멍멍개야 짖지마라 우리아기 잠을 깰라
……

그러자 아직 밤이 아닌데요 태양이 찬란해요 하고 뱃속에서 아기가 반항해오는 것입니다. 별수 없이 3등 선실의 내 자리 곰팡이들 파티장에 들어가 누렇게 썩고 곰팡이 냄새가 코를 찌르는 거적 위에 드러누웠습니다. 아, 이건 냄새가 아니라 호흡계통을 거세게 함몰해가는 악취의 홍수입니다. 그 홍수에 밀려 나는 코를 닫고 입으로 힘들게 숨을 몰아쉬고 있다가 드디어는 폭발하듯 튀어 일어나 밖으로 뛰쳐나갔습니다.

그래도 뱃전에 부딪치는 파도소리가 좋았습니다. 감기처럼 계층을 따지지 않고 불어와 누구의 머리칼이든 똑 같이 날려주는 바다바람이 좋았습니다. 황혼의 미로 속에서 넋을 잃고 바라보는 그 황홀한 일몰이 일출로 보이기도 하는 순간이 좋았습니다. 그런데도 배고픈 느낌은 결코 멈추지 않았습니다. 창자에 수천 마리 개미들이 모여들어 쏠고 갉아먹고 물어뜯는 듯한 자잘하면서도 견디기 어려운 아픔, 더욱이 우리 세 사람의 특수한 작은 생명이 배속에서 배고프다고 먹을 것을 달라고 모질음을 쓰는 데는 머리가 돌지 않을 수 없었습니다. 견디다 못해 스스로 저능아가 되어 의지의 저쪽에 밀려난 듯 본능적으로 킬킬거리며 주머니에 손을 넣어 몇 푼 안 되는 돈을 끄집어냈습니다. 그리고는 이 바보야, 배고파 울면서 옥수수 밭을 헤매는 눈먼 새끼곰 같잖아 하고 자조하며 엎어질 듯 식당으로 달려갔습니다.

위가 시키는 대로 세 끼를 사먹고 나니 주머니가 빨랫줄에 널린 장갑 속 같이 텅텅 비었습니다. 아직도 2박 3일이 걸려야 도착하게 돼있고 그나마 혹 태풍을 만나거나 그 어떤 예사롭지 못한 일에 부딪치면 배는 하루 이틀 심지어 며칠씩 연착하는 경우도 있다는데 나는 벌써부터 기막힌 허기에 목이 졸려 이 밤을 넘기기 어려울 정도입니다. 낮은 이미 흘러내리는 밤공기에 함몰되었고 그래서 저기 하늘에 마치 술 한 잔에 발갛게 미소 짓는 할머니의 얼굴 같던 구름덩이들도 어둠에 풀어져 모두 자취를 감춰버렸습니다. 종일 전진하며 부서지던 파도의 흰 포말마저 검은 악마에게 잡아먹힌 듯 형체가 보이지 않습니다. 오로지 어둠이 뻑뻑한 공간에 갈매기들의 변덕스러운 노랫소리만이 근심걱정을 부풀리며 배고픔의 체적과 깊이를 더해줄 뿐입니다.

계란색의 불빛이 창문 유리를 핥는 식당에서는 1등 선실과 2등 선실의 부유층들이 여유작작 모여 앉아 먹고 마시고 사교하며 어둠과 불빛의 조화를 향수하고 있습니다. 조명이 마치 동면하고 있는 곰의 눈같이 게슴츠레한 3등 선실에서는 태반이 몸에 누더기를 걸친 가난뱅이들이 거적위에 삼삼오오 둘러앉아 육지에서 준비해온 건량 따위로 끼니를 외고 있습니다. 방금 털갈이를 한 여우의 몸에서 풍기는 들큼한 악취 같은 냄새가 온 실내를 숨 막히게 만들어도 그들은 마치 진수성찬이나 향수하듯 저마다 기꺼이 음식을 볼이 미어지게 입에 넣고 주린 소 깔 먹듯 맛깔스레 와삭와삭 씹어 삼키는 것입니다. 오로지 나만이 홀로 비참한 고독으로 샤워하며 배고픔이라는 옷을 입은 가련한 하인인양 밤의 뱃전에 맥없이 기대어 걸쭉한 어둠만 하염없이 마시고 있습니다. 어쩌면 전생에 30년 굶다 죽어버린 원혼이 환생한 것은 아닌지 요만큼의 허기도 참지 못하는 자신이 그지없이 밉고 창피하기 짝이 없었지만 그럴수록 내 위장은 마치 내 머리로부터 독립이라도 한 듯 대뇌의 지휘를 티끌만큼도 받아들이지 않습니다.

생명을 훔치는 것이 시간이라고 하는데 지금 나의 시간은 아무것도 훔치지 않고 거북이처럼 선 자리에서 엉기적거리고만 있습니다. 바늘로 창자를 찌르는 듯한 허기에 너무도 견디기 어려워 추억이라도 씹어보려고 눈을 꾹 감고 동년에 먹었었던 기억속의 맛있는 음식들을 떠올려 보았습니다. 어느 날 유모가 밖에서 사다가 몰래 먹여주던 김이 모락모락 나는 군만두, 오후의 허리가 되면 언제나 하녀가 공손히 쟁반에 받쳐 올리던 향긋한 원두커피에 바삭거리는 원두 과자, 엄마가 친히 내 입에 넣어주는 것을 받아먹다가 그만 엄마의 손가락까지 꽉 깨물어 놓아 한바탕 야단맞던 우유 소 새알심… 그런데 이런 생각을 하자 배가 더 무섭게 고파올 줄이야! 바늘로 창자를 찌르다 못해 수만 마리 진디가 위벽을 짜릿하게 파고드는 공포의 배고픔, 그 독사 같은 성화에 나는 더는 이대로 어둠만 바라보고 있을 수 없었습니다. 빛을 찾아 허둥지둥 가다 보니 배의 홀에 이르렀고 그 불빛이 아늑한 공간에서 한쪽 구석에 죽은 코끼리같이 놓여있는 낡은 피아노를 보았습니다. 전쟁 전에는 아마 전문 피아니스트를 싣고 다니며 음악을 연주하여 손님들을 즐겁게 했으련만 전쟁 중인 지금 피아노는 마치 석고로 만들어진 장식품인양 미동도 않고 한쪽에 움츠린 채 슬프게 서있는 것입니다. 별안간 새들도 피해간다는 사막에서 커다란 낙타라도 만난 듯 사람을 흥분시키는 기운이 온몸에 쫙 펴지며 나는 저도 몰래 피아노 앞에 다가가 건반을 눌러보았습니다. 바다바람에 조금 풍습을 앓고 있는 듯하나 그런대로 제법 쓸 만한 소리가 나오는 것입니다. 급히 걸상에 앉아 두 손을 건반 위에 올려놓자 내 정서에 나래가 돋친 듯 걷잡을 수 없는 격정이 솟구쳐 오릅니다. 두 눈을 꽉 닫아 눈앞의 세상과 결연하고 현실의 괴로움을 모두 손가락에 담아 베토벤의 운명 교향곡 제 1악장부터 치기 시작했습니다…

　---바다가 나타났습니다. 무인도가 나타났습니다. 비행기가 나타났습니다. 에이상이 나타나고, 태호씨가 나타났습니다. 악어가 나타났습니다. 구렁이가 나타났습니다.… 그리고 태아가 나타납니다… 그런 다

음, 에이상이 죽습니다… 그런 다음, 그런 다음 태호씨가 떠나갑니다. 교미를 하는 순간 수컷을 잡아먹는 암사마귀의 섬뜩한 숙명같이 태호씨의 피를 마시고 아기와 나는 소생합니다… 아아아, 이게 바로 내 운명이란 말입니까?! 숙명이란 말입니까…

제4악장을 마쳤을 때 나는 갑자기 연주를 뚝 끊어버렸습니다. 도저히 제5악장을 칠 용기가 나지 않기 때문입니다. 자신의 운명이 도대체 제5악장처럼 승리로 갈 수 있는지 알 수가 없고 더욱이 이 허기를 참아내고 목적지 부두에까지 살아남을 수 있을지 자신감이 제로인 까닭입니다. 하여 잠간 괴롭게 고개를 떨어뜨리고 침묵을 새기다가 다시 고개를 쳐드는 순간, 그만 소스라치게 놀라운 정경에 아연해졌습니다. 대나무처럼 곧고 높다란 체구가 바로 내 눈앞에 느낌표 같이 우뚝 서있는 것입니다. 또한 그 뒤로 크고 작은, 뚱뚱하고 빼빼한, 차림새도 울긋불긋 제각기인 느낌표들이 마치 해바라기가 태양을 향하듯 일제히 나를 향해 까딱도 않고 서있는 것입니다. 베스트셀러 소설처럼 읽히고 있다는 강한 느낌에 저으기 당황하여 내가 허둥대듯 입을 열었습니다.

"왜… 왜들 이러십니까?"

'대나무느낌표'가 마치 깊은 환상에서 깨어난 듯 도리머리를 흔들더니 오히려 이상하다는 듯 나에게 질문해오는 것입니다.

"마지막 악장은 왜 안치는 겁니까? 그게 클라이맥스 아네요?"

하지만 영어여서 나는 알아들을 수가 없었습니다. 그리고 보니 이 꺽다리 남자는 진한 금발에 푸른 도자기 빛깔의 눈동자를 가진 서양인인 것입니다. 다시 둘러보니 머리색과 피부색, 눈 색깔이 다른 사람들이 심심찮게 끼어 있어 분위기가 꽤 이색적인데다 주위는 온통 기다리는 공기로 꽉 차있었습니다. 누군가 통역을 하려 하자 서양남자가 대뜸 손을 저어 막아버리고 서툰 조선말로 내게 물어오는 것입니다.

"이름이 뭐에요?"

이 코 큰 서양인이 어떻게 조선말을 알까? 놀랍고 궁금했지만 나는 우선 내 이름을 대주었습니다. 그러자 남자가 자기 이름은 존(John)이라고 부르며 미국에서 왔다고 소개하고는 피아노를 몇 곡 더 연주해줄 수 없느냐 특히 경쾌한 곡을 치면 자기들이 춤을 추겠노라고 하는 것입니다.

나는 제안은 좋은데 지금은 배가 고파서 더 견지할 수 없다는 말을 하고 싶었으나 소리는 혀끝까지 나왔다가 부르르 떨며 다시 도망쳐 버렸습니다.

내가 좀 머뭇거리며 미안한 표정을 짓는 것을 본 존이 얼른 눈치를 채고 바로 허리 굽혀 입을 내 귀가에 대고 낮은 소리로 속삭이는 것입니다.

"사례금은 넉넉히 드릴게요. 연주만 해주세요. 부탁합니다."

내 귀가 번쩍 뜨였습니다. 어쩌면 나는 바로 이 말을 기다리고 있었는지 모릅니다. 지금 나는 무엇이 짐승이고 무엇이 사람인지 알 도리가 없습니다. 단지 누군가가 나에게 먹을 것을 준다면 또한 어떤 짓을 해서든 그런 대가를 얻을 수만 있다면 산을 옮기고 바다를 메우는 일이라도 서슴없이 맡아 나설 것입니다. 하물며 자기 손 같이 익숙하고 신나는 피아노를 연주하는 일임에랴. 돈의 냄새가 코밑으로 살살 스며들고 있습니다. 그런데 이상하게 가슴이 파르르 떨리는 것은 빈둥거리던 건달의 갑작스런 구원처럼 불안정한 느낌 때문일까요? 아무튼 제안을 받아들이기로 했습니다.

예약금으로 돈을 먼저 받아 밤참을 먹듯 저녁을 배불리 먹었습니다. 그런 다음 피아노 앞에 앉아 신나게 무도곡을 쳐주어 온 배의 손님들이 마치 희열의 마지막 시각을 맞듯 땀 속을 헤엄치며 마음껏 놀도록 해주었습니다. 너무 즐겁고 행복하다며 서로를 그러안고 빙글빙글 돌아가는 사람들을 바라보며 지구라는 행성은 이들의 힘으로 돌아가는 것이 아닐까, 그리고 나라는 인간은 그들의 옆에 박혀버린 하나의 못이 아닐까 라는 착각까지 해보게 되었습니다.

약속대로 존은 사례금을 넉넉히 지불해주었습니다. 그날 밤으로 2등 선실에 옮긴 나는 오랜만에 돌처럼 깊이 잠들었습니다. 이튿날 저녁에도 피아노를 쳐주고 사례금을 받아서 그 다음날 하루를 배불리 먹고 지냈습니다.

닷새째 되는 날 오후, 서쪽 하늘에 장밋빛 노을이 불처럼 타오르는 황혼 무렵 드디어 여객선이 상해 부두에 도착했습니다. 피아노 연주 덕분에 요 며칠은 그래도 배불리 먹고 마시며 2등 선실에서 편안히 잠을 잤더니 기력이 얼마간 회복되고 뱃속의 태아도 건실해진 느낌입니다. 허나 막상 상해 부두가 눈앞에 펼쳐지는 그 순간, 내 몸은 금시 기절할 듯한 흥분에 못 견디게 허둥거리고 입술은 뭔가 말하려는 듯 크게 벌렸으나 결국 아무 소리도 내지 못했습니다. 병원 침대에서 맨발로 뛰어나오던 그날, 내 평생에 다시는 발길을 돌리지 않으리라 다짐하며 부모님과 하직 인사도 없이 오연히 떠나버리던 그 부두, 바로 이곳에서 나는 남양여객선에 올라 생사의 운명을 시작했던 것입니다. 허나 떠난 후 24시간도 채 못 되어 남양여객선은 바다 밑의 해초세계로 가라앉고 나는 홀로 무인도와 바다를 떠도는 물귀신이 될 뻔했던 것입니다. 그런 내가 지금 이렇게 살아 돌아오고 있습니다. 더욱이 혼자가 아니라 배속에 한없이 소중한 생명을 잉태하여 함께 또다시 이 바다의 푸른 물보라를 맞으며 이 도시의 붉은 공기를 마시며 이 익숙한 회색의 부두로 서서히 접근하고 있는 것입니다…

부두가 보여서부터 흐르기 시작한 눈물은 여객선이 부두에 닿아 닻을 내릴 때까지 멈추지 않고 천 갈래 만 갈래의 시냇물로 녹아내리고 있습니다. 이때 누군가 뒤로부터 내 어깨를 슬며시 감싸 안았습니다. 존이었습니다. 하얀 침묵이 흐르는 가운데 신비한 갈매기의 노래에 하나의 이야기를 더해준 장본인으로 우리의 만남은 이제 비밀 가득한 바다 위를 오래오래 떠돌 것이라 짐작하며 서로 아쉬운 작별을 고했습니다.

초록별 하나 희미하게 비치는 푸른 저녁거리, 지푸라기 나부랭이들은 바람에 날리며 골목길을 가로질러 집으로 돌아가는 고양이들의 털에 기묘한 가마를 만들고, 저기 먼 나무숲으로 돌아가는 새들은 저녁 연기를 가로질러 헤엄치고 있습니다.

이 도시 어딘가의 땅속에 내 탯줄이 묻혀 썩고 있을 것이고, 이 거리의 여느 골목들에는 내 크고 작은 발자국이 찍혀있을 것입니다. 엄연여기는, 내 손과 내 발과 내 몸의 모든 세포를 만들어낸 내 최초의 공장이건만.

40 ~~~

아기가 태어나리라는 것을 찌르레기가 알고 있었습니다. 그래서 찌르레기 합창단이 마지막 공연을 하는 날, 우리 영태가 태어났습니다. 그날은 희한하게도 하늘에 오색찬란한 쌍 무지개가 황홀하게 걸려 있었습니다. 그리고 태어난 아기의 머리에 작은 돌개바람이 두 번 지나간 듯 하얀 쌍가마가 있었습니다.

하늘땅이 맞붙는 진통이 올 때도 나는 태호씨의 이름을 부르며 에이상을 부르며 끈질기게 버텨냈고 아기가 나오는 순간에도 두 사람의 혼신을 새끼줄처럼 내 힘 속에 꼬아 넣어 셋이 함께 아기를 몸 밖으로 내밀었습니다.

드디어 아기가 태어났습니다. 그런데 태어난 아기가 울음을 터뜨리지 않는 것입니다. 허공에서 총에 맞아 정신 잃고 떨어진 새처럼 퍼덕임도 없이 담요위에 꼼짝 않고 누워있는 핏덩이를 내려다보는 순간, 내 심장도 뛰기를 멈추어 버린 듯합니다.

의사가 아기의 두 다리를 잡아 거꾸로 들고 엉덩이를 찰싹 찰싹 자극하며 온갖 인공구급을 다 해도 아기는 여전히 밀랍으로 빚은 인형인 양 작은 입술을 꼭 다물고만 있습니다. 이제 내 아기는, 우리의 영태는 희망의 금 밖으로 멀찍이 밀려나 죽은 고양이처럼 한쪽에 방치되고 말았습니다.

아, 안 돼, 안 돼요---!

나는 엎어질 듯 침대에서 뛰어내려 아기의 옆으로 달려갔습니다. 의사의 말림도 마다하고 두 손으로 아기를 받들어 안아 내 심장 부위에 꼭 밀착시키고는 에이상의 일본어로 태호씨의 조선어로 지껄이기 시작했습니다.

"아가야, 눈 좀 떠봐. 소리 좀 쳐봐. 넌 이러면 안 돼. 안 되는 몸이야.… 네 이름은 영태야, 두 아빠의 이름을 합친 글자. 한 것은 네 몸에 두 아빠의 피가 흐르고 두 아빠의 생명이 깃들어 있기 때문이지, 그들은 모두 널 위해 자기의 하나밖에 없는 목숨까지 바쳤어. 네가 무사히 태어나서 잘 크기만을 얼마나 간절히 바랐으면 그렇게들 했을까? … 그러니 아가, 어서 숨이라도 쉬어 봐, 어서 입이라도 벌려 봐, 네가 세상에 태어났다고 크게 소리쳐 보란 말이다, 꼭 반드시 소리쳐야 돼. 그러니 어서 입을 벌려, 영태야, 제발, 어서---! …"

기적이란 상식적으로는 생각할 수 없는 기이한 일이 일어나는 것이라 했습니다. 그 상식 속에 우리 영태가 살아날 가망이 포함되어 있지 않음을 주위 사람들의 얼굴 표정에서도 명백하게 읽을 수 있었습니다. 하지만 나는 믿고 싶지 않았습니다. 결코 믿을 수가 없었습니다. 이 아기가 누군데, 어떻게 이루어진 생명인데, 어떻게 여태껏 이 순간까지 벼려온 기적인데… 드디어 세상에 태어난 지금 이토록 부질없이 스러져 버린단 말입니까? 우리가 함께 겪어온 극도의 아픔과 슬픔과 고통과 공포, 수도 없이 넘긴 아슬아슬한 죽음의 고비는 또 얼마이며 그 고비 속에서 일어났던 기적은 또한 얼마였습니까? 그래서 내게는 이제 비상식이 상식처럼 되고 상식이 비상식으로 되었는지 모릅니다. 그래서 나는 누구의 말도 믿고 싶지 않고 오로지 하나, 내 아기는, 우리 세 사람의 생명 연장인 영태는 결코 죽지 않을 거라는 믿음만이 이 가슴을, 이 심장을 꽉 채우고 있을 뿐입니다.

"얘, 이젠 그만하고 아길 보내 줘. 자기 몸도 좀 돌봐야지, 너 그러다 진짜 죽을지도 몰라. 제발 그만하고 저분들께 맡겨주라."

어머니가 애원하듯 말하며 나를 그러안으려 합니다. 순간 수의 색깔의 가운을 걸치고 눈앞에 나타나 아기를 빼앗아 가려는 저승사자들이 산골짜기에 욱실거리는 이리떼처럼 내 시야를 자극해 옵니다.

"안 돼요! 안 돼------!"

내가 꽥 내지르는 소리는 아마 사람의 귀로 듣기엔 지나치게 날카로운 소리였을 것입니다. 그럼에도 불구하고 어머니는 한사코 두 팔로 나를 그러안아 아기를 빼앗아가게 함으로써 해산으로 탈진해버린 나를 보호하려는 것입니다. 나는 죽어라 몸부림을 쳤으나 숨을 거둔 바다표범의 물렁해진 몸뚱이인양 더는 기력이 남아있지 않습니다.

아아, 이걸 어떡해? 태호씨, 도와주세요---! 에이상, 손을 내밀어 주세요---!

했으나 이곳의 시간은 어디까지나 병원의 규칙에 따르는 것이지 결코 인간의 감정에 따르는 것은 아닙니다. 저승사자들이 거침없이 눈앞으로 다가드는데 어머니는 고집스럽게도 내 두 팔을 집게처럼 꽉 눌러잡고 놓아주지 않습니다. 좌초된 물고기의 마지막 몸부림 같이 팔딱거리는 내 품속에서 저들이 아기를 막 빼앗으려는 찰나, 바로 그들의 손이 내 아기의 피부에 닿아오는 그 찰나, 기적 중의 기적이 일어났습니다. 죽은 듯이 꼼짝 않고 있던 아기가 우리 기적의 영태가 별안간 폭발하듯 입을 딱 벌리고 엄청난 소리로 울음을 터뜨리는 것입니다.

"응아-------! 응아---------!"

모든 사람들이 깜짝 놀라 사진을 찍은 듯 짤깍 멈추었습니다. 영태의 울음소리는 갓 태어난 아기의 입에서 만들어졌다고는 도저히 믿어지지 않을 만큼 불가사의한 멜로디로 공중에 울려 펴졌고 나는 그 감미로운 멜로디를 들이마시며 흥분에 도취되어 가슴이 터질 것만 같았습니다. 모두가 혀를 끌끌 차며 기적이라고 감탄하는 가운데 나는 오히려 이것이야 말로 우리 영태다운 탄생이 아닐까 생각하며 자루 속 강아지같이 할딱거리던 자신의 심장이 서서히 정상으로 돌아옴을 즐겁게 감지하고 있었습니다.

이제 깨끗이 정리된 아기가 내 품으로 돌아왔습니다. 자세히 살펴보니 아기의 몸은 지나치게 야위어 체중이 단 2킬로도 되나마나 하고 전체 모습은 나무로 만든 인형 위에 얇은 천을 한층 씌워 놓은 듯 안쓰럽고 애처로워 보이나 얼굴의 오관만은 마치 이름난 조각가가 심혈을 기울여 빚어 놓은 오뚝이 같이 제법 또렷하고 귀여운 모습입니다.

"엄마, 행여 쌍둥이일지도 모르니 아직 좀 더 기다려 봐요."

쌍둥이이길 두 아기이길 바라는 내 마음이 너무도 간절하여 아기를 낳은 뒤에도 배가 여전히 불러있기를 소망하는 자신이 스스로도 놀라웠지만 진심은 벌써 총알처럼 입 밖으로 튀어나갔던 것입니다. 허나 의사선생은 바람 빠지게도 가위처럼 고개를 가로 저었고 내 어머니는 "너 돈 거 아냐?" 하시며 서둘러 내가 누운 환자 운반차를 밀고 산실을 나서 버리는 것입니다.

그날의 황혼은 이상하리만큼 아름답게 타오르고 있었습니다. 새벽 하늘처럼 푸르스름하기도 하고 동시에 아침노을처럼 불그스레하다가 마침내는 황홀한 보랏빛으로 어우러지는 저녁노을이 병실 창문으로 비쳐 들어와 꿈과 동경을 이끌어내 듯 찬란한 금빛으로 번져오는 것입니다.

"엄마, 오늘은 특별한 날인가 봐요. 노을이 너무 아름답네요."

유모가 가져온 저녁밥을 먹으며 내가 말했더니 어머니가 화답하듯 대답하는 것입니다.

"암, 그렇고말고. 우리 병아리가 죽지 않고 살아났거든."

어머니 눈에는 너무 작고 앙증스러운 우리 아기가 귀여운 병아리 같아 보이나 봅니다. 아직 아빠는 누군지 몰라도 내 몸에서 떨어진 작은 살덩이라는 것만으로도 어머니는 흥분에 겨워 남 없는 행운이라도 배당된 듯 기쁨이 얼굴에서 남실거립니다.

그런데 특별한 날은 여기서만 그치지 않았습니다.

저녁이 붉은 노을 위로 밤을 펼쳐올 때 병실 밖에서 누군가 "일본이 항복했다!" "전쟁이 끝났다!" 하고 외치는 소리가 들려왔습니다. 그러자 모든 팔다리 성한 사람들이 자동 스프링인양 밖으로 튀어나가고, 어머니도 유모도 참지 못하고 밖으로 뛰어나가며 나더러는 절대 나가지 말라고 단단히 이르는 것입니다.

아무도 없는 병실의 창문에 유리관 안의 원숭이처럼 붙어 서서 나는 홀린 듯이 창밖을 내다보았습니다. 경축의 물결은 벌써 거리를 꽉 메우고 사람들은 차량이며 지붕 위며 언덕이며를 가리지 않고 높은 곳에 올라서서 울고 웃으며 만세를 외치고 있습니다. 아직 젊어서 푸르른 저녁의 상공에 무르익은 온갖 빛깔의 폭죽이 황홀한 꽃의 향연인양 뒤에 뒤를 이어 피어나고, 노오란 별들은 고리도 없이 하늘에 깔끔히 걸려 가끔씩 눈을 슴벅이며 이 환희로운 축제를 희한하게 내려다보고 있습니다. 그제 날 아이들의 뼈가 전쟁에 부서지고 영웅들의 유해가 영면한 이곳에 지금 이 시각 새로운 세상이 열리고 있는 것입니다.

우리 영태는 어쩌면 새 세상이 열리는 날짜를 알고 다름 아닌 오늘에 태어난 것일까요? 아니면 아빠들이 아기가 뱃속에서 너무 고생했으니 이제는 좋은 세상에 태어나 편안하게 살라고 특별히 오늘로 점지해준 것일까요? 이런 생각을 하니 흥분으로 가슴이 벅차올라 두 손으로 심장을 꽉 부둥켜안았습니다. 그러자 갑자기 아기가 못 견디게 보고 싶어지는 것입니다.

병실 문을 살며시 열고 복도에 나서니 예측대로 사람의 그림자 하나 보이지 않았습니다. 승리의 소용돌이가 눈 깜짝할 새에 열광의 바다로 번져가는 이 위대한 역사의 순간에 그 누구도 이 음달진 병원의 구석에 그림자처럼 쪼크리고 앉아있을 수는 없었을 것입니다.

나는 곧추 영아실로 찾아가 문을 빠끔히 열어보았습니다. 발소리를 죽일 대로 죽이며 안으로 걸어 들어가 느낌으로 냄새로 가장 작고 오뚝이 같은 내 아기를 재빨리 찾아냈습니다. 푸른 도자기 무늬의 예쁜 포대기에 들러 쌓여 얼굴만 조금 내놓은 거의 움직이지 않는 듯한 그 작고 발그레한 아기의 얼굴을, 아직 꼭 닫혀 있어 "—" 자로 밖에 보이지 않는 두 눈을 살포시 내려다보며 나는 마치 판독해낼 근거가 없는 갑골문을 주시하듯이 어린 모습을 관찰했습니다.

"아가야-, 영태야-!"

작은 소리로 가만히 불러보았습니다. 가슴이 쿵쾅거리며 심장으로부터 보이지 않는 무수한 끈이 흘러나와 아기의 심장과 이어지는 느낌입니다. 팔을 뻗어 잠든 고양이같이 연약하고 나른한 아기를 살며시 안아 가슴에 꼭 댔습니다. 그러자 놀랍게도 아기가 거짓말처럼 눈을 뜨고 내 얼굴을 빤히 쳐다보는 것입니다. 아직 빛에 적응되지 못해 초점이 없는 새까만 눈동자가 도대체 사물을 가려볼 수 있는지 없는지는 알 길 없으나, 별안간 내 머릿속에 무인도에서 맨 처음으로 눈을 뜨고 놀란 듯 나를 쳐다보던 에이상의 새까만 눈동자가 생생하게 떠올라 가슴이 뭉클해왔습니다.

"보세요, 우리 아기가 얼마나 아름다운지. 지금 벌써 눈을 떴어요. 나를 보고 있는 거예요. 이 세상을 보고 있어요."

꿈을 꾸듯 혼자 중얼거리고 있는데 문득 아기의 입술이 조금 움직이는 느낌이 들었습니다. "어머, 배고프지? 아가야. 그래그래." 하면서 나는 얼른 옷깃을 헤치고 부풀어 오른 유방을 꺼내어 아기의 입에 젖꼭지를 물렸습니다. 앵두 같이 작고 깜찍한 입술이 젖꼭지를 받아 물고 힘 있게 빨기 시작하는 것입니다.

밖에서는 갈수록 팽창되는 승리의 축제가 달이 기울도록 멈추지 않고 허공에 높이 높이 쏘아 올린 폭죽들은 마치 난징 대학살 시기 대지에 훝뿌려진 인간의 핏줄기들을 정중히 모아 하늘나라에 보내는 의식 같았습니다.

41 ⟻⟻⟻

아기가 지나치게 작아서 살아남지 못할 거라는 추측이 주위 사람들은 물론 내 어머니의 머릿속에까지 박혀버린 듯합니다. 더욱이 어머니는 한편으로는 이 귀엽고 앙증스러운 아기를 많이 사랑하시면서도 또 다른 한편으로는 "아비 없는 아기" 라는 이유로 은근히 당신의 외동딸인 나 유정이의 앞날을 위해서도 존재하지 말아야 할 생명인 듯 다른 눈치를 보이기도 합니다.

"말을 좀 해봐. 아기 아빠 도대체 어떤 사람인데, 왜 얼굴도 내비치지 않는 거야?"

어느 날 조용한 기회에 어머니가 넌지시 물어왔습니다.

"갔다고 했잖아요. 갔다고."

나는 짐짓 심드렁하게 대답했습니다.

"가긴, 어데로…?"

"저 세상으로요. 하늘나라로요."

"…그래도 이름은 있을 거잖아. 신분도 있을 거구…"

"묻지 말라고 했어요. 대답할 수 없다구요."

"……"

죽었다던 내가 다시 돌아와서부터 어머니는 내게 아무것도 강요하지 않습니다. 하나밖에 없는 자식이 난파선의 여객 명단에 오르고 그 후 장장 일 년 동안이나 종무소식이었으니 죽었으리라 짐작하는 것은 두말할 것도 없고, 어머니 자신이 거의 실신 상태에 이르러 십 수 년이나 훌쩍 늙어버린 상태입니다. 옛날 그 아리땁고 늠름하던 대갓집 마님의 풍채는 가뭇없이 사라지고 갓 마흔에 접어든 머리에 벌써 서리가 하얗게 내려 마치 오 육십 대의 파파노인을 보듯 서글프고 안쓰럽게 느껴지는 것입니다.

전쟁 탓에 힘들게 운영하던 문씨네 가업도 이젠 줄어들 대로 줄어들어 곰의 동면을 연상시키는가 하면, 그동안 실종된 외동딸을 찾느라 수많은 돈과 정력을 낭비하신 아버지도 종내는 지칠 대로 지치셔 자기의 공장 건물 안에서 쥐들이 도시를 만들어도 상관하지 않고 있었습니다. 그렇게 많던 집안의 일꾼들도 태반이 이리 저리 흩어지고 이제는 나이가 들어 탱탱하던 젖가슴이 마른 가지처럼 쭈그러진 내 유모와 젊은 식모 한 명, 그리고 전쟁에 가족을 모두 잃고 오갈 데 없는 문지기 노인과 기사 한 사람만이 남아있을 뿐이었습니다.

이런 집안에 임신하여 몸이 만삭이 된 내가 피난민 몸에 걸친 누더기보다 더 너덜너덜한 옷을 입고 몸의 구석구석에 배인 바다의 온갖 비린내를 풍기며 정원 앞에 어렵게 살아남은 곱사등이 다리를 어렵게 기어 넘어 대문의 고리를 잡았으니 그 광경을 어떻게 서술하면 되겠습니까?

때는 바로 땅거미가 뿌옇게 져오고 가로등과 그림자가 어둠의 희미함 속에 뒤섞이는 시간이라 문지기 노인의 눈에 비친 나는 아마 의심할 바 없는 거지중의 거지였을 것입니다.

"여긴 문씨 나리 댁이요. 동냥은 어림도 없으니 썩 물러가시오."

집지킴 개가 왕 짖으며 달려 나오듯 꽤액 고함지르며 손에 몽둥이를 들고 걸어 나오는 노인을 대문의 틈 사이로 내 머릿속 무성한 기억이 알아보았습니다.

"…나예요. 유정이에요. 어서 문 열어주세요…"

나는 힘껏 소리쳤으나 혀끝을 기어 나간 목소리는 입술의 자기마당도 채 벗어나기 전에 젊은 저녁의 불어치는 바람에 사정없이 먹혀버리고 말았습니다. 그래도 행여 대문까지만 나오면 노인이 바로 나를 알아보고 문을 열어주지 않을까싶어 애타게 기다리는데, 노인은 대문에 채 닿기도 전에 잠간 발길을 멈추고 섰더니 그만 다시 몸을 돌려 되돌아가는 것입니다.

맙소사, 이걸 어쩌면 좋단 말입니까? 심장이 바르르 떨리며 채찍에 얻어맞은 듯 이마에 통증이 오고 정신이 혼미해오는 순간이었습니다.

부르릉! 갑자기 자동차 경적소리가 어둠을 밀어내듯 요란한 소리를 내며 멀리서부터 다가옵니다. 그러자 걸어가던 문지기노인이 화들짝 놀라며 다시 돌아서서 대문을 향해 뛰어오는 것입니다. 급기야 빗장이 벗겨지고 대문이 활짝 열리는 바람에 나는 하마터면 앞으로 꼬꾸라질 번했습니다.

"저리 가, 가. 우리 나리 오셨다."

마치 내가 무슨 거대한 장애라도 되는 듯 노인은 거들떠보지도 않고 손에 쥔 몽둥이를 마구 휘두르며 더러운 똥파리 쫓아내듯 나를 내쫓는 것입니다. 드디어 내 참을성이 폭발해버렸습니다.

"할범, 눈 좀 똑바로 뜨고 봐. 내가 누군지. 이 집 딸이란 말이야. 문-유-정!"

거죽이 모자라 찢어진 듯 가늘고 작은 눈이 내 얼굴에 잠간 못 박혀 있더니 별안간 기절초풍할 듯 놀라며 소리칩니다.

"아… 아, 이게 무슨… 아씨?! 유정 아씨---?... 진짜, 유정아씨란 말입니까?"

급기야 털썩 두 무릎을 땅에 꿇고 두 손을 싹싹 비비는 노인의 모습은 흡사 주인의 비위를 거슬러 벌을 받는 늙은 원숭이를 방불케 합니다.

"아이구, 내가 진짜 노망이 왔나 봅니다. 눈에 개똥이 씌웠는지 아씨도 알아보지 못하고… 흑흑흑!"

눈물은 주름살에 배어 흘러내리지 못하고 쭈그러진 얼굴 위에 옻을 바르듯이 번뜩이며 퍼져갑니다.

그런데 이 시각 내게 더 요긴한 것은 이 노인과의 대화가 아니라 지금 막 정지한 차에서 내리시는 내 아버지와의 만남이었습니다.

기사가 열어주는 차문으로 내리신 아버지는 대문을 향해 두어 걸음 옮기시다가 얼결에 내 쪽을 흘끔 보시더니 별안간 망부석이 된 듯 짤깍 굳어버렸습니다. 그리고는 마치 꿈이냐 생시냐를 가늠하듯 멍하니 바라보시다가 급기야 꿈에서 깨어난 듯 고개를 마구 흔들며 중얼거리는 것입니다.

"몸이 진짜 허해졌나 봐, 눈앞에 헛것이 다 보이다니. 저 여자가 어찌…"

문지기가 급히 소리쳤습니다.

"헛것이 아닙니다 나리, 바로 아씨예요. 유정 아씨란 말입니다!"

"뭐…뭐?"

아버지는 몸을 부르르 떨더니 곧 나를 향해 한걸음 두 걸음 다가오는데 마치 걸음마를 배우는 첫돌 아기가 외나무다리 건너듯 휘청휘청 위태롭게 걷고 있는 것입니다.

허나 더 이상한 것은 나였습니다. 아버지를 알아보았으면 으레 아버지 하고 부르며 마구 달려가야 할 내가 입에서 소리의 팔촌도 나가지 않고 발은 더욱 땅에 뿌리내린 듯 단 한 발짝도 움직일 수가 없으니, 이게 도대체 어찌된 일이란 말입니까? 어쩌면 나는, 내 몸의 일부 기능은 태호씨가 죽을 때 더불어 죽어버렸는지도 모릅니다.

"마님! 아가씨 왔어요. 유정 아가씨 살아 돌아왔단 말입니다! 어서 나와보세요---!"

떠들며 달려 들어가는 문지기의 놀란 수탉 같은 소리에 집안에서 어머니가 맨발로 달려 나오고 그 뒤로 유모가 엎어질 듯 뛰어 나옵니다.

드디어 내 눈앞에 이른 아버지가 "네…네가 참말로 유정이란 말이냐? …유정아! …" 소리치며 두 팔로 나를 덥석 그러안습니다. 그제야 나도 아버지의 품에 얼굴을 묻고 엉엉 울기 시작했습니다.

어머니가 뒤로부터 나를 으스러지게 그러안으며 목이 터져라 소리칩니다.

"유정아, 내 딸아!… 네가 진짜 살아있었단 말이냐?… 그런데 소식 하나 없이 어쩜… 아니, 이게 꿈은 아니겠지? 어멈, 나 좀 꼬집어봐…"

"그래요 마님, 꿈이 아니라 생시에요. 진짜로 아가씨가 돌아왔어요. 우리 아가씨요… 유정아가씨란 말에요… 흑흑흑!…"

나는 아버지의 품에서 어머니의 품으로 옮겨 그 대지 같은 품에 얼굴을 묻고 오래오래 슬피 울고 또 울었습니다…

42 ～✒

찌르레기들의 합창 속에 여름이 늙어가고 황색의 면사포를 쓴 가을 아씨가 꺾이지 않은 꽃들을 머리에 이고 계절의 문턱을 넘어서고 있습니다.

사자자리에 태어난 아기는 늘 아슬아슬하게 외줄다리기를 하던 엄마의 뱃속보다 이 세상이 너무 좋고 안전하다는 듯, 잘도 먹고 잠도 지나치게 잘 자서 가끔 돌이 되지 않았나 싶을 정도로 걱정이 되어 흔들어 보기까지에 이르곤 합니다. 덕분에 체중은 놀랄 만큼 불어나 이제는 표준 체중에 넉넉히 도달했고 얼굴도 백합처럼 환하게 피어났습니다. 자세히 들여다보면 아기의 오관에 새겨진 아빠의 모습이 너무도 찬란하고 강렬한 느낌이어서 나는 시간의 고독을 박차고 매미들이 떠나간 공간을 메워오는 쓸쓸한 가을을 견뎌낼 수 있었습니다.

방안에는 깜찍한 요정의 집 같은 아기 요람이 내 침대의 오른쪽에 놓여있고 그 뒤쪽으로 창문에 비친 살구나무에 놀러 다니는 새들이 살고 있었습니다. 왼쪽에는 잘 길든, 게으른 육식 동물 같은 피아노가 덩그러니 놓여 있고 그 테두리에서 침묵으로 흐르는 음악의 검은 원형(圓形)이 조용히 숨 쉬고 있었습니다.

어느 날, 아기가 깨어 있는 시간에 나는 살며시 피아노의 건반을 건드리며 아기의 얼굴을 살펴보았습니다. 대뜸 아기의 얼굴빛이 환해지며 음악을 받아들이고 있는 것이 분명했습니다. 조금 소리를 높여 조용한 음악으로부터 시작하여 경쾌한 음악으로 넘어가며 연주를 했더니 아기의 얼굴이 잔잔히 물결치듯 일렁이다가 점차 음악의 리듬을 따라 깡충깡충 뛰듯 즐거워하며 귀여운 주먹까지 막 내젓는 것입니다. 아이구, 요 깜찍한 거! 저도 몰래 환성을 올리며 이제 나는 시름없이 피아노를 칠 수 있게 된 자신의 행운에 감격했습니다.

음악은 백만 개의 분수 위에서 춤추고 있는 유리알과도 같이 허기진 내 세포세포에 폭포처럼 쏟아져 내리고, 아기는 온몸의 털구멍 하나하나가 창문이 되어 그것을 빠짐없이 받아들이고 있는 듯했습니다. 그 높고 낮은 소리로, 늦고 빠른 리듬으로, 손가락이 건반에 부딪는 강약의 느낌으로 나는 이 세상에, 에이상과 태호씨에게 하고 싶은 말을 모두 쏟아 붓고 있었습니다.

이제 나는 먹을 걱정이 없습니다. 매일 하루 세 끼 식탁 위에는 내가 즐겨 먹는 음식들이 집안의 가장 진귀한 식기들에 수북이 담겨 나와 내 입을 기다리고 있습니다. 이제 나는 잠잘 걱정이 없습니다. 포근하고 아늑한 내 방은 문만 닫으면 창문 밖에서 미소 짓는 해님만이 넌지시 들여다볼 수 있습니다. 이제 나는 입을 걱정이 없습니다. 옷장 안에 침묵으로 쌓여있던 슬픔은 사라진지 오래고 대신 10년을 입어도 다 입지 못할 내 옷과 아기 옷이 옷장이 터져라 꽉 들어차 있습니다. 이제 나는 아기 걱정을 하지 않아도 됩니다. 너무 작아서 살아남지 못할 거라던 아기는 여느 아기보다 더 싱싱하게 자라나고, 태아시기 지독한 영양 부족으로 행여 지능에 문제 있을까 던 우려도 지금은 아기의 놀랄 만큼 영민한 인지도에 가뭇없이 사라져버렸습니다.

이쯤 하면 나는 이제 행복해야 하지 않을까요? 한데 지난 시간들의 그 둘도 없는 기억들은 결코 나를 놓아주려 하지 않습니다. 무시로 그림자 같이 따라다니는 그 무서운 기억들은 마치 잠을 설친 날 아픈 어금니의 통증과도 같이 시시각각 내 신경을 못 견디게 자극해오고 있습니다.

돌아보면 나도 남들처럼 어머니의 진통 속에 태어났고, 울며 웃으며 떼를 쓰며 자라났고, 발목과 손목을 얻어맞으며 글자를 배웠고, 반항과 주장을 세워 뜻대로 사랑을 했으며, 그리고 낳았습니다. 그런데 내가 낳은 아기는 나 자신마저 이 작은 생명의 콩팥을 만든 장본인이 누구인지 딱히 찍어 말할 수가 없습니다. 그리고 이 작은 아기를 뱃속에 품었을 때 태아와 더불어 죽지 않고 이 세상에 살아남기 위해 사랑하는 사람의 피를 마셨습니다. 그 걸쭉한 액체가 입안에 흘러들 때의 따끈하고 들큼하고 물에 탄 토마토케첩을 닮은 미끌하고 바다 생선의 비릿한 맛을 동반한 그 피의 냄새를 이 몸이 죽어 육체가 썩어도 영혼은 기억할 것입니다.

언제 어디서나 눈을 떠도 눈을 감아도 현실보다 더 투명한 거의 환멸에 가까운 꿈이 울부짖는 파도의 거품과도 같이 밀려들어 절망의 심연에 나를 빠뜨리곤 합니다. 그 괴로움 속에서 정신없이 허우적거리며 두 팔을 내젓다가 꿈이 무너지는 굉음을 들으며 깨어나면 그날은 하늘이 아무리 높고 푸르러도 햇빛이 아무리 찬란하고 따사로워도 종일 내내 불안한 정서에 짓눌려 허리마저 바로 펼 수 없습니다.

누우런 망토를 뒤집어쓴 가을은 쓸쓸한 냄새를 끊임없이 실어오고 구멍 난 나뭇잎들은 땅의 흉터 위에 던져져 소용돌이칩니다. 덧없이 지나가며 옷자락을 날리는 바람은 숱한 돌들 중의 어느 돌이 되어버린 듯한 나에게 회색의 하늘 밑에 홀로 서있는 하나의 돌기둥이나 우물가의 한 그루 나무의 고독을 옮겨 주고 있습니다.

가끔 나는 자신이 무엇을 생각하는지 무엇을 해야 할지 알 수가 없고, 그런 혼돈 속에서 깨어나려고 발버둥 치면 오히려 자신이 그 혼돈에 먹혀버리는 느낌입니다. 하지만 나는 압니다. 이제는 정리할 때가 되었다는 것을. 지나간 상처는 해독이 불가능하고 치료도 가능하지 않다는 것을. 오로지 검은 잉크 같은 망각만이 잠시일망정 지금 내 마음을 추스를 수 있는 유일한 길이라는 것을. 그래서 나는 필생의 정력을 온몸의 세포세포에 주입하여 어렵게 드디어 생각을 정리해냈습니다.

이제 나는 과거를 숨 쉬지도, 미래를 잠꼬대하지도 않으려 합니다. 단지 지난날의 가지가지 추억으로 현실을 살찌우며 우리 세 사람의 생명의 종합인 영태만을 잘 키우는 것으로 남은 생을 충족시키려 합니다. 삶을 상처라고 가르치던 운명의 한 단계를 하루 빨리 끝내고 아기만을 쳐다보며 아기만을 생각하며 아기만을 사랑하며 살고 싶습니다.

그러니 에이상, 태호씨, 다시는 내 꿈에 나타나지 말아주세요. 내 눈앞에도 나타나지 마세요. 이제 나는 당신들과 함께했던 나날들을 내 기억의 밑바닥 서랍 속에 모셔놓고 자물쇠를 잠그려 합니다. 그리고 절대 돌아보지 않을 것입니다. 한 것은 이제 다시 당신들이 나타나는 날에는 내 몸에 붕괴의 불이 활활 일어 눈 깜짝할 새에 모든 것이 잿더미로 되어버릴지도 모르기 때문입니다. 그러니 당신들의 생명 연장인 영태를 봐서라도…

여기까지 연주했을 때, 느닷없이 몸 뒤에서 딱!딱!딱! 박수치는 소리가 들려왔습니다. 반사적으로 휙 돌아보니 어느새 문을 열고 들어왔는지 한 남자가 컴퍼스 같이 두 다리를 쩍 벌리고 서서 망치로 종을 잡아 두드리듯 두 손바닥을 짝짝 마주치고 있는 것입니다. 외모를 말하자면 이 불투명한 존재에 대해 투명하게 설명할 단어가 없기 때문에 생략하는 쪽이 낫겠고 대신 징글징글하게 웃을 때면 두 눈이 찢어진 틈 같이 일자가 되어 지렁이처럼 꿈틀거리는 특징만이 각인된 인상으로 떠오르는 것입니다. 아마 그동안 보아온 저격수의 날카로운 눈빛 같으면서도 세계를 담은 듯한 태호씨의 눈과 에이상의 크지는 않아도 올빼미 같이 뙤록뙤록한 눈과 대조가 되어서인지, 동면하는 곰의 눈같이 게슴츠레한 이 눈이 어렵잖게 내 기억의 문을 열어젖혔습니다. 다름 아닌 그 서양물 남자인 것입니다. 약 오백여 일 전에 나와 함께 신랑신부로 결혼식장에 섰다가 갑자기 나타난 장호오빠에게 나를 빼앗긴 그 징글징글한 서양물 남자, 이름마저 기억하기 싫은 혐오스러운 인간인 것입니다.

"천당에 여행 다녀오셨다면서? 선물이라도 가져오셨나?"

능청스럽고 징글징글한 인사말에 나는 아무 대답도 하지 않았습니다.

"귀여운 새 색씨가 왜 이러지? 남편이 왔으면 웃으며 쳐다보기라도 해야지."

토할 듯한 역겨움에 전신을 부르르 떨다가 나는 바로 몸을 돌려 피아노 건반을 광광광 거세게 두드렸습니다.

내 반항적인 행동에도 그는 아무 상관없다는 듯 갈고리 같은 손을 길게 뻗어 한쪽에 놓인 의자를 잡아당겨서는 바로 내 옆에 털썩 앉는 것입니다.

"향내 좋-다."

말하는 동시에 그의 피부의 느끼한 비늘이 내 손등에 닿아오는 순간, 나는 저도 몰래 벌떡 일어나며 벌레 떨어버리듯 그 손을 마구 털어버렸습니다. 그리고는 인간 같지 않은 자에게 인간의 말을 해야 한다는 것이 조금 억울하긴 했으나 입을 열지 않을 수 없었습니다.

"뭔가 아직 심하게 착각하고 있는 것 같은데, 난 당신의 모든 것에 먼지알 만큼의 관심도 없다는 걸 분명히 밝힙니다. 그러니 당신도 나에 대한 모든 관심을 끄고 가능한 빨리 나가주세요."

남자가 갑자기 왜가리 같이 목을 쭉 빼들고 천장을 쳐다보며 앙천대소를 터뜨리는데 마치 주인에게 궁둥이를 걷어차인 수퇘지 소리와 흡사합니다. 그 바람에 아기가 놀라 깨어 울음을 터뜨리며 작은 팔을 마구 내는 것입니다.

그제야 아기의 존재를 발견한 남자가 웃음을 뚝 그치고 몸을 일으켜 희귀동물 구경하듯 눈길을 날리더니 얼굴에 얼음 같은 조소를 떠올립니다.

"우-와, 이제 보니 여기 들개 종자 하나 주무시고 계셨구려!"

빙산 같은 참을성도 이렇게 찌르는 데는 금이 가지 않을 수 없습니다.

나는 유모를 고함쳐 불러 아기를 안아 내가게 하고 돌아서는 길로 남자의 얼굴에 정면으로 건 침을 탁 뱉어주었습니다.

그러자 남자는 느릿느릿 손을 올려 그 침을 손가락으로 찍어서는 자기 입안에 넣으면서 거의 으르렁거리듯 지껄이는 것입니다.

"꽤 멋진 자극인데, 창녀 공부 좀 했나? 그럼 시작해볼까?"

전에 놓쳐버린 토끼를 덮치는 늑대라 해도 지금의 이 자처럼 날뛰지는 않을 것입니다. 나를 향해 덮쳐오는 그는 교배 중에 수컷을 잡아먹는 암사마귀의 속도와 흡사하다 할까요?

나는 재빨리 몸을 날려 피하려 했으나 어느새 그자의 기중기 같은 팔이 내 몸을 건뜻 들어 쌀자루 던지듯 침대에 메쳐버린 뒤입니다.

정신이 아찔하고 눈앞이 캄캄하며 혼절해버릴 듯, 하지만 이를 악물고 감기려는 눈을 벌려 정신을 깨웠습니다. 손발을 마구 버둥거려 일어나려는 순간, 남자의 갈고리 손이 다시 나를 쓰러뜨리며 떡돌의 무게로 몸 위를 눌러오는 것입니다. 밭갈이 하다 쓰러진 황소 밑에 재수 없이 깔린 들쥐 모양 나는 부질없는 빠득거림만 계속하다 심장이 멎을 듯 귓속이 윙윙거립니다…

밖에서는 비가 억수로 쏟아지고 있습니다. 마치 하늘이 활짝 열려 죄 있는 자와 죄 없는 자를 모조리 익사시키겠다는 듯.

히스테리의 무서운 손길에 목이 졸려 나는 숨조차 바로 쉴 수 없었습니다. 그는 나와는 다른 종류의 생물이었고 이 시각 다친 짐승의 발악적인 울부짖음으로 뼛골에 사무쳤던 복수를 토하고 있는 것입니다.

독수리 발톱 밑에서 몸부림치는 병아리의 비명소리인양 내 소리는 겨우 삐악거리며 문틈으로 새어 나갔을 것입니다. 천만 다행으로 문이 펄쩍 열리며 어머니가 뛰어 들어오셨습니다.

"자네 뭐하나? 이게 무슨 짓인가?!"

고함치지는 않지만 낮고 분노에 찬 어머니의 목소리에는 고함치는 자의 격정이 터지게 담겨 있었습니다.

식사를 방해받은 야수 같은 으르렁거림이 남자의 콧숨에 뿜어 나왔으나 필경은 인간의 가죽을 쓴 자인만큼 물러서지 않을 수 없나 봅니다.

내 몸에서 떨어져 내린 남자는 두 손으로 바지를 추스르며 출구 쪽으로 걸어가는데, 그 뒤통수에 어머니의 호된 목소리가 박혀 나갑니다.

"다시는 우리 집에 발을 들여놓지 말게!"

그리고는 어미 닭이 병아리를 품듯 공포에 떨며 울고 있는 나를 품에 꼭 그러안고 위로하려 애씁니다. 또한 그동안 있었던 많은 이야기를 나에게 들려주셨습니다.

내가 없는 동안에도 이 자는 몇 번이나 우리 집에 찾아와 행패를 부렸고, 아버지의 사업이 문을 닫고 가산이 줄어들자 사업 멤버였던 이 자의 부친마저 공공연히 우리 집에 등을 돌리고 내 아버지를 팔아먹는 것으로 자기 이익을 챙겼다는 것입니다. 이 자의 부친은 젊은 시절에는 난봉꾼으로 소문났었으나 어느 한 기회에 마치 기름칠을 해 반질반질한 자궁에서 태어난 듯 더없이 반지르르한 말과 미소로 어느 부잣집 처녀를 꾀어 정자를 퍼 부은 것이 이 징글징글한 지렁이 눈 남자를 만들었고 덕분에 팔자를 고쳤다는 것입니다.

내 심장은 무서운 분노의 소나기로 쏟아지고, 와글거리는 피는 혈관을 태울 듯이 끓어오르고 있었습니다. 가시위에 넘어져 피를 토하는 한이 있더라도 결코 그자를 이대로 놓아줄 수는 없다고 입술을 깨물며 다짐했습니다.

나는 그날로 경찰서에 찾아가 강간 미수로 그자를 고발했습니다. 헌데 눈치를 읽은 그자는 기묘하게 법을 피해 어디론가 사라져버리고 그 아비가 나타나 더러운 돈을 뿌려주는 것으로 썩은 상처에 이불을 덮으려 했으나 내가 똥 덩이를 걷어차듯 되 물려버렸습니다.

43 ~

어느새 가을이 저물어가고 대자연의 서글픈 미소 속에는 우울한 겨울의 공포가 스며있었습니다. 정원안의 나무들이 강풍에 몸을 떨며 이리저리 휘청거리고 그 소리는 마치 어떤 위험을 경고하듯 무시무시한 기운으로 내 방문을 두드려대는 것입니다. 귓속의 공포가 너무 커서 꿈자리들은 보름날의 파도처럼 무겁게 철썩거리고 우리는 마치 죽음의 언저리에서 낚시질을 하는 분위기였습니다.

그 지렁이 눈 남자는 멀리 있을 수도 가까이 숨어 있을 수도 있어 그 어느 날 바로 뒤에 덮쳐 뒤통수를 갈길지도 모르니 시간과 공간은 마찬가지로 위험의 그림자로 일렁거리고 모든 빛과 소리는 숨어있는 도깨비같이 무시무시한 느낌인 것입니다.

나는 아예 문밖출입이 금지되었고 아버지와 어머니도 가능한 외출 차수를 줄였으며 집에 호위를 늘이고 문단속을 단단히 했습니다. 정원의 연못에 자란 마른 갈대가 자꾸 수런거려 사람을 시켜 모두 베어버리고 밤에도 대낮같이 환히 불을 밝혀 놓았습니다. 그런데도 새벽이면 이상한 안개가 수의 색깔로 연못주위를 자오록이 덮고 있어 눈의 감별력을 가로막으며 으스스한 느낌을 끔찍하게 산발하는 데는 어쩔 수가 없었습니다.

바닷바람이 산바람과 어우러져 창문 우리를 사정없이 두드리는 한겨울, 식구들은 거의 바깥출입을 하지 않았습니다. 아기가 감기에 걸렸을 때에도 병원에 가지 않고 의원을 청해 집에서 보이고 약을 지어 먹였습니다. 간혹 친구들이 보러 와도 어머니는 혹 그자를 달고 온 것은 아닌지 하여 꼼꼼히 뒤를 살피고, 또한 그자에게 어떤 편의를 제공해주는 것은 아닌지 하여 내내 문밖에서 지키며 대화를 엿듣기까지 했습니다.

314

어느덧 해가 바뀌고 다가오는 봄기운에 주눅 든 바람이 겨울의 옷을 벗기기 시작합니다. 벌레들이 땅 밑에서 기지개 켜는 소리가 들리고 온갖 새들의 지저귐 속에서 관중 없는 개구리들의 합창이 시작되었습니다.

다행스러운 것은 우리 아기 영태가 기대 이상으로 잘 크고 재능이나 지능이 거의 놀랄 정도로 뛰어나 외할아버지와 외할머니를 기쁘고 만족스럽게 해드리는 것입니다. 이제 어머니는 함정에 빠진 듯 외손주에게 푹 빠져 아이의 요구라면 하늘의 별이라도 따줄 잡도리고 아버지는 손수 아이에게 온갖 장난감을 만들어 주기도 합니다. 그런데 영태는 다른 애들처럼 장난감 같은 것을 노는데 별 취미가 없고 대신 음악을 듣거나 책을 보거나 그림을 그리는데 취미가 쏠리는 듯했습니다. 그것이 너무 대견하여 어머니는 "와, 우리 집에 굉장한 수재 났다."고 감탄하시고, 아버지는 "이 자식, 큰 재목감이로군." 라고 기뻐들 하셨습니다. 허나 당연 누구보다 더 기쁘고 보람을 느끼는 것은 나였습니다. 이 한 작은 생명을 지키기 위해 목숨까지 바친 아빠들 생각에 목이 메었고, 그 많은 죽을 고비에 초인간적인 의지와 힘으로 버텨낸 태아와 모체가 놀라웠으며, 수도 없이 생사의 문턱을 넘나들면서도 저승에 호구를 붙이지 않은 기적의 기적이 소스라치도록 다행스러웠습니다. 영태가 고 앵무새 같은 작은 입을 벌려 "엄마"라고 불렀을 때 나는 기뻐 미친 인류의 첫 미치광이가 될 뻔 했습니다. 밤만 자고 나면 아기는 새로운 재롱으로 나를 새롭게 미치게 만들었고 그러는 가운데 세월은 흐르고 나도 흘렀습니다. 물론 지나간 날은 영영 돌아오지 않았고 더불어 지나간 상처도, 사랑도 모두 내 영혼의 뒷벽에 거꾸로 매달려 있을 뿐이었습니다.

아기가 젖이 떨어지자 어머니는 내게 혼인을 권고했습니다. 자신을 위해서가 아니라 아기를 위해서라도 든든한 가정이 있어야 한다고, 우산이 되고 기둥이 되어줄 사람이 옆에 있어야 위험이 생겨도 지켜낼 수 있는 거라고 예전처럼 강박은 하지 않으나 온몸의 세포세포로 설복하려 애쓰는 것입니다. 나는 저도 모르게 어머니에게 으름장을 놓다시피 대답해버렸습니다. 이 문제는 더 거론하지 말라, 나는 이미 약해도 혼자 가는 인생을 선택했으니 그 어떤 시도도 허사일 것이다, 만약 내게 강요 같은 것을 더 한다면 나는 또다시 가출을 해버릴지도 모른다라고!

어머니는 눈이 안경원숭이 같이 되어 시선이 허공을 마구 휘젓다가 결국 아무 말도 하지 못하고 방에서 나가버렸습니다. 그 뒤로 다시는 이 화제를 꺼내지 않았습니다.

계절이 걷는 소리가 푸른 물안개를 황색의 면사포로 바꾸고 다시 담배연기 같은 하얀 입김을 거쳐 8월의 폭염이 지루하게 깔리는 거리로 돌아왔습니다. 시간이 세월의 나락으로 미끄럼질 쳐 드디어 아기의 두 돌 생일이 되었습니다.

이날 아침, 예쁜 옷을 차려 입혀 주었더니 영태는 거의 본능적으로 나들이 간다는 걸 깨닫고 모자를 찾아 쓰는 것입니다. 그런 다음 내 구두를 찾아서 현관의 문 앞에 가지런히 놓아주고 또 뭔가를 자꾸 찾아서 뭘 찾느냐고 물었더니 외할머니 안경을 찾는다는 것입니다. 아이의 영리함과 나이를 앞서는 판단력에 우리는 모두 아연해져 할 말을 찾지 못했습니다.

오랜만에 온 집 식구가 웃고 떠들며 나들이를 갔습니다. 맛있는 음식과 파라솔이며 돗자리 등 필요한 물건을 잔뜩 차에 싣고 아버지가 손수 핸들을 잡아 세월이 가로 누운 거리를 내달려 해변의 백사장에 이르렀습니다.

일망무제한 바닷물은 비취색으로 일렁이고 멀리 숲은 금빛으로 타고 있었습니다. 이런 화창한 날에는 가슴속에서 잠자던 행복과 괴로움이, 향기 속으로 먼 풍경으로 녹아드는 것이건만, 나는 오히려 오랜만에 너무 오랜만에 다시, 또다시 눈앞에 펼쳐진 파도의 세계에 아연실색하고 있었습니다.

모래톱에 남긴 파도의 글을 판독해낼 근거가 없는 고래의 문자를 주시하듯이 관찰하며 그것이 혹 태호씨와 에이상이 남긴 글일지도 모른다는 허튼 생각도 해보았습니다. 그러자 가슴속 밑바닥에서 오랫동안 잠자고 있던 그들의 영상이 일제히 부유하며 나는 저도 모르게 손나팔을 만들어 입에 대고 먼 바다를 향해 불렀습니다.

"에이상---, 태호씨---!"

그러자 신기하게도 영태가 뽀르르 달려와 내 앞에 서서 살짝 에메랄드빛이 감도는 까만 눈을 반짝이며 묻는 것입니다.

"엄마, 날 불렀어?"

찌르릉! 폐부를 찌르는 감동이 고통스러울 정도로 가슴을 파고들어 견딜 수가 없습니다. 이 작은 몸뚱이는 어쩌면 자기의 생명 속에 깃들어 있는 다른 두 생명의 비밀을 본능적으로 알고 있는 것이 아닐까요? 에이(英)상과 태호씨의 이름 첫 자를 따서 지어진 영태라는 이름에 추호의 손색도 없이 이 작은 얼굴은 지금 나에게 그 어떤 상황에서도 결코 두 아빠를 잊어서는 안 된다고 가르치고 있는 것입니다. 눈물이 구슬처럼 흘러내려 아이의 머리 위에 똑똑 떨어졌습니다. 그러자 아이가 얼굴을 들어 봉오리 같은 손으로 내 눈물을 조용히 닦아주는 것입니다…

새들이 떠난 자리에 찌르레기들이 고집스레 합창하는 늦여름의 오후에는 도시 전체가 유모차 안의 아이처럼 입을 벌리고 졸음에 빠져있습니다.

점심 식사를 끝내고 차 한 잔씩 마신 다음 해수욕을 시작하려 준비하는데 이상하게도 졸음이 막 쏟아져 아기를 품에 안은 채 깊은 잠에 빠져들고 말았습니다.

꿈도 없고 빛도 없고 움직임도 없는 죽음 같은 잠을 기일게 자고나서 눈을 떴을 때 하늘은 벌써 분홍빛으로 불타고 있었습니다. 이상한 것은 어머니와 아버지도 이때까지 줄곧 돌처럼 깊이 자고 있는 것입니다. 그런데 더 이상한 것은 아기가 보이지 않습니다. 내 품에 꼭 껴안고 함께 잠들었던 영태가 어디론가 사라져버렸습니다. 습관적으로 "유모!"하고 불렀으나 오늘은 유모를 데리고 나오지 않았습니다.

"영태야, 어디 있냐? 어서 대답해 아가야, 어디 갔어? 영태야---!"

나는 갈린 소리로 부르며 자리를 차고 일어나 도처로 찾아 나섰습니다. 저 만치 해변에서 아이들이 놀고 있는 것이 보여 정신없이 그리로 뛰어가 봤으나 영태는 그 속에 끼어있지 않습니다. 물어봐도 모두가 고개를 가로 저을 뿐입니다.

아이들은 모래로 집을 짓고, 조개껍데기를 가지고 즐겁게 놀며 마른 잎으로 작은 배를 만들어 깊은 바다에 띄우기도 하는 것입니다. 어쩌면 우리 영태가 저 배를 타고 아빠들 보러 바다로 나간 건 아닐까? 잠간 허황한 생각을 하다가 소스라치듯 놀라며 바로 몸을 돌려 반대 방향으로 물가를 따라 소리치고 부르며 찾았습니다.

이때 어머니도 아버지도 모두 깨어나 뒤를 좇아오며 묻는 것입니다.

"왜? 어떻게 된 거여?"

"영태가 없어졌어요. 아기요. 못 봤어요?"

나는 갈린 소리로 겨우 소리를 내뱉었습니다.

"우리야 네가 안고 자는 걸 봤을 뿐이지. 그런 다음 우리도 잠들었거든."

급기야 셋은 각기 헤어져서 사방 십리를 돌아다니며 찾기 시작했습니다. 해안을 따라 달려가면서도 나는 자신이 죽이고 싶도록 미워 견딜 수가 없었습니다. 두 손으로 머리칼을 마구 쥐어뜯다가 멀리 바다를 향해 소리쳤습니다.

"태호씨, 에이상, 이걸 어쩌면 좋아요? 영태가 없어졌어요. 도와주세요. 영태를 찾아주세요. 방향을 가리켜 주세요. 아아, 난 죽고 싶어요. 영태가 없으면 난 살지 못해요. 죽어요, 죽는다구요…"

차츰 해가 떨어지고 날이 어두워오자 망망한 바닷가에는 사람의 그림자마저 보이지 않아 더는 물어볼 곳조차 없게 되었습니다.

세 사람이 다시 차 있는 백사장으로 돌아왔을 때 어둠의 장막은 이미 땅에 뿌리를 내린 뒤였고 아기는 여전히 아무도 찾지 못한 대로였습니다.

나는 그만 소리 내어 엉엉 울어버렸습니다. 아버지도 어머니도 눈물을 줄줄 흘리시며 억수로 괴로워하셨고 그렇게 셋은 속수무책으로 잠간 있다가 아버지가 입을 열었습니다.

"어서 돌아가 경찰에 신고하자. 이제는 그 방법밖에 없는 것 같구나."

차를 타고 경찰서로 오는 동안 내 심장은 갈가리 찢겨 실오리로 너덜너덜해지고 머릿속에서는 수백 마리 벌레가 와글와글 끓어 번지고 있었습니다.

"도대체 아기는 바다에 빠져버린 것일까 아니면 누군가 안아가 버린 것일까?"

아무리 생각해도 답안이 떠오르지 않았습니다. 눈을 꼭 감고 죽은 듯이 머리를 비웠다가 정신을 바짝 가다듬고 다시 곰곰이 생각해보니 영태가 혼자 물가에 내려갔을 리는 없습니다. 비록 바다에서 온 아기였으나 그동안 우리가 외출을 삼가한 고로 영태는 큰물은 구경도 하지 못했고 정원의 연못에 고인 작은 빗물도 무서워서 다가서기 꺼려하는 아이입니다. 또한 누군가 안아간다고 해도 내 품에서 빼내면 아이가 소리치지 않을 리 없고 그렇게 되면 내가 깨지 않을 수가 없는데… 아 참, 그 잠부터가 이상한 것입니다. 신경이 극도로 예민하여 낮잠을 자는 경우가 극히 드물고 간혹 잔다고 해도 창문 밖에서 벌레 기어가는 소리마저 놓치지 않을 정도로 과민한 내가 오늘따라 이상하게 그 설레는 바닷가에서 새끼 밴 암퇘지 같이 낮잠에 깊이 빠졌고 더욱이 품속에서 자기 생명보다 더 귀중한 아기를 빼앗아 가는 줄도 몰랐다는 말은 상식적으로 설립이 되지 않는 것입니다. 게다가 어머니도 아버지도 모두 동시에 깊은 잠에 빠져 정신을 차리지 못했다는 것, 이 모든 것이 아무리 생각해도 합리한 답안을 찾을 수가 없습니다.

갑자기 머릿속에 검은 환영이 뛰어들었습니다. 그자다. 바로 그자가 당시 잡아먹지 못했던 토끼를 노리고 망령 같이 기어들어 검은 마수를 뻗친 것이다. 이 동안 그자의 아버지는 전쟁에서 승국인 영국을 엎고 상당한 자리에 기어올라 세상을 호령하고 있으며 그만큼 재부도 엄청나게 긁어모아 돈과 권력이 가지는 특권을 늘어지게 누리고 있었습니다. 세상은 묵직하게 방향을 틀었으나 내전은 여전히 혼란의 계속이었고, 개개의 색깔은 오히려 더 선명해졌을 뿐입니다.

"아버지, 어머니, 내가 알 것 같아요." 라고 말하려는데 차가 바로 경찰서 문 앞에 이르러 치익 멈춰 섰습니다.

차문이 열리자 웬 삿갓 쓴 남자가 다가와 나에게 글쪽지를 건네는 것입니다. 얼결에 받아 펼쳐보니 안에 이런 내용의 글이 적혀 있습니다.

"부인, 잘 있었나? 남편이 돌아왔네. 반갑지 않아?

그 들종은 나한테 있네. 경찰에 알리거나 누구한테 떠들어대는 날엔 즉시 고래 밥이 될 걸세. 요구가 뭐냐구? 조용히 남편한테 오게. 잡아먹지 않을 테니. 꼬리를 붙이거나 경찰을 개입시키는 날엔 요 깜찍한 것을 이 세상에서는 다시 보지 못할 거네. 명심해!"

44

세상을 개변하지 못하면 세상에 순응하라. 누군가의 명언을 되뇌며 나는 지렁이눈 남자의 문 앞에 잠간 서 있다가 드디어 손을 들어 가볍게 노크했습니다.

"어서 오시오, 부인!"

그자는 마치 새 신부를 맞는 새신랑 같이 목소리에 정을 듬뿍 담아 부드럽게 말하며 문을 열어 나를 맞아들이는 것입니다.

나는 문안에 들어서자 매서운 눈초리로 그를 쏘아보며 소리쳤습니다.

"어쩔 셈이요? 나를 죽이고 싶으면 빨리 죽이고 아기를 풀어주세요. 비루하게 무고한 생명을 해치지 말고."

그러자 남자가 징글징글 웃는 것입니다.

"뭘 성미가 그리 급하셔? 저기 잠간 앉아 봐요. 그리고 눈이 있으면 내 모습도 한번 살펴보란 말이요."

그제야 눈을 들어 보니 남자는 바로 몇 년 전 우리가 결혼식장으로 들어가던 날의 차림새를 그대로 하고 있는 것입니다. 심지어 왼쪽 가슴에 빨간 꽃을 다는 것까지 잊지 않고 아주 완벽하게 새신랑으로 갖추고 있습니다. 얼굴은 면도질을 지나치게 해서 마치 다리미로 밀어놓은 듯 반질반질 윤이 나고, 목덜미에는 서양 향수를 얼마나 뿌렸는지 질식할 듯한 향기가 방안의 산소를 먹어버리고 있습니다.

나는 눈을 감았다 다시 뜨고 장부를 세듯 한 단어 한 글자씩 또박 또박 내뱉었습니다.

"미안하지만 난 아무 것에도 관심 없어요. 단 아기를 풀어주는 조건만 말해주세요."

내 얼굴에서 확실한 무관심을 읽었는지 남자는 별수 없다는 듯 한숨을 기일게 내쉬고는 목소리를 조금 바꾸어 말하는 것입니다.

"두 가지 선택이오. 첫째는 저 들종을 남에게 주고 내 부인이 되는 것. 내가 좋은 양부모를 선택해 주지."

"두 번째는요?"

첫 번째에는 관심 없다는 듯 나는 바로 두 번째를 물었습니다.

"여기서 사흘 동안 내가 하라는 대로 하는 것이오."

참으로 미칠 것만 같았습니다. 지금 한 시간도 견디기 어려운데 사흘 동안이라니! 나는 저도 몰래 고래고래 고함질렀습니다.

"미친 생각 하지 말아요. 내 아기를, 내 영태를 보지 못하면 난 단 하루도 살아갈 수 없어요. 내일만 되면 나는 혀를 깨물어서라도 죽어버릴 거에요. 그러면 당신은 살인범이 되고, 당신 아버지는 살인범의 아비가 되고, 당신은 평생 축축한 감방 안에서 그 욱실욱실한 빈대와 벼룩의 밥이 되겠죠."

빈대와 벼룩의 말을 하자 이 징글징글한 남자도 조금은 징그러운지 잠간 얼굴을 찡그리는 것입니다. 그걸 보고 나는 공세를 가하기 시작했습니다.

"오늘저녁 내가 죽으면 바로 경찰이 들이닥칠 거에요. 서양 물을 먹었다는 양반이 그것도 몰라요?"

갑자기 남자가 얼굴이 흉악해지며 수사자같이 으르렁거립니다.

"그래, 좋다. 오늘밤만이다. 대신 네 입에서 그 어떤 식으로든 소리가 나가기만 하면 그 즉시 저 들종을 없애치울 것이다, 알아들었나?"

이건 철두철미하게 아기의 목숨을 걸고 혹독한 도박을 하는 것입니다. 하지만 별다른 길이 없음을 느낀 나는 대답하는 수밖에 없었습니다.

남자는 나를 세워놓고 옷을 벗기기 시작했습니다. 그런데 손으로 벗기는 것이 아니라 비수로 잘라버리는 것입니다. 원피스의 단추를 비수로 하나하나 잘라내고 내 가슴을 활짝 헤쳐 놓은 다음 짧은 소매 안에 비수 끝을 넣어 어깨에 이르기까지 단칼에 베어 버렸습니다. 마지막으로 목깃으로부터 비수 끝을 집어넣어 어깨 쪽으로 썩뚝 자르니 원피스는 총에 맞은 강아지처럼 몸 아래로 흘러내려 땅바닥에 떨어져버렸습니다. 이제 브래지어와 팬티만 입은 내 알몸이 백열등 아래 그대로 드러났습니다.

나는 이를 악물고 두 눈을 꼭 감은 채 소리를 삼키느라 갖은 애를 다 쓰고 있었습니다. 세워진 채 껍질을 발기는 어린 양의 슬픔을 알 것 같았습니다.

남자는 잠간 내 반응을 지켜보더니 다시 비수를 들어 내 브래지어의 두 언덕 사이에 비수 끝을 밀어 넣었습니다.

이자는 인간이 아니다. 인간이 아닌 짐승 앞에 나체를 보이는 것은 수치스러운 일이 아니다. 머릿속에 태호씨를 떠올렸습니다. 에이상을 떠올렸습니다. 그들은 아기를 위해 하나밖에 없는 목숨까지 바쳤는데 내가 짐승 앞에 벌거벗고 선들 무슨 상관이랴.

브래지어가 기어코 비수에 잘려 떨어져 나갔습니다. 그자는 꽃을 감상하듯 잠간 지켜보더니 다시 비수를 팬티 속에 넣어 모두 잘라 버렸습니다. 나는 알몸 그대로 벌거벗은 마네킹인양 꼼짝 않고 그 자리에 서있었습니다.

몇 초 동안 남자는 숨도 쉬지 않는 듯 나보다 더 얼빠진 상태로 멍하니 바라보더니 갑자기 울음을 터뜨리는 것입니다. 이윽고 콧물에 눈물이 범벅된 얼굴을 쳐들고, 나는 이렇게 너를 사랑하는데 너는 왜 나를 사랑하지 않느냐, 만약 지금이라도 생각을 바꾼다면 당장 네 발밑에 엎드려 키스를 퍼부을 것이다, 완벽한 사랑이란 세상에 존재하지 않으니 내 사랑을 거절하지만 않는다면 넌 천하 없이 행복한 여자가 될 것이다 등등…

사랑이란 뭔지조차 모르는 자가 사랑에 대해 이러쿵저러쿵 논하는 것이 너무도 메스꺼워 나는 아예 이맛살을 찌푸리고 고개를 마구 저었습니다. 그랬더니 이 카멜레온은 바로 색깔을 바꾸는 것입니다.

"그래, 알았다. 네 뜻을 꺾지 않으마. 하지만 나를 아프게 했던 대가는 반드시 치러야 할 것이다."

남자의 얼굴에 냉소적이고 슬프고, 사악하고 천연덕스러운 표정이 엇바꾸어 나타납니다. 급기야 손을 침대 밑에 뻗어 준비해 두었던 채찍을 꺼내 들고 사형수 같이 핏발이 선 눈으로 나를 노려보는 것입니다.

마음의 준비를 단단히 하고 이발을 죽어라 사려 물었으나 정작 저 무서운 채찍에 맞는다고 하니 심장이 파르르 떨리지 않을 수 없습니다.

"짝!"

드디어 채찍이 내 알몸에 떨어졌습니다. 아찔 하는 아픔을 집어삼키며 혀끝까지 나온 신음을 간신이 입술로 막아 내노라 안간힘을 썼습니다.

"이건 네가 처음부터 나를 멸시한 대가다."

할 말이 없습니다. 지난 일이라지만 확실히 나는 처음부터 이 남자를 멸시하고 티끌만큼의 관심조차 주지 않았던 것입니다. 일부러 나를 보러 왔는데도 나는 늘 내 할 일만 또렷이 하고 눈길 한번 제대로 준 적이 없었습니다. 심지어 생화 묶음을 가져와도 유모의 방에 꽂아두지 않으면 하인들의 방에 옮겨버리곤 했던 것입니다.

토끼고기를 한입 뜯어먹은 승냥이인양 남자는 눈에 달이 올라 이빨을 사리물고 거친 숨을 씩씩 몰아쉬며 다음 번 강타를 준비하고 있습니다.

또 다시 "짝!" 채찍이 살 속을 더 깊숙이 파고들었습니다. 황천길에 들어섰다가 무엇인가에 걸려 정지하는 느낌, 아마도 차마 아기를 두고 영태를 두고 떠날 수 없는 까닭일 것입니다. 덫에 치인 짐승같이 세차게 몸부림쳤으나 여전히 소리만은 입 밖으로 흘려보내지 않으려고 이빨을 사리물었습니다.

"이건 결혼식장에서 네가 나를 멸시하고 장호 그 놈을 따라간 대가다."

역시 사실인 것입니다. 하지만 그 전에 네가 비열하게 고발하지 않았더라면 장호오빠는 잡혀가지 않았을 것이고 그랬더라면 나는 너와 더불어 결혼식장에 나타나는 일도 없었을 것이 아닌가 하고 반문하고 싶었으나 지금은 오로지 무서운 침묵으로 소리를 대신하는 수밖에 없습니다.

"마지막 한 가지가 남았다. 바로 네가 내 허락 없이 들종을 낳아 기르는 대가다."

"맙소사, 그게 당신하구 무슨 상관인데…"

내 소리는 그만 대뇌의 제어를 벗어나 열 받은 옥수수 알 같이 입 밖으로 튀어나가 버렸습니다. 아아, 이걸 어쩌나? 무서운 공포가 온몸에 독약처럼 퍼지고 공포의 악마가 심장을 못 견디게 압박해옵니다.

갑자기 공기가 응고되었습니다. 시간도 멎고 심장도 멎은 듯합니다. 이제 도박은 승부가 난 셈입니다. 저자는 내가 소리를 냈다는 조건으로 도박을 끝내고 눈에 가시 같은 영태를 없애버리려 할 것입니다.

과연 남자가 천장을 쳐다보며 악소(惡笑)를 터뜨리기 시작합니다. 그 웃음소리는 비수보다 더 날카롭고 싸늘하게 내 심장을 찔러옵니다.

순식간에 절망의 심연에 빠져버린 나는 방안의 혼탁한 공기를 검은 돌을 마시듯 들이켜고 송장이 일어서듯 몸을 번쩍 일으켰습니다. 머릿속에서 피가 망치질을 하며 끓어오르고 살인적인 깊은 분노가 혈관에서 분출하는 것을 제어할 수 없었습니다.

다음 순간 나는 번개 같은 속도로 남자의 옆에 있는 비수를 집어 들고 무작정 그자를 향해 있는 힘껏 찔러 나갔습니다.

남자가 몸을 슬쩍 비키는 바람에 비수는 정면을 찌르지 못하고 팔의 피부 껍데기를 슬쩍 베며 내 몸과 함께 침대의 시트에 박혀버렸습니다.

남자의 팔에서는 시뻘건 피가 번지고 있었으나 그는 상관하지 않고 바로 덮쳐들어 내 손에서 비수를 빼앗아 손에 거머쥐었습니다.

"이 비수로 네 피를 볼 생각은 없었다. 그런데 네가 지금 나를 부추기니 별수 없군."

나는 비실비실 뒤로 물러섰습니다. 그는 한 발짝 한 발짝 앞으로 다가왔습니다. 이제 더는 물러설 자리가 없게 되었습니다. 그래도 두 손으로 심장을 가리고 벽에 붙어선 채 두 눈을 꼭 감고 하고싶은 말들을 마구 쏟아붓기 시작했습니다.

"안 돼, 난 지금 죽으면 안 돼. 영태를 키워야 해, 아기를 돌봐야 해… 영태야, 넌 죽으면 안 돼. 어떤 한이 있어도 살아야 해. 엄마가 없어도 외할머니 슬하에서 씩씩하게 자라야 해. 결코 너는 보통 생명이 아니라는 것을, 두 아빠와 엄마의 목숨이 모두 깃들어있다는 것을 잊지 말아야 해…"

그런데 이상하게 동정이 없는 것입니다. 사위는 고요하고 아무 소리도 들리지 않습니다. 슬며시 눈을 떠보니 눈앞에 있어야 할 남자가 보이지 않습니다. 방안에는 침대 밑을 제외하고는 숨을 곳도 없는데 비수를 쥔 자가 어디 숨을 이유도 없고 도대체 어찌된 일인지…

갑자기 문밖에서 쿵쾅거리는 소리가 들려왔습니다. 나는 얼른 침대 시트로 몸을 감싸고 문 뒤에 숨어들었습니다.

이어 문이 열리더니 아버지가 경찰을 데리고 들어오시는 것입니다.

"유정아, 어디 있냐? 유정아…"

아버지는 애타게 내 이름을 부르는데, 나는 아버지를 보자 냉큼 뛰어나오며 급히 소리쳤습니다.

"아기는요? 아기를 구해야 해요. 우리 아기요…"

그러자 아버지가 후닥닥 내 어깨를 감싸 안으며 말씀하십니다.

"이 못난 것아, 이 지경이 돼도 아기 걱정만 해? 아기는 무사히 구해냈어. 지금쯤 집에 도착했을 거야."

가슴에 막혀있던 돌덩이를 내려놓은 듯 나는 드디어 깊은 숨을 크게 내쉬었습니다.

"그 자는요? 그자는 어떻게 됐어요?"

"아마 비밀통로로 빠져나갔나 보다. 나쁜 자식! 언제든 반드시 걸려들고야 말테지."

후에 들어 안 일이지만 그날 그자는 수하를 낚시꾼으로 변장시켜 해변에 있는 우리를 주시하다가 우리가 아기를 데리고 물가에 내려가 노는 틈을 타서 우리가 가져온 찻주전자에 수면제를 넣었다는 것입니다. 아버지가 경찰을 동원해 그 낚시꾼으로 변장한 수하를 찾아내어 돌파구를 열었던 것입니다.

그후 1년도 채 되지 않아 지렁이눈 남자가 다시 돌아왔다는 소문이 들려왔습니다. 법률의 칼도 피해가지 않으면 안 되는 엄청난 세력 앞에서 우리는 하늘을 쳐다보며 침묵으로 숨 쉬는 수밖에 없었습니다.

그자와의 악연을 드라마로 계속하고 싶지 않고 더욱이 영태의 안전을 지키기 위해 나는 영태를 데리고 멀리 떠나기로 결심했습니다.

"일본은 무서운 나라다. 사람들도 무섭구, 또한 적대 국가가 아니더냐."

내가 일본으로 갈 뜻을 밝히자 어머니는 학질을 만난 듯 도리머리를 마구 흔드는 것입니다. 나는 차근차근 어머니에게 설명해주었습니다. 세상이란 바퀴는 굴러가는 도중에 어느 하나의 명령으로 많은 사람들이 서로 적이 될 수는 있지만 어느 한 개인이 어느 한 나라의 적이 될 수는 없다, 또한 일본에도 좋은 사람들이 많이 있으니 너무 걱정하지 않아도 된다고 거듭 강심제를 놓아주었습니다.

태양이 어찌나 눈부신지 해바라기마저 방향을 잃고 헤매는 초가을의 어느 날, 나는 드디어 세월에 먹혀버린 과일 같은 어린 시절을 묻고 아련한 청춘의 추억을 밟으며 시간의 잎사귀가 두텁게 흩뿌려진 이곳을 떠났습니다.

45 ~~~~

비행기에서 내려 일본 땅을 밟는 순간, 머릿속에 에이상의 모습이 떠올라 가슴이 찌르르해 났습니다. 이 땅의 어딘가에서 아직 에이상의 탯줄이 썩고 있을 것이며, 이 땅의 무수한 골목마다에 에이상의 발자국이 수도 없이 찍혀있을 것이건만, 아직 젊은 에이상의 육체는 이름도 모를 바다의 저쪽에 던져져 영원한 원혼으로 수면을 떠돌고 있는 것입니다.

"영태야, 한번쯤은 일본 할머니 보러 가거라."

에이상이 운명하기 전 마지막 힘을 모아 모래톱에 남긴 이 피의 유언을 실행하고자 나는 지금 여기로 오는 길입니다. 물론 에이상의 노모가 아직 생전인지 아닌지는 알지 못하나 나에게 있어 이보다 더 큰할 일은 존재하지 않는 듯싶습니다.

떠나기 얼마 전부터 나는 영태에게 속도전으로 일본어를 가르치고 일본의 상용 예절과 할머니가 일본에 계신다는 등 필요한 얘기를 들려주었습니다. 그랬더니 요 깜찍한 것이 글쎄 손뼉을 딱딱 치며 "와, 신난다. 우리 아빠 일본에 계신다. 나도 아빠 보러 일본에 간다."하고 깡충깡충 뛰며 소리치는 것입니다. 갓 세 살잡이 아이가 할머니 하면 아빠의 엄마라는 것을 어떻게 스스로 깨우쳤는지 참으로 알고도 모를 일입니다. 그러고 보니 영태에겐 아주 특별한 면이 있습니다. 총명하고 영리한 애들은 흔히 호기심이 지나치게 많아 뭐든 끊임없이 캐묻고 따져서 어른들을 귀찮게 만드는 경우가 많은데 영태는 완전 달리 호기심은 많지만 캐묻는 일이 거의 없고 뭐든 스스로 생각하고 판단 추리하는데 그 수준이 가끔 어른들을 깜짝 깜짝 놀라게 하는 정도인 것입니다. 물론 아직 사유가 성숙되지 못한 만큼 잘못 판단할 때도 간혹 있지만 태반은 정확한 판단이었고 올바른 추리들이었습니다.

에이상의 고향인 홋카이도를 찾아가는 동안 영태는 내내 창문 유리에 바싹 붙어 서서 빨려나갈 듯이 창밖을 내다보며 혼자 감수하고 혼자 감탄하고 혼자 판단하는 것입니다. 나는 옆에서 내가 알고 있는 지식을 가능한 많이 전수하려 열심히 설명을 해주었습니다.

여기는 산과 바다를 끼고 산기슭에 경사지게 자리 잡은 자그마한 언덕진(丘鎮)입니다. 해변과의 거리가 가까워 아마 여름에는 바다가 거느리는 식민지 같은 느낌일 것이고 겨울에는 눈이 많이 내려 산이 거느리는 스키장 관리소 같은 느낌일 것입니다.

에이상의 집을 찾아 문을 노크하고 숨을 죽이며 기다렸습니다. 안에서는 아무 동정이 없습니다. 다시 조금 크게 두드려도 여전히 인기척 같은 것이 들리지 않습니다. 웬일일까? 분명 어머니가 생전이시라고 방금 진 사무소에서 확인을 하고 찾아오는 길인데 잠시 집을 비우시고 마실 가셨나? 할 수 없이 영태의 손목을 잡으며 막 돌아서려는데 영태가 또렷한 목소리로 말하는 것입니다.

"할머니 많이 아픈가 봐."

나는 그만 짤깍 멈추었습니다. 이 어린 것이 어른도 미처 생각지 못한 것을, 혹 핏줄이어서 서로 당기는 상황일까? 다소 놀라웠으나 우선 눈앞의 일이 요긴한 만큼 나는 다시 기침을 크게 하고나서 문을 조금 세게 두드리며 목소리를 가다듬어 불렀습니다.

"어머님, 계셔요? 문 열어주세요. 혹 거동이 불편하시면 제가 문을 열고 들어가도 될까요?"

역시 대답이 없습니다. 하는 수 없이 문틈에 대고 소리쳤습니다.

"어머님, 에이상의 소식을 갖고 왔어요. 어머님의 아드님인 에이슌 소식이요."

그래도 아무 대답이 없는 것입니다. 다만 야옹야옹 고양이 울음소리만이 문틈으로 새어나와 우리의 귀에 흘러들 뿐입니다.

나는 살며시 문을 밀어보았습니다. 조금 열리는 듯했습니다. 다시 힘을 주었더니 크게 열려지는 것입니다. 나는 영태의 손을 잡고 안으로 들어갔습니다.

털이 까칠까칠한 알락고양이가 반갑다는 듯 마중 나와 주위를 뱅뱅 맴돌며 야옹야옹 울어대는 것이 뭔가 암시하는 같기도 합니다. 처음 보는 고양인데도 영태는 두려움 하나 없이 바로 두 손을 뻗쳐 고양이를 훌쩍 품에 안고 머리털을 살살 쓰다듬어줍니다.

집안에는 살림도구가 모두 갖춰져 있으나 사람은 보이지 않고 미닫이 저쪽의 안방에서 미약한 숨소리가 나는 듯. 나는 영태더러 여기서 고양이와 함께 놀라고 이르고 살며시 안방 미닫이를 열었습니다. 순간 이상한 냄새가 코를 찔러 잠간 주춤했으나 다시 안으로 걸어 들어갔습니다.

두꺼운 다다미 위에 머리가 허연 반송장의 노파가 누워있는데 눈은 떴는지 감았는지 판단하기 어렵고 들숨은 쉬는 듯하나 날숨은 쉬지 않는 느낌입니다. 이마에는 철조망 같은 주름이 밭고랑같이 잡혀 있고 볼은 앙상하다 못해 어느 골짜기에 굴러다니는 해골의 모습을 연상시킨다고나 할까, 부챗살 같은 주름살에 둘러싸인 입은 반쯤 벌려있어 마치 요긴한 무엇을 말하려다 정지한 듯 애처롭고 안쓰러운 모습인 것입니다.

나는 노파의 옆에 가볍게 꿇어앉으며 조용히 불렀습니다.

"어머님, 왜 이러고 계십니까? 제가 에이상의 소식을 가지고 왔습니다. 미우라(三浦) 에이슈(英秀)의 소식이요. 어서 눈을 떠보세요."

노파의 눈이 힘들게 조금 떠져 나를 쳐다보는 듯하더니 믿기지 않다는 듯 다시 스르르 감기는 것입니다. 나는 노인의 손을 쥐어 내 무릎 위에 올려놓고 목소리를 조금 높여 노인이 알아들을 수 있도록 가능한 천천히 또박또박 말했습니다.

"어머님, 제가 확실히 어머님의 아들 에이상과 만났었습니다. 에이상은 형님이 전사한지 한 달도 못되어 참군했다고 했습니다. 에이상은 떠나기 전날 어머님이 맺어준 여자와 동침하려 했으나 되지 않았다고 했습니다. 에이상은 왼쪽 허벅지에 어릴적 개에게 물린 상처가 크게 남아 있었습니다. 에이상은…"

갑자기 노인이 올빼미 같이 눈을 크게 뜨고 내 손을 잡으려 손가락을 허우적거리는 것입니다. 나는 얼른 그의 손을 잡아 꼭 쥐고 얼굴을 들여다보았습니다. 그는 뭔가를 말하려고 입을 펄럭거렸으나 소리가 나가지 않는 모양입니다. 나는 얼른 노인의 입가에 내 귀를 대고 빨아들이다시피 소리를 들으려 애썼습니다.

"고맙네… 하지만 그 애는 죽었어… 난… 아무 희망도 없어요…"

"영태야." 하고 나는 아이를 불러들여 그 애를 노파의 앞에 꿇어앉히고 말했습니다.

"할머니라고 불러. 네 할머니야."

그러자 아이는 마치 다 큰 어른이라도 되는 듯 깍듯이 고개 숙여 "할머니, 안녕하세요? 손자 영태입니다." 하고 제법 일본식 인사를 건네는 것입니다.

짙은 안개가 낀 듯 희뿌옇게 흐려 있던 노인의 눈이 순식간에 청소기를 돌린 듯 수정같이 맑아지며 입술 사이에서 소리가 나오기 시작합니다.

"…뭐라구? …내…손자라구? …손자???"

아무런 의미도 없이 살아온 듯한 늙고 주름진 얼굴에 미약하게나마 희망의 빛이 일렁이기 시작합니다.

"나 좀 일으켜 줘."

나는 두 손을 노인의 등 밑에 밀어 넣어 그의 상반신을 조심스레 일으켜주었습니다.

영태를 바라보는 노인의 눈에 광채가 반짝이기 시작하더니 마침내 두 팔을 좍 펼치는 것입니다.

"이리 온, 어디 안아보자."

영태는 주저 없이 노파의 품에 안겨들었습니다.

눈물이 시냇물 같이 흘러내리고 그것은 내 눈물과 합류하여 강을 이루었습니다…

가을비가 축축히 내리는 창밖에서는 갈까마귀 울음소리가 촘촘한

빗줄기 사이를 비행하고 있었습니다.

46 ⟶ ⟴⟴⟴

삶의 희망이 있게 되자 할머니는 건강이 눈에 띄게 좋아져 이제는 바깥출입도 할 수 있고 가까운 이웃에 마실도 나갈 수 있게 되었습니다. 영태는 할머니 뒤를 졸졸 따라다니며 제법 말도 배우고 글도 배우기 시작했습니다. 할머니는 만나는 사람마다 손자가 똑똑하다고 제 아버지 어릴 때와 똑 닮았다고 하면서 칭찬을 늘어놓느라 날이 가는 줄 몰랐습니다.

나는 우선 생선을 손질해 말리는 일을 하기 시작했습니다. 무인도에서 직업처럼 했었고 부산에서도 얼마간 했던 경험이 있기에 별로 어렵지 않게 해낼 수 있었고 량을 많이 하면 그만큼 차례지는 보수도 두둑해서 좋았습니다. 이렇게 몇 달 동안 하다가 내 암산속도가 빠른 걸 보고 회사에서 나를 매대로 옮겨 생선 파는 일을 하게 했습니다.

전쟁이 끝난 지 몇 해 잘된다지만 여기 사람들은 아직 그 음영에서 벗어나지 못했는지 정신적으로나 물질적으로 극히 불안정한 상태에 있었고 그래서 폭음을 많이 하고 길에서 비칠거리는 사람들이 심심찮게 눈에 띄었습니다.

어느덧 눈보라의 얼굴과 꼬리도 지나가고 하늘처럼 푸른얼음이 태양빛에 부서지는 초봄이 왔습니다. 어느 날, 회사의 일로 퇴근이 늦어져 아직 쌀쌀한 기운에 녹아내리던 고드름이 내리지도 오르지도 못해 한숨짓는 밤의 거리를 걷고 있었습니다. 도로 양측에 높다란 나무들이 흡사 두 개의 벽과도 같이 줄을 지어 서서 어둑어둑한 가로수길을 꾸며주고 발밑에서는 지난해의 낙엽이 바삭바삭 슬픈 소리를 내고 있었습니다.

왜액! 왜액! 저만치 앞에서 토악질 소리가 밤의 공기를 타고 들려옵니다. 또 누군가 과음을 하고 저렇게 힘들어하고 있구나. 조금 측은한 생각이 들기는 했으나 이미 뱃속에 들어간 술을 나누지도 못하고 하니 모르는 척 그냥 지나쳐버리는 것이 상책이라고 발걸음을 다그치는데 좀 이상한 느낌이 드는 것입니다. 어스름 속인데도 도로 옆에 쭈크리고 앉아 힘들게 토악질하는 남자의 옆얼굴이 어딘가 생소하지 않아 보입니다. 누구지? 회사의 사람은 아니고 안면 있는 이웃의 얼굴도 아닌데 내가 아는 남자가 이곳에 또 누구 있더라? 더는 없습니다. 그래서 나는 착각이겠지 하면서 걸음을 재촉했습니다.

남자를 스쳐지나 앞으로 몇 걸음 걸어갔는데 갑자기 머릿속에 하나의 모습이 뛰어드는 것입니다. 기억은 어쩌면 그 먼 곳까지 거슬러 올라가 그 희미한 그림자를 끄집어다 이 옆모습에 맞추는지 참으로 희한한 일이 아닐 수 없습니다. 바로 내가 부산에서 우연히 만났던 다루 맛집 사장--나카노(中野)인 것입니다.

"나카노 사장?" 나는 돌아서며 얼결에 불러보았습니다.

그러자 남자가 몸을 흠칫하며 바로 내 쪽으로 얼굴을 돌리는 것입니다.

아, 맞구나. 바로 부산에서 내가 구운 생선이 특별한 맛이라며 나를 자기 회사에 부르던 그 멋쟁이 사장인 것입니다.

"기억하실지는 몰라도 그때 부산에서 생선구이를 드시며…" 그를 향해 걸어가며 내가 말하자

"아. 그 생선구이, 기억하구 말구요. 너무 맛있었어요. 그런데 어떻게 여기까지… 아, 미안해요, 내가 이런 모습 보여서."

순식간에 술이 말끔히 깨는 듯 그는 허둥지둥 두 손을 들어 껍질을 벗기듯 얼굴을 드세게 문지릅니다.

"아닙니다. 사람이 살다 보면 이럴 때도 있고 저럴 때도 있는 법이죠. 사실 그때 약속을 지키지 못한 쪽은 저입니다. 제가 미안하죠."

"뭘요, 다 지난 일입니다. 나는 이제 사장도 아니고 백수가 되었습니다. 아니, 건달이죠. 집도 없고 가족도 없는 알건달이요!"

말하는 그의 얼굴에 짙은 자조(自嘲)가 검은 구름 같이 끼여 있습니다.

나는 적이 놀라웠으나 내색을 내지 않고 용기를 내어 그의 얼굴을 똑바로 쳐다보며 말했습니다.

"사장님은 여전히 멋지십니다. 하나의 실패로 보아도 멋지고 하나의 건달로 보아도 멋집니다. 그러니 힘내세요!"

그의 두 눈에 이슬 같은 눈물방울이 가득 맺히고 그것은 밤의 슬픔으로 새파란 밤공기 속에 천천히 퍼져가고 있었습니다.

나는 손을 들어 그에게 밤하늘을 가리켜 보였습니다. 거기서는 하얀 구름 사이로 작은 미니 별들이 힘차게 타오르고 있었습니다.

나는 아마 천성적으로 적응력이 강한 생명인가 봅니다. 영태도 나를 닮아서인지 우리 모자는 물에 잉크를 타듯 빠른 속도로 당지의 언어

습성과 생활환경에 용해되어갔습니다. 할머니는 이제 우리가 타국에서 왔다는 것조차 감감 잊어버린 듯 스스럼없이 자신이 낳은 자식 같이 우리를 의지하고 사랑하고 아껴주었습니다. 언제부터인가 할머니는 사람들에게 나를 딸이라고 소개했고 그래서 나도 편하게 그를 어머니라고 부르며 우리는 진짜 모녀같이 다정하게 지내고 있었습니다.

영태는 네 살이 되자 유치원에 다니기 시작했는데 어머니는 아이를 데려가고 데려오는 일을 도맡아 하는 외에도 내가 퇴근해 돌아오면 언제나 맛있는 저녁상을 차려 놓고 기다리셨습니다. 그래서 나는 퇴근만 하면 가능한 일찍 집에 돌아오느라 애를 썼고 지어는 길에서 종종 달음질까지 치군 했습니다. 그러던 어느 하루, 나는 끔찍이도 늦어버렸습니다.

퇴근하여 돌아오는 길에 예전과 같이 막 종종 달음질을 치고 있는데 갑자기 눈앞에 높다란 허수아비 같은 것이 꾹 막아서는 것입니다. 고개 들어 쳐다보니 바로 얼마 전에 만났던 나카노 사장이었습니다.

"나카노 사장님!"

"벌써 며칠이나 여기서 기다렸습니다. 그런데 유정 양이 언제나 너무 바쁜 걸음을 하고 있어서 차마 나서지 못했습니다. 오늘은 잠간 시간을 빌려도 괜찮겠어요?"

"아, 네에. 그럼요." 나는 애매한 대답을 하며 전과 완연 다른 그의 정복 차림새에 약간 놀라기까지 했습니다.

"그런데 무슨 일로…?"

"뭐 별일 아닙니다. 그냥 식사 한 끼 같이하고 싶어서요. 꼭 드릴 말씀도 있고 해서."

나는 조금 난처한 느낌이 들기는 했으나 상대방의 눈에서 뿜기는 간절한 요청을 차마 거절할 수가 없어 응하고 말았습니다.

우리는 함께 "매화는 가지에 꽃망울을"라는 횟집에 들어가 회를 시켜 놓고 술을 마시기 시작했습니다.

그는 내게 술을 강권하지 않았습니다. 그냥 량대로 하라면서 한번 잔에 부어주고는 스스로 잔을 채워 연거푸 몇 잔 마신 다음 입술을 쓱 닦고 나서 말을 뱉기 시작했습니다.

"술은 마시고 싶어 마시는 것이 아니라 말을 하기 위해 마시는 겁니다,"

이렇게 서두를 떼고 나서 우선 자기의 실패사를 풀기 시작했습니다. 전쟁이 끝나자 부산에서 운영하던 요식업을 접고 국내에 돌아와 건설업에 투자를 했는데 사람마다 입에 밥을 떠 넣기도 어려운 처지에 누가 집을 사고 누가 빌딩을 짓겠습니까? 결국 사업은 아찔할 정도로 곤두박질쳐 하루아침에 살림집까지 말아먹고 아내가 아들을 데리고 집을 나가버리는 악과까지 빚어냈다는 것입니다.

그럼 요즘은 어떻게 지내냐고 물었더니 어느 누추한 하숙방에서 하루하루 막노동으로 연명하고 있다는 것입니다. 그래도 이렇게는 끝내고 싶지 않아 이리저리 고민하던 중 마침 나를 만나 새로운 희망을 불태우고 있다는 것입니다.

"그게 뭐예요? 새로운 희망이라는 것이?"

궁금하면서도 헛된 생각일 거라는 예감이 들었으나 들어보는 것쯤은 나쁘지 않겠다고 생각되어 넌지시 물었습니다.

나카노는 손을 뻗어 술이 찰찰 넘치는 잔을 들어서 단모금에 쭉 내고는 팔소매로 입술을 쓱 닦은 다음 말을 시작하는 것입니다.

"전쟁이 끝나고 지금 사람들은 생활난에 허덕이고 있습니다."

나는 그가 무슨 말을 하려고 이렇게 서두를 떼는지 몰라 눈만 슴벅거릴 뿐이었습니다.

"그렇지만 소수의 부유층들은 여전히 부유합니다. 그들은 여전히 향락을 추구하고 맛을 추구합니다. 또한 보통 백성들도 같은 값이면 맛있는 것을 먹으려 합니다."

"…?…"

알 듯하면서도 안개 속 같이 아리송하여 눈만 동그랗게 뜨고 그의 얼굴을 뚫어지게 쳐다보고 있는데

"유정 양, 우리 동업하지 않겠습니까? 유정 양의 그 멋진 생선구이 솜씨에 내가 쌓은 요식업 운영 경험을 합치면 앞길이 환하지 않을까요?"

그의 커다란 눈에서 이른 봄 벌레 같은 희망과 욕망이 꿈틀거리며 번뜩이고 있었습니다. 그것은 점차 내 가슴으로 전염되어 오랜만에 아주 오랜만에 희망의 유혹을 느끼기 시작했습니다. 이 세상에 단 하나 뿌리칠 수 없는 유혹이 있다면 그것은 아마 희망의 유혹일 것입니다. 하여 나는 말했습니다. 너무 갑작스러운 제안이어서 지금은 확답을 줄 수 없노라고, 하지만 다소 시간을 가지고 고민해 보겠다고, 단 한 가지 조건은 가령 동업을 하더라도 나는 시종 자유의 몸이니 언제든 떠나고 싶을 때 다리를 묶지 말아 달라고.

그는 다소 불안한 표정이었으나 결국은 고개를 끄덕이는 것으로 응낙을 대신했습니다.

그로부터 약 2개월이 지난 후의 어느 화창한 일요일 날, "다루 맛집"이 영업을 시작했습니다. 나카노 사장은 레스토랑 이름을 바꾸려 했으나 나는 마치 갑골문 이름을 고집하듯 "다루 맛집"을 고집했습니다. 어쩌면 그 속에 부산에 대한 내 애틋한 추억이 내포되어 있는지도 모릅니다.

47

"세상에 나쁜 사람은 있어도 나쁜 민족은 없습니다. 여기도 사람이 사는 곳이고 인간의 희로애락이 있고 착한 사람들이 많이 널려 있습니다."

고향의 부모님께 쓰는 편지에 나는 이렇게 적었습니다. 그도 그럴 것이 고향을 떠나온 지도 어언 4년이라는 세월이 흘러 영태는 벌써 일곱 살이 되었고, 올해에는 에이상의 성씨 미우라(三浦)를 타서 미우라(三浦) 에이다이(英泰)로 정식 호적에 올리고 학교에 들어가게 되었습니다.

다루 맛집은 첫 일 년 동안은 손이 달리고 자금이 달리고 손님이 달리는 등 원인으로 운영이 힘들어서 몇 번이나 그만두려 하다가 이를 악물고 버틴 것이 두 번째 해부터는 맛이 좋다고 소문이 나가면서 상황이 개변되어 제 3년째에는 완전 호황을 이루기 시작했습니다. 여기 언덕진 뿐만 아니라 타고장에서도 손님이 모여들고 여름철에는 여행객들이 제집 식당인양 진을 치고 있어 날에 날마다 식탁이 모자란다는 아우성으로 넘치는 것입니다. 마침내 빌려 썼던 돈을 모두 갚아주고 이윤이 생기게 되었습니다.

사업은 성공으로 치닫고 있었으나 내게는 문제가 있었습니다. 생선구이가 맛있으니 손님들은 술집에 가지 않고 모두 여기 다루 맛집에 모여들어 새벽까지 술을 마시는 것입니다. 처음에는 영업시간을 저녁 9시까지 정했다가 경기가 좋지 않으니 밤 12시까지 늘였는데 이제는 손님들이 새벽 2시가 되어도 돌아갈 염을 하지 않는 것입니다. 그런데다 일부 남자들은 술이 거나해지면 어린 양을 노리는 늑대와도 같이 기회를 노리고 있다가 마구 손을 잡아 쥐거나 허리를 껴안거나 심지어 키스까지 미친 듯이 퍼부으려 하는 데는 정말 대책이 없었습니다. 점차 나는 이 직업이 나에게 알맞지 않음을 느끼며 적당한 시간에 파트너에게 말하고 그만둬야겠다고 생각했으나 나카노 사장이 한창 경영에 신이 나서 휘파람을 휙휙 불며 돌아치는 광경을 보면 차마 입이 떨어지지 않았습니다. 그렇게 다시 2년이라는 세월이 흐르고 그동안 레스토랑은 배로 늘어나며 이제는 이 지역에 없어서는 안 될 요식업중의 하나로 자리 매김 하게 되었습니다.

그런데 어느 날, 맑은 하늘에 벼락이 치듯 내 둘도 없이 소중한 영태에게 문제가 생겼습니다. 어느 날 아침, 영태가 갑자기 학교에 가지 않겠다고 당나귀같이 딱 잡아떼는 것입니다. 학교에서 공부도 잘하고 스포츠도 잘해서 인기가 짱인 아이가 왜 갑자기 등교를 거절하는지 이유를 물어도 고개만 저을 뿐 말을 하지 않습니다. 학교에 찾아가 선생님에게 물었더니 어제 애들끼리 싸운 모양인데 이유는 자기도 잘 모르겠으니 애들에게 물어보라는 것입니다. 평소에 영태와 단짝인 쇼타 -

翔太(しょうた)에게 물어봤더니 어제 영태와 반급의 주먹왕인 히로시 - 宏(ひろし)가 싸움이 붙었는데 키가 훨씬 작고 아담한 영태가 이겼다는 것입니다. 그러자 히로시가 영태에게 "애비 없는 들종", "창녀의 새끼"라고 욕을 퍼부었다는 것입니다. 나는 그만 곡괭이로 배를 얻어맞은 기분이 되어 일시 아무 말도 하지 못한 채 그대로 서 있다가 허둥지둥 몸을 돌려 집으로 돌아왔습니다.

집안에 들어서자 "영태야!" 하며 두 팔을 벌려 아이를 안아주려 했으나 영태가 거절하고 안방으로 휙 들어가 버리는 것입니다. 눈물이 울컥 솟았으나 억지로 참고 안방으로 따라 들어갔습니다. 마침 어머니는 마실을 나가고 집에 계시지 않았습니다. 나는 영태의 앞에 몸을 낮춰 앉으며 부드럽게 물었습니다.

"왜 아빠의 이름을 대지 않았니? 아빠의 이름이 미우라 에이슌라고 말을 해야지."

"말했어요. 분명히 말했는데도 히로시는 믿지 않고 엄마와 나는 거짓말쟁이고, 다루 맛집에 가보면 술꾼들 시중을 드는 엄마가 보인대요."

"그래서, 가본 거야?"

가슴에 들토끼를 집어넣은 듯 심장이 팔딱거리고 숨쉬기마저 힘들어진 순간입니다.

"네, 봤어요."

"뭘…봤어?" 금시 눈앞이 캄캄해지는 느낌이나 입술을 힘껏 깨물어 지탱하고 있습니다.

"엄마가… 생선을 굽고, 술꾼들이 술 마시는 걸."

"그리고?" 숨이 막혀 질식하기 직전입니다.

"없어요."

아, 막혔던 호흡이 돌아오고 멈췄던 심장이 다시 뛰기 시작합니다.

나는 아이의 손을 살며시 쥐어 내 가슴에 꼬옥 대고 조용히 그러나 분명하게 말했습니다.

"엄마가 심장으로 맹세할게. 히로시의 말은 모두 거짓말이야. 너에겐 누구보다 훌륭한 아빠가 있어. 그리고 엄마는 절대 아빠들께 미안한 짓을 한 적이 없어."

그러자 요 깐깐한 것이 다시 내 눈을 들여다보며 질문하는 것입니다.

"아빠들이라니, 그럼 내게 아빠가 또 있다는 거에요?"

정곡이 콕 찔려 잠시 숨이 나가지 않습니다. 그래도 정신을 도사리고 대답을 해주지 않으면 아이는 엉뚱한 착각을 할지도 모릅니다.

"아니, 우리 영태에겐 좋은 아빠가 있을 뿐이야, 하늘만큼 좋은 아빠, 영태를 바다만큼 사랑하는 아빠!"

말하며 우습게 과장하여 막 형용을 했더니 내 얼굴을 빤히 쳐다보던 아이가 그만 킥 하고 웃어버리는 것입니다.

이로써 작은 풍파는 잠시 가라앉았으나 미구하여 그 어떤 예상치도 못한 큰 파도가 들이닥칠지 알길 없는 잠재 위험 앞에 위태롭게 서있음을 감지했습니다. 하지만 그 어떤 한이 있더라도 아직은 어린 영태에게 진실의 무거운 짐을 지워주고 싶지 않은 것이 내 마음이었습니다. 다만 이로써 요식업을 그만두겠다는 내 결정이 더욱 굳어지고 절박해졌을 뿐입니다.

그날 저녁 나는 나카노 사장에게 꼭 드릴 말씀이 있으니 일찍 가게 문을 닫고 둘이 술 한 잔 하자고 제의했습니다.

쓸쓸함으로 얼룩진 가을의 저녁, 우주를 가득 채운 밤바람이 베란다에 앉아있는 우리의 얼굴을 파먹으며 불어칩니다. 잎이 떨어진 벌거숭이 나무는 한숨으로 줄지어 있고 세상은 꿈과 망각을 닮은 듯 모호하고 창백하게만 느껴집니다.

"마침 잘됐어요. 나도 정식으로 드릴 말씀이 있는데, 유정 양이 먼저 말해보구려."

내 기분과는 달리 나카노 사장은 무슨 달콤한 일이라도 있는 듯 입술을 딱딱 감빨며 즐겁게 양주를 마시는 것입니다.

나는 또다시 입이 떨어지지 않는 느낌이었으나 이번에는 무고한 영태의 얼굴을 떠올리며 용기를 내어 소리를 내보냈습니다.

"나카노 사장님, 그동안 참으로 고마웠습니다. 제가 입은 은혜는 한두 마디로 다 말할 수 없습니다. 허나 오늘 말씀드리려는 것은 제가 이일을 그만둘 때가 되었다는 것입니다."

폭풍이 일어나리라 짐작했습니다. 아니 폭풍은 아니어도 최소한 많이 섭섭한 얼굴을 보이리라 짐작했는데 놀랍게도 나카노 사장은 내 말을 듣자 기뻐서 펄쩍 뛰기라도 하듯 무릎을 탁 치는 것입니다.

"아참, 우린 또 같은 생각을 했군요. 내가 말하려는 것도 바로 이겁니다. 참으로 신기하네요."

나는 그만 얼떨떨해졌습니다. 아니 이건 너무하지 않습니까? 내가 말을 꺼내기도 전에 한창 영업이 잘되어 돈이 펑펑 쏟아지는 사업에서 내가 손 떼기를 바라며 저 혼자 독차지할 궁리를 했다니, 남의 레인지에 고기 구워 먹는 심보보다 더 고약한 심보가 아니겠습니까? 그런데 말을 하려 해도 너구리 걸려라 놓은 덫에 자기 발목이 걸린 것 같아 마땅한 단어가 떠오르지 않습니다.

이때 나카노 사장이 웃으면서 다시 입을 여는 것입니다.

"왜? 말해 놓고 후회하는 거예요?"

"아니요." 하고 나는 고개를 가로 저었으나 속으로는 끄덕이고 있었습니다.

"유정 양, 손을 좀 주시겠어요? 내가 손을 잡고 할 말씀이 있어서요."

조금 당황하기는 하나 도대체 무슨 말씀을 하려고 저러는지 들어보고 싶은 궁금증에 나는 저도 모르게 손을 내밀었습니다.

나카노 사장은 내 두 손을 가볍게 잡아 한데 모아 쥐고 미소가 와인 같이 흐르는 얼굴로 내 눈을 똑바로 보며 말하는 것입니다.

"유정 양, 사업에서 손을 떼고 내 부인이 되어주시겠습니까? 귀여운 영태도 할머니도 내가 잘 돌보고 모시겠습니다."

너무 놀란 나머지 나는 잠시 지각을 잃어버린 듯 멍해 있었습니다. 그러다가 허둥지둥 앞에 있는 잔을 들어 단숨에 마신다는 것이 반나마 옷깃에 흘리고 말았습니다. 나카노 사장이 웃으며 휴지를 내밀어주고 자세를 고쳐 앉으며 단어를 나열합니다.

"너무 갑작스러운 고백 같지만 사실 나는 오래전부터 생각해 왔습니다. 아니, 생각이라 하기보다는 갈망이라는 편이 더 정확하겠죠. 말하자면 조금 이상한 데가 있기도 하지만, 부산 해변에서 처음 봤을 때부터 가슴이 후두둑 뛰었습니다. 당시는 임신 중이어서 맵시도 이쁘지 않고 얼굴색도 누르께한 편이었으나 무엇에 그토록 끌리는지 나도 딱히 알 수가 없었습니다. 후에 유정 양이 내 초빙을 거절하고 멀리로 떠나버렸다는 소식을 들었을 때 가슴이 너무 허전해 견딜 수 없었습니다. 그런데 몇 년 후 바로 이곳에서 기적같이 다시 만날 줄이야.”

흥분에 들뜬 그는 마치 나비가 팔랑거리듯 술병을 찾아 잔을 넘쳐나게 채우고는 내 잔에도 가득 부어 놓았습니다.

참대 속 같이 머릿속이 텅 비어 나는 잠시 아무 생각도 할 수가 없었습니다. 왜인지 그토록 흥분에 들떠 고백하는 나카노 사장이 마치 지구의 저 밖에 서 있는 듯 아득히 멀게만 느껴지는 것입니다. 당연 세상은 모두 나를 도무지 이해할 수 없을 것입니다. 사람들은 내 청순한 겉모습에 반하지만 실은 나는 일찍 세월의 거센 물살에 씻겨 반들반들해진 조약돌처럼 영혼 깊이에까지 윤이 나도록 닳아있는 여자입니다.

나카노 사장은 지금 급히 가불을 짓지 않아도 된다고, 하지만 정리되는 대로 가능한 빨리 답을 주기를 바란다고 하면서 내 잔의 술까지 모두 마셔주었습니다.

그 일이 있은 후 나는 다시 다루 맛집에 나가지 않았습니다. 다만 나카노 사장에게 간단한 편지를 보냈을 뿐입니다.

“감사합니다. 그리고 죄송합니다. 당신과 내 운명은 영원히 함께 묶을 수 없는 낚싯줄입니다. 그러니 부디 나를 잊고 행복하세요.”

48 ~~~

새하얀 겨울이 찾아왔습니다. 구름 한 점 없이 서슬 푸른 하늘은 엄
동의 적막을 지독스레 전파하고, 지붕이 내려앉을 듯 엄청나게 내린
눈은 도로위에 몸을 포개며 제 고요를 쌓고 있습니다. 겁 많은 까마귀
들이 요란하게 날개를 펄럭이며 울어대고 태양마저 추워서 얼어붙은
듯 열을 발사하지 못하고 있습니다.

짧은 여행으로 마음을 정리하고 나서 나는 새로운 직업을 모색하기
시작했습니다. 어머니의 허락을 받은 뒤 중고시장에 가서 중고 피아노
몇 대를 주문해 왔습니다. 그것을 적당한 곳에 배치해 놓고 집에서 아
이들에게 피아노를 가르치기 시작했습니다. 처음에는 학생이 한명밖
에 없었는데 겨울 방학이 되면서 급속히 불어나 주말반과 평일반으로
갈라서 수업하고 때로는 성인들이 와서 배우기도 했습니다.

그런데 이 겨울부터 어머니의 건강이 나빠지기 시작했습니다. 처음
에는 그냥 감기에 걸린 듯하더니 겨울 내내 기침을 하고 그러다가 처
마 밑에 장밋빛 고드름이 드리울 즈음에는 조금씩 각혈을 하기 시작하
는 것입니다. 어머니의 병을 치료하기 위해 나는 여기저기 뛰어다니며
온갖 좋다는 약은 다 지어왔으나 별 차도가 보이지 않았습니다.

"아가, 이제 그만하고 내버려 둬. 이젠 늙어서 그런 거니까, 늙은 병
이니까 너무 애쓰지 말고 그냥 명이 가는 대로 따르는 거야."

"아니요 어머니, 어머닌 아직 명을 따를 연세가 아니고, 자식 또한
부모를 돌보는 것이 당연한 일 아니겠어요. 그러니 아무 생각 마시고
약 잘 드시고 힘내셔야 합니다. 자, 입 벌리세요."

내가 넣어주는 약을 물로 넘기는 어머니의 얼굴 주름살 가운데 뚫어진 두 눈에 눈물이 가득 차 온통 범벅이 된 채 흘러내립니다.

별안간 문밖에서 노크소리가 들려왔습니다.

"누구세요?" 소리치며 문가로 달려가 문을 열어보니 문밖에 껍질을 벗겨보고 싶도록 요란하게 화장을 한 통통한 몸집의 여자가 물고기 같은 치아를 내보이며 웃고 있습니다.

"안녕하세요? 처음 뵙겠습니다. 이쿠미라 합니다."

"처음 뵙겠습니다. 유정이라 합니다. 무슨 일로 오셨는지요?"

대답에 앞서 여자는 시선으로 내 얼굴을 몇 번이나 갈기갈기 뜯었다가 다시 맞추는데 그 시선이 너무 부자연스레 찔러와 뼈까지 시린 느낌입니다.

"어머님 보러 왔는데요. 계시나요?"

"네, 계시긴 한데 지금 건강 상태가 안 좋아서…"

"바로 그래서 뵈러 왔어요. 이렇게."하며 그녀는 손에 든 위문품 같은 것을 슬쩍 내보입니다.

"아 네, 그럼 어서 들어오세요."

내가 길을 비켜주자 이쿠미는 냉큼 집안으로 들어와 마치 자기 집처럼 익숙하다는 듯 곧추 안방으로 향하는 것입니다.

안방 문에 이르러 내가 따라 들어가려 하자 이쿠미가 돌아서서 깍듯하게 고개 숙여 보이고는 "미안하지만 어머님과 단 둘이 할 얘기가 있어요." 라고 나를 밀어내는 것입니다.

"알겠습니다. 그럼." 하고 나는 몇 걸음 물러섰다가 이쿠미가 안으로 들어가자 미닫이를 꼭 닫아주었습니다.

밖으로 나가버리려 하다가 행여 필요할지 몰라 차를 준비해 쟁반에 챙겨들고 방 문 앞까지 갔는데 안으로부터 흘러나오는 말소리에 그만 흠칫 놀라 멈춰 섰습니다.

"어머님, 전 어머님이 맺어준 에이상의 아내입니다. 그러니 저를 며느리로 받아들이고 에이상의 핏줄인 저 아이를 제가 키워야 하지 않겠어요?"

"그게 무슨 말이냐? 네가 그 사이 다른데 시집갔다는 소식을 들어 알고 있는데 지금도 에이상의 아내라니 말도 안 되는 소리… 쿨룩 쿨룩 쿨룩…"

어머니는 조급한 김에 기침을 연속 해대는 것입니다.

"그런 게 아니에요. 부모가 너무 독촉해서 혼약을 하고 남자를 만나 보니 한쪽 다리가 없는 병신이었어요. 나는 바로 혼약을 파기하고 친정에서도 나와 버렸어요. 그리고 지금껏 죽 혼자 살고 있어요."

이쿠미란 여자가 누군지 잘 알 것 같습니다. 바로 에이상이 전방에 나가기 전날 밤, 어머니가 강제로 합방시켜 손주를 얻으려던 그 여인인 것입니다.

"저는 에이상을 진짜 좋아했습니다. 무지 사랑했고요. 그런데 전방에 나가 그렇게 됐으니… 흑흑흑…"

여자가 얼굴을 막고 울기 시작합니다. 전쟁 때문에 사랑 없이 세월의 자궁 속에 떨어져 시들고 있는 하나의 가련한 꽃잎입니다.

쿨룩 쿨룩 쿨룩… 어머니의 기침소리가 연속 들려오고 있습니다.

나는 가볍게 미닫이를 노크하며 물었습니다.

"어머니, 차 들여갈게요."

그런 다음 대답도 기다리지 않고 미닫이를 쫙 열어젖혔습니다. 안으로 걸어 들어가서 쟁반을 차탁 위에 놓고 우선 어머니에게 기침을 멎게 하는 약을 드시게 한 다음 이쿠미에게 얼굴을 돌렸습니다.

"어머니 건강이 많이 좋지 않으니 기분 나쁜 얘기는 하지 않는 게 좋겠어요. 할 얘기가 있으면 저와 단독으로 나눕시다."

막상 내 눈길과 정면으로 마주치자 이쿠미는 흠칫 하는 듯했습니다. 그러더니 눈물을 손으로 훔치며 자리에서 일어섰습니다. 아름찬 허리통이 이제 다시 시집을 가기에는 과연 아름차 보였습니다.

다시 봄이 왔습니다. 태양의 웃음소리가 집안을 꽉 채워서인지 어머니의 병세가 조금씩 완화되는 추세를 보이는 것입니다. 이제 어머니는 지팡이를 짚고 집 앞의 작은 빈터에 앉아 아이들이 떠드는 소리와 자동차의 경적소리, 새들이 환호성을 들을 수 있게 되었습니다.

나는 더 열심히 어머니에게 약을 대접하고 맛있는 음식을 공급하며 가능한 어머니를 기쁘게 해드리려 애썼습니다.

그동안 정지되었던 피아노 수업이 다시 개강되고 학원수가 점차 불어나 여름 방학에는 자리를 옮기고 피아노도 몇 대 더 갖추게 되었습니다. 무엇보다 희한하고 기쁜 것은 영태가 학교에서 갈수록 공부 성적이 뛰어나고 스포츠도 잘해 상품과 상장을 심심찮게 받아오는 것입니다. 어머니는 손주가 너무 기특하여 "요 귀여운 것이, 내가 진짜 네 덕에 산다." 라고 하시며 때로는 눈물까지 흘리는 것입니다.

영태가 열한 살 나던 해 여름이었습니다. 이 날은 방학 전 영태가 마지막 시험을 치는 날이라고 해서 아침에 나는 아이에게 맛있는 도시락을 만들어서 점심때 학교에 가져다주마고 약속했습니다. 영태는 신이 나서 단짝인 쇼타와 함께 먹겠으니 음식을 넉넉히 해오라고 부탁하고는 책가방을 메고 나는 듯이 달려갔습니다.

점심때가 다가오자 나는 미리 준비해두었던 식재료로 정성들여 도시락을 만들기 시작했습니다. 얼마나 열심히 만들었던지 어머니가 나가시는 줄도 모르고 음식이 거의 만들어지자 "어머니, 따끈한 걸로 먼저 드세요."하고 소리쳤으나 대답이 없습니다. 부리나케 옷을 챙겨 입으며 안방을 들여다보니 문 옆에 세워두었던 지팡이가 없는 것입니다. 어느새 바람 쏘이러 나가셨구나. 나는 서둘러 모자를 쓰고 도시락 가방을 들고 문을 열었습니다. 그런데 같은 순간 밖에서 누군가 문을 잡아당기는 바람에 하마터면 그대로 꼬꾸라질 뻔 했습니다.

"어머, 이게 뭐야!" 소리치며 얼굴을 들어 보니 낯선 두 남자가 마치 줄타기에서 실수하여 떨어진 곡예사를 비웃듯 입을 "ㅡ"자로 피루며 나를 넘겨보는 것입니다.

"실례지만 누구세요?"

바삐 옷매무시를 바로잡으며 나는 조금 불만스레 물었습니다.

"누구냐구? 감히 우리 보고 누구냐구?" 둘 중에서 조금 젊은 중년남자가 마치 나를 질타라도 하듯 고아대는 것입니다.

그러자 나이가 들어 얼굴이 마른 가지처럼 쭈글쭈글한 노인이 지팡이 잡은 손으로 동그라미를 그리며 혼잣말하듯 뇌입니다.

"예절을 알아야 말이지. 어디서 굴러온 여자인지 돼먹지 못했어."

인간의 참을성엔 한계가 있는 법입니다. 자기소개도 하지 않고 이렇게 사람을 모욕하는 데는 총에 맞은 벼룩이라 해도 튀어 일어날 것입니다.

나는 분노를 말속에 꽉 재워서 높지는 않으나 날이 선 목소리로 단어를 내쏘았습니다.

"그럼 백주에 노크도 없이 남의 집 문을 마음대로 여는 당신들은 예절이 있나요? 남자로 태어나 자기가 준 피해에 쓰러질 뻔한 여자에게 사과 한마디 없이 비웃기만 하는 당신들은 예절이 있나요? 또한 처음 만난 초면의 여자에게 반말을 마구 쓰는 남자는 예절이 있나요."

"……?!"

갑자기 급성 실어증에 걸린 듯 두 남자는 아무 말도 하지 못하고 중년남자가 입술을 조금 펄럭거렸으나 소리는 결코 입 밖으로 나오지 못했습니다.

바로 이때 어머니가 나타났습니다. 지팡이를 짚으며 걸어오시던 어머니가 나이 든 노인을 알아보고 인사를 건네는 것입니다.

"아니 이게 뉘십니까? 어르신이 오셨군요. 오시면 오신다고 연락이나 하실 거지."

그러자 중년남자가 한발 나서며 어머니께 인사를 올리는 것입니다.

"그동안 안녕하셨습니까?"

어머니는 마뜩잖게 그를 흘깃 쳐다보고 나서

"보다시피 안녕하지 못하네. 그나저나 내가 송장이 되어도 고개 한 번 돌리지 않을 자네가 오늘은 웬일인가?"

그러자 중년남자 대신 나이 든 노인이 성급히 지팡이를 흔들며 대답하는 것입니다.

"안에 들어가 얘기하세. 여긴 불편하니까."

일행은 집안으로 걸어 들어갔습니다.

나는 모르는 척 그냥 도시락을 들고 학교로 가버릴까 생각하다가 어쩐지 저 불안한 남자들에게 병약한 어머니를 혼자 남겨두는 것이 마음이 개운하지 않아 도로 집안으로 들어와 차를 준비하기 시작했습니다.

그런데 차를 담은 쟁반을 들고 방의 미닫이 앞에 섰던 나는 안에서 들려오는 말소리에 하마터면 쟁반을 땅에 떨어뜨릴 뻔 했습니다.

"저 여자는 거짓말을 하고 있습니다. 슬픈 일이지만 에이슌은 생리기능이 없는 고자라고 부대에 같이 있던 전우들이 증명했습니다. 또한 전방에 나가기 전에 합방했던 이쿠미 양도 뚜렷하게 증명해 나섰습니다. 그러니 영태라는 저 아이는 에이슌의 핏줄이 아니고 미우라 가문의 후예는 더욱 아닙니다."

중년남자의 말이 끝나자 나이 든 노인이 신문지 크기의 종잇장을 펼쳐 들고 마치 천황폐하의 지시를 전달하듯 정중하고 엄숙하게 읽는 것입니다.

"정정: 미우라 종친회는 유효한 조사와 심사를 거쳐 이하 내용을 정정한다.

미우라 에이슌의 아들로 원 호적에 올렸던 미우라 에이다이의 성씨를 취소하고 에이다이를 미우라 종친에서 제외한다.

호적은 이미 정정되었음."

맙소사, 이게 무슨 날벼락이란 말입니까? 이건 내가 예측했던 바보다 훨씬 더 엄청나게 번져간 것입니다. 저들은 나를 만나지도 않고 내게 묻지도 않고 내게 해석할 기회조차 박탈한 채 저들끼리 에이상은 생육기능이 없는 고자라는 증명을 만들어서 영태를 미우라 가문으로

부터 축출시켜버린 것입니다. 그리고는 결과를 나에게도 아닌 병석에 계신 어머니에게 일방적으로 통보하는 것입니다. 그 알량한 가문의 명의로!

허나 이런 상황에서도 내 입엔 뱉을 수 있는 말이 존재하지 않습니다. 이런 일을 도대체 어떻게 설명하면 된단 말입니까? 설명의 길이 있기나 한 것입니까? 심리의 작용으로 옛날에는 물렁물렁하던 페니스가 나를 만나서 딴딴해졌다고? 옛날에는 말라버린 그루터기 같던 줄기가 나를 만나서 하얀 젖 같은 생명의 물이 줄줄 흘렀다고? …

나는 입을 열 수가 없습니다. 어머니도 말을 엮을 단어가 없었을 것입니다. 말 그대로 이건 구석기 시대의 역사를 증명하기보다 더 어렵고 모래로 밥을 짓기보다 더 힘든 일이 아닐 수 없습니다. 죽은 선인들의 전기에도 없는 이 엄청난 진실의 전도 앞에서 나는 그저 11월의 낙엽보다 더 나약하고 무기력한 존재로 되어있을 뿐!

태양은 무서운 직사광선으로 거리를 내리쬐고 있습니다. 개들조차 그들을 물어뜯는 듯한 태양아래 고통으로 신음하고 있는 이 시각, 나는 알몸으로 인생의 가시밭에 쓰러져 피를 쏟고 있었습니다.

49 ~~~~

영태가 사라졌습니다. 아무도 간 곳을 알지 못합니다. 학교에 찾아가 물었더니 영태가 오전에 시험문제를 일찍 마쳐서 답안지를 바치고 엄마의 수고를 덜어준다며 도시락 가지러 집에 갔다는 것입니다. 그런

후로 다시는 학교에 나타나지 않았다고 합니다.

아아, 그 어린 것이 틀림없이 문밖에서 엿들었을 것입니다. 그 무서운 내용을 모두 다 들었다면 갓 열한 살 난 어린 아이의 마음이 어떠했겠습니까?

죽기보다 더 끔찍한 아픔, 시간이 흐를수록 효소를 잔뜩 머금은 반죽 같이 발효되는 치욕, 빨간 거짓말에 누런 뻐꾸기같이 사기 당했다는 원통함과 억울함, 철석 같이 믿고 있던 하나뿐인 가족인 엄마에게 배반당했다는 배신감… 아직 여리고 어린 참새 같은 가슴에 이 세상 그 어떤 강한 생물도 견디기 어려운 특대 폭풍우가 들이닥쳤으니 얼마나 시린 절망 속에서 얼마나 힘들게 허덕이고 있을 것입니까?

모든 가볼 수 있는 곳은 전부 헤매고 다니며 찾아보았으나 아이는 그림자도 보이지 않습니다. 밤중이 되어서 아직 불빛이 남아있는 다루맛집에 들어가 보았더니 나카노 사장이 반갑게 맞아주는 것입니다. 나는 그의 품에 쓰러져 울음을 터뜨렸습니다. 한 세기만큼이나 길게 울고 나서 영태가 사라졌다는 말을 했더니 그는 다시 내 머리를 품에 꼭 껴안아주며 자기도 함께 찾아주겠으니 너무 걱정 말라고 달래는 것입니다.

자그마한 위로는 얻었으나 가슴은 여전히 사막의 모래알인양 바싹바싹 말라 들어갑니다. 집에 돌아와 한 시간 정도 눈을 감고 있다가 날이 채 밝기도 전에 문을 나서려는데 안방에서 어머니가 부르시는 것입니다.

네! 대답하고 예전과 같이 약을 담아들고 들어가 어머니에게 대접했습니다. 약을 넘기고 나서 어머니가 내 손을 꼬옥 잡아 쥐었습니다.

"아가, 너무 상심하지 말어. 영태가 에이슌의 핏줄이든 아니든 난 이미 그 애를 손자로 받아들였고 내 감정에는 변함이 없는 거여. 너에 대해서도 마찬가지야. 너는 내 자식이고 나는 네 어머니다. 변한 건 아무것도 없는 거야!"

나는 어머니의 가슴에 얼굴을 묻고 슬피슬피 울었습니다.

"그자들이 왜 갑자기 영태의 성씨를 박탈하는지 그 이유를 나는 안다."

"네?" 나는 머리를 들어 눈물이 가득 맺힌 눈으로 어머니를 쳐다보았습니다.

"내가 유언장을 작성했다. 내 모든 유산을 영태에게 남긴다고."

"…아, 그게 화근이 되었군요."

"글쎄다. 내게는 이 집 외에 아버지가 남겨 주신 땅이 있는데 아마 머지않아 개발이 가능한가 봐."

불시에 눈앞이 환해지며 모든 물음표가 느낌표로 바뀌는 것입니다. 돈이란 원래 이토록 더럽고 사악하고 파렴치한 것임을 가슴을 쥐어뜯으며 깊이깊이 깨달았습니다.

나는 또다시 사방으로 뛰어다니며 영태를 찾기 시작했습니다. 화난 김에 하룻밤은 어느 집 처마 밑에서 새운다지만 두 번째 밤과 세 번째 밤은 아닐 것입니다. 더구나 영태는 몸에 돈을 지니고 있지 않으니 어느 여관이나 여인숙에 묵을 수도 없고 어린 것이 어디 가서 일거리를 찾을 수도 없을 것입니다. 다시 영태의 단짝인 쇼타를 찾아 자세히 물어보았더니 그 애가 이런 이야기를 들려주었습니다.

얼마 전에 학교로 영태를 찾아온 뚱뚱한 여자가 있었는데 영태에게 돈을 주고 먹을 것도 주는 것을 영태가 받지 않았다는 것입니다. 그 말에 대뜸 짚이는 데가 있어 어머니한테 이쿠미의 주소를 상세히 알아내어 부리나케 그녀의 댁으로 찾아갔습니다.

지난번과는 달리 이쿠미는 아무 화장도 하지 않아 주근깨가 새까맣게 덮인 얼굴에 오토바이 덮개 같은 헐렁한 옷을 걸치고 꿰진 게다를 신은 채 문을 열어주었습니다.

"어머, 어떻게 찾아오셨어요? 찾기 꽤 까다로울 텐데."

마치 찾아올 줄 알았다는 듯 암탉의 털 같이 부드러우면서도 찌르는 무엇이 세워져 있는 목소리로 물어옵니다.

"실례입니다만 급히 여쭤보고 싶은 것이 있어서요."

"네, 우선 들어와 앉으시죠. 차도 한 잔 하시고."

굉장한 손님이나 초대하듯 깍듯하게 예절을 차리며 안으로 안내하는 몸가짐이 마치 무대에서 연극을 하는 늑대를 닮았다는 생각이 들게 합니다.

"아닙니다. 그냥 잠간 얘기하고 갈게요." 나는 바로 주제로 들어갔습니다. "영태의 친구한테서 듣자니 이쿠미 양이 며칠 전 학교로 영태를 찾아갔다면서요?"

"아 네, 그런 적 있습니다. 에이상의 아들이라니 어딘가 많이 궁금해서요. 애가 참 똑똑하고 예절 바른 것이 에이상을 똑 닮았지 뭐에요."

에이상을 닮았다는데 역점을 찍고 있었으나 그런데는 개의치 않고 다잡아 물었습니다.

"그럼 지금쯤 어디 있는지 알고 계시겠군요?"

이쿠미는 눈을 휘둥그렇게 뜨고 짐짓 되물어 오는 것입니다.

"어머, 그럼… 영태가 가출이라도 했다는 거에요?"

또 가출이라는 단어에 역점을 찍고 있습니다.

나는 아주 잠간 그녀를 쏘아보다가 "그건 아니구요. 어제 학교에서 집에 돌아오지 않고 소식이 끊어져서…" 라고 말했습니다.

여자의 얼굴에 불 난 집에서 불어오는 연기를 즐겁게 마시는 표정이 감춰지지 않고 있습니다.

"와, 참 안됐네요. 그치만 영태는 아주 똑똑한 애니까 알아서 잘할 거에요. 너무 걱정하지 마세요."

"지금 그걸 말이라고 하세요? 열한 살 밖에 안 되는 어린 아이가 아무 소식도 없이 사라졌는데 알아서 잘할 거라니, 걱정하지 말라니…"

아이를 낳아보지 못한 여자니까 어쩔 수 없군. 라는 말이 혀끝까지 나왔다가 입술에 막혀 다시 들어가 버렸습니다.

이 여자와 더 말해봤자 아무 소용이 없음을 느끼고 내가 막 돌아서려는데 여자가 내 손목을 꾹 잡는 것입니다.

"같이 찾아봅시다. 내가 이 부근을 샅샅이 뒤져볼 테니 댁은 다른 곳을 찾아보세요. 소식이 있으면 바로 기별할게요."

나는 아무 대답도 하지 않고 몸을 돌려 휘청휘청 계단을 내려갔습니다.

영태가 사라진지 며칠 안 되어 어머니의 병이 도지기 시작했습니다. 매일 밤 어머니는 비몽사몽의 상태에서 두 팔을 마구 내저으며 "영태야, 영태야…" 하고 끝도 없이 부르는 것입니다. 그러다가 날이 밝기만 하면 지팡이를 짚고 한 발짝 한 발짝 힘들게 옮기면서 영태를 찾아 골목골목을 뒤지고 다니십니다. 나가지 말라고 내가 극진히 말리는데도 어머니는 "영태가 돌아오기 전엔 죽지 않으마. 걱정하지 말어."하면서 날마다 나가시더니 드디어 어느 날 길에서 각혈하여 병원에 실려 가고 말았습니다.

그 후부터 어머니는 가끔씩 혼수상태에 빠지곤 합니다. 그럴 때마다 나는 어머니마저 사라져버릴 것 같은 두려움에 가슴이 떨리고 그것은 점차 공포로 자라 숨 막히게 심장을 압박해오는 것입니다. 어머니보다 내가 먼저 죽을지도 모른다는 절망에 가끔 깨끗이 삶을 포기하고 싶은 생각이 들기도 하지만 결코 어린 영태를 이 세상에 버려두고 혼자 갈 수는 없는 일이었습니다. 또한 저 세상에 간다고 해도 태호씨와 에이상을 만난다면 무슨 말로 어떻게 고백할 수 있겠습니까?

그런데도 세월은 나를 잊으며 흘러가고 있었습니다. 어둠의 인내로 여름의 오렌지 빛이 바래지고, 저문 하늘을 업고 제 울음 속을 떠도는 찌르레기 떼가 몰고 온 가을 하늘은 햇빛 속인데도 저물어 있는 듯합니다. 머리 위에는 여전히 무한한 하늘이 펼쳐져있고 바다의 파도는 잠시도 쉬지 않고 일렁거리고 있습니다.

그날 어머니 약을 사가지고 돌아오는 길에 나는 혼자 바닷가를 거닐면서 한번 당사자 신분에서 빠져나와 제 3의 각도로 차분히 가능성을 분석해보았습니다. 과연 새로운 무엇이 보이는 듯싶었습니다. 그동안 경찰에 여러 번 신고를 했고 경찰도 여러모로 수사를 했다는데 찾아내지 못한 것으로 보아 아이는 어딘가에 숨어 있을 가능성이 큰 것입니다. 어린 나이에 화가 나면 하루 이틀은 숨어있을 수도 있겠으나 이렇게 장장 몇 달 동안이나 숨어있다는 것은 예사로운 일이 아닙니다. 우선 몸에 지닌 돈이 없으니 식사가 문제일 것이고 다음 편안히 잘 곳이나 생활할 곳이 없으니 견디기 어려울 것입니다. 고작 열한 살짜리 아이가 품을 팔수도 없을 것이고 그렇다고 이 살기 힘든 세월에 누군가 정체도 모르는 아이를 몇 달씩이나 무대가로 거둬줄 이유는 더욱 없는 것입니다. 하다면 결론은 단 하나---누군가가 고의로 꾸미는 연극이라는 것입니다. 그 주모자로 첫째는 저 아름찬 허리의 이쿠미이고, 둘째는 종씨 집안에서 어머니의 유산을 탐내는 자들일 것입니다.

생각이 정리되자 나는 또다시 경찰서로 찾아갔습니다. 내 생각을 듣고 나서 경찰은 여전히 지난번과 마찬가지로 증거가 없으니 취조는 불가능하고 법이 허용하는 범위에서 조사는 해 보겠노라고 하는 것입니다. 하지만 경찰은 가끔 진리의 편도 아니요 진실의 편도 아니라는 것을 알고 있기에, 나는 누구의 힘도 믿지 말고 나 스스로 캐내리라 마음먹었습니다.

어머니를 돌봐달라고 이웃에게 부탁한 다음 여행을 떠나듯 행장을 꾸렸습니다. 오토바이 한 대를 세내어 타고 우선 이쿠미의 집 앞으로 달려가 적당하게 거리를 두고 밤낮으로 그녀를 감시하기 시작했습니다. 첫 며칠 동안은 별로 이상한 기미가 보이지 않았습니다. 통조림 공장에 출근하는 그녀는 근무일 아침이면 그 맛있는 돼지 뒷다리 같은 엉덩이를 삐뚝거리며 버스에 올라 출근했다가 저녁이면 시장에서 돼지고기며 계란이며 생선이며 야채며를 어깨가 삐뚤어지게 사들고 돌아와서는 밤늦게까지 음식을 지어먹곤 하는 것입니다. 그런데 며칠이 지나자 조금 이상한 생각이 들었습니다. 아무리 몸이 뚱뚱하고 위가 주머니만큼 크다고 해도 여자 혼자서 저렇게 하루도 빠지 않고 날마다 사들이는 그 많은 음식을 다 먹을 수는 없는 것입니다. 그러고 보니 더 이상한 것이 하나 있었습니다. 아침에 출근할 때 이쿠미는 언제나 커다란 백팩에 뭔가를 무겁게 담아서 메고 출근했다가 저녁에 퇴근할 때는 백팩이 보이지 않는 것입니다. 오늘은 까마귀 깃털 색깔의 곤색 백팩을 메고 출근했습니다. 공장 문 앞까지 따라가서 이쿠미가 공장 대문 안으로 사라진 뒤에도 나는 꼼짝 않고 서서 대문을 지켜보았습니다. 약 20분 후, 곱슬머리의 웬 남자가 머리에 안전모를 쓰며 대문을 나오는데 어깨에 메고 있는 백팩이 다름 아닌 그 곤색 백팩인 것입니다. 나는 하마터면 아 하고 소리 지를 뻔했습니다. 남자가 오토바이를 가동하여 달리기 시작하자 나도 오토바이를 타고 뒤를 쫓기 시작했습니다. 앞의 오토바이가 오른쪽으로 꺾으면 나도 오른쪽으로, 왼쪽으로 꺾으면 나도 왼쪽으로, 직행하면 나도 직행… 그러다가 어느 신호등에 가서 앞의 오토바이가 지나가자 바로 붉은 등이 켜졌는데도 멈추지 않고 내달려 그만 교통경찰에 덜미를 잡히고야 말았습니다.

이틀 후 나는 전신무장을 하고 다른 오토바이를 세내어 타고 통조림 공장 근처에 가서 기다렸습니다. 이쿠미는 아직 내가 미행하는 눈치를 채지 못했는지 똑같이 무거운 백팩을 메고 와서는 공장 대문으로 들어가는 것입니다. 잠시 후 곱슬머리 남자가 그 백팩을 메고 나와 오토바이를 타고 출발하자 나는 왼쪽의 뒤로 서서 거의 비슷한 속도로 내달렸습니다. 신호등이 있는 십자가에서는 거의 나란히 내달렸기에 먼저 번과 같은 일은 발생하지 않았고 그렇게 꽤 오래 달려 교외로 나가자 나는 곧 다른 길로 접어드는 척하다가 다시 돌아와 멀찍이 떨어져서 뒤를 쫓았습니다. 드디어 차도를 내린 오토바이가 곱사등이 다리를 건너, 인가와 좀 떨어진 외딴 집으로 향하는 것을 보자 나는 즉시 멈춰서서 망원경을 꺼내 렌즈 속으로 살펴보았습니다. 아니나 다를까 오토바이는 외딴집 문 앞에 멈춰 서고 곱슬머리 남자는 백팩을 멘 채 집안으로 들어갔다가 나올 때는 다른 빈 백팩을 메고 나오는 것입니다. 나는 곱사등이 다리 밑에 몸을 숨기고 있다가 곱슬머리 남자가 다리를 지나 멀리 가버린 뒤에 급히 오토바이를 타고 외딴 집으로 달려갔습니다.

"계셔요?" 소리와 동시에 바로 문을 쥐어 힘껏 당겼습니다. 의외로 문이 잠겨 있지 않아 하마터면 엉덩방아를 크게 찧을 뻔했습니다. 문은 할머니가 하품을 하듯 쫙 열려졌고 나는 홍수처럼 안으로 밀고 들어갔습니다. 집안에는 아무도 없고 냉랭한 녹색의 어스름이 가득 차 있을 뿐. 모든 것이 죽어버린 듯 고요한데 잿더미같이 메말라 있는 집안에 별안간 미닫이 저쪽에서 이상한 느낌이 전해오는 것입니다. 후닥닥 뛰어가 미닫이를 활짝 열어 제치고 보니 아, 세상에 이런 일이, 어스레한 방 가운데 자그마한 사람이 누워있는데 두 눈은 죽은 듯 꼭 감겨져있고 핏기 한 점 없이 해쓱한 얼굴은 몸속의 피가 모두 말라버린 송장을 연상시키는 것입니다. 고개를 숙이고 그 해골 같은 얼굴을 들여다보던 나는 소스라치듯 놀라며 "영태…? 영태야---!" 소리치는 동시에 펄썩 엎드려 두 손으로 그의 머리를 들어 올렸습니다.

"영태야, 눈 좀 떠봐, 어서 눈을 떠. 엄마 왔다. 엄마가 왔어… 영태야---!"

내 울부짖음에 영태는 눈을 미약하게 뜨긴 했으나 나를 쳐다보는 그 눈에는 썩은 생선처럼 아무런 빛도 찾아볼 수가 없습니다. 나는 바로 아이를 둘러업고 병원으로 냅다 뛰었습니다.

집을 나올 때 문 안쪽에 방금 곱슬머리 남자가 가져온 백팩이 놓여 있는 것을 보고 나는 발로 힘껏 걷어차 버렸습니다.

50 ᐸᐸᐸᐸ

마른하늘에 날벼락 같은 소식은 영태가 아편에 중독되었다는 사실입니다. 아편, 어떻게 저 어린 생명이 아편을 구해 먹을 수 있었단 말입니까? 갑자기 가슴이 답답해지고 심장이 멈추는 듯하다가 망치로 한 대 얻어맞은 기분이 되었습니다. 이상한 살인의 충동이 혈관 속에서 마구 분출하여 더는 참을 수가 없었습니다. 당장 비수를 챙겨 들고 이쿠미의 집으로 미친 듯이 달려갔습니다.

노크도 없이 문을 활짝 열었을 때, 기모노를 화려하게 차려 입은 이쿠미가 다다미 위에 도를 닦는 중처럼 까딱 않고 앉아있는 것입니다.

"어서 오세요. 기다리고 있었어요."

고개도 들지 않은 채 내게 말하고 나서 이쿠미는 천천히 고개를 쳐들었습니다.

"그 동안 엄마로 살게 해주어서 고마웠어요. 더욱이 영태 같이 똑똑한 아이의 엄마로. 이젠 아무 여한도 없으니 내키는 대로 처분해주세요."

부드러워 보이지만 가끔 섬뜩한 빛이 번득이는 가늘고 긴 눈이 스르르 감기는 것입니다. 나는 주머니에 손을 넣어 비수를 틀어쥐고 뽑으려 하다가 번쩍 떠오르는 생각에 짤깍 멈추었습니다. 봄철의 보리밭 이랑에서 머리를 빳빳이 쳐들고 기어 나와 행인을 노리는 살모사는 근근이 하나를 죽이는 것으로 소멸될 수가 없습니다. 게다가 지금 나는 아편에 중독된 영태를 구해야 하고 사선에서 헤매는 어머니를 돌봐야 하니 내 목숨을 대가로 내놓을 수 있는 시간은 결코 지금이 아닌 것입니다.

호흡을 멈추고 두 눈을 꼭 감은 채 잠시 그대로 서있었습니다. 증오라는 뱀을 심장의 한 구석에 몰아넣기까지는 정확히 40초가 걸렸습니다. 다시 눈을 떴을 때, 그녀의 얼굴에 눈길의 못을 박으며 나는 이발 사이로 단어를 내뿜었습니다.

"이 세상에 조금이라도 더 살아있고 싶다면 오늘부터 입을 다물고 계셔요. 그 누구에게든 이 일을 발설하는 날엔 당신과 나 모두 에이상을 따라가게 될 것입니다."

나는 우리 영태가 아편쟁이라는 말이 싫었고 보다 중요한 것은 소문이 나가게 되면 영태는 어느 계독소(戒毒所)에 다시 갇혀 갖은 박해를 받아야 할 것이고 그렇게 되면 더 엄중한 결과가 초래될지도 모르는 일입니다. 이런 까닭으로 나는 이쿠미의 입을 막아 버리고저 신고를 하지 않기로 결정했습니다.

병원에서 의식이 오락가락하는 영태를 업고 집에 돌아와 보니 어머니가 마지막 숨을 톱고 있었습니다. 서둘러 영태를 자리에 눕혀 놓고 어머니께로 다가가 마른 논밭 같이 갈라 터진 입술 사이에 물을 떠 넣어주며 갈린 목소리로 불렀습니다.

"어머니, 눈을 떠 보세요. 영태가 돌아왔어요. 어머니의 손자가 돌아왔단 말입니다. 한번만 눈 좀 떠 보세요 어머니!···"

내 애타는 부름에 영태가 갑자기 눈을 뜨고 정신을 차리는 것입니다.

"하··· 할머니가 왜요?···"

"이 녀석아, 네가 사라졌으니 할머니가 무사할 리 있겠냐? 할머니가 널 얼마나 사랑하시는데, 너에게 엄청난 유산을 남기셨단 말이다. 바로 그 유산 때문에 종씨 가문에서 연극을 꾸민 거야 그날 일은. 내 말 알아듣겠니?"

영태의 눈이 올빼미 같이 동그래지더니 급기야 소스라치게 놀라며 몸을 일으키려 애쓰는 것입니다. 나는 얼른 그를 안아 일으켜 할머니의 옆에 앉혀주었습니다.

영태가 울먹이며 할머니의 손을 잡아 쥐었습니다.

"할머니, 영태에요··· 영태가 왔어요··· 영태가 잘못했으니··· 할머니, 눈 좀 뜨고 날 보세요···"

아이는 그 허약한 어깨를 들먹이며 눈물을 비 오듯 흘리는 것입니다.

그러자 거짓말 같이 기적이 일어났습니다. 할머니가 눈을 반쯤 뜨고 영태를 바라보는 것입니다.

"할머니 눈 뜨셨다. 어서 뭘 대접하세요. 시장하실 거에요···"

아이의 말에 나는 엎어질 듯 달려가 과자를 부셔 물에 타가지고 돌아와 할머니의 입에 떠 넣어주었습니다. 놀랍게도 할머니는 몇 모금 받아넘기는 듯하더니 영태가 잡고 있는 손에 잠간 힘을 주었다가 그만 맥없이 놓아버렸습니다.

이렇게 할머니는 한 많은 생을 마감하고 저 세상으로 가셨습니다.

할머니의 장례를 치르는 날, 종씨 가문 어른들이 모두 모인 장소에서 우리 모자는 하나의 중대한 결정을 공포했습니다. 아직은 많이 허약하고 아편 인으로 엄청 시달리는 몸이었으나 그날 영태는 온 정력을 기울여 저 미숙한 목의 힘줄에서 나온 소리라 믿을 수 없을 만큼 또렷한 음절로 말하는 것입니다.

"오늘 미우라 종씨 여러 어르신님들이 계시는 앞에서 저---미우라 에이다이(英泰)는 정중하게 선포합니다. 저의 할머니 미우라 다츠코가 유일한 손자인 미우라 에이다이에게 남기신 전부의 유산을 저와 저의 어머니는 본 진의 고아원에 기증하기로 결정했습니다. 이미 고아원에 연락하여 서류를 밟고 있는 중이니 의혹 있는 분들은 고아원으로 확인하시기 바랍니다."

놀란 사람들이 입을 딱 벌린 채 사진을 찍은 듯 멈춰 있는 가운데 나는 영태를 부축하여 자리를 떴습니다. 등 뒤에서 누군가 영태의 이름을 부르는 소리가 들렸으나 우리는 뒤도 돌아보지 않고 장내를 빠져나왔습니다.

아편 인을 극복하는 과정은 기막히게 어렵고 거의 미치기 일보 직전의 발작을 이겨내야 하는데 영태는 이를 악물고 용하게도 잘 견뎌냈습니다. 가끔 며칠씩 잠도 자지 못하고 밤을 패며 시달리는 모습을 볼 때면 가슴이 미어지듯 아파 조금만 아주 조금만 먹일까 생각하다가도 목이 떨어져 나가게 도리머리를 흔들었습니다. 기쁨은 나눌 수 있어도 고통은 나눌 수 없는 세상이 한없이 밉고 원망스러웠으나 별 도리가 없었습니다.

이 해의 겨울은 유난히도 춥고 눈이 많이 내렸습니다. 산더미 같이 내린 눈에 집들이 먹혀버린 듯 모습이 보이지 않고, 까마귀들마저 얼어 죽었는지 울음소리가 거의 들리지 않는 것입니다. 아침에 일어나면 문을 열 수가 없어 나들지도 못하는데 이럴 때면 착한 이웃들이 와서 눈을 치워주곤 했습니다.

태양은 바른 자와 사악한 자 머리위에 똑같이 떠올라 드디어 유리창에 손바닥 두께로 끼었던 성에를 눈물같이 녹여주기 시작했습니다. 봄은 잔인하게 죽어버린 땅에도 라일락을 피워주고 희망과 욕망을 부추기며 잠든 벌레와 뿌리를 깨워주는 생명의 고향임에 손색없습니다. 더불어 영태의 건강도 눈에 띄게 좋아져서 백지장같이 창백하던 얼굴에 발그스레한 핏기가 돌기 시작하고 식욕도 왕성해져 뭐든 음식을 만들어 주기만 하면 밭갈이 소 갈대 먹듯 와삭와삭 전부 먹어치우는 것입니다.

고아원에서 사람을 통해 은근슬쩍 집을 내라는 독촉을 해왔습니다. 이 집도 할머니의 유산이니 우리가 모두 고아원에 기증한 이상 지금은 고아원의 재산인 것이 틀림없지만 아무리 그렇다 한들 어찌 기증자가 아직 살고 있는데 이렇게까지 독촉한단 말입니까?

하지만 불평하지 않기로 했습니다. 어차피 우리도 떠나려 하던 참이니 날짜만 조금 앞당겨 떠나버리면 그만인 것입니다. "남을 증오하려면 내 표정이 망가져야 하고, 남을 죽이려면 내 심신도 쓰러져야 한다."고 아버지는 늘 말씀하셨습니다. 그래서 나는 모든 미움과 증오와

원한을 이 땅에 깨끗이 묻어버리고 착한 사람들과 고마웠던 일, 좋았던 일만 기억 속에 간직하고 떠나기로 했습니다.

간다면 의례히 고향으로 돌아가야 할 터인데 어쩐지 그곳으로는 발길이 돌려지지 않습니다. 너무너무 아팠던 추억이 무시로 내 신경을 자극하고 있는 까닭일 것입니다. 고민하던 끝에 나는 영태를 데리고 부산에 가기로 했습니다. 부산에는 은혜언니와 그 따뜻한 가족이 살고 있고, 무엇보다 태호씨의 고향이라는 것에 천칭이 기울어진 것입니다.

영태는 이미 열두 살이 되어 키가 내 머리를 넘어서고 시련을 거친 얼굴에는 나이보다 훨씬 의젓하고 성숙된 표정이 넘치고 있습니다. 아이는 내 결정에 이의를 달지 않아 우리는 서둘러 이사 준비를 마치고 예정보다 일찍 출발하게 되었습니다. 영태의 단짝인 쇼타와 나카노 사장이 부두까지 우리를 전송해 주었습니다.

우리가 탄 배는 기적소리를 길게 뽑으며 출발하였고 다츠코 할머니와 함께 장장 9년동안 생활하던 홋카이도는 점차 우리의 시야에서 멀어져갔습니다.

51 ⚘

홋카이도에 비기면 부산은 기온이 많이 따뜻한 편이었습니다. 사쿠라는 벌써 피었다가 모두 져버렸고 노란 철쭉꽃과 물망초, 양귀비꽃들이 한창 피기 시작하고 있었습니다.

6.25전쟁 때부터 연락이 끊어진 은혜언니네는 그 후 여러 번 편지를

띄웠으나 "주소 불확실"이라는 딱지가 붙어 되돌아오곤 했으므로 나는 아마도 언니네가 이사를 갔거나 전쟁 후에 행정 소속이 바뀐 이유일 거라고 짐작했습니다.

부두에서 배를 내리자 나는 무거운 짐은 보관소에 맡겨 두고 가벼운 짐만 들고 영태의 손을 이끌며 마을로 향했습니다.

"이 길을 따라 3킬로쯤 걸어가면 마을이 보일거야. 네가 태아 적부터 남달리 보살펴 주시던 착한 이모님 가족이 살고 계신다."

"네, 알고 있습니다. 그래서 나도 빨리 보고 싶어요."

어른 같이 말하는 영태의 어엿함이 못내 자랑스럽고 이렇게 장성한 영태를 보면 은혜언니가 얼마나 반가워 할까는 생각에 저도 모르게 콧마루가 찡해나며 발걸음이 빨라졌습니다.

길은 여전히 흙길인데 어쩐지 더 울퉁불퉁해진 느낌입니다. 길 양측으로 잡초가 무성하게 자라 원래부터 넓지 않은 길이 더 좁아 보이고 옛날에는 좁은 대로 차들이 심심찮게 다녔었는데 지금은 전혀 흔적이 보이지 않습니다.

완만한 등성이를 넘어서자 마을로 꺾어드는 길이 나졌습니다. 여기는 12년 전, 은혜언니가 일하러 가는 나를 막아 고향으로 보내기 위해 목숨 걸고 달리는 차 앞을 막아서던 곳입니다. 그리고 아이들이 달리는 차 뒤를 죽어라 쫓아오며 나를 애타게 소리쳐 부르던 곳입니다.

추억에 잠겨있던 나를 영태가 소리쳐 불렀습니다.

"어머니, 뭐하고 계셔요? 어서 오시지 않고. 그런데 왜 마을이 보이지 않죠? 저기 저건 낡은 집터 같은데 마을은 아닌 것 같고."

"어머, 그게 바로 마을이지, 왜 아니라 그래?"

나는 머얼리 어슴푸레 보이는 마을을 내려다보며 급히 대답했습니다.

"아니에요. 어머니, 자세히 보세요. 저 집들은 어쩐지 지붕이 없고, 허물어진 벽만 서있는 폐허 같아요."

가슴이 후두둑 뛰었습니다. 나보다 시력이 좋은 영태의 말이니 믿어야 하겠지만 심장이 믿어주지 않는 것입니다. 나는 걸음을 재촉하는 것으로 대답을 대신하고 다리가 생긴 대로 옮겨 디디며 급히 마을을 향해 내려갔습니다.

거리가 가까워지면서 윤곽이 뚜렷해지기 시작합니다. 과연 집들의 태반이 지붕이 없고 벽도 들쑥날쑥 무너져서 면모를 찾을 수가 없습니다. 6.25전쟁 때 백성들이 혹심한 재난을 겪었다는 소식은 들었어도 이 정도로 한심할 줄은 몰랐습니다.

"은혜언니, 내가 왔어요. 유정이가 왔어요."

나는 허둥대듯 중얼거리며 은혜언니네가 살던 집을 찾아냈으나 이미 집은 무너져 형태마저 보이지 않고 시커먼 쥐들이 저희들 고을을 만드느라 분주하고 있을 따름입니다.

맥없이 봉당에 풀썩 주저앉아 눈물을 펑펑 쏟고 있는데 영태가 내 손을 잡아 일으키며 말합니다.

"혹 폭격 전에 이사 갔을 수도 있으니 빨리 사람을 찾아 상황을 알아봅시다."

그런데 아무리 사위를 둘러봐도 육안 거리에는 사람의 그림자 하나 얼씬하지 않기에 별수 없이 우리는 오던 길로 다시 걷기 시작했습니다. 묵묵히 얼마쯤 걸어갔을 때 영태가 앞쪽을 보며 소리치는 것입니다.

"저기 사람이 오고 있어요."

과연 멀리 앞쪽에서 소달구지를 몰고 오는 사람이 보였습니다. 우리는 걸음을 다그쳐 재빨리 달구지와의 거리를 줄이고 아직 저만큼 보일 때부터 인사를 건넸습니다.

"안녕하세요? 여쭐 말씀이 있습니다."

그러자 갓을 쓴 남자는 "위잇!"하고 소를 명령하여 달구지를 세워놓았습니다.

우리가 가까이 다가가자 남자가 갓을 벗으며 우리에게 인사를 보내는데 어쩐지 생면이 아닌 듯한 얼굴입니다. 내가 막 뭐라 말하려는데 남자가 나를 알아보고 먼저 입을 여는 것입니다.

"저 혹시 텁석부리 선장 집에 살던…"

"아, 네에. 바로 접니다. 유정입니다. 그때 목수일 하시던 그 분 맞으시죠?"

당시 목수 일에 재간 있는 중년남자가 선장네 배를 수리하느라 연며칠 왔었던 기억이 났습니다.

"아이구, 반갑습니다. 그동안 어디 계시다 이제 오세요."

남자는 자못 반가워하며 말하는 듯했으나 표정은 어딘가 슬퍼 보이는 느낌입니다.

"네, 두루 다니며 살다보니… 그런데 왜 마을이 없어졌어요? 집들도 다 망가지구. 선장네는 어디로 이사 갔나요?"

궁금한 물음을 속사포같이 던지고 분초를 다투어 대답을 갈구합니다. 그런데 목수의 얼굴이 폭풍우 전야 하늘처럼 흐려지고 목소리는 벌써 축축하게 젖어들고 있는 것입니다.

"차라리 이사를 갔다면 얼마나 좋겠어요. 아무것도 가지고 가지 못하는 그 빌어먹을 하늘나라로 갔단 말입니다."

"…네에?"

믿을 수가 없습니다. 아니, 믿고 싶지가 않습니다. 몇 초간 온몸이 굳어진 듯 아무 반응도 할 수가 없었습니다.

"6.25때 마을이 폭격대상이 되어 피바다가 따로 없었습니다. 다행히도 나는 그때 외지로 목수일 하러 갔었기에 살아남았고, 아참, 선장네 넷째 아이가 살아있어요. 그 애도 나처럼 마을에 있지 않은 덕분에 죽음을 면한 겁니다."

"그럼 그 착한 은혜언니도… 죽었다는 말?"

"그럼요. 포탄이 어찌 착한 사람, 악한 사람을 가리겠어요? 모두 죽었죠. 모두 다."

가슴이 꽉 막히고 머릿속에서 세포가 파르르 떨려옵니다. 금시 주위에서 땅이 꺼져 들어가는 듯 몸마저 바로 가눌 수가 없습니다.

텁석부리 선장과 은혜언니 그리고 귀여운 일곱 아이를 포함하여 그들로부터 받아 안은 은혜와 사랑이 얼마인데, 그 은혜와 사랑을 아직 나는 티끌만큼도 갚아드리지 못했는데, 언니가 가다니, 선장님이 가다니, 더욱이 아직 인생의 봉오리도 피워보지 못한 아이들이 모두 가다니, 맙소사, 어쩌면 이토록 잔인한 일이 세상에 존재한단 말입니까?

소낙비에 흠뻑 젖은 비둘기처럼 온몸으로 흐느끼고 있는데 영태가 두 팔로 나를 그러안으며 위로합니다.

"어머니, 너무 상심하지 마세요. 아직 넷째가 살아있다 하잖아요. 그러니 은혜를 갚을 기회는 얼마든지 있을 거에요. 가령 어머니가 갚지 못한다면 제가 갚아드릴게요. 이 영태가 그 분들이 어머니께 해 주신 몇 배로 보답 드릴게요."

나는 아이의 머리를 와락 그러안았습니다. 무슨 말을 하려고 했으나 목구멍에 뭔가 틀어 막힌 듯 소리가 나가주지 않습니다.

나뭇가지 위에서 종달새와 꾀꼬리가 야무지게 지저귀고 시냇가에서 개구리들이 천천히 화답하기 시작합니다. 저마다 다른 목소리로, 다른 이야기를 재잘거렸지만 어쩐지 내 목소리를 대신하여 내 이야기를 해 주는 듯싶습니다.

52 ─₩₩₩

시간은 4월말에서 재빨리 아름다운 5월로 질주했습니다. 아득히 펼쳐진 초록색, 산과 들에 넘치게 피어난 이름 모를 꽃들, 느릅나무와 떡갈나무는 해골 같은 모습에서 당당하고도 위풍 있는 생명을 회복하고 있었습니다.

전쟁의 음영이 아직 남아있기는 하나 지구의 입술 같은 이 도시는 마치 총에 맞은 상처를 묵묵히 핥아서 아물게 하는 사자마냥 모두가 복구에 열과 지혜를 불태우고 있었습니다.

도시의 중심 위치 즈음에 방 세 칸짜리 집을 하나 마련해 안치하는 한편 폭격 때 다른 마을로 심부름을 가서 겨우 살아남았다는 은혜언니의 넷째 자식인 별녀를 찾기 시작했습니다. 당시 열 살 밖에 되지 않았으니 혼자 생활할 수는 없었을 것이고 어느 친척집이나 고아원에 갔을 텐데 이상하게 소식이 잡히지 않는 것입니다. 사람을 시켜 여기저기 알아보고 신문지상에 광고까지 냈는데도 소식이 들어오지 않습니다.

영태는 학교에 들어가고 나는 어느 피아노 학원에 강사로 들어갔습니다. 어느 날 이상한 학생이 학원에 찾아왔습니다. 교실에 들어오지도 않고 복도에 서서 창문 유리너머로 내가 강의하는 것을 훔쳐보다가 내가 문을 열기만 하면 바로 돌아서서 도망쳐버리는 것입니다.

저게 누굴까, 왜 저러는 걸까 생각하다가 퍼뜩 떠오르는 것이 있어 어느 날 갑자기 문을 박차고 나가 도망치는 학생의 옷자락을 꽉 잡았습니다.

"별녀야, 네가 별녀지. 도망치지 말어. 나야, 유정이야, 유정 이모라구."

그러자 아이가 홱 돌아서며 두 눈을 부엉이 같이 크게 뜨고 나를 뜯어보는 것입니다.

"…진짜 유정 이모예요? 내가 환각으로 본 게 아니고 진짜로 이모님이란 말이죠?"

"그래, 맞아. 바로 나야. 네 아버지가 구해주시구 네 엄마와 니들이 보살펴주던…"

와-앙! 울음보가 터졌습니다. 막혔던 봄물 같이 쏟아지는 설음, 몸 전체가 나에게로 기울어 두 팔로 내 어깨를 꽉 껴안고 흐느끼는 그 전율에 내 눈물이 가세되어 강을 이루듯 가관이었습니다…

서로의 가슴에 설음을 실컷 쏟아 붓고 나서야 우리는 가까스로 말을 나눌 수 있게 되었습니다.

"가족들이 그렇게 되고나서 언제부터인가 나는 환각증을 앓기 시작했어요. 엄마 또래의 여자를 보면 모두 엄마의 얼굴로 보이고 아빠또래의 남자를 보면 전부 아빠의 얼굴로 보이는 거예요. 다른 식구들의 얼굴도 마찬가지였죠. 그래서 며칠 전 처음으로 이모님 얼굴을 봤을 때도 내가 또 환각하고 있구나 생각했는데, 그래도 어쩐지 자꾸만 보고 싶어서 그렇게 자주 찾아왔던 거예요."

"찾아오기 잘했지. 아니면 어떻게 만나? 내가 널 얼마나 애타게 찾았는데…"

또다시 콧마루가 찡해 나는 느낌입니다. 나는 얼른 일어서며 별녀의 손을 잡고 말했습니다.

"가자, 내가 집을 마련해 놨으니 편히 가서 얘기하자."

집에 도착하자 우선 목욕을 시키고 새 잠옷으로 갈아입히고 보니 인간의 손으로도, 신의 손으로도 수정할 데라곤 없는 순수한 별녀의 모습에 다소 놀라기까지 했습니다.

그동안 어떻게 살았냐고 물었더니 처음에는 먼 친척집에서 더부살이 하다가 초등학교를 졸업하고는 독립했다는 것입니다.

"아니, 어린 것이 어떻게 독립했어? 공부는 안하고?"

"했어요. 공부를 더 하고 싶어서 독립한 거예요. 우유배달에 신문배달, 가끔은 더러운 청소일까지 닥치는 대로 하면서 반나절 공부로 고등학교를 다니고 있어요."

"와, 장하구나. 과연 은혜언니 딸답군."

나는 엄지를 내들어 보인 다음 말을 이었습니다.

"근데 이제부턴 일 할 필요가 없어. 내가 뒷바라지를 다해줄 테니 넌 공부만 하면 돼."

"어떻게 그래요. 아직 어린 영태도 있는데."

"걱정하지 말어. 이모가 니들 둘 학비는 문제없이 벌어들일 거야, 아무 말 말고 공부나 열심히 해. 그리고 저 왼쪽에 있는 방이 네 방이다."

"어머? 나한테 방도 주나요?"

"그럼, 살 때부터 널 주려고 방 세 칸짜리 구입했지."

"우와---이모님!"

거의 울음을 터뜨릴 정도로 벅찬 감동이 얼굴에 물결치다가 다시 햇빛 같은 밝은 웃음으로 바뀝니다. 볼수록 들판의 공주인 듯 어여쁘고 오만한 나리꽃이 보랏빛 치마폭을 활짝 펴고 소담하게 피어 있는 모습과 꼭 닮은 모습입니다.

이제 내게는 자식이 둘 되었습니다. 열일곱 살 나는 청춘의 소녀와 열두 살 나는 영준한 소년, 하여 내 삶은 다시 육체를 가지게 되었고 희망은 씩씩하게 돛을 올리게 되었습니다.

나는 학원의 강사를 사직하고 적당한 장소를 빌려 피아노 교습소를 운영하기 시작했습니다. 처음에는 언어가 유창하지 못해 조금 힘이 들었으나 시간이 가면서 언어관도 넘었고 전심전의로 가르치니 학생들이 모여들기 시작했습니다.

별녀로부터 영태는 한국어를 스스럼없이 배웠고 얼마 지나지 않아 완전 한국아이로 되었습니다. 무엇보다 나를 기쁘게 한 것은 두 아이가 서로 너무 잘 어울리고 친 오누이보다 더 끔찍이 서로를 챙기는 것입니다. 아침에 학교에 갈 때면 영태는 남자노라 누나의 무거운 책가방을 자기가 빼앗아 메었고, 별녀는 아직 어린 동생을 보살펴야 한다며 어딜 가든 영태의 손목을 꼭 잡고 긁힐세라 넘어질세라 조심조심 다니는 것입니다. 매일 아침 두 아이가 다정하게 손목을 잡고 학교로 가는 것을 보면 나는 마치 꿀 안개로 목욕을 한듯 달콤하고 즐거워 하루 종일 흥이 나 돌아쳤습니다.

생활이 조금 안정되자 나는 태호씨의 일가족을 찾기 시작했습니다. 행정 기록을 따라 서류를 찾아서 확인해보니 태호씨의 아버지와 어머니는 모두 독립운동 열사 명단에 올라있고 태호씨를 상해로 데리고 갔다던 삼촌도 열사 명단에 올라있는데 태호씨만은 실종자로 되어있었습니다. 죽었다 하기보다 실종자로 남아있는 편이 나을지는 몰라도 어쩐지 내게는 진실이 잠을 자는 동안 허위에게 강간당한 느낌이었습니다. 하지만 증명할 수 있는 그 어떤 것도 이 세상에 남아있지 않으니 나 하나의 추억으로는 빗물에 씻겨간 먼지를 증명하기보다 더 어려울 것입니다.

영태는 크면서 점점 더 태호씨를 닮아가고 있었습니다. 비단 외모뿐 아니라 변성기를 지난 목소리까지 완전 태호씨 목소리 그대로이고 심지어 식성과 생활 취향까지 태호씨 복제품인양 꼭 빼 닮은 것입니다. 그렇더라도 아직 어린 아이인 영태에게 도대체 뭐라고 설명을 해야 마땅하겠습니까? 너에겐 아버지가 둘이라고? 그 작은 아기의 콩팥을 만든 장본인이 두 사람이라고? 두 남자가 합작해 만든 아이라고? 아니면 에이상은 거짓 아빠이고 태호씨야말로 진짜 아빠라고?

지금 영태에겐 성씨가 없습니다. 일본에서 호적을 취소당하고 한국에 온 후 내 성씨를 따라 문씨로 올리고 싶었지만 어머니의 성을 따르는 것은 호적 규정에 맞지 않고 게다가 어머니 성씨를 따르면 학교에서나 사회에서나 "사생아"라고 은근히 멸시 당한다는 것입니다. 그래서 나는 영태에게 누구보다 당당한 아버지의 성씨를 찾아주고 싶었습니다.

태호씨의 사촌 동생(삼촌의 딸)이 서울에 살고 있다는 소식을 듣고 한번 찾아가 보고 싶었는데 마침 그해 대학교 입시에서 별녀가 우수한 성적으로 서울에 있는 대학교에 들어가게 되었습니다. 영태는 누나와 갈라지는 것이 많이 섭섭한 모양이었으나 나는 내 손으로 키워준 별녀의 날개가 훌륭하게 여물어서 멀리 높이 나는 것이 너무 대견스럽고 기쁘기만 했습니다. 은혜언니가 지금까지 살아있다면 얼마나 기뻐할까.

개학 전날, 아직 쌀쌀한 이른 봄의 하늘에 투명한 반달이 비스듬히 떠있는 새벽, 나는 별녀를 데리고 기차 시간에 맞추어 역으로 나가 서울행 열차에 몸을 실었습니다.

"이모님의 은혜를 어떻게 갚으면 되겠어요?"

별녀가 눈물이 그렁그렁한 눈으로 내 손을 잡으며 하는 말입니다.

"그런 말 하지 마. 네 아빠와 엄마가 내게 준 은혜에 비기면 이건 아무것도 아니지. 대학에서 공부하는 동안 아무 생각도 말고 열심히 공부만 해야 돼. 알았지?"

"네, 명심하겠어요. 이모님은 내 걱정은 마시고 영태만 잘 돌보세요."

"알았어. 우리 별녀 이제 큰 사람이 될거다. 넌 별의 여자(星女)니까."

별녀는 힘 있게 머리를 끄덕여 보였습니다.

대학교 문 앞에서 별녀와 갈라지고 나는 적어온 주소대로 태호씨의 사촌 여동생 댁을 찾아갔습니다.

대문 앞에 서서 노크하고 기다리니 문이 열리며 아무렇게나 꾸린 짐짝 같은 여자가 얼굴을 내밀고 묻는 것입니다.

"누굴 찾으세요?"

나는 갑자기 급성 실어증에 걸린 사람처럼 말이 나가지 않아 장승처럼 서있었습니다.

목구멍에 거친 천으로 안감을 댄 듯한 여자의 목소리가 다시 울렸습니다.

"처음 보는 얼굴인데요. 잘못 찾아오신 거 아녜요?"

그러자 나는 번쩍 정신이 들어 고개를 숙여 보이고 물었습니다.

"죄송합니다만, 혹 박태순 씨 맞으세요?"

"아, 네에, 제가 아니구요, 저희 사모님인데요, 지금 집에 안 계셔요."

이 지저분한 여자가 태호씨의 여동생이 아니라니 금세 가슴에 얹혔던 돌덩이가 시원히 내려지는 느낌입니다.

"사모님 돌아오시면 누구라고 전해드릴까요?"

"아닙니다. 언제쯤 오시는지 말씀만 해주시면 제가 다시 찾아뵙겠습니다."

"자원봉사 나가셨는데요, 아마 저녁때가 되어야 돌아오실 거예요."

나는 저녁때 다시 오겠노라 약속하고 자리를 떴습니다.

거대한 대도시에도 이따금 고요가 깃들어 바람결에 실려 온 지난해 낙엽이 소멸을 향한 끊임없는 방랑을 지속하며 보도에서 뒹굴고 있습니다.

한강 기슭을 따라 걸으면서 자연의 소리에 귀를 기울이니 즐거운 듯 속삭이는 봄의 물결소리가 산들 바람에 나뭇가지 스치는 소리와 어우러져 기묘한 교향악을 이루고 있었습니다. 이른바 인간의 곡조란 자연의 노래를 사람의 망상으로 토막쳐놓은 것이 아닐까요?

저녁 해가 동상들의 모습을 지우는 황혼 시각에 나는 드디어 박태순씨와 마주 앉게 되었습니다. 박태순씨는 예쁘다기보다는 아름답다는 표현이 나을 것이고 부잣집 사모님이라 하기보다는 개방된 현대 여성이라는 표현이 더 적절할 것 같았습니다.

"요긴한 말씀이 있다고 하셨는데 어서 말씀하시죠."

들여온 차를 아직 몇 모금 마시기도 전에 성급하게 주제를 끄집는 성격이 시원한 냉면국 같다고나 할까요.

"태순씨의 사촌 오빠인 박태호씨 소식을 가져왔습니다."

"네에? 태호 오빠요? 어떻게…아셔요?"

태순씨의 눈이 안경원숭이 같이 커졌습니다.

"네. 아는 정도가 아니라…" 목이 꽉 메여 소리가 나가지 않습니다.

태순씨는 재빨리 차를 들어 내게 권하는 것입니다.

"차 드시고 천천히 말씀하세요. 내가 그만 너무 성급해서…"

"아닙니다. 어차피 드려야 할 얘긴데… 너무 가슴이 아파…"

나는 두 손으로 가슴을 꽉 움켜쥐었습니다.

"괜찮아요. 뭐든지 말씀해보세요. 할 말을 모두 쏟아 붓고 나면 가슴이 후련해질 거에요."

　나는 찻잔을 들어 두어 모금 마시는 것으로 다소 가슴을 진정시킨 후 가능한 차분하게 말하려 애쓰며 입을 열었습니다.

　"…태호씨는 이미 저 세상으로 갔습니다. …만나서부터 우리는 끔찍이도 사랑을 했는데… 전쟁이 끝나면 나를 데리고 고향에 돌아가 결혼을 하겠다고 했는데… 전쟁이 끝나기도 전에 그가 먼저 가버렸어요… 내 몸에 생명만 하나 남겨두고…"

　피같이 검붉은 침묵이 밀려왔습니다. 하지만 우리는 서로 침묵 속에서 심장이 떨리는 소리를 듣고 있었습니다. 두 손으로 얼굴을 가리고 슬피 우는 태순씨의 머리위에 파리 한 마리가 살짝 내려 앉아 앞발로 얼굴을 문지르다가 다시 훌쩍 날아가 버립니다.

　잠시 후 태순씨가 손으로 얼굴의 눈물을 닦으며 고개를 쳐들었습니다.

　"죽었다고… 죽었을 거라고 짐작은 했지만 정작 소식을 들으니 가슴이 찢어지는 것 같네요.… 태호 오빠와 나는 사촌이라지만 거의 한집에서 친 오누이 같이 지냈었죠. 그래서인지 어린 시절 내게는 늘 밖에서 일을 보는 아빠보다는 태호 오빠가 더 의지 되는 식구였어요."

　"참으로 정이 많고 사나이다운 남자였어요. 비록 긴 시간은 아니었으나…"

　또다시 콧마루가 찡해 나서 나는 얼른 고개를 돌려버렸습니다. 시작하지 말자, 더 얘기하면 끝도 없을 것이며 그 입에 올리기 어려운 최후를 말해야 될지도 모르니까. 그래서 나는 흘러내리려는 콧물을 다시 뱃속으로 들이마셔 버렸습니다.

"그럼, 그 생명, 아기는… 낳으신 거에요?"

잠시 후 태순씨가 마침내 물어왔습니다.

"네. 올해 열 네 살 나는 아주 영특한 남자애입니다."

"우와---, 벌써 그렇게 커버린 거에요?"

"그럼요. 이제 보니 고모의 모습도 어딘가 닮은 거 같아요."

"어머, 당장 만나보고 싶네요. 가능한 빨리 데리고 오세요. 아니, 내가 가볼까요?"

"아니요. 수일 안에 데리고 오겠습니다. 서울 구경도 시킬 겸."

이렇게 핏줄은 자석인양 서로를 당기기 시작했습니다.

53 ᐊᐊᐊᐊ

태호씨의 가족을 찾았다는 기쁨과 흥분에 고무풍선 같이 둥둥 부풀어 올랐던 내 가슴은 부산의 집으로 돌아와 영태를 보는 순간 그만 냇물에 던져버린 돌멩이인양 무겁게 가라앉았습니다.

어떻게 무슨 말로 영태에게 해석해 준단 말입니까? 아무리 똑똑하다 해도 영태는 아직 아이입니다. 더구나 한창 변화를 겪고 있는 사춘기라 심리적으로 부모가 동쪽으로 가라면 서쪽으로 가고 메라면 지는 반항기 단계에 있는 때입니다. 게다가 이미 동일한 문제 성씨로 인해 죽기보다 더 아픈 상처를 입었던 자국이 그대로 시퍼렇게 남아있어 깃털만큼만 가볍게 건드려도 다시 터질 위험이 시시각각 도사리고 있는 것입니다. 나는 매일 아침 영태가 학교 간 뒤엔 혼자서 머리를 쥐어짜며 이런 저런 궁리를 한가득 해 놓았다가도 정작 영태가 돌아와 얼굴을 마주하기만 하면 차마 말을 꺼낼 수가 없어 낑낑거리다가 그만두곤 했습니다.

어느 날 저녁, 맛있는 식사를 하면서 나는 영태에게 넌지시 물어보았습니다.

"오늘 학교 재미있었어?"

"네, 오후에 축구시합을 했는데 내가 꼴을 넣었어요."

"그래? 우리 영태 참 용하구나. 누나 있으면 얼마나 기뻐할까."

"그러게요. 누나 없으니 한 맛 떨어져요."

나는 조기구이를 집어 영태의 밥공기에 놓아주며 말했습니다.

"주말에 누나 보러 갈까?"

"서울에요?"

영태가 눈을 커다랗게 뜨고 나를 쳐다보는 것입니다.

"그럼. 서울구경도 할 겸. 너 아직 서울 못 가봤잖아."

"글쎄요, 좋긴 한데…"

"근데 왜? 문제 있어?"

영태는 손으로 머리를 썩썩 문지르며 잠간 생각하더니 결심한 듯 대답하는 것입니다.

"지금은 말고, 고등학교에 올라가서 가요."

"그건 왜?"

영태는 아무 대답도 하지 않았습니다. 하지만 아이의 머릿속에 든 생각을 나는 이 국에서 피어오르는 하얀 김과 같이 훤히 보고 있었습니다.

별안간 문밖에서 노크소리가 들려오는 것입니다.

"누구세요?" 하며 내가 달려가서 문을 열고 보니 맙소사, 얼굴에 해바라기꽃 같은 웃음을 가득 담은 태순씨가 문밖에 서있는 게 아니겠습니까?

"성님, 그동안 잘 계셨어요?"

"어머, 고… 고모…"

너무 당황하고 상상 밖이어서 나는 일시 어찌할 바를 몰랐습니다. 집주소도 피아노 교습소 주소도 가르쳐주지 않았는데 이 여자가 도대체 어떻게 알고 여기까지 찾아온 걸까? 하지만 지금은 그 경유를 따지고 있을 때가 아닙니다. 어떤 방법을 대서라도 우선은 영태와 만나는 것을 막아야 합니다.

"미안해요 고모. 참 너무 반가운데… 근데 지금 집에 어려운 손님이 와있어서, 잠간 이 앞 건물에 있는 다방에 앉아 차를 마시며 기다려 주시면 안 될까요?"

고모의 얼굴에 피었던 해바라기꽃이 급기야 사라져버립니다. 어딘가 섭섭하고 억울한 듯한 표정이 부유생물처럼 떠오르고 약간 몸이 기우뚱 하는가 싶더니 서서히 돌아서는 것입니다.

나는 그의 두 손을 꼭 잡아 쥐고 애걸하듯 말했습니다.

"30분만 기다려주세요. 자세한 얘기는 그때 드릴게요. 정말 죄송하고 미안합니다!"

나는 연신 허리 굽혀 창자를 꺼내 보이듯 사과하고 또 사과했습니다. 그러다가 고개를 들어보니 태순씨는 이미 사라지고 없었습니다. 바삐 문을 닫아걸고 부리나케 집안으로 달려들어 와 의자에 털썩 주저

앉았습니다.

"왜 그러세요? 어머니, 얼굴 표정이 말이 아니군요. 누군데 그렇게 긴장하셔요? 안 하던 거짓말도 하시고…"

"영태야!" 하고 나는 정중하게 부르며 그의 얼굴을 엄숙하게 마주 보았습니다.

"네. 근데 왜 그렇게 엄숙하세요? 무슨 일인데요?"

나는 손을 내밀어 영태의 손을 꽉 잡아 쥐었습니다.

"넌 엄마를 믿지?"

"당연하죠."

"그럼 엄마 말 뭐든 따라 줄거지?"

"왜 그래요? 내가 언제 어머니 말 안 따랐다구 그래요?"

"그래그래, 우리 영태는 반드시 엄마를 따라 줄거야. 난 믿어, 아들!"

손으로 젖어나는 눈굽을 닦으려는데 영태가 손수건을 내미는 것입니다.

"어머니, 아무 염려 마시고 어서 말씀하세요. 무슨 일인지."

나는 손수건을 받아 눈물을 닦고 한결 차분해진 음성으로 말하기 시작했습니다.

"영태야, 엄마는 너에게 진짜 성씨를 찾아주고 싶구나. 먼저 아무것도 묻지 말어. 지금은 엄마가 대답할 수 없으니. 하지만 그 언제든 엄마가 저 세상으로 가기 전에 모든 것을 낱낱이 알려줄 날이 있을 거다."

"……"

영태의 눈에 호미 같은 갈고리(물음표)가 가득 걸리기 시작합니다.

나는 잠간 입을 다물고 있다가 다시 열었습니다.

"너의 아버지 성함은 박태호이고 바로 여기서 태어나 자라다가 독립운동 하러 상해로 건너가셨어. 후에 나를 만나 너를 잉태한 후 얼마 안 되어 저 세상으로 가셨다만."

안경 크기만큼 확대된 눈확 안에서 구슬 같은 안구가 초당 몇 백회씩 마구 돌아갑니다. 저 아이가 지금 무슨 생각을 하고 있는지 촛불 보듯 뻔한 일이지만 나는 잠간 입을 다물고 있을 수밖에 없었습니다.

무거운 침묵이 한동안 흐른 뒤 나는 부드러운 목소리로 말을 이었습니다.

"그 아버지의 여동생 박태순씨를 내가 찾아냈어. 방금 오신 분이 바로 그분으로 네에겐 하나밖에 없는 고모님이셔."

눈사람 같이 꼼짝 않고 있던 영태가 갑자기 입을 엽니다.

"어머니, 하나만, 딱 하나만 대답해주세요. 아니, 약속해주세요."

"그래, 말해 보거라."

아이가 무슨 질문을 찔러올지 적기 긴장되는 느낌이었으나 하나마저 약속해주지 않으면 아이는 열개 스무개 백개를 물어올지도 모른다는 생각에 참고 기다리는 수밖에 없었습니다. 아이의 도톰한 입술을 쳐다보며 내 신경은 저도 모르게 호로로 떨리고 있었습니다.

"여태껏 어머니가 나에게 말씀하신 내 아버지에 관한 모든 것 속에 거짓말이 섞이지 않았다고 약속해 주시겠어요?"

과연 내 아들답습니다. 과연 우리 영태입니다. 아이는 내 마음을 다치게 하고 싶지 않아 이렇게 묻는 것입니다.

나는 힘 있게 고개를 끄덕여 주었습니다.

"엄마가 맹세하마. 죽는 날까지 아빠에 관해 거짓말은 하지 않겠다고. 네가 강요하지 않는 한."

대답에 만족한 듯 아이가 고개를 끄덕이는 것입니다. 나는 영태의 머리를 와락 그러안고 눈물을 비 오듯 흘리며 말했습니다.

"고맙다 영태야, 잘 커줘서 고맙고, 엄마를 믿어줘서 고마워."

영태도 내 어깨를 부드럽게 꼬옥 그러안아 주는 것이었습니다.

영태와 함께 엎어질 듯 앞 건물의 다방에 가보니 고모가 보이지 않습니다. 혹 화장실에 갔는지 해서 다방 아가씨에게 물었더니 내내 손목시계를 들여다보고 있다가 좀 전에 나가셨다는 것입니다.

우리는 정신없이 기차역을 향해 달려갔습니다.

숨이 턱에 닿아 역에 도착했을 때 서울행 열차는 이미 검표가 끝난 뒤였습니다. 검표원에게 사정 얘기를 해서 허락받고 플랫폼에 뛰어나가 차창으로 열차의 찻간마다 들여다보며 고모를 찾기 시작했습니다.

그런데 아무리 땀을 뻘뻘 흘리며 찾고 불러도 고모의 그 해바라기 같은 얼굴은 어디 숨었는지 아니면 일부러 피하는 것인지 나타나지 않습니다. 드디어 열차가 "뿡----!" 기적소리를 뽑으며 움직이기 시작합니다. 영태와 나는 거의 탈진 상태에 이르러 방금 할머니 장례를 치르고 돌아오는 할아버지 어깨 모양 축 처져 대합실로 돌아왔습니다.

이때 갑자기 뒤에서 "영태야!" 하고 부르는 소리가 들려 돌아보니 이게 웬 일입니까? 서울행 열차를 타고 갔을 거라는 고모가 해바라기 같이 활짝 웃으며 저 앞에 서있는 것이 아니겠습니까. 너무 놀랍고 반가워 죽을 맛이라는 말이 바로 이런 때 쓰이는 거겠지요.

"성님, 판단 능력이 대단하십니다. 어떻게 여기까지 쫓아오셨어요?"

"그러는 고모는 아이처럼 왜 그러세요? 조금만 더 기다리면 되는데."

어른들의 대화에 영태는 눈을 커다랗게 뜨고 있다가 기회를 보아 얼른 앞에 나서며 깍듯이 인사를 올리는 것입니다.

"고모님, 안녕하세요?"

"오냐, 네가 영태구나. 아이구, 이 얼굴 좀 보소, 제 아비 판박이 아닌가. 모르고 길에서 봐도 야 너 박태호 아들 아냐 할 것 같은데."

걸걸한 성격이 참으로 마음에 들었고 덕분에 구구한 설명도 필요 없게 되었습니다.

우리는 고모를 모시고 집으로 돌아와 맛있는 음식을 가득 만들어 먹으며 날이 새는 줄도 모르고 이야기를 나누었습니다.

"성님, 이젠 아무 걱정 안 하셔도 돼요. 내가 모든 걸 알아서 해드릴 테니. 태호 오빠도 이젠 열사 명단에 올라야 하고 영태도 정식 족보에 올려야 하며 그렇게 되면 열사의 유가족으로 나라에서 내려오는 비용도 얼마간 있을 거에요."

"비용 같은 건 바라지도 않아요. 내 수입으로도 얼마든지 애들 뒷바라지 할 수 있으니까요. 지금 영태에게 급히 필요한 것은 아버지 성씨로 호적을 올리는 일이에요. 저렇게 영특한 아이가 남의 멸시를 받아서야 되겠어요?"

"암, 그렇고말고. 당당한 박태호의 아들이 남의 천대를 받다니 말도 안 되죠. 우리 가문은 대대로 내려오며 인테리 가족이었어요. 지금도 나라 도서관에 가면 내 증조할아버지의 저작이 수장되어 있어요. 내리

줄로 된 한자 책이어서 나는 잘 알아보지 못하지만."

"네에, 대단하시군요. 영태가 이런 가문의 후예여서 참으로 영광이고 다행입니다. 그런데 족보에는 어떻게 올리는 거에요?"

고모가 손으로 내 어깨를 툭 치며 눈을 끔벅 했습니다.

"걱정하지 말라고 했잖아요. 내가 바로 종친회 일을 보고 있어요. 회장 어르신님이 계시긴 한데 그래도 사소한 일은 모두 내가 관장하고 있죠. 영태의 일은 내게 맡기세요. 애가 학교에서 성적도 우수하다니 고등학교는 서울의 큰 학교에 보내고 대학교도 최고 학부로 정해야 해요. 영태는 반드시 큰 사람이 될 거에요."

너무 고맙고 기뻐서 나는 마치 하늘의 별이라도 따온 듯한 기분이었습니다. 새벽에 잠간 잠이 들었는데 꿈속에 태호씨가 나타났습니다. 햇빛이 빠알갛게 비치는 언덕에 서서 해바라기 같이 활짝 웃으며 나에게 손짓하는 것입니다…

54 ⤙⤙⤙

고모는 큰 소리만 탕탕 치고 돌아서면 말끔히 잊어버리는 그런 유형의 사람이 아니었습니다. 얼마 지나지 않아 과연 종친회의 인정을 받아 영태는 정식 박태호의 아들로 족보에 올랐고 호적도 금방 박영태로 떡하니 정정되었습니다. 그날 나는 참 많이도 울었습니다. 사람은 슬퍼서만 우는 것이 아니라 기뻐서도 이렇게 오래 이렇게 많이 울수 있다는 사실을 소스라치게 실감하는 시간이었습니다. 영태도 정말 진짜로 기쁘나 봅니다. 당장에서 책가방에 "박영태 용"이라고 커다랗게 쓰고 집에 돌아오자 대문에다 "박영태 집"이라고 대문짝만큼 커다랗게 써놓았습니다.

며칠 후 나는 피아노 교습소를 "박씨 피아노 학원"으로 변신시키고 경영인 속에 박영태 이름을 첨가해 넣었습니다.

행복한 나날은 빨리도 흘러 어느덧 영태는 고모의 바람대로 서울의 고등학교에 들어가고 집에는 나 혼자만 남게 되었습니다. 나는 차 한 대를 마련하여 애들이 보고 싶을 때면 바로 운전하여 서울로 올라가곤 했습니다.

푸른 하늘이 시원하게 바다와 이어진 기분 좋은 어느 일요일 아침, 나는 영태와 별녀를 데리고 맛있는 음식들을 한가득 차에 싣고 소풍 가고 있었습니다. 어제 서울에 올라온 나는 고모네 집에서 하룻밤 묵으며 애들과 헤어지기 싫어 머뭇거리다가 고모가 내준 소풍 제안에 넌지시 애들에게 물었더니 별녀와 영태 모두 좋아라 손뼉 치며 호응하는 것입니다.

미풍에 하느작거리는 풀잎위에 잔 이슬이 가득 맺히고 얼기설기 거미줄에 내려앉은 이슬방울들은 은빛으로 반짝이고 있습니다. 촉촉한 땅은 장밋빛 노을을 머금은 채 가없이 펼쳐져있고 푸른 하늘에는 온통 종달새의 노랫소리가 은방울을 굴리듯 퍼져갑니다.

한강변의 편편한 풀밭 위에 돗자리를 펴놓고 셋이서 삼각으로 들러앉아 불고기를 구워 먹고 있었습니다. 고모도 같이 오자고 청했는데 오늘 중요한 선약이 있어 안 된다고 하며 불고기 가마에 고급 와인까지 한 병 내주고 즐겁게 놀다 오라고 당부하는 것입니다.

우리는 너무 기뻐서 시간 가는 줄도 모르고 소리치며 웃고 떠들고 노래하며 먹고 마시고 즐겼습니다. 애들이 구운 고기를 홀짝 홀짝 집어서 훌훌 불며 먹는 것이 너무 재미있어 나는 자신이 먹는 것도 깜박 잊고 불고기 굽는 데만 전념하고 있었습니다.

문득 입술에 뭔가 닿는 느낌이 들어 보니 별녀가 깻잎에 싼 불고기 쌈을 내 입에 넣으려고 하는 것입니다.

"아니, 네가 먹어. 니들 먹는 걸 보면 난 안 먹어도 배불러."

"안돼요. 꼭 드셔야 해요. 이모님 안 드시면 우리도 맛없어요."

"드세요, 어머니"하고 영태까지 권하는 바람에 나는 입을 벌려 쌈을 받아 물었습니다. 그런데 아직 씹기도 전에 그만 질겁하여 꽥 소리 지르고 말았습니다. 별녀의 블라우스 옷깃을 따라 뻘겋고 시퍼런 버스 무늬의 커다란 털벌레가 기어오르고 있는 것이 아니겠습니까.

"앗, 벌레! 털벌레!…"

내가 소리치는 거의 동시에 영태가 오히려 환성을 지르는 것입니다.

"와, 송충이, 저거 되게 귀한 건데 희한하네요."

더 놀라운 것은 별녀의 거의 변태에 가까운 태도입니다.

"어머, 그럼 놀래키지 말고 얼른 채집 케이스 가져다 상하지 않게 잘 모셔."

나는 그만 얼이 빠지게 놀라 입만 딱 벌렸을 뿐 말이 나가지 않았습니다.

과연 영태는 옛스! 하며 쏜살같이 뛰어가 채집 케이스를 갖고 와서는 맨손으로 벌레를 쥐려 하는 것입니다. 나는 저도 모르게 꽥 소리 질렀습니다.

"안 돼, 독이 있는지도 몰라."

"없어요. 이건 독이 없는 종류예요."

말하며 기어코 맨손으로 벌레를 조심스레 쥐어 채집케이스 안에 집어넣는 것입니다. 보다 더 기절하도록 놀라운 것은 다치면 터질 듯 하얗고 투명하게 피어 있는 별녀의 목 언저리 피부에 그 징그러운 털벌레가 슬슬 기어오르는데도 별녀는 얼굴 한번 찡그리지 않고 마치 목에 무슨 귀중한 보배라도 붙어있는 듯 다치기만 하면 금방 사라질까 두려운 듯 꼼짝도 않고 숨을 죽여 가며 조심스레 다루는 것입니다.

"참 알 수가 없구나. 별녀 네가 어떻게 저토록 징그러운 벌레를…"

내가 머리를 막 흔들자 별녀의 얼굴에 미소가 떠오르고 대신 영태가 대답하는 것입니다.

"생물학 전공이잖아요 누난. 이제 몇 달만 있으면 학위 받고 졸업하는 걸요."

"뭐어? 우리 별녀가 벌써 졸업을 해?"

말만 들어도 너무 대견하고 감격스러워 눈물이 막 날 것만 같습니다.

"네, 이모님 덕분에 제가 대학을 마치게 됐어요. 그동안 참 많이 고마웠어요."

"고맙긴, 네가 공부 잘해줘서 내가 고맙지. 근데 졸업한 담엔 뭐하는 거야? 취직자리 같은 건 알아봤어?"

그러자 영태가 또 대답을 대신합니다.

"누난 공부 더하고 싶대요. 미국 유학 가는 게 꿈이래요."

"어머, 미국에? 그 먼 곳으로?"

미국 하면 그냥 멀게만 생각되던 시대였습니다. 아니, 그보다도 이쁜 내 딸 같은 별녀를 그냥 죽 내 옆에 잡아두고 싶은 것이 내 본심이었는지도 모릅니다.

"미국 가면 혼자 벌어 공부할 수 있대요. 제가 공부 다 마치면 두 분을 모셔 갈게요. 우리 미국 가서 살아요 네 이모님?"

하지만 나는 당시 그 먼 곳 말도 통하지 않는 양키들 나라에 가서 살 생각은 꿈도 꾸지 않았다는 것이 정확할 것입니다.

"뭐, 인사말이라도 그렇게 하니 듣기 좋다만, 네가 아직 어린 몸으로 어떻게 벌어서 공부한다고 그래? 학비는 내가 대줄 테니…"

"이모님, 제가 어리다니요. 올해 스물 한 살이에요. 도리대로 말하면 제가 벌어서 이모님을 호강시켜 드려야 하는데 이 공부 욕심이…"

"그런 말 말어. 내가 네 신세 지고 살 날은 아직 멀었어. 근데 별녀야, 네가 어느새 스물한 살을 먹었다는 거야? 쯔쯔쯔 빠르기도 하지!"

저도 모르게 혀를 끌끌 차며 나는 자신이 엄마 노릇을 제대로 하지 못한 듯한 자책감에 가슴이 아파왔습니다.

"어머니도 참, 누나라고 왜 나이 먹지 않겠어요. 나도 이젠 열일곱 살인데요."

"네가 어디 열일곱 살이냐? 열여섯 살이지."

"여기 분들은 배안의 나이도 합쳐 세잖아요."

"응, 그렇긴 하다만."

알면서도 놀라운 것이 아이들의 성장이라 했습니다. 그리고 보니 별녀는 탐스러움 이상으로 탐스럽게 피어있는 모란꽃이라 할까 사전에 나오는 그 어떤 단어로도 지금 저 애의 아름다움을 정확하게 묘사하기가 어렵습니다. 난세에 쫓겨 가난에 부대껴 미처 피어나지 못했던 제 엄마의 아름다움까지 모두 한 몸에 담아 곱절로 소담하게 피어난 꽃인 것입니다.

"별녀야, 네가 어쩌면 눈 깜짝할 새에 이렇게 피어났지? 이젠 시집가도 아주 훌륭한 신부감이겠는 걸. 혹 신랑감으로 봐 둔 사람은 없어?"

얼굴이 붉은 모란같이 새빨개진 별녀의 손을 영태가 슬쩍 잡으며 넉살좋게 지껄이는 것입니다.

"신랑감이야 아주 대부대지만 뭐 별 의미 있겠어요? 내가 옆에 붙어 있는 한…"

"네가 뭔 소용 있다구 그래? 아직 어린 것이…"

그러자 "어머니, 나도 어리지 않아요 이젠" 하고 영태가 반항하더니 다섯 손가락을 쫙 펴서 머리를 쏵 뒤로 넘기고는 턱을 건뜩 쳐들면서

"자, 보세요. 나도 이젠 어른이 된걸요. 여기 보세요. 수염이 막 자랐어요."

그러고 보니 과연 영태의 뾰족스레한 아래턱에 노르스름하고 보드랍게 보이는 고양이 털 같은 수염이 자라나기 시작하는 것입니다. 생각해보니 지난 시간들, 직선이 아니라 미로 같은 곡선의 시간들 구멍 속에 내 삶을 밀어 넣느라, 나는 참으로 많은 것들을 자세히 관찰하지 못했던 것 같습니다.

영태에게 미안한 생각이 드는 순간 얼른 화제를 돌렸습니다.

"그래도 넌 아직 아이야. 그러니 쓸데없이 누나 옆에 찰싹 붙어 있어 좋은 신랑감 놓치게 하지 말어."

"그게 왜요? 누난 어디까지나 내건데, 내가 왜 양보를 해요?"

손으로 자기 가슴을 툭툭 치며 말하는 저 진지한 얼굴에는 결코 농담이 아닌 이상한 냄새가 섞인 듯합니다. 하다면 영태가 진짜 자기보다 다섯 살이나 연상인 별녀를 장래 결혼상대로 생각하고 있단 말입니까? 별녀의 얼굴을 힐끗 보니 예쁜 두 눈을 조용히 내리뜨고 얌전히 집게로 불고기를 번지는 그녀의 길게 늘어뜨린 머리에 햇빛의 얼룩이 후광을 이루어 마치 영사막 속인 양 황홀하게 보이기만 합니다.

아니, 이것들이… 형언하기 어려운 일종 습기 비슷한 두려움이 가슴속에서 욱 밀고 올라오는 순간, 나는 공연히 고기 담았던 그릇을 들었다 탁 놓고 다음 하릴없이 두 손을 마주 비비다가 옆에 있는 와인병을 들어 내 잔에 철철 넘쳐나게 부었습니다.

그것을 보고 영태가 그만 풋하하 웃음을 터뜨리는 것입니다.

"긴장하지 마세요 어머니. 우린 아직 아기도 만들지 않은걸요. 누난 여전히 고운 처녀 그대로구요. 나도 숫총각 그대로에요."

아하, 이 자식이 언제 벌써 저런 걸 다 알고 있었지? 이 발칙한 놈… 그러다 생각해보니 나는 열여섯 살에 장호오빠와 연애를 했고 열일곱 살에 임신을 하지 않았던가? 이게 바로 "똥 묻은 개 게 묻은 개를 흉한다"는 꼴이 되어버린 것입니다.

내 얼굴이 조금 부드럽게 풀어지는 눈치를 채고 영태가 얼른 잘 익은 불고기를 잔뜩 집어 내 접시에 놓아주며 남자의 목소리도 저렇게 부드러울 수 있냐 싶게 말하는 것입니다.

"자, 불고기 많이 드시고 진정하세요. 어머니 속 태우실 일은 없을 거에요. 어머니가 싫다고만 하면 우린 금방이라도 소 닭 보듯 할게요. 내가 이렇게 움메—하면서 닭을 막 쫓아버릴 거에요."

말하며 두 눈을 부릅뜨고 두 손을 갈고리로 만들어 물소 앞발 같이 하여 덮치는 시늉을 하니 별녀도 맞추어 막 도망가는 시늉을 하는 것입니다.

나는 그만 키드득 웃어버렸습니다. 유머감각까지 제 아빠를 똑 떼닮아서 화를 내려고 해도 어쩔 수가 없는 자식입니다.

"이모님, 염려하지 마세요. 이제 몇 달만 지나면 나는 대서양 저켠으로 훌쩍 날아갈 것이고 영태는 또 다시 새로 피어나는 꽃들을 좋아라 쫓아다닐 거예요."

"누나, 그게 진심이야?"

그러자 별녀가 짐짓 눈을 끔벅해 보이는 것입니다.

나는 모르는 척 불고기만 맛있게 냠냠 씹어 먹었습니다.

55 ⟵⟨⟨⟨⟨

너무 행복해서 불행한 사람들에게 미안할 정도였던 나날은 빨리도 흘러 엄동이 오기 전에 별녀는 마치 겨울을 피해 날아가는 철새인양 대서양 저쪽으로 날아가 버리고 집에는 갓 고2를 마친 영태와 나만 남았습니다. 별녀가 없으니 집안에 햇빛이 줄어든 느낌이어서 못내 섭섭했으나 영태의 활짝 웃는 얼굴을 보면 금방 기분이 좋아지곤 했습니다.

겨울방학에 영태는 고등학교 축구팀 일원으로 일본에 경기를 가게 되었다는 것입니다. 이제 곧 고3이 될 터인데 아직도 경기에 참가하느냐고 했더니 코치가 영태 없으면 아예 경기를 진행하지 않겠다고 한다는 것입니다.

"염려하지 마세요 어머니, 아직 학기가 시작되지도 않았으니 경기 끝나고 돌아와서 공부해도 늦지 않을 거예요. 입시에서 최고 대학에 들어갈 자신이 있어요."

"알겠다. 그렇다면 잘 다녀오너라. 경기할 때 상하지 않도록 많이 조심하구. 너 아직 일본어 잘할 수 있지?"

"잘은 아니고 그냥 대화 정도는 할 수 있어요. 요즘 일본 방송 듣고 있는데 뭐 어렵지 않네요."

"그래? 우리 영태 기억력은 알아줘야지."

"이건 기억력이 아니라 언어 실력이에요. 아, 그리고 간 김에 할머니 산소에도 다녀오려구요. 아마 살피는 사람이 없어 많이 섭섭하실 거예요. 땅이 얼어붙어 가토는 어렵겠지만."

영태의 아량에 나는 깜짝 놀랐습니다. 비록 내 몸에서 내 피를 마시며 생산된 자식이라지만 대관절 저 머릿속에서 무슨 생각을 하고 있는지 가끔씩 깜깜하게 알지 못할 때가 있습니다. 그 곳에서 그렇게까지 아프게 상처를 입고도 자기에게 사랑을 쏟았던 할머니의 넋을 기리려고 그 먼 길을 기꺼이 가겠다는 것입니다. 내 아들이지만 처음으로 나는 영태의 얼굴에 새겨진 힘들었던 세월 모두를 너그러움으로 받아들인 부드러운 빛을 읽었습니다.

"가토는 안 해도 돼. 그냥 인사만 올려도 할머니가 엄청 기뻐하실 거야…"

눈물이 나올 것 같아 얼른 손으로 얼굴을 가리며 자리를 떠버렸습니다.

며칠 후 학생 축구팀은 우승을 하고 돌아왔습니다. 그런데 영태만은 돌아오지 않고 어디로 갔는지 소식이 끊어졌다는 것입니다. 할머니 산소는 축구팀이 여행을 다니는 동안 다녀오기로 하고 돌아올 때는 약속한 장소에서 만나 축구팀과 함께 귀국하기로 되어있는데 사람이 없어졌다니 도대체 무슨 변고란 말입니까? 축구팀의 코치를 찾아가니 이상하게도 나를 슬슬 피해 다니다가 어쩔 수 없이 딱 마주치게 되자 영태가 약속한 지점에 나타나지 않았다는 둥, 영태는 일본말이 변설이니 별 문제없을 거라는 둥, 자기 고향에 갔으니 아마 실컷 놀다가 돌아올 거라는 둥 야유 같기도 하고 핑계 같기도 한 말만 늘어놓는 것입니다. 헌데 더 이상한 것은 축구팀의 다른 애들, 심지어 영태 학교의 친구들마저 나를 보면 슬슬 피해 다니고 돌아서면 바로 등 뒤에 대고 손가락질하며 뭐라 수군거리는 것입니다. 참으로 답답하고 심장이 막 터져버릴 것 같아 나는 급히 고모네 집으로 달려갔습니다.

대문 안에 들어서니 마침 고모가 핸드백을 들고 막 나서려는 참이었습니다.

"그래, 잘 왔어요. 내가 막 찾아가려던 참인데." 하고 고모는 다시 나를 데리고 안으로 들어가 내가 미처 신발도 갈아 신기전에 신문지 한 장을 내 앞에 메쳐 놓는 것입니다.

"보세요, 이게 뭔지."

조간 스포츠 란인데 신문을 펼쳐 들자 영태의 사진이 한눈에 안겨 오는 것입니다. 반가운 김에 얼른 표제를 보았더니 아, 이게 웬 일입 니까?

"성씨 도둑--- 미우라 영태? 박영태?"

둔탁한 어떤 무서운 소리가 가슴에서 꽝 울립니다. 그것은 지옥에 굴러 떨어지는 소리보다 천만 배 더 무서운 소리입니다.

"이번 한일 학생 축구 경기에서 연거푸 꼴 세 개를 넣어 인기 선수 로 점 찍힌 박영태 학생은 알고 보니 박씨 성이 아니라 '미우라' 라는 일본 성씨를 가진 성씨 도둑이었다."

눈앞이 캄캄해지고 신문지가 스르르 손에서 빠져나가려는 순간, 혼 절하면 안 된다고 결코 안 된다고 이를 악물며 종이를 꽉 잡아 쥐고 아래의 글줄들을 마저 읽으려 기를 썼으나 벌써 눈물에 풀어진 글자 들은 기름종이에 잉크를 떨어뜨린 듯 자유로운 꽃이 되어 획마저 알 아볼 수 없게 되었습니다.

"도대체… 이게… 웬 일이예요? 고모!…"

쓰러지려는 몸뚱이를 고모에게 의탁하려고 다가섰으나 이미 표정 이 늦가을 같이 쌀쌀해진 그녀는 매정하게 뒤로 한 걸음 물러서는 것 입니다. 그리고 고함치지는 않으나 목소리에 분노를 가득 재워 화살 같이 내쏘는 것입니다.

"내가 물어야 할 말이죠. 도대체 뭐요? 미우라는 누구고 성씨 도둑 은 뭐예요?"

갑자기 실어증에 걸린 사람인양 나는 아무 대답도 할 수가 없었습니다. 이 시각 내 머릿속에서는 수천 마리 개미들이 와글거리는데 그 중에서도 가장 큰 개미는 영태를 찾아야 한다 그 애가 지금 어디서 뭐 하고 있는지를 알아내야 한다 는 것뿐입니다. 이유를 설명하고 누구 의 이해를 구하기에는 나는 지금 지나치게 촉박한 시간의 칼날 위에 서있는 것입니다.

미안하다고 수차 허리 굽혀 고모에게 사죄한 다음 상대방의 대답을 기다릴 새도 없이 문을 열고 달려 나왔습니다.

손이 떨려 운전대를 잡을 수가 없어 차는 어딘가에 처박아 둔 채 택 시를 잡아타고 내달렸습니다.

벌써 땅거미가 지고 구부정한 가로등 그림자가 어둠의 희미함 속에 뒤섞이고 있습니다. 하늘이라는 거대한 바퀴를 서서히 굴러가던 태 양은 지금 어디에 널브러져 자고 있는지, 세상은 몹시 어둡기만 합니 다. 어둠속에서 저 빛나던 동상들은 밤의 침묵 아래 검은 돌덩이로 둔 갑해있고 진실이 진실을 말하지 못하는 슬픔은 강물이 되어 끊임없이 흐르고 있습니다.

내 인생은 시도 아니요 소설도 아니고 그림도 아닙니다. 다만 아무 렇게나 휘갈겨 쓰는 낙서일 뿐입니다. 지금 나는 인생의 가시 위에 넘 어져 피를 쏟고 있습니다. 허나 내가 쏟는 피보다 훨씬 더 중요한 것 은 영태가 흘리고 있는 피, 그 무고한 피에 구정물이 들씌워져 있다는 것입니다.

영태의 학교에 도착하자 나는 엎어질 듯 택시를 내려 대문으로 달 려 들어갔습니다. 영태의 룸메이트인 민우도 축구팀에 함께 다녀왔으 니 적어도 상황은 잘 알 것이라 판단하고 기숙사로 바로 쳐들어갔습니다. 내가 들어오는 것을 보고 민우는 반색을 하면서도 어딘가 어색한 기분이 없지 않아 내가 묻는 동안 손으로 바지 주름만 쉴 새 없이 만지작거리는 것입니다.

"어찌된 일인지 처음부터 좀 자세히 얘기해보세요. 학생이 아는 선에서 하나도 빼지 말고."

전에 수차 내가 만들어 가지고 간 음식을 영태와 나눠 먹었던지라 민우는 내 청을 거절할 수 없는 것입니다.

"일본 도착한 이튿날 경기를 시작하기 전에 일본 학생 팀에 이상하게 영태를 노려보는 선수가 있어 누구냐고 물었더니 옛날부터 적수였던 사이라고 말하는 거에요."

내 눈앞에 코가 넥타이 매듭처럼 생긴 히로시라는 아이의 얼굴이 떠올랐습니다. 할아버지가 무사였던 그는 가문의 영광을 이어서인지 무력을 휘두르기 즐겼고 그래서 주먹왕으로 소문이 나 있었습니다. 키가 영태보다 크고 몸집도 우람진데다 눈썹이 거꾸로 팔자여서 보기만 해도 기가 한풀 꺾이는 타입이었고 또한 성정이 천성적으로 겨루기를 좋아해서 누구든 가까이하기를 꺼려했고 그래서 더욱 안하무인의 패왕으로 자처했던 것입니다.

민우가 말을 이었습니다.

"경기를 할 때 보니 그 선수가 바로 골키퍼였고 그래서 우리 팀의 최고 공격수인 영태와는 자주 충돌하며 뭐라고 서로 욕지거리 하는 듯했어요. 일본말이어서 우리는 알아듣지 못했지만 영태는 오히려 슬슬 상대방의 약점을 노리며 골을 연거푸 세 개나 차 넣는 것이었어요. 우리 응원대는 너무 좋아서 장내가 떠나갈 듯 박수를 쳐댔고 저쪽 팀의 팬들은 너무 화가 나서 골키퍼를 죽어라 욕질하는 것이었죠."

"알았어요. 그 뒤는 말하지 않아도 알 것 같아. 바로 그자가 기자를 만나 일본 신문에 영태를 비난했고 그 기사가 조간 스포츠에 전재된 거겠지?"

"네, 바로 그래요. 경기가 끝나자 영태는 할 일이 있다고 떠나가는 데 내가 어디 가냐고 물었더니 '그 자식 죽여 버릴거야' 하면서 바람같이 사라지는 거예요."

심장이 놀라 목구멍으로 튀어 오르고, 만리를 뛰어온 개의 숨결같이 헐떡이는 자신의 숨소리에 금시 기절할 것만 같았습니다.

민우학생과 작별 인사도 없이 나는 후닥닥 기숙사를 뛰쳐나와 유랑 들개인양 거리를 내달리기 시작했습니다. 머릿속은 대나무 속 같이 텅 비어 아무 생각도 할 수가 없습니다. 도대체 어째야 하는지, 어떻게 해야 되는지, 내가 할 일이 무엇인지, 할 수 있는 일이 무엇인지, 누구에게 도움을 청해야 하는지… 감감 알 수가 없습니다. 문득 오랫동안 잊고 있었던 나카노 사장이 머릿속에 떠올랐습니다. 그래, 가야 한다. 아무튼 일본 땅에 가서 영태를 찾아내야 한다.

이튿날 날이 밝기 바쁘게 나는 일본 영사관으로 달려갔습니다. 급사정 사증 발급을 기다리는 두 시간 동안 나는 자신이 수십 번이나 죽었다 깨어나는 극도의 아픔을 실감했습니다. 사증을 손에 쥐자 치타의 속도로 공항에 달려가 가장 빠른 비행기에 몸을 실었습니다.

56 ~~~~

홋카이도의 추위는 대기마저 꽁꽁 얼려놓은 듯 앞으로 나아갈 때면 모래알 같이 피부에 맞혀오는 느낌입니다. 태양마저 추위의 서슬에 눌려 기를 펴지 못하고 먹다 남은 엿판대기 모양으로 누르께한 하늘에 맥없이 던져져 있습니다.

히로시가 살고 있다는 아파트를 향해 숨이 넘어가기 직전으로 달려갔습니다. 우선 히로시가 살아있는지를 확인해야만 영태가 아직 일을 저지르지 않았음을 알게 될 것이고 그래야만 만회할 기회를 찾을 수 있을 것입니다.

굽이를 돌자 그림자와 추위에 반항이라도 하듯 진주 빛의 회색 건물들이 늘어서 있는데 여기가 세력가들 동네라는 것입니다. 히로시의 집을 찾아 초인종을 누르자 문이 열리며 육식조 같이 날카로운 눈빛을 가진 여자가 사람을 뚫어버리듯 훑어보며 물어옵니다,

"누구 찾으세요?"

나는 얼른 고개를 숙여 보이고 대답했습니다.

"설문 조사 나왔는데요. 댁의 히로시 군에게 꼭 여쭤볼 말이 있어서… 계시나요?"

"없어요. 아직 돌아오지 않았어요."

"아, 혹 어디 나가셨는지? 언제쯤 돌아오시는지요?"

"그건 왜요? 우리 애 말고 다른 사람에게 물어보면 안 되나요?"

"……"

저 육식조 같은 눈이 내 거짓말을 간파라도 한듯 자훈을 치는 것입

니다.

어쩔 수 없이 죄송하다는 말만 남기고 물러나오는 수밖에 없었습니다.

아직 돌아오지 않았다? 이 한 마디 말로는 아무것도 판단할 수 없습니다. 멀리 갔을지도 가까이 있을지도, 며칠 뒤에 돌아올지도 금방 돌아올지도 모른다는 얘기가 아니겠습니까? 단 하나 확인할 수 있는 것은 가족에서 아직 이 일을 알지 못하거나 안다고 해도 위험을 느끼지 못하고 있다는 점입니다. 저도 모르게 어깨가 더 무거워지며 반드시 두 아이 모두 무사하게 고비를 넘겨주어야겠다는 결심이 가일층 확고해졌습니다.

공중전화 박스에 들어가 나카노 사장에게 전화를 걸었습니다. 반가운 인사가 오간 뒤 영태가 찾아 갔더냐고 물었더니 왔었다는 대답입니다.

"이틀 전에 찾아왔었는데 밥도 먹지 않고 아저씨께 부탁할 일이 있다고 해서 뭐냐고 물었더니 복어독이 있냐고 묻는 거예요."

"어머, 이 자식이… 그래서요?"

"그런 극독을 어디다 쓰려고 그러냐 물었더니 무슨 실험을 하는데 쓴다는 거예요."

"그래 주었나요?"

"아니요. 없다고 했죠. 요즘은 정부 공제가 너무 커서 구할 수도 없거니와 있다고 해도 애들은 그런 위험한 물건을 다루지 않는 게 좋겠다고 타일러서 보냈어요."

"고맙습니다. 근데 제가 지금 인사 갈 시간이 없어서 죄송합니다…"

무슨 일이 있냐고 묻기에 전화로 길게 말할 수는 없고 지금 급히 아주 급하게 영태를 찾아야 하겠으니 염치 불구 도와달라고 청을 들었습니다. 물론 나카노 사장은 흔쾌히 대답하고 내가 필요한대로 돕겠다고 나서 주었습니다. 하여 나카노 사장은 영태가 갔음직한 곳을 추적하고, 나는 영태의 단짝이었던 쇼타를 찾아갔습니다.

쇼타의 집 초인종을 눌렀을 때 문이 열리며 나타난 얼굴은 바로 몰라보게 성장한 쇼타였습니다. 알고 봤으니 망정이지 가령 길에서 만났더라면 저렇게 말쑥한 남자도 있나 하고 지나쳐버릴 모습입니다.

"어머니, 어떻게 오셨어요? 영태는 바로 어제 떠나갔는데요."

"뭐? 영태가 떠나갔다구?" 나는 깜짝 놀라며 다시 물었습니다. "어디로 갔어?"

"집에 가지 않았어요? 한국으로 돌아간다 했는데."

아, 정말로 집에 돌아갔다면 얼마나 다행일까? 그런데 집에 간다고 해놓고 다른 데로 새버렸다면 다름 아닌 문제가 있다는 신호일 것입니다.

다시 쇼타에게 요즘 히로시의 행적을 아느냐고 물었더니 쇼타가 조금 어색한 듯 "글쎄요. 잘 모르겠는데요." 하고 애매한 대답을 하는 것입니다.

뭔가 확 짚이는 것이 있어 얼른 그의 얼굴을 빤히 들여다보며 따져 물었습니다.

"뭔가 알고 있는 눈치인데 왜 실말을 안 하는 거지?"

급기야 얼굴에 당황한 빛이 파도치듯 번져옵니다. 아직 중대한 거짓말을 하고 그것을 수준 있게 감추기에는 몸속에 흐르는 피가 너무 맑은 것입니다.

나는 부드럽게 그의 손을 잡으며 말했습니다.

"지금 내게 할 말이 있는 듯한데, 요 앞 건물에 있는 다방에 가서 기다릴게. 네가 영태의 단짝 친구였다는 걸 잊지 않고 있어."

마지막 한 마디는 자극제였고 촉매제였습니다.

다방에 앉아 쇼타로부터 자초지종을 모두 들었습니다.

그 나쁜 히로시가 글쎄 영태에게 참패한 그날, 기자들을 데리고 호적관리소까지 찾아가서 영태가 미우라 에이다이(三浦英泰)로 호적을 올렸던 등본을 찾아 증명까지 해주었다는 것입니다.

이튿날 조간신문에 기사가 크게 나가자 기자들이 벌떼처럼 영태가 묵고 있는 호텔에 달려들어 영태를 에워싸고 엄청 기막힌 질문들을 들이댔다는 것입니다. 그중 많은 질문으로는 "네 아버진 도대체 누구냐?" "네 엄만 네 아버지 성씨를 알고 있느냐?" "네 진짜 성씨는 얼마나 나쁘기에 쓰지 않고 성씨 도둑질을 하는 거냐?" "네 엄만 창녀시절에 너를 임신한 거냐?" 등등. 조금 문명하다는 질문으로는 "넌 도대체 일본 종자냐, 한국 종자냐, 아니면 중국 종자냐?" …

"그날로 영태는 맛집 사장님을 찾아가서 복어독을 얻으려고 했으나 성공하지 못했습니다. 그래서 나를 찾아왔는데 진짜 미치기 일보 직전이었어요. 나는 가능한 영태를 많이 위로해주려 애썼지만 상대가 나도 예전부터 사무치게 미워하던 히로시라 영태가 죽여 버리겠다고 하는 데는 별로 말리지 않았습니다. 영태는 내게 부탁한다고 복어독만 구해주면 나는 더 참여하지 말고 자기 혼자서 해낼 수 있다고,

히로시를 중독시킨 다음 자기는 바로 국경을 넘어갈 것이니 히로시가
죽은 다음 조사를 한다고 해도 상관없을 거라고 했어요."

"그건 법을 모르고 하는 소리지. 어떻게 상관없을 수 있어? 어떻
게!"

아직은 젊은 피만 흐르고 대뇌피질이 젤리 같이 말랑말랑한 이 아
이들에게 내가 무슨 말로 더 설명할 수 있겠습니까?

"그래 지금은 어떻게 됐어? 어서 말해. 영태가 어디 있는지, 히로시
는 어디 있구."

무엇보다 알고 싶은 건 현재 상황인 것입니다.

"아마 지금쯤 후지산에 있을 거예요. 내가 후지산에 등산 가자고 히
로시를 꼬드겨 어제 함께 떠났다가 도중에 배가 아프다고 돌아오면서
약을 가지고 금방 따라가겠으니 히로시더러 시즈오카의 호텔에서 기
다리라고 했어요. 물론 히로시를 미행하여 영태가 그 호텔까지 갔을
거구요."

하늘땅이 빙 돌아 거꾸로 서고 가슴이 지나치게 높뛰어 호흡을 가
눌 수가 없습니다. 얼결에 손목시계를 들여다보니 오후 네 시가 넘어
있었습니다. 일을 마치고 돌아갔다면 영태는 벌써 국경을 넘었을 것
이나, 만약 반대라면…

택시를 잡아타고 공항으로 달리는 동안 내 머릿속은 온통 윙윙거리
는 말벌들로 시장을 이루었습니다. 겨울의 짧은 해는 서둘러 붉은 노
을 위로 밤을 내던져 바야흐로 가슴 설레도록 멋진 야경이 사방에 펼
쳐졌으나 그것을 감상할 기분도 시간도 아닙니다.

영태가 만약 살인을 했다면, 히로시를 죽였다면, 혹 히로시가 죽지

않고 식물인간이 되었다면, 사지를 쓰지 못하는 병신이 되었다면… 그렇다면, 그렇다면, 그렇다면… 아아, 태호씨, 에이상, 대답 좀 주세요. 내가 어떻게 하면 좋을까요? 어떻게 하면 우리 영태를 구할 수 있는지, 어떻게 해야 이 고비를 무사히 넘길 수 있는지 길 좀 가리켜 주세요!

공항에 도착하자 안내처에 잘 부탁하여 후지산 부근의 공항에 전화를 걸어 영태의 출국기록을 알아보았습니다. 도쿄 공항에는 나타나지 않았고 나고야 공항을 찾아봤더니 마침내 저쪽에서 찾았다고 하는 것입니다. 오후 3시 비행기를 타고 이미 일본을 떠났다는 것입니다. 아, 이걸 어쩌면 좋아? 어쩌면 좋냐구. 히로시가 어떻게 되었는지 결과를 미치게 알고 싶었지만 우선 영태를 만나는 것이 더 급선무라 생각되어 비행기 시간을 알아보니 오늘은 여객편이 더 없고 가장 빠른 것이 내일 아침 7시 비행기라는 것입니다. 이대로 호텔에 눌러 앉아 있으면 오늘밤이 지나기 전에 완전 미쳐버릴 것 같아 다시 부두로 택시를 타고 뛰어 마지막 여객선에 올라탔습니다.

57 ᐸᐸᐸᐸ

사람이 아무리 애를 태우고 걱정하고 심장을 5분의 1로 줄이면서 기도를 올린다 해도 시간은 생물들의 일에 별 관심이 없는 듯합니다. 벌레들의 죽음을 방지하기 위해 겨울을 없앨 수 없듯이 여객선도 나를 위해 특별히 가속할 수는 없는 일입니다. 장장 아홉 시간이라는 캄캄한 밤의 수로를 달려서야 날이 희붐히 밝을 무렵 간신히 부산 항구에 이르렀습니다.

겨울 새벽의 차가운 공기는 회색으로 빛나고 자오록한 안개는 내 시각과 감각을 괴롭히고 익사시킵니다. 현기증이 날 정도로 푸른 하늘에서 별들이 하나 둘 꺼져가자 투명하고 싸늘한 공기 속을 새들이 날아가며 외치는 소리가 대지의 탄식같이 가슴을 긁어옵니다.

대문을 열고 집안에 들어서면서 내 심장은 뛰기를 멈춘 듯합니다. 현관에서 신을 벗자 슬리퍼로 갈아 신을 새도 없이 막 안으로 뛰어 들어가는데 전등이 반짝 켜지고 자황색의 불빛 아래 커다란 그림자가 장승 같이 서있습니다.

"아…"

"어머니!"

"영태야!"

우리는 거의 비슷한 시각에 상대방을 소리쳐 불렀고 불가마 안에 든 게처럼 서로를 얼싸 그러안았습니다. 숨이 아프도록 아들을 품속에 꼭 그러안고도 행여 다음 순간 저 타오르는 불빛에 산화해 버리지는 않을까 걱정하는 순간 연 며칠 동안 가슴에서 이글거리던 분노와 노여움은 하루아침 이슬인양 오간데 없이 사라졌습니다.

"영태야!" "영태야!" "영태야!" 아들의 잔등을 매만지며 얼마나 부르고 또 불렀는지 모릅니다…

희미한 불빛이 차가운 유리창을 핥으며 여명 속으로 녹아듭니다. 창밖의 유리창에 비낀 이른 아침의 소낙비 머금은 조각구름은 흐르지도 쏟아지지도 못해 거북스레 떠있는 듯합니다.

눈물을 훔치고 나서 아무것도 묻지 않은 채 부엌에 내려가 앞치마를 두르고 서둘러 아침밥을 준비하기 시작했습니다.

푸짐히 차린 밥상에 마주 앉았을 때 영태가 무슨 말을 하려 했으나 나는 얼른 손을 저어 막아버리고 영태가 즐겨먹는 조기구이를 집어 밥 위에 놓아주며 말했습니다.

"든든히 먹어 둬. 먹고 나서 얘기해."

긴 시간 동안 공백의 일기장을 넘기는 듯한 침묵이 흘렀습니다. 하지만 나는 심장으로 그 침묵의 함성을 듣고 있었습니다.

수저를 내려놓고 소파에 넘겨 앉았을 때, 드디어 내가 물었습니다.

"어떻게 됐어?"

"죽였습니다."

10초간 호흡 정지, 다음 세기만큼이나 기인 숨을 내쉬고, 다시 잠깐 입술을 깨물었다가 "그럼… 가자." 하고 내뱉었습니다.

"어디로요?"

"자수하러."

나는 벌떡 몸을 일으켰습니다. 그리고 아들의 팔목을 단단히 잡았습니다.

"어머니!"

이번에는 영태가 숨을 정지한 듯 몇 초간 있다가 반대로 내 팔을 끌어당겨 소파에 앉히는 것입니다.

"어머니께 모든 걸 말씀드릴게요. 내 말을 끊지 말고 끝까지 들어보세요."

"알았다. 한번 자세히 말해 보거라."

나는 다시 소파에 눌러 앉으며 긴 이야기를 들을 준비를 하고 영태의 얼굴을 쳐다보며 말했습니다.

"시즈오카 호텔에 가기 전까지의 일은 대충 들어 알고 있다. 그 다음, 호텔에서 만난 거니?"

"네. 히로시가 체크인 한 다음 나는 바로 그 옆방에 체크인을 했어요. 방 안에 들어서자 미리 준비해온 여자 옷을 입고 가발을 쓰고 립스틱을 빨갛게 발랐더니 굉장한 미인 같더군요. 손에 고무장갑을 끼고 복어독이 든 작은 병을 꺼내어 소매 안에 감추고 가슴을 두근거리며 기다리는데 옆방의 히로시는 아마 쇼타를 기다리는지 저녁 식사하러 가는 기미가 없었어요. 배가 고파 견디기 어려웠지만 차분히 기다리며 혹 이외의 여건으로 첫 방안이 실패하면 어떻게 할까 고민하고 있는데 마침내 옆방 문이 여닫히는 소리가 들렸어요. 히로시의 발자국소리가 완전히 계단 쪽으로 사라진 뒤에 나는 살짝 문을 열고 나가 미리 준비해온 만능키로 문을 따기 시작했어요. 그런데 바로 이때 뒤에서 누군가 내 허리를 덥석 그러안는 거예요. 깜짝 놀라 돌아보니 벌써 술이 거나해져 얼굴이 돼지간색이 된 50대 남자였어요. 그는 나더러 이 방에 들어가지 말라고 돈을 배로 주겠으니 자기 방에 가자고 하는 것입니다. 내가 아니라고 하는데도 남자는 '늙은 사자도 사자'라며 한번 제대로 죽여 줄테니 무조건 따라가자고 거머리처럼 달라붙는 거예요. 목소리가 높아지자 저쪽 복도에서 웨이터들이 오는 소리가 나고 그러면 바로 안 좋은 소란이 있을 것 같아 나는 얼른 돌아서서 내 방으로 뛰어 들어갔어요. 문을 잠그고 번개같이 여장을 벗어버리고 립스틱도 지워버리고 정장을 한 다음 밖의 동정을 살펴보니 주정뱅이는 아마 웨이터들에 의해 자리를 뜬 것 같았어요."

영태는 잠시 말을 끊고 혀끝을 내밀어 입술을 적신다음 다시 말을 이었습니다.

"첫 번째 방안이 실패하자 나는 잠시 용기를 잃고 소파에 널브러져 있었어요. 스톱하자. 여기서 스톱하고 그만 돌아가 버리자. 이제 다시 히로시를 만날 일은 없을 것이다. 하여 나는 짐을 싸기 시작했어요. 그런데 문 밑의 틈새로 뭔가 밀려들어오는 거에요. 얼른 집어 들고 보니 그날의 석간신문인데, 스포츠 란에 여전히 내 얼굴이 커다랗게 나와 있고 기자들이 던졌던 물음이 엄청나게 발효되고 구워져 무슨 죽은 자의 약전에도 없는 기문이라는 둥, 누구나 들으면 몸서리 칠 괴짜라는 둥… 순간 또 다시 전신에 불이 활활 타오르기 시작하는 거에요. 나는 신문을 우악스레 거머쥐고 독약 병을 소매 안에 감추고서 계단을 세 개씩 뛰어 1층 레스토랑으로 내려갔습니다.

어느새 시간은 열시로 내달려 널찍한 레스토랑 안에 식사 손님은 거의 없고 술을 마시는 몇 사람만이 남아 게슴츠레한 눈으로 바람 같이 들이닥친 나를 쳐다보는 거에요. 마침 히로시가 시야에 들어왔어요. 구석 쪽에 앉아 혼자 술을 마시고 있었는데 얼굴에는 돼지에게 사기당한 억울함이 비쳐 있는 듯, 아마도 금방 따라오겠던 쇼타가 나타나지 않아 굉장히 골이 난 모양입니다. 나는 정면으로 걸어가 그의 앞에 석간신문을 메쳐 놓았어요. 그가 후닥닥 놀라 고개를 쳐들더니 내 얼굴을 보고는 스프링이 튀기듯 펄쩍 튀어 일어나는 것입니다. 나는 무조건 그의 멱살을 잡아 쥐고 밖으로 끌었습니다.

아무도 없는 호텔 담장 밑의 캄캄한 어둠속에서 우리는 곰보다 더

미련하게 치고 박고를 주고받았어요. 그는 술에 거나해 있었고 나는 배고픔에 지쳐 있어 승부가 쉽게 나지 않았습니다. 허나 아무도 항복할 생각은 없었어요. 박투하는 동안 나는 오히려 이렇게 사나이답게 광명정대하게 주먹으로 해결하는 것이 내 성정에 더 맞는 것 같아 때려도 맞아도 속이 시원한 느낌이었어요."

벌써 전부터 눈물이 억수로 흘러내려 내 옷자락을 흥건히 적시고 있습니다. 그러다가 저도 모르게 영태의 두 손을 덥석 잡아 쥐고 흑흑 느껴 울기 시작했습니다. 그래서, 바로 그래서 영태의 고운 얼굴에는 터져서 피가 흘렀거나 얻어맞아 시퍼렇게 멍든 자국이 군데군데 보이는 것입니다.

말라드는 입안을 혀로 가만히 정리하고 나서 영태는 크게 숨을 내쉰 다음 티 테이블 위에 놓여있는 녹음필을 만지작거리며 말을 잇습니다.

"둘이 모두 힘이 빠져 탈진한 상태가 되었을 때, 히로시가 먼저 내게 손을 내밀었어요. '미안하다 영태야!' 그래서 나는 주머니에 들어있던 녹음필의 단추를 눌렀습니다. 하여 우리의 대화는 녹음되기 시작했어요."

영태가 손으로 녹음필의 재생 단추를 누르니 일본말로 된 녹음내용이 그대로 흘러나오는 것입니다.

영태: "미안할 짓은 왜 저질러 놓고 그래?"

히로시 한숨 소리: "네가 날 그렇게 만들었잖아. 넌 언제나 날 비참하게 만들었지."

영태: "그건 네가 치러야 할 대가거든. 세상에 실패 없는 사람 어디 있다구?"

히로시: "너 영태는 실패란 뭔지 모르지."

영태: "아니야, 히로시, 넌 아직 날 몰라."

히로시: "알아, 바로 너 때문에 난 좋아하는 미시코를 잃었어…"

영태: "미시코? (얼떨떨해 있다가) 아 그 여자애. 나와는 상관없어."

히로시: "상관없다니? 그 때 네가 날 이겨버린 뒤로 미시코가 날 밀어냈단 말이야."

영태 잠간 침묵하다가: "그 여자애 별로 이쁘지도 않잖아. 그냥 잊어버려."

히로시도 잠간 침묵하다가: "근데 넌 참 질기기도 하다. 한국에 가 살면서 왜 또 여기까지 와서 날 건드리는 거야?"

영태: "널 보러 온 거 아냐. 네가 선수일 줄은 꿈에도 몰랐어, 스포츠에는 별로던 자식이."

히로시: "내가 승부욕이 강하다는 거 몰라? 근데 영태야, 나 좀 하나 확실하게 물어보자. 네가 진짜로 아빠 둘이서 만든 놈 아냐? 머리 하나로 공부만 잘해도 굉장한데 어떻게 스포츠까지 판을 쳐?"

영태 꽥 소리: "그 주둥아리 닥치지 못해?"

히로시: "미안해. 하지만 이건 탄복해서 하는 말이야. 사실 난 지고 싶지 않은데 지는 것이 너무 싫은데 너한테만은 이렇게 져야 하니…영태 이놈, 너 그 잘난 얼굴 가지고 다시는 내 앞에 나타나지 말어. 부탁이다!"

영태: "그래, 나도 그게 소원이야. 다시는 네 얼굴 보지 말았으면 좋겠다."

히로시: "그럼 좋아. 내 마음속에서 영원히 너 영태를 죽여 버린다."

영태: "내가 할말. 나는 내 가슴에서 이미 히로시를 죽여 버렸어. 다시는 살아나지 못하게."

히로시: "알았다. 그럼 우리 마지막 악수를 나누고 헤어지자."

영태: "ok"

녹음은 끝났으나 우리는 꼼짝 않고 그대로 앉아있었습니다. 테이프가 다 돌아 녹음기 전원이 자동으로 뚝 끊어지자 영태가 입을 열었습니다.

"이렇게 우리는 서로를 마음속에서 죽여 버리고 자기가 죽인 시체를 처리하듯 녹초가 된 상대를 부축하여 호텔 안으로 들어갔습니다."

아아, 무슨 말을 더 할 수 있겠습니까? 내가 힘들게 세월의 마디를 더듬는 동안 애들은 어느새 훌쩍 커서 수컷 대 수컷으로 싸우고 사나이 대 사나이로 화해를 한 것입니다. 슬픔과 기쁨과 놀라움이 한데 뒤엉킨 격정의 파도가 몸의 구석구석을 휩쓸고 있었습니다. 창문을 활짝 열어젖히니 어느새 높이 솟은 빛이 아침 안개를 걷어버리고 태양은 쉴 곳을 향해 낯선 손님처럼 주저주저 가고 있습니다.

"잘했어, 영태야, 과연 내 아들답구나."

나는 두 손에 힘을 주어 영태의 손을 꼭 쥐었습니다.

"남을 증오하려면 내 표정이 망가져야 하고, 남을 죽이려면 내 심신도 쓰러져야 한다고 외할아버지께서 늘 말씀하셨어. 그러니 영태야, 우리 그냥 잊으면서 살자. 망각하면서 살자고."

"예! 알겠습니다."

58 🌿

하지만 망각은 결코 일방적으로 할 수 있는 것이 아님을 깨닫게 되었습니다. 아무리 내가 잊으려고 해도 세상이 잊어주지 않고 아픈 상처에 끊임없이 소금이며 산초가루며 겨잣가루 며를 마구 뿌려대는 것입니다.

아침에 일어나면 대문에 커다랗게 쓰인 글자들이 내 눈에 못 박혀 왔습니다.

"성씨도 없는 그냥 영태 집"

"넌 일본 종자냐 한국 종자냐?"

"아비가 누군지 당장 밝혀라"

......

그래도 개학이 되자 영태는 의연히 서울의 학교에 올라가고 집에는 나 혼자 남아 있게 되었습니다. 피아노 학원에는 나오는 학원생이 하나도 없어 문을 닫지 않으면 안 되었고 그래서 처음으로 백수가 된 나는 하릴없이 날마다 거리를 헤매며 허전한 마음을 달래고 있었습니다.

그래도 계절은 한 치의 착오도 없이 바뀌고 봄은 투명하게 다가와 대기 속에 아련히 부서지며 먼 산기슭의 아지랑이를 설레게 합니다. 이토록 행복한 계절에는 아름다운 꿈이 제비와 더불어 높이 날고 온갖 희망이 발효된 반죽 같이 한껏 부풀어야 하건만 어쩐지 나는 늪의 중간에 던져진 새끼오리인 양 가지도 오지도 날지도 가라앉지도 못하고 옥수수 대가 불에 타들어가듯 인생이 덧없이 타들어 감을 뼈저리게 느끼고 있었습니다.

거리를 다녀도 내 뒷등에는 손가락질과 비방이 그림자 같이 따라다니며 심장을 찌르는 것이 마치 온 지구의 사람들이 갑자기 내 엄마라도 된 듯 불시에 모든 관심이 내 한 몸에만 쏟아지는 것입니다.

"저 여자가 바로 그 '그냥 영태' 엄마래."

"저 분 피아노학원 원장 아냐? 피아노 무지 잘 치던데?"

"그러니까 고급 기생이었겠지. 아마 전문 양키들을 상대하는 명기였는지도."

"어머, 그래서 그 아들이 코가 덩실한 게 조금 양키 냄새 나잖아?"

"그래도 뭐 일본 종자라고 일본에 가 성씨 도둑질을 했다던데."

"그게 들통나니까 또 여기 굴러 와서 저 어리숙한 박씨 남자들을 꼬셔 사기를 쳤다지 뭐야."

"쯔쯔쯔, 뻔뻔하기도 해라. 그래 가지구두 저 상판대기 빳빳이 쳐들고 다니는 꼴 보면 참 요물은 요물이지."

더 한심하게 입에 담기 어려운 욕지거리도 들려오고 심지어 내가 지나다니는 길목에 숨어 있다가 생계란을 내 머리위에 마구 들씌우는 이도 있었습니다. 그러나 영태가 말없이 학교를 다니고 있는 한 나는 그 어떤 불행이 생겨도 이를 악물고 버티어 내리라 다짐하며 태아 적 기운까지 모두 동원하여 빠득빠득 애를 쓰고 있었습니다.

헌데 주말도 아닌 어느 날, 바람이 사나운 깜깜한 밤에 영태가 갑자기 서울 학교로부터 집에 돌아왔습니다.

"주말도 아닌데 웬일이니?"

나는 반가우면서도 못내 걱정되어 급히 물었습니다.

"더는 참을 수가 없어요 어머니!…"

벌건 핏발이 기둥처럼 일어선 영태의 두 눈에서 보기 드문 눈물이 해골 같이 여윈 뺨을 따라 줄줄 흘러내립니다. 하도 오랫동안 차마 흘리지 못해서 옻칠을 해놓은 듯 얼굴의 피부에 점철되었던 눈물 줄기가 막혔던 봇물이 터지듯 거침없이 흘러내리는 것입니다.

나는 아들을 와락 그러안고 눈물을 **쫙쫙** 쏟으며 울부짖듯 선언하듯 소리쳤습니다.

"알았어, 힘들면 가지 마. 안 가두 돼. 강요하지 않을게. 넌 영태야, 학교 안 가두 잘할 수 있어. 난 믿어, 믿구 말구…"

밖에서는 무시무시한 벼락이 도깨비불같이 번뜩이며 어둠을 가르고 그 사이로 장대비가 바람에 날리는 커튼처럼 몸부림치며 내리 퍼붓습니다.

눈물이 모두 흘러버려 이제 더는 흘릴 수 없게 되었을 때 영태가 말을 하기 시작했습니다.

"개학 첫날, 나는 책가방을 메고 아무 일도 없었던 듯 교실 안으로 걸어 들어가며 여기 저기 인사도 하고 우스개도 했어요. 그런데 내가 들어서는 순간, 모든 애들이 소리를 딱 멈추고 찰칵 사진을 찍은 듯 정지해 있는 게 아니겠어요. 나는 오히려 스스럼없이 얘들이 왜 이래? 내가 뭐 스타냐? 하면서 내 책상을 찾아 앉아 필요한 정리를 하기 시작했죠. 그런데도 애들은 여전히 쥐 죽은 듯 숨을 싹 죽이고 있어 교실 안은 마치 단체 매장이 된 무덤 속 같았어요. 이렇게 극도로 어색한 시간이 몇 분쯤 흐르고 난 뒤 다행히도 수업 벨이 따르릉 울리고 선생님이 들어오셨습니다.

개학 첫날이라 선생님이 출석을 부르기 시작했어요. 내 이름을 부를 차례가 되자 '박영태!' 하는 선생님의 소리가 떨어지기 바쁘게 내가 미처 대답할 새도 없이 누군가 소리치는 거예요. '박영태 아니구 그냥 영태' 와하! 장내는 떠나갈 듯한 웃음소리에 창문이 다 덜렁거리는 듯했어요. 킬킬거리는 아이들 속엔 전에 날 좋다고 미친 듯이 쫓아다니던 여자애들까지 끼어 있었어요."

"아아, 얼마나 힘들었을까? 내 아들!… 아들…"

나는 왼손으로 내 가슴을 움켜잡는 한편 오른손을 뻗어 양태의 잔등을 쓰다듬었습니다. 이밖에 내가 할 일이 또 뭐가 있겠습니까?

잠시 그대로 입술을 꼭 깨물고 있다가 긴 숨을 후 내쉬고 영태는 다시 말을 이어 나갔습니다.

"그 후부터 나는 교실에 나가지 않았어요." 목소리는 이미 얼마간 가라앉아 있었습니다. "매일 아침 책가방에 필요한 책을 넣어 메고는 도서관에 가지 않으면 자전거를 타고 야외로 낚시질을 갔어요. 과목은 혼자 독학하여 검정고시 때 시험을 잘 치를 자신이 있었거든요. 그런데 어제 저녁 교감이 나를 찾아왔어요. 학교에서 나를 제명했다면서 기숙사에서 나가는 게 좋겠다고 하는 거예요."

세상이 이토록 밉고 싫게 느껴진 것은 처음입니다. 참을 수 없는 분노가 독사같이 심장을 휘감아오고 그래서 공포로 가득 찬 전율이 마약 기운이 퍼지듯 온몸에 마구 퍼져갑니다. 생명이면 모두 귀한 것이고 그 생명이 이 세상에 해를 끼치지 않고 살아가고 있는 한 아니 당당하게 살 권리가 있는 한 어찌하여 그 생명이 아직 만들어지기도 전에 흘렀던 정자의 임자를 그토록 집요하게 파헤쳐야 한단 말입니까? 고귀하고 수정 같이 깨끗한 사랑이 가끔은 오물같이 더러운 생명을 만들기도 하고, 구린내 나는 비천하기 그지없는 사랑이 가끔은 훌륭한 생명을 만들어내기도 한다는 것을 똑같은 생명인 인간은 왜 깨닫지 못하고 있단 말입니까? 하물며 영태는 우리 특수한 영태는 비천한 생명도 아니요 더러운 생명은 더구나 아닙니다. 일본 사람인 에이상이 만들었든 한국 사람인 태호씨가 만들었든 새롭게 탄생한 생명 자체는 단지 같은 생명이 만든 생명일 뿐인데 파묻혀 있는 석탄도 아니고 금덩이도 아닌 것을 왜 그토록 반드시 파헤치려 애쓰냐 말입니다. 에이상도 태호씨도 모두 영태의 목숨만을 지키기 위해 자기의 하나밖에 없는 생명을 바쳤습니다. 그 누구도 아빠의 자리에서 밀려나서는 하늘이 대답하지 않고 바다가 노호할 것입니다.

칼을 갈아 누군가를 찌르고 싶은데 상대가 어디 있는지 알 수가 없고 총을 재워 쏘아 버리고 싶은데 과녁이 보이지 않습니다.

밤은 새벽으로 주저 없이 달리고 쌀쌀한 바람은 문틈으로 불어 들어와 골수까지 얼구어 버립니다. 이제 여명은 온 누리에 공평하게 찾아올 것이나 우리 모자에게만은 기약 없는 어둠으로 언제까지 존재할지도 모를 일입니다.

"가자, 엄마의 고향으로. 또한 네가 태어난 곳이기도 한 그 땅으로 가자."

새벽에 밀려나는 마지막 어둠을 들이마시며 나는 드디어 영태에게 말했습니다.

이사를 준비하는 동안 나는 자신의 건강에 문제가 생기고 있음을 느끼기 시작했습니다. 나의 신경과 혈관들은 마치 잘못 조율된 피아노 건반인양 가끔 엄청난 불협화음이 일어나 스스로도 깜짝 놀라곤 하는 것입니다. 식욕이 지나치게 떨어져 밥이 모래알 같이 입안에서

빙빙 돌고 잠을 자지 못해 꼬박 날을 새며 숫자를 헤아리는 밤이 기수부지입니다. 가끔 아침노을이 저녁노을 같기도 하고 저녁노을이 아침노을로 착각되기도 하여 저녁에 영태에게 아침밥을 챙겨주는 일도 있었습니다. 기분이 너무 우울하여 문밖에 나가는 일조차 싫어지고 사람을 만나는 것이 뱀을 만나기보다 더 징그럽게 느껴져 길을 에돌아다니기 일쑤였습니다.

그런 나를 영태가 몇 번이나 병원에 모시고 가려 했으나 나는 마치 저승에라도 모시고 가겠다는 듯 무섭게 화를 내며 거절해버렸습니다.

고향으로 돌아가는 길도 평탄지만은 않았습니다. 부산의 집이 팔려나가는 길로 우리는 짐을 챙겨 우선 홍콩으로 옮겨 살다가 그곳에서 다시 필요한 서류를 밟아서 대륙으로 들어갔습니다. 그러는 사이 계절은 다시 한 바퀴 빙 돌아 관중 없는 개구리들의 음악회가 한창인 봄의 끝자락에 드디어 비행기에 올랐습니다.

59 ~ꖳꖳꖳ

우리가 상해 공항에 내린 것은 뜨거운 정적이 졸린 듯한 땅 위에 노랗게 깔리고 있는 정오였습니다. 입을 크게 벌려 내 어린 시절의 냄새가 밴 고향의 대기를 한껏 들이켜고 나서 출구로 발길을 돌리는데 마중 나온 얼굴들의 바다 속에서 어머니가 떠올라 나를 향해 막 달려오는 것입니다.

"유정아!"

"어머니!"

자그마치 15년이란 세월이 흘렀습니다. 늙어가는 시간 속에 고드름처럼 외로운 삶이 어머니를 완전 파파 늙은이로 만들어 놓았습니다. 세월은 잔인하게도 백옥같이 하얗고 빛나던 어머니의 이빨을 모두 빼앗아가 입 속에 아궁이 같이 까아만 구멍만 남겨두고 거지의 옷같이 쭈글쭈글한 이마는 일부러 펴기를 거절하듯 구겨진 대로만 있는 것입니다. 그렇게 금슬이 좋던 아버지는 저 세상에 가신지 오래 되었고 나까지 없는 집에는 어머니 혼자 남아서 쥐들과 대화하며 살고 있은 것입니다.

"유정 동무, 오시느라 수고했소."

느닷없는 소리에 반사적으로 휙 돌아보니 눈앞에 잔인할 정도로 넥타이를 꽉 매고 자루 속에 다져 넣은 듯 꼭 맞는 옷을 요란하게 차려입은 멀쩡하게 생긴 젊은 남자가 서있는 것입니다.

"…누-구세요?"

내가 눈을 슴벅거리며 묻자 어머니가 급히 소개합니다.

"네가 알아보기 좀 힘들겠다만 바로 이전 문지기 아저씨의 아들이다. 지금은 가도(街道) 주임이셔."

"아, 네에? 이전 그…"

뒷말은 얼른 먹어버렸습니다. 아득한 인상 속을 헤집고 떠오르는 피부가 흑인같이 새까만 코흘리개 아이, 때가 구두장이 앞치마보다 더 반들반들한데다 코를 얼마나 많이 발랐는지 엿처럼 찐득거리는 옷을 그대로 입고 날마다 문지기 아저씨 방 문어귀 맨봉당에 퍼더버리고 앉아 뭐가 불만인지 하루 종일 떼만 쓰던 떼쟁이, 그 모습이 방불히 어제 같은데 어느덧 이렇게 어른이 되어 무슨 주임이라는 벼슬까지 하고 있다는 것입니다.

어리둥절한 나를 주차장으로 안내하는 남자의 바짓가랑이 끝이 조금 찢어져 너펄거리는 듯 보였으나 그런대로 주차장에 도착하여 짐을 차에 실었습니다. 덩치가 크고 여기저기 찌그러진 영구차 같은 검은색 승용차인데 이상하게 낯설어 보이지 않는 것입니다.

영태가 앞에 타고 어머니와 내가 뒷좌석에 앉자 차는 덜커덩거리며 출발하기 시작했습니다. 헌데 차에 앉아있는 느낌이 이상하게 아득한 옛날을 떠올리며 이어 기억의 바다에서 희미한 무엇이 가물거리며 피어오르는 것입니다.

"이 승용차… 혹 우리집 차 아녜요?"

"응…" 마치 무엇에 찔리기라도 한듯 어머니는 몸을 흠칫하다가 소리를 낮추어 말을 잇습니다. "지금은 가도에 넘어갔어."

"…왜요? 팔았어요?"

"아니." 급히 부정하고 나서 떠듬떠듬 덧붙이는 것입니다.

"네 아버지가 가시고, 그리고 나니 집에 쓸 사람도 별로 없고 해서, 가도에 넘겼지."

아리송한 말을 하는 어머니의 얼굴표정이 더 아리송하게 보였습니다. 안개 속을 허우적거리는 느낌이었으나 어머니의 주름진 옆얼굴을 일별하니 더 묻지 말라는 마침표가 둥그렇게 걸려 있는 것 같아 그만 입을 다물어버렸습니다.

마침 앞에서 운전을 하던 남자가 입을 열어 다른 화제를 꺼내는 것입니다.

"미안해요 아가씨. 지금은 아가씨라는 칭호를 쓰면 안 되기에 아까는 동무라 불렀어요. 새 정부가 선 후 모든 사람이 평등하다고 해서 여기서는 상하 좌우 모두 동무라 부르고 있어요. 그러니 노여워하지 마세요."

"알았네--요. 괜찮으니까… 염려 마시고… 주임…님."

말이 너무 부자연스러워 마치 내 입에서 나가는 것이 아니라 저 멀리 산에서 들려오는 꿩 울음소리 같은 느낌입니다.

"'님' 자를 붙이면 안돼요. 그냥 성을 부르고 동무라고 불러주세요. 내 성이 왕씨이니 '왕동무'라 부르면 돼요."

영태가 킥 웃다가 얼른 손으로 입을 막아버립니다.

집은 여전히 이전 건물이었으나 정원이 없어졌습니다. 정원이 있던 곳은 이미 우리 집과 갈라져서 공공시설들이 들어앉고 탁아소와 유치원, 가도사무실 (街道办事处) 등이 나름의 간판을 이마에 달고 서있는 것입니다.

만년에 배우자를 잃은 문지기 아저씨와 유모가 결합하여 일층에서 살고, 어머니는 고양이와 함께 2층에서 살고, 3층은 잡동사니와 공기들이 살고 있었습니다. 영태와 나는 3층의 잡동사니들을 정리하고 공기를 세탁한 다음 각기 방을 하나씩 사용, 물론 내방은 옛날에 쓰던 방으로 두꺼운 덮개 밑에서 오랫동안 신음하고 있던 피아노가 드디어 해방을 맞게 되었습니다. 다행히 방안은 다른 세계처럼 따뜻하고 아늑하여 갈갈이 찢겼던 몸과 마음이 간신히 하나로 돌아온 기분이었습니다.

유모와 문지기 아저씨는 여전히 나를 아가씨라 불렀고 어머니를 마님이라 불렀으며 또한 영태까지도 도련님이라 부르는 것을 내가 막아나섰습니다. 사회가 평등을 요구한다면 얼룩을 놓지 말아야지 특수화를 부리는 것은 좋지 않다고 생각했기 때문입니다.

왕동무도 밖에서는 나를 문동무라 부르고 집안에서는 계속 아가씨라 부르기에 내가 누나라 부르라고 했더니 이제 호칭을 고칠 때가 있을 거라고 하면서 윙크하듯 눈을 찡긋해 보이는 것입니다.

10년이면 강산이 변한다는데 고향을 떠난지 15년이나 되었으니 그 변화는 이루다 말할 수가 없었습니다. 길 건너 그 소문난 바람둥이는 드디어 죽어버렸답니다. 내게는 거머리 같던 저 징글징글한 서양물 남자는 영국으로 다시 가버렸고 그의 죄 많은 아버지는 인민전쟁의 수레바퀴에 깔려 오징어 말림이 되었다는 것입니다…

우리가 돌아와서 일 년 남짓이 되었을 때 어머니가 세상 뜨셨습니다. 볼 사람을 다 보고 갈 곳으로 간다고 생각해서인지 내 품에 조용히 안긴 채 두 눈을 꼭 감아 단정하고 깨끗하게 세상을 하직하셨습니다. 그래도 어머니를 내 손에서 보내드리고 나니 아버지가 가실 때는 국제길이 막혀 임종을 지켜드리지 못했던 한이 조금이나마 풀리는 듯했습니다.

이제는 영태도 언어관을 넘었으니 공부를 계속해야 하고 나도 심리적인 우울증을 이겨냈으니 직업을 찾아야 하는데 또 다시 호적 문제에 걸려든 것입니다. 새 정부가 서기 전에 나와 영태는 이곳을 떠나갔으므로 우리의 호적은 이미 없어진 상태였고 다시 회복하려면 그 동안 지내온 당안(档案)이 있어야 하는데 우리에겐 아무것도 없습니다.

지금 나와 영태는 말 그대로 호적도 국적도 당안도 없는 망류모자(盲流母子)로 점 찍혀 있는 것입니다.

호적 관리소에서 내주는 서식 란에 내용을 적어 넣으려고 해도 이제는 아무리 건져도 썩은 꽃잎처럼 원형마저 보이지 않는 지난 세월을 어떻게 무엇으로 채워 넣는단 말입니까? 갑자기 자신이 그림자처럼 살아왔다는 생각이 갈마들었습니다. 나 문유정은 20여년 동안 세상에 존재만 했을 뿐 결코 살아있지는 않았다. 누군가에게 잡혀서 몸의 내부는 모두 파 버려지고 대신 배속에 솜이나 대패밥 따위를 잔뜩 넣고 원상태로 부풀어 있는 박제품처럼 껍데기만 존재해 있을 뿐이다. 그래서 내게는 역사도 미래도 현재도 없고, 더욱이 어머니마저 계시지 않는 지금 내가 당최 이 세상에 사람으로 태어난 것이 맞는지 아닌지조차 증명할 길이 없는 것이다. 이런 생각에 빠지자 울먹이며 거울을 보는 어린아이가 거울속의 자신을 보고 더 울먹이듯 나도 자신이 너무 처량하고 한심하여 견딜 수가 없었습니다…

우울증이 또다시 심신을 야금야금 먹어들기 시작합니다. 영험하다는 약 모두 발라도 없어지지 않는 마음의 생채기는 나를 겨울의 낙엽보다 더 나약하고 무기력한 존재로 만들어 내 삶은 마치 아스팔트 길 위에서 살려고 몸부림치는 씨앗의 노고와도 같이 부실하기 짝이 없는 것입니다. 모든 것이 인생의 그래프에 따라 진행되고 있는 듯하나, 아마 그 그래프는 어느 그림자의 손에 의해 그려진 것일지도 모릅니다. 나는 원래 자신이 누구보다도 자연스럽게 또한 당연히 행복을 위해, 자유를 위해, 평온을 위해 태어났다고 생각했는데 결국은 투우(鬪牛)처럼 죽음과 고통을 위해 태어난 것임을 신경 저리게 느끼는 순간, 손가락 끝에서 튕기는 피아노 선율이 귀청을 찢을 듯 튀어 올랐다가 그만 열손가락이 건반을 쾅쾅 두드리고 나서 내 몸은 그대로 건반위에 엎어져 울음을 터뜨리고 말았습니다. 태호씨, 나를 데려가 주세요. 이제는 나도 가고 싶어요. 더는 버틸 수가 없어요. 너무 힘들어서 끝내고 싶어요…

누군가 노크도 없이 문을 열고 들어오는 사람이 있었습니다. 영태일 거라 생각했는데 아니고, 나를 마중하던 날 입었던 양복을 다시 차려 입은 왕동무인 것입니다. 단지 그날 걸을 때마다 너펄거리던 바짓가랑이 끝이 오늘은 제법 단정하게 잘 맞붙어 너펄거리지 않는 것이 다를 뿐입니다.

"아가씨, 진정하세요. 너무 슬퍼하지 마시고, 내게 방법이 있습니다."

들어오면서 그는 마치 요술쟁이라도 되듯 조금 신비스레 말하는 것입니다.

그 말에 나는 물에 빠진 놈 지푸라기라도 잡는 격이 되어 울음을 그치고 눈물을 손으로 훔치며 고개 들어 그의 얼굴을 빤히 쳐다보았습니다. 지금 내게 있어서 그의 입술은 구세주보다도 중요하기 때문입니다.

"방법이 있긴 한데… 아가씨가 허락하실지…"

"그게 뭐예요? 어서 얘기해보세요."

지나치게 팽팽해진 내 신경들은 이제 날카로운 떨림으로 재촉을 대신합니다.

에헴 에헴! 마른기침을 여러 번 하고나서 그는 갑자기 요술 뱀이 입으로 불을 토하듯 말을 토해내는 것입니다.

"저기, 아가씨, 내게 시집오지 않겠어요? 우리 두 사람이 결혼만 한다면 모든 문제가 해결될 것입니다. 내 식구가 되면 영태도 내 보증으로 통과될 거구요."

잠간, 아주 잠간 나는 정신이 아찔하여 손으로 이마를 짚어 지탱했습니다.

"…지 지금 뭐라고 했어요?"

어른 앞에서 뭔가 잘못 말한 아이처럼 그는 목을 쏘옥 움츠렸다가 다시 조금씩 빼들기 시작하며 내 얼굴을 쳐다보지도 않고 띄엄 띄엄 말을 잇습니다.

"이렇게 말하면 어떻게 들릴지는 몰라도… 아이 적부터, 아주 어릴 때부터 난 아가씰 사랑했어요… 아가씨가 있는 방문을 보기만 해도 가슴이 두근거리고 아가씨가 가는 데면 어디든 따라가고 싶고… 아가씨가 주는 음식은 독약이라 해도 먹고 싶고 아가씨 냄새를 맡으려고 창문 밑에 하루 종일 서 있곤 했지요. 아가씨를 보는 것이 내게는 사는 이유의 전부 같았고…"

더 들어 내려갈 수가 없었습니다. 그래서 저도 모르게 꽥 소리 질렀습니다.

"그렇다 한들 지금 와서 나와 결혼하겠다는 거예요? 어떻게 그런 생각을… 어떻게?…"

쇠망치에 한 대 얻어맞기라도 한 듯 그는 잠간 주춤하고 있더니 하품 하듯 크게 입을 벌려 공기를 한가득 들이마신 다음 용기를 내어 어깨를 떡하니 벌리고 서서 당당하게 말하는 것입니다.

"왜 안 된다는 거예요? 좋아하면 사랑하고 사랑하면 결혼할 수 있는 거잖아요, 지금 우린 모두 싱글이에요. 싱글 남자와 싱글 여자가 결혼하는데…"

"그게 말이 되나요?"하고 나는 그의 말을 잘라버렸습니다. "난 이젠 중년여자에요. 왕동무보다 거의 열 살이나 더 큰 아재비 벌이란 말이요…"

"아니요. 나이차는 여덟 살 밖에 안 되구요. 중요한 건 서로 원한다는 거예요, 아니, 필요하다 해도 좋아요. 혼인법에도 나이차가 크면 결혼 못한다는 조목은 없거든요. 단 아가씨만 원한다면…"

"난 늙었어요. 몸에 병도 있고 성분도 나쁘고…"

"그러니 성분 좋은 내가 지켜주겠다는 거잖아요. 물론 아가씬 날 사랑하지 않겠지만 그래도 상관없어요. 아가씨가 날 밀어내지만 않으면 아가씨 옆에서 난 평생 행복할 거예요. 이건 진심이에요, 믿어주세요 아가씨!"

아아, 이 무슨 병신 같은 소릴…

바로 이때 똑똑똑! 노크소리와 함께 영태의 목소리가 크게 들려오는 것입니다.

"어머니, 식사하러 내려오시랍니다."

왕동무는 막 울음을 터뜨리기라도 할 듯 얼굴 전체를 휴지같이 찌푸립니다. 쇠뿔은 단김에 뽑으랬다고 아마도 지금 어떻게든 나를 설복하여 답복을 얻어내려는 순간 이렇게 방해받았으니 엄청 서운하나 봅니다.

허나 나는 영태의 목소리를 듣는 순간 이상하게 가슴이 짜릿해오며 심장 맥박이 실 뭉치같이 헝클어지는 걸 강하게 느꼈습니다. 눈동자마저 딱딱하게 얼어붙어 몇 초간 그대로 까딱 않고 있다가 겨우 두 손을 올려 땀도 흐르지 않은 얼굴을 고양이처럼 닦아내며 무심코 거울에 비친 자신의 모습을 보았습니다. 젊음의 찬란함은 어느새 흔적도 없이 사라지고 캄캄한 세월 넘어 자기 울음이 가파른 슬픔들만 고스란히 남은 저 얼굴은 지금 모순 속에 무섭게 흔들리고 있습니다.

한껏은 눈물과 웃음과 분노 속에서 세월보다 더 빨리 색이 바래인 무명 꽃, 그것이 다름 아닌 나라고 저 거울이 아프게 가르치고 있는 까닭일 것입니다.

60 ᜫ᜔᜔᜔

끝내는 고통에 무릎을 꺾고 말았습니다. 아니, 더는 내 소중한 아이를 저 밑도 끝도 없는 고통의 도가니 속에 밀어 넣을 수가 없기 때문입니다. 이것으로 그 고통이 끝난다면 최저한 저만치에 끝이라도 보인다면 나는 기꺼이 모든 것을 받아들일 것입니다. 세월은 흐르고 사랑도 흐르며 관념도 흘러서 이제는 내 사념도 표백된 무화과처럼 색채도 냄새도 맛도 모르게 되었습니다. 세상을 개변할 수 없을 때는 세상에 적응하는 것이 삶의 지혜라 했습니다. 비록 그는 돌멩이 같은 존재였으나 그 존재는 지금 내게 보석 이상으로 진귀한 빛을 발산하고 있습니다. 나무의 뿌리를 좀먹으며 구부러진 벌레처럼 내 청춘도 이미 시간을 좀먹으며 구부러져 다시는 청초함의 대명사가 아니요 뒤돌아보면 온통 상처투성인 못난 내가 울고 있을 뿐입니다. 그런데도 이 결정을 내리기까지 나는 끔찍하게도 슬펐습니다. 방안을 이리저리 거니는 동안 전례 없는 불안이 나를 사로잡았습니다. 나는 울고도 싶었고 웃고도 싶었습니다. 자신을 종이 쪼가리 같이 비비고 구겨서 쓰레기통에 망창 처넣어 버리고도 싶었습니다…

드디어 거리의 냄새를 한 아름 지고 그가 들어섰습니다.

"모든 서류가 준비됐어요. 이제 둘이 같이 등록처에 가서 혼인신고만 하면 됩니다."

나는 죽은 이의 머리를 빗기듯 천천히 내 머리를 빗고 있었습니다. 이제 여름도 늙어가고 모든 것이 단일한 우수의 한숨으로 내려앉을 것입니다.

운명은 잠겨 있던 내 마음의 문을 세차게 두드렸고 피아노의 마지막 음률은 물음표처럼 마당 한가운데 걸려 있다가 마침내 바닥에 나동그라지며 커다란 마침표를 이루었습니다. 소망이 펼쳐진 날개에 실렸으나 그 날개는 어쩌면 종이엽서로 만들어진 것일지도 모릅니다. 그래도 희망을 갖는다는 것은 홀로 한세상을 살면서 그림자에게 자비를 요구할 만큼 정신이 가난해지는 것보다는 좋은 편이 아닐까 싶은 생각이 내 선택에 느낌표를 찍었던 것입니다.

승용차에 앉아 차창 밖으로 이미 가을을 느끼게 하는 쓸쓸함을 내다보며 어깨를 오싹 떨었습니다. 내가 쭉 살고 있던 거리, 또 그러다가 나를 잊었던 이 거리, 다시 내 발자국이 찍히기 시작한 이 거리의 한가운데로 나는 지금 망아지 같이 어딘가로 팔려가고 있는 중입니다.

한데도 앞에서 핸들을 잡고 있는 그는 좋아라 휘파람을 휙휙 불며 "그대는 내 사랑 속에 태어날 여인"이란 노래를 신나게 흥얼거리고 있습니다. 죽은 물고기 같이 희뿌옇던 두 눈이 지금은 햇빛아래 개울 물처럼 반짝반짝 빛을 뿌리며 입은 마치 금덩어리 주은 벙어리인양 벙글벙글 웃기만 하고 있습니다.

한 그루 나무의 검푸른 가지가 물에 빠진 여인의 머리카락처럼 하늘로 뻗은 곳에서 느닷없이 차가 멈추었습니다. 도로 양쪽에서는 거대한 이파리들이 수수께끼 같이 속삭이고 그 의미는 아마 이집트학 학자도 판독해내지 못할 것입니다.

"잠간 내리실래요?"

물음표로 끝났으나 느낌표를 압도하는 어조입니다. 이 시각 그의 통치권은 마치 들고양이마저 포함한 듯싶습니다.

나는 이앓이라도 하는 듯한 표정으로 차에서 내렸습니다.

"어디 아프세요?"

"아니."

"그럼 얼굴 펴세요. 내가 미치게 좋은 걸 드릴게요."

커다란 손으로 내 손목을 덥석 잡아 이끌고 길옆의 벤치에 인형 앉히듯 앉혀 놓고는 호주머니에서 뭔가를 꺼내어 손에 꼭 쥐고 말하는 것입니다.

"어릴 때부터 내 꿈은 아가씨 곁에 있는 것이었어요. 한시라도 아가씨를 보지 못하면 죽을 듯이 괴로워서 그래서 떼를 많이 썼어요. 엄마가 일찍 돌아가시고 아빠와 사는 나는 남자들만 있는 집안이 싫었고 안뜰에서 아가씨의 웃음소리만 깔깔깔 들리면 완전 넋이 나가 버렸어요. 아빠는 내가 상처받을까 걱정되어 '올라가지 못할 나무는 쳐다보지도 말랬다'며 내 마음을 돌려놓으려 무진 애를 썼으나 그럴수록 더 깊이 빠지는 걸 어쩔 수 없었어요."

"……"

아무 말도 떠오르지 않습니다. 아니, 떠오를 말도 없습니다. 유리에 물을 아무리 뿌려도 스며들지는 않는 법입니다. 저기 나무 위에서 꾀꼬리 한 마리가 나를 대신해 약간 떨리는 목소리로 노래를 부르고 있습니다.

불시에 그가 한쪽 무릎을 털썩 꺾어 내 앞에 꿇으며 모아 쥐었던 두 손의 위쪽을 열어 안에 있는 금반지를 내보이는 한편 꾀꼬리보다 더 떨리는 소리로 고백합니다.

"나의 열린 여인으로 되어 주시겠습니까? 당신 속을 뜨거운 숨결로 탐색하고 싶습니다."

나는 그만 웃음이 터져 나와 걷잡지 못하고 푸하하 웃어버렸습니다. 어느 책 속에 있는 저 시구를 찾아 암송하느라 어젯밤 자지 않고 얼마나 고생이 컸겠습니까? 장난꾸러기 조카 같기도 하고 아직 철없는 어린애 같기도 한 이 남자를 이제 나는 남편으로 섬겨야 한다니 웃어야 할지 울어야 할지 알 수가 없습니다.

그는 오히려 내가 금반지를 보고 좋아서 웃는 줄로 알고 금세 신이 나서 큰 소리로 막 따라 웃으며 내 손을 무작정 끌어당겨 무명지에 반지를 쑥 끼워주고는 으쓱해서 지껄이는 것입니다.

"순금(純金)이예요. 먼저 끼고 결혼한 후에 루비로 바꿔드릴게요."

밀랍이 끼고 있는 반지처럼 아무 의미도 없어 보이나 햇빛에 제법 빛이 나는 금반지를 묵묵히 내려다보고 있노라니 이제는 감주 속에 부어 넣은 물이 되어 다시는 퍼낼 수도 사라질 수도 없겠구나 는 서글 픔이 뼛속까지 스며드는 느낌.

그의 물컹한 키스가 이어지는 동안, 내 머릿속에 떠오른 것은 장호 오빠와의 호기심 어린 첫 키스였고 태호씨와의 영혼을 나누는 긴 키 스였습니다. 이처럼 몸과 마음이 통일을 이루지 못하고 바다와 육지 같이 갈라져서 사랑을 하는 리애(离爱) 행위를 세상은 어떻게 평판할 지 가늠하기 어려우나 지금 이 시각 영태를 위해서라면 견지하지 못 할 일도 아니라고 심장이 호소하고 있습니다…

우리가 등록처에 도착한 것은 호박색 햇빛이 한껏 부풀어있는 오후 시간입니다. 차로 30분 거리밖에 안 되는 곳에 세 시간이 지나서야 도착한 셈입니다. 자세히 보니 여기는 옛날 서양물 남자의 가족이 살 던 곳 같은데 지금은 건물이 흔적도 없이 사라지고 새 건물에 새 시설 들이 즐비하게 늘어서 있습니다.

"왕주임, 오셨어요?"

들어가는 동안 대문에서부터 심심찮게 인사를 건네는 사람이 있어 어깨가 으쓱해진 그는 주위에 미치는 자신의 파워를 즐기며 여유롭게 미소를 지어 일일이 대답해주는 것입니다.

우리가 막 등록처 문안에 들어섰을 때, 갑자기 밖에서 엄청난 바람 이 휘몰아쳐 창문을 와당탕 들부수고 밀려오는 먹장구름에 태양과 하 늘이 모두 가려져 밤이 아닌 어둠이 닥치고 있었습니다.

앞의 젊은 남녀가 혼인신고를 마치고 우리 차례가 되자 사무탁자 앞에 성큼 다가서며 왕동무가 내 팔을 잡아당기는 것입니다. 한데 나는 어쩐지 두려움이 앞서는 걸 어쩔 수 없었습니다. 송아지라면 움메―하고 두려운 표시라도 해보련만 인간으로의 나는 이미 수락을 해버렸으니 대가를 치르지 않을 수 없는 일입니다.

밖에서는 천둥이 성난 사자같이 으르렁거리고 번개가 미친 사진사인양 번뜩이며 이어 하늘에서 무수한 물통을 뒤집어엎은 듯 폭우가 쏟아져 내리기 시작합니다.

집안은 밤중처럼 컴컴하여 전등을 켜놓았으나 희끄무레한 불빛아래 사람들의 얼굴은 마치 새끼를 도둑 맞힌 어미원숭이 모습 같습니다. 망치질 당해 이 무리 속에 박혀버린 못인양 나도 왕동무도 이상한 분위기에 휩싸여 창밖에서 천둥이 꽈르릉 울부짖고 번개가 내리 꽂힐 때마다 저도 모르게 전신을 부르르 떨었습니다.

"무슨 등록을 하려구요? 결혼이요? 이혼이요?"

사무원이 물어서야 겨우 정신을 차리고 왕동무가 쫓기듯 대답합니다.

"결혼이요, 결혼!"

사무원이 나를 흘깃 보고나서 "서류 내놓으시오." 장갑으로 먼지 터는 듯한 소리.

왕동무가 허둥대듯 품에서 서류를 한가득 꺼내 놓으니 이 잡이 하듯 하나하나 살펴보던 사무원이 "여성 측은 호구가 없어요?" 하고 찌르듯이 물어옵니다.

"신분증명서가 있잖아요. 여기 가도에서 만든…"

"이것만 가지고는 안 돼요."

"소개장도 있어요. 가도 공장(公章)이 찍힌 소개장이요."

436

사무원이 소개장을 찾아 들고 한참 들여다보다가 책임자 서명 란을 가리키며

"이건 본인이잖아요. 주임의 사인을 받아야지 자기 이름을 쓰면 어떡해요?" 하고 어처구니없는 아이 보듯 왕동무를 흘겨보는 것입니다.

"참, 그건 어쩔 수 없는 일이요. 내가 주임이니까, 내가 바로 가도 주임이란 말이요."

"…어… 그건…" 하고 잠시 얼떨떨해있던 사무원이 버릇처럼 손을 올려 머리를 만지작거리다가 "…그 그럼… 상급의 사인을 받아야 하는데… 자 잠간 기다리세요." 하고는 몸을 돌려 도망치듯 안쪽의 문안으로 사라져버립니다.

비는 여전히 쏟아 퍼붓고 심심찮게 타오르는 번갯불은 사정없이 창문으로 뻗어 들어와 사람들의 얼굴을 순간순간의 표정 도깨비로 만들어 놓습니다.

왕동무는 내 손을 꼭 잡고 내게 말한다기보다 자신에게 말하듯 중얼거리는 것입니다.

"무서워 말아요. 걱정하지 말아요. 다 잘될 테니까. 잘될 거라구요."

한데 나는 이 시각 나의 내부에서 소용돌이치고 있는 것이 도대체 무엇인지 알지 못합니다. 구름으로 꽉 덮인 하늘처럼 어둡고 길거리를 휩쓰는 바람처럼 휘몰아치며 번뜩이는 번갯불을 따라 마구 뒤집히는 이 마음을 무어라 형용하면 되겠습니까?

드디어 안쪽 문이 열리고 사라졌던 사무원이 다시 나타났습니다.

왕동무가 급히 사무탁자에 다가서며 물었습니다.

"어떻게 됐어요? 문제없는 거죠?"

사무원이 의자에 앉아 느닷없이 내 얼굴을 쏘아보더니 구정물을 쏟아버리듯 말을 내던집니다.

"상급 기관에 넘겼어요. 심사한 다음 통지할 것이니 돌아가 기다리세요."

왕동무가 대들듯이 따집니다.

"아니, 뭐가 잘못됐다고 그래요? 도대체 어디가 문젠데 해석도 없이…"

사무원이 갑자기 손가락으로 나를 가리키며 고함치듯 큰소리로 떠들어댑니다.

"뻔뻔스럽게 성분 나쁜 과부가 어떻게 혁명 간부 총각과 결혼한다구 그래요? 부끄럽지도 않아요? 싹 집어치우세요!"

말이 막힌 것이 아니라 가슴이 막혀버렸습니다. 왕동무가 뭐라 뭐라 말하고 있었으나 내 귀에는 저 창밖 비좁은 골목의 높다란 저택 사이에서 요란스레 으르렁거리는 천둥소리만 들려올 뿐입니다.

61 ⟶⟨⟨⟨⟨

그날 밤, 우리 집에 씩씩한 사람들이 들이닥쳤습니다. "혁명 간부를 부식시키려 한 잡귀신"을 잡아간다는 것입니다. 글쎄 내가 무슨 잡귀신인지는 몰라도 누구를 부식시키려 했다는 말은 참으로 알아들을 수가 없습니다. 암튼 격리 심사를 한다고 하니 따라갈 수밖에 없고 그들의 차에 오르는 순간, 잠옷을 입은 채 맨발로 쫓아 나온 영태의 얼굴에 흘러내리는 고드름 같이 굵다란 눈물줄기를 보았습니다.

"울지 말아, 아들아. 엄마가 진실만 말씀드리면 바로 풀려나올 테니 걱정 말고 밥 잘 먹고 기다려."

허나 안타깝게도 내 목소리는 차안에서만 맴돌 뿐 차창은 이미 굳게 닫혀버린 뒤입니다.

반나절이면 될 거라 생각한 내 심사는 반년이 넘어도 손바닥 크기의 방안에 갇힌 채 풀려나지 못하고 있습니다.

"혁명 간부를 어떻게 부식시켰는지 경과를 말해보시오."

"부식시키지 않았습니다. 부식시킬 줄 모릅니다."

"그럼 말을 바꾸어서, 어떻게 꼬셨는지 탄백하시오."

"아니오, 꼬시지 않았습니다."

"그럼 왜 새파란 총각이 엄마또래의 과부와 결혼한다는 거요?"

"그건 그 사람에게 물어보세요. 나도 잘 모르겠어요."

"왕동무는 이미 자백했소, 당신이 꼬셨다구. 그러니 혼자 뻐기지 말구 그만 자백하시오!"

저 말이 진짜라면 나는 이제 황하에 뛰어들어도 이 오물을 다 씻지 못할 것입니다. 그런데 더 이해가 안 되는 것은 입 주위가 온통 코딱지로 더덕더덕하고 아직 고추를 건사하지 못해 그대로 달랑달랑 달고 다니던 어린애 시절부터 드팀없이 나를 좋아하고 사랑했던 저 남자가 어떻게 이런 식으로 나를 팔아먹고 비루하게 자기 몸만 빼낸단 말입니까? 세월이 저 순진하기 짝이 없던 인간을 저토록 기 막히는 카멜레온으로 만들어버렸단 말입니까? 맹추위 같이 덮쳐드는 서운함과 허탈감에 나는 저도 모르게 진저리를 치며 몸을 기우뚱 했습니다.

그런데 다음 순간, 얼굴을 들어 신문자의 눈을 정면으로 마주 보는 순간, 그 알량한 눈동자 뒤에 숨겨진 거짓과 허위 덩어리가 그대로 내 감지 기관에 전해오는 것입니다. 급기야 자신의 판독에 느낌표를 찍으며 나는 소리치지는 않으나 소리치는 어조로 한 글자 한 단어씩 내뱉었습니다.

"나를 거짓 자백시키려 애쓰지 마세요. 거짓은 어디까지나 거짓이고 진실은 아무리 묻혀있어도 진실인 것입니다. 이제부터 나는 그 어떤 말에도 대답하지 않을 것이니 괜한 힘만 빼지 마세요."

과연 그 후부터 나는 그 어떤 물음에도 대답하지 않고 그 어떤 일에도 입을 열지 않았습니다. 사람들은 내 성대가 잘못되지 않았나 입도 벌려보고 목 부위를 뚝뚝 두드려 보기도 했으나 모든 것이 정상인 상태에서 이토록 침묵을 지키는 내가 아주 괴물처럼 보인다고 도리질할 뿐이었습니다.

가을이 춤을 추며 다가왔다가 떼를 쓰면서 사라지고 하얀 성에를 몰고 겨울이 덮쳐왔습니다. 돌이라도 얼어 터질 것 같은 추운 날이 계속되고 낮에는 이따금 차디찬 진눈깨비가 구질구질 날려 폐부의 끝까지 얼음가루를 뿌려주는 느낌입니다. 여기는 정식 감옥은 아니고 전에는 공장의 창고였던 것을 칸막이를 하여 임시 격리실로 쓰는 곳으로 벽이 얇고 문과 창문들이 질이 떨어져 보온이 제로인 상태입니다. 난생 처음으로 나는 손과 발에 동창이 생겨 고름이 줄줄 흐르고 얼굴도 얼어서 피부에 시퍼렇게 지도가 그려졌습니다.

추위로 말미암아 대지(大地)가 얼어붙어 죽은 듯이 보이는 어느 밤이었습니다. 식사가 들어오는 작은 문의 틈새로 뭔가 훌쩍 날려 떨어지기에 주워서 보니 꼬깃꼬깃 접은 글쪽지였습니다. 급히 펼쳐서 보니 안에 작은 글씨가 또박또박 적혀 있는 것입니다.

"아가씨: 얼마나 고생이 많아요? 허나 조금만 참으세요. 내가 지금 방법을 대고 있는 중이니 조만간 좋은 소식이 있을 거예요. 믿어주세요."

여기까진 왕동무의 글씨였고 그 아래에 한글로 쓰인 영태의 글이 있었습니다.

"어머니, 이를 악물고 버티세요. 내가 길을 찾을게요. 반드시 어머니를 구해낼 것이니, 부디 몸조심하시고, 화이팅!"

나는 그대로 바닥에 엎드려 흐느껴 울었습니다.

추운 겨울이 아무리 사나워도 봄은 겨울의 늑골 사이로 침투해 안으로부터 겨울을 녹이기 마련입니다. 얼음이 고드름이 되고 고드름이 물이 되어 마침내 봄은 겨울을 전송하고 드넓은 대지에 자리를 펴기 시작했습니다. 조그마한 창문으로 내다보는 밤하늘에는 유성이 한없이 흐르고 부드러운 밤이 거의 새까만 하늘과 바스락거리며 가볍게 흔들리는 나무들과 바깥 공기의 신선한 냄새와 함께 어둡고 좁다란 방안을 기웃거립니다.

그 밤이 지나고 보랏빛 새벽이 문틈으로 새어들 때 간수가 밖에서 내 방문을 두드리며 소리쳤습니다.

"기상하세요. 어서 기상하여 옷을 입고 나와 보세요. 떠날 준비를 하고 나오세요."

드디어 그날이 왔음을 직감했습니다. 다가오는 아침기운이 입자 속에 녹아내리는 복도를 걸어지나 대청으로 나갈 때 저쪽에서 돌풍같이 마주 달려오는 영태와 왕동무를 보았습니다. 세상에 왜 희로애락이 존재하는지를 깊이깊이 실감하는 순간이었습니다. 눈물은 말보다 더 뚜렷한 말이고 눈물은 웃음보다 더 환희로운 웃음인데 그 이상에 뭐가 또 있겠습니까? …

후에야 내가 풀려나오게 된 자초지종을 들어 알게 되었습니다. 내가 잡혀가던 날, 왕동무도 잡혀가서 심사를 받게 되었는데 모든 일은 자기가 꾸민 짓이라고 여성 측엔 아무 잘못도 책임도 없으니 풀어주어야 한다고 처음부터 끝까지 우겼다는 것입니다. 그 바람에 주임의 자리에서 파면당하고 노동개조대상으로 농장에 쫓겨 갔으나 그곳에서 또다시 상급에 끊임없이 청원서를 올렸다는 것입니다.

"헌데 그 청원서들이 모두 갈 곳으로 가는 것이 아니라 농장을 벗어나기도 전에 감시자의 손에 떨어져 덕분에 나는 호되게 곤욕을 치르고 그 징벌로 노동개조 시간만 늘어나게 되었죠."

침을 꿀꺽 삼키고 나서 왕동무는 그동안 삐쩍 말라 코밖에 남지 않은 얼굴을 손으로 썩썩 문지르며 "오늘은 아직 미처 세수도 못했어요. 그렇게 눈 박아 보지 마세요." 하고는 수줍은 듯한 미소를 지어 보이고 말을 잇는 것입니다.

"원래 1년이던 노동개조 시간이 3년으로 늘어나자 나는 미치게 초조하여 더는 참을 수가 없었어요. 그러던 어느 날, 공동묘지를 옮기는 기회에 묘한 수를 써서 농장을 빠져나오는데 성공했습니다."

"그 묘한 수라는 게 뭐에요?"

영태가 궁금증을 참지 못하고 묻자 왕동무는 자기 아버지의 눈치를 힐끔 보고나서 낮은 소리로 말하는 것입니다.

"관속에 들어간 거야, 관속에."

"어머, 그럼 나중에 어떻게 나왔어요?"

"음, 사람들이 내가 누워있는 관을 들어서 차에 싣고 달리는 거야. 아무도 지키는 자는 없고. 그래서 안으로부터 지니고 있던 도구로 널빤지를 살짝 열어젖히고 달리는 차에서 뛰어내렸지."

"와--- 괴짜다!"하며 영태는 엄지를 내들어 보입니다.

나도 놀라지 않을 수 없었습니다. 체중이 50킬로도 되나마나 한 이 작고 여윈 남자의 몸에 놀랍게도 총에 맞아 쓰러졌어도 아직은 코끼리마저 집어삼킬 듯한 사자의 기세가 남아있을 줄은 그 누가 알았겠습니까?

우리는 마치 그 무슨 대단한 영웅담이라도 듣듯 영태도 나도, 유모 부부도 모두 꼼짝 않고 귀를 기울이고 있었습니다. 지나가던 파리조차 함께 듣겠다는 듯 차탁 위 과자 함 뚜껑에 살짝 내려앉아 이따금 앞발로 얼굴을 닦는 외에 죽은듯 잠잠합니다.

"그렇게 탈주한 나는 옹근 일주일동안 아무것도 타지 않고 도보로 걸어서 진장군을 찾아갔습니다. 진장군이라면 내가 아이 적에 나리님 심부름을 몇 번 다녀와서 안면이 있고 더욱이 지금은 상당한 권력을 가진 높은 분이시니 목숨을 걸고라도 찾아만 가면 좋은 결과가 있을 거라 판단했던 거죠."

"과연 나리님 성함을 대고 얼마간 기다렸더니 그 대단한 인물이 나를 만나주었습니다. 그렇게 오래전 일인데도 진장군은 내 어릴 적 모습을 기억하고 문사장 댁의 꼬마였구나 하면서 반갑게 맞아주었습니다. 나는 말에 앞서 울음이 터져 나와 잠간 훌쩍거리다가 눈물에 콧물이 범벅된 얼굴을 들어 힘들게 아가씨 상황을 말씀드렸습니다. 그랬더니 내 말이 채 끝나기도 전에 장군이 주먹으로 책상을 꽝 내리치는 것입니다. '천하에 이런 일이 어디 있담? 문사장은 항일전쟁 때 숱한 군수물자와 생활용품을 우리 부대에 헌납한 유공자인데 그 자식을 우대는 못할망정 이렇게 박해하다니 어디 될 말인가!'고 호통치며 바로 비서를 불러들여 편지를 써주는 것입니다. 그 편지를 가지고 돌아오는 나는 너무 기뻐서 발이 땅에 닿는 것이 아니라 막 날아다니는 느낌이었어요."

"내가 집에 도착하자 날 잡으려고 기다리던 민병들이 막 덮쳐드는데 내가 진장군의 편지를 내보이자 모두 놀라서 뿔뿔이 도망쳐버리는 거에요."

"아참, 그 며칠 우린 진짜 무서워 죽는 줄 알았어요."하고 유모가 끼어들었습니다. "이상한 사람들이 집 주위에서 어슬렁거리고 하루에도 몇 번씩 집 수색을 하는 통에 통 제정신이 아니었죠."

"외할아버지 초상이 깨진 것도 바로 그때 일이예요."하고 영태가 덧붙였습니다.

그리고 시선은 또다시 왕동무의 입술로 모아졌습니다.

"나는 진장군의 편지를 가지고 상관 부문을 찾아가 모든 잘못을 뒤엎기 시작했어요. 아무도 감히 막는 사람이 없었고 결국 사흘도 채 안되어 시정이 모두 끝나버렸죠. 엎친 김에 절이라고 내친김에 아가씨와 영태의 호구문제까지 철저히 해결해버린 거예요. 물론 나도 자유의 몸이 되고."

나는 가슴의 명치끝에 모여 있던 숨을 기일게 내쉬고 이 칼칼한 젊은이를 다시 쳐다보았습니다. 그렇게 힘들고 어렵고 구부러진 환경 속에서도 어떻게 저토록 정의롭고 강직하고 반듯하게 성장할 수 있었는지 정녕 비바람속의 소나무를 떠올리지 않을 수 없었습니다.

문지기 아저씨는 천하 없이 대견스러운 표정으로 아들을 바라보았으나 그 표정 속에는 저 나이든 여자를 위해 그렇게까지 모험할 필요가 있었느냐는 아들에 대한 타이름과 아까움이 배어 있는 듯합니다. 아무렴, 천하의 부모 된 마음 다를 바 있겠습니까?

62 ⚘

인생은 허다한 필연과 우연이 여러 형태로 얽혀있는 가능성의 미로를 걷고 있다고 해도 과언이 아닙니다. 단지 인간은 미로의 출구인 죽음을 향해 빨리 가려는 것이 아니라 더 천천히 더 서서히 더 아름답고 멋지게 가려고 애쓰며, 살아있는 동안 미로의 풍요로움을 가능한 더 많이 맛보려고 서로 싸우고 경쟁하고 죽이기도 하는 것입니다. 태양이 동쪽의 신비한 잠자리에서 깨어나 하늘로 솟구치며 하루의 여정을 시작할 때 우리 모두는 미로의 작은 칸에 발을 내디디며 하루의 운을 시작하는 것입니다.

아침식사 후 영태가 내게 좋은 걸 보여주겠다고 자기 방으로 끌기에 오랜만에 아들의 방에 들어가 보았더니, 벽면에 보이지 않던 커다란 사진이 떡하니 걸려있는 것입니다. 긴 도포를 입고 학위 모자를 멋지게 쓴 예쁜 여자가 사진 속에서 눈이 부시게 활짝 웃고 있기에 찬찬히 뜯어보았더니 앗, 별녀가 아니겠습니까?

"와, 우리 별녀구나! 어쩜 저렇게도 멋질까? 근데 벌써 졸업했대?"

나는 저도 모르게 흥분에 들떠 소리쳤습니다.

"네, 어머니. 누난 지난해 석사를 마치고 취직해서 지금 조교로 있으면서 박사를 계속하고 있답니다."

갑자기 막혔던 가슴이 뻥 뚫리는 듯 환희에 세포들이 흐느끼기 시작합니다.

"참 세에상에, 우리 별녀 같이 대단한 애 어딨을까. 미국 가서도 저렇게 잘하고 있으니… 은혜언니 살아있으면 얼마나 기뻐할까."

기뻐도 흐르는 것은 눈물입니다. 두 줄기의 눈물이 햇빛에 떨어지는 이슬처럼 볼을 타고 끊임없이 흘러내렸습니다. 아름찬 행복감에 젖어 얼어붙었던 가슴이 봄물이양 졸졸졸 녹아내리는 시간이었습니다.

"기쁜 일은 그 뿐만 아니에요 어머니." 하고 영태도 전에 없이 흥분되어 조금 떨리는 목소리로 말을 잇습니다. "내가 하버드대학 예비과정 입학을 허락받았어요. 여기 입학 통지서가 있어요." 말과 함께 내 앞에 영문자로 된 서류를 내미는 것입니다.

얼른 받아서 보니 내용은 영문이어서 알아보기 힘들지만 성명 란에 "Ying Tai(英泰)", 즉 성씨 란에는 "Ying(英)", 이름 란에는 "Tai(泰)"로 적혀 있는 것이 분명합니다. 아참, 나는 왜 이런 생각을 못했지? 기성 성씨를 쓰지 않고 누구의 성씨도 따르지 않고 그냥 이름자에서 하나 떼 내어 성씨로 쓰면 간단하고 그런 가지가지 곤욕을 치르지 않아도 될 것을… 그러고 보니 영태의 사유는 이미 나를 초월해 있는 것입니다.

세상에는 원래 성씨란 없었다. 쓰는 사람이 많으면 그것이 성씨가 되는 것이다! OK

어느덧 사람들의 머리 위에서 할머니 손처럼 쭈그러져가는 낡은 양산과 더불어 뜨거운 여름도 뭉게구름 속에 꿈처럼 떠가고 있습니다. 가을바람이 주춤주춤 불어오는 8월 하순의 어느 아침, 우리는 드디어 미국으로 떠나가게 되었습니다.

어제 저녁, 왕동무는 내 방에 앉아 담배를 연거푸 여남은 가지나 피웠습니다. 입에서 내뿜어지는 물음표 모양의 담배연기는 방안을 빙글빙글 감돌고 다른 한 손가락은 답안을 찾듯 쉼 없이 허공을 긁적거리고 있었습니다.

"일본의 까마귀라 하여 일본어로 울지는 않듯 미국의 올빼미도 영어로 울지는 않겠죠. 걱정하지 마세요."

"네, 그건 그런데요… 그런데 나는… 내게는…"하고 그는 말을 멈추고 흘러나오는 눈물을 다시 밀어 넣기라도 하듯 힘껏 눈을 슴벅거리다가 단어를 도둑질해 만드는 말처럼 힘겹게 소리를 내는 것입니다.

"나 혼자 남겨두면 어떡해요… 난, 난 그만 죽을지도 몰라요. 아가씨 없는 나날이 너무 캄캄해서요!"

콧마루가 찡 해 났습니다. 사랑이 끝났는데도 아직 찍지 못한, 아니 찍을 수 없는 이 마침표를 어찌하면 좋단 말입니까?

그렇다고 영태를 혼자 보내고 여기 남아서 그와 더불어 아무 의미도 없는 결혼생활을 할 수는 없고, 하지만 이런 애원에 가까운 소리를 들으며 닭울음소리 모르는 척하는 돼지 모양을 할 수도 없고, 정녕 나를 위해 목숨까지 내놓을 각오를 했던 사람이 아닙니까? 사랑은 없다 해도 은혜와 정이 가슴 벽을 후비고 있는 것입니다. 미국에 같이 데리고 갈 마음도 없지 않으나 당시에는 모래로 밥을 짓는 만큼 어려운 일이니 자신의 못난 한계를 뼈저리게 한탄할 밖에.

불쌍한 사람이 담배를 모두 태웠는데도 날은 여전히 밝지 않고 있습니다. 차라리 내게 다가들어 섹스라도 요구한다면, 그게 소원이라면 그냥 속 시원히 풀어주고 싶건만, 북극의 얼음산 같이 얼어붙은 저 가슴은 한 번의 모닥불로는 어림도 없을 듯합니다.

"그냥 잊어버려요. 망각은 무엇보다 효험 있는 약이고 모든 걸 해결하는 만능키라 했으니 그냥 깨끗이 잊어버리고 내일부터 새 출발하세요. 아직 젊으니까 이쁜 색씨 얻어 자식도 낳고…"

"네, 조만간 잊는 날이 오겠죠. 허나 그 날은 내가 영영 눈을 감는 날이 될 것입니다."

"……"

말이 필요 없는 시간임을 깨달았습니다. 바위 같은 침묵이 흐르고, 그 침묵의 함성을 나는 심장으로 들으며 이제 이것들은 찌르레기의 노래가 되어 비밀 가득한 여름밤을 떠돌 것이라고. 그러면서 닫아 놓았던 피아노 뚜껑을 열고 입안 가득한 침묵을 쏟아 부어 "밤의 향기"를 연주하기 시작했습니다.

그는 술병을 손에 들고 내 연주가 한 소절 끝나면 술병 마개를 열고 한 모금 마시고 내 연주가 다시 시작되면 마개를 닫고 열심히 듣다가 한 소절이 끝나면 또 다시 병마개를 열고 한 모금 마시는 것입니다. 이렇게 내 연주를 안주로 백주 한 병을 모두 비웠을 때 맥없이 드리운 그의 눈꺼풀 밑으로 보랏빛 여명이 등장하기 시작했습니다.

후에 그는 편지에 이렇게 썼습니다.

"그날 밤 당신의 연주는 내 가슴을 꽉 채우고도 남음 있었습니다. 그것으로 나는 남은 생을 행복하게 살아갈 것입니다."

× × ×

인간의 기억은 사라질 때가 되면 시간상 거리가 가까운 기억부터 상실한다고 합니다. 그래서인지 미국에서의 일은 많이 기억하지 못하고 있습니다. 또한 삶 자체도 거울 속으로 축소된 듯 평온한 일상이었고, 그렇게 시간은 보습 날에 뒤엎어지고 보드랍게 으깨어진 다음 새로운 생명을 키우는데 공급되고 소모되었습니다. 단지 초기의 인상 깊은 기억 속에는 어디를 가나 지독한 노린내가 모든 털구멍으로 침입하는 것 같아 견디기 어려웠던 일, 그리고 저녁시간 광장에 나가면 달빛 속에 날아갈 듯 서있는 조각들 주위에 피부색 다른 발원지 다른 형형색색의 사람들이 모여들어 국적 없는 노래에는 죄가 없다며 각기 구제비 같은 언어로 노래를 부르던 일, 그리고 그 옆에는 먹다 남은 뼈다귀에 모여든 개들의 파티장이 제법 흥성거리던 일, 등등이 남아 있을 뿐입니다.

물론 영태는 열심히 공부하여 자기의 모든 꿈을 이루었고 첫사랑인 별녀와 결혼하여 늦게나마 귀여운 딸애를 보았습니다. 생물학 박사까지 마친 그는 끊임없이 생명에 대한 연구를 계속하며 수많은 대학교에서 학생들에게 생명 강의를 하고 있지만 자기 생명에 깃든 이 세상에 둘도 없는 지고의 비밀만은 아직까지도 까맣게 알지 못하고 있습니다. 허나 나는 벌써 전에 오로지 죽음의 뒤에만 살아있을 이 비밀의 무게를 영원히 지켜주기로 마음을 정했습니다. 그것만이 불멸로 남을 수 있는 영원이 아니겠습니까?

몇 십 년이 지나 저 앞 멀지 않은 곳에 귀신의 그림자가 보일만큼 한 나이에 나는 다시 고향으로 돌아왔습니다. 고향의 변화는 참으로 이루다 형용할 수가 없습니다. 세상은 거침없이 전진하고 해와 달은 빨리도 굴러 이제 내 생도 잎사귀가 마구 떨어지고 있습니다. 비록 지구의 반 바퀴 저쪽에서 근 반생을 살았으나 여기는 내 탯줄을 묻은 곳이기에 나는 드디어 바람에 밀려다니는 조각구름 같던 내 삶에 무거운 닻을 내리고 이곳에서 닭의 가슴처럼 야위고 밋밋한 자신의 젖가슴을 어루만지며 조용히 행복하게 대지의 품으로 돌아가려 합니다.

당신과의 거리가 좁혀짐에 따라 세월과 시간으로 이루어진 강의 가운데 물처럼 흘러간 우리들의 얼굴이 새삼스레 떠오르며 함께하지 못한 어마어마한 량의 시간들과 아무 내용도 없는 기나긴 괄호들이 아쉬워서 삶의 퍼즐을 다시 맞추고저 과거 속에 손을 넣었지만 부서진 조각들은 찾아낼 수도 없거니와 찾았다 해도 다시 맞출 수 없다는 현실에 가슴을 쥐어뜯고 말았습니다.

봄은 화사하게 꽃을 피우더니 여름의 장마를 등에 지고 멀리 사라져가고 있습니다. 죽음은 유일하게 아무것도 움켜쥐고 갈 수 없는 곳임을 상기하며 나는 저 다가오는 앰뷸런스 소리를 마지막 음악으로 감상하고 있습니다…

하얀 비가 날리고 있습니다. 자오록한 비안개 속에서 내 시각과 감각은 조금씩 꺼져가고 있습니다. 행복하고 감미로운 추억, 잊을 수 없는 슬픔과 아픔들, 그것에 우는 것도, 그것에 웃는 것도 살아 있는 자의 권리가 아니겠습니까? 지금 내 가슴속에서는 몇 십 년의 삶의 가지가지 추억들이 마치 저 멀리 산비탈을 넘어 초원으로 멀어지는 양떼들의 방울소리처럼 희미하게 작아져서 가물가물 사라져가고 있습니다. 오로지 당신의 모습만이, 당신의 그 광고 없는 사랑, 맹세 없는 사랑, 피를 나누는 사랑만이 무한히 클로즈업되며 확대되어올 뿐입니다…

서두 같은 결말 ✦✦✦

공항은 그렇게 나에게서 멀어져갔고 신종바이러스가 유령처럼 다가왔다. 택시에 앉아있는 동안 앞에서 운전하고 있는 기사는 그림자 사람인양 볼 수도 만질 수도 말을 건넬 수도 없고, 차창 밖으로 스치는 거리는 수천만 인구가 비비적거리던 대도시라 하기에는 지나치게 거짓말 같은 분위기다.

희뿌연 공기 속에 죽은 듯이 누워있는 거리 양쪽으로 입을 꽉 다물고 늘어지게 침묵을 지키는 상점들, 영업소들, 회사들, 학교들, 유치원들… 그리고 내 집의 문을 여는 순간 아무도 없는 집안에서 우루루 마중 나오는 코로나바이러스의 느낌.

며칠 전만 해도 내 사랑하는 할머니가 이 집안에 살고 계셨다. 아흔이 넘은 연세였으나 허리 하나 굽지 않으시고 얼굴에 잡힌 주름살만 보지 않으면 뒷모습은 아직 젊은이 못지않게 꼿꼿해 가끔 재미있는 오해를 만들기도 하던 미인 노파 내 할머니가 코로나 바이러스의 작간으로 하루아침에 저 세상으로 가버리셨다. 게다가 지금 더 위태로운 상황에 처한 사람은 아버지시다. 일생을 의학연구에 몸 담그신 내 아버지 영태 박사님은 코로나 바이러스에 감염된 할머니를 보살필 겨를도 없이 항역(抗疫)의 최전선에 뛰어들어 신종바이러스와 격투하다가 불행하게도 자신이 감염되어 며칠째 사선을 오락가락하고 계신다.

소식을 듣고 외국에서 날아왔으나 내가 할 수 있는 일이 없는 것에 나는 분노마저 느끼고 있다. 할머니의 시체는 내가 도착하기 전에 벌써 말끔히 치워지고 분해되어 하늘로 올라갔고, 아버지가 입원해 계시는 병원에는 그 주위에조차 얼씬할 수 없게 되어있다. 더욱이 이 도시에 최근 입성한 사람은 누구나를 막론하고 두주일 동안 일체 출입이 금지되어 있으니 나는 그만 조롱에 갇힌 새 신세가 되어 집안이란 영토 안에서만 걸어 다니게 되었다.

집안에서는 죽음의 냄새와 바이러스 기운이 합쳐 먼지와 화학반응을 일으키며 자기마당을 형성하고 있는 듯하다.

1층 응접실과 주방 등을 깨끗이 소독 청소하고 나서 2층으로 올라갔다. 계단 끝에서 왼쪽으로 돌면 아버지의 방이고 오른쪽으로 돌면 할머니의 방과 내 방이 있다. 나는 오른쪽으로 돌아 우선 할머니의 방문 앞에 조용히 서서 숨을 깊숙이 들이쉬며 할머니의 체취를 몸속에 한껏 빨아들였다. 내게는 태어나서부터 엄마가 없었다. 눈을 뜨는 순간 최초로 본 얼굴이 할머니였기에 내 몸의 모든 세포는 할머니를 엄마로 받아들였다. 마치 알에서 깨어나자 첫 눈에 보인 움직이는 물체를 엄마라 여기고 무작정 따라가는 새끼오리의 눈물겨운 순진함과 같은 것이다. 8살이 될 때까지 나는 이렇게 주-욱 할머니를 엄마로 알고 살았고, 그만큼 할머니는 젊고 발랄하고 아름다운 여인이었다. 그런데 내가 9살 나던 해 어느 수요일 날, 학교 운동장에서 눈싸움을 하다가 내게 걸려 넘어진 회색 눈의 남자아이가 퍼붓는 욕설에 나는 거의 정신이 돌아버릴 번 했다.

"제기랄! 더러운 잡종! 니네 아빠 니네 할머니하구 ×을 했지? 안 그럼 니가 어떻게 생겨?"

그로부터 연속 십여 일간 고열 속에서 허덕이다가 힘들게 눈을 떴을 때 내가 본 첫 얼굴은 역시 할머니였다. 허나 할머니의 얼굴은 갑자기 몇 십 년이나 늙어 보였다. 언제나 윤기 반지르르 하던 검은 머리도 하얗게 세어버려 늙은 암퇘지 머리털을 방불케 했다. 그런데도 나는 입을 열어 "엄마" 라고 부르려다가 "하, 할머니" 하고 겨우 발음을 내보았다. 그리고 이튿날 우리는 미국 땅을 떠나 중국으로 이사를 했다.

우리 가족은 또한 이상한 점이 한들이 아니다. 아버지에게는 성씨가 없었다. "영태"는 그냥 아버지 이름이고 서류들의 성씨 란에는 아무것도 적혀 있지 않았다. 헌데 호구를 만들 때 누군가 성씨 란이 비어 있다고 "공(空)"이라 했는데 듣는 귀가 오버했는지 만들어진 호적을 받아보니 "공영태(空英泰)"로 되어있는 것이다. 그래서 우리는 공(空)씨의 시조가 되었다. 하지만 내 성씨는 이 공씨를 따르지 않았다. 英씨였다. 아버지의 이름 첫 자를 따랐으리라 짐작되어 아버지에게도 할머니에게도 캐묻지는 않았다. 그런데 썩 훗날 英씨 가족에서 항의가 들어왔다. 자기네 英씨 가족에는 내 뿌리가 존재하지 않는다는 것이다. 그 후 한동안 내 성씨는 공백으로 되어 있다가 어느 날 갑자기 장씨로 고쳐졌다. 장씨는 하도 많이 널려 있으니 족속이나 계열은 캐지 않으리라 해서 그냥 내키는 대로 고쳤으리라 짐작했는데 결국 알고 보니 내 몸을 낳아준, 나에게 피를 넣어준 생모의 성씨라고 한다. 그럼 장씨 성을 가졌다는 내 엄마는 도대체 어디로 증발했단 말인가?

사십대 중반도 넘은 폐경의 나이에 엄마는 나를 만들기 시작했단다. 어쩌면 나를 만든 난소는 엄마의 일생에서 가장 마지막으로 배출된 난소였는지도 모른다. 그런데 엄마는 나를 낳는 것으로 자신의 전반 생명에 마침표를 찍고 말았다는 것이다. 삼십대 초반에 아버지의 동문 선배였던 엄마는 자기보다 다섯 살 어린 후배 박사생과 사랑에 빠져 결혼을 했다는데 그 후 장장 십 수 년이나 되는 세월동안 자식 하나 낳지 않고 무얼 하고 있었단 말인가? 그러다가 쉰 살을 쳐다보는 나이에 와서야 나를 낳는데 자신의 생명까지 불태우면서 고집했던 건 또 무엇 때문이었을까?

또한 우리 집안에서는 종래로 가족의 과거에 대한 화제를 꺼내지 않았다. 남들 집안에서는 자기들의 조상은 어디서 뭘 했다는 둥, 할아버지는 어떤 인물이었다는 둥, 부모님은 어떤 경로를 거쳐 어디로 이사했으며 그러다 어떻게 되어 여기까지 왔다는 둥… 거짓말이든 실말이든 이야깃거리가 수두룩했으나 우리 집안에서는 거의 금지된 구역인 듯싶었다. 아니, 내게는 할아버지란 원래부터 없었단다. 세상을 뜬 것이 아니라 애초부터 존재하지 않는다고 한다. 그렇다면 내 아버지는 어디서 생겨났단 말인가?

이와 같이 우리의 생명은 서리가 자오록이 낀 유리처럼 애매모호했으나 아버지와 나는 어떻게 되어 모두 생명을 연구하는 직업에 종사하게 되었다. 아버지는 의학적으로 연구를 하셨고 나는 이론적으로 연구를 한다고나 할까. 아무튼 내 학위논문의 테마는 모두 생명에 관한 것들이었다. 허면 나는 진짜 생명에 대해 얼마만큼이나 알고 있는 것일까?

죽어간 시간만큼이나 꼭 닫혀 있던 할머니 방의 문을 열어젖혔다. "어, 내 이쁜 새끼, 왔느냐?" 하며 할머니가 두 팔을 좌악 벌리고 마중 나오신다. 나도 두 팔을 활짝 벌리고 마주 달려갔다. 누군가 만남의 기쁨은 에너지 생산 중에서 상등의 상등이라 했다. 이제 그 기쁨을 만끽할 공간, 하지만, 그 공간엔 지금 아무도 없다. 터져버릴 듯 얽혀있던 공기의 입자들이 깨갱 소리 지르며 사방으로 도망치는 외에는.

10층 창문에서 1층 바닥으로 낙하한 기분이 되어 잠시 눈을 감고 있다가 맥없이 떴다. 방안의 모든 것은 예전의 그대로다. 흰 벽에 흰 천장, 흰 벽장에 흰 옷장과 흰 테이블, 은회색의 흔들의자, 자연 나무 무늬 널마루, 그 위에 놓여있는 은백색의 침대, 놀라운 것은 침대 위에 예나 다름없이 반듯하게 덮여있는 매화무늬 침대커버다. 바이러스에 감염되어 고열에 기침에 호흡까지 힘들었을 텐데 병원에 실려 가는 순간에도 할머니는 자신이 누웠던 침대를 반듯하게 정리하고 커버까지 씌워 놓으셨다. 그렇게 평생을 빈틈없이 살아온 할머니였으니 앰뷸런스에 오르는 순간 다시는 살아 돌아오지 못할 거라는 생각을 하지 못했을 리가 없다. 그렇다면…! 갑자기 작동 걸린 로봇인양 나는 미친 듯이 돌아가며 찾기 시작했다. 있을 것이다. 반드시 있을 것이다, 할머니의 유언장이.

하지만 모든 것이 헛수고였다. 벽장, 옷장, 책장, 침대머리, 창턱… 그 어디를 찾아봐도 유언장 같은 건 그림자도 보이지 않는다.

맥이 풀려 침대에 털썩 걸터앉으며 손으로 침대시트를 매만지자 할머니의 온기가 바로 전해오는 듯. 눈을 감고 몇 초간 까딱 않고 있다가 다시 떴을 때 투명한 유리창 저쪽에 거꾸로 매달려 집안을 들여다보고 있는 갈색 도마뱀이 시야에 들어온다. 어디서 봤던가 저놈을…

기억이 20년 전 일을 몰아왔다. 생물 선생님이 곤충 표본을 만들라고 해서 최성과 함께 나비를 잡아다 손질하고 있는데 유리창 저쪽에 거꾸로 매달려 있는 도마뱀이 보였다. 나는 기겁하여 소리쳤으나 최

성은 저놈 잡아 멋진 표본 만들어야지 하면서 창문으로 다가갔다. 그
러자 도마뱀은 날렵하게 사라져버렸다. 몇 분 후 할머니 방에 과자를
가지러 들어갔던 나는 바로 그 도마뱀이 어느새 창문으로 들어와 하
얀 벽에 거꾸로 매달려 있는 것을 보았다. 내 비명소리에 최성이 달려
오고 그래서 그 미물을 잡느라 방안이 발칵 뒤집혔다. 옷장, 벽장, 테
이블 할 것 없이 열수 있는 문은 모두 열려졌고 당길 수 있는 서랍은
모두 빠져나와 있었다. 바로 이때 외출하셨던 할머니가 돌아오셨다.
그때 무섭게 화를 내시던 할머니의 거꾸로 팔자 얼굴이 지금도 눈앞
에 생생하다. 후에 생각해보니 할머니는 방이 어지러워져 화를 낸 것
이 아니라 벽장의 서랍 안에 들어있던 남빛 함이 밖에 나와 있었기 때
문이었다. 그 뒤로 남빛 함은 어디론가 자취를 감추고 벽장 서랍에는
자물쇠가 걸려 있었다.

갑자기 꿈에서 소스라친 듯 머리가 돌기 시작했다. 벽장 서랍----
할머니가 그렇게 꽁꽁 숨겨놓고 아무에게도 보이지 않던 그 남빛함
속에 뭔가 들어있을 것이다. 엎어질 듯 1층에 내려가 공구함 속에서
망치와 드라이버를 찾아 들고 헐떡거리며 다시 뛰어올라와 벽장 서랍
을 따기 시작했다. 그런데 서랍 문이 저절로 벌컥 열려졌다. 다시 보
니 떠나실 때 할머니는 서랍 자물쇠를 잠그지 않았던 것이다.

열려진 서랍 안에 과연 그 남빛 함이 들어있었다. 방금 빚어 놓은
조각품이라도 다루듯 조심조심 함을 꺼내어 뚜껑을 열려는데 뚜껑위
에 새겨진 그림이 자석인양 시선을 끌었다. 푸른 바다물이 출렁이는
바닷가, 뒤에는 검푸른 숲이 꽉 우거지고 그 사이의 모래사장에 한 여
자와 두 남자가 앉아있다. 그들이 몸에 걸친 옷이란 걸레보다 더 해지

고 닳아 떨어져 선사시대의 고대인을 방불케 하고, 멀지 않은 바위 저쪽에서는 커다란 악어가 머리를 내밀고 있다.

눈을 감고 심호흡을 깊숙이 하고 나서 정신을 가다듬고 함 뚜껑을 재빨리 열어젖혔다. 그런데 안에는 의례 있어야 할 유언장은 없고 보석 따위도 없고 통장이나 카드 따위는 더욱 존재하지 않는다. 밑바닥에 깔린 빨간 주단위에 놓여있는 물건은 단 둘, 하나는 엄지손가락 크기의 투명한 고체 속에 들어있는 말린 버섯 비슷한 것이고, 다른 하나는 함 뚜껑의 그림과 똑 같은 그림이 겉면에 정교하게 새겨진 작고 깜찍한 통소모양의 물건이다. 오래된 시간의 냄새가 물씬 풍겨오고 고목 같은 세월의 무게가 어깨를 눌러오는 듯. 두 손으로 통소를 꼭 쥐여 가슴에 대고 세기의 저쪽에서 울려나오는 소리를 들었다. 우---쏴아--- 파도소리가 들려오고 갈매기의 깃털이 손끝에 닿는 듯… 감고 있던 눈을 뜨고 떨리는 손으로 통소를 들어 입 언저리에 대고 조심스레 불어보았다. 소리가 나지 않는다. 다시 힘껏 불었으나 바람이 새는 소리마저 없다. 그제야 이것이 통소의 모양으로 된 다른 물건임을 알아차렸다. 통소가 아닌 통소, 구경 무엇이란 말인가? 왜 이토록 소중히 간직하고 계셨을까?

자세히 살펴보니 통소의 지공은 구멍이 아니라 기능 단추였다. 일본어로 된 "녹음", "듣기", "저장", "삭제" 등, 그러니 이건 틀림없이 통소의 모양으로 된 녹음기인 것이다. 심장이 세차게 방망이질하고 체온이 올라가기 시작했다. 무슨 말을 어떤 내용을 남겼을지 궁금하기도 하지만 보다도 할머니의 육성을 들을 수 있다는 것에 피가 끓어오르기 시작했다. 서둘러 "듣기" 단추를 눌렀다. 즉시 할머니의 부드러우면서도 탄력 있는 목소리가 흘러나왔다.

"사랑하는 내 아들에게"

거의 숨을 쉬지 않고 첫 단락을 들었다. 피가 끓어 번지기 시작했다. 처음으로 가슴에 십자를 긋고 싶어졌다. 순간 하나의 일념이 천둥인 양 머릿속을 울리며 뛰어들었다. 그리고 명령했다. "아버지께 연락해야 한다. 반드시 아버지가 이 내용을 들어야 한다!"

따르릉, 따르릉! 모래를 씹는 듯한 일초 일초로 다섯 번이나 애타게 호출을 해서야 폰 신호가 떨어졌다. 그나마 아버지의 목소리가 아니라 웬 낯선 여자의 목소리였다.

"여보세요? 가족이십니까?" 간호사인가보다.

"예, 환자의 딸입니다."

"아, 외국에 계신다더니 돌아오셨나 보군요. 근데 환자께서 전화를 받을 수 없습니다."

쩡! 가슴에 금이 가는 소리.

"…많이… 위중하십니까?"

"예, 마음의 준비가 필요할 것 같아요. 의사 말로는 오늘밤을 넘기기…"

"안됩니다. 전화 바꿔 주세요. 지금, 빨리요." 저도 몰래 옥타브가 풀쩍 뛰어올랐다.

"받을 수 없다고 했잖아요…"

눈앞이 캄캄해 났으나 이를 악물고 애걸조로 말했다.

"부탁입니다! 폰을 아버지 귀에라도 대주세요. 아님 이어폰이라도 꽂아 주세요. 꼭 중요한 말이 있습니다. 반드시 아버지가 들어야 합니다!"

내 목소리도 이렇게 갈라져 나갈 수 있다는 것에 스스로도 놀라웠다.

"……" 잠간 거친 숨소리가 들려올 뿐 대답이 없다.

"이렇게 부탁할게요. 간호사님, 제발! 기적이 생길 수도……"

신호가 뚝 끊어졌다. 폰을 침대에 내동댕이치고 미친 듯이 방안을 오락가락했다. 심장이 폭발해버릴 것 같아 견딜 수가 없었다. 내 생명에 마지막 남은 유일한 가족인 아버지가 지금 죽음으로 치닫고 있는데, 나는 옆을 지킬 수도 얼굴을 볼 수도 말을 할 수도 말을 들을 수도 없게 되어있다. 더욱이 내 아버지는 이렇게 가서는 안 되는 사람이다. 절대로, 이렇게 가서는 안 된다!

두 손으로 폭발하기 직전의 심장을 꽈악 움켜잡고 아프게 신음하고 있는데, 따르릉! 핸드폰이 다시 울었다. 떨리는 손으로 기기를 잡아 쥐고 통화를 눌렀다.

가냘픈 숨소리가 새나왔다. 아버지의 숨소리였다. 콧마루가 찡 해나고 눈물이 왈칵 솟았으나 이를 악물고 참으며 소리를 냈다.

"…아버지, 저에요. 정아(静儿)에요. …정아가 돌아왔어요. 아버지! …"

"… …" 씨익 씨익 숨소리와 함께 아버지의 체취가 전해오는 듯. 시간은 말초신경의 끝머리에서 헐떡이고 있다.

"아버지, 정신 차리고 내 말 똑똑히 들으세요." 숨을 크게 들이쉬어 심장을 한껏 부풀린 다음 온 신경을 입에 모아 말을 이었다. "아버지는 지금 가실 수 없어요. 할머니가 아버지 탯줄에 관한 이야기를 남기셨어요. 아버지가 그렇게 알고 싶어 하시던, 평생을 두고 한으로 맺힌 할아버지에 관한 이야기, 이걸 듣지 않고 이걸 알지 못하고 어떻게 가실 수 있단 말에요?”

숨소리가 커지는 듯싶었다. 뭐라고 입술을 놀리는 듯한 느낌이 무선을 타고 전해왔다. 이 때라고 나는 녹음기의 “듣기” 단추를 힘주어 눌렀다.

“사랑하는 내 아들에게:

사랑하는 아들 영태야, 네가 이 녹음을 들을 때, 엄마는 이미 세상을 하직한 다음일 것이다. 살아가면서 네가 얼마나 이 엄마를 원망했는지 나는 잘 안다. 하지만 생전에 차마 너에게 이 녹음을 들려줄 용기가 없은 나를 용서해다오.

네 아빠는 끔찍이도 너를 사랑했었다. 자기의 목숨까지 바쳐 너를 구해냈었지. 하지만 나는 네 아빠가 누구인지조차 확실하게 짚어 말할 수 없구나.

네가 태어났을 때, 나는 네 탯줄을 남겨두었다가 그것으로 이 탯줄 도장을 만들었다. 그리고 네가 열여덟 살 생일을 맞던 날, 나는 수기로 이 내용을 적으려 했으나 눈물로 접고 말았다. 그 후 장장 반세기도 넘는 세월이 흘러 땅이 나를 부르는 소리가 들릴 때 비로소 이 음성을 남기기 시작했다. 언젠가는 네가 들을 날이 있을 거라 믿으면서.”

잠간 스톱했을 때, 나는 아버지의 심장에 붉은 피가 모여들고 있음을 직감했다. 또한 조개같이 감겨 있던 눈꺼풀 밑에서 안구가 움직이는 듯한 느낌을 얻었다. 내 손가락은 다시 힘주어 “듣기” 단추를 눌렀다.

할머니의 목소리는 이야기의 첫머리로 들어갔다.

"하얀 봄바람이 불어옵니다. 바야흐로 언덕의 천년 고목에 꽃이 피려 합니다. 봄은 화사한 얼굴과 산들거리는 속삭임으로 우리의 창가에 다가왔습니다…"

녹음기는 쉬임없이 돌아갔고 시간은 자정을 넘어 새벽으로 달리고 있었다. 짙은 군청색으로 가없이 뻗어간 동쪽하늘로부터 붉은 태양기가 엷디엷게 퍼져 나오는 시각, 드디어 기적이 일어났다. 결코 이 밤을 넘기지 못할 거라던 아버지는 이 기나긴 녹음 내용을 빠짐없이 끝까지 모두 듣고 나서 떠오르는 태양의 정기를 들이마시며 서서히 눈을 뜨셨다.

……

2020년 늦은 봄, 라일락이 무더기로 지던 날, 내 할머니 문유정 여사는 뭉게뭉게 구름 사람이 되어 하늘로 올라갔고, 저승의 문 앞까지 갔던 내 아버지 영태박사는 9.5일간의 입원 치료 끝에 다시 인간세상으로 돌아오게 되었다.

(끝)

천년의 고백

– 퉁소로 듣는 생명 이야기

초판인쇄 2023년 03월 22일 **초판발행** 2023년 03월 28일

지은이 **흑설**
펴낸이 **이혜숙**   펴낸곳 **신세림출판사**
등록일 **1991년 12월 24일 제2-1298호**

04559 서울특별시 중구 퇴계로49길 14,
 충무로엘크루메트로시티2차 1동 720호
전화 **02-2264-1972** 팩스 **02-2264-1973**
E-mail : shinselim72@hanmail.net

정가 **20,000원**

ISBN 978-89-5800-259-8, 03810